ALISTAIR MACLEAN

EISSTATION ZEBRA

DER SATANSKÄFER

Zwei spannende Thriller

PAVILLON VERLAG
MÜNCHEN

PAVILLON TASCHENBUCH
NR. 02/0072

Titel der Originalausgabe
ICE STATION ZEBRA
Aus dem Englischen von Paul Baudisch

Titel der Originalausgabe
THE SATAN BUG
Aus dem Englischen von Ruth Göth

Umwelthinweis:
Dieses Buch wurde auf
chlor- und säurefreiem Papier gedruckt.

Taschenbuchausgabe 3/2000
Der Pavillon Verlag ist ein Unternehmen der
Heyne Verlagsgruppe, München
http://www.heyne.de
Printed in Germany 2000
Umschlagillustration: doManski/Gruppe d4, München
Umschlaggestaltung: Nele Schütz Design, München
Gesamtherstellung: Elsnerdruck, Berlin

ISBN: 3-453-16457-1

EISSTATION ZEBRA

EISSTATION ZEBRA

U S S Dolphin

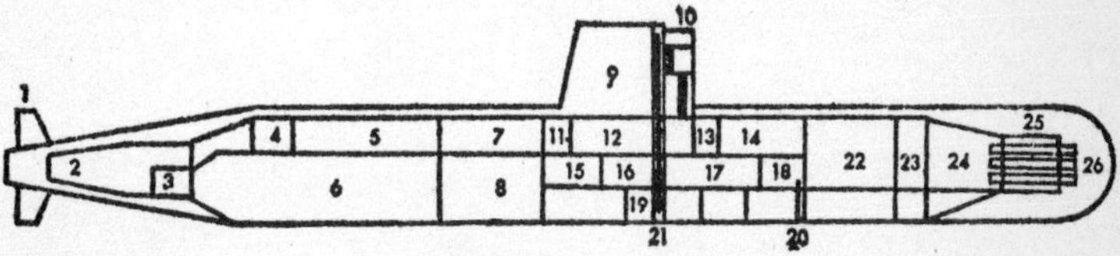

1 Ruder
2 Heckraum
3 Nuklearraum
4 Schaltraum
5 Maschinenleitstand
6 Maschinenraum
7 Gang üb. d. Reaktor
8 Reaktorraum
9 Turm
10 Brücke
11 Funkraum (Backbord)
12 Zentrale
13 Kapitänskajüte (Backbord)
14 Krankenrevier (Steuerbord)
15 Trägheitsnavigierraum
16 Elektronenraum
17 Mannschaftslogis
18 Kombüse
19 Arzneivorräte
20 Müllausstoß
21 Sehrohr (eingefahren)
22 Torpedolagerraum
23 Kollisionskammer
24 Torpedoraum
25 Torpedorohre
26 Klappen der Torpedo-Ausstoß-Rohre

Die Station

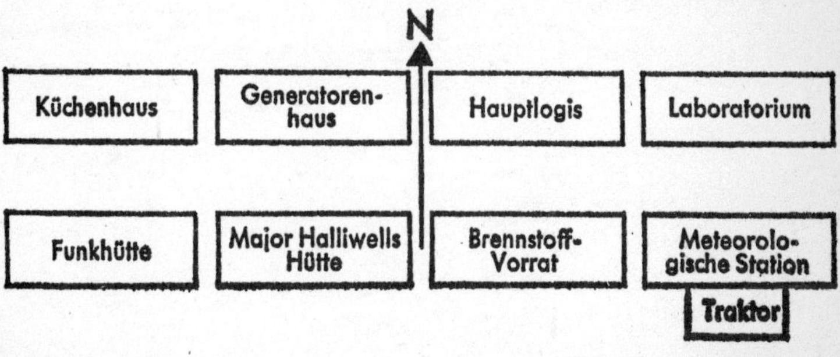

1

Fregattenkapitän James D. Swanson in der Kriegsmarine der Vereinigten Staaten war klein, dicklich und an die Vierzig. Er hatte pechschwarzes Haar über einem rosigen Puttengesicht. Mit den tiefen Lachfältchen, die von seinen Augen ausstrahlten und sich um den Mund schlängelten, war er der lustige, unbekümmerte extrovertierte Draufgänger, wie er im Buche steht, stets die Seele der Gesellschaft.

Diesen Eindruck jedenfalls machte er beim erstenmal auf mich. Aber in der vernünftigen Annahme, es würden doch wohl auch noch andere Qualitäten bei dem Mann zu finden sein, der dazu auserwählt worden war, das modernste und schlagkräftigste Atom-Unterseeboot zu befehligen, betrachtete ich ihn noch einmal genauer. Und jetzt sah ich, was ich gleich hätte sehen müssen, wenn mir nicht der klamme graue Nebel und die Winterdämmerung, die sich auf den Firth of Clyde herabsenkten, die Sicht so sehr erschwert hätten. Seine Augen. Was immer sie ausdrücken mochten – es waren nicht die Augen eines burschikosen und witzelnden Bonvivants. Es waren die kältesten grauen Augen, die ich je gesehen hatte, forschende Augen, messende Augen. Sie musterten zuerst mich, dann das Papier, das er in der Hand hielt, verrieten aber nicht im geringsten die Schlußfolgerungen, die er auf Grund der vorgenommenen Messungen gezogen hatte.

»Bedaure, Doktor Carpenter.« Die Stimme mit dem Südstaatlerakzent klang ruhig und höflich, aber sein Bedauern war, soweit ich es beurteilen konnte, alles andere als echt. Er faltete das Telegramm zusammen, steckte es wieder in den Umschlag und gab es mir zurück. »Ich kann weder dieses Telegramm als ausreichende Vollmacht, noch Sie als Passagier akzeptieren. Diese Entscheidung ist nicht persönlich gemeint, das wissen Sie. Aber ich habe meine Weisungen.«

»Keine ausreichende Vollmacht?« Ich zog das Telegramm aus dem Umschlag und deutete auf die Unterschrift. »Wer ist denn der Herr? Fensterputzer bei der Admiralität?«

Es war gar nicht sehr witzig, und als ich ihn im schwindenden Licht ansah, sagte ich mir im stillen, ich hätte vielleicht die Tiefe der Lachfalten in seinem Gesicht überschätzt. Er sagte mit präziser Betonung: »Admiral Hewson befehligt die Ostdivision der

NATO. Bei NATO-Manövern unterstehe ich seinem Befehl. Aber zu jeder anderen Zeit bin ich nur Washington verantwortlich. Momentan ist es die andere Zeit. Bedaure ... Außerdem muß ich Sie darauf aufmerksam machen, Doktor Carpenter, daß Sie jede beliebige Person in London hätten veranlassen können, dieses Telegramm abzuschicken. Es ist nicht einmal ein Depeschenformular der britischen Kriegsmarine.«

Nichts entging diesen Augen, das war nicht zu bestreiten, aber sein Argwohn war unbegründet. Ich sagte: »Sie könnten ihn ja radiotelefonisch anrufen, Herr Kapitän.«

»Freilich«, sagte er zustimmend. »Aber es würde keine Rolle spielen. Nur bevollmächtigte amerikanische Staatsbürger dürfen an Bord dieses Fahrzeugs gehen – und die Vollmacht muß aus Washington kommen.«

»Vom Leiter der Abteilung für Unterseekriegführung oder vom Befehlshaber der atlantischen U-Boot-Flotte?«

Er nickte langsam und nachdenklich.

Ich fuhr fort: »Bitte, funken Sie die Herren an und bitten Sie sie, sich mit Admiral Hewson in Verbindung zu setzen. Die Zeit drängt, Herr Kapitän!«

Er überlegte eine Weile, nickte, machte kehrt und ging ein paar Schritte zu einem tragbaren Piertelefon, das durch eine Doppelleitung mit dem länglichen, dunklen Schiffsrumpf verbunden war, der zu unseren Füßen im Wasser lag. Er sprach ganz kurz, dämpfte die Stimme, hängte ab. Er hatte kaum Zeit, zu mir zurückzukehren, als drei Gestalten in kurzen dicken Wollmänteln hastig eine benachbarte Gangway heraufkamen, auf uns zusteuerten und dicht vor uns stehenblieben. Der größte von den dreien, ein magerer, schlaksiger Mann mit weizenblondem Haar und dem überzeugenden Aussehen eines Menschen, der eigentlich ein Pferd zwischen den Schenkeln haben müßte, stand einen halben Schritt vor den anderen.

Kapitän Swanson zeigte auf ihn. »Oberleutnant Hansen, mein Erster Offizier. Er wird sich um Sie kümmern, bis ich wiederkomme.«

»Um mich braucht sich niemand zu kümmern«, sagte ich sanft. »Ich bin erwachsen und fühle mich selten einsam.«

»Ich werde mich möglichst beeilen, Doktor Carpenter«, sagte Swanson.

Er lief die Gangway hinunter, und ich sah ihm versonnen nach.

Ich schlug mir alle dummen Gedanken aus dem Kopf – sofern ich mir eingebildet haben sollte, der Befehlshaber der atlantischen U-Boot-Flotte Amerikas hole sich seine Kapitäne von den Bänken im Central Park. Ich hatte versucht, mir Zutritt zu Swansons Fahrzeug zu verschaffen, und für den Fall, daß ich dazu nicht ermächtigt sein sollte, wollte er mich festhalten, bis er meine Gründe und die Hintergründe erfahren hatte. Hansen und seine beiden Begleiter waren vermutlich die drei tüchtigsten Seeleute an Bord.

Das Boot. Ich betrachtete das große, schwarze Gebilde, das fast zu meinen Füßen vertäut lag. Zum erstenmal bekam ich ein Atom-Unterseeboot zu sehen. Die *Dolphin* ähnelte keinem der U-Boote, die ich je gesehen hatte. Sie war ungefähr so lang wie die Hochseeboote mit großem Aktionsradius aus dem Zweiten Weltkrieg, aber damit hörte jede Ähnlichkeit auf. Der Durchmesser war mindestens doppelt so groß wie der eines üblichen U-Bootes. Statt die einigermaßen schiffartigen Umrisse ihrer Vorgänger nachzuahmen, war die *Dolphin* fast zylindrisch geformt, der Bug nicht wie gewöhnlich V-förmig, sondern eine vollkommene Halbkugel. Ein Deck war nicht vorhanden: Die gerundeten, steilen Seiten- und Bugwände fielen glatt ab. Es blieb nur ein schmaler Laufsteg mittschiffs, so gefährlich und tückisch durch seine schlüpfrige Rundung, daß er, wenn das Boot im Hafen lag, mit einem Geländer abgesichert wurde. Etwa dreißig Meter hinter dem Bug erhob sich der schlanke, aber massive Kommandoturm zu einer Höhe von mehr als sieben Metern, der verblüffend an die große Rükkenflosse eines ungeheuren Haifisches erinnerte. In halber Höhe der Turmwand ragten waagrecht die plumpen, geschweiften Tiefenruder heraus. Ich versuchte festzustellen, wie es weiter achtern aussah, aber der Nebel und der immer dichter vom Loch Long herabwirbelnde Schnee machten mir einen Strich durch die Rechnung. Übrigens begann ich ohnedies das Interesse zu verlieren. Ich hatte nur einen dünnen Regenmantel an und fühlte, wie sich unter den eisigen Fingern des Wintersturmes auf meinem Körper eine Gänsehaut bildete.

»Es war nicht die Rede davon, daß wir hier erfrieren müssen«, sagte ich zu Hansen. »Die Kantine dort drüben ... Würden Ihre Grundsätze Sie daran hindern, sich von Doktor Carpenter, dem bekannten Spion, zu einer Tasse Kaffee einladen zu lassen?«

Lächelnd erwiderte Hansen: »Wenn es sich um Kaffee handelt, lieber Freund, kenne ich keine Grundsätze. Besonders heute abend nicht. Man hätte uns vor dem schottischen Winter warnen sollen.« Er sah nicht nur aus wie ein Cowboy, er redete auch wie ein Cowboy. »Rawlings, teilen Sie dem Kommandanten mit, daß wir vor den Elementen Zuflucht suchen.«

Während Rawlings sich zu dem Piertelefon begab, ging Hansen voraus in die von Neonröhren erhellte Kantine. An der Tür ließ er mir den Vortritt, steuerte dann auf die Theke zu, während der andere Seemann, ein rotwangiger Bursche mit den Dimensionen eines Eisbären, mich mit sanfter Gewalt auf eine Eckbank in einem Winkel des Raumes bugsierte. Hansen kam heran und setzte sich an meine andere Seite, und als Rawlings zurückkehrte, nahm er breitspurig mir gegenüber Platz.

»Umzingelt und eingepfercht in bester Wildwestmanier«, sagte ich beifällig. »Die Herren haben eine schmutzige und mißtrauische Phantasie.«

»Sie tun uns unrecht«, erwiderte Hansen. »Wir sind nichts weiter als drei freundliche, gesellige Kumpane, die ihre Weisungen durchführen. Die schmutzige, mißtrauische Phantasie gehört Kapitän Swanson, habe ich recht, Rawlings?«

»Ja, allerdings, Herr Oberleutnant«, sagte Rawlings mit ernster Miene. »Er hält sich streng an die Sicherheitsvorschriften, unser Kommandant.«

Ich versuchte es abermals. »Ich denke, alle Mann werden dringend an Bord gebraucht, wenn es in knapp zwei Stunden heißt, auszulaufen. Freuen Sie sich auf den Ausflug ins Packeis?« fragte ich liebenswürdig.

Sie waren alle drei auf die gleiche Wellenlänge eingestellt. Sie sahen einander nicht einmal an. Unisono rückten sie etliche Zentimeter näher an mich heran, und noch nicht einmal auf unmerkliche Weise. Hansen wartete mit einem angenehm entspannten Lächeln, bis die Kellnerin vier dampfende Tassen Kaffee auf den Tisch gestellt hatte, und sagte dann im selben aufmunternden Ton wie zuvor: »Nur weiter in diesem Takt, lieber Freund! Nichts hören wir lieber, als wenn streng geheime Informationen in Kantinen ausposaunt werden. Woher, zum Teufel, wissen denn Sie, wo wir hinwollen?«

Meine Hand langte ins Jackett und verharrte dort, mein Handgelenk in Hansens rechter Hand verklemmt.

»Wir sind nicht argwöhnisch, keine Spur«, sagte er, um sich zu entschuldigen. »Wir U-Boot-Leute sind bloß besonders nervös, weil wir ein so gefährliches Leben führen. Außerdem haben wir an Bord der *Dolphin* eine sehr schöne Filmbibliothek. Sooft in einem dieser Filme ein Willie in die Jacke langt, geschieht es immer aus dem gleichen Grund, und zwar nicht, weil er nachschauen will, ob die Brieftasche noch da ist.«

Ich nahm mit der freien Hand sein Handgelenk, stieß seinen Arm zurück und drückte ihn auf die Tischplatte nieder. Ich behaupte nicht, daß es leicht ging. Die amerikanische Kriegsmarine verabreicht offensichtlich ihren U-Boot-Leuten eine proteinreiche Kost. Aber ich brachte es fertig, ohne daß ein Blutgefäß platzte. Ich zog eine zusammengefaltete Zeitung aus der inneren Brusttasche und legte sie auf den Tisch.

»Sie wollen wissen, woher, zum Teufel, ich weiß, wo ihr hinwollt!« sagte ich. »Wieso ich es weiß? Weil ich lesen kann. Hier haben wir eine Abendzeitung aus Glasgow, die ich vor einer halben Stunde auf dem Flughafen von Renfrew käuflich erworben habe.«

Hansen rieb sich nachdenklich das Handgelenk. Dann lächelte er. »In welchem Fach haben Sie Ihren Doktor gemacht? Im Gewichtheben? Was die Zeitung betrifft – wie konnten Sie die denn vor einer halben Stunde in Renfrew kaufen?«

»Ich bin hierher geflogen. Mit einem Hubschrauber.«

»Mit einem Schnurrkäfer? Ich habe einen vor einigen Minuten ankommen hören. Aber das war eine unserer Maschinen.«

»Es stand mit meterhohen Lettern draufgeschrieben – *US-Navy*«, sagte ich. »Der Pilot hat die ganze Zeit Gummi gekaut und laut den Himmel um eine baldige Heimkehr nach Kalifornien angefleht.«

Hansen entfaltete die Zeitung und betrachtete die erste Seite. Er brauchte nicht lange zu suchen, um zu finden, was er suchte: Die fünf Zentimeter hohen Schlagzeilen liefen über sieben Spalten.

»Also, schaut euch das an ...« Oberleutnant Hansen versuchte gar nicht erst, seine Gereiztheit und seinen Ärger zu verhehlen. »Da schleichen wir auf Zehenspitzen in diesem gottverlassenen Loch umher, verkleben uns die Mäuler mit Heftpflaster, schwören heilige Eide, unseren Auftrag und unseren Bestimmungsort geheimzuhalten – und was geschieht? Ich nehme dieses beschissene Tommy-Blättchen zur Hand, und da stehen sämtliche streng geheimen Details schwarz auf weiß quer über die erste Seite hingepfeffert!«

»Machen Sie keine Witze, Herr Oberleutnant«, sagte der Mann mit dem roten Gesicht und dem Aussehen eines Polarbären. Seine Stimme schien aus den Stiefeln zu kommen.

»Es ist kein Witz, Zabrinski«, erwiderte Hansen kalt. »Wenn Sie sich die Mühe gemacht hätten, Lesen und Schreiben zu lernen, würden Sie sich selbst davon überzeugen können. ›Atom-U-Boot im Rettungsdienst‹, steht hier geschrieben. ›Dramatischer Vorstoß zum Nordpol‹. Gott sei uns gnädig – Nordpol! Und ein Bild der *Dolphin*. Und ein Foto des Kommandanten. Du lieber Himmel, auch ich bin abgebildet.«

Rawlings streckte seine haarige Pfote aus und zerrte an der Zeitung, um das verschwommene und fleckige Abbild des Mannes, der ihm gegenübersaß, genauer zu betrachten. »Schau, schau, tatsächlich! Nicht sehr geschmeichelt, oder wie, Herr Oberleutnant? Aber sprechend ähnlich, wohlgemerkt – sprechend ähnlich! Der Fotograf hat das Wesentliche wirklich perfekt erfaßt.«

»Sie haben nicht die leiseste Ahnung von den Grundbegriffen der Fotografie!« sagte Hansen mit vernichtendem Hohn. »Hören Sie sich das Geschreibsel an ... ›Folgende gemeinsame Erklärung wurde gleichzeitig einige Minuten vor zwölf Uhr mittags (Greenwich-Zeit) in London und in Washington abgegeben: Angesichts der kritischen Lage, in der sich die Überlebenden der Treibeis-Station Zebra befinden, hat die Kriegsmarine der Vereinigten Staaten sich bereitgefunden, das Atom-Unterseeboot *Dolphin* schnellstens mit dem Auftrag zu entsenden, den Kontakt mit den Überlebenden herzustellen ...

... Heute früh vor Tagesanbruch kehrte die *Dolphin* zu ihrem Stützpunkt in Holy Loch zurück, nachdem sie an ausgedehnten Manövern der NATO-Seestreitkräfte im östlichen Atlantik teilgenommen hatte. Man hofft, die *Dolphin* (Kommandant James D. Swanson, USN) werde abends gegen 7 (Greenwich-Zeit) in See gehen ...

Die lakonische Nüchternheit des Kommuniqués kündigt den Beginn eines verzweifelten und gefährlichen Rettungsversuches an, der in der Geschichte des Meeres oder der Arktis beispiellos dastehen dürfte. Es ist jetzt sechzig Stunden her ...«

»Sagten Sie ›verzweifelt‹, Herr Oberleutnant?« Rawlings runzelte finster die Stirn. »Sagten Sie ›gefährlich‹? Wird der Kommandant fragen, wer sich freiwillig meldet?«

»Überflüssig. Ich habe ihm gesagt, daß ich mich bereits bei allen achtundachtzig Besatzungsmitgliedern erkundigt habe und daß sie sich Mann für Mann freiwillig zur Verfügung stellen.«

»Mich haben Sie nicht gefragt.«

»Ich muß Sie übersehen haben. Halten Sie jetzt gefälligst die Klappe – hier spricht Ihr Erster Offizier ... ›Es sind jetzt sechzig Stunden vergangen, seit die Welt zu ihrer Bestürzung von der Katastrophe erfuhr, die die Treibeis-Station Zebra befallen hat, die einzige britische meteorologische Station in der Arktis: Ein englisch sprechender Amateurfunker in Bodo in Norwegen hörte das leise SOS vom Gipfel der Welt ...

Aus einem weiteren Funkspruch, den vor knapp vierundzwanzig Stunden der britische Fischdampfer *Morning Star* in der Barents-See aufgefangen hat, geht deutlich hervor, daß sich die Überlebenden des Heizölbrandes, der die Treibeis-Station Zebra zum größten Teil vernichtet hat, in einer hoffnungslosen Lage befinden. Da die Heizölreserven und fast sämtliche Lebensmittelvorräte ein Raub der Flammen geworden sind, befürchtet man, daß die Überlebenden sich nicht lange in der momentan dort herrschenden Kälte – fünfzig Minusgrade – werden behaupten können ...

Es ist nicht bekannt, ob sämtliche Fertighäuser, in denen die Mitglieder der Expedition untergebracht waren, zerstört worden sind ...

Die Treibeis-Station Zebra, die erst im Spätsommer vorigen Jahres eingerichtet wurde, befindet sich gegenwärtig schätzungsweise in der Position 85° 40′ N, 21° 30′ O, also nur etwa dreihundert Meilen vom Nordpol entfernt. Die Position läßt sich mit Sicherheit aus der im Sinne des Uhrzeigers erfolgenden Drift des polaren Packeises ablesen ...

Im Lauf der letzten dreißig Stunden haben Überschallbomber und Fernaufklärer der amerikanischen, britischen und russischen Luftwaffe das arktische Packeis erkundet. Da man die genaue Position der Station nicht kennt und da zu dieser Jahreszeit in der Arktis völlige Finsternis herrscht, ganz abgesehen von der äußerst schlechten Wetterlage, ist es bisher nicht geglückt, die Station zu lokalisieren. Die Maschinen mußten unverrichteter Dinge umkehren.‹«

»Sie brauchen sie doch nicht zu lokalisieren«, wandte Rawlings ein. »Jedenfalls nicht visuell. Mit den Instrumenten, über die heutzutage diese Bomber verfügen, können sie auf eine Entfernung von hundert Meilen einen Kolibri ansteuern. Der Funker der Driftstation brauchte nur brav weiterzufunken, und sie hätten die Welle als Lenkstrahl benützen können.«

»Vielleicht ist der Funker tot«, sagte Hansen gewichtig. »Vielleicht hat sein Gerät versagt. Vielleicht war der vernichtete Brennstoff für den Betrieb des Senders nötig. Es kommt drauf an, was für eine Kraftquelle er benützt hat.«

»Einen Dieselgenerator«, sagte ich. »Er besaß außerdem eine Notbatterie — einen Edison-Akkumulator. Vielleicht spart er und benützt die Batterie nur für SOS-Rufe. Schließlich war auch noch ein Handkurbelgenerator vorhanden, der aber eine sehr begrenzte Reichweite hat.«

»Woher wissen Sie das alles?« fragte Hansen ruhig. »Woher wissen Sie, was für eine Antriebskraft der Funker der Zebra verwendet . . .?«

»Ich muß es irgendwo gelesen haben.«

»Sie müssen es irgendwo gelesen haben.« Er sah mich ausdruckslos an, kehrte dann zu der Zeitung zurück. »›Ein Bericht aus Moskau‹«, las er weiter, »›besagt, daß der kräftigste Eisbrecher der Welt, die atomgetriebene *Dwina,* vor etwa zwanzig Stunden aus Murmansk ausgelaufen ist und mit höchster Geschwindigkeit auf das arktische Packeis zusteuert. Die Sachverständigen machen sich keine großen Hoffnungen, da zu dieser späten Jahreszeit das Packeis sich bereits zu einer festen Masse verdichtet hat, die fast mit Bestimmtheit jeden Versuch eines Fahrzeugs, sich Bahn zu brechen, vereiteln wird . . .

Der Einsatz des Unterseeboots *Dolphin* scheint für die offenbar zum Tod verurteilten Überlebenden der Station Zebra die einzige schwache Hoffnung zu sein. Aber die Erfolgsaussichten sind als äußerst mäßig zu bewerten. Nicht nur, daß die *Dolphin* getaucht mehrere hundert Meilen unter der polaren Eishaube zurücklegen muß — die Möglichkeit, daß es ihr gelingen wird, an einer gegebenen Stelle die Eisschicht zu durchstoßen oder die Überlebenden zu lokalisieren, ist sehr gering. Aber wenn ein Fahrzeug auf Gottes Erdboden es schaffen kann, dann ist es zweifellos die *Dolphin,* der Stolz der Atom-Unterseeboot-Flotte der amerikanischen Kriegsmarine.‹«

Hansen unterbrach sich und las eine Weile stumm weiter. Dann sagte er: »Das ist so ziemlich alles. Eine Aufzählung aller bekannten Konstruktionsdetails. Außerdem eine Menge lächerliches Gewäsch über die Besatzung der *Dolphin*, die angeblich die Creme der Elite der amerikanischen Kriegsmarine repräsentiert.«

Rawlings sah gekränkt drein. Zabrinski, der Polarbär mit dem roten Gesicht, grinste, zog ein Paket Zigaretten aus der Tasche und reichte es herum. Dann wurde er wieder ernst. »Was treiben denn übrigens diese armen Irren dort auf dem Gipfel der Welt?«

»Meteorologie, Quatschkopf!« erklärte Rawlings.

»Ich behaupte trotzdem, daß es arme Irre sind«, brummte Zabrinski. »Was soll es denn für einen Zweck haben?«

»Ich empfehle Ihnen, sich bei Doktor Carpenter zu erkundigen«, meinte Hansen trocken.

»Einiges weiß ich«, sagte ich, »und es steckt nichts Mysteriöses oder Unheimliches dahinter. Die Meteorologen betrachten heute die Arktis und die Antarktis als die beiden großen Wetterfabriken der Welt, als die Gebiete, die in erster Linie das Wetter verursachen, das in den übrigen Teilen der Hemisphären herrscht. Wir wissen bereits ziemlich viel über die Verhältnisse in der Antarktis, aber so gut wie nichts über die Arktis. Deshalb suchen wir uns eine passende Eisscholle aus, errichten dort Häuser und Hütten, die mit Technikern und allen möglichen Instrumenten vollgepfropft werden, und lassen sie etwa sechs Monate lang rund um den Gipfel der Welt driften. Eure Leute haben schon zwei oder drei solche Stationen etabliert. Dic Russen haben meines Wissens mindestens zehn Stück eingerichtet, die meisten in ostsibirischen Gewässern.«

»Wie richtet man solche Lager ein, Herr Doktor?« fragte Rawlings.

»Auf verschiedene Art. Eure Leute bevorzugen den Winter. Dann ist das Packeis so festgefroren, daß man mit Flugzeugen landen kann. Einer fliegt los – meistens von Point Barrow in Alaska aus – und schnüffelt umher, bis er eine passende Scholle gefunden hat. Dann werden die Hütten, die Ausrüstung, die Vorräte und die Leute mit Kufenflugzeugen hintransportiert und das Lager allmählich aufgebaut ...

Die Russen machen es lieber im Sommer – per Schiff. Meistens benützen sie einen mit Kernenergie getriebenen Eisbrecher, die *Lenin*. Er rammt seinen Weg durchs Sommereis, setzt Ladung und

Leute ab und fährt davon, bevor der große Frost beginnt. Die gleiche Technik haben wir für die Treibeis-Station Zebra benützt — unsere einzige Polarstation. Die Russen liehen uns die *Lenin* — alle Länder sind mehr als bereit, sich auf meteorologische Studien zu konzentrieren, weil jeder davon profitiert — und beförderten uns ziemlich tief ins Packeis nördlich von Franz-Joseph-Land. Die ›Zebra‹ hat sich bereits ein gutes Stück von der ursprünglichen Position entfernt. Die polare Eishaube, die mitten auf dem Eismeer sitzt, hält nicht genau Schritt mit der West-Ost-Drehung der Erde, so daß sie sich in bezug auf die Erdkruste langsam westwärts verschiebt. Momentan befindet sich die Zebra ungefähr sechshundert Kilometer nördlich von Spitzbergen.«

»Trotzdem sind es arme Irre«, sagte Zabrinski. Er schwieg eine Weile, sah mich dann forschend an. »Sind Sie bei der Tommy-Marine, Doktor?«

»Sie dürfen Zabrinski seine Manieren nicht übelnehmen, Doktor Carpenter«, sagte Rawlings kühl. »Ihm sind die Vergünstigungen vorenthalten worden, die wir anderen für selbstverständlich halten. Soviel ich weiß, wurde er in der Bronx geboren.«

»Nichts für ungut«, sagte Zabrinski gelassen. »Ich meine die Königlich Britische Kriegsmarine. Also, Doktor?«

»Man könnte sagen — zugeteilt.«

»Zweifellos in sehr losem Verhältnis.« Rawlings nickte. »Warum sind Sie so sehr auf einen Urlaub in der Arktis erpicht, Herr Doktor? Ich kann Ihnen nur sagen, daß es dort verteufelt kalt ist.«

»Weil die Insassen der Treibeis-Station Zebra dringend ärztlichen Beistand brauchen werden. Das heißt, sofern es Überlebende gibt.«

»Wir haben unseren Schiffsarzt an Bord, und er weiß mit dem Stethoskop umzugehen, das habe ich mir von mehreren Personen sagen lassen, die seine Behandlungsmethoden überstanden haben. Ein gutbeleumundeter Feldscher!«

»Davon bin ich überzeugt«, sagte ich lächelnd. »Aber wenn wir Überlebende antreffen, werden sie an schweren Frostschäden und wahrscheinlich an Gangrän leiden. Die Behandlung dieser Schäden ist meine Spezialität.«

»Ach, wirklich?« Rawlings erforschte den Kaffeesatz in seiner Tasse. »Ich möchte nur wissen, wie jemand auf die Idee kommen kann, sich so ein Fach auszusuchen.«

»Doktor Carpenter steht nicht vor Gericht«, sagte Hansen in sanftem Ton. »Der Vertreter der Anklage wird gefälligst einpacken.«

Sie packten ein. Diese Atmosphäre lässiger Vertraulichkeit zwischen Offizieren und Matrosen, die gemächliche Kameradschaft, die wechselseitige tolerante Hänselei mit dem trügerisch irreführenden Beiklang possenhafter Clownerie war für mich ein seltenes, wenn auch nicht neuartiges Erlebnis. Ich hatte es schon früher erlebt, bei den Bomberbesatzungen. Es war eine Beziehung, der man nur in einer Gruppe eng miteinander verbundener, eng zusammenlebender hervorragend geschulter Fachleute begegnet, von denen ein jeder genau weiß, wie restlos er von den anderen abhängig ist. Die salopp formlose und familiäre Haltung war nicht ein Zeichen mangelnder Disziplin, sondern des genauen Gegenteils: das Merkmal einer hochgradigen Selbstzucht, der Achtung, die einer dem anderen nicht nur als dem hochqualifizierten Techniker, sondern auch als dem Menschen entgegenbringt. Es lag auch klar auf der Hand, daß ihr Verhalten durch eine Reihe ungeschriebener Regeln bestimmt wurde. So ungezwungen, und oft auch bar jeden äußeren Respekts, Rawlings und Zabrinski in ihrem Benehmen gegenüber Oberleutnant Hansen erscheinen mochten, so war doch eine unsichtbare Grenze des Anstands gezogen, und man konnte sich nicht vorstellen, daß sie sie je überschreiten würden. Hansen seinerseits vermied gewissenhaft jeden Anstrich von Autorität, wenn er sich auf Kosten der beiden Matrosen lustig machte.

Rawlings und Zabrinski stellten ihr hochnotpeinliches Verhör ein und hatten soeben eine begeisterte Diskussion über die Nachteile begonnen, die Holy Loch im besonderen und Schottland im allgemeinen als U-Boot-Stützpunkt aufzuweisen hat, da preschte ein Jeep draußen vor den Kantinenfenstern vorbei. Weiß und dicht wirbelte der Schnee durch die Lichtkegel der Scheinwerfer. Rawlings sprang mitten in einem Satz auf, ließ sich dann langsam und nachdenklich auf seinen Stuhl zurücksinken.

»Der Knoten«, verkündete er, »schürzt sich.«

»Haben Sie gesehen, wer es war?« fragte Hansen.

»Jawohl. Kein Geringerer als Andy Bandy.«

»Ich habe nichts gehört, Rawlings«, sagte Hansen kalt.

»Vizeadmiral John Garvie von der Kriegsmarine der Vereinigten Staaten, Sir.«

»Andy Bandy, so so ...«, murmelte Hansen nachdenklich. Lächelnd sah er mich an. »Admiral Garvie befehligt die Seestreitkräfte der Vereinigten Staaten innerhalb der NATO. Ich muß gestehen, daß das sehr interessant ist. Er ist nicht zufällig zusammen mit Ihnen heute nachmittag in dem Heuhupfer aus Renfrew angekommen?«

»Nein.«

»Kennen Sie ihn zufällig?«

»Bis zu diesem Augenblick habe ich nie von ihm gehört.«

»Es wird immer kurioser«, murmelte Hansen.

Einige Minuten verstrichen mit flüchtigem Geplauder, dann fegte ein mit Schnee beladener eisiger Luftzug durch die Kantinentür, die Tür ging weit auf, ein blaujackiger Matrose kam herein und näherte sich eilig unserem Tisch.

»Der Kommandant bittet Sie, Herr Oberleutnant, Doktor Carpenter zum Boot zu bringen.«

Hansen nickte, stand auf und ging voraus ins Freie. Der Schnee begann liegenzubleiben, die Dunkelheit brach rasch herein, der Nordwind war schneidend kalt. Hansen steuerte auf die nächste Gangway zu, blieb stehen, als er Matrosen und Werftarbeiter vorsichtig einen Torpedo in die vordere Ladeluke hinabhieven sah, machte kehrt und begab sich zu der hinteren Laufplanke. Wir kletterten hinunter, und als wir unten angelangt waren, sagte Hansen: »Nehmen Sie sich in acht, Herr Doktor. Es ist hier ein bißchen glatt.«

Er hatte recht. Bei dem Gedanken an das eiskalte Wasser des Holy Loch, das auf mich wartete, wenn ich einen falschen Schritt tat, hütete ich mich, auch nur den kleinsten Fehler zu begehen. Wir duckten uns unter dem auf Reifen gespannten Zeltdach über der Achterluke hindurch und kamen über eine steile Metalleiter in einen warmen, peinlich sauberen und blitzblanken Maschinenraum, der mit einer verwirrenden Fülle graulackierter Maschinerie und komplizierter Schalttafeln vollgepfropft und bis in alle Ecken und Winkel von schattenfreien Leuchtstoffröhren erhellt war.

»Werden Sie mir nicht die Augen verbinden, Herr Oberleutnant?« fragte ich.

»Wozu?« Er lächelte breit. »Wenn Sie in Ordnung sind, ist es nicht nötig. Wenn nicht, ist es gleichfalls nicht nötig, da Sie nicht weitersagen können, was Sie gesehen haben – wenn Sie die nächsten paar Jahre hinter schwedischen Gardinen verbringen.«

Ich mußte ihm recht geben. Ich folgte ihm nach vorn. Geräuschlos bewegten sich unsere Füße über den schwarzen Gummibelag, vorbei an den Kuppen zweier riesiger Maschinen, die sich ohne weiteres als Turbogeneratoren zur Erzeugung elektrischen Stroms identifizieren ließen. Weitere wuchtige Armaturentafeln, eine Tür, dann ein zehn Meter langer, sehr enger Gang. Als wir ihn der Länge nach durchschritten, spürte ich unter meinen Füßen ein dumpfes vibrierendes Surren. Irgendwo mußte der Kernreaktor der *Dolphin* untergebracht sein: wahrscheinlich hier, unmittelbar unter uns. In den Boden des Ganges waren kreisrunde Luken eingelassen. Das waren wohl die Deckel der dicken Bleiglasfenster, der Gucklöcher, die den nächsten und einzigen Zutritt zu der tief unten schwelenden nuklearen Esse offerierten.

Am anderen Ende des Ganges abermals eine schwerbeschlagene Tür. Dann kamen wir in den Befehlsraum – die Zentrale – der *Dolphin.* Links lag ein durch eine Zwischenwand abgeschirmter Funkraum, rechts eine Batterie diverser Apparate und mit Wählerscheiben versehener Schalttafeln, deren Zwecke mir unbegreiflich waren, geradeaus ein großer Kartentisch. Dahinter waren in der Mitte massive Gehäuse und noch weiter hinten die Stände der zwei Sehrohre zu sehen. Die gesamte Zentrale war doppelt so groß, wie ich sie je an Bord eines üblichen Unterseebootes gesehen hatte; trotzdem schien jeder Quadratzentimeter Wandfläche von irgendeiner Art höchst verwickelt aussehender Apparaturen oder von Schaltbrettern beschlagnahmt zu sein. Sogar die Decke war fast unsichtbar, durch dick verstrickte Girlanden verschieden dimensionierter Drähte, Kabel und Rohre den Blicken entzogen.

Die vordere Backbordseite der Zentrale sah um alles in der Welt so aus wie eine Kopie der Kanzel einer modernen, mehrmotorigen Düsenmaschine. Zwei gesonderte Steuerknüppel – und davor riesige Instrumenten- und Schalttafeln. Hinter den Knüppeln zwei gepolsterte Ledersessel, jeder Sessel, wie ich sah, mit Sicherheitsgurten für den Rudergänger versehen. Ich hätte gern gewußt, was für gewaltsame Manöver der *Dolphin* zuzutrauen waren, wenn solche Sicherheitsgurte offenbar als notwendig galten, um den Rudergänger festzuschnallen.

Gegenüber dem Bedienungsstand, an der anderen Seite des Ganges, der von der Zentrale nach vorn führte, lag abermals eine durch eine Zwischenwand abgesonderte Kammer. Nichts deutete darauf hin, was sie enthalten mochte, aber mir blieb keine Zeit, mir den Kopf zu zerbrechen. Hansen eilte den Gang entlang, blieb an der ersten Tür links stehen und klopfte an. Die Tür ging auf, Kapitän Swanson erschien auf der Schwelle.

»Ach, da sind Sie ja! Entschuldigen Sie, daß ich Sie warten ließ, Doktor Carpenter. Wir laufen um halb sieben aus, John . . .« Das galt Hansen. »Können Sie bis dahin alles fix und fertig haben?«

»Es hängt davon ab, wie schnell die Torpedos verladen werden, Herr Kapitän.«

»Wir nehmen nur sechs an Bord.«

Hansen zog eine Braue hoch und ersparte sich jeden Kommentar. Er sagte: »In die Rohre?«

»Auf die Gestelle. Sie müssen nachgesehen werden.«

»Keine Ersatzteile?«

»Keine Ersatzteile.«

Hansen nickte und ging weg. Swanson geleitete mich in seine Kajüte und machte die Tür hinter sich zu.

Kapitän Swansons Kajüte war etwas größer als eine Telefonzelle. Eine eingebaute Koje, ein Klappwaschbecken, ein kleiner Schreibtisch mit Sessel, ein Klappstuhl, ein Schrank, einige Wählscheiben über der Koje, das war alles. Wenn man versucht hätte, Twist zu tanzen, würde man sich ein Dutzend Knochenbrüche zugezogen haben, ohne die Füße aus der Mitte des Fußbodens wegzurühren.

»Doktor Carpenter«, sagte Swanson, »ich möchte Sie mit Admiral Garvie, dem Befehlshaber der amerikanischen Streitkräfte, bekannt machen.«

Admiral Garvie stellte das Glas weg, das er in der Hand hielt, erhob sich aus dem einzigen vorhandenen Sessel und streckte die Hand aus. Wie er so mit geschlossenen Hacken dastand, lieferte die keineswegs unbeträchtliche Lücke zwischen den Knien eine einleuchtende Erklärung für die zweite Hälfte seines Spitznamens: Andy Krummbein. Genauso wie Hansen wäre er auf der Prärie zu Hause gewesen. Er war ein hochgewachsener Mann mit blühendem Teint und weißem Haar, weißen Brauen und einem Zwinkern in den blauen Augen. Er hatte jenes gewisse, undefinierbare Etwas an sich, das alle rangälteren Marineoffiziere in der ganzen Welt miteinander gemein haben, ohne Rücksicht auf Rasse oder Nationalität.

»Sehr erfreut, Doktor Carpenter. Entschuldigen Sie den – hm – lauen Empfang, den man Ihnen bereitet hat, aber Kapitän

Swansons Verhalten war durchaus berechtigt. Haben seine Leute sich Ihrer angenommen?«

»Sie haben mir erlaubt, sie in die Kantine zu einer Tasse Kaffee einzuladen.«

Er lächelte. »Lauter Opportunisten, diese Kernwaffenleute! Ich befürchte, der gute Ruf amerikanischer Gastfreundschaft ist bedroht. Whisky, Doktor Carpenter?«

»Ich dachte, an Bord amerikanischer Schiffe herrsche Alkoholverbot, Sir.«

»Freilich, junger Mann, freilich. Abgesehen natürlich von kleinen medizinischen Dosen. Aus meinem persönlichen Vorrat.« Er zog aus der hinteren Hosentasche eine Schnapsflasche hervor, die so groß war wie eine Feldflasche, und langte nach einem Zahnputzglas. »Der Kluge trifft seine Vorsichtsmaßnahmen, bevor er sich in die abgelegeneren Bergfesten des schottischen Hochlands wagt. Ich muß mich bei Ihnen entschuldigen, Doktor Carpenter. Gestern abend habe ich in London mit Ihrem Admiral Hewson gesprochen und beabsichtigte, heute früh hier zu sein und Kapitän Swanson dazu zu bewegen, daß er Sie mitnimmt. Aber ich wurde aufgehalten.«

»Ihn dazu zu bewegen, Sir?«

»Bewegen ...« Er seufzte. »Unsere Atom-U-Boot-Kommandanten, Doktor Carpenter, sind empfindliche und schwierige Herren. Nach den Besitzerallüren zu schließen, die sie ihren Booten gegenüber haben, könnte man meinen, jeder einzelne besitze die Aktienmajorität der Electric Boat Company in Groton, die die meisten dieser Boote baut.« Er hob sein Glas. »Auf einen guten Erfolg für Kapitän Swanson und für Sie. Hoffentlich gelingt es euch, die armen Teufel zu finden. Aber ich halte die Chane für eins zu tausend – im besten Fall.«

»Ich glaube, daß wir sie finden werden, Sir. Vielmehr – daß Kapitän Swanson sie finden wird ...«

»Warum sind Sie Ihrer Sache so sicher?« fragte er bedächtig. »Ein dunkles Gefühl ...?«

»Man könnte es so nennen.«

Er stellte sein Glas weg, und seine Augen zwinkerten nicht mehr. »Admiral Hewson hat sich in bezug auf Ihre Person sehr ausweichend geäußert, das muß ich schon sagen. Wer sind Sie, Carpenter? Was sind Sie?«

»Das wird er Ihnen doch mitgeteilt haben, Herr Admiral?

Nichts weiter als ein der Flotte zugeteilter Arzt, mit dem Auftrag —«

»Marinearzt?«

»Nun — also — nicht eigentlich ... Ich —«

»Zivilarzt, ja?«

Ich nickte, und der Admiral und Swanson wechselten Blicke, die sie gar nicht zu vertuschen bemüht waren. Es war ihnen nicht anzumerken, daß sie besonders froh darüber gewesen wären, an Bord des neuesten und geheimsten Atom-U-Bootes der amerikanischen Marine einen Mann zu haben, der nicht nur Ausländer, sondern obendrein noch Zivilist war. Admiral Garvie sagte: »Also — weiter ...«

»Mehr ist nicht zu sagen. Ich studiere im Auftrag der Navy die Einwirkungen des Milieus auf den Gesundheitszustand. Wie die Menschen auf extreme Milieubedingungen reagieren, zum Beispiel in der Arktis und in den Tropen, wie sie auf die Gewichtlosigkeit bei simulierten Raumflügen oder auf den Überdruck reagieren, wenn sie gezwungen sind, aus einem U-Boot auszusteigen. Hauptsächlich —«

»U-Boot!« Admiral Garvie stürzte sich auf das Wort. »Sie sind mit U-Booten gefahren, Doktor Carpenter? Ich meine, richtig gefahren?«

»Es blieb mir nichts anderes übrig. Wir hatten festgestellt, daß die Tauchtopfexperimente kein Ersatz für die wirklichen Verhältnisse sind.«

Der Admiral und Swanson sahen noch unglücklicher drein als zuvor. Ein Ausländer — schlimm. Ein ausländischer Zivilist — schlimmer. Aber ein ausländischer Zivilist, der zumindest eine Ahnung von U-Booten hat — entsetzlich.

»Was interessiert Sie an der Treibeis-Station Zebra, Doktor Carpenter?« fragte Admiral Garvie rundheraus.

»Die Admiralität schickt mich hin, Sir.«

»Das habe ich erfaßt, ja, das habe ich erfaßt«, sagte Garvie verdrossen. »Admiral Hewson hat es mir recht deutlich zu verstehen gegeben. Warum gerade Sie, Carpenter?«

»Ich kenne mich ein wenig in der Arktis aus, Sir. Ich gelte als Spezialist auf dem Gebiet der Frostschäden, des Gangräns und der Folgen langwierigen Aufenthalts im Freien unter ungünstigen klimatischen Bedingungen. Vielleicht würde es mir gelingen, Menschenleben oder Glieder zu retten, Fälle, denen Ihr Schiffsarzt nicht gewachsn wäre.«

»Ich könnte binnen weniger Stunden ein halbes Dutzend solcher Experten zur Stelle haben«, erwiderte Garvie gelassen. »Leute, die noch dazu einen regulären Offiziersrang innerhalb der amerikanischen Kriegsmarine bekleiden. Was Sie mir erzählen, genügt mir nicht, Carpenter.«

Es begann schwierig zu werden. Ich nahm einen neuen Anlauf. »Ich kenne die Station Zebra. Ich habe mitgeholfen, den Standort ausfindig zu machen. Ich habe bei der Errichtung des Lagers mitgeholfen. Der Kommandant, ein gewisser Major Halliwell, war viele Jahre lang mein engster Freund.« Letzteres war nur die halbe Wahrheit, aber ich hatte das Gefühl, es sei weder der rechte Zeitpunkt, noch der richtige Ort, allzu ausführlich auf Einzelheiten einzugehen.

»Schau, schau«, sagte Garvie nachdenklich. »Und Sie behaupten nach wie vor, ein ganz gewöhnlicher Arzt zu sein?«

»Meine Pflichten sind dehnbar, Sir.«

»Das kann ich mir vorstellen. Also, Carpenter, wenn Sie ein ganz gewöhnlicher Wald-und-Wiesen-Doktor sind, wie ist das da zu erklären?« Er nahm ein Telegramm vom Tisch und reichte es mir. »Soeben ist die Antwort auf Kapitän Swansons funktelegrafische Anfrage in Washington eingetroffen.«

Ich sah mir den Funkspruch an. Er lautete: »Dr. Neil Carpenters *bona fide* über allen Zweifel erhaben. Sie dürfen ihm Ihr vollstes, ich wiederhole, vollstes Vertrauen schenken. Es ist ihm jede Erleichterung und jede Hilfe zu gewähren, solange nicht die Sicherheit des Fahrzeugs und das Leben der Besatzung gefährdet sind.« Die Depesche war von dem Leiter der Operationsabteilung unterzeichnet.

»Ich muß sagen, Ihr Operationschef ist ein höflicher Mann.« Ich gab das Formular zurück. »So ein Leumundszeugnis – und Sie machen sich Sorgen? Jeder andere würde befriedigt sein.«

»Ich bin es nicht«, entgegnete Garvie gewichtig. »Und ich bin letzten Endes für die Sicherheit der *Dolphin* verantwortlich. Diese Depesche gibt Ihnen mehr oder weniger *carte blanche*, sich nach Belieben aufzuführen, von Kapitän Swanson zu verlangen, daß er dieses oder jenes wider besseres Wissen unternimmt. Das kann ich nicht dulden.«

»Spielt es eine Rolle, was Sie dulden und was Sie nicht dulden können? Sie haben Ihre Weisungen erhalten. Warum befolgen Sie sie nicht?«

Er schlug nicht zu. Er zuckte nicht einmal mit der Wimper. Ihm ging es nicht darum, daß man ihn nicht in die Hintergründe meiner scheinbar so geheimnisvollen Anwesenheit eingeweiht hatte. Nicht Ärger und Groll erfüllten ihn, sondern nur die ehrliche Besorgnis um die Sicherheit des Unterseebootes.

Er sagte: »Wenn ich es für wichtiger halte, daß die *Dolphin* auf aktivem Kriegsfuß verbleibt, statt einen abenteuerlichen Abstecher in die Arktis zu unternehmen, oder wenn ich der Meinung bin, daß Ihre Anwesenheit eine Gefahr für das Boot bedeutet, kann ich den Befehl des Operationschefs beiseite schieben. Ich bin der Höchstkommandierende an Ort und Stelle. Und ich gebe mich nicht zufrieden.«

Das war äußerst peinlich. Was er sagte, war ernst gemeint, und er sah mir nicht danach aus, als würde er sich einen Pfifferling um die Folgen scheren, wenn er im Recht zu sein glaubte. Ich betrachtete die beiden Männer, betrachtete sie langsam und nachdenklich, senkte die Stimme um einige Grade und fragte: »Ist diese Tür schallsicher?«

»Mehr oder weniger«, erwiderte Swanson. Auch er hatte die Stimme gedämpft, um sie der meinen anzupassen.

»Ich will keinen der Herren beleidigen, indem ich Sie zu strengem Stillschweigen verpflichte – oder dergleichen dummes Zeug«, sagte ich. »Ich möchte nur feststellen, daß ich unter Zwang handle. Was ich jetzt sagen werde, sage ich deshalb, weil Admiral Garvie mir droht, mich nicht mitfahren zu lassen, wenn ich ihm nicht seinen Wunsch erfülle.«

»Es wird keinerlei Rückwirkungen haben«, sagte Garvie.

»Woher wissen Sie das? Aber darauf kommt es jetzt nicht an. Also, meine Herren, die Fakten sehen folgendermaßen aus. Die Treibeis-Station Zebra ist offiziell als eine meteorologische Station des Luftfahrtministeriums klassifiziert. Freilich untersteht sie dem Luftfahrtministerium, aber unter dem gesamten Personal befinden sich nicht mehr als zwei qualifizierte Meteorologen. Dagegen wird man dort einige der tüchtigsten Kapazitäten auf verschiedenen anderen Gebieten antreffen – Radar, Radio, Infrarot und elektronische Rechenmaschinen. Sie bedienen die modernsten Apparate, die je in diesen verschiedenen Zweigen verwendet worden sind. Wir kennen heute, egal, wieso, die Reihenfolge der Auszählsignale, die die Russen in der letzten Minute vor dem Abschuß einer Rakete benützen. Die ›Zebra‹ besitzt eine riesige Scheibenantenne, die binnen weniger Sekunden solche Signale auffängt und verstärkt. Dann stellen sich die Fernradar- und Infrarotgeräte auf diese Ortung ein, und drei Minuten nach dem Start der Lenkwaffe haben sie ihre Flughöhe, ihre Geschwindigkeit und ihren Kurs mit einem unendlich kleinen Fehlermarginal errechnet. Das heißt, das Fazit liefern die Rechenmaschinen. Eine Minute später befinden sich die Informationen in den Händen sämtlicher Raketenabwehrstationen zwischen Alaska und Grönland. Abermals eine Minute, und die Lenkwaffenabwehrraketen mit ihrem festen Treibstoff und den Infrarotpeilapparaten sind unterwegs: Dann werden die feindlichen Lenkwaffen abgefangen und vernichtet, ohne Schaden anzurichten, solange sie sich noch hoch über den arktischen Regionen befinden. Wenn Sie einen Blick auf die Karte werfen, werden Sie sehen, daß die Treibeis-Station Zebra so gut wie unmittelbar an der Raketenschwelle Rußlands sitzt, Hunderte von Meilen jenseits der jetzigen DEW-Linie – dem Fernvorwarnungssystem. Auf jeden Fall ist die DEW-Linie bereits veraltet.«

»Ich mache hier nur den Laufburschen«, sagte Garvie unberührt. »Das alles ist mir neu.«

Ich wunderte mich nicht. Auch mir war es neu gewesen, nämlich bis vor wenigen Sekunden, als ich es mir ausgedacht hatte. Falls es uns je beschieden sein sollte, die Treibeis-Station Zebra zu erreichen, würde es interessant sein, Kapitän Swansons Reaktionen zu beobachten. Aber alles zu seiner Zeit. Momentan war mir nur daran gelegen, hinzukommen.

»Ich bezweifle«, sagte ich, »daß es außerhalb der Station ein Dutzend Menschen gibt, die wissen, was dort vorgeht. Jetzt aber wissen Sie Bescheid. Und Sie können beurteilen, wie lebenswichtig es für die freie Welt ist, daß dieser Stützpunkt aufrechterhalten wird. Wenn etwas passiert ist, wollen wir so schnell wie möglich herausbekommen, was passiert ist, damit wir den Betrieb wieder aufnehmen können.«

»Ich behaupte nach wie vor, daß Sie kein gewöhnlicher Arzt sind«, sagte Garvie lächelnd. »Kapitän Swanson, wann können Sie auslaufen?«

»Wir müssen noch mit den Torpedos fertig werden, an der *Hunley* anlegen, den letzten Proviant übernehmen, eine Reserve an Kälteschutzkleidung einladen, dann haben wir es geschafft, Sir.«

»So? Ich dachte, Sie hätten vorgehabt, draußen in der Bucht langsam zu tauchen, um die Stabilisatoren zu überprüfen und das Boot unter Wasser zu trimmen. Wie Sie wissen, wird es etwas ausmachen, daß Sie vorn keine Torpedos haben.«

»Ja – aber da hatte ich noch nicht gehört, was Doktor Carpenter uns soeben erzählt hat. Jetzt habe ich es genauso eilig wie er, Sir. Ich werde sehen, ob sofortige Trimmkontrolle notwendig ist. Wenn nicht, können wir sie auf hoher See durchführen.«

»Es ist Ihr Boot«, sagte Garvie. »Ich würde gern meine letzten zwei Backenzähne opfern, wenn ich mitkommen dürfte, Herr Kapitän. Wo werden Sie Doktor Carpenter unterbringen?«

»In der Kajüte des Ersten Offiziers und des Leitenden Ingenieurs ist Platz für eine Koje.« Er sah mich lächelnd an. »Ich habe bereits Ihren Koffer hinschaffen lassen.«

»Hat Ihnen das Schloß viel Mühe bereitet?« fragte ich.

Er geruhte leicht zu erröten. »Es war das erstemal, daß mir ein Koffer mit einem Kombinationsschloß begegnete. Das war es vor allem – und auch der Umstand, daß wir das Schloß nicht öffnen konnten –, was uns, den Herrn Admiral und mich, mißtrauisch gemacht hat. Ich habe noch einiges mit dem Herrn Admiral zu erörtern, deshalb werde ich Sie jetzt in Ihr Quartier bringen. Heute abend wird um acht Uhr gegessen.«

»Danke, ich möchte das Essen gern überspringen. Ich wäre für die Gelegenheit dankbar, mich auszuschlafen. Ich habe seit fast drei Tagen kein Auge zugetan und war in den letzten fünfzig Stunden pausenlos unterwegs.«

»Eine weite Reise – allerdings.« Swanson lächelte. »Wo waren Sie vor fünfzig Stunden, Herr Doktor?«

»In der Antarktis.«

Admiral Garvie warf mir einen recht mißtrauischen Blick zu, ließ es aber dabei bewenden.

2

Als ich aufwachte, war ich noch sehr schlaftrunken. Es war die Schlaftrunkenheit eines Menschen, der lange geschlafen hat. Auf meiner Uhr war es halb zehn, und ich wußte, es müsse der nächste Morgen sein, nicht derselbe Abend. Ich hatte fünfzehn Stunden lang geschlafen.

In der Kabine war es finster. Ich stand auf, tastete nach dem Lichtschalter, knipste das Licht an und blickte mich um. Weder Hansen noch der Leitende Ingenieur waren zu sehen. Offenbar waren sie gekommen, bevor ich eingeschlafen war, und gegangen, bevor ich aufgewacht war. Ich sah mich genauer um und spitzte die Ohren. Plötzlich fiel mir die fast unheimliche Stille auf. Es war auch keinerlei Bewegung zu spüren. Ich hätte mich ebensogut im Schlafzimmer meiner Stadtwohnung befinden können. War etwas schiefgegangen? Waren wir aufgehalten worden? Warum, um Himmels willen, waren wir nicht unterwegs?

Ich wusch mich hastig in dem herausklappbaren Waschbecken, Modell Schlafwagen, verzichtete darauf, mich zu rasieren, zog Hemd, Hose und Schuhe an und verließ den Raum. In einem Abstand von knapp einem Meter lag an Steuerbord eine Tür. Ich ging hin und trat ein. Zweifellos die Offiziersmesse. Einer saß noch beim Frühstück, mit vollen Backen kauend, über einem riesigen Teller mit Steak, Eiern und Pommes frites, während er gemächlich eine Illustrierte beäugte und durchaus den Eindruck eines Menschen erweckte, der das Leben schwelgerisch genießt. Er war ungefähr in meinem Alter, stämmig, mit leichtem Fettansatz (ein Zustand, der, wie ich später entdeckte, für die gesamte Besatzung kennzeichnend war, weil man zu gut aß und sich zu wenig bewegte). Das kurzgestutzte Haar war an den Schläfen schon angegraut, das Gesicht heiter und intelligent. Er erblickte mich, stand auf und reichte mir die Hand.

»Doktor Carpenter – Sie müssen es wohl sein! Willkommen in unserer Messe. Mein Name ist Benson. Nehmen Sie Platz, nehmen Sie Platz.«

Ich antwortete mit einigen geeigneten Worten, aber recht hastig, und fragte sodann: »Was ist los? Wodurch wurden wir aufgehalten? Warum sind wir nicht unterwegs?«

»Immer mit der Ruhe, Doktor Carpenter. Wir sind auf See. Nehmen Sie Platz.«

»Auf See? Wirklich? Ich spüre nichts.«

»In dreihundert Fuß Tiefe spürt man nichts. Es können auch vierhundert sein. Ich persönlich«, sagte er redselig, »beschäftige mich nicht mit solchen Bagatellen. Ich überlasse sie den Handwerkern.«

»Den Handwerkern?«

»Dem Kommandanten, dem Leitenden Ingenieur und ihresgleichen.«

»Haben wir den Clyde verlassen?«

»Sofern nicht der Clyde ein gutes Stück über die Nordspitze Schottlands hinausreicht, lautet die Antwort auf Ihre Frage: Ja.«

»Wie, bitte?«

Er lächelte. »Bei unserer letzten Positionskontrolle befanden wir uns tief in norwegischen Gewässern, auf der Höhe von Bergen.«

»Und wir haben noch immer Dienstag – Dienstag früh . . .?« Ich weiß nicht, ob ich dumm dreinsah. Jedenfalls kam ich mir dumm vor.

»Ja, es ist nach wie vor Dienstag früh.« Er lachte auf. »Und wenn Sie daraus errechnen können, welche Geschwindigkeit wir in den letzten fünfzehn Stunden gelaufen sind, werden wir Ihnen sehr verpflichtet sein, falls Sie es für sich behalten.« Er lehnte sich zurück und rief laut: »Henry!«

Ein Steward in weißer Jacke erschien aus einem Verschlag, der offenbar als Pantry diente. Er war groß und mager, hatte dunklen Teint und das längliche, melancholische Gesicht eines von Verdauungsbeschwerden geplagten Spaniels. Er musterte Benson und fragte in vielsagendem Ton: »Noch einen Teller Pommes frites, Herr Doktor?«

»Sie wissen genau, daß ich nie mehr als eine Portion von diesem kohlehydrierten Mist zu mir nehme«, erwiderte Benson würdevoll. »Wenigstens nicht zum Frühstück. Henry – das ist Doktor Carpenter.«

»Guten Morgen«, sagte Henry freundlich.

»Frühstück, Henry!« sagte Benson. »Und vergessen Sie nicht, Doktor Carpenter ist Brite. Er soll keine schlechte Meinung von der Menage erhalten, die auf den Schiffen der amerikanischen Kriegsmarine serviert wird.«

»Wer hier an Bord eine schlechte Meinung von unserer Kost hat«, sagte Henry mit dunklem Sinn, »versteht es gut, sie zu verheimlichen. Frühstück. Komplett. Sofort.«

»Nicht komplett, um Gottes willen!« warf ich ein. »Es gibt Dinge, denen wir dekadente Briten gleich in aller Frühe nicht gewachsen sind. Zum Beispiel Pommes frites.«

Er nickte zustimmend und verschwand. Ich sagte: »Doktor Benson, wenn ich nicht irre ...?«

»Schiffsarzt an Bord der *Dolphin* – nicht mehr und nicht weniger«, sagt er. »Der Mann, dessen berufliche Kompetenz dadurch in Frage gestellt wird, daß man einen Kollegen und Konkurrenten hinzuzieht.«

»Ich bin Passagier. Glauben Sie mir – ich habe nicht die geringste Absicht, Ihnen Konkurrenz zu machen.«

»Das weiß ich«, antwortete er schnell. Allzu schnell. So schnell, daß ich merkte, Swanson habe seine Hand im Spiel. Lächelnd fuhr Benson fort: »Nicht einmal für einen Medikus gibt es hier an Bord genügend zu tun, geschweige denn für zwei.«

»Sie sind also nicht überanstrengt?«

»Überanstrengt! Einmal am Tag ordiniere ich in der Krankenstube, und keine Menschenseele läßt sich blicken – außer wenn wir am Vorabend nach einer langen Fahrt im Hafen gelandet sind. Dann kommt es vor, daß der eine oder andere einen Brummschädel hat. Oder eine Beule am Kopf. Meine Haupttätigkeit – angeblich meine Spezialität – besteht darin, a) die Strahlungsintensität und b) die eventuelle Verseuchung der Luft zu kontrollieren. In den alten U-Boot-Zeiten war schon nach wenigen Tauchstunden die Atmosphäre ziemlich versaut – wir aber müssen im Notfall monatelang unten bleiben.« Er lächelte. »Beide Aufgaben sind nicht sehr beschwerlich. Jedes Besatzungsmitglied erhält ein Dosimeter, und in periodischen Abständen überprüfen wir die Strahlungsdosis auf dem Filmstreifen: Sie ist allemal geringer als die Dosis, die man erhält, wenn man an einem mäßig warmen Tag auf einer Bank sitzt ...

Das atmosphärische Problem ist noch einfacher. Kohlensäure und Kohlenoxyd sind unsere einzigen Sorgenkinder. Wir haben einen Gaswäscher, der die ausgeatmete Kohlensäure absorbiert und ins Meer hinauspumpt. Das Kohlenoxyd – das wir mehr oder weniger eliminieren könnten, wenn das Zigarettenrauchen verboten würde, aber wir wollen nicht in hundert Meter Tiefe eine Meuterei entfesseln – wird zu Kohlensäure verbrannt und dann wie üblich weggespült. Und auch da brauche ich mir nicht den Kopf zu zerbrechen. Ich habe einen sehr tüchtigen Mechaniker, der diese Apparate prima instand hält.« Er seufzte. »Mein Operationssal wird Ihr Herz erfreuen, Doktor Carpenter. Operationstisch, Zahnarztstuhl, alles, was gut und teuer ist, und der schwerste Fall, der mir bisher untergekommen ist, war ein Koch, der während eines Vortrags einschlief und sich die Finger an der Zigarette verbrannte.«

»Vortrag?«

»Ich muß etwas tun, wenn ich nicht den Verstand verlieren will. Jeden Tag studiere ich stundenlang die neueste Fachliteratur, aber was nützt mir das, wenn ich keine Praxis habe? Deshalb halte ich Vorträge. Ich informiere mich über die Gegenden, die wir aufsuchen, und alle hören sich gern diese Vorträge an. Ich spreche über Hygiene und allgemeine Gesundheitsregeln. Es gibt welche, die hören sich auch das an. Ich spreche darüber, wie gefährlich es ist, zuviel zu essen und sich zuwenig zu bewegen. Das hört sich keiner an. Ich höre selber nicht hin. Während einer dieser Vorlesungen hat sich besagter Koch die Finger verbrannt. Deshalb nimmt unser Freund Henry, der Steward, eine so überlegene und kritische Haltung gegenüber den Eßgewohnheiten der Herren ein, die offensichtlich auf ihre Eßgewohnheiten achten sollten. Er ißt so viel wie beliebige zwei Mann an Bord, aber ein metabolischer Defekt ermöglicht ihm, dünn zu bleiben wie eine Hopfenstange. Er behauptet, es sei seiner Diät zu verdanken.«

»Sie scheinen ein bedeutend weniger anstrengendes Leben zu führen als der durchschnittliche praktische Arzt.«

»Und ob – und ob!« Seine Miene erhellte sich. »Aber ich habe eine Beschäftigung – ein Hobby –, das dem durchschnittlichen praktischen Arzt nicht vergönnt ist. Die Eismaschine. Ich habe mich zu einem Fachmann entwickelt.«

»Was sagt Henry dazu?«

»Wie, bitte? Henry?« Er lachte. »Nein, nein – es handelt sich um eine andere Art von Eismaschine. Ich werde sie Ihnen nachher zeigen.«

Henry kam mit dem Essen, und ich bedauerte, daß nicht die Maîtres d'hôtel einiger angeblich fünfsterniger Londoner Hotels anwesend waren, um sich davon zu überzeugen, wie ein Frühstück auszusehen hat. Als ich fertig war und Benson mitgeteilt hatte, daß er meiner Meinung nach mit seinen Vorträgen über die Gefahren der Fettsucht nicht viel erreichen werde, sagte er: »Kapitän Swanson meinte, Sie würden sich umschauen wollen. Ich stehe Ihnen ganz zur Verfügung.«

»Sehr nett von Ihnen beiden. Zuerst aber möchte ich mich rasieren, mich anziehen und ein Wörtchen mit dem Kommandanten reden.«

»Rasieren Sie sich, wenn es Ihnen Spaß macht. Niemand besteht darauf. Was die Kleidung betrifft, so sind hier bei uns untertags Hemd und Hose üblich. Ferner soll ich Ihnen ausrichten, daß der Kommandant Sie sofort verständigen wird, wenn etwas einläuft, das für Sie von Interesse sein könnte.«

Also rasierte ich mich und ließ mir dann von Benson die Sehenswürdigkeiten dieser versunkenen Stadt zeigen. Ich mußte zugeben, daß im Vergleich zur *Dolphin* sämtliche britischen U-Boote, die ich bis dahin gesehen hatte, wie ehrwürdige Überbleibsel aus der Steinzeit wirkten.

Zuerst einmal war die Größe des Fahrzeugs verblüffend. Um den riesigen Kernreaktor zu beherbergen, mußte der Rumpf so großzügig bemessen sein, daß die inneren Dimensionen denen eines 3000-Tonnendampfers entsprachen, mit drei Decks anstelle des einen Decks und unteren Laderaumes, wie man sie in den herkömmlichen U-Booten gewohnt ist. Die Größe, im Verein mit der geschickten Anwendung freundlicher Pastellfarben in sämtlichen Unterkünften, Arbeitsräumen und Gängen, erweckte einen überwältigenden Eindruck von Helligkeit, Luftigkeit und vor allem Geräumigkeit.

Zuerst wurde ich – unvermeidlicherweise – in die Krankenstube geführt. Es war die kleinste und zugleich bestausgestattete chirurgische Abteilung, die ich je gesehen hatte. Ob man eine schwere Operation nötig hatte oder sich nur einen Zahn plombieren lassen wollte – hier war man gut aufgehoben. Das Motiv jedoch, das Benson zur Zierde der einzigen, nicht mit diversen chirurgischen oder medizinischen Gerätschaften bepflasterten Wand verwendet hatte, trug weder klinisches noch funktionalistisches Gepräge: eine Reihe bunter Filmfotos mit sämtlichen Zeichenfilmfiguren, die mir je begegnet waren, von Popeye bis Pinocchio, und in der Mitte als Glanzstück, einen halben Quadratmeter groß, der untadelig beschlipste Yogi-Bär, wie er emsig den oberen Rand eines Holzschildes absägt, mit dem ersten Wort einer Aufschrift, die da lautet: ›Nicht die Bären füttern!‹ Vom Boden bis zur Decke war die Wand vollgekleistert.

Aus der Krankenstube begaben wir uns durch die Offiziersmesse und das Offizierslogis ein Deck tiefer ins Mannschaftslogis. Benson führte mich durch die blitzblank gekachelten Waschräume, den tadellos aufgeräumten Schlafraum und dann in die Mannschaftsmesse.

»Hier schlägt das Herz des Schiffes«, erklärte er. »Nicht, wie die Uneingeweihten sich vorstellen, im Kernreaktor, sondern hier. Schauen Sie sich das bloß an! Hi-fi, Musikbox, Plattenspieler, Kaffeemaschine, Eiscreme-Maschine, Kino, Bibliothek und Treffpunkt sämtlicher Kartenspielteufel an Bord. Wie sollte ein Kernreaktor dagegen aufkommen? Wenn die alten U-Boot-Veteranen das sehen könnten, würden sie sich im Grab umdrehen. Im Vergleich zu den prähistorischen Verhältnissen, unter denen sie gelebt haben, würden wir ihnen total verzärtelt und verdorben erscheinen. Vielleicht sind wir es, vielleicht aber auch nicht: Die Braven mußten nicht monatelang hintereinander im getauchten Boot leben ... Hier pflege ich auch meine Opfer mit Vorträgen über die bösen Folgen der Völlerei in Schlaf zu wiegen.« Er erhob die Stimme zu Nutz und Frommen der sieben oder acht Matrosen, die an den Tischen saßen, Kaffee tranken, rauchten, lasen. »Überzeugen Sie sich selbst, Doktor Carpenter, von der Wirksamkeit meiner Predigten. Haben Sie je in Ihrem Leben schlimmere Fettbäuche und Schlappschwänze gesehen?«

Die Leute grienten vergnügt. Sie hatten eine seltsame Ähnlichkeit miteinander, ob groß oder klein, die gleichen Merkmale, die mir an Zabrinski und Rawlings aufgefallen waren – einen Anstrich still gelockerter Kompetenz, eine heitere Gelassenheit, die sie gewissermaßen zu einer Art Ausnahmemenschen stempelte, die sie zweifellos waren.

Benson machte mich gewissenhaft mit allen bekannt, informierte mich getreulich über ihre Funktionen und Aufgaben an Bord der *Dolphin* und teilte ihnen sodann mit, ich sei ein britischer Marinearzt, der die Fahrt mitmache, um sich zu akklimatisieren. Das hatte ihm wohl Swanson eingetrichtert, es kam der Wahrheit recht nahe und würde allen Grübeleien über meine Anwesenheit einen Riegel vorschieben.

Benson führte mich in eine kleine Kammer, die an die Messe grenzte.

»Die Luftreinigungsanlage. Das ist der Maschinenwärter Harrison. Wie sieht es in unserem Zauberkasten aus, Harrison?«

»Prima, Herr Doktor, prima. Kohlensäurestand permanent dreißig Teile per Million.« Er trug Ziffern ins Logbuch ein, Benson unterzeichnete die Notiz mit einem Schnörkel, die beiden wechselten noch einige Worte miteinander, dann gingen wir weg.

»Das halbe Tagewerk mit einem Federstrich erledigt«, bemerkte er. »Ich nehme an, daß Sie kein Interesse daran haben, Weizensäcke, Speckseiten, Kartoffelsäcke und etwa hundert verschiedene Sorten Konserven zu besichtigen.«

»Kein besonderes Interesse. Warum?«

»Die vordere Hälfte des Decks unter unseren Füßen – eigentlich ein Lagerraum – ist hauptsächlich für diese Zwecke bestimmt. Ich weiß, es sieht nach einer ganzen Menge aus, aber hundert Mann vertilgen schließlich und endlich im Lauf von drei Monaten eine ganze Menge Lebensmittel – und drei Monate auf See sind das Minimum, auf das wir im Notfall gefaßt sein müssen. Wir schenken uns die Inspektion der Vorräte. Schauen wir uns die Zubereitung an.«

Er ging voraus in die Kombüse, einen kleinen, viereckigen Raum voller Kacheln und funkelndem rostfreiem Stahl. Ein hochgewachsener, stämmiger Koch in weißer Jacke drehte sich zu uns um und begrüßte Benson mit einem Lächeln. »Haben Sie die Absicht, den heutigen Lunch zu kosten, Herr Doktor?«

»Nein«, erwiderte Benson kühl. »Doktor Carpenter – unser Chefkoch, mein Erzfeind, Sam McGuire. Welche Form erhält das Übermaß an Kalorien, das Sie heute der Besatzung in den Schlund zu stopfen gedenken?«

»Von Stopfen wird nicht die Rede sein«, erwiderte McGuire vergnügt. »Rahmsuppe, Ochsenlende, Bratkartoffeln und so viel Apfelkuchen, wie der einzelne verdrücken kann. Lauter gute, nahrhafte Gerichte.«

Benson schauderte. Er wandte sich zum Gehen, hielt inne und zeigte auf ein dickes, zehnzölliges Bronzerohr, das etwa anderthalb Meter über den Fußboden der Kombüse emporragte und mit einem schweren Deckel versehen war. Der Deckel hing in Scharnieren und war mit Klampen verschraubt. »Das wird Sie interessieren, Doktor Carpenter. Raten Sie mal, was es ist!«

»Ein Druckkocher?«

»Sieht so aus, nicht wahr? Das ist unsere Müllbeseitigungsanlage. Anno dazumal, als ein U-Boot alle paar Stunden auftauchen mußte, war die Müllabfuhr kein Problem, man hat den Mist einfach über Bord geworfen. Wenn man aber wochenlang hintereinander in hundert Meter Tiefe kreuzt, kann man eben nicht aufs Oberdeck hinaufspazieren und Mülleimer ausleeren. Die Abfallbeseitigung wird zu einem Problem. Dieses Rohr reicht bis an den Kiel der *Dolphin* hinunter. Am unteren Ende befindet sich ein schwerer, wasserdichter Verschluß, der diesem Deckel entspricht. Eine Verriegelung sorgt dafür, daß nicht beide Türen gleichzeitig geöffnet werden können – das wäre nämlich das Ende der *Dolphin*. Unser Sam, oder einer seiner Myrmidonen, füllt den Müll in Nylontüten, beschwert sie mit Ziegeln –«

»Sagten Sie Ziegel?«

»Ziegel ... Sam, wie viele Ziegel haben wir an Bord?«

»Nach der letzten Zählung etwas über tausend Stück, Herr Doktor.«

»Eine richtige Baustelle, wie?« sagte Benson lächelnd. »Die Ziegel sorgen dafür, daß die Abfalltüten auf den Meeresgrund sinken und nicht an die Oberfläche emporsteigen: Auch in Friedenszeiten wünschen wir unsere Position nicht zu verraten. Drei bis vier Tüten wandern ins Rohr, der obere Deckel wird zugeschraubt, die Tüten werden unter Druck ins Wasser gepumpt. Dann macht man die Außentür wieder zu. Simpel ...«

»Ja.« Aus irgendeinem Grund fand ich diese wunderliche Apparatur seltsam faszinierend. Etliche Tage später sollte ich mich an dieses unerklärliche Interesse erinnern und mich fragen, ob ich nicht am Ende in vorgerücktem Alter ein Hellseher geworden sei.

Benson verließ die Kombüse und ging voraus zu einer dicken Stahltür in einem Querschott. Acht massive Greifer mußten gelockert und dann wieder festgehakt werden, nachdem wir die Schwelle überschritten hatten.

»Der vordere Torpedolagerraum.« Benson hatte die Stimme gesenkt. Mindestens die Hälfte der ungefähr sechzehn Kojen, die an den Wänden entlangliefen oder bis dicht unter die Torpedos und Gestelle hochgetürmt waren, war besetzt, und sämtliche Insassen schlummerten friedlich. »Nur sechs Torpedos, wie Sie sehen. Normalerweise werden zwölf Stück hier verwahrt nebst weiteren sechs Stück, die ständig in den Ausstoßrohren stecken. Momentan haben wir nur diese sechs an Bord. Zwei unserer Torpedos vom neuesten und mehr oder weniger unerprobten funkgesteuerten Modell haben nicht ordentlich funktioniert – während der soeben beendeten NATO-Manöver –, und Admiral Garvie ließ nach unserer Rückkehr nach Holy Loch das ganze Sortiment in die Prüfwerkstatt schicken. Die *Hunley*, unser Mutterschiff, hat entsprechende Fachleute an Bord. Aber kaum hatte man sie gestern früh ausgeladen, da kam uns diese ›Zebra‹-Geschichte dazwischen, und Kapitän Swanson bestand darauf, wenigstens sechs Stück sofort wieder an Bord zu schaffen.« Lächelnd fügte Benson hinzu: »Nichts ist einem U-Boot-Kommandanten verhaßter, als ohne seine Torpedos in See zu gehen. Da hat er das Gefühl, er könnte ebensogut zu Hause bleiben.«

»Und diese Torpedos sind noch immer nicht anwendbar?«

»Ich weiß nicht, ob sie anwendbar sind oder nicht. Unsere Kriegsmannen, die Sie hier schlummern sehen, werden ihr Bestes tun, um es festzustellen, sobald sie zu sich kommen.«

Benson ging an den blankschimmernden Torpedos entlang und blieb abermals vor einer Stahltür in einem Querschott stehen. Er öffnete sie, und dahinter, in einem Abstand von etwas über einem Meter, lag eine weitere schwere, in eine Querwand eingelassene Tür. Die Schwelle war etwa fünfzig Zentimeter über den Fußboden erhöht.

»Ihr seid darauf aus, jedes Risiko zu vermeiden, wenn ihr eure Boote baut, ja?« sagte ich. »Es ist gerade so, als wollte man in die Bank von England einbrechen.«

»Wir sind zwar ein Atomboot, aber das bedeutet nicht, daß wir nicht unter Wasser den gleichen Gefahren ausgesetzt wären wie die älteren Boote«, sagte Benson. »Wir sind es. Es ist schon vorgekommen, daß Boote verlorengingen, weil das Kollisionsschott nicht standhielt. Der Rumpf der *Dolphin* verträgt einen gewaltigen Druck, aber ein verhältnismäßig geringfügiger Stoß mit einem scharfkantigen Gegenstand kann uns weit aufreißen wie ein Büchsenöffner. Die größte Gefahr ist ein Zusammenstoß über Wasser, der fast immer am Bug passiert. Um also für solche Fälle doppelt gesichert zu sein, haben wir doppelte Kollisionsschotten — das erste Boot, das welche hat. Es macht den Durchgang zwischen Bug und Heck ein wenig beschwerlich, aber Sie haben keine Ahnung, wie viel ruhiger wir nachts schlafen.«

Er machte die achtere Luke hinter sich zu und öffnete die vordere Luke. Wir gelangten in den vorderen Torpedoraum, eine enge, schmale Kammer, gerade so lang, daß man die Torpedos in die Rohre schieben konnte. Diese Rohre, mit ihren in schweren Scharnieren hängenden Verschlüssen, waren dicht nebeneinander in zwei senkrechten Stapeln zu je drei Stück angeordnet. Über unseren Köpfen befanden sich die Ladeschienen mit den schweren Flaschenzügen. Das war alles. Keine Kojen. Und ich wunderte mich nicht. Ich hätte auch nicht gern bugwärts vor den Kollisionsschotten geschlafen.

Wir machten kehrt, um uns achteraus zu begeben, und hatten die Messe erreicht, da kam ein Matrose heran und sagte, der Kommandant wünsche mich zu sprechen. Ich folgte ihm über den breiten Niedergang in die Zentrale, Dr. Benson ein paar Schritte hinter mir, um zu zeigen, daß er nicht aufdringlich sein wolle. Kapitän Swanson erwartete mich an der Tür des Funkraums.

»Guten Morgen, Herr Doktor. Gut geschlafen?«

»Fünfzehn Stunden – und noch besser gefrühstückt. Was ist los, Herr Kapitän?« Es war etwas los, ganz bestimmt: Ausnahmsweise einmal lächelte Kapitän Swanson nicht.

»Wir haben eine Meldung erhalten, die die Treibeis-Station Zebra betrifft. Sie muß erst noch dechiffriert werden, aber das dürfte nur wenige Minuten dauern.«

Entschlüsseln hin, entschlüsseln her – mir kam es so vor, als hätte Swanson bereits einen recht klaren Begriff von dem Inhalt der Meldung.

»Wann sind wir aufgetaucht?« fragte ich. (Sobald ein U-Boot taucht, verliert es den Funkkontakt.)

»Überhaupt nicht mehr, seit wir den Clyde verlassen haben. Momentan befinden wir uns in einer Tiefe von nahezu dreihundert Fuß.«

»Ist es eine Funkmeldung, die Sie erhalten haben?«

»Ja, was denn sonst? Die Zeiten haben sich geändert. Um zu senden, müssen wir nach wie vor auftauchen, aber wir können bis zur Maximaltauchtiefe empfangen. Irgendwo in Connecticut steht der größte Sender der Welt. Er benützt eine sehr lange Welle, die uns bei dieser Tiefe leichter erreicht. Kommen Sie! Während wir warten, werde ich Sie mit unseren Schiffsleuten bekannt machen.«

Er stellte mich einigen Mitgliedern der Besatzung vor (ihm schien es genauso wie Benson völlig egal zu sein, ob es sich um einen Offizier oder um einen Matrosen handelte) und blieb schließlich neben einem Offizier stehen, der dicht hinter dem Sehrohrstand saß, ein junger Bursche, der so aussah, als besuchte er noch die Mittelschule.

»Will Raeburn«, sagte Swanson. »Normalerweise beachten wir ihn kaum, aber sobald wir unter Eis geraten, wird er der wichtigste Mann an Bord. Unser Navigationsoffizier. Haben wir uns verirrt, Will?«

»Momentan sind wir genau hier, Herr Kapitän.« Er zeigte auf ein winziges Lichtpünktchen auf der norwegischen Seekarte, die unter der Glasscheibe auf dem Koppeltisch ausgebreitet war. »Kreisel und Trägheit stimmen haargenau überein.«

»Trägheit?« fragte ich.

»Ihr Erstaunen ist mir verständlich, Doktor Carpenter«, erwiderte Swanson. »Leutnant Raeburn ist noch zu jung und knusprig, um dem Laster der Trägheit verfallen zu sein. Er meint unsere Trägheitsnavigationsanlage, eine Apparatur, die man früher einmal zur Lenkung der Interkontinentalraketen benützte und inzwischen den Bedürfnissen der U-Boote, besonders der Atom-U-Boote angepaßt hat. Es hat keinen Zweck, daß ich mich auf Einzelheiten einlasse – Will ist bereit, Ihnen die Ohren vollzuschwatzen, wenn es ihm glückt, Sie beim Schlafittchen zu erwischen.« Er warf einen Blick auf die Kartenposition. »Sind Sie mit unserer Geschwindigkeit zufrieden, Herr Doktor?«

»Ich kann es immer noch nicht glauben«, sagte ich.

»Wir kamen ein bißchen früher in Gang, als ich berechnet hatte, schon vor sieben«, sagte Swanson. »Ich hatte vorgehabt, einige Tauchmanöver durchzuführen, um die Trimmung herzustellen – aber es war nicht nötig. Selbst mit sechs Torpedos statt achtzehn im Bug ist die *Dolphin* nicht so achterlastig, wie ich befürchtet hatte. Sie ist so verteufelt groß und schwer, daß ihr ein paar Tonnen mehr oder weniger hier oder dort nichts auszumachen scheinen. Also preschten wir ganz einfach drauflos . . .«

Er unterbrach sich, um sich von einem Matrosen eine Meldung geben zu lassen. Er las sie langsam durch. Dann schüttelte er den Kopf, ging in einen stillen Winkel der Zentrale, und als ich ihm folgte, drehte er sich zu mir um. Er lächelte noch immer nicht.

»Es tut mir sehr leid«, sagte er. »Major Halliwell, der Befehlshaber der Station – Sie erwähnten gestern abend, daß Sie eng mit ihm befreundet sind . . .?«

Ich fühlte, wie mein Mund auszudorren begann. Mit einem Kopfnicken nahm ich die Meldung in die Hand.

Sie lautete: »Ein weiterer, sehr verstümmelter und schwer zu entziffernder Funkspruch der Treibeis-Station Zebra an den britischen Fischdampfer *Morning Star*, der auch den ersten Funkspruch aufgefangen hatte, wurde um 9.45 Uhr Greenwich-Zeit empfangen. In der Meldung heißt es, der Kommandant, Major Halliwell, und drei andere Personen, deren Namen nicht genannt wurden, seien lebensgefährlich verletzt oder tot, ohne Hinweis darauf, wer oder wie viele unter den vier Personen tot seien. Andere – auch hier wieder ist die Zahl unbekannt – hätten schwere Brandwunden und Witterungsschäden davongetragen. Mitteilungen über Lebensmittel und Brennstoff waren zufolge atmosphärischer Störungen und geringer Sendeenergie nicht zu enträtseln. Aus einer stark verstümmelten Textstelle geht hervor, daß einige Überlebende in einer Hütte sich wegen des Wetters nicht wegrühren können. Das Wort ›Schneesturm‹ deutlich aufgefangen. Anscheinend Einzelheiten über Windgeschwindigkeit und Temperatur, aber unmöglich zu verstehen ...

Die *Morning Star* hat kurz darauf mehrere Male versucht, mit der Treibeis-Station Zebra Verbindung zu bekommen. Keine Bestätigung ...

Die *Morning Star* hat auf Ersuchen der britischen Admiralität die Fischereigründe verlassen und rückt näher an die Packeisbarriere heran, um als Horchposten zu dienen. Ende ...«

Ich faltete das Papier zusammen und gab es Swanson zurück. Abermals sagte er: »Es tut mir leid, Carpenter.«

»Lebensgefährlich verletzt oder tot«, sagte ich. »In einer leergebrannten Station auf der Eishaube zur Winterzeit. Kein Unterschied.« Meine Stimme klang mir wie die Stimme eines Fremden ins Ohr, tonlos und leblos, eine Stimme bar jeden Gefühls. »Johnny Halliwell und drei seiner Leute. Johnny Halliwell. Ein bemerkenswerter Mann. So einem Mann begegnet man nicht oft, Herr Kapitän. Mit fünfzehn Jahren, als seine Eltern starben, verließ er die Schule, um einen um acht Jahre jüngeren Bruder zu ernähren. Er schuftete, er sparte, er opferte, er widmete viele seiner besten Jahre der Sorge um seinen Bruder, ließ ihn sogar sechs Jahre lang an einer Universität studieren. Erst dann dachte er an sich selbst, erst dann heiratete er. Er hinterläßt eine reizende Frau und drei prächtige Kinder. Zwei Nichten und einen noch nicht sechs Monate alten Neffen.«

»Zwei Nichten ...« Er unterbrach sich und starrte mich an. »Du lieber Himmel, Ihr Bruder? Ihr Bruder?« Im Augenblick schien er die Verschiedenheit der Zunamen nicht merkwürdig zu finden.

Ich nickte stumm. Der junge Leutnant Raeburn näherte sich

uns mit seltsam besorgter Miene. Swanson aber schickte ihn mit einer brüsken Handbewegung weg, anscheinend ohne auch nur hinzuschauen. Langsam schüttelte er den Kopf, hörte nicht auf, ihn zu schütteln, auch als ich sagte: »Er ist sehr zäh. Vielleicht hat er es überlebt. Vielleicht ist er am Leben. Wir müssen die Position der ›Zebra‹ erfahren. Wir müssen sie erfahren.«

»Vielleicht wissen sie sie selber nicht«, sagte Swanson. Man merkte ihm an, daß er froh war, ein Gesprächsthema zu haben. »Wohlgemerkt, es ist eine Treibeis-Station. Bei dem schlechten Wetter sind vielleicht Tage vergangen, seit man zum letztenmal die Position bestimmt hat. Und wer weiß – vielleicht sind die Sextanten, Chronometer und Funkpeilgeräte bei dem Brand verloren gegangen.«

»Die Leute müssen wissen, wie die letzte Peilung ausgesehen hat, auch wenn eine Woche vergangen ist. Sie müssen einen ziemlich genauen Begriff von der Schnelligkeit und Richtung der Abdrift haben. Sie werden uns approximative Daten liefern können. Die *Morning Star* muß Weisung erhalten, pausenlos zu senden und unaufhörlich Positionsangaben zu verlangen. Wenn Sie jetzt auftauchen, können Sie sich dann mit der *Morning Star* in Verbindung setzen?«

»Das bezweifle ich. Die Entfernung zwischen uns und dem Dampfer beträgt an die tausend Meilen. Sein Empfangsgerät wird nicht stark genug sein, um uns zu hören – oder mit anderen Worten, unser Sender ist zu schwach.«

»Die BBC hat massenhaft Sender, die genügend stark sind. Ebenso auch die Admiralität. Bitte, ersuchen Sie die eine oder andere Stelle, sich mit der *Morning Star* in Verbindung zu setzen und sie zu beauftragen, pausenlos die Position der ›Zebra‹ zu verlangen.«

»Wir tauchen jetzt auf«, sagte Swanson mit einem Kopfnicken. Er wandte sich von dem Kartentisch ab, neben dem wir gestanden hatten, und steuerte auf den Tauchstand zu. Als er am Koppeltisch vorbeikam, sagte er zu dem Navigationsoffizier: »Was wollten Sie, Will?«

Leutnant Raeburn kehrte mir den Rücken und dämpfte die Stimme, aber mein Gehör war schon immer ein wenig abnorm. Er flüsterte: »Haben Sie sein Gesicht gesehen, Herr Kapitän? Ich dachte, er würde ausholen und Ihnen eine langen.«

»Das habe ich auch gedacht«, murmelte Swanson. »Einen

Augenblick lang. Aber ich glaube, ich befand mich gerade nur zufällig in seinem Blickfeld, weiter nichts . . .«

Ich ging nach vorn in meine Kabine und legte mich auf die Koje.

3

»Also, da sind wir«, sagte Swanson. »Das ist die Barriere.«

Die *Dolphin,* auf nördlichem Kurs, den dicken, zylindrischen Rumpf in der einen Sekunde völlig überschwemmt, in der nächsten deutlich zu sehen, wie sie schwerfällig durch die hohen, von dwars kommenden Wogen schlingerte, legte weniger als drei Knoten in der Stunde zurück. Die großen, mit Kernenergie getriebenen Motoren lieferten den zwei wuchtigen, fast drei Meter hohen Propellern gerade nur so viel Schub, daß es für die Steuerkraft reichte, aber auch nicht mehr. Zehn Meter unter unserem Standplatz auf der Brücke durchforschte unablässig das beste Schallortungsgerät der Welt die Gewässer rund um uns her, aber Kapitän Swanson wollte trotzdem keinen folgenschweren Zusammenstoß mit einem driftenden Eisblock riskieren. Der mittägliche arktische Himmel war so stark bewölkt, daß es kaum heller war als in später Abenddämmerung. Das Brückenthermometer zeigte eine Meerestemperatur von zwei Grad unter Null (Celsius) und eine Lufttemperatur von minus fünfundzwanzig Grad. Der orkanartige Wind aus Nordost fegte die Kämme von den stahlgrau sich daninwälzenden Wellen und bombardierte die steilen Seitenwände des Kommandoturms, den die Besatzung wegen seiner Silhouette ›Segel‹ nannte, unablässig mit Gischt, der noch im Aufprall zu festem Eis erstarrte. Die Kälte war abscheulich.

Hilflos zitternd, in einen dicken Wollmantel und festes Ölzeug gehüllt, in den illusorischen Schutz des leinenen Windfangs geduckt, folgte ich mit meinem Blick dem ausgestreckten Arm des Kommandanten: durch das hohe, schrille Winseln des Windes und das Trommelfeuer des gegen das Segel schmetternden Gischts hindurch hörte ich seine Zähne klappern. Gegen Norden zu, an der nächstgelegenen Stelle knapp zwei Meilen entfernt, schien sich ein langer, schmaler, grauweißer Strich über die gesamte Weite des Horizonts zu erstrecken. Ich hatte ihn schon früher einmal gesehen, und es war nicht viel zu sehen, aber es ist ein Anblick, an den der Mensch sich nie gewöhnt: Vor allem durch die Vorstellung, daß er der Beginn der polaren Eishaube ist, die den Gipfel der Welt bedeckt, zu dieser Jahreszeit eine feste, kompakte Eismasse, die von der Stelle aus, an der wir uns befanden, bis nach Alaska auf der anderen Seite des Globus reicht. Und unter dieser Masse mußten wir unseren Kurs fortsetzen. Wir mußten unter ihr hinwegtauchen, um in einer Entfernung von vielen hundert Meilen Menschen zu suchen, die vielleicht bereits im Sterben lagen, Menschen, die vielleicht schon tot waren.

Die Funknachricht, die vor genau neunundvierzig Stunden an uns weitergeleitet worden war, war die letzte gewesen. Seither: nichts als Schweigen. In den dazwischenliegenden zwei Tagen hatte der Fischdampfer *Morning Star* fast unaufhörlich gefunkt und versucht, die Treibeis-Station Zebra zu erreichen, aber aus der öden Eiswildnis im Norden war nichts als Totenstille gekommen. Kein Wort, kein Signal, nicht der leiseste Ton.

Achtzehn Stunden zuvor hatte der russische, mit Kernenergie getriebene Eisbrecher *Dwina* die Barriere erreicht und einen verzweifelten Versuch gemacht, in das Innere der Eishaube vorzustoßen. In diesem frühen Stadium des Winters war das Eis weder so dick noch so kompakt wie zur Zeit seiner maximalen Dicke im März, und von der schwer gepanzerten *Dwina* mit ihren kräftigen Motoren hieß es, sie könne eine Eisschicht bis zu sechs Metern durchstoßen. Aber der Zustand der Treibeismassen hatte sich als ungewöhnlich widerspenstig und der Durchbruchsversuch als aussichtslos erwiesen. Der *Dwina* war es gelungen, sich vierzig Meilen weit in die Eishaube hineinzubohren, bevor sie endgültig durch eine dicke Packeismauer aufgehalten worden war, die über sieben Meter hoch war und wahrscheinlich dreißig Meter ins Wasser hinabreichte. Nach den vorliegenden Berichten hatte die *Dwina* am Bug schwere Schäden davongetragen und war jetzt noch damit beschäftigt, sich mit Mühe und Not aus dem Packeis zu befreien. Ein tapferer Vorstoß hatte nichts erzielt außer einer Verbesserung der ostwestlichen Beziehungen in einem Ausmaß, wie man es sich seit vielen Jahren nicht hatte träumen lassen.

Damit waren übrigens die Bemühungen der Russen nicht zu Ende gewesen. Ebenso wie die Amerikaner hatten sie mit Fernbombern mehrere Erkundungsflüge durchgeführt. Hundertmal waren diese Maschinen durch das dichte Gewölk und die peitschenden, mit Eis und Schnee beladenen Winde kreuz und quer über das in Betracht kommende Gebiet geflogen und hatten es mit ihren phantastisch genauen Radargeräten abgetastet. Aber kein einziger Ortungserfolg war gemeldet worden. Die Treibeis-Station Zebra blieb so stumm, als hätte dort nie Leben geherrscht, so verloren, als hätte sie nie existiert.

»Es lohnt sich nicht, hier oben herumzustehen und zu erfrieren«, sagte Kapitän Swanson fast schreiend; anders hätte er sich nicht verständlich machen können. »Wenn wir unters Eis müssen, dann lieber gleich.« Er kehrte dem Wind den Rücken und blickte nach Westen, wo in einem Abstand von knapp einer Viertelmeile ein großer Fischdampfer mit breitem Bug schwerfällig und plump auf den Wellen schaukelte. Die *Morning Star*, die sich in den letzten zwei Tagen ganz dicht an den Rand des Packeises herangepirscht hatte, lauschend, wartend, und zwar vergebens, schickte sich an, nach Hull zurückzukehren. Ihre Treibstoffreserven gingen zu Ende.

»Geben Sie eine Blinkmeldung«, sagte Swanson zu dem Matrosen, der neben ihm stand. »Wir sind im Begriff, zu tauchen und unter dem Eis weiterzulaufen. Wir rechnen nicht damit, vor mindestens vier Tagen aufzutauchen, und sind bereit, höchstens vierzehn Tage unten zu bleiben.« Er wandte sich mir zu und fügte hinzu: »Wenn wir sie bis dahin nicht gefunden haben . . .« Er ließ den Satz unvollendet.

Ich nickte, und er fuhr, zum Signalgast gewandt, fort: »Vielen Dank für die großzügige Hilfe. Wir wünschen Ihnen Glück und eine gute Heimfahrt.«

Als der Handscheinwerfer des Signalgasts zu schnattern begann, sagte er in verwundertem Ton: »Gehen diese Leute den ganzen Winter in der Arktis auf Fischfang?«

»Ja.«

»Den ganzen Winter! Fünfzehn Minuten, und ich bin halb tot. Dekadente Tommys, alle miteinander!«

Ein paar Sekunden lang flackerte ein Licht an Bord der *Morning Star*. Swanson fragte: »Was antworten sie?«

»Achtet auf eure Köpfe unterm Eis. Viel Glück und gute Fahrt.«

»Alle Mann unter Deck!« befahl Swanson.

Während der Signalgast den Leinwandschutz abzumontieren begann, kletterte ich über eine Leiter in eine enge Kammer hinunter, zwängte mich durch eine Luke und sodann über eine zweite

Leiter durch die Druckhülle des U-Bootes. Abermals eine Luke, eine dritte Leiter, und ich befand mich im Steuerdeck der *Dolphin*. Swanson und der Signalgast kamen hinterher, als letzter Hansen, der die beiden schweren, wasserdichten Deckel zu schließen hatte.

Wer mit der Kost der U-Boot-Filme aufgepäppelt worden ist, wäre von Kapitän Swansons Tauchtechnik bitter enttäuscht gewesen. Kein frenetisches Getue, niemand, der sich nervös und mit stählernem Blick über die Schalter beugt, keine Lautsprecherbefehle: »Tauchen! Tauchen! Tauchen!«, kein Gehupe, Swanson zog ein an einer Spiralfeder befestigtes Mikrophon zu sich heran, sagte in ruhigem Ton: »Hier spricht der Kommandant. Wir begeben uns jetzt unters Eis. Tauchen!« ließ das Mikrophon los und sagte: »Dreihundert Fuß.«

Der Chef-Elektronentechniker kontrollierte gemächlich die reihenweise angeordneten Lämpchen, die anzeigten, daß sämtliche Luken und Ventile geschlossen waren. Die Drehscheibenlichter waren erloschen, die Schlitzlichter brannten hell. Eine zweite ebenso gemächliche Kontrolle. Dann blickte er zu Swanson auf und sagte: »Alles dicht, Sir.«

Swanson nickte. Laut zischte Luft aus den Tauchtanks, und damit war es getan. Wir waren unterwegs. Es war ungefähr so aufregend, wie wenn man jemanden einen Schubkarren schieben sieht. Und irgendwie seltsam beruhigend.

Zehn Minuten später kam Swanson zu mir herauf. In den vergangenen zwei Tagen hatte ich ihn recht gut kennen, ihn sehr schätzen und enorm achten gelernt. Die Besatzung hegte restloses und stillschweigendes Vertrauen zu ihm. Mir ging es genauso. Er war ein gutherziger, freundlicher Mann mit einem ungeheuren Wissen, das sich auf alle Aspekte der Unterseebootfahrt erstreckte, einem bemerkenswerten Blick für Details, einem noch bemerkenswerteren Scharfsinn und einer unerschütterlichen Ruhe, die sich unter allen Umständen behauptete.

»Wir sind im Begriff, unters Eis zu tauchen, Doktor Carpenter. Wie ist Ihnen zumute?«

»Mir wäre wohler, wenn ich sehen könnte, wo es hingeht.«

»Wir können es sehen«, erwiderte er. »Wir haben die besten Augen der Welt an Bord der *Dolphin*. Wir haben Augen, die nach unten, nach oben, nach vorn, nach allen Seiten schauen. Unser abwärts gerichtetes Auge ist der Tiefenmesser, das Echolot, das uns genau sagt, wie tief das Wasser unter dem Kiel ist – und da wir momentan etwa fünftausend Fuß Wasser unter unserem Kiel haben, laufen wir keine Gefahr, gegen unterseeische Felsvorsprünge zu stoßen. Daß wir das Lot benützen, ist eine reine Formalität. Aber kein verantwortungsbewußter Navigationsoffizier würde je daran denken, es auszuschalten. Wir haben zwei Schallortungsaugen, die nach vorn und in die Runde blicken. Das eine bestreicht den Horizont, das andere erkundet einen fünfzehngradigen Pfad zu beiden Seiten des Buges. Sieht alles, hört alles. Wenn jemand an Bord eines zwanzig Meilen entfernten Kriegsschiffs einen Schraubenzieher fallen läßt, erfahren wir es sofort. Faktum. Und wieder scheinbar nur eine Formalität. Das Sonargerät hält nach Unterwasserstalaktiten Ausschau, die durch den Druck des Packeises nach unten getrieben werden, aber auf fünf Fahrten unter dem Eis und zwei Polfahrten habe ich nie Stalaktiten oder Grate in einer Tiefe von mehr als zweihundert Fuß gesehen, und wir befinden uns jetzt in einer Tiefe von dreihundert Fuß. Trotzdem lassen wir auch die Schallortungsgeräte arbeiten.«

»Könnte man nicht mit einem Walfisch kollidieren?« fragte ich.

»Wir könnten mit einem anderen U-Boot kollidieren.« Er lächelte nicht. »Das würde uns beiden den Garaus machen. Wenn man bedenkt, wie die Russen und unsere eigenen Atom-Unterseeboote fleißig über den Gipfel der Welt hin und her flitzen, ähnelt die Unterseite der Polareishaube von Tag zu Tag mehr dem Times Square.«

»Aber die Chancen sind doch wohl –«

»Wie groß ist die Chance, daß die einzigen zwei Flugzeuge in einem Umkreis von zehntausend Quadratkilometern mitten in der Luft zusammenstoßen? Auf dem Papier existiert sie überhaupt nicht. In diesem Jahr ist es schon dreimal passiert. Also lassen wir das Sonar pfeifen. Am wichtigsten aber – wenn man sich unter dem Eis befindet – ist das Auge, das nach oben schaut. Kommen Sie, sehen Sie sich's an...«

Er ging voraus ans hintere Steuerbordende der Zentrale, wo Dr. Benson und ein anderer Mann eifrig damit beschäftigt waren, einen eingeglasten, in Augenhöhe montierten Apparat zu studieren, der nach außen hin aus einem breiten, rollenden Papierband und einem mit Tinte getränkten Griffel bestand, der einen schmalen, schnurgeraden schwarzen Strich auf das Papier malte. Benson drehte gerade an einigen Schaltknöpfen.

»Das Oberflächen-Echolot«, sagte Swanson. »Die sogenannte

›Eismaschine‹. Eigentlich hat Doktor Benson mit dieser Apparatur nicht das geringste zu tun, wir haben zwei geschulte Maschinisten an Bord, aber da wir keine Möglichkeit sehen, ihn wegzulotsen, es sei denn, wir stellen ihn vor ein Kriegsgericht, wählen wir den bequemsten Ausweg und lassen ihn machen.« Benson griente, aber sein Blick verließ keine Sekunde lang den von dem Griffel gezogenen Strich. »Dieser Apparat arbeitet genauso wie das übliche Echolot. Er registriert das Echo, das die Eisfläche über dem Boot zurückwirft – wenn Eis vorhanden ist. Der dünne schwarze Strich, den Sie hier sehen, bedeutet, daß wir offenes Gewässer über uns haben. Wenn wir uns unter dem Eis befinden, rutscht der Stift nach oben und meldet uns nicht nur das Vorhandensein einer Eisschicht, sondern auch ihre Dicke.«

»Eine sinnreiche Einrichtung«, sagte ich.

»Mehr als sinnreich. Sowie wir unters Eis kommen, kann dieser Apparat für die *Dolphin* Leben oder Tod bedeuten. Und wenn nicht für die *Dolphin*, dann bestimmt für die Treibeis-Station Zebra. Wenn es uns je gelingen sollte, ihre Position zu ermitteln, können wir sie nur erreichen, wenn wir das Eis durchstoßen – und nur dieser Apparat wird uns verraten, wo das Eis am dünnsten ist.«

»Gibt es zu dieser Jahreszeit kein offenes Gewässer – keine Lagunen?«

»Wir nennen sie Polynyas. Es gibt keine. Wohlgemerkt – das Eis ist nie statisch, auch nicht im Winter. Gelegentlich, sogar recht oft, zerreißt der Oberflächendruck das Eis und läßt offenes Wasser zutage treten. Bei den Temperaturen, die der Winter mit sich bringt, können Sie sich vorstellen, wie lange das offene Wasser den flüssigen Zustand beibehält. In fünf Minuten ist eine Eishaut da, in einer Stunde sind es zwei Zoll, binnen zwei Tagen dreißig Zentimeter. Wenn wir innerhalb einer, sagen wir, Dreitagefrist eine dieser zugefrorenen Polynyas erreichen, haben wir eine recht gute Chance, nach oben durchzustoßen.«

»Mit dem Kommandoturm?«

»Richtig. Mit dem Segel. Alle neuen Atom-Unterseeboote haben besonders verstärkte Segel nur zu diesem einen Zweck – das arktische Eis zu durchstoßen. Trotzdem müssen wir uns vorsehen, weil der Anprall sich natürlich auch auf den Rumpf überträgt.«

Ich dachte eine Weile nach, sagte dann: »Was passiert, wenn Sie zu schnell nach oben gehen – das kann, soviel ich weiß, der

Fall sein, wenn der Salzgehalt und die Temperatur des Meerwassers sich plötzlich ändern – und Sie im letzten Augenblick merken, daß Sie von der dünnen Stelle abgetrieben worden sind und drei Meter solides Eis über sich haben?«

»Das ist es eben!« sagte er. »Wie gesagt – es handelt sich um die letzte Minute. Darüber darf man gar nicht nachdenken – nicht einmal davon reden. Ich kann mir keine Alpträume leisten.« Ich sah ihn forschend an. Er hatte das Lächeln verloren. Er dämpfte die Stimme. »Ehrlich gestanden, ich glaube nicht, daß es einen einzigen Menschen an Bord der *Dolphin* gibt, der sich nicht ein klein wenig ängstigt, wenn wir unters Eis tauchen. Von mir weiß ich es. Meiner Meinung nach ist die *Dolphin* das beste Fahrzeug der Welt, Doktor Carpenter, aber es gibt trotzdem hundert Details, die schiefgehen können. Es braucht nur etwas mit dem Reaktor, oder mit den Dampfturbinen, oder mit den elektrischen Generatoren nicht in Ordnung zu sein – dann sind wir schon tot und begraben. Das Packeis ist unser Sargdeckel. In offenen Gewässern spielt das alles keine so große Rolle. Wir tauchen auf oder gehen auf Schnorcheltiefe und benützen unsere Dieselmotoren. Für die Diesel aber braucht man Luft – und unter dem Packeis gibt es keine Luft. Wenn also etwas passiert, müssen wir entweder eine Polynya finden, um aufzutauchen, bevor unsere Reservebatterie erschöpft ist – zu dieser Jahreszeit ist die Chance eins zu zehntausend – oder ... Na ja, so sieht es aus ...«

»Das klingt sehr heiter«, sagte ich.

»Nicht wahr?« Jetzt lächelte er. »Es wird nicht passieren ... Warum macht denn unser wertgeschätzter Benson solchen Krach?«

»Da haben wir's!« rief Benson aus. »Die erste Scholle. Und eine zweite. Und noch eine! Kommen Sie, Herr Kollege, schauen Sie sich das an.«

Ich sah es mir an. Der Stift, der ein leises Zischen von sich gab, zeichnete nicht mehr eine kontinuierliche waagrechte Linie aufs Papier, sondern bewegte sich hastig auf und ab und registrierte die Umrisse der Eisscholle, die über uns achteraus vorbeidriftete. Wieder der gerade Strich, abermals lebhafte Aufwärtsbewegungen des Griffels – ein weiterer Eisblock war vorbeigezogen. Während ich zusah, wurden die dünnen, horizontalen Striche immer spärlicher und immer kürzer, bis sie allmählich ganz verschwanden.

»Nun ist es soweit.« Swanson nickte. »Jetzt gehen wir tiefer, ganz tief, und spielen auf allen Registern.«

Am nächsten Tag, zu früher Stunde, wurde ich durch eine schwere Hand, die sich auf meine Schulter legte, aus dem Schlaf geweckt. Ich öffnete die Augen, kniff sie zusammen, weil mich das Licht der Deckenlampe blendete, und erblickte dann Oberleutnant Hansen.

»Entschuldigen Sie, daß ich Ihren Schönheitsschlaf störe, Herr Doktor«, sagte er vergnügt. »Aber es ist soweit.«

»Was ist soweit?« fragte ich gereizt.

»Fünfundachtzig Grad fünfunddreißig Minuten Nord – einundzwanzig Grad zwanzig Minuten Ost – schätzungsweise die letzte Position der Treibeis-Station Zebra: zumindest insofern schätzungsweise, als wir die Polardrift einkalkuliert haben.«

»Schon?« Ich wollte es nicht glauben, sah auf die Uhr. »Wir sind schon da?«

»Wir waren nicht untätig«, sagte Hansen bescheiden. »Der Herr Kapitän schlägt Ihnen vor, mit mir zu kommen und uns bei der Arbeit zuzuschauen.«

»Sofort . . .«

Falls es der *Dolphin* glücken sollte, das Eis zu durchstoßen, und sie den Versuch machte, mit der Treibeis-Station Zebra Kontakt aufzunehmen, wollte ich mit dabei sein.

Wir verließen Hansens Kabine und hatten fast schon die Zentrale erreicht, als ich taumelte, stolperte und hingefallen wäre, wenn ich mich nicht schnell an einem Geländer festgehalten hätte, das an der einen Seite des Ganges entlanglief. Ich klammerte mich an, während die *Dolphin* sich heftig auf die Seite legte und eine Schleife zog, wie ein Jagdflugzeug, das hastig wendet. Nie hatte ich erlebt, daß ein Unterseeboot sich auch nur im entferntesten so benommen hätte. Jetzt wurde mir klar, warum die Tauchbedienungssitze mit Sicherheitsgurten versehen waren.

»Was, zum Teufel, ist denn da los?« fragte ich Hansen. »Sind wir einem Hindernis ausgewichen?«

»Es muß eine eventuelle Polynya sein. Auf jeden Fall eine Stelle, wo das Eis dünn ist. Sobald wir eine solche Eventualität wittern, drehen wir uns im Kreis, um sie ja nicht zu verpassen. Das macht uns bei den Leuten sehr beliebt, besonders, wenn sie gerade Kaffee trinken oder Suppe essen.«

Wir kamen in die Zentrale. Kapitän Swanson, flankiert von dem Navigationsoffizier und einem anderen Mann, beugte sich über den Koppeltisch und studierte irgend etwas mit äußerster Aufmerksamkeit. Weiter hinten stand ein Mann am Oberflächenlot und las mit ruhiger, leidenschaftsloser Stimme die Ziffern ab, die die Dicke der Eisschicht angaben.

Kapitän Swanson blickte von der Karte auf.

»Guten Morgen, Herr Doktor ... John, ich glaube, hier könnten wir Glück haben.«

Hansen ging hin und sah sich das Diagramm an. Es war scheinbar nicht viel zu sehen — ein winziges Lichtpünktchen, das durch die Glasplatte leuchtete, und ein viereckiges Stück Millimeterpapier mit einer Reihe gewellter schwarzer Striche, die ein Mann mit einem Bleistift, den Wanderungen des kleinen beweglichen Lichtleins folgend, eingezeichnet hatte. Drei rote Kreuze waren hinzugefügt worden, zwei davon dicht nebeneinander, und gerade, als Hansen das Papier betrachtete, rief der Matrose, der die ›Eismaschine‹ betreute (Dr. Bensons Begeisterung für sein Spielzeug schien nicht bis mitten in die Nacht hinein anzuhalten), mit lauter Stimme: »Markierung!« Sogleich wurde der schwarze Bleistift mit einem roten vertauscht und ein viertes Kreuz hinzugemalt.

»›Glauben‹ und ›Glück‹ dürften die richtigen Wörter sein«, sagte Hansen. »Kommt mir sehr schmal vor ...«

»Mir auch«, sagte Swanson. »Aber es ist die erste Lücke im schweren Eis, die uns seit fast einer Stunde begegnet. Und je weiter wir nach Norden kommen, desto geringer werden die Chancen. Versuchen wir's! Geschwindigkeit?«

»Ein Knoten«, erwiderte Raeburn.

»Alle Maschinen langsame Fahrt zurück«, sagte Swanson.

Swansons Art, seine Befehle zu erteilen, hatte nichts Scharfes, nichts Herrisches, es klang mehr nach einem hingeplauderten Vorschlag, aber es war nichts an der Schnelligkeit auszusetzen, mit der einer der Besatzungsleute sich im Sessel des Tauchstandes festschnallte und sich vorbeugte, um den Befehl in den Maschinenraum weiterzugeben.

»Ruder hart Backbord.«

Swanson neigte sich vor, um das Diagramm zu kontrollieren. Aufmerksam beobachtete er das winzige Lichtpünktchen und den Zeichenstift, wie sie zu dem ungefähren Mittelpunkt des durch die vier roten Kreuze markierten länglichen Dreiecks zurückkehrten.

»Alle Maschinen stop«, fuhr er fort. »Ruder mittschiffs.« Eine Pause, dann: »Alle Maschinen langsame Fahrt voraus. So ... Alle Maschinen stop!«

»Geschwindigkeit Null«, sagte Raeburn.

»Zweitausendeinhundertzwanzig Fuß«, sagte Swanson zu dem Tauchoffizier. »Aber sachte – sachte ...«

Das Echo eines kräftigen, steten Surrens lief durch den Bedienungsraum. Ich fragte Hansen: »Wird Ballast ausgeblasen?«

Er schüttelte den Kopf. »Gepumpt. Das ermöglicht uns, die Auftriebsgeschwindigkeit exakter zu regeln, und erleichtert es uns, das Boot auf ebenem Kiel zu halten. Ein stillstehendes U-Boot völlig gleichlastig nach oben zu drücken, ist nichts für Anfänger. Die gewöhnlichen Boote wagen sich an so etwas gar nicht heran.«

Die Pumpen wurden abgestellt. Man hörte das Wasser in die Tanks zurückströmen, während der Tauchoffizier die Aufstiegsgeschwindigkeit verminderte. Das Geräusch verstummte.

»Flutklappen schließen!« sagte der Tauchoffizier. »Auf hundert Fuß bleiben.«

»Sehrohr ausfahren!« sagte Swanson zu dem Mann an seiner Seite. Ein Hebel an der Decke wurde betätigt, und wir hörten das Zischen des Öls, als der hydraulische Kolben das Steuerbordperiskop emporzustemmen begann. Langsam schob sich der blanke Zylinder höher, bis schließlich das untere Ende des Sehrohrs aus dem Sehrohrschacht auftauchte. Swanson klappte die Griffe heraus und blickte durchs Okular.

»Was erwartet er, mitten in der Nacht in dieser Tiefe zu sehen?« fragte ich Hansen.

»Man kann nie wissen ... Wie Ihnen bekannt sein dürfte, ist es selten ganz finster. Vielleicht der Mond, vielleicht nur die Sterne – aber auch Sternenlicht macht sich durchs Eis als ein matter Schimmer bemerkbar –, wenn das Eis dünn genug ist ...«

»Wie dick ist das Eis in diesem Rechteck?«

»Eine Quizfrage«, sagte Hansen. »Die Antwort lautet: Wir wissen es nicht. Um die ›Eismaschine‹ auf erträgliche Dimensionen zu beschränken, muß der Kurvenmaßstab sehr klein sein. Zwischen zehn und hundert Zentimetern. Zehn Zentimeter, und wir stoßen durch wie durch die Glasur einer Hochzeitstorte. Ein Meter, und wir holen uns eine schöne Beule am Kopf.« Er deutete mit einem Kopfnicken auf Swanson. »Es schaut nicht besonders gut aus. Der Griff, an dem er dreht, dient dazu, die Sehrohrlinsen nach oben zu richten, und der Knopf reguliert die Scharfeinstellung. Das bedeutet, daß es ihm schwerfällt, etwas zu finden.«

Swanson richtete sich auf. »Schwarz wie die Weste des Höllenbarons«, sagte er in gemütlichem Ton. »Rumpf- und Segelscheinwerfer einschalten!«

Er bückte sich abermals und blickte durchs Okular. Nur ein paar Sekunden lang. »Erbsensuppe. Dick, gelb und kleistrig. Nichts zu sehen. Nehmen wir die Kamera, ja?«

Ich sah Hansen an, der mit einem Kopfnicken auf eine weiße Leinwand deutete, die soeben an der gegenüberliegenden Wand freigelegt worden war. »Lauter moderne Mätzchen, Herr Doktor. TV mit geschlossenem Stromkreis. Die Kamera ist an Deck montiert — unter armiertem Glas — und kann durch Fernsteuerung nach oben oder in die Runde gedreht werden.«

»Eine neue Kamera würde nicht schaden, nein?« Der Bildschirm war grau, fusselig, verschwommen.

»Eine bessere ist für Geld und gute Worte nicht zu haben«, erwiderte Hansen. »Es liegt am Wasser. Bei einer bestimmten Temperatur und einem bestimmten Salzgehalt wird es im Scheinwerferlicht fast völlig undurchsichtig. Ein Auto, das mit voll eingeschalteten Scheinwerfern durch dicken Nebel fährt.«

»Scheinwerfer ausschalten!« Das gleiche treibende neblige Grau wie zuvor.

Seufzend drehte Swanson sich zu seinem Ersten Offizier um. »Na, John?«

»Wenn man mich dafür bezahlte, daß ich mir allerlei einbilde«, sagte Hansen behutsam, »könnte ich mir einbilden, daß ich in der linken Ecke den oberen Rand des Segels sehe. Es ist recht finster dort oben, Herr Kapitän. Ahoi, Blindekuh, nein?«

»Ich nenne es lieber russisches Roulett.« Swansons Miene war so hell und unbekümmert wie die eines Menschen, der sich auf einen Sonntagnachmittag im Liegestuhl freut. »Halten wir unsere Position?«

»Ich weiß es nicht.« Rawlings blickte von dem Diagramm auf. »Schwer zu sagen.«

»Sanders?« Er fragte den Mann, der das Eisecholot bediente.

»Dünnes Eis, Sir. Nach wie vor dünnes Eis.«

»Weitermachen. Sehrohr einfahren.« Er klappte die Griffe hoch und wandte sich zu dem Tauchoffizier. »Langsam nach oben gehen, so als hätten wir eine Kiste mit Eiern auf dem Segel und möchten kein einziges kaputtmachen.«

Wieder setzten die Pumpen ein. Ich sah mich um. Mit Ausnahme Swansons waren nun alle sehr still und steif geworden. Raeburns Gesicht war schweißbedeckt, und Sanders' Stimme klang viel zu ruhig und sachlich, während er leise und monoton unaufhörlich wiederholte: »Dünnes Eis ... Dünnes Eis ...« Man hätte die Spannung mit Händen greifen können.

»Deckscheinwerfer ausschalten, Segelscheinwerfer brennen lassen«, befahl Swanson. »Und die Kamera schwenken! Sonar?«

»Alles klar!« meldete der Sonarmaschinist. »Ringsumher alles klar.« Nach einer Pause: »Nein, halt! Halt! Kontakt dicht achteraus.«

»Wie dicht?« fragte Swanson hastig.

»Zu dicht, um es feststellen zu können. Sehr dicht.«

»Sie springt!« rief der Tauchoffizier in scharfem Ton. »Achtzig – fünfundsiebzig ...«

Die *Dolphin* war auf eine Schicht kälteren oder besonders salzhaltigen Wassers gestoßen.

»Dickes Eis ... Dickes Eis ...!« rief Sanders warnend.

»Fluten!« befahl Swanson – und diesmal war es ein Befehl.

Ich fühlte die plötzliche Steigerung des Luftdrucks, als der Tauchoffizier das Meerwasser tonnenweise in die Schnelltauchtank strömen ließ, aber es war zu spät. Zitternd und knirschend, so heftig, daß wir gegen die Wände taumelten, stieß die *Dolphin* gegen die Eisdecke. Glasscherben klirrten, Lichter erloschen, das Boot begann wie ein Stein zu sinken.

»Tauchtank bis zur Markierung ausblasen!« rief der Tauchoffizier.

Preßluft zischte in den Tauchtank – bei unserer Fallgeschwindigkeit würde uns der Wasserdruck plattgedrückt haben, bevor die Pumpen auch nur angefangen hätten, mit dem riesigen Zusatzballast fertig zu werden, den wir binnen wenigen Sekunden an Bord genommen hatten. Zweihundert Fuß, zweihundertfünfzig – und wir sanken noch immer. Keiner sagte ein Wort, alle saßen oder standen wie erstarrt umher und hielten den Blick auf den Tiefenmesser geheftet Offenbar war die *Dolphin* in dem Augenblick, da das Segel gegen die dicke Eisdecke gestoßen war, achtern von einem unterseeischen Druckkamm getroffen worden. Wenn die *Dolphin* leckte, würde unsere Tiefenfahrt nicht eher enden, als bis der Druck einer Million Tonnen Wasser den Rumpf des Bootes zerschmettert und plattgedrückt und uns allen im Nu den Garaus gemacht hatte.

»Dreihundert Fuß!« rief der Tauchoffizier aus. »Dreihundertfünfzig. Es geht langsamer ... Es geht langsamer ...«

Die *Dolphin* sank noch immer. Schwerfällig überschritt sie die Vierhundertfußgrenze, da erschien Rawlings, in der einen Hand einen Werkzeugkasten, in der anderen einen Korb mit diversen Glühbirnen.

»Es ist wider die Natur«, sagte er. Er schien seine Worte an die zertrümmerte Lampe über dem Koppeltisch zu richten, die er sogleich zu reparieren begonnen hatte. »Es widerspricht den Naturgesetzen – das behaupte ich seit eh und je. Der Menschheit war es nie bestimmt, die Tiefen des Ozeans zu erforschen. Paßt auf, was ich sage – diese neumodischen Erfindungen werden ein böses Ende nehmen.«

»Und Sie gleichfalls, wenn Sie nicht den Mund halten«, sagte Kapitän Swanson in schneidendem Ton. Aber in seiner Miene lag kein Vorwurf, er wußte genauso wie wir alle den heilsam frischen Luftzug zu schätzen, den Rawlings in die spannungsgeladene Atmosphäre mitgebracht hatte. »Liegen wir still?« fuhr er fort, zu dem Tauchoffizier gewandt.

Der Tauchoffizier hob den Zeigefinger hoch und lächelte. Swanson nickte, zog das Spiralfedermikrophon zu sich heran.

»Hier spricht der Kommandant«, sagte er gelassen. »Ich bedaure den Zwischenfall. Bitte, sofort eventuelle Schäden zu melden.«

Auf einem Schaltbrett flammte ein grünes Licht auf. Swanson berührte einen Schaltknopf, ein Lautsprecher an der Decke begann zu knistern.

»Hier ist der Schaltraum.«

Der Schaltraum lag am hinteren Ende des oberen Maschinenraums.

»Der Aufprall erfolgte direkt über uns. Wir könnten eine Schachtel Kerzen gebrauchen. Einige Drehscheiben und Manometer sind aus dem Leim gegangen. Aber wir haben noch immer ein Dach über dem Kopf.«

»Danke, Herr Oberleutnant. Können Sie es schaffen?«

»Freilich.«

Swanson drückte auf einen anderen Knopf. »Heckraum?«

»Hängen wir noch hinten dran?« fragte eine zaghafte Stimme.

»Ihr hängt noch dran«, versicherte Swanson. »Haben Sie etwas zu melden?«

»Nur, daß wir einen Berg Schmutzwäsche nach Schottland mitbringen werden. Die Waschmaschine hat einen Tobsuchtsanfall erlitten.«

Lächelnd schaltete Swanson ab. Er machte einen unberührten Eindruck. Er mußte einen speziellen schweißabsorbierenden Mechanismus in sein Gesicht eingebaut haben. Ich hatte das Bedürfnis nach einem Badetuch.

Swanson sagte zu Hansen: »Das nennt man Pech. Was für eine schöne Kombination: eine Strömung dort, wo sie von Rechts wegen nicht hingehört, ein Temperaturumschwung, wo er von Rechts wegen nicht stattzufinden hat, und ein Druckkamm, wo wir ihn am wenigsten erwarteten. Ganz zu schweigen von der gottverdammten Undurchsichtigkeit des Wassers. Was uns jetzt fehlt? Einige Runden, bis wir diese Polynya so genau kennen wie unsere Westentasche, eine kleine Versetzung, um die Abdrift zu berücksichtigen, und vorsichtshalber etwas Wasser in die Tanks, bevor wir uns der Neunzigfußgrenze nähern.«

»Ja, Sir. Das fehlt uns. Die Frage ist nur: Was machen wir?«

»Was ich eben gesagt habe ... Nach oben gehen und es noch einmal versuchen ...«

Ich hatte meinen Stolz, deshalb verzichtete ich darauf, mir die Stirn abzuwischen. Man ging nach oben und versuchte es noch einmal. In einer Tiefe von 200 Fuß jonglierte Swanson fünfzehn Minuten lang mit den Propellern und dem Steuer, bis er die Umrisse der zugefrorenen Polynya so genau auf das Millimeterpapier hingezaubert hatte, wie er es sich nicht besser hätte wünschen können. Dann placierte er die *Dolphin* unmittelbar neben eine der Grenzlinien und befahl, langsam in die Höhe zu steigen.

»Einhundertzwanzig Fuß«, sagte der Tauchoffizier. »Einhundertzehn ...«

»Dickes Eis ...«, sagte Sanders. »Noch immer dickes Eis ...«

Swanson sagte: »Wenn wir die Geschwindigkeit der Abdrift überschätzt haben, wird es leider wieder einen Stoß geben.« Er wandte sich zu Rawlings, der eifrig damit beschäftigt war, neue Glühbirnen einzuschrauben. »An Ihrer Stelle würde ich erst einmal eine Pause machen. Vielleicht werden Sie in der nächsten Minute von vorn anfangen müssen, und so viele Reservelampen haben wir nicht an Bord.«

»Einhundert Fuß«, sagte der Tauchoffizier. Es klang nicht so kläglich, wie seine Miene aussah.

»Das Wasser wird klarer«, sagte Hansen plötzlich. »Da . . !«

Ja, es war klarer geworden, zwar nicht auf besonders drastische Weise, aber in ausreichendem Grad. Auf dem Fernsehbildschirm zeichneten sich in der oberen Ecke deutlich die Konturen des Segels ab. Und dann sahen wir plötzlich noch etwas: dickes, häßlich zerfurchtes Eis keine fünf Meter oberhalb des Segels.

Wasser strömte in die Tanks. Dem Tauchoffizier brauchte man nicht zu sagen, was er zu tun hatte. Als wir beim erstenmal in eine andere Wasserschicht gerieten, waren wir wie in einem Expreßfahrstuhl hochgeschossen, und einmal so etwas zu erleben, reicht einem U-Boot-Mann bis ans Ende seiner Tage.

»Neunzig Fuß«, meldete er. »Wir steigen noch immer.« Noch mehr Wasser in die Tanks, dann verstummte das Geräusch. »Wir liegen still. Bei knapp neunzig Fuß.«

»Lage beibehalten!« Swanson betrachtete den Fernsehbildschirm. »Wir treiben in die Polynya — hoffentlich . . .«

»Ja, hoffentlich«, sagte Hansen. »Es können nicht mehr als zwei Fuß zwischen dem oberen Rand des Segels und diesem scheußlichen Zeug liegen.«

»Viel Platz haben wir nicht«, sagte Swanson zustimmend. »Sanders?«

»Einen Augenblick, Sir . . . Die Kurve kommt mir sonderbar vor. Nein, wir sind klar.« Er konnte die Erregung in seiner Stimme nicht beherrschen. »Dünnes Eis!«

Ich warf einen Blick auf den Bildschirm. Er hatte recht. Ich sah die senkrechte Kante einer Eismauer langsam über den Schirm wandern. Dann wurde offenes Wasser sichtbar.

»Sachte jetzt, sachte!« sagte Swanson. »Kamera auf die Eismauer an der Seite, dann gradaus nach oben und schwenken.«

Wieder begannen die Pumpen zu pochen. Die Eismauer, knappe zehn Meter von uns entfernt, begann langsam an uns vorbeizutreiben.

»Fünfundachtzig Fuß«, meldete der Tauchoffizier. »Achtzig.«

»Keine Eile«, sagte Swanson. »Jetzt sind wir gedeckt.«

»Fünfundsiebzig Fuß.« Die Pumpen hielten inne, Wasser begann in die Tanks zu strömen. »Siebzig.« Die *Dolphin* lag fast still und trieb wie Distelflaum nach oben. Die Kamera schwenkte hoch. Wir sahen deutlich die Umrisse der obersten Segelkante mit einer glatten Eisdecke, die ihr entgegenkam. Wieder floß gurgelnd Wasser in die Tanks, die obere Kante des Segels stieß mit einem spürbaren Ruck gegen das Eis, und die *Dolphin* lag still.

»Gut gemacht«, sagte Swanson herzlich zu dem Tauchoffizier. »Versuchen wir, dem Eis einen Puff zu versetzen. Trudeln wir?«

»Kurs unverändert.«

Swanson nickte. Die Pumpen surrten, schöpften Wasser, verminderten das Gewicht des Bootes, erhöhten ständig die Auftriebskraft. Das Eis rührte sich nicht vom Fleck. Noch mehr Zeit verging, noch mehr Wasser wurde ausgepumpt, und nach wie vor ereignete sich nichts.

Ich flüsterte Hansen zu: »Warum bläst er nicht den Hauptballast aus? Im Nu würde man ein paar hundert Tonnen Auftrieb haben, und selbst wenn das Eis einen Meter dick ist, kann es diesem konzentrischen Druck an einem Punkt nicht standhalten.«

»Ebensowenig wie die *Dolphin*«, erwiderte Hansen ernst. »Wenn sie mit einem so plötzlich gesteigerten Auftrieb durchs Eis stößt, schießt sie hoch wie der Korken aus einer Champagnerflasche. Die Druckhülle würde es vielleicht aushalten – ich weiß es nicht –, aber so wahr ich hier stehe, würde das Steuer plattgedrückt werden wie ein Stück Blech. Wollen Sie den kleinen Rest Ihres Lebens damit verbringen, in ständig engeren Kreisen unter der Polareishaube umherzusegeln?«

Ich wollte keineswegs den kleinen Rest meines Lebens damit verbringen, in ständig engeren Kreisen unter der Eishaube umherzusegeln, also hielt ich den Mund. Ich sah Swanson zu, wie er zum Tauchstand ging und einige Sekunden lang stumm die schrägen Rundskalen betrachtete.

»Das reicht uns«, sagte er zu dem Tauchoffizier. »Wenn wir jetzt mit so viel Druck durchstoßen, fliegen wir wie ein Ballon in die Luft. Das Eis ist dicker, als wir dachten. Wir haben es auf die sachte Tour versucht, und es ist nicht geglückt. Offenbar müssen wir ordentlich zuschlagen. Gehen wir auf etwa achtzig Fuß hinunter, aber vorsichtig; dann einen scharfen Luftstoß in die Ballasttanks, und wir präsentieren unsere berühmte Imitation eines Stiers vor dem Gattertor.«

Den Mann, der für die Installierung der 240 Tonnen schweren Klimaanlage verantwortlich war, hätte man vor Gericht stellen müssen. Sie funktionierte ganz einfach nicht mehr. Die Luft war heiß und stickig – das heißt, das bißchen Luft, das uns geblieben war. Vorsichtig sah ich mich um. Alle anderen schienen gleichfalls unter Luftmangel zu leiden, alles bis auf Swanson, der einen eingebauten Sauerstoffzylinder bei sich zu tragen schien. Hoffentlich dachte Swanson daran, daß die *Dolphin* 120 Millionen Dollar gekostet hatte. In Hansens verkniffenen Augen saß ganz entschieden die Sorge, und sogar der sonst so unerschütterliche Rawlings rieb sich das stopplig blaue Kinn mit einer Hand von der Größe und Form einer Schaufel. In der tiefen Stille, die eintrat, nachdem Swanson zu Ende geredet hatte, war das scharrende Geräusch ungewöhnlich laut zu vernehmen, wurde dann aber von dem Lärm des in die Tanks einströmenden Wassers übertönt.

Wir starrten den Bildschirm an. Wasser ergoß sich in die Tanks, bis wir zwischen dem oberen Rand des Segels und dem Eis einen Spalt klaffen sahen. Langsam setzten die Pumpen ein, um die Geschwindigkeit des Abstiegs zu regulieren. Auf dem Bildschirm wurde der Lichtkegel, den der Scheinwerfer gegen die Unterseite der Eisschicht warf, matter und breiter, blieb dann unverändert, ohne sich zu bewegen oder an Umfang zuzunehmen. Wir lagen still.

»Jetzt!« sagte Swanson. »Bevor uns wieder die Strömung erwischt.«

Ein wildes Zischen: Unter hohem Druck drang die Preßluft in die Ballasttanks ein. Träge begann die *Dolphin* hochzusteigen, während der Lichtkegel auf dem Bildschirm langsam schmaler und heller wurde.

»Mehr Luft!« sagte Swanson.

Wir stiegen schneller. Die Lücke zum Eis schloß sich für meinen Geschmack zu schnell. Fünfzehn Fuß, zwölf Fuß, zehn Fuß.

»Mehr Luft!« sagte Swanson.

Ich nahm mich zusammen, die eine Hand auf dem Koppeltisch, die andere an einem über meinem Kopf angebrachten Haltegriff. Auf dem Bildschirm raste uns das Eis entgegen. Plötzlich fing das Bild zu zittern und zu tanzen an, ein Schauder lief durch die *Dolphin*, jagte ein knirschendes, hohles Echo vom Bug bis ans Heck, abermals erloschen die Lichter, auf dem Schirm kehrte das Bild zurück, das Segel saß noch immer im Eis, dann zuckte die *Dolphin* und krängte, und das Deck drückte gegen unsere Sohlen wie ein aufwärtsfahrender Aufzug. Auf dem Schirm verschwand das Segel, an seiner Stelle war nichts zu sehen als ein undurchsichtiges Weiß. Der Tauchoffizier, die Stimme schrill von innerer Spannung, die noch kein Ventil gefunden hatte, rief aus: »Vierzig Fuß ... Vierzig Fuß ...«

Wir hatten das Eis durchstoßen.

»Na also«, sagte Swanson sanft. »Man darf nur nicht lockerlassen.«

Ich betrachtete die untersetzte, dickliche Gestalt, das runde, gutmütige Gesicht und fragte mich zum hundertstenmal, warum es den stahlharten Burschen, die keine Nerven haben, nie anzusehen ist, daß sie keine haben.

Ich gönnte meinem Stolz einen kleinen Urlaub, zog das Taschentuch aus der Tasche, wischte mir das Gesicht ab und sagte zu Swanson: »Kommt so etwas häufig vor?«

»Nein – Gott sei Dank nicht ...« Er lächelte. Er drehte sich zu dem Tauchoffizier um. »Wir haben festen Fuß gefaßt. Sorgen wir dafür, daß wir gut belegt sind.«

Wieder wurde ein paar Sekunden lang Druckluft in die Tanks geblasen, dann sagte der Tauchoffizier: »Keine Gefahr mehr, daß wir absinken, Herr Kapitän.«

»Sehrohr ausfahren!«

Abermals zischte das lange, funkelnde Rohr aus seinem Gehäuse hoch. Swanson warf einen kurzen Blick ins Okular, richtete sich dann auf.

»Sehrohr einfahren!«

»Recht kalt dort oben?« fragte Hansen.

Swanson nickte. »Das Wasser auf den Linsen muß in dem Augenblick gefroren sein, als sie mit der Luft in Berührung kamen. Ich kann nichts sehen.« Er wandte sich zu dem Tauchoffizier: »Konstant bei vierzig?«

»Garantiert. Und genügend Auftrieb.«

»Nicht schlecht ...« Swanson sah den Steuermannsmaat an, der in einen schweren Schafspelzmantel schlüpfte. »Ein bißchen frische Luft, Ellis, meinen Sie nicht?«

»Sofort, Sir.« Ellis knöpfte den Mantel zu und fuhr fort: »Es wird vielleicht ein Weilchen dauern.«

»Das glaube ich kaum«, erwiderte Swanson. »Vielleicht sind Brücke und Luken mit Eisbrocken verstopft, aber ich bezweifle es. Ich nehme an, das Eis ist so dick, daß es in große Stücke zerfallen und an der Brücke vorbeigerutscht ist.«

Ich spürte einen Knall in den Ohren, von der jähen Luftdruckveränderung, als der Lukendeckel nach oben schwenkte und dann in den Riegel zurückfiel. Abermals ein Geräusch – aus etwas größerer Entfernung. Der zweite Lukendeckel. Dann hörten wir Ellis' Stimme aus dem Sprachrohr.

»Hier oben alles klar.«

»Hissen Sie die Antenne!« befahl Swanson. »John, die Herrschaften sollen zu senden beginnen und weitersenden, bis ihnen die Finger abfallen. Hier sind wir, hier bleiben wir – bis wir die Treibeis-Station Zebra erreicht haben.«

»Falls dort noch eine Menschenseele lebt«, fügte ich hinzu.

»Freilich – darauf kommt es an«, sagte Swanson. Er wich meinem Blick aus. »Darauf kommt es allemal an . . .«

4

Dies, überlegte ich mir, dieser fürchterliche Todesgriff einer fürchterlichen Welt, muß es gewesen sein, der die Herzen und Seelen unserer fernen nordischen Ahnen erstarren ließ, wenn die letzte Lebensflut langsam verebbte und sie ihr erlahmendes Hirn mit schrecklichen Vorstellungen von einer düsteren und bitteren Hölle ewiger Kälte zermarterten. Aber sie hatten es leicht gehabt, die alten Herren, sie brauchten es sich ja nur einzubilden, während wir es am eigenen Leibe erlebten.

Ausgeschlossen, sich hier auch nur einigermaßen warm zu halten, hier auf der Brücke der *Dolphin*, wo Rawlings und ich eine halbstündige Wache schoben und langsam zu Eisklumpen erstarrten.

Es war zur Gänze meine Schuld gewesen, daß unsere Zähne wie rasende Kastagnetten klapperten. Eine halbe Stunde, nachdem der Funkraum auf der Wellenlänge der Treibeis-Station Zebra zu senden begonnen hatte, ohne auch nur das leiseste Echo einer Antwort oder Empfangsbestätigung auszulösen, wies ich Kapitän Swanson auf die Möglichkeit hin, daß die ›Zebra‹ uns hörte, aber nicht genug Strom besaß, um zu antworten: Vielleicht würden sie sich auf eine andere Weise zu erkennen geben – vielleicht. Ich betonte, daß Treibeis-Stationen meistens mit Leuchtraketen ausgerüstet sind, außerdem auch mit Funksonden und Funkraketen.

Die Sonden sind kleine, mit Sendegeräten ausgerüstete Ballons, die bis in eine Höhe von dreißig Kilometern aufsteigen, um Wetterdaten zu sammeln. Die Funkraketen werden aus Ballons abgefeuert und erreichen noch größere Höhen. In einer mondhellen Nacht wie der heutigen müßten diese Ballons, falls man sie losgeschickt hätte, auf eine Entfernung von mindestens dreißig Kilometern sichtbar sein – doppelt so weit, wenn sie mit Leuchtkugeln versehen waren.

Swanson hatte sich durch mein Argument überzeugen lassen und Freiwillige für die erste Wache aufgerufen. Unter den gegebenen Umständen blieb mir keine Wahl. Rawlings hatte sich bereit erklärt, mich zu begleiten.

Es war eine Landschaft (sofern man eine finstere, kahle und monotone Einöde als Landschaft bezeichnen darf) aus einer anderen und uralten Welt, unheimlich, fremdartig und seltsam beängstigend. Am Himmel keine Wolken, aber auch keine Sterne: Das konnte ich nicht begreifen. Tief am südlichen Horizont warf ein milchig umnebelter Mond sein mysteriöses Licht auf die schwarze Totenstarre der arktischen Eishaube. Schwarz, nicht weiß. Man hätte erwartet, mondbeglänztes Eis würde leuchten, funkeln und glitzern – aber es war schwarz. Der Mond hing so tief am Himmel, daß die vorherrschende Farbe der Eishaube durch die langen Schatten der phantastisch zerfurchten und buckligen Kruste bedingt war. Und dort, wo der Mondschein unmittelbar auffiel, war das Eis durch die Wucht der tausend Schneestürme dermaßen zerschürft und aufgerauht worden, daß es beinahe das Vermögen eingebüßt hatte, Licht zu reflektieren.

Diese zerfurchte und bucklige Eishaube hatte etwas sonderbar Ungreifbares, Unbeständiges, Flüchtiges: in der einen Minute hart, grell, abstoßend mit dem kalten Kontrast zwischen Schwarz und Weiß – in der nächsten geisterhaft verschwommen, verwischt, geronnen und zuletzt entschwindend, verebbend, erlöschend wie eine schimmernde Fata Morgana der Eiswüste. Aber das war keine Sinnestäuschung und auch kein Spiel der Phantasie, sondern das Resultat einer auf dem Boden dahinrasenden Eisdrift, deren Wirbel stiegen und fielen je nach dem Diktat eines eisigen Windes, der keinen Augenblick lang nachließ und zuweilen Orkanstärke erreichte. Er jagte eine wirbelnde, peitschende Nebelmasse vor sich her, die aus Milliarden spitzer Eisnadeln bestand. Meistens befanden wir uns, da wir auf der Brücke etwa sieben Meter über dem Niveau der Eisfläche standen, oberhalb dieser wogenden Dünung. Gelegentlich aber setzte ein jäher, noch kräftigerer Windstoß ein, die Eisnadeln wurden emporgetragen, trommelten dämonisch gegen die bereits vereiste Steuerbordseite des Segels, trafen die wenigen entblößten Quadratzentimeter unserer Haut mit der scherzhaft stechenden Wucht eines auf Armeslänge gezielten Sandstrahlgebläses. Anders als beim Sandstrahlgebläse aber war der Schmerz nur momentan, da jeder dieser Wespenstachel sein eigenes schmerzbetäubendes Vereisungsmittel mit sich führte und die Hautnerven sogleich lähmte. Dann legte sich der Wind, das wütende Geprassel ließ nach, und in dem momentanen Kontrast zwischen Sturmgetöse und relativer Stille hörten wir ein verstohlenes Rascheln wie von einer Million dahinhuschender Ratten, das Geräusch der blindlings über die stahlharte Fläche der Polarhaube dahinfegenden Eisnadeln. Das Brückenthermometer zeigte minus 21° Fahrenheit – 53 Kältegrade – mehr als minus 30° Celsius.

Rawlings und ich stampften mit den Füßen auf, wir schlugen die Arme vor die Brust, wir zitterten unaufhörlich, wir duckten uns, so gut es ging, hinter das ausgespannte Segeltuch, das als Windschutz diente, rieben ständig unsere Brillengläser, damit sie nicht anliefen, und hörten nicht auf, sämtliche vier Himmelsrichtungen zu durchforschen. Irgendwo dort draußen in der frostigen Einöde befand sich eine verirrte, vom Tod umwitterte Schar, deren Leben von einer Bagatelle abhängen mochte, zum Beispiel davon, daß unsere Brillengläser sich im unrechten Augenblick trübten. Wir starrten auf die driftenden Eisdünen hinaus, bis uns die Augen weh taten. Aber das war alles, was es uns einbrachte – Augenschmerzen. Nichts war zu sehen, gar nichts. Kein Lebenszeichen weit und breit. Tot.

Als wir abgelöst wurden, begaben wir uns nach unten, so schnell unsere steifgefrorenen Glieder es erlaubten. Kapitän Swanson saß auf einem Feldstuhl vor dem Funkraum. Ich legte die Überkleider, den Gesichtsschutz und die Schneebrille ab, griff nach einem dampfenden Becher Kaffee, der von irgendwoher aufgetaucht war, und versuchte, nicht allzuviel herumzuhopsen, als das Blut pochend in die Arme und Beine zurückströmte.

»Wo haben Sie sich denn die Schramme geholt?« fragte Swanson in besorgtem Ton. »Eine zwei Zentimeter dicke Blutkruste quer über die Stirn, Mann...«

»Umherfliegendes Eis – es sieht nur schlimm aus...« Ich war müde und sehr deprimiert. »Wir vergeuden unsere Zeit mit der Funkerei. Wenn die Leute keinen Unterschlupf mehr hatten, ist es kein Wunder, daß ihre Signale längst verstummt sind. Ohne Nahrung und Unterkunft hält es kein Mensch länger als ein paar Stunden aus. Rawlings und ich, wir sind beide keine halb verwelkten Treibhauspflanzen, aber eine halbe Stunde dort oben ist schon zu lang. Eine Viertelstunde genügt.«

»Dann sagen wir: eine Viertelstunde.« Er blickte zu mir auf, mit geflissentlich ausdrucksloser Miene. »Sie machen sich keine großen Hoffnungen mehr?«

»Gar keine – wenn sie ohne Unterkunft sind.«

»Sie haben mir erzählt, sie hätten eine Notpackung Nife-Zellen bei sich – um den Sender zu speisen«, murmelte Swanson. »Sie behaupteten ferner, diese Batterien behielten ihre Ladung unabhängig von den Witterungsverhältnissen sehr lange bei, eventuell viele Jahre lang. Als sie vor ein paar Tagen ihr erstes SOS sendeten, müssen sie sich dieser Batterie bedient haben. Sie kann noch nicht erschöpft sein.«

Diese Schlußfolgerung war so selbstverständlich, daß ich nichts dazu sagte. Nicht mit der Batterie, mit den Menschen war es aus.

»Ich gebe Ihnen recht«, fuhr er hastig fort. »Wir vergeuden unsere Zeit. Vielleicht sollten wir einfach einpacken und umkehren. Wenn wir keinen Kontakt mit ihnen bekommen, werden wir sie nicht finden.«

»Möglich. Aber Sie vergessen die Direktiven, die Sie aus Washington erhalten haben, Herr Kapitän.«

»Was soll das heißen?«

»Erinnern Sie sich nicht mehr? Sie haben mir jede Erleichterung und jede Hilfe zu gewährleisten, solange nicht die Sicherheit des Bootes und das Leben der Besatzung gefährdet sind. Momentan ist beides nicht der Fall. Wenn es uns nicht gelingt, Funkkontakt herzustellen, bin ich bereit, zu Fuß einen Umkreis von dreißig Kilometern abzuklappern, in der Hoffnung, sie zu finden. Wenn auch das mißglückt, können wir uns zu einer anderen Polynya begeben und dort die Suchaktion wiederholen. Das in Betracht kommende Areal ist nicht gar so groß, es gibt eine Chance, eine leidliche Chance, daß wir mit der Zeit die Station entdecken.

Ich bin bereit, den ganzen Winter hier zu verbringen, so lange, bis wir sie gefunden haben.«

»Und das nennen Sie, das Leben meiner Leute nicht gefährden? Mitten im Winter, zu Fuß, kilometerweit auf dem Polareis herumzuirren?«

»Es war nicht davon die Rede, das Leben Ihrer Leute zu gefährden.«

»Soll das heißen, daß Sie die Absicht haben, sich allein auf die Beine zu machen ...?« Swanson starrte zu Boden und schüttelte den Kopf. »Ich weiß nicht, was ich denken soll. Soll ich Sie für verrückt halten – oder soll ich mir sagen, daß ich allmählich zu verstehen beginne, warum man – wer immer ›man‹ sein mag – Sie für diese Aufgabe gewählt hat, Doktor Carpenter ...?« Er seufzte, musterte mich sodann aufmerksam. »In der einen Sekunde erklären Sie, Sie hätten jede Hoffnung aufgegeben, in der nächsten sind Sie bereit, den ganzen Winter hier zu verbringen. Wenn Sie gestatten, Herr Doktor, kommt mir das ungereimt vor.«

»Halsstarriger Stolz«, erwiderte ich. »Ich will nicht die Flinte ins Korn werfen, bevor ich so recht angefangen habe. Ich weiß nicht, wie die Kriegsmarine der Vereinigten Staaten sich zu dieser Frage stellt.«

Wieder sah er mich forschend an. Ich merkte, daß er ungefähr so viel Vertrauen zu mir hatte wie eine Fliege zu der Spinne, die ihr soeben ihr Netz als bequemes Nachtquartier angeboten hat. Er lächelte. Er sagte: »Die Kriegsmarine der Vereinigten Staaten ist nicht gleich beleidigt, Doktor Carpenter. Ich schlage Ihnen vor, sich für ein paar Stunden aufs Ohr zu legen. Sie werden viel Schlaf brauchen, wenn Sie vorhaben, zu Fuß zum Nordpol zu wandern.«

»Und Sie? Sie haben die ganze Nacht kein Auge zugemacht.«

»Ich werde wohl noch eine Weile warten.« Er deutete mit einem Kopfnicken auf die Tür des Funkraums. »Für den Fall, daß doch etwas ankommt ...«

»Was senden Sie? Nur das Rufzeichen?«

»Plus der Bitte um Positionsangaben und eine Leuchtrakete, falls welche vorhanden sind. Gute Nacht, Doktor Carpenter. Oder vielmehr – guten Morgen.«

Ich erhob mich schwerfällig und begab mich in Hansens Kabine.

Die Atmosphäre um acht Uhr morgens rund um den Frühstückstisch in der Offiziersmesse war alles andere als festlich. Bis auf den Deckoffizier und den wachhabenden Ingenieur-Leutnant waren sämtliche Offiziere der *Dolphin* versammelt. Einige waren soeben aus ihren Kojen gekrochen, andere waren auf dem Weg in die Federn, keiner äußerte sich anders als mit einsilbigem Gebrumm. Sogar der überschwengliche Dr. Benson war zerstreut und in sich versunken. Die Frage, ob man mit der Treibeis-Station Zebra Verbindung erhalten habe, wäre offensichtlich sinnlos gewesen. Die schmerzliche Wahrheit stand in allen Gesichtern geschrieben. Dabei hatte man fünf Stunden lang unaufhörlich drauflosgefunkt. Eine Stimmung der Niedergeschlagenheit und Niederlage, die stillschweigende Gewißheit, daß den Überlebenden der Treibeis-Station Zebra die Stunde geschlagen habe, lastete schwer über der Messe.

Niemand beeilte sich mit seiner Mahlzeit – warum sich beeilen? –, aber einer nach dem anderen stand auf und wanderte davon, Doktor Benson zu seiner Revierstunde, der junge Torpedooffizier, Oberleutnant Mills, um die Bemühungen seiner Leute zu überwachen, die in den letzten zwei Tagen täglich zwölf Stunden gearbeitet hatten, um die Mängel an den suspekten Torpedos zu beseitigen, ein dritter, um Hansen abzulösen, der die Wache hatte, und drei andere, um sich in ihre Kojen zu verkriechen. Nun blieben nur noch Swanson, Raeburn und ich zurück. Swanson war, wie ich wußte, die ganze vorige Nacht nicht zu Bett gegangen. Trotzdem machte er den ausgeruhten, klaräugigen Eindruck eines Menschen, der acht solide Stunden Schlaf hinter sich hat.

Der Steward Henry hatte soeben eine frisch gefüllte Kaffeekanne auf den Tisch gestellt, als wir draußen Schritte durch den Gang laufen hörten und der Steuermannsmaat hereingestürzt kam.

»Wir haben es geschafft!« rief er aus. Dann fiel ihm vielleicht ein, daß Matrosen sich in der Offiziersmesse mit etwas mehr Anstand aufzuführen haben, und er fuhr fort: »Wir haben Kontakt bekommen, Herr Kapitän – wir haben Kontakt bekommen.«

»Wie, bitte?« Swanson war doppelt so flink, wie seine recht korpulente Figur es hätte vermuten lassen, und er hatte sich bereits zur Hälfte aus seinem Sessel erhoben.

»Wir haben Funkverbindung mit der Treibeis-Station Zebra, Sir«, sagte Ellis formell.

Kapitän Swanson kam als erster in den Funkraum, aber nur, weil er einen Vorsprung vor Raeburn und mir besessen hatte. Zwei Funker waren im Dienst, beide beugten sich über ihre Geräte, der eine mit gesenktem Kopf, der andere mit leicht zur Seite geneigtem Kopf. Der eine kritzelte mechanisch auf einem Schreibblock drauflos. DSY notierte er – DSY – immer wieder ... Das Antwortzeichen der Treibeis-Station Zebra. Als er aus dem Augenwinkel Swanson erblickte, hörte er endlich zu kritzeln auf.

»Wir haben sie erwischt, Herr Kapitän, kein Zweifel. Das Zeichen ist sehr schwach und setzt zeitweilig aus, aber –«

»Egal!« Es war Raeburn, der ihm ins Wort fiel, ohne Swanson um Erlaubnis zu fragen. Er versuchte, die wachsende Erregung in seiner Stimme zu beherrschen, aber es gelang ihm nicht, und er sah mehr denn je wie ein Gymnasiast aus, der die Schule schwänzt. »Die Peilung! Haben Sie die Peilung? Nur darauf kommt es an!«

Der andere Funker schwenkte seinen Sessel herum, und ich erkannte meinen früheren Wächter, Zabrinski, wieder. Er richtete einen melancholischen und vorwurfsvollen Blick auf Raeburn.

»Natürlich haben wir gepeilt, Herr Leutnant. Das war das allererste. Null fünfundvierzig, um ein Jota mehr oder weniger. Das heißt, Nordost.«

»Besten Dank, Zabrinski«, sagte Swanson trocken, »Null fünfundvierzig ist Nordost. Das hätten der Navigationsoffizier und ich nicht gewußt. Position?«

Zabrinski wandte sich schulterzuckend an seinen Wachekameraden, einen Mann mit rotem Gesicht, Ledernacken und einer blankpolierten Kuppel an Stelle der Frisur. »Was hörst du, Curly?«

»Nichts. Einfach nichts.« Curly sah Swanson an. »Zwanzigmal habe ich nach der Position gefragt. Zwecklos. Er funkt immerzu nur das Rufzeichen. Ich glaube, er hört uns gar nicht, er sendet immer wieder sein Rufzeichen. Vielleicht hat er die Antenne nicht auf Empfang umgeschaltet.«

»Ausgeschlossen!« sagte Swanson.

»Nicht bei diesem Funker«, erwiderte Zabrinski. »Zuerst dachten wir, das Zeichen sei schwach, dann, daß der Funker schwach oder krank ist, aber wir haben uns geirrt, wir haben es ganz einfach mit einem unbeholfenen Dilettanten zu tun.«

»So etwas merkt man?« fragte Swanson.

»Allemal. Man merkt –« Er unterbrach sich, zuckte zusammen und berührte den Arm seines Wachekameraden.

Curly nickte. »Ich hab's«, sagte er sachlich. »Position unbekannt, teilt er uns mit.«

Im Augenblick sagte keiner ein Wort. Es erschien uns nicht wichtig, daß der Mann uns die Position nicht angeben konnte – es kam nur darauf an, daß wir direkten Kontakt hergestellt hatten. Raeburn machte kehrt und lief in die Zentrale. Ich hörte ihn hastig mit der Brücke telefonieren. Swanson wandte sich an mich.

»Die Ballons, von denen Sie sprachen ... Sind es freischwebende oder Fesselballons?«

»Beide Sorten.«

»Wie funktionieren die Fesselballons?«

»Freilaufwinde, Nylonschnur, in hundert und tausend Fuß eingeteilt.«

»Wir werden sie ersuchen, einen Fesselballon in eine Höhe von fünftausend Fuß hinaufzuschicken«, sagte Swanson. »Mit Leuchtkugeln. Wenn sie sich in einem Abstand von höchstens dreißig bis vierzig Meilen befinden, müssen wir ihn sehen, und wenn wir die Höhe kennen und die Einwirkung des Windes berücksichtigen, können wir die Entfernung einigermaßen genau abschätzen ... Was ist los, Brown?« Die Frage war an den Mann gerichtet, den Zabrinski ›Curly‹ nannte.

»Jetzt senden sie wieder«, erwiderte Curly. »Sehr unregelmäßig, viel Fading. ›... Gottes willen ... beeilen ...‹ Zweimal hintereinander. ›... Gottes willen ... beeilen ...‹«

»Funken Sie folgendes«, befahl Swanson. Er diktierte eine kurze Mitteilung in bezug auf die Ballons. »Und senden Sie es recht langsam.«

Curly nickte und begann zu senden. Raeburn kehrte im Laufschritt zurück.

»Der Mond ist noch nicht untergegangen«, sagte er hastig zu Swanson. »Nach wie vor ein paar Grade über dem Horizont. Ich nehme einen Sextanten mit hinauf und peile den Mond an. Ersuchen Sie sie, das gleiche zu tun. Dann haben wir den Breitenunterschied. Wenn wir wissen, daß sie Null fünfundvierzig liegen, können wir den Abstand bis auf eine Meile genau berechnen.«

»Ein Versuch kann nicht schaden«, sagte Swanson und diktierte eine weitere Meldung, die Brown unmittelbar hinter der ersten herschickte.

Wir warteten auf Antwort. Volle zehn Minuten lang warteten wir. Ich betrachtete die im Funkraum versammelten Männer, alle hatten den gleichen geistesabwesenden Ausdruck, wie Menschen ihn haben, die nur physisch zur Stelle sind, deren Gedanken aber in weiter Ferne weilen. Alle waren sie dort, wo auch ich mich befand, dort, wo die Treibeis-Station Zebra sich befinden mochte.

Wieder begann Brown mitzuschreiben, aber nicht sehr lange. Diesmal klang seine Stimme noch immer sachlich, aber mit einem hohlen Beiklang.

Er sagte: »Alle Ballons geplatzt. Kein Mond.«

»Kein Mond.« Raeburn konnte die Bitterkeit, die Schärfe seiner Enttäuschung nicht verhehlen. »Gott verdamm mich! Es muß dort schwer bewölkt sein. Oder stürmisch.«

»Nein«, warf ich ein. »Solche lokalen Witterungsunterschiede gibt es auf der Polarhaube nicht. In einem Umkreis von etwa fünfzigtausend Quadratmeilen dürften die gleichen Bedingungen gelten. Der Mond ist untergegangen. Für sie ist der Mond bereits untergegangen. Ihre letzte Positionsangabe muß reine Vermutung gewesen sein, und noch dazu eine recht unsichere Vermutung. Sie müssen sich mindestens hundert Meilen weiter nordöstlich befinden, als wir angenommen haben.«

»Fragen Sie sie, ob sie Raketen haben«, sagte Swanson zu Brown.

»Sie können es ja versuchen«, sagte ich, »aber es ist pure Zeitvergeudung. Wenn sie so weit weg sind, wie ich glaube, werden ihre Raketen nicht über unseren Horizont emporreichen. Und wenn auch – wir würden sie nicht sehen.«

»Ich fange an, den Kontakt zu verlieren, Sir«, meldete Brown. »Es handelte von Lebensmitteln, war aber gleich wieder weg.«

»Fragen Sie an, ob sie Raketen besitzen, die sie sofort losschicken könnten«, befahl Swanson. »Schnell, schnell, bevor wir den Kontakt verloren haben.«

Viermal im ganzen funkte Brown die Mitteilung in den Äther, bevor es ihm gelang, eine Antwort aufzufangen.

Dann sagte er: »Der Funkspruch lautet: ›Zwei Minuten.‹ Weiter nichts als: ›Zwei Minuten‹ . . .«

Swanson nickte wortlos und verließ den Raum. Ich folgte ihm. Wir nahmen unsere Mäntel und Ferngläser und kletterten auf die Brücke hinauf. Nach der Wärme und dem Komfort der Zentrale kam uns die Kälte eisig vor, und die umherfliegenden Eisnadeln waren spitzer denn je. Swanson schlug den Deckel des Peilkompasses hoch, stellte ihn auf Strich Null fünfundvierzig und sagte den beiden Matrosen, die Wache gehalten hatten, wo und wonach sie sich umzusehen hätten.

Eine Minute verstrich, zwei Minuten verstrichen, fünf Minuten. Ich starrte in die eisige Finsternis hinaus, bis mir die Augen weh taten, der ungeschützte Teil meines Gesichts war völlig steif geworden, und ich wußte, wenn ich das Fernglas absetzte, würde es ein schönes Stück Haut mitnehmen.

Ein Telefon klingelte. Swanson ließ das Glas sinken, ohne zu merken, daß rund um seine Augen zwei blutig geschälte Ringe zurückblieben (die Schmerzen würden sich erst später bemerkbar machen), und griff nach dem Hörer. Er hörte kurz zu, legte dann auf.

»Funkraum«, sagte er. »Gehen wir nach unten. Alle Mann. Die Raketen wurden vor drei Minuten abgefeuert.«

Wir gingen hinunter. Swanson erblickte sein Gesicht in der Glashülle eines Manometers und schüttelte den Kopf.

»Sie müssen einen Unterschlupf haben«, sagte er ruhig. »Unbedingt. Eine Hütte, die erhalten geblieben ist. Sonst wären sie schon längst umgekommen.« Er ging in den Funkraum. »Haben wir noch immer Kontakt?«

»Ja«, antwortete Zabrinski. »Ab und zu. Es ist merkwürdig. Wenn bei einer so losen Verbindung das Fading einsetzt, ist sie meistens weg und bleibt weg. Unser Mann aber kommt immer wieder. Merkwürdig.«

»Vielleicht hat er nicht einmal mehr eine Batterie übrig«, sagte ich. »Vielleicht nur einen Handkurbelgenerator. Vielleicht ist keiner mehr am Leben, der die Kraft besitzt, die Kurbel jeweils für länger als ein paar Sekunden zu betätigen.«

»Möglich«, sagte Zabrinski. »Lies dem Herrn Kapitän die letzte Mitteilung vor, Curly.«

Brown las: »›Nicht mehr viele Stunden.‹ Der Text ist verstümmelt, aber so muß er wohl lauten.«

Swanson sah mich kurz an, blickte weg. Ich hatte niemandem außer ihm erzählt, daß der Befehlshaber des Stützpunkts mein Bruder war, und ich wußte, daß auch er es nicht weitererzählt hatte.

Er sagte zu Brown: »Geben Sie die Zeit durch. Ersuchen Sie sie, jede Stunde fünf Minuten lang ihr Rufzeichen zu senden. Teilen Sie ihnen mit, daß wir in spätestens sechs, vielleicht auch schon in vier Stunden den Kontakt wiederaufnehmen werden. Zabrinski, wie exakt war die Peilung?«

»Hundertprozentig exakt, Herr Kapitän. Ich habe sie mehrmals kontrolliert. Genau Null fünfundvierzig.«

Swanson begab sich in den Bedienungsraum.

»Die Treibeis-Station Zebra kann den Mond nicht sehen. Wenn wir uns auf Doktor Carpenters Behauptung verlassen, daß die Witterungsverhältnisse überall so ziemlich die gleichen seien, muß der Mond bereits hinter ihrem Horizont verschwunden sein. In Anbetracht der Mondhöhe und der Peilung – wie groß ist die Mindestdistanz?«

»Hundert Meilen, wie Doktor Carpenter bereits gesagt hat«, bekräftigte Raeburn nach einer kurzen Kalkulation. »Mindestens.«

»Also ... Wir segeln los. Kurs Null vierzig. Das wird uns nicht allzu weit von der allgemeinen Richtung abbringen, aber uns genug Ordinate geben, um nach einiger Zeit eine gute Kreuzpeilung vorzunehmen. Wir legen genau hundert Meilen zurück und schauen uns nach einer anderen Polynya um. Verständigen Sie den Ersten Offizier – alles tauchklar machen.« Er sah mich lächelnd an. »Mit zwei Kreuzpeilungen und einer exakt gemessenen Grundlinie können wir sie bis auf hundert Meter festnageln.«

»Wie wollen Sie hundert Meilen unter dem Eis messen? Ich meine, exakt?«

»Das besorgt mir unser Trägheitsnavigationsgerät. Es ist äußerst zuverlässig, Sie würden nicht glauben, wie exakt. Ich kann an der Ostküste der Vereinigten Staaten tauchen und im Mittelmeer keine fünfhundert Meter von dem berechneten Ziel entfernt wieder auftauchen. Wenn es sich um hundert Meilen handelt, rechne ich mit einem Marginal von kaum zwanzig Metern.«

Die Funkantennen wurden eingezogen, die Lukendeckel festgeschraubt, binnen fünf Minuten hatte sich die *Dolphin* aus ihrem Eisloch in die Tiefe gesenkt und war unterwegs. Die beiden Rudergänger am Tauchstand saßen gemächlich rauchend da und rührten keinen Finger. Die Steuerknüppel waren automatisch mit dem Trägheitsnavigationsgerät gekoppelt, welches das Boot mit einem

Ausmaß an Genauigkeit und Feinfühligkeit steuerte, das der Menschenhand versagt ist.

Ich rührte mich an diesem Morgen nicht aus der Zentrale weg. Die meiste Zeit verbrachte ich damit, Dr. Benson über die Schulter zu gucken. Er hatte wie üblich in der Krankenstube fünf Minuten auf die Patienten gewartet, die sich nicht blicken ließen, und war dann schleunigst zu seinem Platz vor der Eismaschine zurückgekehrt. Die Angaben dieses Apparats bedeuteten für die Überlebenden der Zebra Rettung oder Untergang. Wir mußten wieder eine Polynya finden, um eine Kreuzpeilung vornehmen zu können. Keine Polynya – keine Kreuzpeilung. Keine Kreuzpeilung – keine Hoffnung. Ich fragte mich zum hundertstenmal, wie viele, die den Brand überlebt hatten, jetzt noch am Leben sein mochten. Nach der stillen Verzweiflung zu schließen, die aus den Meldungen sprach, konnte ich mir nicht vorstellen, daß sie sehr zahlreich sein würden.

Die Kurve, die der zischende Griffel auf das Millimeterpapier malte, war kein sehr ermutigender Anblick. Die meiste Zeit zeigte sie an, daß das Eis über unseren Köpfen eine Dicke von drei und noch mehr Metern hatte. Zuweilen senkte sich die Nadel nach unten, um eine Dicke von zehn bis fünfzehn Metern zu melden, und einmal wäre sie fast über den unteren Rand des Bandes gerutscht: ein gewaltiger, umgestülpter, mindestens fünfzig Meter tief herabreichender Grat.

Nur zweimal auf einer Strecke von achtzig Meilen bekamen wir den schmalen, schwarzen Strich zu sehen, der dünnes Eis bedeutet. Die erste dieser Polynyas hätte für ein kleines Ruderboot gereicht, die zweite war kaum größer.

Kurz vor zwölf Uhr mittags hörte der Rumpf zu vibrieren auf. Swanson hatte befohlen, auf langsame Marschgeschwindigkeit herunterzugehen.

»Wie sieht es aus?« fragte er Benson.

»Schrecklich. Immerzu dickes Eis.«

»Na ja, wir dürfen nicht erwarten, daß uns sofort eine Polynya in den Schoß fällt«, sagte Swanson vernünftig. »Wir sind fast schon da. Wir werden uns jetzt systematisch umschauen. Fünf Meilen nach Osten, fünf Meilen nach Westen, jedesmal eine Viertelmeile weiter nordwärts.«

Die Suche begann. Eine Stunde verstrich. Dann wurden es zwei und drei Stunden. Raeburn und sein Assistent hoben kaum eine

Sekunde lang die Köpfe vom Koppeltisch, auf dem sie gewissenhaft jede Bewegung der *Dolphin* auf ihrer Zickzackfahrt unter dem Eisdach verzeichneten.

Vier Uhr nachmittags.

Das übliche Stimmengewirr im Hintergrund, das gelegentliche Geplauder einzelner Gruppen in der Zentrale verstummte restlos. Bensons sporadischer Ausruf: »Dickes Eis, nach wie vor dickes Eis ...«, wurde immer stiller, immer mutloser und diente nur dazu, die schwere, dumpfe Stille zu unterstreichen und zu vertiefen

Fünf Uhr nachmittags.

Keiner sah den anderen mehr an, geschweige denn, daß er mit ihm ein Wort gewechselt hätte. Dickes Eis, nach wie vor dickes Eis. Niederlage, Verzweiflung hingen schwer in der Luft. Dickes Eis, nach wie vor dickes Eis. Sogar Swanson hatte aufgehört zu lächeln. Ob auch er vor einem inneren Auge das gleiche sah wie ich – einen verhärmten, ausgemergelten bärtigen Mann, dessen Gesicht durch die Frostschäden fast völlig zerstört ist, einen halb erfrorenen, halb verhungerten, halb toten Mann, der die letzten paar Unzen seiner versiegenden Kräfte aufzehrt, indem er mit leblosen Fingern die Kurbel seines Generators betätigt und das Rufzeichen klopft, den Kopf gesenkt, die Ohren gespitzt, um über dem Geheul des Eissturms die Verheißung des Beistands zu hören, der nicht kommen will ...

Um halb sechs ging Kapitän Swanson zur Eismaschine hin und blickte Benson über die Schulter. Er fragte: »Wie dick ist das Zeug dort oben im Durchschnitt?«

»Zwölf bis fünfzehn Fuß«, erwiderte Benson mit leiser, müder Stimme. »Eher fünfzehn.«

Swanson griff nach einem Telefonhörer.

»Oberleutnant Mills? Hier spricht der Kommandant. Wie weit sind die Torpedos in Ordnung, an denen gearbeitet wird? Vier Stück? Anwendbar? Gut. Höchste Ladebereitschaft. Ich werde die Suche noch dreißig Minuten lang fortsetzen, dann liegt es an Ihnen ... Richtig. Wir wollen versuchen, ein Loch ins Eis zu sprengen.« Er legte den Hörer auf.

Hansen sagte nachdenklich: »Fünfzehn Fuß Eis sind eine ganze Masse Eis. Und dieses Eis wird verdämmend wirken und neunzig Prozent der Sprengkraft nach unten lenken. Halten Sie es für möglich, ein Loch in eine fünfzehn Fuß dicke Eisschicht zu sprengen, Herr Kapitän?«

»Keine Ahnung«, erwiderte Swanson. »Wie soll man das wissen, bevor man's versucht hat?«

»Muß man nicht mit Unterwasserdruckwellen rechnen, die das Boot beschädigen könnten?« fragte ich. Mir gefiel der Plan ganz und gar nicht.

»In diesem Fall müßte sich die Electric Boat Company auf ein recht saftiges Beschwerdeschreiben gefaßt machen. Erst nachdem der Torpedo tausend Meter zurückgelegt hat, bringen wir den Sprengstoff auf elektronischem Wege zur Explosion. Wir werden der Detonation mit dem Bug begegnen – und wenn man bedenkt, für welche Druckbelastungen dieser Schiffsrumpf konstruiert ist, dürfte die Druckwirkung unbeträchtlich sein.«

»Sehr dickes Eis«, leierte Benson. »Dreißig Fuß, vierzig Fuß, fünfzig Fuß. Sehr, sehr dickes Eis.«

»Ein Jammer, wenn der Torpedo unter eine Kruste gerät, wie wir sie jetzt über uns haben«, sagte ich. »Ich bezweifle, daß es dann auch nur die unterste Schicht wegbläst.«

»Wir werden dafür sorgen, daß so etwas nicht passiert. Wir suchen uns eine ausreichend große Eisschicht von normaler Dicke aus, retirieren etwa tausend Meter weit und schicken den Torpedo los.«

»Dünnes Eis!« Es war kein Ausruf, es war ein Aufschrei. »Dünnes Eis! Nein – bei Gott – offenes Wasser! Offenes Wasser! Herrliches offenes, schönes Wasser ...!«

Meine unmittelbare Reaktion war: Entweder ist in der Eismaschine oder in Bensons Kopf eine Sicherung durchgebrannt. Aber der Offizier am Tauchstand schien keine solchen Zweifel zu hegen. Ich mußte mich schnell festhalten, als sich die *Dolphin* heftig nach Backbord überlegte und mit gedrosselten Motoren einen engen Kreis beschrieb, um zu der Stelle zurückzukehren, an der Benson die frohe Botschaft verkündet hatte. Swanson betrachtete das Kursdiagramm, sagte gelassen ein paar Worte, die schweren Bronzepropeller wechselten die Drehrichtung und verbissen sich ins Wasser, um die *Dolphin* zu stoppen.

»Wie sieht es jetzt aus, Doktor?« rief Swanson.

»Freies, freies Wasser«, erwiderte Benson geradezu ehrfürchtig. »Ich sehe es deutlich. Ziemlich schmal, aber für uns breit genug. Langgestreckt, mit einer scharfen Linkskurve, denn es ist uns bei den ersten fünfundvierzig Grad unserer Schwenkung gefolgt.«

»Eins fünfzig«, befahl Swanson.

Die Pumpen surrten. Die *Dolphin* trieb sachte nach oben wie ein aufsteigendes Luftschiff. Ganz kurz flutete Wasser in die Tanks zurück. Die *Dolphin* blieb regungslos hängen.

»Sehrohr ausfahren!« befahl Swanson.

Das Periskop stieß langsam hoch. Swanson warf einen schnellen Blick durchs Okular, winkte mich zu sich heran.

»Schauen Sie sich das an«, sagte er. »Etwas Schöneres haben Sie noch nie gesehen.«

Ich sah es mir an. Hätte man das Bild, das sich dort oben entfaltete, auf die Leinwand gebracht und eingerahmt, wäre es auch dann unverkäuflich gewesen, wenn man es mit Picassos Signatur versehen hätte – aber ich verstand, was Swanson gemeint hatte. Zu beiden Seiten feste, schwarze Massen und dazwischen parallel zur Längsrichtung des U-Bootes ein kaum etwas hellerer dschungelgrüner Streifen. Eine offene Rinne im Polareis.

Drei Minuten später lagen wir auf der Oberfläche des Nördlichen Eismeers, knappe zweihundertfünfzig Seemeilen vom Pol entfernt.

Das gestaffelte, zerspellte Packeis türmte sich in zwanzig Meter hohen, verzwirbelten Kämmen empor, hing etwa sieben Meter hoch über dem Segel, so nahe, daß man es fast mit ausgestreckter Hand anfassen konnte. Drei oder vier dieser zackigen und phantastisch bucklichen Eisgipfel erstreckten sich westwärts, so weit das Licht des Scheinwerfers reichte. Darüber hinaus war nichts zu sehen. Dort herrschte pechschwarze Nacht.

Gegen Osten zu konnten wir überhaupt nichts sehen. Hätte man es gewagt, mit offenen Augen nach Osten zu blicken, wäre man binnen weniger Sekunden für immer erblindet. Sogar die Schneebrillen waren im Nu beschlagen und zerkratzt. Dicht an der Flanke des Bootes konnte man mit gesenktem Kopf und abgeschirmten Augen flüchtig das schwarze Wasser sehen, das bereits wieder zuzufrieren begann. Aber man ahnte es mehr, als man's sah.

Heulend und wimmernd fegte der Wind über die Brücke und durch die ausgespannte Antenne. Das Brückenanemometer zeigte eine ständige Windstärke von mehr als hundert Stundenkilometern. Der Eissturm war nicht mehr, so wie frühmorgens, eine wirbelnde Nebelmasse, sondern eine dahintreibende Mauer aus spitzen Dolchen, fast tödlich in ihrer Wucht. Die mit großer Geschwindigkeit durch die Luft sausenden Eisnadeln oder Eislanzen hätten die dickste Pappe durchbohrt und im Bruchteil einer Sekunde ein Trinkglas in den Fingern zerschmettert. Den wogenden Klagegesang des Windes übertönend, ließ sich ein fast unaufhörliches Knirschen, ein Prasseln, ein gutturales Dröhnen vernehmen, während Millionen Tonnen zersplittertes, zermartertes Eis unter dem Einfluß des Windes und eines gewaltigen, wer weiß wie viele Hunderte von Kilometern entfernten Druckzentrums sich aufbäumten, sich krümmten, zerbrachen, zerbarsten: In der einen Sekunde bildeten sie eine neue Schollenpyramide, da eine vielleicht drei Meter dicke Eisplatte sich über die nächste und übernächste schob – eine Sekunde später öffnete sich mit unbeschreiblich heftiger Kakophonie eine neue Rinne schwarzen, windgepeitschten Gewässers, die sich, kaum war sie entstanden, fast sogleich mit einer Eishaut überzog.

»Sind wir denn beide wahnsinnig? Gehen wir schleunigst nach unten!« Swanson schrie es mir ins Ohr, die gewölbten Hände am Mund. Trotzdem konnte ich es in dem irren Höllenlärm kaum hören.

Wir kletterten in die verhältnismäßig jähe Stille der Zentrale hinunter. Swanson knüpfte die Kapuze seiner Parka auf, legte den Schal und die Brille ab, die sein Gesicht völlig maskiert hatten. Mit verwundertem Kopfschütteln sah er mich an.

»Und da gibt es Leute, die reden von dem weißen Schweigen der Arktis. Mein Gott, eine Kesselmacherwerkstatt ist im Vergleich dazu der Lesesaal einer Bibliothek. Jetzt weiß ich, warum Kapitän Scott sterben mußte.«

»Ich gebe zu, daß es ziemlich unangenehm ist«, sagte ich. »Wie weit dürfen wir uns hier sicher fühlen, Herr Kapitän?«

»Das zu erraten, bleibt jedem einzelnen überlassen.« Er zuckte die Schultern. »Der Wind drückt uns gegen den Westrand der Polynya. An Steuerbord haben wir etwa fünfzig Meter offenes Wasser. Im Augenblick kann uns nichts passieren. Aber man hört und sieht, wie das Packeis wandert und nicht einmal sehr langsam. Die Rinne, in der wir liegen, ist eine knappe Stunde alt. Wie lange? Das hängt von der Struktur der Eismassen ab. Aber diese Polynyas schließen sich oft verteufelt schnell. Der Rumpf der *Dolphin* hält allerhand aus, aber nicht das Gewicht einer Million Tonnen Eis, die sich an ihn anlehnen. Vielleicht können wir stundenlang hier liegen bleiben, vielleicht nur noch einige Minuten.

Wie dem auch sei, sobald diese Ostwand sich unserer Steuerbordseite bis auf drei Meter genähert hat, tauchen wir. Sie wissen, was geschieht, wenn ein Boot im Eis stecken bleibt.«

»Ich weiß es. Es wird plattgedrückt, ein paar Jahre lang rund um den Gipfel der Welt getragen und dann eines Tages schnurgerade in die Tiefe des Ozeans versenkt. Das würde der Regierung der Vereinigten Staaten nicht recht sein, Herr Kapitän.«

»He!« Eine Stimme kam aus dem Funkraum. »He – schnell mal herkommen!«

»Ich habe den Eindruck, daß Zabrinski mit mir zu sprechen wünscht«, murmelte Swanson.

Er marschierte los, und ich folgte ihm in den Funkraum.

Zabrinski saß halb zur Tür gekehrt in seinem Sessel, mit einem breiten Grinsen auf dem Gesicht, den Kopfhörer in der ausgestreckten linken Hand. Swanson nahm den Hörer, lauschte kurz, nickte sodann.

»DSY«, sagte er leise. »DSY, Doktor Carpenter. Wir haben Kontakt. Die Peilung? Gut...« Er sah den Steuermannsmaat auf der Schwelle stehen. »Ellis, bitten Sie den Navigationsoffizier, so schnell wie möglich hierherzukommen.«

»Wir holen sie alle weg, Herr Kapitän«, sagte Zabrinski jovial. »Es müssen recht zähe Burschen sein.«

»Sehr zäh, Zabrinski«, erwiderte Swanson zerstreut. »Sehr zäh... Haben wir Wechselverbindung?«

Zabrinski schüttelte den Kopf und wandte sich ab. Sein Lächeln war erloschen.

Raeburn kam herein, nahm ein Blatt Papier in Empfang und entfernte sich, um sich an seinen Koppeltisch zu begeben. Wir begleiteten ihn.

Nach ein paar Minuten blickte er auf und sagte: »Wenn jemand auf eine kleine Sonntagspromenade Lust hat – jetzt ist die Gelegenheit da.«

»So nahe?« fragte Swanson.

»So überaus nahe. Fünf Meilen genau östlich, eine halbe Meile mehr oder weniger. Wir sind doch recht brave Spürhunde, nein?«

»Wir haben Glück gehabt«, sagte Swanson schroff. Er kehrte in den Funkraum zurück. »Sind sie noch da?«

»Total weg.«

»Total?«

»Es hat nur eine Minute gedauert, Herr Kapitän, dann wurde

es schwächer und immer schwächer. Ich glaube, Doktor Carpenter hat recht – sie benützen einen Kurbelgenerator.« Nach einer Pause fuhr er wie nebenbei fort: »Meine sechsjährige Tochter könnte so eine Maschine fünf Minuten lang bedienen, ohne mit der Wimper zu zucken.«

Swanson sah mich an, wandte sich dann wortlos ab. Ich folgte ihm zu dem unbesetzten Tauchstand. Von der Brückenausstiegluke her war das Heulen des Sturmes zu hören, das Dröhnen und Kreischen der Eismühle, das die ganze Spannweite des Menschengehörs durchlief.

Swanson sagte: »Zabrinski hat es gut formuliert... Ich möchte nur wissen, wie lange dieser verdammte Sturm anhalten wird.«

»Viel zu lange... Ich habe in meiner Kabine eine Arzneiflasche mit Alkohol und Winterkleider. Könnten Sie mir eine Dreißigpfundpackung mit eisernen Rationen zur Verfügung stellen – stark proteinhaltige, kalorienreiche Konzentrate – Benson wird wissen, was ich meine...?«

»Habe ich Sie richtig verstanden?« sagte Swanson langsam. »Oder bin ich nur im Begriff, den Verstand zu verlieren?«

»Was höre ich? Wer verliert den Verstand...?« Hansen erschien in der Tür. »Eine ernste Angelegenheit, wenn der Kommandant den Verstand verliert. Ich werde das Kommando übernehmen und Sie in Eisen legen müssen, Herr Kapitän. Es gibt wohl einen entsprechenden Passus im Reglement.«

»Doktor Carpenter beabsichtigt, einen Proviantsack auf den Rücken zu nehmen und zu Fuß zur Treibeis-Station Zebra zu wandern.«

»Ist die Verbindung wieder da?« Im Augenblick hatte er mich ganz vergessen. »Wirklich? Und eine Kreuzpeilung?«

»Vor einer knappen Minute. Wir haben es fast haargenau getroffen. Fünf Meilen, sagt Junker Raeburn.«

»Mein Gott – fünf Meilen! Nur fünf Meilen!« Dann verschwand der Jubel aus seiner Stimme und seiner Miene, als hätte man in seinem Innern einen Schalthebel betätigt. »Bei diesem Wetter könnten es ebensogut fünfhundert sein. Nicht einmal der gute Amundsen hätte sich zehn Meter weit durch diese Sauerei durchgekämpft.«

»Doktor Carpenter traut sich offenbar zu, Amundsens Rekord schlagen zu können«, bemerkte Swanson trocken.

Hansen sah mich lange und forschend an, wandte sich dann

wieder seinem Vorgesetzten zu. »Vielleicht wäre es ratsam, unseren lieben Doktor Carpenter in Eisen zu legen?«

»Vielleicht«, sagte Swanson.

»Hören Sie zu«, sagte ich. »Dort draußen am Standort der Treibeis-Station Zebra befinden sich Menschen. Vielleicht nicht viele – jetzt nicht mehr viele –, aber einige. Auf jeden Fall einer. Menschen, die über das Krankheitsstadium längst hinaus sind. Sterbende. Für einen Sterbenden kann die kleinste Kleinigkeit den Unterschied zwischen Leben und Tod bedeuten. Ich bin Arzt, ich weiß es. Die kleinste Kleinigkeit. Ein paar Tropfen Alkohol, ein paar Gramm Nahrung, ein Schluck warmen Getränks, etwas Medizin. Und er bleibt am Leben. Ohne diese Bagatelle stirbt er. Sterbende haben ein Anrecht auf jede, auch die geringste Hilfe, und ich bin berechtigt, jedes beliebige Risiko auf mich zu nehmen, um dafür zu sorgen, daß ihnen diese Hilfe zuteil wird. Ich bitte niemanden, mich zu begleiten, ich verlange nur, daß man sich an den Wortlaut der Weisung aus Washington hält und mir jede Unterstützung gewährt, ohne die *Dolphin* oder ihre Besatzung zu gefährden. Ich finde nicht, daß von Unterstützung die Rede sein kann, wenn man mir droht, mich mit Gewalt zurückzuhalten. Und ich verlange nicht von Ihnen, daß Sie das Unterseeboot oder das Leben Ihrer Leute aufs Spiel setzen.«

Swanson starrte zu Boden. Ich hätte gern gewußt, was ihm durch den Kopf ging: die beste Methode, mich an meinem Vorhaben zu hindern – die Weisungen aus Washington – oder die Tatsache, daß er als einziger wußte, daß der Befehlshaber der Zebra mein Bruder war ... Er schwieg.

»Sie dürfen es nicht zulassen, Herr Kapitän«, sagte Hansen eindringlich. »Wenn Sie sehen, daß ein Mensch sich eine Pistolenmündung an die Schläfe setzt oder ein Rasiermesser an die Gurgel, werden Sie ihn daran hindern. Das ist das gleiche. Er ist nicht bei Trost, er will Selbstmord begehen.«

»Wir könnten jetzt tauchen«, sagte Swanson. »Wir kennen die Position. Vielleicht finden wir eine Polynya, die nur eine Meile, eine halbe Meile von der ›Zebra‹ entfernt ist. Das wäre dann etwas anderes.«

»Vielleicht würde es uns auch gelingen, eine Nadel in einem Heuschober zu finden«, sagte ich. »Sechs Stunden haben Sie gebraucht, um diese Stelle zu finden, und dabei haben wir noch Glück gehabt. Vielleicht würde es zwölf Stunden, vielleicht Tage dauern, bis wir wieder Gelegenheit hätten, durchzubrechen. Ich aber werde in zwei bis drei Stunden da sein.«

»Falls Sie nicht bereits auf der ersten Fünfhundertmeterstrecke erfrieren«, entgegnete Hansen. »Falls Sie nicht einen Abhang hinunterpurzeln und sich ein Bein brechen ... Falls Sie nicht nach fünf Minuten erblindet sind ... Falls Sie nicht in eine Polynya stürzen, die sich soeben erst gebildet hat und die Sie nicht gesehen haben: Dann werden Sie entweder ertrinken oder, wenn es Ihnen gelingt, sich herauszustrampeln, binnen dreißig Sekunden zu einem Eisklumpen erstarren ... Und selbst gesetzt den Fall, daß Sie das alles überleben, wäre ich Ihnen dankbar, wenn Sie mir genau erklären würden, wie Sie blindlings zu einem fünf Meilen entfernten Ziel hinfinden wollen. Sie können nicht einen Kreiselkompaß mitschleppen, der eine halbe Tonne wiegt, und ein magnetischer Kompaß ist in diesen Breiten nutzlos. Der magnetische Nordpol liegt ein gutes Stück weiter südwestlich von hier. Selbst wenn Ihnen der Kompaß einen ungefähren Kurs angeben könnte, würden Sie trotzdem riskieren, in der Finsternis und bei diesem Unwetter das Lager – oder die Reste des Lagers – zu verfehlen – vielleicht nur um hundert Meter, ohne es zu ahnen. Und selbst wenn es Ihnen durch einen Zufall – die Chance ist eins zu einer Million – glücken sollte, hinzufinden – wie um Gottes willen wollen Sie zurückfinden?«

»Es könnte passieren, daß ich mir ein Bein breche, daß ich erfriere oder ertrinke«, antwortete ich. »Dieses Risiko nehme ich auf mich. Den Weg zu finden – hin und zurück – ist kein Kunststück. Sie haben eine Funkpeilung vorgenommen und wissen genau, wo die Station liegt. Sie können jeden Sender anpeilen. Ich brauche nur ein Empfangs- und Sendegerät mitzunehmen, mit Ihnen Kontakt zu halten, und Sie steuern mich auf die Zebra zu. Ganz einfach.«

»Ja, es wäre einfach«, erwiderte Hansen, »bis auf eine Kleinigkeit. Wir haben kein solches Gerät an Bord.«

»Ich habe in meinem Koffer ein Walkie-Talkie mit einem Bereich von zwanzig Meilen«, sagte ich.

»Zufall, Zufall!« murmelte Hansen. »Zweifellos haben Sie es rein zufällig mit eingepackt. Ich möchte geradezu wetten, daß Ihr Koffer alle möglichen wunderlichen Sachen enthält, Herr Doktor.«

»Was Doktor Carpenter in seinem Koffer hat, geht uns nichts

an« sagte Swanson mit sanfter Zurechtweisung. Früher war er anderer Meinung gewesen. »Was uns angeht, ist seine Absicht, sich das eben zu nehmen. Sie können doch nicht ernsthaft von uns erwarten, daß wir diesem lächerlichen Vorschlag zustimmen, Doktor Carpenter?«

»Niemand verlangt von Ihnen, daß Sie diesem oder jenem Vorschlag zustimmen«, antwortete ich. »Ihre Zustimmung ist überflüssig. Ich ersuche Sie nur, mir nicht im Wege zu stehen. Und mir den Proviant zurechtzumachen. Wenn Sie sich weigern, muß ich mich ohne Lebensmittel behelfen.«

Ich ließ die beiden stehen und ging in meine Kabine. Vielmehr in Hansens Kabine. Doch obwohl es nicht meine Kabine war, ließ ich mich nicht davon abhalten, den Schlüssel im Schloß umzudrehen, sobald ich die Tür hinter mir zugemacht hatte.

Von der wahrscheinlichen Annahme ausgehend, daß Hansen, wenn er bald erscheine, nicht gerade sehr erfreut sein würde, die Tür seiner eigenen Kabine versperrt vorzufinden, vergeudete ich keine Zeit. Ich drehte an dem Zifferschloß des Koffers und schlug den Deckel zurück. Mindestens drei Viertel des verfügbaren Raumes waren mit Polarkleidung vollgestopft, den besten Erzeugnissen, die für Geld zu haben sind. Sie waren nicht mit meinem Geld eingekauft worden.

Ich zog meine Überkleider aus, schlüpfte in eine lange, weitmaschige Unterhose, ein Wollhemd, Kordbreeches und dann in eine mit reiner Seide gefütterte, dreifachgestrickte Wollparka. Es war kein Standardmodell, hatte eine sonderbar geformte, mit Wildleder gefütterte Tasche etwas links unterhalb der Armhöhle und eine anders geformte, gleichfalls mit Wildleder gefütterte Tasche an der rechten Seite. Schnell fischte ich aus der Tiefe des Koffers drei verschiedene Gegenstände hervor. Der eine — eine Mannlicher-Schoenauer Neun-Millimeter-Pistole — paßte so genau und sicher in die linke Innentasche, als wäre die Tasche eigens für die Waffe gefertigt worden, was ja schließlich auch der Fall war. Die beiden übrigen Gegenstände, zwei Reserveladestreifen, waren ebenso präzise in der rechten Tasche unterzubringen.

Meine restliche Toilette brauchte nicht mehr viel Zeit. Zwei Paar dicke Wollsocken, Filzunterschuhe und dann das Pelzwerk, Karibu für die äußerste Parka und die Hose, Vielfraß für die Kapuze, Seehundsfell für die Stiefel, Rentier für die Handschuhe, die über Seidenhandschuhen und Wollfäustlingen angezogen werden.

Ein Eisbär würde vielleicht ein Weniges vor mir voraus gehabt haben, wenn es sich darum handelte, einen arktischen Blizzard zu überleben, aber der Vorsprung wäre nicht sehr groß gewesen.

Ich hängte mir die Schneemaske und die Schneebrille um den Hals, steckte eine mit Gummi verkleidete, wasserdichte Stablampe in die Innentasche der Pelzparka, kramte mein Walkie-Talkie hervor und machte den Koffer zu. Ich stellte die Kombination wieder ein. Eigentlich wäre das gar nicht mehr nötig gewesen, nun, da ich die Pistole unterm Arm hatte, aber Swanson sollte Beschäftigung haben, während ich weg war. Ich steckte den Verbandskasten und eine Stahlflasche mit Alkohol in einen Rucksack und sperrte die Tür auf.

Swanson befand sich in der Zentrale genau dort, wo ich ihn zurückgelassen hatte. Ebenso Hansen. Ebenso zwei weitere Personen, die nicht zugegen gewesen waren, als ich wegging, nämlich Rawlings und Zabrinski.

Hansen, Rawlings und Zabrinski, die drei stärksten Männer an Bord. Zum letztenmal hatte ich sie beisammen gesehen, als Kapitän Swanson sie im Holy Loch aus der *Dolphin* heraufpfiff, um dafür zu sorgen, daß ich keinen Unfug anrichtete.

Ich sagte zu Swanson: »Bekomme ich die eisernen Rationen oder nicht?«

»Eine letzte formelle Erklärung ...«, sagte Swanson. »Der Ordnung halber. Ihr Vorhaben ist selbstmörderisch, Ihre Chancen sind gleich Null. Ich kann meine Zustimmung nicht erteilen.«

»Schön, Ihre Erklärung ist zur Kenntnis genommen, vor Zeugen und in aller Form. Die eisernen Rationen ...«

»Vor allem zwingt mich ein äußerst bedrohlicher Zwischenfall, meine Zustimmung zu verweigern. Einer unserer Elektronentechniker hat soeben an der Eismaschine eine übliche Eichungskontrolle vorgenommen. Eine Überlastungsspule funktioniert nicht. Kurzschluß im Elektromotor. Wir haben kein Ersatzteil, sie muß neu gewickelt werden. Sie begreifen, was das bedeutet. Wenn wir gezwungen sind, zu tauchen, kann ich nicht wieder nach oben gehen. Dann ist es aus – das heißt, für alle, die sich oben auf dem Eis befinden.«

Ich konnte ihm den Versuch nicht übelnehmen, war aber ein wenig enttäuscht. Er hatte Zeit genug gehabt, sich etwas Besseres auszudenken.

Ich sagte: »Die eisernen Rationen, Herr Kapitän – bekomme ich sie?«

»Soll das heißen, daß Sie an Ihrem Entschluß festhalten? Auch jetzt noch, nachdem Sie gehört haben, was ich sagte?«

»Ach, um Gottes willen – dann muß es ohne die Rationen gehen.«

»Meinem Ersten Offizier, dem Torpedomatrosen Rawlings und dem Bordfunker Zabrinski«, sagte Swanson in offiziösem Ton, »gefällt es nicht.«

»Ob es ihnen gefällt oder nicht – ich kann es nicht ändern.«

»Sie sind der Meinung, daß sie es nicht zulassen dürfen.«

Es waren nicht nur drei starke Männer, es waren drei Riesen. Ich hätte ihnen ebenso leicht entwischen können wie ein Lamm einem halbverhungerten Löwen.

»Sie werden es nicht zulassen«, fuhr Swanson fort, »es sei denn, daß Sie ihnen erlauben, Sie zu begleiten. Sie haben sich freiwillig dazu bereit erklärt.«

»Freiwillig«, näselte Rawlings. »Ich und du und Müllers Kuh.«

»Ich will nicht, daß sie mich begleiten«, sagte ich.

»Ein lieber Mensch, was?« Rawlings' Frage war an keine bestimmte Adresse gerichtet. »Sie könnten sich doch wenigstens bedanken, Herr Doktor.«

»Sie gefährden das Leben Ihrer Leute, Herr Kapitän. Sie wissen, wie Ihre Weisungen lauten.«

»Ja. Ich weiß auch, daß in der Arktis genauso wie bei Bergbesteigungen und Entdeckungsreisen eine Gruppe größere Chancen hat als der einzelne. Ich weiß auch, was geschehen würde, wenn es sich herumspräche, daß wir einem Zivilarzt erlaubt haben, auf eigene Faust zur Treibeis-Station Zebra zu marschieren, während wir alle nicht den Mut hatten, uns aus unserem komfortablen warmen U-Boot wegzurühren: Der gute Ruf der amerikanischen Kriegsmarine würde recht schön bekleckert sein.«

»Was sagen Ihre Leute dazu, daß sie ihr Leben aufs Spiel setzen wollen, um den guten Ruf der U-Boot-Waffe zu schützen?«

»Sie haben gehört, was der Herr Kapitän gesagt hat«, warf Rawlings ein. »Wir haben uns freiwillig gemeldet. Schauen Sie sich unseren Zabrinski an. Jeder sieht sofort, daß er aus dem Holz geschnitzt ist, aus dem man Helden schnitzt.«

»Habt ihr euch überlegt«, sagte ich, »was geschieht, wenn das

Eis sich während unserer Abwesenheit schließt und der Kapitän gezwungen ist, zu tauchen?«

»Nur nicht davon reden!« erwiderte Zabrinski mit Nachdruck. »So heldenhaft bin ich nun auch wieder nicht...«

Ich gab es auf. Mir blieb nichts übrig, als mich zu fügen. Außerdem war ich, genauso wie Zabrinski, nicht gar so heldenhaft und recht froh, diese drei Männer an meiner Seite zu wissen.

5

Oberleutnant Hansen war der erste, der schlappmachte. ›Schlappmachen‹ ist vielleicht nicht der richtige Ausdruck, das Wort war ihm unbekannt und der Gedanke völlig fremd. Es wäre angebrachter, zu betonen, daß er der erste unter uns war, der einen Schimmer gesunden Menschenverstandes an den Tag legte.

Er packte mich beim Arm, schob den Kopf dicht an mich heran, zog die Schneemaske nach unten und schrie: »Keinen Schritt weiter, Doktor! Wir müssen haltmachen.«

»Bis zum nächsten Kamm!« schrie ich zurück.

Ich wußte nicht, ob er mich gehört hatte. Er hatte sofort wieder die Schneemaske hochgezogen, um die sekundenlang entblößte Haut vor dem waagrecht dahintreibenden Eissturm zu schützen, aber er schien mich zu verstehen, denn er lockerte den Griff an dem um meine Hüften geschlungenen Seil und ließ mich weitermarschieren.

Während der letzten anderthalb Stunden hatten Hansen, Rawlings und ich einander als führender Mann am Ende des Seils abgelöst, während die anderen drei etwa zehn Meter weiter hinten das Seil festhielten. Es war nicht beabsichtigt, daß der Mann an der Spitze die anderen führen sollte, sondern daß die anderen im Notfall dem Spitzenmann das Leben retteten. Und der Notfall hatte sich bereits ergeben – ein einzigesmal. Hansen, auf allen vieren über eine zerklüftete, steile und schlüpfrige Eisscholle bergan kriechend, hatte mit seinen Armen blindlings ins nächtliche Dunkel getastet, und ins Leere gegriffen. Er war drei Meter tief senkrecht abgestürzt, bevor das Seil ihn mit einem heftigen Ruck gestoppt hatte. Fast zwei Minuten lang hatte er über dem windgepeitschten, schwarzen Wasser einer frisch aufgeplatzten Rinne gebaumelt, bevor es uns gelungen war, ihn hochzuziehen und in Sicherheit zu bringen. Um ein Haar wäre es schiefgegangen, wirklich um ein Haar. Bei schwerer Kälte und heftigem Orkan bedeutet auch ein sekundenlanger Aufenthalt im Wasser den sicheren Tod, einen Auflösungsprozeß, der ebenso rasch wie unaufhaltsam ist. Unter solchen Umständen verwandelt sich die Kleidung eines aus dem Wasser gezogenen Menschen binnen Sekunden in einen undurchdringlichen Panzer, der sich weder entfernen, noch abschaben läßt. Der Mensch, in diesen Eissarg eingeschlossen, erfriert ganz einfach – unter der unwahrscheinlichen Voraussetzung, daß sein Herz den Thermalschock ausgehalten hat, den die Berührung der Körperwärme mit einem fast augenblicklichen Temperatursturz um etliche zwanzig Grad bedeutet.

Ich bewegte mich also sehr vorsichtig, ja, fast ängstlich voran und prüfte das Eis mit einer Sonde, die wir uns nach dem Mißgeschick, das Hansen widerfuhr, ausgedacht hatten: Wir tauchten ein zwei Meter langes, von unserem Seil abgeschnittenes Ende ins Wasser der Rinne und setzten es dann der Luft aus, bis es so starr geworden war wie eine Stahlstange. Zuweilen ging ich Schritt für Schritt voran, zuweilen stolperte ich dahin, zuweilen fiel ich einfach vornüber und kroch auf Händen und Knien weiter, denn so schaffte ich es ebenso leicht. Gerade während einer dieser Perioden, da ich mich blindlings auf allen vieren dahinschleppte, merkte ich, daß der orkanartige Wind momentan fast seine ganze Wucht eingebüßt hatte und daß ich nicht länger durch den waagrecht dahinjagenden Hagel fliegender Eisnadeln bombardiert wurde. Sekunden später geriet meine Wegsonde mit einem festen Gegenstand in Berührung: Es war die senkrechte Wand einer gestaffelten Eiskuppe. Dankbar kroch ich in den willkommenen Windschutz, schob die Brille hoch, holte die Stablampe aus der Tasche und knipste sie an, als die anderen sich blindlings zu mir herantasteten.

Blindlings. Mit ausgestreckten Armen tappten sie ins Leere wie Menschen, die das Augenlicht verloren haben, und das waren sie ja denn auch in den letzten anderthalb Stunden gewesen. Wenig hatten die Schneebrillen genützt – wir hätten ebensogut unsere Köpfe in Jutesäcke stecken können, bevor wir die *Dolphin* verließen. Ich sah Hansen an, der als erster herankam. Brille, Schneemaske, Kapuze, Parka, der gesamte Vorderteil seines Körpers von Kopf bis Fuß war tief und solide mit einer dicken, glitzernden

Eisschicht überzogen, bis auf einige schmale Risse, die durch die Arm- und Beinbewegungen verursacht worden waren. Als er sich näherte, hörte ich ihn bereits auf eine Entfernung von gut zwei Metern knistern und klirren. Lange Eisfedern strebten von seinem Kopf, den Schultern und Ellbogen rückwärts – in einem Gruselfilm hätte er als außerirdisches Monstrum von einem kälteren Planeten, wie zum Beispiel der Venus, Furore gemacht. Ich dürfte wohl genauso ausgesehen haben.

Wir kuschelten uns eng nebeneinander gegen die Wand. Knappe anderthalb Meter über unseren Köpfen fegte der Eissturm in einem grauweiß schimmernden Strom vorbei. Rawlings, der links von mir saß, schob die Brille hoch, blickte auf sein vereistes Pelzwerk hinunter und begann, sich mit den Fäusten gegen die Brust zu trommeln, um die Kruste zu zertrümmern. Ich streckte die Hand aus und packte ihn beim Arm.

»Nicht kaputtmachen!« sagte ich.

»Nicht kaputtmachen? Die verdammte Ritterrüstung wiegt eine halbe Tonne. Ich bin für diese Art Schwerathletik nicht mehr genügend trainiert, Herr Doktor.«

»Ohne diesen Eispanzer wären Sie bereits erfroren. Er isoliert Sie gegen den Wind und die Eisnadeln. Zeigen Sie mir den Rest Ihres Gesichts. Und Ihre Hände.«

Ich untersuchte ihn und die beiden anderen nach Frostschäden, während Hansen meinen Zustand kontrollierte. Wir hatten nach wie vor Glück gehabt. Blau, fleckig, zitternd vor Kälte – aber keine Erfrierungen. Das Pelzwerk der drei anderen mochte nicht ganz so schick sein wie meines, war aber durchaus zweckentsprechend. Atom-Unterseeboote bekommen immer das Beste vom Besten, und bei der Polarkleidung wird keine Ausnahme gemacht. Obwohl sie also nicht gerade Gefahr liefen, zu erfrieren, merkte ich an ihren Mienen und ihrem Atem, daß sie schon recht erschöpft waren. Gegen die Wucht dieses Eissturmes anzukämpfen, war, als watete man stromaufwärts durch einen Melassefluß, und das zehrte bereits in ausreichendem Maße an den Kräften. Aber daß wir noch außerdem fast unaufhörlich, schlitternd, stolpernd, stürzend, über zerklüftetes Eis klettern oder unbezwingliche Klippen umgehen mußten, beladen mit zwanzig Kilo Rückenpackung und Gott weiß wie vielen zusätzlichen Pfunden Eiskruste vorn an unserem Pelzwerk, hatte unseren Treck über das trügerische Eis in einen finsteren, eisigen Alptraum verwandelt.

»Bis hierher und nicht weiter«, sagte Hansen. Sein Atem ging hastig, sehr flach, fast japsend. Das galt auch für Rawlings. »Ich glaube, sehr viel mehr halten wir nicht aus, Doktor.«

»Sie sollten mehr auf Doktor Bensons Ermahnungen hören«, erwiderte ich vorwurfsvoll. »Lauter Eiscreme und Kuchen, und in den Kojen herumlungern – nein, das hält einen nicht in Form, das verweichlicht.«

»Ach nee ...« Er musterte mich. »Wie fühlen denn Sie sich?«

»Ein kleines bißchen müde. Nicht der Rede wert.« Nicht der Rede wert: Ich hatte das Gefühl, daß mir die Beine abfielen, weiter nichts, aber es ist allemal gut, wenn man den Ansporn des Stolzes zur Hand hat. Ich nahm den Rucksack ab und holte den Alkohol heraus. »Ich schlage eine Pause von fünfzehn Minuten vor. Nicht länger – sonst werden wir total steif. Inzwischen wird ein kleiner Tropfen vom Allerbesten die braven Blutkörperchen auf Trab bringen.«

»Ich dachte, die Ärzte seien dagegen, bei niedrigen Temperaturen Alkohol zu verabreichen«, sagte Hansen skeptisch. »Öffnet die Poren – oder so ähnlich ...«

»Nennen Sie mir irgendeine Form menschlicher Betätigung«, entgegnete ich, »und ich werde ein Ärzteteam ausfindig machen, das dagegen ist. Spielverderber. Außerdem ist das kein Alkohol, sondern ausgezeichneter schottischer Whisky.«

»Das hätten Sie gleich sagen sollen. Her mit der Flasche! Rawlings und Zabrinski dürfen nicht zuviel bekommen, sie sind das Zeug nicht gewöhnt ... Ist was zu hören, Zabrinski?«

Zabrinski, der die Antenne des Walkie-Talkie ausgezogen und den einen Kopfhörer unter die Kapuze seiner Parka geschoben hatte, sprach durch die Wölbung der Hände ins Mikrophon. Als Sachverständiger war Zabrinski der gegebene Mann für die Bedienung des Walkie-Talkie gewesen, und ich hatte ihm den Apparat anvertraut, bevor wir an Land gingen. Das war auch der Grund, warum wir Zabrinski nie an die Spitze unserer Marschkolonne gestellt hatten. Ein schwerer Sturz, vielleicht gar ins Wasser, hätte dem Funkgerät, das er auf den Rücken geschnallt hatte, den Garaus gemacht, und wenn das Funkgerät zum Teufel ging, dann gingen auch wir zum Teufel. Ohne Radio müßten wir nicht nur die Hoffnung aufgeben, die Treibeis-Station Zebra zu finden – wir hätten auch kaum noch eine Chance von eins zu tausend, je wieder an Bord der *Dolphin* zurückzukehren.

»Schwierig ...«, sagte Zabrinski. »Das Radio ist okay, aber der Sturm verursacht so viele Störungen und Nebengeräusche – nein, eine Sekunde – jetzt – eine Sekunde ...!«

Er beugte sich über das Mikrophon, schirmte es gegen das Heulen des Windes ab und legte abermals die gewölbten Hände an den Mund. »Hier spricht Zabrinski ... Zabrinski ... Ja, wir sind alle ziemlich ausgepumpt, aber der Herr Doktor scheint der Meinung zu sein, daß wir es schaffen werden ... Bleiben Sie am Apparat, ich werde ihn fragen.«

Er drehte sich zu mir um. »Wie weit wir Ihrer Schätzung nach gekommen sind, will man wissen ...«

»Vier Meilen.« Ich zuckte die Schultern. »Dreieinhalb – viereinhalb. Raten Sie selbst.«

Wieder sprach Zabrinski ins Mikrophon, sah Hansen und mich fragend an, sah unser Kopfschütteln und meldete sich ab.

Dann sagte er: »Der Navigationsoffizier meint, daß wir uns vier bis fünf Grad nördlich von der Stelle befinden, an der wir uns befinden sollten, und daß wir einen südlichen Kurs einschlagen müssen, wenn wir nicht unser Ziel um ein paar hundert Meter verfehlen wollen.«

Es hätte schlimmer sein können. Über eine Stunde war verstrichen, seit uns die *Dolphin* die letzten Peilungsdaten durchgegeben hatte, und in den Pausen zwischen den Funkmeldungen hatten wir unseren Kurs nach der Stärke und Richtung des Windes bestimmen müssen, der uns ins Gesicht wehte. Wenn aber das Gesicht völlig vermummt und zum größten Teil erstarrt ist, ist es nicht gerade ein besonders empfindliches Instrument zur Messung der Windrichtung – und wer weiß, vielleicht änderte der Wind seine Richtung, vielleicht schlug er sogar in die entgegengesetzte Richtung um. Es hätte bedeutend schlimmer sein können, das sagte ich zu Hansen.

»Es könnte schlimmer sein«, erwiderte er. »Wir könnten uns im Kreis gedreht haben – wir könnten auch schon tot sein. Davon abgesehen aber, wüßte ich nicht, inwiefern es schlimmer sein könnte.« Er schluckte seinen Whisky, hustete, gab mir den Schraubdeckel zurück. »Jetzt sieht es bedeutend rosiger aus. Glauben Sie wirklich, wir können es schaffen?«

»Ein wenig Glück – mehr brauchen wir nicht. Meinen Sie vielleicht, daß unser Gepäck zu schwer ist? Daß wir etwas hier zurücklassen sollten?«

Nichts hätte ich so ungern getan wie auch nur einen Teil der Vorräte preiszugeben, die wir mitschleppten: vierzig Kilo Lebensmittel, einen Ofen, fünfzehn Kilo Heiztabletten, drei Liter Alkohol, ein Zelt und einen sehr gut ausgestatteten Arzneikasten. Wenn aber etwas preisgegeben werden mußte, dann sollten sie es vorschlagen, und ich war überzeugt, sie würden es nicht vorschlagen.

»Nichts wird zurückgelassen«, erklärte Hansen. Entweder hatte die Ruhe ihm gut getan oder der Alkohol: Seine Stimme klang kräftiger, seine Zähne klapperten fast nicht mehr.

»Lassen wir diesen Gedanken im Keim erstickt sein«, sagte Zabrinski. »Die Last auf meinen gebeugten Schultern ist wie ein krankes Bein: ein guter Freund, der mir wehtut, aber den ich nicht missen möchte.«

»Und Sie?« fragte ich Rawlings.

»Ich halte mit meinen Kräften Haus«, erklärte Rawlings. »Ich rechne damit, später Zabrinski tragen zu müssen.«

Wir zogen die zerkratzten, zersplitterten und völlig nutzlosen Schneebrillen über die Augen herab, rappelten uns mit steifen Beinen hoch und machten uns in südlicher Richtung auf den Weg, um das Ende des hohen Kammes zu erreichen, der uns den Weg versperrte. Nach etwa vierhundert Metern hörte die Eiswand plötzlich auf, und wir sahen uns so unerwarteterweise der heulenden Wut des Eissturms preisgegeben, daß ich glatt umgeworfen wurde. Ich hielt mich mit einer Hand am Seil fest, richtete mich mit Hilfe der anderen Hand unter vielem Gezappel und Gestrampel auf, rief den anderen eine Warnung zu, und dann hieß es wieder schön gegen den Wind steuern, mit seiner vollen Wucht im Gesicht, vornübergebeugt, um nicht das Gleichgewicht zu verlieren.

Die nächsten anderthalb Kilometer legten wir in weniger als einer halben Stunde zurück. Wir kamen jetzt leichter voran, viel leichter als zuvor, obwohl wir noch immer hie und da einen kleinen Umweg um die kompakten, zerklüfteten Eistürme machen mußten und obwohl wir alle, bis auf Zabrinski, sehr erschöpft waren. Wir stolperten und stürzten weit häufiger, als das Terrain und die Stärke des Orkans gerechtfertigt hätten. Was mich betrifft, so brannten meine bleischweren Beine wie Feuer, bei jedem Schritt durchzuckte mich ein stechender Schmerz von den Fußknöcheln bis in den Hüftknochen. Trotzdem hätte ich, glaube ich, länger durchgehalten als irgendeiner meiner Gefährten, länger selbst als Zabrinski, weil ich ein Motiv, eine treibende Kraft besaß, die mich noch stundenlang aufrechterhalten haben würde, nachdem schon längst meine Beine mir mitgeteilt hätten, sie könnten mich keinen Schritt weiter tragen.

Major John Halliwell. Mein älterer, mein einziger Bruder. Lebend oder tot. Lebte er oder war er tot, der einzige Mensch auf Gottes Erdboden, dem ich alles verdanke, was ich besitze oder geworden bin? Lag er im Sterben, just in dieser Sekunde, da ich an ihn dachte – lag er im Sterben? ... Lebend oder tot? ... Ich mußte die Wahrheit erfahren, ich mußte sie erfahren ...

Und über die nagende Angst und Besorgnis um das Schicksal meines Bruders hinaus hatte ich noch ein zweites, gewaltiges Motiv, ein Motiv, das in den Augen der Welt unendlich wichtiger sein würde als die Frage nach dem Leben oder Tod eines Stationskommandanten, bedeutend wichtiger als das Leben oder Sterben der anderthalb Dutzend Menschen, die diesen öden arktischen Vorposten bemannten. Zumindest würde die Welt es behaupten ...

Das irrsinnige Getrommel der Eisnadeln an meiner Maske und dem verkrusteten Pelzwerk hörte jählings auf, der Orkan legte sich, und ich befand mich im willkommenen Schutz einer Eismauer, noch höher als die, welche uns zuvor Schutz gewährt hatte. Ich wartete, bis die anderen herangekommen waren, bat Zabrinski, sich bei der *Dolphin* nach unserer Position zu erkundigen, und verteilte eine weitere Dosis Alkohol. Eine größere Dosis als beim letztenmal. Wir hatten sie nötig. Hansen und Rawlings waren beide recht übel dran, pfeifend kam und ging der Atem in ihren Lungen mit dem schnellen, rasselnden, flachen Keuchen eines Langstreckenläufers in den letzten qualvollen Augenblicken kurz vor dem endgültigen Zusammenbruch. Allmählich merkte ich, daß mein Atem fast genau das gleiche Tempo hatte wie der ihre. Ich mußte gewaltsam alle meine Willenskraft aufbieten, um den Atem auch nur die paar Sekunden lang anzuhalten, die ich brauchte, um meinen Whisky zu schlucken.

Zabrinski sprach bereits durch die Wölbung der Hände ins Mikrophon. Nach etwa einer Minute zog er den Kopfhörer unter der Parka hervor und verstaute das Walkie-Talkie.

Dann sagte er: »Entweder sind wir tüchtig oder vom Glück gesegnet oder beides. Die *Dolphin* sagt, daß wir uns genau auf dem vorgeschriebenen Kurs befinden.« Er leerte den Becher, den ich ihm reichte, und seufzte befriedigt. »Also, das war die gute Nachricht. Jetzt kommt die schlechte. Die Polynya, in der die *Dolphin* liegt, beginnt enger zu werden – und zwar in ziemlich schnellem Tempo. Der Kommandant rechnet damit, daß er in etwa zwei Stunden abhauen muß. In höchstens zwei Stunden.« Er hielt inne, fügte langsam hinzu: »Und die Eismaschine ist noch immer kaputt.«

»Die Eismaschine?« sagte ich belämmert. Jedenfalls kam ich mir belämmert vor. »Ist die Eismaschine . . .?«

»Freilich, Bruderherz«, sagte Zabrinski mit verdrossener Stimme. »Aber Sie wollten es dem Kommandanten nicht glauben, nein, Doktor Carpenter? Sie waren viel zu schlau dazu.«

»Na, das ist ein wahrer Segen«, sagte Hansen dumpf. »Jetzt sehen wir schön aus. Die *Dolphin* taucht, das Eis schließt sich, wir sind oben, die *Dolphin* ist unten, und zwischen uns haben wir die ganze Polarhaube. Auch wenn es ihnen glückt, die Eismaschine zu reparieren, ist es ziemlich sicher, daß sie uns nicht finden werden. Sollen wir uns gleich hinlegen und sterben, oder sollen wir zuerst noch ein paar Stunden lang im Kreis herumwackeln und uns dann zum Sterben hinlegen?«

»Es ist geradezu tragisch«, sagte Rawlings düster. »Nicht die Personalfrage: Ich meine den Verlust, den die Kriegsmarine der Vereinigten Staaten erleidet. Ich glaube mit Recht sagen zu dürfen, Herr Oberleutnant, daß wir drei vielversprechende junge Männer sind – oder waren. Also, zumindest Sie und ich. Ich glaube, Zabrinski hat seine Möglichkeiten ausgeschöpft. Schon längst.«

Das alles brabbelte Rawlings unter lautem Zähneklappern und qualvollem Japsen hervor. Rawlings (überlegte ich mir) war durchaus der Typ, den ich mir als Kameraden wünschte, wenn es schiefginge, und es sah ganz so aus, als würde es schiefgehen, richtig schief. Er und Zabrinski hatten sich, wie sich herausstellte, als die hausbackenen Humoristen und Spaßvögel an Bord der *Dolphin* etabliert. Aus Gründen, die nur ihnen selber bekannt waren, versteckten sie beide gewohnheitsmäßig einen erstklassigen Verstand und eine vorgeschrittene Bildung unter dem Deckmantel freundlicher Hanswursterei.

»Noch zwei Stunden«, sagte ich. »Da wir den Wind im Rücken

haben, können wir binnen einer knappen Stunde an Bord der *Dolphin* sein. Es wird uns sozusagen hinwehen.«

»Und die Leute von der ›Zebra‹?« fragte Zabrinski.

»Wir haben getan, was wir konnten. So was kommt vor.«

»Wir sind äußerst schockiert, Doktor Carpenter«, sagte Rawlings. Die freundliche Clownerie war weniger merkbar als sonst.

»Schon der bloße Gedanke«, fügte Zabrinski hinzu, »erfüllt uns mit tiefer Bestürzung.«

»Schockierend ist nur das Intelligenzniveau gewisser Matrosenhirne«, sagte Hansen. »Freilich ist Doktor Carpenter der Meinung, daß wir umkehren sollten. Aber ohne ihn. Nicht um alles Gold in Fort Knox würde Doktor Carpenter umkehren.« Mühsam rappelte er sich hoch. »Es kann jetzt im schlimmsten Fall nur noch eine halbe Meile sein. Bringen wir sie hinter uns...«

Im Lichtschein meiner Stablampe sah ich, wie Rawlings und Zabrinski einen Blick wechselten, dann hatten auch sie sich erhoben, und wir waren wieder unterwegs.

Drei Minuten später brach sich Zabrinski das rechte Fußgelenk.

Es passierte auf eine absurd einfache Weise, aber trotz der Einfachheit war es ein Wunder, daß keinem von uns in den vergangenen drei Stunden etwas Ähnliches passiert war. Nachdem wir aufgebrochen waren, beschlossen wir, über die Eismauer, die uns den Weg versperrte, hinwegzuklettern, statt sie zu umgehen und dabei vielleicht aus dem Kurs zu kommen. Die Wand war gut ihre drei Meter hoch, aber indem wir einander emporstemmten und hinaufzerrten, erreichten wir ohne allzuviel Mühe den oberen Rand. Mit Hilfe der Eissonde tastete ich mich behutsam voran. Die Stablampe war in diesem Eissturm unbrauchbar und meine Brille völlig undurchsichtig. Nachdem ich etwa fünf bis sechs Meter über den steilen Hang bergab gekrochen war, erreichte ich die gegenüberliegende Kante des Kamms und sondierte die Tiefe.

»Fünf Fuß!« rief ich den anderen zu, als sie herankamen. »Nur fünf Fuß...«

Ich schwang mich über den Rand, ließ mich fallen und wartete auf meine Gefährten. Hansen kam als erster, dann Rawlings. Beide landeten gemächlich neben mir. Was mit Zabrinski geschah, konnten wir nicht sehen; entweder hatte er die Entfernung falsch eingeschätzt, oder er war unter dem Anprall des Orkans ausgerutscht. Was immer der Grund gewesen sein mochte, ich hörte ihn, als er zu uns heruntersprang, etwas rufen. Der Wind verwehte die Worte. Er schien glatt und recht elastisch mit beiden Beinen zu landen, dann aber stieß er einen schrillen Schrei aus und fiel schwerfällig zu Boden.

Ich kehrte dem Eissturm den Rücken, schob die nutzlose Schneebrille hoch und zog die Lampe hervor. Zabrinski lag halb sitzend auf dem Eis, auf den rechten Ellbogen gestützt, und schimpfte vor sich hin, einen Fluch nach dem anderen ausspuckend. Seine rechte Ferse war in einer zehn Zentimeter breiten Eisritze festgeklemmt, einer unter tausend solcher Spalten und Sprünge, die den Druckbereich des Packeises kreuz und quer durchzogen. Das rechte Bein war nach außen gekrümmt, in einem Winkel, wie ihn normalerweise kein Bein erzielen kann. Ich brauchte mir kein ärztliches Diplom um den Hals hängen, um zu wissen, daß der Knöchel kaputt war – entweder der Knöchel oder der unterste Teil des Schienbeins. Hoffentlich war es kein komplizierter Bruch: Aber ich machte mir keine allzu große Hoffnung. Übrigens – ob kompliziert oder nicht: Im Augenblick spielte das kaum eine Rolle. Ich dachte nicht daran, den Schaden zu untersuchen. Zabrinskis Unterschenkel bei dieser Temperatur auch nur ein paar Minuten lang zu entblößen, wäre geradezu eine Garantie dafür gewesen, daß er bis an sein Lebensende auf einem Fuß herumhumpeln würde.

Wir hoben seinen massigen Körper hoch, befreiten seinen unbrauchbaren Fuß aus der Klemme und setzten ihn behutsam aufs Eis. Ich schnallte meinen Verbandkasten los, kniete neben Zabrinski nieder und fragte: »Tut es sehr weh?«

»Nein, der Fuß ist gefühllos, ich spüre fast nichts.« Er fluchte wütend. »So ein Wahnsinn! Eine kleine Ritze! Wie kann ein Mensch so dumm sein!«

»Ihr wolltet es nicht glauben«, sagte Rawlings säuerlich. »Ich habe es prophezeit – ich habe es prophezeit. Ich habe gesagt, es wird damit enden, daß ich diesen Gorilla tragen muß.«

Ich schiente das verletzte Bein und pflasterte die Schienen so fest wie nur möglich an den Stiefel und das Pelzwerk. Ich bemühte mich, nicht an das Ausmaß der Katastrophe zu denken, die uns befallen hatte. Zwei schwere Schläge auf einmal. Wir hatten nicht nur die unentbehrlichen Dienste des stärksten Mannes in unserer kleinen Schar verloren – wir mußten nun auch noch zusätzlich 120 Kilogramm (mindestens) toten Gewichts mitschleppen. Ganz zu schweigen von seiner Vierzigpfundpackung. Es sah fast so aus, als hätte Zabrinski meine Gedanken erraten.

»Sie müssen mich hier zurücklassen, Herr Oberleutnant«, sagte er zu Hansen. Seine Zähne klapperten vor Kälte und Schock. »Wir sind jetzt fast schon am Ziel. Sie können mich auf dem Rückweg mitnehmen.«

»Reden Sie kein dummes Zeug«, erwiderte Hansen schroff. »Sie wissen, daß wir Sie nicht wiederfinden würden.«

»Genau«, sagte Rawlings. Seinen Zähnen erging es genauso wie den Zähnen Zabrinskis; sie stotterten ruckweise drauflos wie ein asthmatisches Maschinengewehr. Er kniete nieder, um das Gewicht des Verletzten zu stützen. »Wer an Schwachsinn leidet, wird nicht dekoriert. So steht es im Reglement.«

Zabrinski protestierte. »Ihr schafft es nicht. Wenn ihr mich tragen müßt —«

Hansen fiel ihm ins Wort. »Sie haben gehört, was ich sagte. Wir lassen Sie nicht zurück.«

»Der Herr Oberleutnant hat völlig recht«, sagte Rawlings. »Halten Sie jetzt gefälligst die Klappe, während ich Ihnen einen Teil Ihrer Last abnehme.«

Ich war mit dem Schienen fertig, zog Fäustlinge und Pelzhandschuhe über meine in Seide gehüllten, aber bereits steifgefrorenen Hände. Wir verteilten Zabrinskis Gepäck unter uns drei, schoben Brillen und Masken wieder zurecht, hievten Zabrinski auf das gesunde Bein hoch, wandten uns dem Wind zu und machten uns auf den Weg. Besser gesagt — wir stolperten weiter.

Nun aber, da wir es am nötigsten hatten, lächelte uns das Glück. Glatt und eben wie die Oberfläche eines zugefrorenen Stromes erstreckte sich unter unseren Füßen das Eis. Keine Kämme, keine Buckel, keine Spalten, nicht einmal schmale Ritzen, in denen die Ferse steckenbleiben kann. Eis, flach wie ein Billardtisch, nicht einmal glitschig. Der Eissturm hatte die Fläche gehobelt und abgeschmirgelt.

Jeder von uns dreien übernahm der Reihe nach die Führung, während die beiden anderen einen lahmen Zabrinski stützten, der stumm und ohne zu klagen auf einem Fuß dahinhopste. Nachdem wir etwa dreihundert Meter auf dieser glatten Eisfläche zurückgelegt hatten, blieb Hansen, der an der Spitze war, so jählings und unerwarteterweise stehen, daß wir fast auf ihn aufrannten.

»Wir sind da!« schrie er, den Wind übertönend. »Wir haben es geschafft. Wir sind da! Riecht ihr es nicht?«

»Was denn?«

»Verbranntes Heizöl. Verbrannter Gummi. Spürt ihr es nicht?«

Ich zog die Schneemaske herab, hielt die gewölbten Hände ans Gesicht und schnupperte vorsichtig. Ein Ruch genügte. Ich schob die Maske wieder hoch, legte Zabrinskis Arm fester über meine Schulter und stapfte hinter Hansen her.

Nach ein paar Metern war das glatte Eis zu Ende. In scharfer Steigung ging es zu einem Plateau bergan, und wir mußten alle drei den kläglichen Rest unserer Kräfte aufbieten, um Zabrinski hinaufzuschleifen. Mit jedem Schritt schien der scharfe Brandgeruch stärker zu werden. Ich ging ein Stück voraus, kehrte dem Wind den Rücken, schob die Brille nach oben und beleuchtete das Eis mit halbkreisförmigen Bewegungen meiner Lampe. Der Geruch war jetzt so stark geworden, daß sich meine Nase unter der Maske zusammenzog. Er schien uns direkt entgegenzukommen. Ich drehte mich um, legte schützend die Hand über die Augen, und dabei stieß meine Stablampe gegen etwas Hartes, Metallisches. Ich richtete den Lichtstrahl empor und konnte im Eistreiben mit knapper Not das Stahlgerüst erkennen – das Skelett, das einmal eine Art Wellblechbaracke gewesen war.

Wir hatten die Treibeis-Station Zebra gefunden.

Ich wartete auf meine Gefährten, führte sie an dem kahlen, ausgebrannten Gebäude vorbei, forderte sie dann auf, dem Wind den Rücken zu kehren und die Brillen hochzuschieben. Etwa zehn Sekunden lang studierten wir die Ruinen im Lichtschein meiner Lampe. Keiner sagte ein Wort.

Die Treibeis-Station Zebra hatte aus acht gesonderten Hütten bestanden, je vier in zwei parallelen Reihen mit einem Abstand von zehn Metern zwischen den Reihen und von etwa sieben Metern zwischen den Hütten – um das Risiko zu mindern, daß ein Schadenfeuer von einer Hütte auf die andere überspringe. Aber das Risiko war nicht genügend herabgemindert worden. Daraus konnte man niemandem einen Vorwurf machen. Niemand hätte sich vorstellen können, was sich tatsächlich abgespielt haben mußte: explodierende Tanks und Tausende von Litern brennenden Öls, das ein orkanartiger Wind durch die Nacht peitschte. Und eine zweifach unausweichliche Ironie hatte es so gefügt, daß in der Arktis, auf dem Polareis, das Feuer, ohne das Menschen dort nicht leben können, zugleich ihr allergefürchtetster Feind ist. Obwohl die gesamte Polarhaube aus Wasser, gefrorenem Wasser, besteht, gibt es keine Möglichkeit, dieses Wasser in den flüssigen Aggregatzustand zu versetzen, um mit seiner Hilfe einen Brand zu löschen.

Acht Baracken, vier in jeder Reihe. Die beiden ersten in beiden Reihen waren restlos ausgebrannt. Spurlos waren die Wände verschwunden, nicht einmal von den mit Aluminiumblech beschlagenen Dächern war etwas übriggeblieben. In einer der Hütten sahen wir eine zerstörte, rußgeschwärzte Generatorenanlage, an der Windseite mit Eis verkrustet, so verkrümmt, verbogen und zerschmolzen, daß sie kaum wiederzuerkennen war: Man konnte sich nur über die unheimliche Hochofenglut wundern, die so etwas zustande gebracht hatte.

Die fünfte Hütte – die dritte rechter Hand – war eine Kopie der vier anderen, das tragende Gerüst noch schlimmer zugerichtet. Gerade wollten wir uns abwenden, so tief erschüttert, daß wir nicht ein einziges Wort miteinander wechselten, da rief uns Rawlings etwas Unverständliches zu. Ich beugte mich zu ihm und streifte die Kapuze zurück.

»Ein Licht!« schrie er. »Ein Licht! Dort drüben, Doktor .«

Ja, ein Licht: ein länglicher, schmaler, seltsam weißer, senkrechter Lichtstreifen aus der Hütte gegenüber dem verkohlten Wrack, neben dem wir standen. Uns seitlich in den Wind lehnend, schleppten wir Zabrinski mit uns über die dazwischenliegende Lücke. Zum erstenmal zeigte uns meine Lampe etwas mehr als ein kahles Stahlgerüst. Es war eine Hütte. Eine rußgeschwärzte, versengte und aus den Fugen geratene Hütte mit einer schlampig festgenagelten Sperrholzplatte an Stelle des Fensters, aber dennoch eine Hütte. Das Licht fiel durch den Spalt einer angelehnten Tür am geschützten Ende. Ich legte die Hand gegen die Tür – sie gab nach.

Wir traten ein.

Von der Decke hing an einem Haken eine zischende Petroleumdrucklampe und warf ihr grelles, durch die glitzernde Aluminiumdecke verstärktes Licht in jeden Winkel und auf jedes Detail in dieser Baracke, die etwa sechs mal drei Meter maß. Eine dicke, aber durchsichtige Eisschicht bedeckte die Aluminiumdecke bis auf einen meterbreiten Kreis dicht über der Lampe. Das Eis erstreckte sich von der Decke aus an den Sperrholzwänden entlang bis zum

Fußboden. Auch der Bretterboden war mit Eis überzogen, mit Ausnahme der Stelle, wo die Männer lagen. Vielleicht lagen auch sie auf einer Eisschicht – wer konnte das wissen …

Mein erster Gedanke war, wir seien zu spät gekommen. Ich hatte in meinem Leben viele Tote gesehen, ich wußte, wie Tote aussehen, und nun glaubte ich wieder so und so viele vor mir liegen zu sehen. Unförmige, zusammengekauerte, leblose Gestalten unter einer unförmigen Masse von Decken, Mänteln, Pelerinen und Pelzen. Ich hätte keinen Cent für die Chance gegeben, auch nur einen einzigen Pulsschlag bei ihnen allen zu entdecken. In einem ungefähren Halbkreis an der dem Eingang gegenüberliegenden Wand dicht aneinandergepackt, lagen sie regungslos da, so still, als hätten sie schon eine frostige Ewigkeit lang dort gelegen.

Zabrinski setzten wir auf den Boden mit dem Rücken zur Wand. Rawlings entledigte sich seiner schweren Last, wickelte den Ofen aus, streifte die Fäustlinge ab und begann nach den Heiztabletten umherzufummeln. Hansen machte die Tür hinter sich zu, lockerte die Schnallen seines Rucksacks und ließ die Last der Konservendosen müde auf den Boden der Baracke fallen.

Aus irgendeinem Grunde hatten die Stimme des Sturms dort draußen und das Zischen der Lampe hier drinnen die in der Hütte herrschende Totenstille nur noch unterstrichen. Als die Dosen mit einem unerwarteten blechernen Klirren auf die Bretter fielen, zuckte ich zusammen, und ich war nicht der einzige. Auch einer der vermeintlichen Toten fuhr zusammen. Der Mann, der an der linken Wand mir am nächsten war, rührte sich plötzlich, wälzte sich zur Seite und setzte sich auf. Blutunterlaufene, halb erloschene Augen blickten fassungslos aus einem erfrorenen, hageren, grausam verbrannten Gesicht. Die Brandwunden waren stellenweise durch lange, schwarze Bartstoppeln verdeckt. Mehrere Sekunden lang starrte er uns an, dann stemmte er sich zitternd hoch und kam unter sichtlichen Qualen auf die Beine. Seine aufgesprungenen und schuppigen Lippen verzerrten sich zu einem Lächeln.

»Ihr habt aber verdammt lange gebraucht, um herzufinden!« Die Stimme war heiser und matt und so unverfälscht Londonerisch wie die Glocken von St. Mary. »Mein Name ist Kinnaird. Funker.«

»Whisky?« fragte ich.

Er griente abermals, versuchte, sich die rissigen Lippen zu lekken, und nickte. Der kräftige Schluck Whisky schoß durch seine

Gurgel wie ein Mann in einem Faß über den Niagarafall – in dem einen Augenblick noch da, im nächsten für immer dahin. Er krümmte sich, hustete heftig, bis ihm die Tränen kamen, aber als er sich aufrichtete, kehrte Leben in die glanzlosen Augen und eine leichte Röte in die blassen, ausgemergelten Wangen zurück.

»Wenn Sie Ihr Leben lang«, bemerkte er, »jeden, der Ihnen begegnet, auf diese Weise begrüßen, Herr Kamerad, wird es Ihnen nie an guten Freunden mangeln.« Er bückte sich und rüttelte den Mann, neben dem er gelegen hatte. »Los, Jolly, old Boy, wo bleiben Ihre Manieren? Wir haben Besuch.«

Es dauerte eine ganze Weile, bevor Jolly, old Boy, erwachte, aber als er wieder zu sich kam, war er bei völlig klarem Bewußtsein und auf den Beinen – in dem einen Fall mit bemerkenswerter Schnelligkeit, im anderen mit ebenso bemerkenswerter Gewandtheit.

Jolly, old Boy, war ein kleiner, dicklicher Mann mit porzellanblauen Augen. Obwohl er genauso unrasiert war wie der Funker Kinnaird, hatte er noch etwas Farbe in den Wangen, und das runde, gutmütige Gesicht war bei weitem nicht ausgemergelt: Aber die Frostschäden hatten Mund und Nase übel zugerichtet. Die porzellanblauen Augen, rot gefleckt und momentan von Erstaunen geweitet, runzelten sich zu einem Begrüßungslächeln.

»Besuch, ja?« Die tiefe Stimme hatte einen dicken irischen Akzent. »Und das freut einen denn auch ... Bitte, die Honneurs zu machen, Jeff.«

»Wir haben uns noch nicht vorgestellt«, sagte ich. »Ich bin Doktor Carpenter, und diese Herren –«

»Jahrestagung des britischen Ärztevereins, old Boy!« warf Jolly ein. Später stellte sich heraus, daß er die Phrase ›Old Boy‹ in jedem zweiten oder dritten Satz verwendete, eine Eigenheit, die so gar nicht zu seinem irischen Akzent paßte.

»Doktor Jolly?«

»In höchsteigener Person, Stationsarzt, old Boy.«

»Aha ... Das ist Mr. Hansen vom U-Boot *Dolphin*, Oberleutnant in der Kriegsmarine der Vereinigten Staaten.«

»U-Boot?« Jolly und Kinnaird wechselten einen Blick, starrten dann uns an. »Sagten Sie ›U-Boot‹, Verehrtester?«

»Nähere Erklärungen heben wir uns für später auf. Torpedomatrose Rawlings. Funker Zabrinski.« Ich betrachtete die auf dem Boden zusammengekauerten Männer. Einige hatten sich bei dem Klang unserer Stimmen zu rühren begonnen, der eine oder andere richtete sich auf dem Ellbogen hoch. »Wie geht es ihnen?«

»Zwei, drei recht schlimme Verbrennungsfälle«, erwiderte Dr. Jolly. »Einige sind vor Kälte und Erschöpfung übel daran, aber nicht so übel, daß man sie nicht mit Nahrung und Wärme in ein paar Tagen wieder frisch und kregel machen könnte.«

Ich zählte sie. Einschließlich Jollys und Kinnairds waren es alles in allem zwölf Mann.

Ich fragte: »Wo sind die anderen?«

»Die anderen?« Kinnaird sah mich verwundert an, dann wurde seine Miene finster. Er deutete mit dem Daumen über die Schulter. »In der benachbarten Hütte, Herr Kamerad.«

»Warum?«

»Warum?« Er fuhr sich mit dem Unterarm über die blutunterlaufenen Augen. »Weil wir nicht gern mit einem Haufen Leichen unter einem Dach schlafen, darum.«

»Weil ihr nicht –«

Ich verstummte. Ich starrte die Männer zu meinen Füßen an. Sieben von ihnen waren inzwischen erwacht, drei hatten sich auf dem Ellbogen hochgestemmt, vier lagen still auf dem Rücken, alle sieben sahen mehr oder weniger verwirrt und betäubt drein. Die drei, die noch schliefen – oder bewußtlos waren –, hatten die Gesichter mit Decken verhüllt.

Ich sagte langsam: »Anfangs waren es neunzehn Mann.«

»Neunzehn Mann«, wiederholte Kinnaird dumpf. »Die anderen – na ja, es war aussichtslos.«

Ich schwieg. Sorgfältig musterte ich die Gesichter der Männer, die bei Bewußtsein waren, und hoffte, das eine Gesicht zu finden, das ich sehen wollte, hoffte, ich hätte es vielleicht nicht sofort wiedererkannt, weil es durch Frostschäden, durch den Hunger, durch Brandwunden vorübergehend entstellt war. Ich gab mir wirklich Mühe, und ich wurde mir darüber klar, daß ich alle diese Gesichter noch nie in meinem Leben gesehen hatte.

Ich ging zu dem ersten der drei schlafenden Gestalten hin und schlug die Decke zurück, mit der das Gesicht zugedeckt war. Ein fremdes Gesicht.

Ich ließ die Decke herabfallen.

Jolly fragte verdutzt: »Was ist denn los? Was suchen Sie?«

Ich antwortete nicht. Ich machte einen Bogen um die ausgestreckten Männer, die mich verständnislos anstarrten, und lüftete die Decke von dem Gesicht des zweiten Schläfers.

Wieder ließ ich die Decke fallen. Ich spürte, wie mein Mund ausdorrte und das Herz langsamer, schwerer schlug. Ich ging zu dem dritten hin, blieb dann zögernd stehen. Ich wußte, nun würde ich die Wahrheit erfahren, und ich zitterte vor der Wahrheit.

Dann bückte ich mich schnell und schlug die Decke zurück.

Ein Mann mit dick bandagiertem Gesicht. Ein Mann mit geknicktem Nasenbein und einem dichten blonden Bart. Ein Mann, den ich noch nie gesehen hatte.

Behutsam breitete ich die Decke über sein Gesicht und richtete mich auf. Rawlings hatte, wie ich sah, den mit festem Brennstoff beheizten Ofen schon in Gang gebracht.

»Damit dürften wir die Temperatur bis dicht an den Gefrierpunkt steigern«, sagte ich zu Dr. Jolly. »Wir haben eine Menge Brennstoff. Außerdem haben wir Lebensmittel, Alkohol und einen kompletten Verbandkasten mitgebracht. Wenn Sie und Kinnaird sich gleich an die Arbeit machen wollen, werde ich Ihnen in ein paar Minuten zur Hand gehen ... Herr Oberleutnant, war das eine Polynya, die glatte Fläche, die wir überquert haben, kurz bevor wir hier ankamen? Eine zugefrorene Wasserrinne?«

»Es kann wohl nichts anderes gewesen sein.« Hansen sah mich mit merkwürdig nachdenklicher Miene an. »Diese Leute sind sichtlich nicht imstande, auch nur zweihundert Meter zurückzulegen, geschweige denn vier bis fünf Meilen. Außerdem rechnet Kapitän Swanson damit, daß er sehr bald gezwungen sein wird, zu tauchen. Ist es nicht am besten, wenn wir die *Dolphin* heranpfeifen? Dann kann sie dicht an unserer Hintertür auftauchen.«

»Wird man die Polynya finden – ich meine ohne Eismaschine?«

»Nichts ist einfacher. Ich nehme Zabrinskis Radio, gehe zweihundert Meter nach Norden, sende ein Peilzeichen, marschiere zweihundert Meter nach Süden und wiederhole das Manöver. Dann haben sie an Bord der *Dolphin* unseren Radius auf den Meter genau. Zweihundert Meter abgerechnet, und die *Dolphin* landet bums mitten in der Polynya.«

»Aber noch immer unter dem Eis. Wer weiß, wie dick es ist ...«

»Kapitän Swanson war schon immer darauf versessen, seine

Torpedos loszulassen.« Hansen wandte sich an Zabrinski. »Sind Sie imstande, das Radio zu bedienen?«

Ich überließ sie ihrem Geschäft. Ich hatte ohnedies kaum gewußt, was ich sagte. Ich fühlte mich krank, alt, leer, traurig und todmüde.

Nun war meine Frage beantwortet. 20 000 Kilometer hatte ich zurückgelegt, um die Antwort zu finden. Eine Million Kilometer hätte ich zurückgelegt, um ihr zu entrinnen. Aber es war eine unausweichliche Tatsache, an der sich nichts mehr ändern ließ. Mary, meine Schwägerin, und ihre drei prächtigen Kinder – sie würden den Mann und den Vater nie mehr wiedersehen. Mein Bruder war tot. Kein Mensch würde ihn jemals wiedersehen. Bis auf mich. Ich würde ihn jetzt zu sehen bekommen.

Ich ging hinaus, machte die Tür hinter mir zu, ging um die Ecke der Hütte und duckte den Kopf in den Sturmwind. Zehn Sekunden später war ich vor der letzten Hütte in dieser Reihe angelangt. Ich benützte meine Stablampe, um die Klinke zu finden, drückte sie nieder, stieß die Tür auf und trat ein.

Früher war es ein Laboratorium gewesen, jetzt war es ein Totenhaus. Die Laboratoriumsgeräte hatte man zur Seite geschoben und den freigelegten Bodenraum mit den Leichen bedeckt. Ich wußte, daß es Leichen waren, weil Kinnaird es mir gesagt hatte: Diese verkohlten, grauenhaft verkrümmten Klumpen, rußgeschwärzt und grotesk verunstaltet, hätten jede beliebige Daseinsform oder überhaupt keine Daseinsform repräsentieren mögen. Der Gestank verbrannten Fleisches und Dieselöls war fürchterlich. Ich fragte mich, wer unter den Männern in der benachbarten Hütte den Mut, die eiserne Willenskraft besessen hatte, diese schaurige Bürde, die entstellten Reste der früheren Kameraden in diese Hütte zu tragen. Dazu gehörte ein starker Magen.

Der Tod mußte sie alle schnell ereilt haben. Sie waren nicht durch die Flammen in eine tödliche Falle getrieben worden, sie hatten selber in Flammen gestanden. Von einer sturmgepeitschten lodernden Ölflut überschwemmt und durchtränkt, mußten sie die letzten paar Sekunden ihres Lebens als grell leuchtende Fackeln verbracht haben, bevor sie in irrer Qual laut schreiend zugrunde gingen. Sie mußten einen Tod erlitten haben, wie ihn Menschen schrecklicher nicht erleiden können.

Etwas an einer der Leichen in meiner Nähe erregte meine Aufmerksamkeit. Ich bückte mich und richtete den Strahl der Stablampe auf eine Klaue, die einmal eine rechte Hand gewesen war, eine rußgeschwärzte Klaue, deren Knochen zu sehen waren. So kräftig war die Hitze gewesen, daß der eigenartig geformte Goldring am dritten Finger zwar nicht geschmolzen war, aber sich geworfen hatte. Ich erkannte den Ring wieder, ich war mit dabei gewesen, als meine Schwägerin ihn kaufte.

Ich spürte keinen Kummer, keinen Schmerz, keinen Abscheu. Vielleicht, dachte ich dumpf, würde das alles hinterherkommen, sobald der anfängliche Schock sich gelegt hatte. Aber ich glaubte es nicht recht. Das war nicht der Mensch, an den ich mich so gut erinnerte, der Bruder, dem ich alles verdankte – eine Schuld, die ich jetzt nie mehr zurückzuzahlen vermochte. Dieser verkohlte Körper, der da vor mir lag, war mir fremd, so völlig verschieden von dem Menschen, der in meiner Erinnerung fortlebte, so bis ins Unkenntliche verändert, daß das gelähmte Hirn in meinem erschöpften Leib die Kluft ganz einfach nicht überbrücken konnte.

Wie ich so dastand und vor mich hinstarrte, erregte eine fast unmerkliche Eigentümlichkeit in der Lage des Leichnams mein berufliches Interesse. Ich bückte mich tief, sehr tief, und es schien lange zu dauern, bevor ich mich langsam wieder aufrichtete. Da hörte ich hinter mir die Tür gehen. Ich fuhr herum und sah, daß es Oberleutnant Hansen war.

Er zog die Schneemaske vom Gesicht, schob die Brille hoch, betrachtete zuerst mich und dann den Mann zu meinen Füßen. Ich sah, wie die Bestürzung Farbe und Ausdruck aus seinen Zügen verjagte. Dann blickte er zu mir auf.

»Sie haben also das Spiel verloren, Doktor ...« Das heisere Flüstern, durch das Heulen des Windes übertönt, war kaum zu hören. »Mein Gott – wie bitter ...«

»Was soll das heißen?«

Er deutete mit einem Kopfnicken auf den Toten zu meinen Füßen. »Ihr Bruder?«

»Hat Kapitän Swanson es Ihnen gesagt?«

»Ja. Kurz bevor wir aufbrachen. Das war der Grund, warum wir Sie begleitet haben.« Sein Blick wanderte entsetzt und fasziniert über den Fußboden der Hütte, sein Gesicht war grau wie altes Pergament. »Eine Sekunde, Doktor, eine Sekunde nur.«

Als er zurückkehrte, sah er ein wenig, aber nicht sehr viel besser aus.

Er sagte: »Nur deshalb hat Kapitän Swanson Sie nicht mit Gewalt zurückgehalten.«

»Wer weiß es außerdem noch?«

»Niemand außer mir und dem Kommandanten.«

»Lassen Sie es dabei bewenden, ja! Mir zuliebe.«

»Wie Sie wünschen, Doktor.« Jetzt lagen Neugier und Verwunderung in seiner Miene, aber das Grauen war noch immer vorherrschend. »Mein Gott, hat man je etwas Ähnliches gesehen?«

»Kehren wir zu den anderen zurück«, sagte ich. »Niemand hat etwas davon, wenn wir hier herumstehen.«

Er nickte wortlos. Gemeinsam begaben wir uns in die Nachbarhütte. Abgesehen von Dr. Jolly und Kinnaird waren jetzt auch noch drei andere auf den Beinen: Kapitän Folsom, ein ungewöhnlich hochgewachsener, magerer Mann mit schweren Brandwunden im Gesicht und an den Händen, Stellvertreter des Kommandanten Hewson, ein schwarzäugiger, wortkarger Geselle, der als Traktorfahrer und Mechaniker für die Dieselgeneratoren verantwortlich gewesen war, und ein lustiger Mann aus Yorkshire, Naseby, der Lagerkoch. Jolly, der meinen Verbandkasten geöffnet hatte und einem der Männer, die liegen geblieben waren, die Arme frisch bandagierte, stellte mich vor, widmete sich dann wieder seiner Arbeit.

Ich hörte Hansen zu Zabrinski sagen: »Haben wir Verbindung mit der *Dolphin*?«

»Nein.« Zabrinski hörte auf, sein Rufzeichen zu senden, und setzte sich anders zurecht, um das gebrochene Fußgelenk zu entlasten. »Ich weiß nicht recht, was ich sagen soll, Herr Oberleutnant, aber es scheint in dem kleinen braven Kasten eine Sicherung durchgebrannt zu sein.«

»Schau, schau«, erwiderte Hansen dumpf. »Das haben Sie wirklich schlau eingefädelt, Zabrinski. Sie können also keine Verbindung bekommen?«

»Ich höre sie – sie hören mich nicht.« Verlegen zuckte er die Schultern. »Ich mit meinen Klumpfüßen! Wahrscheinlich hat eben nicht nur der Knöchel dran glauben müssen, als ich auf die Nase fiel.«

»Können Sie das verdammte Ding nicht reparieren?«

»Schwerlich, Herr Oberleutnant.«

»Zum Donnerwetter, Sie gelten als sachverständig!«

»Ja, freilich«, sagte Zabrinski. »Aber ich kann nicht zaubern.«

»Läßt es sich reparieren?« fragte Hansen hartnäckig.

»Es ist ein Transistorgerät. Keine zerbrechlichen Röhren. Ich nehme an, daß es zu reparieren wäre. Aber das könnte Stunden dauern, Herr Oberleutnant. Ich müßte mir sogar zuerst eine Werkzeuggarnitur zurechtmurksen.«

»Vorwärts, murksen Sie! Machen Sie, was Sie wollen – aber bringen Sie mir dieses Gerät in Gang.«

Zabrinski schwieg. Er hielt Hansen den Kopfhörer hin. Hansen sah zuerst Zabrinski, dann den Kopfhörer an, nahm ihn wortlos zur Hand und horchte kurz: Dann gab er den Kopfhörer mit einem Schulterzucken zurück und sagte: »Also schön, ich glaube, es hat keine Eile mit der Reparatur.«

»Hm«, sagte Zabrinski. »Peinlich – sozusagen – Herr Oberleutnant.«

»Was ist peinlich?« fragte ich.

»Es sieht so aus, als würden wir die nächsten sein, hinter denen man eine Rettungsexpedition herschickt«, erwiderte Hansen bedächtig. »Sie funken mehr oder weniger kontinuierlich: ›Eis schließt sich schnell, sofort zurückkehren.‹«

»Ich war von allem Anfang an gegen diesen Wahnsinn«, sagte Rawlings, der auf dem Fußboden hockte. Er betrachtete die bereits halb geschmolzenen Klumpen gefrorener Büchsensuppe und rührte verdrossen mit einer Gabel um. »Ein kühnes Wagnis, Leute, aber zum Scheitern verurteilt.«

»Fassen Sie nicht mit Ihren schmutzigen Fingern in die Suppe und halten Sie gefälligst den Mund«, erwiderte Hansen kalt. Plötzlich wandte er sich an Kinnaird. »Wie sieht es denn mit Ihrem Radio aus? Natürlich – das ist die Lösung. Wir haben kräftige Hände, die Ihren Generator ankurbeln und –«

»Bedaure sehr.« Kinnaird lächelte, wie Gespenster lächeln mögen. »Es ist kein Generator mit Handbetrieb, den hat das Feuer zerstört. Es ist ein Batteriegerät. Die Batterien sind erschöpft.«

»Ein Batteriegerät?« Zabrinski sah ihn leicht verwundert an. »Warum hat denn aber die Sendestärke geschwankt?«

»Wir tauschten immerzu die Nickel-Kadmium-Zellen miteinander aus, um aus der kleinen Kraftreserve möglichst viel herauszuholen. Es waren uns nur fünfzehn Zellen geblieben – die anderen gingen bei dem Brand verloren. Aber auch Nife-Zellen halten nicht ewig. Sie sind erschöpft, Herr Kamerad. Die gesamte Kraft, die noch in diesen Zellen steckte, würde nicht einmal für eine Taschenlampe ausreichen.«

Zabrinski sagte kein Wort mehr. Niemand sagte ein Wort. Unablässig trommelten die Eisnadeln gegen die Ostwand, die Drucklampe zischte, der Ofen schnurrte leise, aber diese drei Geräusche trugen nur dazu bei, die Stille im Raum zu vertiefen. Keiner sah den Nachbarn an, jeder blickte zu Boden.

Nachdem das Schweigen grade ein bißchen zu lange angedauert hatte, sagte ich zu Hansen: »So also sieht es aus. Wir brauchen kein Elektronenhirn zu mieten, um dieses Rechenexempel zu lösen. Jemand muß zur *Dolphin* zurückkehren – und zwar sofort. Ich nominiere mich selbst.«

»Nein!« entgegnete Hansen in heftigem Ton, fügte dann ruhiger hinzu: »Bedaure, lieber Freund, die Weisungen, die der Kommandant erteilt hat, berechtigen mich nicht, die Erlaubnis zum Selbstmord zu erteilen. Sie bleiben hier.«

»Na, dann bleibe ich hier.«

Es war nicht der richtige Zeitpunkt, ihm mitzuteilen, daß ich niemanden um Erlaubnis zu fragen brauchte, und schon gar nicht der richtige Zeitpunkt, mit der Mannlicher-Schoenauer herumzufuchteln.

»Wir bleiben alle schön beisammen. Und dann sterben wir alle miteinander. Still und leise, ohne uns zu wehren, ohne viel Getue, wir legen uns einfach hin und sterben. Ich nehme an, daß das in Ihren Augen das anfeuernde Beispiel ist, das eine Führernatur ihrem Gefolge zu bieten hat. Amundsen wäre entzückt gewesen.«

Das war ungerecht, aber mir war in diesem Augenblick nicht sehr salomonisch zumute.

»Niemand rührt sich von hier weg«, erwiderte Hansen. »Der Teufel soll mich holen, wenn ich zulasse, daß Sie sich das Genick brechen. Sie sind nicht in Form, keiner von uns ist in Form, um den Rückweg zur *Dolphin* zu bewältigen – nach allem, was wir soeben durchgemacht haben. Das ist das eine. Zweitens können wir ohne Sendegerät, das die *Dolphin* anpeilt, ihren Standort unter keinen Umständen finden. Drittens wird das Eis wahrscheinlich die *Dolphin* zum Tauchen gezwungen haben, bevor wir den halben Weg zurückgelegt haben. Und zu guter Letzt: Wenn es uns nicht gelingt, die *Dolphin* zu finden – entweder weil wir sie verfehlen oder weil sie weg ist –, können wir auch nicht mehr zur

›Zebra‹ zurückfinden. Wir hätten nicht mehr die Kraft dazu, und es würde uns auch niemand den Weg weisen.«

»Ich gebe zu, daß die Aussichten nicht sehr reizvoll sind. Wie hoch schätzen Sie die Chance ein, daß es glückt, die Eismaschine zu reparieren?«

Hansen schüttelte stumm den Kopf. Rawlings fing wieder an, seine Suppe umzurühren. Er hütete sich, aufzuschauen, er wollte ebensowenig wie ich den ängstlichen, den verzweifelten Blicken in dem Kreis verhärmter und vom Frost zerfressener Gesichter begegnen. Aber er blickte auf, als Kapitän Folsom sich von der Wand löste und ein paar unsichere Schritte auf uns zu tat. Es bedurfte keines Stethoskops, um zu merken, daß Folsom sich in einem recht üblen Zustand befand.

»Ich verstehe leider nicht, wovon die Rede ist«, sagte er. Seine Stimme war schleppend und undeutlich, die verschwollenen, verkrampften Lippen wurden durch die schweren Brandwunden behindert. Ich fragte mich finsteren Sinnes, wie viele qualvolle Monate, wie viele Besuche im Operationssaal erforderlich sein würden, bevor sich Folsom wieder mit diesem Gesicht vor der Welt blicken lassen konnte: unter der vagen Voraussetzung, daß es uns überhaupt glückte, ihn in ein Krankenhaus zu schaffen. »Darf ich um eine Erklärung bitten? Wo liegt die Schwierigkeit?«

»Es handelt sich um folgendes«, erwiderte ich. »Die *Dolphin* hat ein Eislot, einen Apparat, der die Dicke der oberhalb befindlichen Eisdecke mißt. Normalerweise dürften wir Kapitän Swanson – den Kommandanten der *Dolphin* –, auch wenn er nichts von uns hört, binnen weniger Stunden an unserer Schwelle erwarten. Er kennt unsere Position ziemlich genau. Er müßte lediglich tauchen, unter dem Eis hierherlaufen, mit seinem Eislot das Terrain erkunden, und es würde nur Minuten dauern, bis er das verhältnismäßig dünne Eis dort draußen in der erst vor kurzem zugefrorenen Rinne entdeckt. Aber die Lage ist eben nicht normal. Die Eismaschine ist kaputt, und solange sie kaputt ist, wird er die Rinne, die sogenannte Polynya, nicht finden. Deshalb will ich zur *Dolphin* zurückkehren. Sofort. Bevor Swanson durch das heranrückende Eis gezwungen wird, zu tauchen.«

»Das begreife ich nicht, old Boy«, sagte Dr. Jolly. »Was soll es für einen Zweck haben? Können Sie dieses Eis-Dingsda flicken?«

»Das ist nicht nötig. Kapitän Swanson kennt die Entfernung zwischen der *Dolphin* und diesem Lager bis auf hundert Meter genau. Ich brauche ihn nur zu ersuchen, diese Entfernung minus eine Viertelmeile zurückzulegen und dann einen Torpedo abzufeuern. Damit müßte –«

»Einen Torpedo?« fragte Dr. Jolly. »Einen Torpedo? Um von unten her das Eis zu durchstoßen?«

»Richtig. Es ist noch nie versucht worden. Ich sehe keinen Grund, warum es nicht gelingen sollte, wenn das Eis dünn genug ist – und dort draußen über der Rinne wird es nicht allzu dick sein. Ich weiß es wirklich nicht.«

»Man wird Flugzeuge schicken, Herr Doktor«, sagte Zabrinski gelassen. »Sowie wir nach oben stießen, fingen wir an, die Nachricht in die Welt zu funken. Jetzt weiß man bereits überall, daß wir die ›Zebra‹ gefunden haben – zumindest kennt man ihren Standort. In ein paar Stunden haben wir die schweren Bomber über uns.«

»Und was machen die Bomber?« fragte ich. »Sinnlos in der Finsternis umherschwirren? Auch wenn sie die exakten Daten haben, werden sie in der Dunkelheit und im Schneesturm die Überreste des Lagers nicht ausmachen können. Wenn wir uns hier verschanzen und keinen Versuch machen, uns selber zu helfen, und die Eismaschine bleibt unbrauchbar, dann sind wir alle miteinander tot. Alle sechzehn Mann. Glückt es mir, mit heilen Gliedern hinzukommen, sind wir alle gerettet. Auch wenn es mir nicht glückt, wird vielleicht die Eismaschine repariert werden, und dann ist nur ein Menschenleben verlorengegangen.« Ich begann meine Fäustlinge anzuziehen. »Sechzehn ist mehr als eins.«

»Dann wollen wir lieber zwei sagen.« Seufzend griff Hansen nach seinen Handschuhen.

Das wunderte mich kaum. Aus welchen Gründen auch immer die Wahl auf Männer wie Hansen fallen mag – bestimmt nicht deshalb, weil sie dazu neigen, in kniffligen Situationen die Last auf andere abzuwälzen.

Ich vergeudete keine Zeit mit nutzlosen Einwänden.

Rawlings stand auf.

»Wer meldet sich freiwillig zum Suppenrühren?« sagte er. »Eine geschulte Kraft, wenn ich bitten darf. Diese beiden Herren würden nicht einmal zur Tür hinausfinden, wenn ich sie nicht am Händchen führte. Wahrscheinlich bekomme ich dafür eine Tapferkeitsmedaille. Welches ist die höchste Auszeichnung, Herr Oberleutnant, die in Friedenszeiten verliehen wird?«

»Fürs Suppenrühren wird man nicht dekoriert, Rawlings«, erwiderte Hansen, »und dieser Beschäftigung werden Sie sich auch weiterhin widmen. Sie bleiben hier.«

»Mhm . . .« Rawlings schüttelte den Kopf. »Machen Sie sich auf die erste Meuterei in Ihrem Leben gefaßt, Herr Oberleutnant. Ich komme mit. Ich habe nichts zu verlieren. Wenn wir die *Dolphin* erreichen, werden Sie viel zu froh und glücklich sein, daß wir es geschafft haben, und nicht im Traum daran denken, mich anzuzeigen.« Er lächelte breit. »Und wenn wir es nicht schaffen – na, dann können Sie mich nicht anzeigen, habe ich recht, Herr Oberleutnant?«

Hansen ging zu ihm hin. Er sagte ruhig: »Sie wissen, es ist mehr als unsicher, daß wir die *Dolphin* erreichen. Dann bleiben hier zwölf kranke Menschen zurück, ganz zu schweigen von Zabrinski mit seinem gebrochenen Fuß – und niemand ist da, der sich ihrer annimmt. Ein gesunder Mensch muß da sein und sich um sie kümmern, einer mindestens. Sie wollen doch nicht so egoistisch sein, Rawlings, nein? Bleiben Sie hier. Mir zuliebe.«

Rawlings sah ihn lange an, hockte sich dann hin und begann wieder die Suppe umzurühren.

»Sie meinen, mir zuliebe«, sagte er erbittert. »Okay, ich bleibe – mir zuliebe. Also, worauf warten die Herren? Jeden Augenblick kann der Kommandant sich entschließen, zu tauchen.«

Da hatte er recht.

Wir schoben die Proteste Kapitän Folsoms und Dr. Jollys und ihre Versuche, uns zurückzuhalten, beiseite und waren bereit, in dreißig Sekunden aufzubrechen. Hansen ging als erster zur Tür hinaus. Ich drehte mich um und betrachtete die kranken, ausgemergelten und verletzten Überlebenden der Treibeis-Station Zebra Folsom, Jolly, Kinnaird, Hewson, Naseby und sieben andere. Alles in allem zwölf Mann. Sie konnten nicht alle unter einer Dekke stecken, also mußte es ein einzelner sein, vielleicht zwei, die Hand in Hand arbeiteten. Ich hätte gern gewußt, wer diese Leute waren, die ich würde umbringen müssen, diese Person oder diese Personen, die meinen Bruder und sechs andere Insassen der Treibeis-Station Zebra ermordet hatten.

Ich zog die Tür hinter mir zu und folgte Hansen in die fürchterliche Nacht hinaus.

6

Noch bevor wir uns auf den Weg machten, waren wir müde, mehr als müde gewesen, müde bis ins Mark der Knochen, nur eine Handbreit von der totalen Erschöpfung entfernt. Trotzdem huschten wir durch die heulende Finsternis dieser Nacht wie zwei große, weiße Gespenster durch die trübweiße Mondlandschaft eines Alptraums. Wir ächzten nicht mehr unter der Last schweren Gepäcks. Wir kehrten dem Orkan den Rücken, und für jeden mühsam stolpernden Schritt, den wir auf dem Wege zur Zebra geschafft hatten, legten wir jetzt ihrer fünf zurück, mit einem so geringen Bruchteil der früheren Plage, daß es uns anfangs beinahe mühelos vorkam. Wir sahen deutlich unseren Weg vor uns, wir brauchten nicht zu befürchten, in eine offene Rinne zu fallen oder uns an einem unerwarteten Hindernis ein Bein zu brechen. Nun, da wir die Brillen abgenommen hatten und die kräftigen Lichtstrahlen unserer Stablampen vor uns hertanzen ließen, während wir uns im Trab fortbewegten, betrug die Sicht selten weniger als fünf, weit häufiger an die zehn Meter. Das waren die physischen Vorteile, die uns weiterhalfen; aber ein noch härterer Ansporn, der unsere schmerzenden Beine vorwärtspeitschte, war die in unseren Köpfen spukende Angst, Kapitän Swanson hätte vielleicht schon tauchen müssen, und wir würden in dieser gellenden Wüste dem sicheren Tod preisgegeben sein.

Wir liefen, aber wir liefen nicht allzu schnell, sonst hätte uns nämlich der alte Herr, der Sensenmann, in kürzester Frist auf die Schulter geklopft. Wenn die Temperatur tief unter den Nullpunkt sinkt, vermeidet der Eskimo eines wie die Pest – Überanstrengung, die in diesen Breiten sogar noch tödlicher ist als die Pest. Steckt man in dicken Pelzen und bewegt sich zu heftig, fängt man unweigerlich zu schwitzen an; hört die Anstrengung auf – schließlich muß sie einmal aufhören –, dann gefriert der Schweiß auf der Haut. Um diese Eiskruste zu beseitigen, gibt es nur ein Mittel, nämlich eine neuerliche Anstrengung, die noch mehr Schweiß treibt. Das ist der Beginn eines *circulus vitiosus*, der immer enger wird und nur auf eine Weise enden kann. Obgleich wir uns also im Laufschritt fortbewegten, war es nur ein gelinder Trott, kaum mehr als ein rascher Marsch. Wir hüteten uns auf jede nur erdenkliche Weise, uns zu überhitzen.

Nach einer halben Stunde, vielleicht etwas später, machten wir einen kurzen Aufenthalt im Schutz einer steilen Eiswand. Zweimal im Lauf der letzten zwei Minuten war Hansen gestolpert und hingefallen, ohne daß er einen ersichtlichen Grund gehabt hätte, zu stolpern und hinzufallen, und ich hatte gemerkt, daß meine Beine unsicherer waren, als das Terrain es gerechtfertigt hätte.

»Wie fühlen Sie sich?« fragte ich.

»Ziemlich mau, Doktor.« Es klang auch danach. Sein Atem ging hastig, flach und keuchend. »Aber schreiben Sie mich noch nicht ab. Was glauben Sie, wie weit wir vorangekommen sind?«

»Ungefähr drei Meilen.« Ich tätschelte die Eiswand hinter uns. »Nachdem wir uns ein paar Minuten ausgeruht haben, wollen wir versuchen, hier hinaufzuklettern. Es scheint ein recht hoher Buckel zu sein.«

»Um über den Eisturm hinaus ins Freie zu kommen?« Ich nickte, und er schüttelte den Kopf. »Es wird keinen Zweck haben, Doktor. Dieser Eisturm muß mindestens sieben bis zehn Meter dick sein, und auch wenn wir über ihn hinauskommen, wird die *Dolphin* nach wie vor in ihm drinstecken. Nur die Spitze ihres Segels ragt über das Eis hinaus.«

»Ich habe es mir überlegt«, erwiderte ich. »Wir waren dermaßen in unsere eigenen Sorgen und Leiden versunken, daß wir Kapitän Swanson vergessen haben. Ich glaube, wir haben den Fehler begangen, ihn gründlich zu unterschätzen.«

»Höchstwahrscheinlich. Momentan bin ich vollauf damit beschäftigt, mir um Oberleutnant Hansen Sorgen zu machen. Was geht in Ihrem Kopf vor?«

»Folgendes ... Meiner Meinung nach muß Kapitän Swanson damit rechnen, daß wir uns auf dem Rückweg zur *Dolphin* befinden. Schließlich hat er uns schon vor geraumer Zeit befohlen, zurückzukehren. Und wenn er annimmt, daß wir den Befehl nicht gehört haben, weil uns oder dem Radio etwas passiert ist, wird er trotzdem mit unserer Rückkehr rechnen und eine Lampe ins Fenster stellen, um das verirrte Schäflein in den heimischen Pferch zu lotsen.«

»Mein Gott, Doktor, ich glaube, Sie haben recht! Natürlich – natürlich! Menschenskind, Menschenskind, was habe ich im Kopf? Stroh?«

Er richtete sich auf und wandte sich zu der Eiswand.

Mit Mühe und Not kletterten wir nach oben, der eine stemmte und zog den anderen hoch. Der Gipfel der Eisschollenkuppe lag kaum sieben Meter über dem Niveau des Packeises, nicht hoch genug. Wir befanden uns noch immer unter der Oberfläche des vom Wind vorangepeitschten Eisnadelstromes. Ab und zu, jeweils einen kurzen Moment lang, ließ die Windstärke ruckweise nach und zeigte uns den klaren Himmel über unseren Köpfen, aber nur gelegentlich und für den Bruchteil einer Sekunde. Und falls in dieser knapp bemessenen Frist etwas zu sehen war, konnten wir es nicht sehen.

»Es wird andere Hügel geben«, schrie ich Hansen ins Ohr. »Höhere ...«

Er nickte stumm. Ich konnte seine Miene nicht sehen, aber ich brauchte sie auch nicht zu sehen. Der gleiche Gedanke schoß uns beiden durch den Kopf: Wir sahen nichts, weil es nichts zu sehen gab. Kapitän Swanson hatte keine Lampe ins Fenster gestellt, weil kein Fenster mehr da war. Die *Dolphin* hatte tauchen müssen, um nicht vom Eis zerdrückt zu werden.

Fünfmal im Lauf der nächsten zwanzig Minuten kletterten wir auf Eishügel hinauf, fünfmal kletterten wir wieder hinunter, jedesmal um eine Spur niedergeschlagener und enttäuschter. Inzwischen war ich bereits in einen recht üblen Zustand geraten. Ich bewegte mich durch ein quälendes Inferno. Hansen war noch schlimmer daran, er torkelte und stolperte umher wie ein Betrunkener. Als Arzt kannte ich sehr gut die verborgenen und ungeahnten Kraftreserven, die ein erschöpfter Mensch in einer verzweifelten Notlage zu mobilisieren vermag, aber ich wußte auch, daß diese Reserven nicht unbegrenzt sind, und daß wir uns dem Ende näherten. Und wenn das Ende kam, würden wir uns ganz einfach an der windgeschützten Seite einer Eiswand hinlegen und auf den alten Herrn warten: Er würde uns nicht lange warten lassen.

Der sechste Hügel hätte uns beinahe den Garaus gemacht. Er war nicht etwa besonders schwer zu bewältigen, aber die rein physische Belastung wurde uns beinahe zuviel.

Und dann begann ich dunkel zu begreifen, warum uns der Anstieg gar so schwerfiel: Es war der bei weitem höchste Hügel, den wir bisher angetroffen hatten. Kolossale Druckkomponenten hatten sich auf diese eine Stelle konzentriert, die Schollen zusammengetrieben und übereinandergetürmt, bis das Packeis sich volle zehn Meter über das Grundniveau erhob: Der gigantische Unterwasserkamm mußte wohl an die siebzig Meter in die schwarzen Tiefen des Eismeeres hinabreichen.

Zwei Meter unterhalb des Gipfels stießen unsere Köpfe ins Freie: Auf dem Gipfel selber stützten wir einander gegen den Orkan und blickten auf den Eisstrom hinunter, der dicht unter unseren Füßen dahinwirbelte: ein phantastischer Anblick, ein gewaltiges, grauweißes, wildwogendes Meer, eine gigantische Sturzflut, die von einem Horizont bis an den anderen reichte. Wie so vieles in der Arktis hatte auch diese Szenerie etwas gespenstisch und erschreckend Fremdartiges, sie war von einer sinnlosen Öde, die nicht auf die Erde, sondern auf einen fernen, längst erloschenen Planeten gehörte.

Wir durchforschten den Horizont im Westen, bis uns die Augen schmerzten. Nichts. Nur die endlose Wüste. Von genau Nord bis genau Süd, die vollen 180 Grad hindurch, erkundeten wir die Oberfläche dieses mächtigen Stromes und sahen noch immer nichts. Drei Minuten verstrichen. Noch immer nichts. Ich fühlte das Blut in meinen Adern zu Eis erstarren.

Auf die minimale Chance hin, daß wir bereits nördlich oder südlich an der *Dolphin* vorbeigekommen waren, drehte ich mich um und blickte nach Osten. Das war nicht leicht, weil der Wind mir sogleich die Tränen in die Augen jagte, aber es war doch wenigstens nicht unmöglich. Langsam ließ ich meine Blicke in einem Winkel von 180 Grad am östlichen Horizont entlangwandern, noch einmal und abermals. Dann packte ich Hansen beim Arm.

»Dort!« sagte ich. »In nordöstlicher Richtung. Vielleicht eine Viertelmeile, vielleicht eine halbe Meile entfernt. Können Sie dort etwas sehen?«

Mehrere Sekunden lang folgte Hansen mit zusammengekniffenen Augen der Richtung meiner ausgestreckten Hand, dann schüttelte er den Kopf. »Ich sehe nichts. Was glauben Sie zu sehen?«

»Ich weiß es nicht. Ich bin meiner Sache nicht sicher. Ich bilde mir ein, dort auf der Oberfläche des Eisstroms einen äußerst matten Lichtschimmer zu sehen.«

Eine volle halbe Minute lang starrte Hansen durch die Wölbung der Hände. Schließlich sagte er: »Es nützt nichts – ich sehe es nicht. Aber meine Augen machen mir schon seit einer halben Stunde zu schaffen. Ich kann mir nicht einmal einbilden, etwas zu sehen.«

Ich wandte mich ab, um den triefenden Augen ein wenig Ruhe zu gönnen, sah dann wieder hin.

»Gott verdamm mich«, sagte ich, »ich bin nicht sicher, daß dort etwas zu sehen ist – aber ich bin auch nicht sicher, daß nichts zu sehen ist.«

»Was stellen Sie sich vor? Ein Licht?«

»Einen Scheinwerfer, dessen Strahl senkrecht nach oben gerichtet ist.«

»Sie machen sich selber etwas vor, Doktor«, sagte Hansen verdrossen. »Der Wunsch ist der Vater des Gedankens. Außerdem würde das bedeuten, daß wir die *Dolphin* schon passiert haben. Das halte ich für ausgeschlossen.«

»Es ist nicht ausgeschlossen. Seit wir angefangen haben, auf die beschissenen Eishügel zu klettern, habe ich jedes Zeit- und Raumgefühl verloren. Es wäre denkbar ...«

»Vorwärts, Doktor, gehen wir ...«

»Wohin?«

»Ich weiß es nicht.« Seine Zähne klapperten so unbeherrscht, daß ich seinen Worten kaum folgen konnte. »Es spielt wohl keine große Rolle, wohin ...«

Mit atemberaubender Plötzlichkeit durchstieß mitten in dem mattschimmernden Fleck, den ich zu sehen glaubte, und nicht weiter als vierhundert Meter entfernt, eine rasch emporsteigende Leuchtrakete den dahinjagenden Eisnadelstrom und kletterte hoch am klaren Himmel hinauf, einen Schweif rotglühender Funken hinter sich herziehend.

Hundertfünfzig, vielleicht zweihundert Meter stieg sie nach oben, zerbarst dann mit einem grell strahlenden Schauer scharlachroter Sterne, die gemächlich zur Erde hinabsanken, auf den Schwingen des Sturmwindes westwärts entführt wurden und allmählich erloschen, bis der Himmel kälter und leerer war als zuvor.

»Behaupten Sie noch immer, daß es keine große Rolle spielt, wo wir hingehen?« fragte ich Hansen. »Oder haben Sie vielleicht das kleine Feuerwerk nicht gesehen?«

»Was ich soeben gesehen habe«, erwiderte er in ehrfürchtigem Ton, »war das Schönste, das Mama Hansens kleiner Junge je gesehen hat – oder je zu sehen bekommen wird.«

Er schlug mir auf die Schulter, so heftig, daß ich mich an ihm festhalten mußte, um nicht das Gleichgewicht zu verlieren.

»Wir haben es geschafft, Doktor!« schrie er. »Wir haben es geschafft! Plötzlich fühle ich mich so stark wie zehn. Trautes Heim, Glück allein – da sind wir ...«

Zehn Minuten später waren wir zu Hause.

»Mein Gott, ist das herrlich!« seufzte Hansen.

Selig verdutzt wanderte sein Blick vom Kapitän zu mir, zu dem Glas in seiner Hand, zu dem Schmelzwasser, das von seinem Pelzwerk auf die Kunststoff-Fliesen in der winzigen Kajüte des Kapitäns tropfte.

»Die Wärme, das Licht, der Komfort — trautes Heim, Glück allein. Ich hätte nicht gedacht, daß ich das alles noch einmal wiedersehen würde. Als die Rakete hochging, Herr Kapitän, hatte ich mich grade nach einer Stelle umgesehen, wo ich mich zum Sterben hinlegen könnte. Und glauben Sie ja nicht, daß das ein Scherz ist. Es ist mein voller Ernst.«

»Und Doktor Carpenter?« Swanson lächelte.

»Er muß irgendwo einen geistigen Defekt haben«, sagte Hansen. »Er scheint nicht zu wissen, wie man es anstellt, das Spiel verloren zu geben. Meiner Meinung nach ein Fall von sturem Eigensinn. Es gibt solche Leute.«

Hansens etwas wunderlich wirres, leicht absurdes Geschwätz hatte nichts mit der überwältigenden Erleichterung zu tun, die nach Augenblicken großer Belastung und Spannung einsetzt. Dazu war Hansen viel zu hart. Das wußte ich, das wußte auch Swanson. Wir waren nun schon seit fast zwanzig Minuten wieder zurück, wir hatten Bericht erstattet, der Druck war weg, allen Beteiligten schien ein Happy-End zu winken, und das Leben sollte endlich wieder in seine normalen Bahnen zurückkehren. Aber wenn die Last von den Schultern gewichen ist und normale Zustände eintreten, hat der Mensch Zeit zum Nachdenken. Ich wußte nur zu gut, was Hansen mit seinem inneren Auge vor sich sah — jenen verkohlten, verkrümmten, ungestalten Klumpen, der einmal mein Bruder gewesen war. Er wollte nicht, daß ich darauf zu sprechen käme, und das konnte ich ihm nicht übelnehmen. Ich sollte nicht einmal daran denken, obwohl er gewußt haben muß, daß das einfach nicht möglich war.

»Wie dem auch sei —«, Swanson lächelte wieder, »— es gibt wohl kaum zwei Menschen auf Gottes Erdboden, die so viel Glück hatten wie ihr beiden. Die Rakete, die ihr gesehen habt, war die drittletzte aus unserem Vorrat. Und Ihrer Meinung nach sind Rawlings, Zabrinski und die Überlebenden der Zebra momentan nicht gefährdet?«

Hansen nickte. »Ein paar Tage lang brauchen wir uns keine

Sorgen um sie zu machen. Natürlich leiden sie unter der Kälte, und die gute Hälfte von ihnen braucht dringend klinische Behandlung, aber sie werden mit dem Leben davonkommen.«

»Gut ... Also, es sieht folgendermaßen aus. Die Rinne hat vor etwa einer halben Stunde aufgehört, sich zu schließen, aber das spielt jetzt keine Rolle mehr. Wir können jederzeit tauchen und trotzdem unsere Position halten. Entscheidend ist, daß wir den Schaden in der Eismaschine gefunden haben. Es ist eine verdammt knifflige und komplizierte Arbeit. Sie wird mehrere Stunden dauern. Aber da wir es nicht so furchtbar eilig haben, möchte ich zuwarten, bis das Eislot wieder funktioniert, dann die Polynya exakt vermessen und einen Torpedo durch die Mitte jagen. Wenn das Eis dort nicht dicker ist als vier bis fünf Fuß, dürfte es nicht schwerfallen, ein Loch zu sprengen.«

Hansen stimmte zu. »Das wäre das vernünftigste.« Er trank seine Arznei aus — einen ausgezeichneten Bourbon —, erhob sich steifbeinig und räkelte sich. »Na, nun ist man in die alte Tretmühle zurückgekehrt. Wie viele brauchbare Torpedos haben wir zur Verfügung?«

»Nach der letzten Zählung vier.«

»Ich will mal lieber dem kleinen Mills beim Laden behilflich sein. Falls Sie einverstanden sind, Herr Kapitän.«

»Ich bin nicht einverstanden«, erwiderte Swanson sanft, »und wenn Sie mal schnell einen Blick in den Spiegel werfen wollten, würden Sie verstehen, warum. Sie sind nicht fähig, ein Luftgewehr zu laden, geschweige denn, einen Torpedo ins Rohr zu schieben. Ein paar Stunden Schlaf, John, dann wollen wir weitersehen.«

Hansen widersprach nicht. Ich konnte mir nicht vorstellen, daß jemand Kapitän Swanson zu widersprechen gewagt hätte. Er ging zur Tür. »Kommen Sie mit, Doktor?«

»Ich komme gleich nach. Schlafen Sie gut.«

»Ja. Danke ...« Er berührte leicht meine Schulter und lächelte mit blutunterlaufenen, erschöpften Augen. »Schönen Dank für alles. Gute Nacht, die Herren.«

Als er zur Tür draußen war, sagte Swanson: »Es muß recht bitter gewesen sein.«

»Nicht gerade ein Ausflug ins Grüne.«

»Oberleutnant Hansen scheint sich einzubilden, in Ihrer Schuld zu stehen«, fuhr Swanson etwas zusammenhanglos fort.

»Einbildung, wie Sie mit Recht sagen. Nichts geht über diesen Mann. Sie dürfen sich glücklich schätzen, daß Sie so einen Ersten Offizier haben.«

»Das weiß ich.« Er zögerte, fuhr dann fort: »Ich verspreche Ihnen, es nie mehr zu erwähnen – aber – also, es geht mir sehr nahe, Doktor.«

Ich sah ihn an und nickte langsam. Ich wußte, es war aufrichtig gemeint, ich wußte, daß er es nicht für sich behalten konnte, aber in so einer Situation gibt es nicht viel zu erwidern.

Ich sagte: »Sechs andere sind zugleich mit ihm gestorben, Herr Kapitän.«

Wieder zögerte er. »Nehmen wir die – die Toten nach England mit?«

»Dürfte ich noch um einen Tropfen von diesem ausgezeichneten Bourbon bitten?« Ich wartete, bis er mein Glas gefüllt hatte, und fuhr dann fort: »Wir nehmen sie nicht mit. Es sind keine Toten, sondern unkenntliche unidentifizierbare verkohlte Klumpen. Lassen wir sie, wo sie sind.«

Er atmete sichtlich auf, und war sich dessen bewußt, als er hastig erwiderte, nur um etwas zu sagen: »Die gesamte Ausrüstung, die dazu dienen sollte, russische Fernlenkgeschosse zu lokalisieren und zu verfolgen – ist alles vernichtet?«

»Ich habe nicht nachgesehen.«

Er würde bald genug erfahren, daß die ›Zebra‹ keine solche Ausrüstung besessen hatte. Wie er reagieren würde, wenn das Seemannsgarn ans Licht kam, das ich ihm und Admiral Garvie im Holy Loch vorgesponnen hatte, mochte der Himmel wissen. Im Augenblick war es mir völlig egal. Es kam mir unwichtig vor, nichts kam mir wichtig vor, überhaupt nichts mehr. Mit einemmal war ich müde, nicht schläfrig, einfach todmüde, also rappelte ich mich mühsam und steifbeinig hoch, sagte gute Nacht und ging weg.

Als ich in Hansens Kabine kam, lag er im Bett. Sein Pelzwerk hatte er glatt auf den Boden fallen lassen. Ich stellte fest, daß er schon schlief, zog meine Pelze aus, hängte sie auf und verstaute die Pistole im Koffer. Dann legte ich mich in meine Koje, konnte aber nicht einschlafen. So erschöpft ich auch war, nie in meinem Leben hatte ich weniger Lust gehabt, zu schlafen.

Ich war viel zu unruhig und aus der Bahn gerissen, allzu viele

Probleme, die alle auf einmal über mich hereinbrachen, verstopften mir das Gehirn. Ich stand auf, zog Hemd und Baumwollhose an und begab mich in die Zentrale. Dort verbrachte ich zum größten Teil die restlichen Nachtstunden, ging auf und ab, sah den zwei Mechanikern zu, die die ungeheuerlich komplizierten Eingeweide der Eismaschine reparierten, las die Glückwunschtelegramme, die noch immer herbeiströmten, wechselte gelegentlich ein paar Worte mit dem Deckoffizier und trank zahllose Tassen Kaffee. So verging mir die Nacht, und als der Morgen kam, fühlte ich mich frisch und fast entspannt, obwohl ich kein Auge zugetan hatte.

Am Frühstückstisch in der Offiziersmesse machten an diesem Morgen alle einen stillvergnügten Eindruck Sie wußten, daß sie gute Arbeit geleistet hatten, die ganze Welt erklärte, sie hätten Großartiges geleistet, und man sah ihnen an, daß sie diese Arbeit für so gut wie beendet hielten. Niemand schien daran zu zweifeln, daß Swanson es fertigbringen würde, ein Loch ins Eis zu sprengen. Hätte nicht ein Gespenst mit am Tisch gesessen, nämlich ich, wären sie entschieden noch munterer und vergnügter gewesen.

»Wir schenken uns heute die zweite Tasse Kaffee, meine Herren«, sagte Swanson. »Die Zebra wartet auf uns, und obwohl man mir versichert, daß für die Überlebenden keine Gefahr mehr besteht, müssen sie trotzdem frieren und dürften sich elend fühlen. Die Eismaschine arbeitet bereits seit einer Stunde, zumindest wollen wir hoffen, daß sie funktioniert. Wir tauchen jetzt, prüfen die Apparatur, und nachdem wir die Torpedos in die Rohre geladen haben — zwei glaube ich, werden genügen —, schlagen wir eine Bresche in die Rinne neben der ›Zebra‹.«

Zwanzig Minuten später war die *Dolphin* wieder dort, wo sie hingehörte, fünfzig Meter unter der Meeresoberfläche — oder vielmehr dem Packeis. Nach einem zehn Minuten langen Manöver war es klar, daß die Eismaschine sich einwandfrei verhielt und mit ihrer üblichen magischen Genauigkeit die umgekehrten Kuppen und Täler registrierte. Kapitän Swanson nickte befriedigt.

»Nun ist es soweit.« Er wandte sich an Hansen und den Torpedooffizier Mills. »Machen Sie sich an die Arbeit. Vielleicht möchten Sie mitkommen, Doktor Carpenter. Oder sind das für Sie olle Kamellen?«

»Ich habe noch nie mitangesehen, wie die Torpedos in die Rohre geschoben werden«, sagte ich wahrheitsgemäß. »Danke, ich komme gern mit...«

Swanson behandelte Menschen genauso rücksichtsvoll wie seine geliebte *Dolphin*. Deshalb hielten alle Mann an Bord so große Stücke auf ihn. Er wußte oder vermutete, daß mich, abgesehen von dem Tod meines Bruders, auch noch andere Probleme quälten. Er mußte gehört haben, daß ich die Nacht in der Zentrale verbracht hatte, ziellos und rastlos umherwandernd. Er wußte, ich würde für jede Ablenkung dankbar sein, für alles, das mir auch nur vorübergehend die Sorgen aus dem Kopf verscheuchen würde.

Ich hätte gern gewußt, wie viel dieses außerordentlich scharfe Hirn erraten hatte. Aber das waren unnütze Gedankengänge, also schob ich sie beiseite und folgte Hansen und Mills.

Mills war ein zweiter Raeburn (der Navigationsoffizier). Er kam mir mehr wie ein junger Hochschulstudent vor als wie der hochqualifizierte Offizier, der er zweifellos war.

Hansen ging zu einem Armaturenbrett neben der Tauchkonsole und studierte einige Lämpchen. Der Nachtschlaf hatte ihm gutgetan. Abgesehen von den Schürfwunden auf der Stirn und an den Backenknochen, die er den Eisnadeln zu verdanken hatte, war er wieder der alte, heiter-zynisch wie immer, frisch, ausgeruht, in bester Form. Er deutete auf das Armaturenbrett.

»Die Torpedosicherungslampen, Doktor Carpenter! Jedes grüne Licht bedeutet eine geschlossene Torpedorohrtür. Sechs Türen, die sich ins Meer öffnen – wir nennen sie Bugkappen –, sechs rückwärtige Türen, durch die man die Torpedos schiebt. Nur zwölf Lämpchen, aber wir studieren sie sehr, sehr aufmerksam – nur um sicher zu sein, daß sie alle grün leuchten. Wenn nämlich eines rot leuchtete – das heißt, eines der oberen sechs, die die Wasserdeckel repräsentieren –, na, das wäre nicht sehr erhebend, nein?« Er sah Mills an. »Alles grün?«

»Alles grün«, wiederholte Mills.

Wir gingen durch den Messegang nach vorn und kletterten über die breite Treppe in die Mannschaftsmesse hinunter. Von dort aus begaben wir uns in den vorderen Torpedoraum. Als ich das letztemal hier gewesen war, am Morgen nach unserer Abfahrt aus dem Clyde, hatten neun oder zehn Mann in ihren Kojen geschlafen. Jetzt waren sämtliche Kojen leer. Fünf Mann erwarteten uns. Vier Matrosen und ein Maat namens Bowen, den Hansen mit Charlie anredete.

»Sie werden jetzt sehen«, bemerkte Hansen zu mir, »warum Offiziere besser bezahlt werden als Matrosen. Sie verdienen es. Während Charlie mit seinen tapferen Myrmidonen hier hinter doppelten Kollisionsschotts hockt, müssen wir hingehen und die Zuverlässigkeit der Rohre prüfen. Vorschriftsmäßig. Aber — kühler Kopf und eiserne Nerven! Wir tun es gern für unsere Leute.«

Bowen lächelte und entriegelte die erste Kollisionstür. Wir stiegen über die sechzig Zentimeter hohe Schwelle weg und warteten, bis die Tür wieder zugeriegelt worden war, bevor wie die vordere Kollisionstür öffneten und über die zweite Schwelle in den engen Torpedoraum gelangten. Diesmal blieb die Tür weit offen und wurde an einem schweren Pfosten festgehakt.

»Alles, wie es im Buch steht«, sagte Hansen. »Die beiden Türen dürfen nur dann gleichzeitig geöffnet werden, wenn wir die Torpedos in die Rohre schieben.«

Er kontrollierte die Position der Metallgriffe an der Rückseite der Rohre, streckte die Hand nach oben aus, holte ein Stahlfedermikrophon zu sich herunter und betätigte einen Schalter.

»Klar, die Rohre zu prüfen. Alle Handhebel geschlossen. Sind alle Lichter grün?«

»Alle Lichter grün.« Die Antwort, die aus dem oben an der Decke befestigten Lautsprecher kam, klang hohl, blechern, merkwürdig unpersönlich.

»Sie haben es doch schon kontrolliert«, bemerkte ich sanft.

»Also wird es noch einmal kontrolliert. Immer laut Vorschrift.« Er lächelte breit. »Ich will nichts riskieren — Sie sollen nichts riskieren. Welche sollen es sein, George?«

»Drei und vier.« Ich sah die Messingtäfelchen an den kreisrunden Türen der Rohre: 2, 4 und 6 an Backbord, 1, 3 und 5 an Steuerbord. Oberleutnant Mills wollte die mittleren Rohre an beiden Seiten benützen.

Mills hakte eine Gummistablampe von der Wand los und näherte sich zuerst Nummer 3.

Hansen sagte: »Nach wie vor jedes Risiko eliminieren! Zuerst einmal öffnet George den Prüfhahn an der rückwärtigen Tür, um zu sehen, ob Wasser im Rohr ist. Es soll nicht sein, aber manchmal sickert eine kleine Menge an den Bugkappen vorbei. Wenn der Prüfhahn nichts meldet, öffnet George die Tür, beleuchtet mit seiner Lampe die Bugkappe und schaut nach, ob sich kein Hindernis im Rohr befindet. Wie sieht es aus, George?«

»Nummer drei ist okay.« Dreimal drehte Mills an dem Prüfhahn. Kein Tropfen Wasser kam zum Vorschein. »Jetzt öffne ich die Tür.«

Er lockerte den dicken Hebel und ließ die schwere, kreisrunde Tür zurückschwenken. Er richtete den Strahl seiner Lampe ins schimmernde Innere des Rohrs, richtete sich dann auf.

»Blitzsauber und strohtrocken.«

»So hat man es ihm nicht beigebracht«, sagte Hansen bekümmert. »Ich weiß nicht, was heutzutage aus den jungen Offizieren geworden ist. Schön, George, Nummer vier.«

Mills lächelte, verriegelte die rückwärtige Tür von Nummer 3 und begab sich zu Nummer 4 hinüber. Er drehte den Griff des Prüfhahns und sagte: »Oh ...«

»Was denn?« fragte Hansen.

»Wasser«, erwiderte Mills schroff.

»Viel? Mal sehen ...«

»Nur ein paar Tropfen.«

»Ist das schlimm?« fragte ich.

»Es kommt vor«, erwiderte Hansen kurz. Er drehte den Griff hin und her. Abermals rann ein Löffel voll Wasser heraus. »Die Bugkappe ist vielleicht nicht ganz einwandfrei. Wenn man dann sehr tief taucht, kann der äußere Druck etwas Wasser durch die Ritzen pressen. Das dürfte hier der Fall gewesen sein. Wenn die Bugkappe bei dieser Tiefe offen stünde, lieber Freund, würde das Wasser wie ein Geschoß aus dem Hahn hervorbrechen. Aber nur nichts riskieren – nur nichts riskieren!« Wieder griff er nach dem Mikrophon. »Bugkappe Nummer vier noch immer grün? Wir haben ein bißchen Wasser.«

»Noch immer grün.«

Hansen sah Mills an. »Wie läuft es?«

»Nicht mehr so viel.«

»Zentrale!« sagte Hansen ins Mikrophon. »Der Sicherheit halber den Trimmzettel kontrollieren.«

Nach einer Pause fing das Kästchen wieder zu knistern an.

»Hier spricht der Kapitän. Alle Rohre leer. Unterzeichnet von Oberleutnant Hansen und dem Ersten Maschinisten.«

»Danke, Sir.« Hansen schaltete aus und lächelte. »Oberleutnant Hansens Wort genügte mir allemal. Wie sieht es jetzt aus?«

»Nichts mehr.«

»Öffnen.«

Mills zerrte an dem schweren Hebel. Er bewegte sich ein wenig, blieb dann stecken.

»Ungewöhnlich steif«, bemerkte er.

»Habt ihr Torpedoleute noch nie etwas von einem sogenannten Schmieröl gehört?« fragte Hansen. »Fester, George, fester!«

Mills drückte fester auf den Hebel, der sich abermals um einige Zentimeter nach oben bewegte. Mills runzelte die Stirn, wechselte die Stellung, um ein Maximum an Wirkung zu erzielen, und stieß zu, gerade als Hansen ausrief: »Nein! Halt! Um Gottes willen – halt!«

Er kam zu spät. Er kam um ein Menschenleben zu spät. Der Hebel schnappte aus der Klammer, die schwere kreisrunde Tür wurde so heftig aufgestoßen, als wäre sie von einem gigantischen Sturmbock getroffen worden, und eine tosende Flut ergoß sich in den vorderen Torpedoraum. Der schiere Umfang, die gewaltige Kraft und erschreckende Schnelligkeit der fast waagrecht dahinschießenden Wassersäule waren verblüffend – wie der Strahl aus einem riesenhaften Feuerwehrschlauch oder aus einem der Abflußrohre eines Stausees.

Er traf Oberleutnant Mills, der bereits durch den Schwung der aufspringenden Tür schwer verletzt worden war, fegte ihn durch den Torpedoraum und schmetterte ihn gegen die hintere Wand. Eine Sekunde lang stand er aufrecht da, durch die Kraft des ungeheuren Strahls festgenagelt, dann sank er schlaff zu Boden.

»Allen Hauptballast ausblasen!« schrie Hansen ins Mikrophon. Er hielt sich an einer Torpedorohrtür fest, um nicht mitgerissen zu werden. Seine Stimme übertönte sogar das donnernde Rauschen des Wassers. »Alarm! Allen Hauptballast ausblasen!« Er ließ die Tür los und taumelte übers Deck, bemüht, in den bereits fußtiefen Wasserwirbeln nicht das Gleichgewicht zu verlieren. »Raus hier – um Gottes willen ...!«

Er hätte sich die Energie und den Atem sparen können. Ich war bereits unterwegs. Ich hatte Mills unterm Arm und versuchte ihn über die hohe Schwelle der vorderen Kollisionswand zu schleifen, aber ich kam einfach nicht voran. Ein U-Boot exakt im Trimm zu halten, ist auch unter normalen Verhältnissen eine heikle Aufgabe. Schon nach diesen wenigen Sekunden begann der Bug der *Dolphin*, durch die Tonnen Wassers belastet, die bereits hereingeströmt waren, sich scharf nach unten zu senken. Mills mitzuschleifen und gleichzeitig nicht die Balance zu verlieren auf dem schrägen Deck, umschäumt von knietiefem Wasser, ging über meine Kraft. Plötzlich aber hatte Hansen Mills bei den Füßen gepackt. Ich verlor das Gleichgewicht, stolperte über die hohe Schwelle und fiel, Mills hinter mir herzerrend, rücklings in den engen Raum zwischen den beiden Kollisionswänden.

Hansen befand sich noch an der anderen Seite der Wand. Ich hörte ihn fluchen, während er sich bemühte, die schwere Tür von dem Pfosten loszuhaken. Da das Deck sich steil nach unten neigte, mußte er sich mit seinem vollen Gewicht gegen die massive Stahltür stemmen, um den Haken loszumachen, und das bereitete ihm offenbar unüberwindliche Schwierigkeiten.

Ich ließ Mills los, sprang über die Schwelle, warf mich mit der Schulter gegen die Tür, und durch den plötzlich gesteigerten Druck löste sich der Haken. Die schwere Tür fiel sogleich halb zu, riß uns beide mit und schleuderte uns in den peitschenden Schwall, der nach wie vor aus dem Rohr Nummer vier strömte. Hustend und prustend rappelten wir uns hoch, stiegen über die Schwelle weg, klammerten uns jeder an einem der Griffe an und versuchten, die Tür zuzuziehen.

Zweimal versuchten wir es, zweimal mißglückte es. Das Wasser schäumte durchs Rohr herein und überspülte fast schon den oberen Rand der Schwelle. Mit jeder Sekunde, die verstrich, wuchs der Neigungswinkel des Bootes, und mit jedem zusätzlichen Steilheitsgrad wurde es immer schwieriger, die Tür gegen die ständig zunehmende Schwerkraft hochzuziehen.

Das Wasser begann über die Schwelle bis an unsere Füße heranzusickern.

Hansen überschrie das Tosen des Wassers: »Jetzt oder nie . . .!«

Ein schlagendes Argument. Es hieß allerdings: jetzt oder nie. Auf ein Zeichen Hansens zerrten wir mit vereinten Kräften an den Griffen, die eine Hand am Griff, die andere gegen die Wand gestemmt, um ein Höchstmaß an Wirkung zu erzielen. Bis auf zehn Zentimeter brachten wir die Tür heran. Dann fiel sie zurück. Wir versuchten es abermals. Noch immer ein zehn Zentimeter breiter Spalt – und ich wußte, daß wir diesmal alles aus uns herausgeholt hatten, dessen wir fähig waren.

»Können Sie sie einen Augenblick festhalten?« schrie ich.

Er nickte. Ich packte mit beiden Händen den Griff in der unteren Ecke, ließ mich aufs Deck fallen, stemmte die Füße gegen die

Schwelle und straffte mit einem krampfhaften Ruck beide Beine.

Krachend fiel die Tür zu, Hansen schob seinen Riegel vor, ich schob meinen vor, und wir waren in Sicherheit.

Ich überließ es Hansen, die restlichen Riegel zu befestigen, und machte mich über die Tür in der hinteren Kollisionswand her. Ich kam nur bis zum ersten Riegel, da begannen die anderen von selber aufzuschnappen.

Maat Bowen und seine Leute hinter der Wand hatten längst begriffen, daß wir so schnell wie möglich hier 'rauswollten. Die Tür wurde aufgerissen, und meine Trommelfelle knallten in dem jähen Fall des Luftdrucks. Ich hörte das brausende Echo der Luft, die unter Hochdruck in die Ballasttanks eingeblasen wurde. Ich hißte Mills an den Achseln hoch, starke, tüchtige Hände hoben ihn über die Schwelle, und eine Sekunde später standen Hansen und ich neben ihm.

»Um Gottes willen!« sagte Maat Bowen zu Hansen. »Was ist denn passiert?«

»Rohr Nummer vier nach dem Meer zu offen.«

»Jesus Maria!«

»Die Tür verriegeln!« befahl Hansen. »Aber ordentlich...«

Er rannte los, das steil geneigte Deck des Torpedolagerraums hinankrabbelnd. Ich warf einen Blick auf Oberleutnant Mills (dieser eine Blick genügte mir) und folgte Hansen.

Das Heulen der Druckluft erfüllte das Fahrzeug, die Ballasttanks entleerten sich rasch, aber die *Dolphin* setzte ihre tödliche Tauchfahrt fort, pfeilgerade in die dunklen Tiefen des Eismeeres hinab. Nicht einmal die massiven Druckluftbatterien des U-Boots konnten so rasch mit den Auswirkungen der Wassermassen fertig werden, die bereits tonnenweise den vorderen Torpedoraum überflutet hatten. Ich fragte mich düster, ob sie es überhaupt schaffen würden. Während ich durch den Messegang ging und das Geländer benützte, um mich auf dem irrsinnig krängenden Deck hochzuhissen, fühlte ich, wie das ganze Boot unter meinen Füßen schauderte. Swanson hatte die großen Turbinen auf höchste Umdrehungsgeschwindigkeit gebracht. Die schweren Bronzepropeller droschen im Gegenlauf drauflos, verbissen sich tief ins Wasser, um das tauchende Boot zu bremsen.

Angst kann man riechen. Man wittert sie, man sieht sie, und beides war nun der Fall, als ich jetzt in die Zentrale der *Dolphin* kam.

Keiner gönnte mir auch nur den flüchtigsten Blick, als ich am Sonarraum vorbeikletterte. Sie sahen mich nicht, sie sahen niemanden mehr, sie sahen nur noch eines – regungslos, in äußerster Spannung, mit gehetzten Mienen: die stürzende Nadel des Tiefenmessers.

Die Nadel passierte den Sechshundertfußstrich. Sechshundert Fuß. Kein herkömmliches U-Boot hätte in dieser Tiefe manövrieren können – hätte sich in dieser Tiefe behaupten können. Ich dachte an den phantastischen Außendruck, dem wir preisgegeben waren, und fühlte mich weiß Gott nicht sehr wohl. Auch ein anderer dicht neben mir fühlte sich alles andere als wohl, nämlich der junge Matrose am Innenbord-Tauchsitz. Er ballte die Fäuste, bis die Knöchel hervortraten, ein Muskel zuckte in seiner Wange, ein Nerv in seinem Hals, und in seinen Zügen lag der Ausdruck eines Menschen, der den knochigen Finger des Todes winken sieht.

Sechshundertneunzig Fuß. Siebenhundertfünfzig. Siebenhundertneunzig: Achthundert Fuß. Ich hatte noch nie von einem Unterseeboot gehört, das solche Tiefen erreicht hätte, ohne zugrunde zu gehen. Allem Anschein nach auch Kapitän Swanson nicht.

»Leute, wir haben soeben einen neuen Rekord aufgestellt«, sagte er. Seine Stimme klang ruhig und entspannt, und obwohl er viel zu klug war, um sich nicht zu fürchten, war weder seinem Ton noch seiner Haltung auch nur das geringste anzumerken. »Soviel ich weiß, wurde noch nie eine so große Tiefe registriert. Tauchgeschwindigkeit?«

»Unverändert.«

»Sie wird sich bald ändern. Der Torpedoraum muß jetzt so ziemlich gefüllt sein – bis auf die Tasche mit Druckluft.« Er warf einen Blick auf die Skala und klopfte nachdenklich mit dem Daumennagel gegen die Zähne: Für Swanson war das wahrscheinlich das Äquivalent eines hysterischen Anfalls. »Die Dieseltanks ausblasen ... Die Frischwassertanks ausblasen ...« So unerschütterlich es klang: Swanson war am Rande der Verzweiflung angelangt, denn diesen Rat hatte ihm die Verzweiflung eingeflüstert: Tausende Meilen von der Heimat und jeglichem Nachschub entfernt das gesamte Dieselöl und Frischwasser über Bord zu werfen, zwei kostbare Vorräte, die gegebenenfalls den Unterschied zwischen Leben und Tod bedeuten mochten ... In diesem Augenblick spielte das keine Rolle. Jetzt ging es nur darum, das Boot zu erleichtern.

»Hauptballasttanks leer!« meldete der Tauchoffizier. Seine Stimme klang heiser und gepreßt.

Swanson nickte stumm. Die Lautstärke der Preßluft war um mindestens fünfundsiebzig Prozent gesunken, und die jähe Stille wirkte unheimlich, beängstigend. Nun konnten uns nur noch die mäßigen Dieselöl- und Frischwasserreserven retten. Angesichts der Geschwindigkeit, mit der die *Dolphin* nach unten raste, war es mir unvorstellbar.

Hansen stand neben mir. Ich sah von seiner linken Hand Blut auf den Boden tropfen, und als ich näher hinsah, merkte ich, daß er sich zwei Finger gebrochen hatte. Es mußte im Torpedoraum geschehen sein. Im Augenblick kam es mir unwichtig vor. Sicherlich kam es ihm selber unwichtig vor. Er hatte es total vergessen.

Die Nadel des Manometers sank immer tiefer. Jetzt glaubte ich zu wissen, daß die *Dolphin* nicht mehr zu retten sei.

Eine Glocke ertönte. Swanson holte ein Mikrophon zu sich herab und drückte auf einen Knopf.

»Hier spricht der Maschinenraum«, ertönte eine blecherne Stimme. »Wir müssen die Geschwindigkeit herabsetzen. Die Hauptlager beginnen zu rauchen – jeden Augenblick können sie sich festfressen.«

»Umdrehungsgeschwindigkeit beibehalten ...« Swanson ließ das Mikrophon zurückschnellen.

Der junge Bursche am Tauchstand, der mit dem zuckenden Wangenmuskel und dem Nerventick, begann zu murmeln: »Oh, du lieber Gott – oh, du lieber Gott« – immer wieder, zuerst leise, dann mit einer Stimme, die die Skala zur Hysterie entlanglief. Swanson machte zwei Schritte und berührte seine Schulter. »Wenn ich bitten dürfte, junger Mann ... Ich kann kaum meine eigenen Gedanken hören.« Das Gemurmel verstummte, der junge Bursche saß still da, das Gesicht aus grauem Granit gemeißelt. Der Nerv in seinem Hals pochte wie ein Hämmerchen.

»Wie lange wird sie das noch aushalten?« fragte ich unbeschwert. Zumindest hätte es unbeschwert klingen sollen, aber es klang wie das Quaken eines asthmatischen Riesenfroschs.

»Leider bewegen wir uns jetzt in unbekannten Regionen«, erwiderte Swanson gelassen. »Über eintausend Fuß. – Wenn diese Skala stimmt, haben wir den theoretischen Implosionspunkt – den Punkt, wo der Rumpf in sich zusammenfällt – bereits um fünfzig Fuß überschritten. Momentan sind wir einem Druck von mehr als einer Million Tonnen ausgesetzt.«

Swansons Gelassenheit, seine eiskalte Ruhe waren verblüffend. Wenn es je den rechten Mann zur rechten Zeit am rechten Platz gegeben hat, dann war es Kapitän Swanson in der Zentrale eines durchgegangenen Unterseebootes, das in Tiefen hinabstieß, wie ein U-Boot sie noch nie erreicht hatte.

»Es geht langsamer«, flüsterte Hansen.

Swanson nickte. »Es geht langsamer.«

Wieder ertönte die Glocke aus dem Maschinenraum. Diesmal klang die Stimme flehend und desperat.

»Wir müssen bremsen, Herr Kapitän! Das Schaltgestänge läuft heiß. Wir sehen es glühen.«

»Warten Sie, bis es die Weißglut erreicht hat, dann dürfen Sie sich beklagen«, erwiderte Swanson barsch.

Wenn die Motoren zusammenbrechen, na, dann brechen sie eben zusammen. Aber bis dahin würde er ihnen den letzten Lebensfunken entreißen, um womöglich die *Dolphin* zu retten.

Wieder ertönte eine Glocke.

»Zentrale?« Die Stimme klang rauh und schrill. »Hier spricht die Mannschaftsmesse. Wasser beginnt hereinzusickern.«

Zum erstenmal verließen sämtliche Blicke den Tiefenmesser und richteten sich auf den Lautsprecher. Endlich gab der Rumpf unter dem phantastischen Druck, dem zermalmenden Gewicht nach. Ein einziges kleines Loch, ein winziger, fadendünner Riß als Ausgangspunkt, und die Druckhülle würde zerplatzen, zerspringen und platt werden wie ein Blechspielzeug unter einem Dampfhammer. Ein schneller Blick auf die entsetzten Gesichter verriet mir, daß allen dieser gleiche Gedanke durch den Kopf ging.

»Wo?« fragte Swanson.

»Steuerbordwand.«

»Wieviel?«

»Ein oder zwei Liter – es rieselt gerade nur an der Wand entlang. Aber es wird immerzu schlimmer. Um Gottes willen, Herr Kapitän, was sollen wir tun?«

»Was ihr tun sollt?« wiederholte Swanson. »Natürlich die verdammte Schweinerei aufwischen. Ihr wollt doch wohl nicht in einem schmutzigen Boot fahren, nein?« Er schaltete ab.

»Sie steht still – sie steht still . . .«

Sechs Wörter und ein Gebet. Ich hatte mich geirrt, als ich annahm, daß sämtliche Blicke am Lautsprecher hingen. Ein Augenpaar hatte keine Sekunde lang den Tiefenmesser verlassen, und diese Augen gehörten dem jungen Burschen am Tauchstand.

»Sie steht still«, bekräftigte der Tauchoffizier. Seine Stimme zitterte.

Schweigen ringsumher. Unbeachtet träufelte das Blut von Hansens zerschmetterten Fingern. Ich glaubte zum erstenmal auf Swansons Stirn einen matten Schweißglanz zu sehen, war aber meiner Sache nicht sicher. Noch immer schauderte unter unseren Füßen das Deck, während die gigantischen Motoren sich Mühe gaben, die *Dolphin* aus dieser tödlichen Tiefe emporzuheben, noch immer strömte die Druckluft zischend in die Diesel- und Frischwassertanks. Ich konnte den Tiefenmesser nicht mehr sehen, der Tauchoffizier war so nahe herangerückt, daß er ihn zum größten Teil verdeckte.

Neunzig Sekunden verstrichen, neunzig endlose Sekunden, während wir darauf warteten, daß das Meer in den Schiffsrumpf hereinbräche und uns zu sich holte. Dann sagte der Tauchoffizier: »Zehn Fuß. Aufwärts.«

»Bestimmt?« fragte Swanson.

»Einen Jahressold ...«

»Wir sind noch nicht überm Berg«, sagte Swanson in sanftem Ton. »Wir laufen noch immer Gefahr, daß die Druckhülle platzt – sie hätte schon vor geraumer Zeit platzen müssen. Noch hundert Fuß – das bedeutet zwei Tonnen weniger Druck auf dem Quadratfuß –, und wir haben meiner Meinung nach eine Chance, mit heiler Haut davonzukommen. Zumindest eine Chance von fünfzig zu fünfzig. Nachher steigt die Chance mit jedem Fuß Höhe, den wir gewinnen.«

»Wir steigen noch immer«, sagte der Tauchoffizier. »Wir steigen. Geschwindigkeit unbekannt.«

Swanson ging zum Tauchstand hin und studierte die langsame Bewegung der Tiefenmesserscheibe. »Wieviel Frischwasser ist übriggeblieben?«

»Dreißig Prozent.«

»Frischwasserballastklappen schließen. Alle Maschinen halbe Fahrt zurück.«

Das Dröhnen der Preßluft verhallte, und die Deckschwingungen legten sich fast zur Gänze, während die Umdrehungsgeschwindigkeit der Motoren von ›Äußerster Kraft‹ auf ›Halbe Fahrt‹ zurückging.

»Aufstiegsgeschwindigkeit unbekannt«, meldete der Tauchoffizier. »Hundert Fuß aufwärts.«

»Dieselölklappen schließen.« Das Dröhnen der Preßluft verstummte völlig. »Alle Maschinen langsame Fahrt zurück.«

»Wir steigen noch immer. Wir steigen.«

Swanson zog ein seidenes Taschentuch hervor und wischte sich das Gesicht und den Hals ab.

»Ich war doch ein bißchen besorgt«, sagte er, ohne sich an eine bestimmte Adresse zu wenden, »– meinetwegen soll man es wissen ...« Er griff nach einem Mikrophon, und ich hörte seine Stimme leise durchs Boot dröhnen.

»Hier spricht der Kapitän. Also – ihr könnt alle wieder Atem holen. Wir beherrschen die Situation. Es geht aufwärts. Des Interesses halber will ich erwähnen, daß wir noch immer mehr als dreihundert Fuß unterhalb der untersten Grenze liegen, die bisher ein U-Boot offiziell erreicht hat.«

Mir war zumute, als hätte man mich soeben durch die Walzen einer riesenhaften Mangel gezogen. Wir sahen alle so aus, als hätte man uns soeben durch die Walzen einer riesenhaften Mangel gezogen.

Hansen sagte: »Wenn wir erst einmal wieder in den Staaten sind – wissen Sie, was ich dann mache?«

»Ja«, erwiderte Swanson. »Sie scharren den letzten Cent zusammen, fahren nach Groton und veranstalten ein kolossales, verschwenderisches Fest zu Ehren der Leute, die dieses Boot gebaut haben. Aber Sie kommen zu spät, Herr Oberleutnant. Mir ist es zuerst eingefallen.« Er verstummte jäh und fuhr in scharfem Ton fort: »Was haben Sie denn an der Hand?«

Hansen hob die linke Hand und betrachtete sie verwundert. »Ich wußte nicht einmal, daß ich mich gekratzt hatte. Es muß die verdammte Tür im Torpedoraum gewesen sein. Herr Doktor, wir besitzen einen Verbandkasten. Würden Sie die Güte haben, mich zu behandeln?«

»Das haben Sie gut gemacht, John«, sagte Swanson mit Wärme. »Ich meine, daß Sie die Tür zugekriegt haben. Es wird nicht einfach gewesen sein.«

»Das war es bei Gott nicht. Aber die Ehre gebührt unserem Freund Carpenter«, erwiderte Hansen. »Ihm hat man auf die

Schulter zu klopfen. Er hat die Tür zugekriegt, nicht ich. Und wenn wir sie nicht zugekriegt hätten –«

»– Oder wenn ich Ihnen erlaubt hätte, die Rohre zu laden, als Sie gestern abend zurückgekehrt waren ...«, fügte Swanson grimmig hinzu, »... als wir mit weitgeöffneten Luken auf dem Wasser lagen ... Wir würden jetzt in achttausend Fuß Tiefe gelandet und mausetot sein.«

Hansen zog plötzlich die Hand zurück.

»Mein Gott!« sagte er zerknirscht. »Ich hatte es vergessen. Kümmern Sie sich nicht um die dumme Hand. George Mills, unser Torpedooffizier – es hat ihn ordentlich erwischt. Behandeln Sie ihn zuerst. Oder schicken wir Doktor Benson zu ihm.«

Ich nahm seine Hand. »Es hat keine Eile. Zuerst Ihre Finger. Mills spürt nichts mehr.«

»Du lieber Himmel!« Verwunderung lag in Hansens Miene, vielleicht Empörung über meine Kaltschnäuzigkeit. »Wenn er wieder zu sich kommt –«

Ich unterbrach ihn. »Er wird nicht mehr zu sich kommen. Oberleutnant Mills ist tot.«

»Wie?« Swansons Finger vergruben sich tief, schmerzhaft in meinem Arm. »Sagten Sie ›tot‹?«

»Die Wassersäule aus dem Rohr Nummer vier kam wie ein Schnellzug angebraust«, sagte ich müde. »Sie hat ihn gegen die Wand geschleudert und ihm den Hinterkopf wie eine Eierschale zerschmettert. Er muß auf der Stelle tot gewesen sein.«

»Junker George Mills«, murmelte Swanson. Er war sehr blaß geworden. »Armer Teufel. Seine erste Fahrt mit der *Dolphin*. Und jetzt – einfach ausgelöscht.«

»Ermordet«, sagte ich.

»Wie ...? Was haben Sie gesagt?«

»Ermordet«, antwortete ich. »Und damit meine ich ›ermordet‹.«

Swanson starrte mich lange an, mit völlig ausdrucksloser Miene, aber seine Augen sahen trüb, verhärmt und plötzlich irgendwie alt aus. Er drehte sich hastig um, ging zu dem Tauchoffizier hin, sagte ein paar Worte zu ihm und kehrte zurück.

»Kommen Sie«, sagte er unvermittelt. »Sie können Hansens Hand in meiner Kajüte verbinden.«

7

»Sind Sie sich über den Ernst Ihrer Behauptung im klaren?« fragte mich Swanson. »Sie erheben eine schwere Anklage . . .«

»Ach, lassen wir das sein«, antwortete ich unhöflich. »Wir sind nicht im Gerichtssaal, und ich klage niemanden an. Ich behaupte nur, daß ein Mord begangen worden ist. Wer die Bugklappentür offengelassen hat, ist unmittelbar für den Tod des Torpedooffiziers verantwortlich.«

»Was soll das heißen: ›Wer die Tür offengelassen hat‹? Es könnte natürliche Ursachen gehabt haben. Und sogar wenn jemand die Tür offengelassen hat, dürfen Sie nicht einen Menschen als Mörder hinstellen, nur weil er nachlässig oder vergeßlich war oder weil –«

»Herr Kapitän«, sagte ich, »ich gebe feierlich zu Protokoll, daß Sie meiner Meinung nach und aller Wahrscheinlichkeit nach der beste Marineoffizier sind, dem ich je begegnet bin. Aber in dieser Hinsicht der beste sein, heißt noch lange nicht, in jeder Hinsicht der beste sein. In Ihrer Bildung klaffen erhebliche Lükken, Herr Kapitän, besonders, wenn es sich um die subtileren Nuancen menschlicher Niedertracht handelt. Dazu gehört eine besonders niedrige und listige Denkungsart, die Sie leider nicht besitzen. Sie sagen – ›eine durch natürliche Ursachen geöffnete Tür‹ . . . Was für natürliche Ursachen?«

»Wir sind einige Male heftig gegen das Eis angerannt«, erwiderte Swanson langsam. »Dabei könnte die Tür aufgesprungen sein . . .«

»Die Kontrollampen zeigten grünes Licht.«

»Eine Tür kann ein wenig offenstehen, ohne den Sicherheitskontakt zu unterbrechen.«

»Ein wenig offenstehen! Warum, glauben Sie, ist Mills tot? Wenn Sie je den Wasserstrahl gesehen haben, der in einem Wasserkraftwerk die Turbinenschaufeln trifft, dann wissen Sie, wie das Wasser hereinschoß. Ein wenig offen? Du lieber Gott! Wie werden diese Türen betätigt?«

»Auf zweifache Art. Fernsteuerung, hydraulisch – man drückt auf einen Knopf. Im Torpedoraum selbst befinden sich Hebel, die mit der Hand betätigt werden.«

Ich wandte mich an Hansen. Er saß neben mir auf der Koje.

Sein Gesicht war blaß, während ich seine gebrochenen Finger schiente.

Ich sagte: »Die Handhebel ... Standen sie auf ›Zu‹?«

»Sie haben selber gehört, wie ich es festgestellt habe. Natürlich! Das wird zuallererst kontrolliert.«

»Jemand kann Sie nicht leiden«, sagte ich zu Swanson. »Oder er kann die *Dolphin* nicht leiden. Oder er wußte, daß die *Dolphin* auf der Suche nach den Überlebenden der ›Zebra‹ ist, und das konnte er nicht leiden. Deshalb wurde Sabotage verübt. Erinnern Sie sich: Sie waren ziemlich verwundert, weil Sie den Trimm der *Dolphin* nicht zu korrigieren brauchten. Sie hatten die Absicht gehabt, langsam zu tauchen, um die Gleichgewichtslage unter Wasser zu kontrollieren, weil Sie annahmen, sie würde dadurch beeinträchtigt sein, daß in den vorderen Rohren keine Torpedos steckten. Aber welche Überraschung? Es bedurfte keiner Korrektur.«

»Ich höre«, sagte Swanson gelassen. Jetzt hatte er sich zu meinem Standpunkt bekehrt. Restlos. Er zog die eine Braue hoch, während wir das Wasser in die Tanks zurückrauschen hörten. Der Tochtertiefenmesser in der Kapitänskajüte registrierte 200 Fuß. Swanson mußte dem Tauchoffizier befohlen haben, in dieser Tiefe das Boot abzufangen. Der Bug war noch immer in einem Winkel von etwa 25° nach unten gerichtet.

»Die Korrektur erwies sich als überflüssig, weil einige Rohre bereits mit Wasser gefüllt waren. Wer weiß, vielleicht ist Nummer drei, das Rohr, das wir geprüft und in Ordnung befunden haben, das einzige, das nicht voller Wasser ist. Unser schlauer kleiner Liebling ließ die Türen offen, schaltete die Handhebel aus, so daß sie auf ›Zu‹ standen, obwohl die Türen offen waren, und vertauschte ein paar Drähte in einem Abzweigkasten, so daß die Kontrollampen bei offenen Türen grünes und bei geschlossenen Türen rotes Licht zeigten. Einer, der Bescheid weiß, kann das in wenigen Minuten deichseln. Zwei Mann, die Bescheid wissen, schaffen es im Handumdrehen. Ich wette, was Sie wollen: Sobald Sie Gelegenheit haben, eine Kontrolle durchzuführen, wird sich herausstellen, daß die Handhebel ausgeschaltet, die Drähte vertauscht und die Einläufe der Prüfhähne mit Siegelwachs, schnelltrocknender Farbe oder vielleicht sogar mit Kaugummi verstopft sind, damit, wenn man sie öffnet, nichts zu merken ist und man annehmen muß, die Rohre seien leer.«

»So ein Schwein«, sagte Swanson ruhig. »Um ein Haar wären

wir alle diesem Mörder zum Opfer gefallen. Ja, wären uns nicht der liebe Gott und die Schiffsbauer der Groton-Werft gnädig gewesen, hätte er uns alle umgebracht.«

»Das hatte er nicht beabsichtigt«, entgegnete ich. »Er wollte niemanden umbringen. Sie hatten vorgehabt, in Holy Loch, bevor Sie absegelten, ein langsames Tauchmanöver durchzuführen, um den Trimm zu kontrollieren. Das haben Sie mir selber erzählt. Hatten Sie es der Besatzung mitgeteilt, im Tagesbefehl an der Anschlagtafel oder auf andere Weise?«

»Mündlich und schriftlich.«

»Also wußte unser Liebling Bescheid. Er wußte auch, daß diese Kontrollen durchgeführt werden, solange das Boot noch obenauf schwimmt oder knapp unters Wasser getaucht ist. Hätten Sie die Rohre geprüft, wäre Wasser hereingeströmt, gerade so viel, daß man die hinteren Türen nicht mehr aufgekriegt hätte, aber nicht unter so hohem Druck, daß Sie nicht Zeit gehabt hätten, die Tür im vorderen Kollisionsschott zu schließen und einen geordneten Rückzug anzutreten. Was wäre passiert? Nicht viel. Im schlimmsten Fall wären sie langsam auf den Boden hinuntergesunken und dort liegen geblieben — in einer für die *Dolphin* durchaus ungefährlichen Tiefe. Bei einem der U-Boote, wie sie vor zehn Jahren üblich waren, hätte es eine Katastrophe bedeutet — wegen der geringen Luftzufuhr: Heute nicht mehr, weil Ihnen heute Ihre Luftreinigungsaggregate erlauben, monatelang unten zu bleiben. Sie schicken lediglich Ihre Alarmboje nach oben, melden telefonisch den Vorfall, setzen sich hin und trinken Kaffee, bis ein Marinetaucher erscheint und die Bugklappen schließt. Dann wird der Torpedoraum leergepumpt, und man taucht wieder auf. Unser unbekannter Freund — oder, sagen wir, unsere Freunde — wollten keinem Menschen auch nur ein Haar krümmen. Sie wollten nur Ihre Abfahrt verzögern. Und es wäre ihnen gelungen. Wir wissen jetzt, daß die *Dolphin* aus eigener Kraft hochgekommen wäre, aber Ihre Vorgesetzten würden trotzdem darauf bestanden haben, daß sie ins Dock wandert und zwei Tage lang auf Herz und Nieren geprüft wird.«

»Warum sollte jemand ein Interesse daran gehabt haben, unsere Abfahrt zu verzögern?« fragte Swanson.

Ich glaubte, in seiner Miene einen unnötig nachdenklichen Ausdruck festzustellen, aber das war schwer zu entscheiden, weil Kapitän Swansons Miene immer genau das verriet, was er verraten wollte, aber kein Jota mehr.

»Ja, du lieber Gott, bilden Sie sich ein, daß ich diese Frage beantworten kann?« sagte ich gereizt.

»Nein, nein – das bilde ich mir nicht ein.« Er hätte es nachdrücklicher betonen können. »Sagen Sie mal, Doktor Carpenter, glauben Sie, daß der Schuldige unter den Mitgliedern meiner Besatzung zu suchen ist?«

»Brauche ich wirklich darauf zu antworten?«

»Wohl kaum ...« Er seufzte. »Auf dem Boden des Nördlichen Eismeers zu landen ist keine sehr reizvolle Methode, Selbstmord zu begehen. Wenn einer meiner Leute das Ding gedreht hätte, würde er die Sache schleunigst wieder geordnet haben, sobald er merkte, daß wir darauf verzichteten, in seichten Gewässern eine Gleichgewichtsprobe durchzuführen. Es bleiben also nur die schottischen Werftarbeiter übrig. – Jeder einzelne ist dreifach, zehnfach überprüft und als hundertprozentig zuverlässig abgestempelt worden.«

»Das bedeutet nichts. In Moskauer Luxushotels und in englischen und amerikanischen Zuchthäusern wimmelt es von Leuten, die als hundertprozentig zuverlässig galten ... Was gedenken Sie jetzt zu tun, Herr Kapitän? Ich meine – in bezug auf die *Dolphin?*«

»Ich habe es mir überlegt. Unter normalen Umständen würde man die Bugkappe von Nummer vier schließen, den Torpedoraum leerpumpen, dann hineingehen und die hintere Tür schließen. Aber die Bugkappentür geht nicht zu. Eine Sekunde, nachdem John uns mitgeteilt hatte, daß Nummer vier nach dem Meer zu offen ist, drückte der Tauchoffizier auf den hydraulischen Knopf, der die Fernsteuerung auslöst. Sie haben selber gesehen, daß nichts geschah. Die Tür muß verklemmt sein.«

»Darauf können Sie Gift nehmen«, erwiderte ich finster. »Mit einem Schmiedehammer könnte man vielleicht etwas ausrichten, aber nicht mit Schaltknöpfen!«

»Ich könnte in die Rinne zurückkehren, die wir soeben verlassen haben, auftauchen und einen Taucher unters Eis schicken, damit er den Schaden untersucht und nachschaut, was sich machen ließe, aber ich will von niemandem verlangen, daß er sein Leben aufs Spiel setzt. Ich könnte ins offene Meer retirieren, auftauchen und dort den Schaden beheben, aber das wäre nicht nur eine verteufelt langsame und unbehagliche Fahrt, solange die *Dolphin* schief liegt – es würde außerdem mehrere Tage dauern, bevor wir wieder hier angedampft kämen. Einige der Überlebenden der Zebra sind übel dran. Vielleicht würde es zu spät sein.«

»Also, Herr Kapitän«, sagte ich, »der Mann, den Sie brauchen, steht vor Ihnen. Ich sagte Ihnen gleich bei unserer ersten Begegnung, daß Milieustudien meine Spezialität sind, besonders, wenn es sich um den extremen Druck handelt, dem Menschen ausgesetzt sind, die aus einem U-Boot flüchten. Ich habe eine ganze Reihe exakt simulierter Manöver mitgemacht, Herr Kapitän. Ich verstehe recht viel von anomalen Druckverhältnissen, ich weiß, wie man sie zu bewältigen hat, und ich weiß, wie ich auf sie reagiere.«

»Was schwebt Ihnen vor?«

»Sie wissen sehr genau, was mir vorschwebt«, erwiderte ich ungeduldig. »Man bohrt ein Loch in die Tür der hinteren Kollisionswand, schraubt einen Hochdruckschlauch ein, öffnet die Tür, schiebt jemanden in den engen Zwischenraum zwischen den beiden Kollisionsschotts und betätigt den Schlauch, bis der Druck zwischen den beiden Kollisionswänden dem im Torpedoraum herrschenden Druck angepaßt ist. Die vordere Kollisionstür ist nicht verriegelt. Sowie die Druckbalance hergestellt ist, läßt sie sich mit dem kleinen Finger öffnen. Man geht in den Torpedoraum, schließt die Rohrtür Nummer vier und spaziert davon. Das hat Ihnen vorgeschwebt, nicht wahr?«

»Mehr oder weniger. Abgesehen davon, daß Sie nichts damit zu tun haben. Jeder einzelne Mann an Bord der *Dolphin* hat Ausstiegsmanöver mitgemacht. Alle kennen die Wirkung des Wasserdrucks. Und die meisten sind bedeutend jünger als Sie.«

»Wie Sie wollen«, erwiderte ich. »Aber das Alter hat mit der Widerstandskraft wenig zu tun. Ich habe junge Männer, kräftige, harte, gut durchtrainierte junge Burschen unter ähnlichen Bedingungen völlig zusammenbrechen sehen, ich habe erlebt, wie sie fast wahnsinnig wurden und um jeden Preis 'raus wollten, nur 'raus ... Es handelt sich um eine sehr heikle Kombination physischer und psychischer Faktoren.«

»Lieber Herr Doktor«, sagte Swanson bedächtig, »ich wüßte niemanden, auf den ich mich lieber verließe als auf Sie. Aber Sie haben eine Kleinigkeit übersehen. Was wird der Chef der Atlantischen Unterseebootflotte dazu sagen, wenn er erfährt, daß ich an

Stelle eines meiner eigenen Matrosen einen Zivilisten losgeschickt habe.«

»Ich weiß, was er sagen wird, wenn Sie mich zurückhalten. Er wird sagen: ›Wir müssen Fregattenkapitän Swanson zum Leutnant degradieren, weil er einen anerkannten Experten an Bord der *Dolphin* hatte und sich aus sturem Stolz weigerte, die Sachkenntnis dieses Mannes auszunützen, wodurch er das Leben seiner Besatzung und die Sicherheit des Bootes aufs Spiel setzte‹.«

Swanson sah Hansen an. »Was meinen Sie, John?«

»Ich habe schon weniger tüchtige Leute getroffen als Doktor Carpenter«, erwiderte Hansen. »Außerdem dürfte seine Nervosität, sein Hang, in Panik zu geraten, mit einem Sack Portland-Zement konkurrieren können.«

»Er besitzt Qualifikationen, die man nicht von einem durchschnittlichen Arzt erwartet«, sagte Swanson zustimmend. »Ich akzeptiere dankbar Ihr Anerbieten. Einer meiner Leute wird Sie begleiten. Damit ist sowohl dem Gebot des gesunden Menschenverstandes als auch dem der Ehre Genüge getan.«

Gar so angenehm war es nicht, bei weitem nicht, aber auch nicht gar so schrecklich. Es verlief genauso, wie man es hätte voraussagen können. Vorsichtig schob Swanson die *Dolphin* nach oben, bis ihr Heck sich knapp einen Meter unter dem Eis befand. Damit wurde der Druck im Torpedoraum auf ein Minimum herabgemindert. Trotzdem befand sich der Bug noch immer in einer Tiefe von etwa dreißig Metern.

Ein Loch wurde in die Tür der hinteren Kollisionswand gebohrt und ein armierter Hochdruckschlauch eingeschraubt. Ein junger Torpedomatrose und ich – in porösen Gummianzügen, mit je einem Atmungsgerät versehen – begaben uns in die enge Lücke zwischen den beiden Kollisionsschotts. Preßluft strömte zischend zu uns herein. Langsam nahm der Druck zu: anderhalb, zwei, zweieinhalb, drei Atmosphären. Ich spürte die Belastung der Lungen und Ohren, den Schmerz hinter den Augäpfeln, die leichte Benommenheit, verursacht durch die Giftwirkung des reinen Sauerstoffs, den man bei solchem Druck einatmet. Aber ich war daran gewöhnt, ich wußte, es würde mir nicht den Garaus machen. Ich fragte mich, ob auch Murphy sich darüber im klaren sei. Das war das Stadium, da die meisten Menschen der vereinten physischen und seelischen Belastung nicht mehr gewachsen sind.

Wenn aber Murphy Angst hatte oder unter körperlichen Beschwerden litt, wußte er es gut zu vertuschen. Swanson hatte sich natürlich den besten Mann ausgesucht, und um in solcher Gesellschaft der Beste zu sein, mußte Murphy schon etwas ganz Besonderes sein.

Wir lockerten die Riegel an der Tür im vorderen Kollisionsschott, und als der Druck sich auszugleichen begann, klappten wir sie vorsichtig hoch. Im Torpedoraum stand das Wasser ungefähr einen halben Meter über der Schwelle. Als die Tür aufging, schäumte es weißlich gischtend in die Kollisionskammer, während hinter uns komprimierte Luft hervorzischte, um den herabgeminderten Luftdruck im Torpedoraum zu balancieren. Etwa zehn Sekunden lang mußten wir uns verzweifelt anklammern, um die Tür festzuhalten und nicht das Gleichgewicht zu verlieren, während Wasser und Luft in einem siedenden Mahlstrom miteinander kämpften und rangen, um ihr natürliches Niveau zu erreichen. Die Tür wurde weit aufgerissen. Am Kollisionsschott stand das Wasser nun etwa fünfundsiebzig Zentimeter hoch und erstreckte sich bis zum oberen Rande der Bugwand. Wir stiegen über die Schwelle weg, knipsten unsere wasserdichten Stablampen an und tauchten unter.

Die Temperatur betrug etwa 28° Fahrenheit – etwa minus 2° Celsius. Unsere porösen Gummianzüge waren eigens für den Aufenthalt in eiskaltem Wasser konstruiert, trotzdem japste ich nach Luft – soweit man japsen kann, wenn man unter schwerem Druck reinen Sauerstoff einatmet. Aber wir beeilten uns. Je länger wir uns dort aufhielten, desto länger würde nachher der Prozeß der Druckverminderung dauern. Halb wateten, halb schwammen wir ans Bugende des Raumes, fanden die hintere Tür des Rohres Nummer vier und machten sie zu, aber erst, nachdem ich schnell einen Blick ins Innere des Druckhahns geworfen hatte. Die Tür selbst schien unbeschädigt zu sein: Der arme Mills hatte mit seinem Körper ihre Pendelwucht aufgefangen und verhindert, daß sie aus den Angeln gerissen wurde. Sie war in keiner Weise verbogen und paßte exakt in die Fugen. Wir befestigten den Sperrriegel und kehrten um.

Als wir wieder in der Kollisionskammer angelangt waren, meldeten wir uns mit dem verabredeten Klopfzeichen. Fast sogleich ließ sich das gedämpfte Surren der mit Höchstgeschwindigkeit arbeitenden Saugpumpen vernehmen, die im Torpedoraum zu arbeiten begannen und das Wasser entfernten. Langsam fiel der Pegel, und damit nahm auch ebenso langsam der Luftdruck ab. Grad um Grad begann die *Dolphin* wieder gleichlastig zu werden. Nachdem das Wasser schließlich unter das Niveau der vorderen Schwelle gesunken war, gaben wir abermals ein Signal, und die restliche Preßluft wurde sachte durch den Schlauch abgesaugt.

Als ich ein paar Minuten später den Gummianzug ablegte, fragte Swanson: »Ist alles glattgegangen?«

»Ja. Sie haben sich einen tüchtigen Mann ausgesucht. Ich meine Murphy.«

»Ich kenne keinen tüchtigeren. Vielen Dank, Herr Doktor.« Er senkte die Stimme. »Sie haben nicht zufällig –«

»Das wissen Sie ganz genau. Natürlich habe ich zufällig ... Nicht Wachs, nicht Lack, nicht Kaugummi ... Leim, Herr Kapitän. Mit Leim hat man den Zulauf zu dem Prüfhahn abgedichtet.«

Die *Dolphin* erzitterte vom Bug bis ans Heck, als der Torpedo aus seinem Rohr hervorzischte: Rohr Nummer drei, das einzige, auf das Swanson sich unbesorgt verlassen durfte.

»Auszählen«, sagte Swanson zu Hansen. »Sagen Sie mir, wann es treffen soll – sagen Sie mir, wann wir es hören sollen.«

Hansen betrachtete die Stoppuhr in seiner bandagierten Hand und nickte. Langsam verstrichen die Sekunden. Ich sah, wie Hansens Lippen sich stumm bewegten, dann sagte er: »Es müßte aufschlagen – jetzt ...« Und zwei bis drei Sekunden später: »Wir müßten es hören – jetzt ...«

Der Mann, der für die Einstellung und die Zeitberechnung verantwortlich war, hatte sein Handwerk verstanden. Gerade bei Hansens zweitem »Jetzt!« hörten und spürten wir gleichzeitig die klingenden Vibrationen des Bootsrumpfes, welche die durch die Explosion des Sprengkopfes ausgelösten Stoßwellen erzeugten. Nur ganz kurz erbebte das Deck unter unseren Füßen. Es war bei weitem nicht so schlimm, wie ich befürchtet hatte. Ich atmete auf. Ich brauchte kein Hellseher zu sein, um zu wissen, daß alle aufatmeten. Noch nie hatte ein U-Boot sich in der Nähe eines unter dem Packeis detonierenden Torpedos befunden. Niemand hatte gewußt, bis zu welchem Grade die dämpfende Wirkung der Eisschicht den Druck und die Zerstörungskraft der seitlichen Stoßwellen steigern würde.

»Hübsch«, murmelte Swanson. »Wirklich sehr hübsch gemacht.

... Beide Maschinen kleine Fahrt voraus! Hoffentlich hat das Eis mehr abbekommen als wir.«

Er wandte sich zu Benson, der vor der Eismaschine saß.

»Verständigen Sie uns, sowie wir die Rinne erreicht haben, ja?«

Dann begab er sich an den Koppeltisch.

Raeburn blickte auf und sagte: »Fünfhundert Meter haben wir hinter uns – fünfhundert haben wir noch zurückzulegen.«

»Alle Maschinen stop!« befahl Swanson.

Das leise Vibrieren der Motoren hörte auf.

»Wir werden uns sehr vorsichtig heranschleichen. Die Explosion könnte tonnenschwere Eisblöcke ziemlich tief ins Meer geschleudert haben. Ich möchte möglichst gar keine Fahrt haben, wenn wir einem dieser Brocken auf seinem Weg nach oben begegnen.«

»Noch dreihundert Meter«, sagte Raeburn.

»Alles klar! Ringsum alles klar!« meldete der Sonarraum.

»Noch immer dünnes Eis!« rief Benson. »Ah – jetzt haben wir's. Wir befinden uns unter der Rinne. Dünnes Eis. Etwa fünf bis sechs Fuß.«

»Zweihundert Meter«, sagte Raeburn. »Es stimmt.«

Langsam glitten wir weiter. Auf Swansons Befehl drehten sich die Propeller einige Male, standen dann wieder still.

»Fünfzig Meter«, sagte Raeburn. »Genügend nahe.«

»Eisdicke?«

»Unverändert. Ungefähr fünf Fuß.«

»Geschwindigkeit?«

»Ein Knoten.«

»Position?«

»Genau eintausend Meter. Direkt unter dem Zielbereich.«

»Und nichts auf der Eismaschine? Gar nichts?«

»Nichts.« Benson zuckte die Schultern und sah Swanson an. Der Kapitän ging zu ihm hin und sah zu, wie der mit Tinte getränkte Griffel seine waagrechten Striche auf das Papier ätzte.

»Eigenartig, gelinde gesagt«, murmelte Swanson. »Siebenhundert Pfund hochgradiges Amatol. Das Eis muß in diesen Gegenden besonders zäh sein. Abermals gelinde gesagt. Wir gehen bis zu neunzig Fuß hoch und kreuzen eine Weile unter dem Bereich. Scheinwerfer einschalten – Fernsehgerät einschalten!«

Wir gingen also bis zu neunzig Fuß hoch und kreuzten eine

Weile, und nichts kam dabei heraus. Das Wasser war völlig undurchsichtig, Scheinwerfer und Fernsehkamera konnten nichts ausrichten. Die Eismaschine verzeichnete hartnäckig vier bis sechs Fuß (exakter ließ es sich nicht messen).

»Also, da ist offenbar nichts mehr zu erwarten«, sagte Hansen. »Wollen wir umkehren und noch einmal 'rangehen?«

»Ich weiß nicht recht«, murmelte Swanson nachdenklich. »Was meinen Sie dazu, wenn wir versuchten, uns durchzuboxen?«

»Uns durchboxen?« Hansen war gar nicht einverstanden. Ich ebensowenig. »Durch fünf Fuß dickes Eis?«

»Ich schwanke. Wir sind von unbewiesenen Annahmen ausgegangen, und das ist immer gefährlich. Wir haben angenommen, daß der Torpedo, wenn er das Eis nicht in Stücke schlägt, zumindest eine Bresche öffnen wird. Vielleicht geht es ganz anders zu. Vielleicht entsteht nur ein starker Druck, der sich über einen ziemlich großen Bereich verteilt, das Eis emporstößt und in recht umfangreiche Brocken zerbricht, die dann ganz einfach wieder ins Wasser zurücksinken und ihre ursprüngliche Lage einnehmen nach dem Muster eines ausgetrockneten Schlammtrichters mit winzigen Rissen rund um die einzelnen Teile. Ja, mit Rissen. Es sind schmale Risse, aber Risse, so schmal, daß die Eismaschine sie auch bei unserer langsamen Fahrt nicht registrieren kann.« Er wandte sich an Raeburn. »Unsere Position?«

»Immer noch im Zentrum des Zielbereichs, Sir.«

»Gehen wir nach oben, bis wir das Eis berühren.«

Er brauchte nicht hinzuzufügen, daß Vorsicht geboten sei. Der Tauchoffizier führte das Boot wie treibenden Distelflaum nach oben, bis wir einen sachten Stoß verspürten.

»Still liegen«, befahl Swanson. Er musterte den Bildschirm des Fernsehgeräts, aber das Wasser war so undurchsichtig, daß bereits in halber Höhe des Segels alle Konturen verschwammen. Er nickte dem Tauchoffizier zu. »Nach oben stoßen — fest!«

Preßluft zischte in die Ballasttanks, Sekunden verstrichen, ohne daß etwas geschah. Dann erzitterte die *Dolphin* urplötzlich. Etwas sehr Schweres und sehr Massives schien gegen den Rumpf zu prallen. Eine kurze Pause, abermals ein Stoß, dann sahen wir die Kante einer gewaltigen Eisscholle über den Bildschirm herabgleiten.

»Also, jetzt glaube ich fast, daß ich recht behalten habe«, bemerkte Swanson. »Wir scheinen einen Riß zwischen zwei Eisbrocken fast genau in der Mitte erwischt zu haben. Tiefe?«

»Fünfundvierzig.«

»Fünfzehn Fuß hoch aus dem Wasser. Und ich glaube nicht, daß wir damit rechnen dürfen, die vielen Tonnen Eis zu bewältigen, die auf dem übrigen Teil des Rumpfes lasten. Reichlich Auftrieb?«

»Mehr als genug.«

»Dann lassen wir es dabei bewenden. Steuermann, Sie gehen sofort nach oben und berichten, wie das Wetter ist.«

Ich wartete nicht auf den Wetterbericht. Freilich interessierte er mich sehr, aber noch mehr lag mir daran, mich nicht von Hansen in seiner Kabine dabei ertappen zu lassen, wie ich nicht nur mein Pelzwerk anzog, sondern auch die Mannlicher-Schoenauer zu mir steckte. Diesmal aber verstaute ich sie nicht in dem Spezialfutteral, sondern in der Außentasche meiner Karibu-Hose. Ich dachte, dort würde sie mir bequemer zur Hand sein.

Es war Punkt zwölf Uhr mittags, als ich über den Rand der Brücke kletterte und ein lose baumelndes Seil benützte, um an einer großen Eisscholle entlangzuschlittern, die steil bis fast zur Spitze des Segels anstieg. Am Himmel war es ungefähr so hell wie in später Winterdämmerung, wenn er mit grauen, schweren Wolken bedeckt ist. Die Luft war so bitterkalt wie nur je; trotzdem hatte das Wetter sich gebessert. Der Wind hatte sich nach Nordost gedreht und ordentlich nachgelassen. Seine Geschwindigkeit betrug nur noch selten mehr als dreißig Stundenkilometer, und die Eisnadeln erhoben sich kaum einen halben oder höchstens einen Meter über das Packeis. Sie kratzten einem nicht mehr die Augen aus.

Wir waren insgesamt elf Personen: Kapitän Swanson, Dr. Benson, acht Matrosen und ich. Vier Mann hatten Tragbahren mit.

Sogar die siebenhundert Pfund des kräftigsten Sprengstoffs, der für Geld zu haben ist, hatten der Eisschicht keinen sehr großen Schaden zuzufügen vermocht. In einem Umkreis von etwa hundert Quadratmetern war das Eis in große, seltsam einheitlich geformte, ungefähr sechseckige Bruchstücke zerborsten, die sich aber wieder so exakt zusammengelegt hatten, daß man in die meisten Spalten zwischen benachbarten Eisbrocken nicht einmal eine Hand hätte hineinzwängen können. Viele dieser Risse begannen sich sogar schon wieder zu schließen. Eine recht klägliche Leistung für einen Torpedosprengkopf – aber vielleicht durften wir von Glück sagen, daß wir so viel erreicht hatten.

Wir marschierten an den Ostrand der Rinne, kletterten auf das eigentliche Packeis hinauf und drehten uns um, um uns nach dem starr in den düsteren Himmel emporgereckten weißen Finger des Scheinwerfers zu orientieren. Diesmal liefen wir keine Gefahr, uns zu verirren. Solange der Wind sich ruhig verhielt und die Eisnadeln am Boden entlangkrochen, war die Lampe im Fenster auf eine Entfernung von zehn Kilometern zu sehen.

Wir brauchten nicht einmal zu peilen. Ein paar Schritte weiter, ein paar Schritte bergan, und da lag sie vor uns: die Treibeis-Station Zebra. Drei Hütten, eine davon halb verkohlt, fünf geschwärzte Skelette, die früher einmal Baracken gewesen waren. Ein Bild der Verwüstung.

»Das also ist die ›Zebra‹«, sagte Swanson mir ins Ohr. »Vielmehr der traurige Rest. Ich habe einen langen Weg zurückgelegt, um dieses Bild zu sehen.«

»Beinahe hätten Sie einen noch weiteren Weg zurückgelegt, ohne es jemals zu sehen«, erwiderte ich leise. »Ich meine, bis auf den Grund des Nördlichen Eismeeres. Ein erfreulicher Anblick, nein?«

Langsam den Kopf schüttelnd, ging er weiter. Wir hatten nur noch hundert Meter zu bewältigen. Ich ging zu der nächstgelegenen unversehrten Hütte voraus, öffnete die Tür und trat ein.

Drin war es um etwa zwanzig Grad wärmer als beim letztenmal, aber noch immer schneidend kalt. Nur Zabrinski und Rawlings waren wach. Es roch nach Ofenrauch, Desinfektionsmitteln, Jod, Morphium und nach dem eigenartigen Aroma eines besonders widerlich aussehenden Ragouts, das in einer Blechschale auf dem niedrigen Öfchen brutzelte und in dem Rawlings eifrig umherstocherte.

»Ach, da seid ihr ja«, sagte Rawlings in lässigem Gesprächston. »Der Zeitpunkt ist gut gewählt – gleich klingelt es zu Tisch, Herr Kapitän. Eine Portion Hühnerragout à la Maryland gefällig?«

»Danke, im Augenblick nicht, Rawlings«, antwortete Swanson höflich. »Die Sache mit dem Knöchel tut mir leid, Zabrinski. Wie geht es denn?«

»Ausgezeichnet, Herr Kapitän, ausgezeichnet. Im Gipsverband.« Er streckte steif den kranken Fuß von sich. »Doktor Jolly hat sich sehr um mich bemüht ... Hatten Sie es gestern nacht sehr schwer?« Diese Frage war an mich gerichtet.

»Doktor Carpenter hat gestern nacht viel mitgemacht«, sagte Swanson. »Und nachher haben wir alle miteinander nichts zu lachen gehabt. Aber davon später. Her mit den Tragen! Zabrinski, Sie als erster. Und Sie, Rawlings, können aufhören, Escoffier zu mimen. Bis zur *Dolphin* sind es keine zweihundert Meter. In einer halben Stunde seid ihr, alle Mann hoch, an Bord.«

Ich hörte hinter mir ein schlurfendes Geräusch. Dr. Jolly war aufgestanden und half Kapitän Folsom auf die Beine. Folsom machte einen noch geschwächteren Eindruck als am Vortage. Sein Gesicht war zwar bandagiert, aber die Brandschäden schienen sich verschlimmert zu haben.

Ich stellte vor. »Kapitän Folsom ... Doktor Jolly ... Dies ist Fregattenkapitän Swanson, Kommandant der *Dolphin* ... Doktor Benson.«

»Doktor Benson? Sagten Sie ›Doktor‹, old Boy?« Jolly zog die Brauen hoch. »Bei allen Göttern, was für eine Konkurrenz der Pillendreher! Und Kapitäne! Aber wir freuen uns, die Herren begrüßen zu dürfen.«

»Das kann ich verstehen«, erwiderte Swanson mit seinem gewohnten Lächeln. Er betrachtete die regungslos auf dem Fußboden ausgestreckten Männer, die man für tot hätte halten können, hätte sich nicht ihr flacher Atem in der Kälte sogleich zu weißem Dunst verdichtet, und sein Lächeln erlosch.

Er sagte zu Kapitän Folsom: »Ich finde keine Worte, um Ihnen mein Beileid auszudrücken. Es ist einfach entsetzlich.«

Folsom murmelte etwas in sich hinein. Wir konnten ihn nicht verstehen. Obwohl die Brandwunden in seinem Gesicht behandelt worden waren, schien er sich seit dem vorigenmal keineswegs erholt zu haben. Wange und Lippen waren gelähmt, so daß die Worte, die sich in seinem Mund bildeten, keinen Weg zu uns fanden. Die gesunde Gesichtshälfte, die linke, war verzerrt und zerfurcht und das Auge fast geschlossen. Das hatte aber nichts mit einer durch die arg verbrannte rechte Wange ausgelösten sympathisch neuro-muskularen Reaktion zu tun. Der Mann litt Höllenqualen.

Ich sagte zu Jolly: »Haben Sie kein Morphium mehr?« Meiner Meinung nach hatte ich ihm mehr als genug dagelassen.

»Es ist kein Körnchen übriggeblieben«, erwiderte er verdrossen. »Ich habe alles aufgebraucht. Alles.«

»Doktor Jolly hat die ganze Nacht durchgearbeitet«, bemerkte Zabrinski still. »Acht Stunden hintereinander. Rawlings, er und Kinnaird. Sie haben nicht ein einzigesmal Pause gemacht.«

Benson hatte seinen Verbandkasten geöffnet. Jolly lächelte, ein Lächeln der Erleichterung, ein Lächeln der Erschöpfung. Er befand sich in einem viel übleren Zustand als am Vortag. Schon als er anfing, war er nicht allzu gut beisammen gewesen. Aber er hatte gearbeitet. Er hatte solide acht Stunden gearbeitet. Er hatte sogar Zabrinskis Knöchel behandelt. Ein tüchtiger Arzt. Auf jeden Fall gewissenhaft – hippokratisch. Er hatte ein Anrecht auf Ruhe. Nun, da andere Ärzte zur Stelle waren, würde er sich Ruhe gönnen. Aber keinen Augenblick früher.

Er begann Folsom behutsam hinzusetzen, und ich half ihm dabei. Er selber sackte mit dem Rücken an der Wand in sich zusammen.

»Jetzt dürfen Sie alles uns überlassen, Doktor Jolly«, sagte Swanson ruhig. »Nur eines: Sind alle die Leute transportfähig?«

»Ich weiß es nicht.« Jolly fuhr sich mit dem Arm über die blutunterlaufenen, verschmutzten Augen. »Bei manchen hat sich der Zustand nachts wieder verschlimmert. Es liegt an der Kälte. Diese beiden zum Beispiel – ich glaube, sie haben Lungenentzündung. Hier kann zuweilen eine Kleinigkeit tödlich wirken, die der Kranke zu Hause in ein paar Tagen überwinden würde.«

»Also, dann schön mit der Ruhe«, sagte Swanson. »Vielleicht sollten wir es uns überlegen, ob wir alle Mann binnen einer halben Stunde an Bord schaffen. Wer kommt zuerst an die Reihe, Doktor Benson?«

Nicht ›Carpenter‹, sondern ›Benson‹. Na ja, Benson war sein Schiffsarzt. Trotzdem hatte es eine Spitze. In seiner Haltung mir gegenüber zeigte sich, ebenso plötzlich wie deutlich, eine bedauerliche Kühle, und man brauchte mir nicht mit dem Holzhammer auf den Kopf zu hauen, damit ich den Grund dieser abrupten Sinnesänderung erriet.

»Zabrinski, Doktor Jolly, Kapitän Folsom und dieser Mann«, antwortete Benson ohne Zögern.

»Kinnaird, Funker«, sagte Kinnaird. »... Wir hätten nie gedacht, daß Sie es schaffen, Herr Kamerad.« Das galt mir. Er rappelte sich mühsam hoch und blieb auf unsicheren Beinen stehen. »Ich kann gehen.«

»Keine Widerrede!« befahl Swanson schroff. »Rawlings, hören Sie auf, in dem scheußlichen Brei herumzurühren, und begleiten Sie die Träger. Wie lange würde es dauern, ein Kabel hierherzuziehen und ein paar Heizöfen und Lampen zu installieren?«

»Wenn ich es allein mache?«

»Sie bekommen so viel Hilfe, wie Sie nur wollen, Mann.«

»Fünfzehn Minuten. Ich könnte auch eine Telefonleitung legen, Sir.«

»Das wäre nicht schlecht. Die Träger sollen Decken, Laken, warmes Wasser mitbringen. Wickelt die Wasserbehälter in die Decken ein. Sonst noch etwas, Doktor Benson?«

»Momentan nicht, Sir.«

»Dann also – marsch!«

Rawlings zog den Löffel aus dem Topf und marschierte hinter den Krankenträgern her.

Von den acht Mann, die auf dem Boden lagen, waren vier bei Bewußtsein: Hewson, der Traktorfahrer, Naseby, der Koch, und zwei andere, die sich unter dem Namen Harrington vorstellten, Zwillinge. Sie sahen einander so ähnlich wie zwei frischgemünzte Groschen, sie hatten sogar ihre Brandwunden und Frostschäden an den gleichen Stellen erlitten. Die übrigen vier schliefen entweder, oder sie lagen im Koma. Benson und ich begannen sie zu untersuchen, Benson weit sorgfältiger als ich, äußerst geschäftig mit Thermometer und Stethoskop. Meiner Meinung nach brauchte er nicht lange herumzusuchen, um Lungenentzündung zu diagnostizieren.

Kapitän Swanson sah sich forschend in der Hütte um. Hier und da warf er mir einen sehr merkwürdigen Blick zu, hier und da schlug er die Arme vor die Brust, um den Blutkreislauf in Gang zu halten. Er war dazu gezwungen. Er war nicht wie ich in kostbares Pelzwerk gehüllt, und trotz des Ofens war der Raum ein Kühlschrank.

Der erste Patient, den ich mir ansah, lag auf der Seite im äußersten rechten Winkel. Er hatte die Augen halb offen, so daß grade nur die untere Wölbung der Pupillen zu sehen war, eingesunkene Schläfen, marmorweiße Stirn, und der einzige Teil des Gesichts, der nicht bandagiert war, fühlte sich so kalt an wie der Marmor in einem verschneiten Friedhof.

Ich fragte: »Wer ist das?«

»Grant, John Grant.« Hewson, der schwarzhaarige, stille Traktorfahrer, hatte meine Frage beantwortet. »Funker, Kinnairds Kumpel. Wie geht es ihm denn?«

»Er ist tot. Schon seit einiger Zeit.«

»Tot?« sagte Swanson in scharfem Ton. »Bestimmt?« Ich beehrte ihn mit dem hochmütigen Blick des Fachmannes und schwieg. Er drehte sich zu Benson um. »Sind welche so krank, daß man sie nicht transportieren kann?«

»Ich glaube, diese beiden«, erwiderte Benson. Er hatte die Reihe wunderlicher Blicke nicht bemerkt, die Swanson mir bescherte, also reichte er mir sein Stethoskop. Nach einer Weile richtete ich mich auf und nickte.

»Brandwunden dritten Grades«, sagte Benson zu Swanson. »Das heißt, soweit sie zu sehen sind. Beide haben hohes Fieber, einen sehr schnellen, sehr schwachen und unregelmäßigen Puls, beide haben Wasser in der Lunge.«

»An Bord der *Dolphin* würden sie besser aufgehoben sein«, sagte Swanson.

»Sie sterben uns unterwegs«, warf ich ein. »Selbst wenn man sie warm genug einpacken könnte. – Sie aufs Segel hinaufzuhissen und dann senkrecht durch die Luken hinunterzulassen, würde ihnen den Garaus machen.«

»Wir können nicht ewig in der Rinne liegen bleiben«, entgegnete Swanson. »Ich übernehme die Verantwortung für den Transport.«

»Bedaure, Herr Kapitän.« Benson schüttelte mit ernster Miene den Kopf. »Ich stimme Doktor Carpenter zu.«

Swanson zuckte wortlos die Schultern.

Kurze Zeit später waren die Träger wieder da, gleich darauf folgten ihnen Rawlings und drei andere Matrosen mit Kabeln, Heizöfen, Lampen und einem Telefonapparat. Die Heizöfen und die Lampen an das Kabel anzuschließen, dauerte nur einige Minuten. Rawlings kurbelte den Anrufgenerator seines Feldtelefons an und sagte ein paar kurze Worte ins Mikrophon. Helle Glühbirnen flammten auf, die Heizöfen begannen zu knistern und nach ein paar Sekunden zu glühen.

Hewson, Naseby und die Zwillinge Harrington wurden abtransportiert. Als sie weg waren, hakte ich die Coleman-Laterne von der Decke los.

»Ihr braucht sie jetzt nicht mehr«, sagte ich. »Ich bleibe nicht lange weg.«

»Wo wollen Sie denn hin?« Swansons Stimme klang ruhig.

»Ich bleibe nicht lange weg«, wiederholte ich. »Ich will mich nur umschauen.«

Er zögerte, trat dann zur Seite. Ich verließ den Raum, ging um die Ecke der Hütte und blieb stehen. Ich hörte das Surren der Anrufklingel, eine Stimme am Telefon. In meinen Ohren war es nur ein Gemurmel, ich konnte die Worte nicht verstehen. Aber ich hatte damit gerechnet.

Die Coleman-Sturmlaterne flackerte und verblaßte im Wind, ohne jedoch zu erlöschen. Verirrte Eisnadeln schlugen gegen das Glas, aber es zerbrach nicht.

Ich ging diagonal zu der einzigen Hütte hinüber, die an der Südwestseite übriggeblieben war. An den Außenwänden waren keine Brand- oder auch nur Rußspuren zu sehen. Der Brennstoffvorrat mußte sich dicht neben ihr befunden haben, an derselben Seite, gegen Westen zu, dem Wind ausgesetzt, sonst hätte man sich die Zerstörung der anderen Hütten nicht erklären können. Die grotesk verkrümmten Traversen, die stehengeblieben waren, machten diese starke Wahrscheinlichkeit zur Gewißheit. Hier war der Brandherd gewesen.

An der Seitenwand der unbeschädigten Hütte lehnte ein solid gebauter Schuppen, zwei Meter hoch, zwei Meter tief, drei Meter lang. Die Tür ließ sich unschwer öffnen. Bretterboden, blankes Aluminium an den Wänden und an der Decke, dicke, schwarze Heizrohre an den Innen- und Außenwänden. Leitungsdrähte hingen an diesen Heizelementen, und man brauchte kein Einstein zu sein, um zu erraten, daß sie zu dem jetzt völlig zerstörten Generatorenhaus führten – oder geführt hatten. Dieser Anbau war Tag und Nacht geheizt worden. Der gedrungene, niedrige Traktor, der fast den ganzen Fußbodenraum einnahm, konnte jederzeit durch einen Fingerdruck auf den Starthebel in Gang gesetzt werden. Jetzt aber würde ein Druck auf den Hebel nicht mehr genügen, jetzt würden drei bis vier Schweißbrenner und ebenso viele starke Männer erforderlich sein, um den Motor auch nur zu einer einzigen Umdrehung zu veranlassen.

Ich machte die Tür zu und betrat die Haupthütte.

Sie war vollgepfropft mit Metalltischen, Arbeitsbänken, Apparaturen und allen möglichen modernen Geräten für die automatische Aufzeichnung und Deutung aller nur erdenklichen arktischen Witterungsdaten. Bei den meisten Apparaten wußte ich nicht, wozu sie dienten, und es interessierte mich auch nicht. Das war die meteorologische Station, mehr wollte ich nicht wissen. Ich untersuchte die Hütte mit äußerster Sorgfalt, aber möglichst schnell. Soweit ich es beurteilen konnte, schien nichts in Unordnung oder auffällig zu sein. In einer Ecke stand auf einer leeren Holzkiste ein transportabler Funksender mit Kopfhörer. Daneben, in einem Kasten aus ölgetränktem Holz, waren fünfzehn Nife-Zellen serienweise miteinander gekoppelt. An einem Wandhaken hing eine Zwei-Volt-Prüflampe. Ich berührte die nackten Drähte, die zu den äußersten Klemmschrauben der durch die Zellen gebildeten Batterie führten. Hätten diese Zellen auch nur noch einen Bruchteil der ursprünglichen Kraft in sich gehabt, wäre die Prüflampe mit einem weißen Blitz ausgebrannt. Sie fing nicht einmal zu glimmen an. Ich riß ein Stück Leitungsdraht von einer Wandlampe ab und hielt die beiden Enden an die Klemmen. Nicht der kleinste Funke. Kinnaird hatte nicht gelogen, als er sagte, seine Batterie sei völlig erschöpft. Ich hatte es auch nicht eine Sekunde lang angenommen.

Ich begab mich zur letzten Hütte – der Hütte, die die verkohlten Reste der sieben, in der Feuersbrunst umgekommenen Männer enthielt. Der Gestank nach verbranntem Fleisch und Dieselöl kam mir noch stärker, noch ekelerregender vor als beim erstenmal. Ich blieb auf der Schwelle stehen, und alles in mir sträubte sich dagegen, auch nur zwei Zentimeter weiterzugehen. Ich zog die Pelzhandschuhe und die Wollfäustlinge aus, stellte die Laterne auf den Tisch, zog die Stablampe aus der Tasche und kniete neben dem ersten Toten nieder.

Zehn Minuten verstrichen, und ich hatte nur den einen Wunsch: weg, weg ... Es gibt Dinge, denen die Ärzte, selbst abgehärtete Pathologen, in weitem Bogen aus dem Weg gehen. Erstens Leichen, die zu lange im Wasser gelegen haben – zweitens Leichen, die sich in unmittelbarer Nähe einer Untersee-Explosion befunden haben – drittens Menschen, die buchstäblich lebend verbrannt sind. Mir wurde allmählich recht übel, aber ich war entschlossen, mich nicht von der Stelle zu rühren, bis ich mein Vorhaben durchgeführt hatte.

Knarrend ging die Tür auf. Ich drehte mich um und sah Kapitän Swanson eintreten. Er hatte sich Zeit gelassen, ich hatte ihn schon früher erwartet. Ihm folgte Oberleutnant Hansen, die verletzte linke Hand in ein dickes Wolltuch eingewickelt. Darum hatte sich der Anruf gedreht: Kapitän Swanson hatte Verstärkung angefordert. Swanson knipste die Stablampe aus, schob die Schneebrille hoch und zog die Maske nach unten. Als er sah, was da vor ihm lag, kniff er die Augen zusammen, rümpfte mit unwillkürlichem Abscheu die Nase, und die Farbe wich hastig aus seinen roten Wangen. Hansen und ich, wir hatten ihn beide auf den schrecklichen Anblick vorbereitet, aber darauf war er doch nicht gefaßt gewesen: Nicht oft vermag die Einbildungskraft mit der Wirklichkeit Schritt zu halten. Einen Augenblick lang dachte ich, er würde sich übergeben, dann aber sah ich ein bißchen rosa Farbe in seine Backenknochen zurückkehren und war beruhigt.

»Doktor Carpenter«, sagte er mit einer Stimme, deren unsichere Heiserkeit die gestelzte Förmlichkeit nur noch zu unterstreichen schien, »ich wünsche, daß Sie sofort an Bord der *Dolphin* zurückkehren und dort Ihr Quartier nicht mehr verlassen. Mir wäre es lieber, Sie würden freiwillig mitkommen – in Begleitung Oberleutnant Hansens. Ich möchte Unannehmlichkeiten vermeiden. Genauso wie Sie, nehme ich an. Wenn nicht, stehen wir gern zu Diensten. Draußen vor der Tür warten Rawlings und Murphy.«

»Das ist eine Kampfansage, Herr Kapitän«, erwiderte ich, »eine sehr unfreundliche Haltung. Rawlings und Murphy werden schrecklich frieren.« Ich steckte die rechte Hand in die Tasche der Karibu-Hose – die Tasche, in der die Pistole lag – und musterte ihn gemächlich. »Ist Ihnen denn plötzlich etwas aufgefallen?«

Swanson sah Hansen an und deutete mit einem Kopfnicken auf die Tür. Hansen drehte sich halb um, hielt dann inne, als ich sagte: »Wir sind aber sehr hochfahrend, nein? Würdigt man mich nicht einmal einer Erklärung?«

Hansen sah bedrückt aus. Das alles behagte ihm ganz und gar nicht. Ich vermutete, daß auch Swanson sich nicht wohl in seiner Haut fühlte, aber er war entschlossen, seine Pflicht zu tun und seine Gefühle auszuschalten.

»Sofern Sie nicht bedeutend weniger intelligent sind, als ich glaube – und ich halte Sie für hochintelligent –, ist Ihnen die Erklärung bekannt. Als Sie in Holy Loch an Bord der *Dolphin* kamen, waren wir beide, Admiral Garvie und ich, äußerst mißtrauisch. Sie erzählten uns allerhand – Sie seien Fachmann in Fragen arktischer Verhältnisse und hätten mitgeholfen, diese Station einzurichten. Als wir das nicht als ausreichende Vollmacht oder als Grund, Sie mitzunehmen, gelten lassen wollten, tischten Sie uns eine glaubhafte Geschichte auf. Sie behaupteten, es handle sich um einen weit vorgeschobenen Raketenwarnungsposten. Wir fügten uns, obwohl wir es merkwürdig fanden, daß Admiral Garvie nie etwas von diesem Posten gehört hatte. Die große Scheibenantenne, von der Sie sprachen, die Radarmasten, die elektronischen Rechenmaschinen — was ist aus ihnen geworden, Doktor Carpenter?«

Ich betrachtete ihn nachdenklich, ohne ihn zu unterbrechen.

»Das alles hat nie existiert. Sie sind bis an die Ohren in eine recht finstere Angelegenheit verwickelt, lieber Freund. Worum es sich handelt, weiß ich nicht, und momentan ist es mir egal. Mir geht es nur um die Sicherheit des Bootes, das Wohl der Besatzung und die Aufgabe, die Überlebenden der ›Zebra‹ heil in die Heimat zu befördern, und ich gedenke mich auf keinerlei Risiko einzulassen.«

»Die Wünsche der britischen Admiralität, die Weisungen Ihres höchsten Chefs aus Washington bedeuten Ihnen nichts?«

»Ich fange an, die Art und Weise, wie diese Befehle zustande kamen, mit einigem Vorbehalt zu betrachten«, sagte Swanson streng. »Für meinen Geschmack sind Sie mir viel zu mysteriös, Herr Doktor — ganz abgesehen davon, daß Sie lügen wie gedruckt.«

»Das sind harte, sehr harte Worte, Herr Kapitän.«

»Nicht selten klingt die Wahrheit hart. Wollen Sie, bitte, mitkommen?«

»Bedaure. Ich bin hier noch nicht fertig.«

»Mhm ... John, würden Sie —«

»Ich kann Ihnen eine Erklärung geben. Ich sehe, daß ich dazu gezwungen bin. Sind Sie bereit, mich anzuhören?«

»Ein drittes Ammenmärchen?« Kopfschütteln. »Nein, wirklich nicht.«

»Und ich bin nicht bereit, mich von hier wegzurühren. Sackgasse.«

Swanson sah Hansen an, der sich zum Gehen wandte.

Ich sagte: »Schön, wenn Sie zu eigensinnig sind, um mich anzuhören, dann rufen Sie Ihre Bluthunde herein. Ist es nicht ein wahres Glück, daß wir momentan über drei vollausgebildete Ärzte verfügen?«

»Was soll das heißen?«

»Folgendes ...«

Schußwaffen sehen verschiedenartig aus. Manche verhältnismäßig harmlos, manche häßlich, manche sachlich, manche böse. Die Mannlicher-Schoenauer in meiner Hand sah rundweg böse aus. Sogar sehr böse.

»Sie werden sich hüten ...«, sagte Swanson tonlos.

»Ich habe das Geschwätz satt. Ich habe es satt, Sie um ein geneigtes Ohr zu bitten. Für mich steht zu viel auf dem Spiel, als daß ich es nicht wagen sollte. Überzeugen Sie sich doch selbst. Seien Sie nicht so feig. Verstecken Sie sich nicht hinter dem Rücken Ihrer Matrosen. Befehlen Sie nicht den Armen, sich totschießen zu lassen.« Ich entsicherte die Waffe. »Los, nehmen Sie sie mir weg.«

»Bleiben Sie stehen, John!« befahl Swanson scharf. »Er meint es ernst. Ich nehme an, Sie haben ein ganzes Arsenal in Ihrem mit Ziffernschloß versehenen Koffer bei sich«, fügte er erbittert hinzu.

»Sehr wahr. Werden Sie mich jetzt anhören?«

»Bitte ...«

»Schicken Sie Rawlings und Murphy weg. Ich will nicht, daß jemand zuhört. Außerdem werden sie draußen erfrieren.«

Swanson nickte. Hansen ging zur Tür, öffnete sie, sagte ein paar Worte und kehrte zurück.

Ich legte die Pistole auf den Tisch, nahm meine Stablampe und trat einige Schritte beiseite. Ich sagte: »Kommen Sie, ich will Ihnen etwas zeigen.«

Sie kamen heran. Beide gingen an dem Tisch vorbei, auf dem die Pistole lag, ohne ihr einen Blick zu gönnen. Ich blieb vor einem der grotesk verunstalteten, verkohlten Klumpen stehen. Swanson trat dicht heran und starrte zu Boden. Das bißchen Farbe, das in seine Wangen zurückgekehrt war, verschwand wieder. Ein sonderbarer Laut kam aus seiner Kehle.

»Der Ring – der goldene Ring –«, begann er und verstummte dann jählings.

»Es war keine Lüge.«

»Nein, es war keine Lüge. Ich weiß nicht, was ich sagen soll. Ich bin –«

Ich fiel ihm grob ins Wort. »Egal ... Schauen Sie sich das an – den Nacken. Ich mußte etwas Kohle wegkratzen.«

»Der Nacken«, flüsterte Swanson. »Er ist gebrochen.«

»Meinen Sie?«

»Etwas Schweres muß heruntergefallen sein, vielleicht ein Dachbalken . . .«

»Sie haben soeben eine der Hütten gesehen. Keine Dachbalken. Anderthalb Zoll Wirbelsäule fehlen. Wenn ihn ein Gegenstand getroffen hätte, der so schwer war, daß er anderthalb Zoll Wirbelsäule zerschmetterte, würde das Knochenstück in den Nacken eingebettet sein. Es ist aber nicht da. Es wurde weggefegt. Der Mann wurde erschossen, von vorn, durch den Hals. Das Geschoß kam am Nacken heraus. Ein Dumdumgeschoß – das ist aus dem Umfang der Ausschußöffnung zu ersehen –, aus einer schweren Waffe, etwa achtunddreißiger Colt oder Luger oder Mauser.«

»Allmächtiger Gott im Himmel!« Zum erstenmal war Swanson tief erschüttert. Er starrte das Ding auf dem Boden, dann mich an. »Ermordet . . . Sie meinen, er wurde ermordet?«

»Wer macht so etwas?« sagte Hansen heiser. »Wer, Mann, wer? Und um Gottes willen, warum?«

»Ich weiß nicht, wer es war.«

Swanson musterte mich mit seltsamer Miene. »Sie haben es soeben erst entdeckt?«

»Ich habe es gestern nacht entdeckt.«

»Sie haben es gestern nacht entdeckt.« Die Worte kamen langsam, in weiten Abständen. »Und die ganze Zeit seither – an Bord – sagten Sie kein Wort. Sie ließen sich nichts anmerken. Mein Gott, Carpenter, Sie sind ein Unmensch.«

»Sicher«, sagte ich. »Schauen Sie sich diese Pistole an. Sie macht einen lauten Knall, und wenn ich sie benütze, um den Mann zu erschießen, der das getan hat, werde ich nicht einmal mit der Wimper zucken. Ja, ich bin eben ein Unmensch.«

»Was ich sagte, war unangebracht. Verzeihung.« Swanson strengte sich sichtlich an, seine normale Fassung zurückzugewinnen. Er sah die Pistole an, dann mich, dann wieder die Pistole. »Privatrecht kommt nicht in Frage, Carpenter. Niemand wird das Recht in seine eigenen Hände nehmen.«

»Daß ich nicht lache! Ein Leichenschauhaus ist nicht der passende Ort dafür. Außerdem habe ich Ihnen noch nicht alles gezeigt. Es gibt mehr zu besichtigen. Etwas, das ich soeben erst gefunden habe – nicht schon gestern nacht.« Ich deutete auf eine zweite zusammengekauerte, schwarze Gestalt auf dem Fußboden. »Möchten Sie sich diesen Mann ansehen?«

»Lieber nicht«, erwiderte Swanson. »Vielleicht sagen Sie uns Bescheid.«

»Sie können es von Ihrem Platz aus sehen. Der Kopf. Ich habe ihn gesäubert. Vorn eine kleine Schußwunde, im Gesicht, etwas rechts von der Mitte – im Hinterkopf eine größere Ausschußöffnung. Dieselbe Waffe. Derselbe Schütze.«

Keiner sagte einen Ton. Die beiden waren viel zu erschüttert, viel zu angewidert, um den Mund aufzumachen.

»Die Flugbahn des Geschosses ist merkwürdig«, fuhr ich fort. »Steil nach oben. Als ob der Mann, der geschossen hat, gelegen oder gesessen hätte, während sein Opfer sich über ihn beugte.«

»Ja...« Swanson schien nicht zugehört zu haben. »Mord. Zwei Morde. Das ist Sache der Behörden, der Polizei.«

»Freilich«, sagte ich. »Polizei. Rufen wir mal schnell im Revier an und fragen wir den Sergeanten, ob er so freundlich sein wollte, für ein paar Minuten hier vorbeizuschauen.«

»Es ist nicht unsere Angelegenheit«, erklärte Swanson hartnäckig. »Als Befehlshaber eines amerikanischen Kriegsfahrzeugs, der einen Auftrag durchzuführen hat, bin ich in erster Linie daran interessiert, mein Boot und die Überlebenden der ›Zebra‹ nach Schottland zu bringen.«

»Ohne das Boot zu gefährden!« warf ich ein. »Würde das Boot nicht durch die Anwesenheit eines Mörders an Bord gefährdet sein?«

»Wir wissen nicht, ob er an Bord ist – oder an Bord sein wird.«

»Das glauben Sie aber selbst nicht, Herr Kapitän. Sie wissen, daß er an Bord sein wird. Sie wissen genausogut wie ich, warum der Brand ausgebrochen ist, Sie wissen genau, daß es kein Unglück war. Wenn etwas daran zufällig war, dann nur der Umfang und das Ausmaß des Brandes. Da könnte der Mörder sich verrechnet haben. Aber nur durch einen genügend kräftigen Brand konnte er die Spuren seines Verbrechens verwischen. Und es wäre ihm auch geglückt, wenn ich nicht zur Stelle gewesen wäre, wenn ich nicht schon vor der Abfahrt überzeugt gewesen wäre, daß es hier nicht mit rechten Dingen zugegangen sei. Aber er wird dafür gesorgt haben, daß er dabei nicht selber ins Gras beißen mußte. Ob es Ihnen paßt oder nicht, Herr Kapitän, Sie werden einen Mörder an Bord Ihres Fahrzeugs haben.«

»Aber alle haben sie Brandwunden davongetragen, manche sehr schwere Brandwunden ...«

»Ja, was zum Donnerwetter, hätten Sie denn erwartet? Daß der große Unbekannte ohne einen Kratzer herumspaziert, ohne auch nur die Spuren einer brennenden Zigarette am Leib zu tragen, um hinauszuposaunen, daß er es gewesen ist, der mit brennenden Streichhölzern um sich geschmissen und dann abseits gestanden hat? Er mußte sich einige Brandwunden holen.«

»Das ist keine bindende Schlußfolgerung«, sagte Hansen. »Er konnte nicht wissen, daß jemand mißtrauisch werden und eine Untersuchung einleiten würde.«

»Sie würden gut daran tun, gemeinsam mit Ihrem Kommandanten die Finger von kriminalistischen Problemen zu lassen«, erwiderte ich schroff. »Die Personen, die hier dahinterstecken, sind erstklassige Fachleute mit weitreichenden Beziehungen – Glieder eines kriminellen Seepolypen, dessen Greifarme so lang sind, daß sie bis in den Holy Loch reichen, um Ihr Boot zu sabotieren. Warum das geschehen ist, weiß ich nicht. Entscheidend ist, daß solche Spitzenleute nie ein Risiko eingehen! Sie setzen immer voraus, daß die Gefahr besteht, entlarvt zu werden. Deshalb war der Mörder, als das Feuer am schlimmsten wütete – diesen Ablauf kennen wir noch nicht –, gezwungen, mit zuzugreifen und sich an der Rettungsaktion zu beteiligen. Hätte er es nicht getan, wäre das sehr seltsam gewesen. Und dabei hat er sich Brandwunden zugezogen.«

»Du lieber Gott ...« Swansons Zähne begannen vor Kälte zu klappern, aber er schien es nicht zu merken. »Was für ein teuflisches Arrangement.«

»Ja, nicht wahr? Ich glaube behaupten zu dürfen, daß Ihre Dienstvorschriften keine einschlägigen Paragraphen enthalten.«

»Aber was machen wir denn jetzt?«

»Wir ziehen die Polizei hinzu. Nämlich mich.«

»Was soll das heißen?«

»Was ich sage. Noch nie sind Sie einem Polizeibeamten begegnet, der mehr Vollmachten, mehr offizielle Unterstützung, mehr Autorität und Handlungsfreiheit besessen hätte als ich. Das müssen Sie mir glauben. Was ich sage, ist die reine Wahrheit.«

»Allmählich beginnt es mir einzuleuchten«, sagte Swanson

langsam und nachdenklich. »In den letzten vierundzwanzig Stunden habe ich mich immer mehr über Sie gewundert. Ich sagte mir immerzu, ich müsse mich irren – noch vor zehn Minuten. Sie sind Polizeibeamter? Kriminalbeamter?«

»Flottenoffizier, Nachrichtendienst. Ich habe Beglaubigungsschreiben in meinem Koffer, die ich im Notfall vorzeigen darf.« Mir schien es nicht an der Zeit, ihm zu sagen, wie groß die Auswahl meiner Beglaubigungsschreiben war. »Der Notfall ist da.«

»Aber – Sie sind Arzt?«

»Allerdings. Schiffsarzt. Nebenbei. Meine Spezialität ist die Untersuchung von Sabotagefällen innerhalb der britischen Streitkräfte. Die ideale Verkleidung ist die eines medizinischen Forschers. Meine Pflichten sind absichtlich nicht genau definiert, ich bin ermächtigt, die Nase in alle Winkel, in alle Ereignisse zu stekken und mich mit allen möglichen Leuten unter dem Vorwand zu unterhalten, daß ich psychologische Studien treibe. Ein durchschnittlicher Agent könnte sich so etwas nicht leisten.«

Nach einer langen Pause sagte Swanson verärgert: »Das hätten Sie uns früher mitteilen sollen.«

»Ich hätte es über Ihre Lautsprecheranlage durchgeben können. Ja, warum denn, zum Donnerwetter? Ich will nicht auf Schritt und Tritt über stümperhafte Dilettanten stolpern. Fragen Sie einen beliebigen Polizeibeamten. Nichts fürchtet er mehr als den selbsternannten Sherlock Holmes. Außerdem durfte ich mich nicht auf Sie verlassen, und bevor Sie aufbrausen, möchte ich hinzufügen, daß damit nicht gemeint ist, Sie würden mich absichtlich verraten. Aber es bestand die Gefahr, daß Sie mich unabsichtlich verrieten. Jetzt bleibt mir nichts übrig, als die Karten auf den Tisch zu legen und die Folgen in Kauf zu nehmen. Warum haben Sie sich nicht ganz einfach an die Weisungen des Chefs Ihrer Operationsabteilung gehalten?«

»Weisungen?« Hansen sah Swanson an. »Was für Weisungen?«

»Befehl aus Washington, Doktor Carpenter so ziemlich in jeder Hinsicht *carte blanche* zu geben. Seien Sie vernünftig, Carpenter! Ich tappe nicht gern im dunkeln, und ich bin von Natur aus mißtrauisch. Sie sind unter höchst fragwürdigen Umständen an Bord gekommen. Sie verstanden viel zuviel von U-Booten. Sie machten lauter Ausflüchte. Die Sabotagehypothese haben Sie mir fix und fertig auf den Tisch des Hauses gelegt. Gott verdamm mich,

Mann, natürlich hatte ich meine Zweifel! Wäre es Ihnen an meiner Stelle anders ergangen?«

»Vermutlich nicht. Ich weiß es nicht. Ich pflege Weisungen zu befolgen.«

»Mhm. Und wie lauten in diesem Fall Ihre Weisungen? Ich meine, was ist denn eigentlich los?«

»Es hat wohl so kommen müssen«, sagte ich seufzend. »Sie müssen es erfahren — und dann werden Sie verstehen, warum der Chef Ihrer Operationsabteilung Sie so dringend ersucht hat, mir auf jede mögliche Weise behilflich zu sein.«

»Dürfen wir Ihnen diese Version glauben?«

»Diese Version dürfen Sie mir glauben. Die Geschichte, die ich Ihnen in Holy Loch aufgetischt habe, war nicht lauter Flunkerei — ich habe sie nur ein wenig ausgeschmückt, damit Sie mich mitnehmen. Man hatte wirklich ein ganz besonderes Gerät hier installiert, ein elektronisches Wunderwerk, das dazu dient, die Auszählung russischer Fernlenkgeschosse abzuhören und ihre Standorte zu erkunden. Dieser Apparat wurde in einer der durch das Feuer zerstörten Hütten aufbewahrt — der zweiten von West in der südlichen Reihe. Tag und Nacht hing ein riesiger Fesselballon — eine Radiosonde — zehntausend Meter hoch am Himmel, aber ohne Funkverbindung. Er fungierte als Antenne. Übrigens glaube ich, daß deshalb das Heizöl über eine so weite Fläche geschleudert wurde. Die Wasserstoffzylinder, die zur Füllung der Ballons benötigt wurden, sind explodiert. Sie waren in der Treibstoffhütte untergebracht.«

»Wußten alle Mann von der Existenz dieses Abhörgeräts?«

»Nein. Die meisten hielten es für einen Apparat zur Untersuchung kosmischer Strahlen. Nur vier Personen wußten, was es eigentlich für eine Funktion hatte — mein Bruder und seine drei Schlafgenossen in der Hütte, in der die Apparatur untergebracht war. Die Hütte ist ein Raub der Flammen geworden. Der äußerste Vorposten der freien Welt. Wundern Sie sich noch immer über die Dringlichkeit, mit der Washington den Fall behandelt hat?«

Swanson betrachtete die Toten, wandte schnell den Blick ab.

Er sagte: »Sie erwähnten, schon vor der Abfahrt seien Sie überzeugt gewesen, daß es hier nicht mit rechten Dingen zugegangen sei. Warum?«

»Mein Bruder besaß eine streng geheime Chiffre. Wir erhielten Mitteilungen, die er selber gefunkt hatte — er war ein geschulter

Funker. In einer der Mitteilungen hieß es, zweimal sei versucht worden, das Abhörgerät zu zerstören. Er ließ sich auf keine Einzelheiten ein. In einer weiteren Mitteilung hieß es, er sei überfallen und bewußtlos geschlagen worden, als er um Mitternacht eine Kontrolle vornahm und jemanden dabei ertappte, wie er das Gas aus den Wasserstoffzylindern ausströmen ließ – ohne die die Radiosondenantenne des Abhörgeräts nicht mehr verwendbar gewesen wäre. Er habe Glück gehabt, sei nur wenige Minuten weggewesen – noch ein paar Minuten länger, und er wäre erfroren. Sollte ich unter diesen Umständen annehmen, der Brand habe nichts mit den Versuchen zu tun, das Abhörgerät zu sabotieren?«

»Aber wie sollte denn jemand wissen, wozu das Gerät diente?« wandte Hansen ein. »Das heißt, mit Ausnahme Ihres Bruders und der drei anderen Eingeweihten?« Ebenso wie Swanson sah er die Toten an – ebenso wie Swanson blickte er hastig weg. »Wenn Sie mich fragen, handelt es sich um die Tat eines Wahnsinnigen.«

»Vor drei Stunden«, sagte ich, »bevor Sie den Torpedo ins Rohr Nummer drei schoben, kontrollierten Sie die mit der Hand zu betätigenden Sperrhebel und die Warnlampen. In dem einen Fall stellte sich heraus, daß die Hebel bei geöffneten Bugkappen ausgekoppelt waren – in dem anderen, daß die Drähte in einer Abzweigdose gekreuzt waren. Halten Sie das für das Werk eines Psychopathen? Eines zweiten Geisteskranken?«

Er schwieg. Swanson sagte: »In welcher Weise kann ich Ihnen behilflich sein, Doktor Carpenter?«

»Wie weit sind Sie bereit zu gehen, Herr Kapitän?«

»Ich bin nicht bereit, Ihnen den Befehl über die *Dolphin* zu übergeben.« Er lächelte, aber es war ihm nicht danach zumute. »Davon abgesehen, stehen wir – ich und die Besatzung der *Dolphin* – restlos zu Ihrer Verfügung. Sie brauchen sich nur zu äußern, Doktor Carpenter.«

8

Als wir in die Hütte zurückkehrten, in der wir die Überlebenden der Zebra dicht zusammengedrängt angetroffen hatten, war sie fast leer – nur Dr. Benson und die beiden Schwerkranken waren noch da. Kleidungsstücke, Bettzeug, ausgefranste und zerfetzte Decken, Handschuhe, Teller, Besteck und allerlei Kleinigkeiten aus persönlichem Besitz lagen umhergestreut. Die Kranken waren zu krank gewesen — und viel zu froh, hier wegzukommen —, um sich allzusehr um verschiedenen Kram zu kümmern, den sie vielleicht unter anderen Umständen nicht gern zurückgelassen hätten. Nur sich selber wollten sie möglichst schnell abtransportiert sehen. Ich konnte es ihnen nicht verdenken.

Die beiden bewußtlosen Männer kehrten uns ihre zernarbten und erforenen Gesichter zu. Entweder schliefen sie, oder sie lagen im Koma. Aber ich wollte nichts riskieren. Ich winkte Benson heraus, und wir stellten uns an die windgeschützte Westwand.

Ich erzählte Benson, was ich dem Kapitän und seinem Ersten Offizier erzählt hatte. Er mußte es erfahren. Als der Mann, der mit den Kranken den engsten und häufigsten Kontakt aufrechterhalten würde, mußte er alles erfahren.

Ich nehme an, daß er sehr verwundert und betroffen war, aber er ließ es sich nicht anmerken.

Nun kannten drei Mann an Bord der *Dolphin* das bisherige Fazit — wenigstens zur Hälfte. Drei genügten mir. Hoffentlich waren es nicht zu viele.

Alle weiteren Dispositionen überließ ich Swanson. Er würde bei Benson mehr Gehör finden als ich.

Swanson fragte: »Wo beabsichtigen Sie die Kranken unterzubringen, die wir an Bord befördert haben?«

»In den bequemsten Unterkünften, die sich auftreiben lassen. Im Offizierslogis, im Mannschaftslogis, ziemlich verstreut, damit niemand allzusehr belästigt wird. Sozusagen die Last verteilen . . .« Benson hielt inne. »Da wußte ich aber noch nichts von der neuesten — hm — Wendung. Jetzt sieht alles ganz anders aus.«

»Richtig. Die Hälfte in die Offiziersmesse, die andere Hälfte in die Mannschaftsmesse — nein, ins Mannschaftslogis. Kein Grund, warum man sie nicht bequem unterbringen sollte. Wenn sie sich darüber wundern, können Sie behaupten, es erleichtere die ärztliche Behandlung, und sie würden ständig unter Aufsicht sein wie die Herzleidenden in einem Krankensaal. Sichern Sie sich Doktor Jollys Beistand, er macht einen sehr zugänglichen Eindruck. Und ich bezweifle nicht, daß er auch Ihren nächsten Schritt billigen wird: daß sämtliche Patienten ausgezogen, gebadet und sauberen Pyjamas versehen werden. Wenn sie so krank sind, daß man sie nicht in die Badewanne befördern kann, werden sie im Bett gewaschen. Doktor Carpenter meint, bei schweren Verbrennungsfällen sei es äußerst wichtig, Infektionen zu verhüten.«

»Und die Kleidung?«

»Sie sind rascher im Bild als ich«, brummte Swanson. »Sämtliche Kleidungsstücke werden eingesammelt und registriert. Der Inhalt der Taschen wird registriert. Es wird allgemein bekanntgegeben, daß die Kleidungsstücke desinfiziert und dann gewaschen werden müssen.«

»Es würde vielleicht nicht schaden, wenn ich erfahren dürfte, was wir suchen«, sagte Benson.

»Das mag der Himmel wissen«, erwiderte ich. »Alles und jedes. Eines ist sicher: Sie werden keine Waffe finden. Die Handschuhe sind besonders sorgfältig zu etikettieren. Wenn wir erst wieder in England sind, lassen wir sie durch Sachverständige auf Nitratspuren prüfen, die aus der Mordwaffe herrühren.«

»Wenn jemand etwas an Bord mitgenommen hat, das größer ist als eine Briefmarke, werde ich es finden«, versicherte Dr. Benson.

»Bestimmt?« fragte ich. »Aber wenn Sie selber es mitgebracht haben?«

»Wie, bitte? Ich? Was, zum Teufel, soll das heißen?«

»Das soll heißen: Jemand könnte, als Sie grade nicht hinsahen, etwas in Ihren Verbandskasten oder sogar in Ihre Tasche gestopft haben.«

»Du lieber Gott.« Er durchwühlte mit fieberhafter Eile seine Taschen. »Auf diesen Gedanken wäre ich nie verfallen.«

»Ihnen fehlt die rechte Sorte mißtrauischer und schmutziger Phantasie«, sagte Swanson trocken. »Machen Sie, daß Sie wegkommen. Sie auch, John.«

Sie entfernten sich, Swanson und ich betraten die Hütte. Nachdem ich mich vergewissert hatte, daß die beiden Kranken wirklich bewußtlos waren, machten wir uns an die Arbeit. Es mußte viele Jahre her gewesen sein, seit Swanson ein Deck oder einen Paradeplatz inspiziert, geschweige denn einen Lumpensammler vertreten hatte, aber er legte los, als hätte er es mit der Muttermilch eingesogen. Er war emsig, gewissenhaft und ließ sich nichts entgehen. Ebensowenig wie ich.

Wir säuberten einen Winkel des Raumes. Dort stapelten wir

sämtliche Sachen auf, die entweder auf dem Fußboden umherlagen oder an den noch immer mit Eis verkrusteten Wänden hingen. Nichts blieb unbeachtet. Jeder einzelne Gegenstand wurde geschüttelt, umgestülpt oder ausgeleert, je nachdem, was es war. Fünfzehn Minuten, und wir waren fertig. Wenn in diesem Raum etwas zu finden gewesen wäre, das größer war als ein Streichholz, wir hätten es gefunden. Aber wir fanden nichts. Dann verstreuten wir den ganzen Krempel über den Fußboden, bis es in der Hütte mehr oder weniger wieder so aussah wie vor unserer Haussuchung.

»Wir sind keine Meisterdetektive«, sagte Swanson. Er sah ein wenig enttäuscht drein.

»Wo nichts zu holen ist, ist nichts zu holen. Und daß wir nicht wissen, was wir suchen, ist auch nicht grade erbaulich. Schauen wir uns jetzt nach der Waffe um. Wo? Beliebig. Vielleicht hat er sie sogar weggeworfen. Aber das halte ich nicht für wahrscheinlich. Der Mörder entledigt sich nicht gern seiner Waffe – und er wußte ja nicht, ob er sie nicht noch einmal brauchen würde. Gar so viele Verstecke gibt es nun wieder nicht. Hier wird er sie nicht versteckt haben, es ist das Hauptlogis und ständig benützt. Bleiben also nur die meteorologische Station und das Laboratorium übrig, in dem die Toten liegen.«

Wir begannen mit der meteorologischen Station. Wir durchsuchten jedes Regal, jede Kiste, jeden Schrank und wollten soeben die Hinterwände der Blechgehäuse entfernen, in denen die meteorologischen Geräte untergebracht waren, als Swanson unvermittelt sagte: »Ich habe eine Idee. In ein paar Minuten bin ich wieder da.«

Er hielt nicht nur Wort, er kehrte sogar binnen einer knappen Minute zurück – mit vier Gegenständen, die im Lampenlicht feucht glänzten und stark nach Benzin rochen: eine Pistole – eine Mauser –, Griff und abgebrochene Klinge eines Messers und zwei in Gummituch eingewickelte Pakete, die sich als die Reservemagazine der Mauser entpuppten.

Swanson sagte: »Das da haben Sie gesucht, nicht wahr?«

»Wo haben Sie es gefunden?«

»Im Benzintank des Traktors.«

»Wie kamen Sie auf den Gedanken, dort nachzuschauen?«

»Zufall. Mir ging Ihre Bemerkung im Kopf herum, daß der Mann, der die Waffe benützt hatte, vielleicht mit der Möglichkeit rechnete, sie noch einmal anwenden zu müssen. Im Freien wäre sie durch die Eisnadeln verstopft worden. Außerdem hätte die Gefahr bestanden, daß das Metall sich zusammenzog, so daß die Patronen nicht mehr in den Lauf gepaßt hätten, oder daß das Schmieröl gefroren wäre. Nur zweierlei Stoffe gefrieren auch bei diesen tiefen Temperaturen nicht: Alkohol und Benzin. Aber in einer Flasche Gin läßt sich eine Pistole nicht verstecken.«

»Es hätte ihm nichts genützt«, sagte ich. »Das Metall wird sich trotzdem zusammengezogen haben, weil das Benzin genauso kalt ist wie die Umgebung.«

»Das wußte er vielleicht nicht. Oder er überlegte sich nur, daß es ein bequemes Versteck sei – leicht zugänglich.« Nachdenklich sah er mir zu, wie ich den Kolben öffnete und den leeren Ladestreifen betrachtete, dann sagte er in scharfem Ton: »Sehen Sie sich vor. Fingerabdrücke!«

»Ach wo. Die Waffe hat in Benzin gelegen. Und höchstwahrscheinlich hat er Handschuhe angehabt.«

»Wozu brauchen Sie sie dann überhaupt?«

»Wegen der Seriennummer. Vielleicht können wir feststellen, wo sie herstammt. Es ist sogar möglich, daß der Mörder einen Waffenschein besitzt. So etwas ist schon vorgekommen – ob Sie es glauben oder nicht. Und Sie dürfen nicht vergessen, daß der Täter überzeugt war, niemand würde Unrat wittern, geschweige denn eine Suche nach seiner Pistole veranstalten ...

Jedenfalls liefert uns das Messer die Erklärung dafür, warum die Pistole benützt wurde. Schüsse knallen, und ich wundere mich, daß der Mörder ein so großes Risiko einging. Er hätte das ganze Lager aufwecken können. Aber er mußte das Risiko auf sich nehmen, weil ihm die Spitze seines kleinen Messerchens abgebrochen war. Wahrscheinlich stieß er auf eine Rippe, oder die Klinge brach ab, als er sie herausziehen wollte.«

»Soll das heißen – soll das heißen, daß der Mörder ein drittes Opfer auf dem Gewissen hat?« fragte Swanson zögernd.

»Ein drittes Opfer – aber das erste in der Reihe. Die fehlende Hälfte der Klinge steckt in der Brust eines der Toten. Aber ich beabsichtige nicht, sie zu suchen – es wäre zwecklos und viel zu zeitraubend.«

Swanson schüttelte den Kopf. »Kehren wir in die andere Hütte zurück. Ich werde telefonieren und jemanden kommen lassen, der auf die beiden Patienten aufpaßt. Ich weiß nicht, wie Sie sich fühlen. Ich bin halb erfroren. Und dabei haben Sie vorige Nacht nicht geschlafen.«

»Ich passe inzwischen auf die beiden auf«, erwiderte ich. »Ungefähr eine Stunde lang. Ich muß mir etwas überlegen, genau überlegen.«

»Sie haben nicht sehr viele Anhaltspunkte, nein?«

»Deshalb ist es so schwierig.«

Ich hatte zu Swanson gesagt, daß die Anhaltspunkte spärlich seien. Das stimmte nicht ganz. Ich hatte überhaupt keine. Also vergeudete ich keine Zeit mit unnützen Grübeleien. Statt dessen nahm ich eine Laterne und ging wieder ins Labor, wo die Toten lagen. Ich fror, ich war müde und einsam, die Dunkelheit brach herein, und ich hatte wenig Lust, mich dorthin zu begeben. Niemand hätte Lust gehabt, diesen Raum zu betreten; eine Gruft, eine Leichenhalle, der jeder halbwegs vernünftige Mensch ausgewichen wäre – es sei denn, er hätte ein Motiv, zum Beispiel die Absicht, etwas Wichtiges wegzuholen, das er dort versteckt hatte, in der nahezu hundertprozentigen Gewißheit, kein anderer würde sich auch nur in die Nähe wagen.

Die Wände des Laboratoriums waren mit Regalen und Schränken bedeckt, die alle möglichen Flaschen, Tiegel, Retorten, Eprouvetten und dergleichen chemischen Kram enthielten, aber ich gönnte ihnen kaum einen Blick. Ich begab mich in die Ecke, in der die Toten am dichtesten beisammenlagen, leuchtete mit der Stablampe umher und fand binnen Sekunden, was ich gesucht hatte – ein Fußbodenbrett, das ein wenig über die benachbarten Bretter hinausragte. Zwei der geschwärzten Klumpen, die früher einmal Menschen gewesen waren, lagen quer über diesem Brett. Ich schob sie beiseite, so weit es nötig war, nur mühsam meinen Ekel bezwingend, und hob dann das eine Ende der losen Planke hoch.

Es sah aus, als hätte jemand vorgehabt, einen Supermarkt zu eröffnen. In dem fünfzehn Zentimeter tiefen Zwischenraum zwischen Fundament und Fußboden waren zu Dutzenden Konservendosen aufgestapelt – Suppen, Fleisch, Obst, Gemüse, eine abwechslungsreiche Diät mit allen Proteinen und Vitaminen, die ein Mensch sich nur wünschen kann. Jemand war fest entschlossen gewesen, nicht zu verhungern. Es waren sogar ein kleines Drucköfchen und zwei Liter Petroleum vorhanden, um die Dosen aufzutauen. Und an der einen Seite, flach aneinandergereiht, zwei

Reihen schimmernder Nife-Zellen: es mußten alles in allem etwa vierzig Stück sein.

Ich legte das Brett zurecht, verließ das Laboratorium und begab mich wieder in die meteorologische Hütte. Dort verbrachte ich über eine Stunde, schraubte die Hinterwände der Blechgehäuse los und durchforschte ihre Eingeweide, konnte aber nichts finden. Jedenfalls nicht das, was ich zu finden gehofft hatte. Aber ich stieß auf einen recht merkwürdigen Gegenstand, ein kleines grünes Blechkästchen, im Format fünfzehn mal zehn mal fünf Zentimeter, mit einem Knopf in der Mitte, der gleichzeitig als Schalter und Abstimmvorrichtung diente, nebst zwei eingeglasten Scheiben ohne Ziffern und Markierungen. An der Seitenwand befand sich ein mit einem Messingring versehenes Loch.

Ich schaltete ein, und eine der Scheiben leuchtete grün, ein magisches Auge mit recht weit ausgebreiteten Fächern. Die andere Scheibe blieb dunkel. Ich drehte an dem Abstimmknopf, aber es rührte sich nichts. Sowohl das magische Auge, als auch die zweite Scheibe brauchten einen Anstoß, der sie in Gang setzte – zum Beispiel ein vereinbartes Funkzeichen. Das Loch in der Seitenwand würde zu dem Stöpsel jedes Standardtelefons passen. Nicht viele Leute würden gewußt haben, was das für ein Ding sei, ich aber hatte schon einmal eines gesehen – ein Transistorpeilgerät, das dazu dient, die Richtung festzustellen, aus der ein Funksignal kommt, wie es zum Beispiel das ›Sarah‹-Gerät in amerikanischen Weltraumkapseln sendet, um damit seinen Standort bekanntzugeben, nachdem es im Meer gelandet ist.

Was für legale Zwecke hätte ein solches Gerät auf der Treibeis-Station Zebra zu erfüllen gehabt? Als ich Swanson und Hansen von einer Abhörapparatur erzählte, welche die Raketenabschußsignale aus Sibirien auffängt, war meine Behauptung insofern richtig, als derartige Apparaturen existieren. Dazu aber wäre eine gigantische Antenne erforderlich gewesen, die bis in den Himmel hinaufreichte. Das kleine Spielzeug in meiner Hand würde kaum ein Zwanzigstel der Entfernung bis Sibirien bewältigt haben.

Ich warf abermals einen Blick auf den transportablen Sender und die erschöpfte Nife-Batterie, die ihn gespeist hatte. Die Drehscheibe war noch auf die Wellenlänge eingestellt, auf der die *Dolphin* die Hilferufe aufgefangen hatte. Hier war für mich nichts zu holen. Ich sah mir die Nickel-Kadmium-Zellen näher an. Sie waren miteinander und mit dem Funkgerät durch Gummikabel verbunden und mit kräftigen, gezahnten und gefederten Klammern an den Klemmen befestigt, Klammern, die einen vollkommenen elektrischen Kontakt gewährleisteten und außerdem sehr handlich waren. Ich entfernte zwei dieser Klammern, nahm meine Lampe und untersuchte die Klemmen. Die durch die scharfe Zahnung verursachten Kerben waren zwar undeutlich, aber unverkennbar zu sehen.

Ich kehrte in die Laboratoriumshütte zurück, hob abermals das lockere Bodenbrett hoch und beleuchtete die dort verstauten Nife-Zellen. Mindestens die Hälfte dieser Zellen wiesen die gleichen charakteristischen Spuren auf, Zellen, die frisch und unbenützt aussahen und ganz bestimmt funkelnagelneu gewesen waren, als die Treibeis-Station Zebra hier etabliert wurde. Ich zog sie heraus und glaubte in der dunklen Höhlung einen schwärzlich matten, metallischen Gegenstand zu sehen.

Was es sei, konnte ich nicht sogleich ausnehmen, aber nachdem ich zwei weitere Bodenbretter hochgestemmt hatte, war es mühelos zu sehen: ein etwa fünfundsiebzig Meter langer Zylinder mit einem Durchmesser von fünfzehn Zentimetern, einem Messinghahn und einem einmontierten Manometer, dessen Zeiger auf ›Voll‹ zeigte. Dicht dabei lag ein Paket, das etwa einen halben Meter im Geviert maß, fünfzehn Zentimeter dick war und die Aufschrift trug: ›Funksondenballons‹.

Wasserstoff, Batterien, Ballons, Corned beef und Gemüsesuppe: ein rechtes Kunterbunt. Aber die Auswahl dieser diversen Artikel würde nicht aufs Geratewohl erfolgt sein.

Als ich ins Logis kam, atmeten die beiden Kranken noch. Mehr war auch von mir nicht zu behaupten. Ich zitterte vor Kälte, und auch wenn ich die Zähne zusammenbiß, hörten sie nicht zu klappern auf. In der Wärme, welche die großen elektrischen Heizöfen ausstrahlten, taute ich auf, bis ich nur noch halb erfroren war. Da nahm ich meine Lampe und wagte mich von neuem in den Wind, in die Kälte, in die Finsternis hinaus.

Im Lauf der nächsten zwanzig Minuten machte ich ein dutzendmal einen geschlossenen Rundgang durchs Lager, jedesmal den Radius um ein paar Meter verlängernd. Alles in allem muß ich fast an die zwei Kilometer zurückgelegt haben, und mehr kam nicht dabei heraus, nur die Promenade und eine leichte Erfrierung oben an den Backenknochen, der einzigen Stelle in meinem Gesicht außer den Augen, die der bitteren Kälte ausgesetzt waren. Ich wußte, daß es eine Erfrierung war, und steuerte ins Lager zurück.

Ich befand mich gerade zwischen der meteorologischen Hütte und dem Laboratorium, in gleicher Höhe wie die östliche Kante des Logis, als ich aus dem Augenwinkel etwas Sonderbares mehr spürte als erblickte. Ich richtete den Strahl der Stablampe auf die Ostwand und musterte eingehend die Eiskruste, die der Orkan im Lauf der Tage dort abgelagert hatte.

Diese Kruste bestand zum größten Teil aus einer homogenen, grauweißen, glattpolierten Masse, die aber nicht durchwegs homogen, sondern hier und dort mit Dutzenden schwarzer Flecken gesprenkelt war, Flecken von unterschiedlicher Form und Größe, keiner jedoch viel größer als fünf Quadratzentimeter. Ich versuchte sie anzufassen, aber sie waren tief eingebettet und nur durchs blanke Eis hindurch zu sehen. Ich untersuchte die Ostwand der meteorologischen Hütte, aber sie wies keinerlei schwarze Flecken auf, ebensowenig wie die Ostwand des Laboratoriums.

Nach kurzer Zeit hatte ich in der meteorologischen Hütte einen Hammer und einen Schraubenzieher aufgetrieben. Ich meißelte einen Teil der schwarzgefleckten Eiskruste los, nahm ihn ins Logis mit und legte ihn vor einem der großen, elektrischen Heizöfen auf den Fußboden. Zehn Minuten später lagen in einer Pfütze die nassen Überreste verbrannter Papierfetzen. Das war nun wirklich recht sonderbar. Es bedeutete, daß in der Ostwand des Logisgebäudes Dutzende verbrannter Papierreste eingebettet waren. Nur dort – nirgendwo sonst.

Ich warf noch einmal einen Blick auf die beiden bewußtlosen Männer. Sie hatten es warm und bequem, mehr aber war nicht zu sagen. Ich konnte mir nicht vorstellen, daß sie innerhalb der nächsten vierundzwanzig Stunden transportfähig sein würden.

Ich hob den Telefonhörer ab und ersuchte um Ablösung, und als zwei Matrosen erschienen, machte ich mich auf den Rückweg zur *Dolphin.*

An diesem Nachmittag herrschte an Bord eine ungewöhnliche Atmosphäre, still und gedrückt und fast wie bei einem Leichenbegängnis. Für die Besatzung der *Dolphin* waren die Menschen, welche die ›Zebra‹ bemannten, weiter nichts als Nullen gewesen, nicht einmal Namen, Unbekannte. Nun aber waren die ausgemergelten Überlebenden an Bord gekommen, kranke, leidende

Menschen, jeder mit seinem Eigenleben und seiner individuellen Persönlichkeit, und der Anblick dieser abgezehrten Gestalten, die noch ihren acht toten Kameraden nachtrauerten, brachte sämtlichen Leuten im U-Boot zu Bewußtsein, was für eine grauenhafte Katastrophe sich auf dem Packeis abgespielt hatte. Und schließlich waren erst sieben Stunden verstrichen, seit ihr eigener Torpedooffizier, Oberleutnant Mills, den Tod gefunden hatte.

Hansen traf ich in seiner Kabine an. Er saß auf der Kante seines Schlafwagenbetts, hatte noch die Pelzhose an. Sein Gesicht war finster, hart, verfroren. Stumm sah er mir zu, wie ich meine Parka ablegte, das leere Futteral, das an meiner Brust hing, losschnallte, an die Wand hängte und die Pistole hineinschob, die ich aus der Tasche der Karibu-Hose hervorgeholt hatte.

Dann sagte er plötzlich: »Ich würde nicht alles ausziehen, Doktor. Das heißt, falls Sie die Absicht haben mitzukommen.« Er blickte an seinem eigenen Pelzwerk hinab und verzog den Mund zu einer bitteren Grimasse. »Nicht gerade die vorschriftsmäßige Kluft für ein Begräbnis.«

»Sie meinen –«

»Swanson sitzt in seiner Kajüte und ochst die Grabreden. Tom Mills und der Funker – Grant heißt er, nicht wahr –, der heute gestorben ist ... Ein Doppelbegräbnis. Draußen auf dem Eis. Es sind bereits einige Mann am Fuß eines Hügels damit beschäftigt, mit Brecheisen und Schlaghämmern eine Grube herzurichten.«

»Ich hätte gedacht, Swanson würde Mills in die Staaten mitnehmen – oder nach Schottland.«

»Zu weit. Und es hat seinen psychologischen Haken. Die Moral unserer Leute ist zwar durch nichts zu erschüttern, aber einen Toten an Bord zu haben, gilt als unheilvoll. Er hat in Washington angefragt und die Erlaubnis erhalten ...«

Er unterbrach sich zögernd, blickte hastig zu mir auf und dann ebenso schnell wieder weg. Ich brauchte keine telepathischen Fähigkeiten zu besitzen, um zu erraten, was in seinem Kopf vorging.

»Die sieben Mann auf der ›Zebra‹?« Ich schüttelte den Kopf. »Nein, da müssen wir auf ein Begräbnis verzichten. Notgedrungen. Ich werde ihnen auf eine andere Art die letzte Ehre erweisen.«

Seine Blicke irrten zu der Mannlicher-Schoenauer, die in ihrem Halfter hing. Er sagte still und böse: »So ein Teufel. Und er ist unter uns. Hier an Bord.« Er knallte die Faust gegen die flache Hand. »Haben Sie keine Ahnung, Doktor, was dahintersteckt? Keine Ahnung, wer der Schuldige sein mag?«

»Wenn ich eine Ahnung hätte, würde ich nicht hier herumstehen. Aber haben Sie eine Ahnung, wieweit Benson mit den Kranken und Verletzten vorangekommen ist?«

»Er ist fertig. Ich habe mich soeben von ihm getrennt.«

Ich nickte, griff nach der Pistole und steckte sie wieder in die Tasche meiner Karibu-Hose.

Hansen fragte leise: »Selbst hier an Bord?«

»Besonders hier an Bord.«

Ich verließ ihn und begab mich in die Krankenstube. Benson saß an seinem Tisch, mit dem Rücken zu der Galerie bunter Serienzeichnungen, und trug etwas in ein Journal ein. Als ich die Tür hinter mir zumachte, blickte er auf.

»Etwas gefunden?« fragte ich.

»Nichts, das ich für interessant halten würde. Die meisten Sachen hat Hansen sortiert. Vielleicht finden Sie etwas.«

Er deutete auf ein ordentlich geschichtetes Kleiderbündel, mehrere kleine Aktenmappen und ein paar Kunststoffbeutel, alle säuberlich mit Zetteln versehen.

»Schauen Sie selber nach. Wie geht es den beiden, die wir zurückgelassen haben?«

»Nicht besser, nicht schlechter. Meiner Meinung nach werden sie es überstehen, aber es ist noch zu früh, um es mit Sicherheit sagen zu können.«

Ich hockte mich auf den Boden, durchsuchte gewissenhaft sämtliche Taschen der Kleidungsstücke und fand erwartungsgemäß nichts. Hansen war nicht der Mann dazu, sich etwas entgehen zu lassen. Ich fragte Benson: »Hat Doktor Jolly seinen Verbandkasten mitgebracht?«

»Sie trauen nicht einmal Ihrem Kollegen, wie?«

»Nein.«

»Ich würde es auch nicht tun.« Er lächelte, aber nur mit den Lippen. »Das macht Ihr verderblicher Einfluß ... Ich habe den Kasten genau durchsucht. Nichts. Ich habe sogar die Dicke des Bodens gemessen. Abermals nichts.«

»Das genügt mir. Wie geht es Ihren Patienten?«

»Neun Mann«, erwiderte Benson. »Das psychologische Moment — das Bewußtsein, daß sie gerettet sind — hat ihnen mehr genützt als alle Arzneien.« Er zog die Karteikarten auf seinem Schreibtisch zu Rate. »Kapitän Folsom ist am schlimmsten dran. Keine Lebensgefahr, aber recht schwere Verbrennungen im Gesicht. Wir haben dafür gesorgt, daß uns in Glasgow ein Hautchirurg erwartet. Die Zwillinge Harrington, Meteorologen, sind weniger schwer verletzt, aber sehr entkräftet, sowohl durch Hunger wie durch Kälte. Essen, Wärme, Ruhe – dann werden sie in ein paar Tagen wieder auf den Beinen sein. Hassard, gleichfalls Meteorologe, und Jeremy, ein Laborant: mäßige Brandwunden, mäßige Frostschäden, ansonsten die gesündesten. Es ist sonderbar, wie verschiedenartig Menschen auf Hunger und Kälte reagieren. Die übrigen vier – Kinnaird, der Erste Funker, Doktor Jolly, Naseby, der Koch, und Hewson, der Traktorfahrer, ferner ein Mann, der den Generator zu betreuen hatte – sind so ziemlich über einen Kamm zu scheren: am schlimmsten leiden sie unter den Frostschäden, besonders Kinnaird, alle haben sie mäßige Verbrennungen davongetragen, sind natürlich geschwächt, erholen sich aber schnell. Nur Folsom und die Zwillinge Harrington haben eingewilligt, im Bett zu bleiben. Die anderen haben wir irgendwie eingekleidet. Natürlich müssen auch sie liegen, aber nicht ständig, und nicht lange.«

Es wurde an die Tür geklopft, und Swanson steckte den Kopf herein.

Er sagte zu mir: »Hallo, wieder an Bord?« – dann zu Benson: »Es hat sich ein kleines Disziplinarproblem ergeben, das in Ihr Ressort fällt, Doktor.« Er trat zur Seite, so daß Naseby, der Stationskoch, sichtbar wurde, der dicht hinter ihm stand, in der Uniform eines Maates der amerikanischen Kriegsmarine. »Ihre Patienten haben offenbar von dem bevorstehenden Begräbnis Wind bekommen. Sie wollen daran teilnehmen – das heißt, diejenigen, die dazu fähig sind –, um ihren Kameraden die letzte Ehre zu erweisen. Das kann ich verstehen, und ich finde es sympathisch, aber der Gesundheitszustand ...«

»Ich würde abraten, Sir«, erwiderte Benson. »Dringend.«

»Sie dürfen abraten, solange Sie wollen, Herr Kamerad«, ertönte eine Stimme hinter Nasebys Rücken. Es war Kinnaird, der Funker, das waschechte Londoner Kind, gleichfalls in blaues Tuch gekleidet. »Nichts für ungut. Wir möchten nicht unhöflich oder undankbar sein. Jimmy Grant war mein Kumpel.«

»Ich kann es Ihnen nachfühlen«, sagte Benson. »Aber ich weiß auch, in welchem Zustand Sie sich befinden. Sie taugen zu nichts anderem, als sich brav hinzulegen. Sie machen es mir sehr schwer.«

»Ich befehlige dieses Boot«, warf Swanson ohne jede Schärfe ein. »Sie wissen, ich kann es euch verbieten. Ich kann ›Nein‹ sagen, und damit basta.«

»Und Sie machen es uns schwer, Sir«, erwiderte Kinnaird. »Ich glaube nicht, daß es die Sache anglo-amerikanischer Verbrüderung fördern würde, wenn wir uns mit unseren Rettern prügeln, kaum daß sie uns vor dem sicheren Tod errettet haben.«

Swanson sah mich mit hochgezogener Braue an. »Also – es sind Ihre Landsleute, Herr Doktor.«

»Doktor Benson hat völlig recht«, antwortete ich. »Aber es lohnt sich nicht, einen Bürgerkrieg heraufzubeschwören. Wenn sie fünf bis sechs Tage in dieser Eishölle überstanden haben, werden ein paar Minuten mehr ihnen auch nicht den Garaus machen.«

»Schön«, sagte Swanson bedächtig, »andernfalls werden wir Sie zur Verantwortung ziehen.«

Nach zehn Minuten im Freien waren alle meine Zweifel zerstreut. Die arktische Eishaube war bei Gott nicht der geeignete Ort für ein feierliches Begräbnis, aber ein Leichenbestatter, der die Reklametrommel zu rühren wünscht, könnte sich keine eindrucksvollere Kulisse vorstellen. Nach der Wärme an Bord der *Dolphin* wirkte die Kälte besonders bitter, und es dauerte keine fünf Minuten, da zitterten wir wie Espenlaub. Die Finsternis war undurchdringlich, der Wind war wieder aufgesprungen, dünne Schneeböen kamen durch die Nacht gewirbelt. Der einsame Scheinwerfer diente nur dazu, die gespenstische Unwirklichkeit der Szene zu betonen: den engen Kreis der Leidtragenden, die sich mit gesenkten Köpfen aneinander schmiegten, die beiden unförmigen, in Teerleinwand gehüllten Gestalten am Fuß eines Eisbuckels, Kapitän Swanson, über sein Buch gebeugt, wie er in aller Hast die Grabrede hielt. Der Wind und der Schnee verwehten die hingemurmelten, kaum verständlichen Worte. Nur jedes zehnte Wort konnte ich aufschnappen, und dann war es vorbei. Keine sinnlosen Gewehrsalven, keine leeren Fanfaren, nur die Grabrede und die Stille und die dunklen Silhouetten umherstolpernder Männer, die kleine Eisbrocken auf die vermummten Toten streuten. Binnen vierundzwanzig Stunden würden die ewig dahindriftenden Eisnadeln und der Treibschnee das eisige Grab für immer versiegelt haben, und dort würden die beiden ruhen, endlos um den Nordpol kreisend – es war ein makabrer Gedanke.

Die Köpfe in den Schnee- und Eiswind geduckt, kehrten wir schleunigst in die Geborgenheit der *Dolphin* zurück. Vom Eis bis zur Spitze des Segels ging es etwa sieben bis zehn Meter bergan, über fast senkrechte, riesige Eisplatten, die das U-Boot emporgetrieben und zur Seite gewälzt hatte, als es sich einen Weg nach oben erzwang. Man hatte von der Spitze des Segels aus Seile gespannt. Trotzdem war es eine recht gefährliche Kletterpartie. Glatter Eishang, schlüpfrige Seile, Finsternis und das die Augen blendende Schnee- und Eisgestöber: nur allzuleicht mochte ein Unglück passieren. Und es ließ auch nicht auf sich warten.

Ich befand mich in einer Höhe von ungefähr zwei Metern und war Jeremy, dem Laboranten, behilflich, dem seine arg verbrannten Hände kaum erlaubt hätten, allein hinaufzuklettern, da hörte ich über meinem Kopf einen gedämpften Aufschrei. Ich blickte nach oben und hatte den dunklen Eindruck, daß jemand auf der Kante des Segels mit den Armen um sich schlug, als kämpfte er um sein Gleichgewicht. Dann riß ich Jeremy gewaltsam zu mir heran, damit er nicht mitgefegt würde, als die taumelnde Gestalt dort oben den Halt verlor und rücklings an uns vorbei in die Tiefe stürzte. Ich zuckte zusammen, als ich den Aufprall hörte, eigentlich ein zweifaches Geräusch, das eine dumpfe, gedämpft, das andere schärfer, fast wie ein Knall. Zuerst der Körper, dann der Kopf. Ich bildete mir halb und halb ein, nachher noch ein Geräusch gehört zu haben, war aber meiner Sache nicht völlig sicher. Ich übergab Jeremy der Obhut eines anderen und schlitterte an einem vereisten Seil hinunter, nicht sehr erpicht auf den Anblick, auf den ich mich gefaßt machen mußte. Es war mit einem Sturz aus sieben bis zehn Metern Höhe auf einen Betonboden zu vergleichen.

Hansen war mir vorausgeeilt und richtete den Strahl seiner Stablampe nicht, wie ich erwartet hatte, auf eine hingestreckte Gestalt, sondern auf zwei Gestalten. Benson und Jolly, beide bewußtlos.

Ich fragte Hansen: »Haben Sie vielleicht gesehen, wie es passiert ist?«

»Nein. Es ging zu schnell. Ich weiß nur, daß Benson es war, der abstürzte, während Jolly ihn auffing. Wenige Sekunden vor dem Sturz war Jolly neben mir.«

»Wenn das stimmt, dann hat Jolly wahrscheinlich eurem Arzt das Leben gerettet. Wir müssen sie auf Tragbahren schnallen und hinaufhissen. Wir dürfen sie keine Minute länger hier liegen lassen.«

»Tragbahren? Ja, wenn Sie meinen ... Aber vielleicht werden sie schnell wieder zu sich kommen.«

»Der eine vielleicht – der andere aber noch lange nicht – wenn überhaupt. Haben Sie nicht den Knall gehört, als der Kopf gegen das Eis schlug? Als ob man jemandem eins mit einem Zaunpfahl auf den Schädel versetzt hätte.«

Hansen ging weg. Ich beugte mich über Benson und schob die Kapuze des Wollmantels zurück, den er anhatte. Zaunpfahl war das richtige Wort gewesen. Die eine Schläfe, ein paar Zentimeter über dem rechten Ohr, war eine einzige blutige Masse. Aus einem sieben Zentimeter langen Riß in dem purpurn verfärbten Fleisch quoll das Blut, das in der bitteren Kälte bereits gerann.

Fünf Zentimeter weiter vorn gegen die Stirn zu, und er wäre ein Mann des Todes gewesen. Der dünne Knochen hinter der Schläfe wäre durch den Aufprall glatt zerschmettert worden. Zweifellos war das das scharfe, fast wie ein Hammerschlag klingende Geräusch gewesen, das ich gehört hatte.

Bensons Atem war flach, die Bewegung seiner Brust kaum merkbar. Jolly dagegen atmete ziemlich tief und regelmäßig. Ich schlug seine Anorakkapuze zurück, tastete vorsichtig seinen Kopf ab und fand weit hinten, nahe dem Scheitel an der linken Seite eine leichte Schwellung. Der Zusammenhang lag auf der Hand. Ich hatte mich nicht getäuscht, als ich ein drittes Geräusch zu hören glaubte, nachdem Benson mit dem Kopf auf das harte Eis gefallen war. Jolly mußte ihm im Weg gestanden haben, nicht so unmittelbar, daß er den Sturz bremsen konnte, aber doch so nahe, daß er umgeworfen wurde und mit dem Hinterkopf gegen das Eis schlug.

Es dauerte zehn Minuten, bevor wir sie auf den Tragbahren festgeschnallt, an Bord geschafft und in der Krankenstube auf zwei improvisierten Pritschen zurechtgebettet hatten. Während Swanson besorgt zusah, bemühte ich mich zuerst um Benson, obwohl ich wenig tun konnte. Grade hatte ich begonnen, mich mit Jolly zu beschäftigen, da zuckten seine Augenlider, und das Bewußtsein kehrte langsam zurück. Er stöhnte leise und wollte sich an den Hinterkopf fassen. Außerdem versuchte er, sich aufzusetzen, aber ich hielt ihn zurück.

»Oh, du lieber Gott, mein Schädel!« Mehrere Male kniff er die Augen fest zusammen, riß sie weit auf, konzentrierte mit Mühe seinen Blick auf die mit den grellbunten Farben der Witzbilder besäte Wand, sah dann weg, als wollte er es nicht wahrhaben. »Meiner Seel', das muß ein Klaps gewesen sein. Wer hat es mir denn angetan, old Boy?«

»Was?« fragte Swanson.

»Mir eins auf den ollen Deez versetzt. Wer? Äh?«

»Heißt das, daß Sie sich an nichts mehr erinnern?«

»Erinnern?« sagte Jolly gereizt. »Wie, zum Teufel, sollte ich mich ...« Er unterbrach sich, als er Benson auf der benachbarten Pritsche liegen sah, eine zusammengekauerte Gestalt unter den Decken. Nur der Hinterkopf und ein dicker Gazebausch, der die Wunde bedeckte, waren zu sehen. »Ach ja, freilich, freilich. Ja, jetzt erinnere ich mich. Er fiel auf mich drauf, oder wie?«

»Genau«, sagte ich. »Haben Sie versucht, ihn aufzufangen?«

»Ihn aufzufangen? Nein, ich habe nicht versucht, ihn aufzufangen. Ich habe auch gar nicht versucht, ihm auszuweichen. In einer halben Sekunde war alles vorbei.« Er stöhnte in sich hinein, dann betrachtete er Benson. »Muß ein schöner Purzelbaum gewesen sein, oder wie?«

»Allem Anschein nach. Er hat eine schwere Gehirnerschütterung davongetragen. Wir haben ein Röntgengerät an Bord. Ich werde mal seinen Kopf ansehen. Aber auch Sie haben Pech gehabt, Jolly.«

»Ich werde es überleben«, brummte er. Er stieß meine Hand weg und setzte sich auf. »Kann ich Ihnen behilflich sein?«

»Ausgeschlossen!« sagte Swanson. »Ein frühes Abendessen, dann zwölf Stunden Schlaf für Sie, Doktor, und die anderen acht Patienten – das ist mein Rezept. Das Essen ist bereits in der Offiziersmesse serviert.«

»Aye, aye, Sir.« Jolly lächelte ein geisterhaftes Lächeln und rappelte sich mühsam hoch. »Das mit den zwölf Stunden klingt mir köstlich ins Ohr.«

Nach ein paar Minuten, als er wieder fester auf den Beinen stand, entfernte er sich.

Swanson fragte: »Was nun?«

»Sie sollten versuchen, festzustellen, wer sich in unmittelbarer Nähe Bensons befunden hat, als er ausrutschte. Aber sehr diskret. Es wird vielleicht nicht schaden, wenn Sie gleichzeitig andeuten,

Benson könnte ganz einfach einen Schwindelanfall erlitten haben.«

»Und was belieben Sie anzudeuten?« fragte mich Swanson langsam.

»Ist er gestürzt oder wurde er gestoßen? Darauf will ich hinaus.«

»Ist er gestürzt oder ...« Er unterbrach sich, fuhr dann zögernd fort: »Warum sollte jemand ein Interesse daran gehabt haben, Doktor Benson einen Stoß zu versetzen?«

»Warum sollte jemand ein Interesse daran gehabt haben, sieben — jetzt sind es acht — Mitglieder der ›Zebra‹-Mannschaft zu ermorden?«

»Sie haben recht«, sagte Swanson gelassen. Er ging weg.

Röntgenaufnahmen zu machen, fiel nicht grade in mein Fach, war aber anscheinend auch nicht Bensons Stärke gewesen. Er hatte für sich selber eine ausführliche Gebrauchsanweisung zusammengestellt, wie man Röntgenbilder aufnimmt und entwickelt. Ich fragte mich, wie ihm zumute gewesen wäre, wenn er gewußt hätte, daß er selber der erste sein würde, dem seine gewissenhafte Gründlichkeit zugute kam.

Die beiden Negative, die ich zustande brachte, würden in der Royal Photographie Society kein Furore gemacht haben, aber sie genügten meinen Bedürfnissen.

Nach einer Weile kehrte Kapitän Swanson zurück und schloß die Tür hinter sich.

Ich sagte: »Zehn zu eins, daß Sie nichts herausbekommen haben.«

»Sie würden nicht als armer Mann in die Grube fahren. Nichts ist das richtige Wort. Jedenfalls behauptet es Patterson, unser Torpedomaat, und Sie kennen ihn ja.«

Ich kannte ihn. Patterson war für alle disziplinaren und organisatorischen Fragen unter den Matrosen verantwortlich, und Swanson hatte mir gegenüber erklärt, er betrachte nicht sich selber, sondern Patterson als den unentbehrlichsten Mann an Bord.

»Patterson kam unmittelbar vor Benson auf der Brücke an«, sagte Swanson. »Er berichtet, er hätte Benson aufschreien hören, fuhr herum und sah ihn bereits nach hinten taumeln. Er wußte nicht, wer es war, dazu war es zu dunkel und verschneit. Er meint, er hätte den Eindruck gehabt, Benson habe, bevor er rücklings in die Tiefe stürzte, bereits die eine Hand und das eine Knie auf den Brückensüll gestützt.«

»Eine sonderbare Stellung für einen Menschen, der nach hinten taumelt«, sagte ich. »Sein Körpergewicht muß sich zum größten Teil innenbords befunden haben. Und auch wenn er aus irgendeinem Grund nach hinten kippte, hatte er genügend Zeit, sich mit beiden Händen an dem Süll festzuhalten. Ist Patterson, als Benson verschwand, sofort hingelaufen, um nachzusehen, was aus ihm geworden ist?«

»Ja«, erwiderte Swanson verdrossen. »Und er erklärte, als Benson abstürzte, habe sich niemand in der Nähe der Brückenkante befunden, jedenfalls nicht in einem Umkreis von drei Metern.«

»Und wer hat sich drei Meter weiter unten befunden?«

»Das weiß Patterson nicht. Vergessen Sie nicht, wie finster es war. Außerdem begnügte er sich mit einem flüchtigen Blick. Noch bevor Sie und Hansen bei Benson angelangt waren, hatte er sich bereits davongemacht, um eine Tragbahre zu holen. Patterson gehört nicht zu den Leuten, denen man erst lange sagen muß, was sie zu tun haben.«

»Also sind wir wieder in eine Sackgasse geraten.«

»Ja, in eine Sackgasse.«

Ich nickte, ging zu einem Schrank und kehrte mit zwei Röntgenfotos zurück, die, noch feucht, in den Metallklammern hingen. Ich hielt sie ans Licht.

»Benson?« fragte Swanson, und als ich nickte, betrachtete er sie genauer. Schließlich fügte er hinzu: »Der Strich. Ist das ein Bruch?«

»Ein Bruch. Und auch nicht gerade haardünn, wie Sie sehen. Es hat ihn ordentlich erwischt.«

»Ist es sehr schlimm? Wie schlimm? Wie lange wird es dauern, bevor er aus dem Koma erwacht? Er befindet sich doch in einem Komazustand, ja?«

»Ja, und ob! Wie lange ...? Wenn ich gerade erst meinen Doktor gemacht hätte, würde ich Ihnen eine recht freche Schätzung auf den Tisch legen. Wenn ich ein erstklassiger Hirnchirurg wäre, würde ich sagen, etwa von einer halben Stunde bis zu ein oder zwei Jahren. Wer versteht, wovon die Rede ist, weiß nur zu gut, daß wir im dunkeln tappen, wenn es sich um das Gehirn handelt. Da ich weder das eine noch das andere bin, tippe ich auf zwei bis drei Tage. Vielleicht irre ich mich katastrophal. Es könnte eine Gehirnblutung stattgefunden haben. Ich weiß es nicht, glaube es aber nicht. Blutdruck, Atmung und Temperatur lassen nicht auf einen organischen Schaden schließen. Nun wissen Sie genausoviel wie ich.«

»Ihren Kollegen würde das gar nicht gefallen.« Swanson lächelte matt. »Dieses muntere Armutszeugnis trägt nicht dazu bei, den mystischen Nimbus Ihres Berufs zu verstärken. Wie geht es Ihren übrigen Patienten — und den beiden, die auf der Zebra zurückgeblieben sind?«

»Ich werde sie mir nach dem Essen anschauen. Vielleicht sind sie morgen soweit, daß wir sie abtransportieren können. Inzwischen möchte ich Sie um einen Gefallen bitten. Könnten Sie mir die Dienste Ihres Torpedomatrosen Rawlings leihen? Und hätten Sie etwas dagegen, daß wir ihn ins Vertrauen ziehen?«

»Rawlings? Ich weiß nicht, wozu Sie ihn brauchen, aber warum Rawlings? Die Offiziere und Maaten an Bord der *Dolphin* sind die Elite der amerikanischen Kriegsmarine. Warum nicht einen aus ihrer Mitte wählen? Außerdem weiß ich nicht recht, ob es mir paßt, einem Matrosen Geheimnisse mitzuteilen, die ich meinen Offizieren vorenthalte.«

»Es handelt sich um Geheimnisse, die mit der Marine nichts zu tun haben. Also spielt hier die Frage der Rangordnung keine Rolle. Rawlings ist der Mann, den ich brauche. Er hat einen schnellen Verstand, schnelle Reflexe und eine stoische, undurchsichtige Miene, die bei dem Spiel, das wir spielen, geradezu unschätzbar ist. Ferner: Für den Fall, daß der Mörder befürchtet, wir könnten ihm auf die Schliche gekommen sein, würde er sich durch einen Matrosen nicht bedroht fühlen, weil er überzeugt sein würde, einen Matrosen würden wir nicht einweihen.«

»Wozu brauchen Sie ihn?«

»Er soll die ganze Nacht an Bensons Bett Wache halten.«

»An Bensons Bett...« Für den Bruchteil einer Sekunde kniff er die Augen zusammen, sonst rührte sich nichts in Swansons starrem Gesicht. »Sie sind also der festen Überzeugung, daß es kein Unglücksfall war.«

»Ich weiß es wirklich nicht. Aber mir geht es wie Ihnen, wenn Sie, bevor Sie in See stechen, hunderterlei verschiedene Kontrollmaßnahmen durchführen, die Sie fast alle für überflüssig halten. Ich will nichts riskieren. Wenn es kein Unglücksfall war, könnte jemand ein Interesse daran haben, beim nächstenmal gründlichere Arbeit zu leisten. Deshalb möchte ich gern Rawlings bei Benson wissen.«

»Sie sollen Ihren Willen haben.« Lächelnd stand Swanson auf. »Ich möchte nicht, daß Sie mir wieder die Direktiven aus Washington unter die Nase reiben.«

Zwei Minuten später Rawlings zur Stelle. Er trug ein hellbraunes Hemd und einen Overall, und zum erstenmal, seit ich ihn kannte, begrüßte er mich nicht mit einem Lächeln. Er warf nicht einmal einen Blick auf Benson und das Bett. Seine Züge waren still und beherrscht, völlig ausdruckslos.

»Sie haben mich rufen lassen, Sir?« Nicht ›Doktor‹, sondern ›Sir‹.

»Nehmen Sie Platz, Rawlings«. Er setzte sich, und da merkte ich den dicken Buckel in der dreißig Zentimeter langen Hüfttasche an der Seite des Overalls. Ich nickte und sagte: »Was haben Sie denn in der Tasche? Es ist nicht gerade vorteilhaft für den Schnitt Ihrer schmucken Kluft.«

Er verzog keine Miene. »Ich habe immer ein paar Werkzeuge bei mir. Dazu ist die Tasche da.«

»Zeigen Sie mir mal das Werkzeug, das Sie momentan bei sich haben.«

Nach kurzem Zögern zuckte er die Schultern und zog, nicht ohne Mühe, eine schwere, blitzblanke, geschmiedete Rohrzange aus der Tasche. Ich wog sie in der Hand.

»Ich wundere mich über Sie, Rawlings«, sagte ich. »Was glauben Sie denn, woraus ein durchschnittlicher Menschenschädel besteht? Aus Beton? Ein kleiner Klaps mit diesem Ding, und Sie stehen wegen Mord oder Totschlag vor Gericht. »Ich griff nach einer Verbandzeugrolle. »Zehn Meter um das Schlagende gewikkelt, und die Anklage reduziert sich automatisch auf tätliche Mißhandlung.«

»Ich kann mir nicht denken, was das heißen soll«, erwiderte er mechanisch.

»Das soll heißen, daß Sie, als Kapitän Swanson, Oberleutnant Hansen und ich uns im Laboratorium befanden, während Sie und Murphy draußen vor der Tür standen, offenbar das Ohr ans Schlüsselloch gelegt und etwas gehört haben, mehr, als Ihnen bekömmlich ist. Sie wissen, daß etwas los ist, und obwohl Sie nicht wissen was, ist Ihr Motto ›Allezeit bereit‹. Daher der Knüppel. Richtig?«

»Richtig.«

»Weiß Murphy Bescheid?«

»Nein.«

»Ich arbeite für den Nachrichtendienst der britischen Kriegsmarine. Washington kennt mich. Soll Kapitän Swanson sich für mich verbürgen?«

»Iwo!« Die ersten schwachen Anzeichen eines Lächelns. »Ich habe gehört, wie Sie Ihre Pistole zückten, aber Sie laufen noch immer frei herum. Also müssen Sie eine weiße Weste haben.«

»Sie haben gehört, wie ich den Kapitän und Oberleutnant Hansen mit meiner Pistole bedrohte? Dann aber wurden Sie weggeschickt. Nachher haben Sie also nichts mehr gehört, nein?«

»Nichts.«

»Drei Mitglieder der ›Zebra‹-Station sind ermordet worden. Zwei wurden erschossen, einer erstochen. Ihre Leichen hat man verbrannt, um alle Spuren zu verwischen. Vier andere sind bei dem Brand umgekommen. Der Mörder befindet sich an Bord der *Dolphin.*«

Rawlings schwieg. Seine Augen waren geweitet, sein Gesicht bleich und entsetzt. Ich erzählte ihm alles, was ich Swanson und Hansen erzählt hatte, und betonte, er müsse es für sich behalten. Zuletzt fügte ich hinzu: »Doktor Benson ist schwer verletzt. Vielleicht wurde aus Gott weiß welchen Gründen ein Anschlag auf sein Leben verübt. Wir wissen es nicht. Aber wenn es ein vorbedachter Anschlag war, ist er mißglückt – bis auf weiteres.«

Rawlings hatte sich gefaßt. Seine Stimme war so ausdruckslos wie seine Miene. »Unser Freundchen könnte noch einmal vorsprechen.«

»Möglich. Kein Mitglied der Besatzung außer dem Kapitän, dem Ersten Offizier oder mir hat hier etwas zu suchen. Wenn jemand anderer sich blicken läßt – na, dann können Sie ihn ausfragen, nachdem er wieder zu sich gekommen ist.«

»Sie haben mir zehn Meter Verbandzeug empfohlen, Herr Doktor?«

»Es dürfte genügen. Und um Gottes willen, nur einen sanften Klaps! Über und hinter dem Ohr. Setzen Sie sich hinter den Vorhang, damit man Sie nicht sieht.«

Hier verließ ich ihn. Ich hegte ein gewisses Bedauern für den eventuellen Besucher, Mörder hin, Mörder her. Ich hatte auch das Gefühl, jede nur erdenkliche Vorsichtsmaßnahme getroffen zu haben. Aber als ich Rawlings als Wachtposten an Bensons Bett zurückließ, beging ich einen kleinen Fehler. Einen einzigen Fehler. Ich ließ den Falschen bewachen.

Der zweite ›Unfall‹ an diesem Tag ereignete sich so schnell, so mühelos, so unausweichlich, daß es beinahe nicht anders aussah als eben — ein Unfall.

Beim Abendessen schlug ich vor, am nächsten Morgen um neun — mit Kapitän Swansons Erlaubnis — eine Operation vorzunehmen. Die notgedrungen vernachlässigten Brandwunden hatten zu eitern begonnen, ständig mußte man die Verbände säubern und erneuern. Meiner Meinung nach war es auch höchste Zeit, Zabrinskis gebrochenes Fußgelenk zu röntgen. Die Arzneivorräte in der Krankenstube gingen zu Ende. Wo bewahrte Benson seine Hauptvorräte auf? Swanson sagte es mir und beauftragte Henry, den Steward, mich hinzuführen.

Kurz nach zehn Uhr abends, nachdem ich mir die beiden Kranken draußen auf der Zebra angesehen hatte, führte mich Henry durch die menschenleere Zentrale und über die Leiter in den Trägheitsnavigationsraum hinunter, an den der Elektronenraum grenzte. Er lockerte die kräftige Klampe des vierkantigen, stählernen Lukendeckels in einer Ecke des Elektronenraums, stemmte ihn mit meiner Hilfe hoch — er muß an die fünfundsiebzig Kilo gewogen haben — und schlug ihn zurück, bis der Riegel einschnappte.

Drei an der Innenseite des Lukendeckels festgeschweißte Sprossen führten zu der senkrechten Stahlleiter, die ihrerseits zum unteren Deck führte. Henry kletterte voraus, knipste dabei das Licht an, und ich folgte ihm.

Der Lagerraum, in dem die medizinischen Vorräte verstaut waren, war zwar winzig klein, aber nicht weniger verschwenderisch und großzügig ausgestattet als alles an Bord der *Dolphin*. Benson — in diesem Punkte genauso gewissenhaft wie in seiner Schilderung der Röntgenprozedur — hatte überall Zettel angebracht und alles so sauber und logisch geordnet, daß ich keine drei Minuten brauchte, um zu finden, was ich suchte. Ich kletterte als erster die Leiter hinauf, hielt auf den letzten Sprossen inne, langte nach unten und ließ mir von Henry den Beutel mit den Arzneien geben, schwenkte ihn aufs Deck hinauf, streckte dann schnell die freie

Hand aus, um die mittlere der drei an der Unterseite des Lukendeckels festgeschweißten Sprossen zu packen und mich in den Elektronenraum hinaufzuhissen. Aber es gelang mir nicht. Statt dessen klappte der Deckel nach unten. Der Riegel hatte sich gelöst, und die fünfundsiebzig Kilogramm totes Gewicht senkten sich auf mich herab, bevor ich überhaupt merkte, was da vorging.

Ich fiel halb zur Seite, halb nach hinten und zerrte den Deckel mit. Mein Kopf schlug gegen den Lukensüll. Verzweifelt duckte ich mich nach vorn und versuchte, auch meinen linken Arm zurückzuziehen. Mit dem Kopf hatte ich einigermaßen Glück – der Anprall des Deckels genügte grade nur, um hinterher leichte Kopfschmerzen zurückzulassen –, aber mein linker Arm hatte Pech. Beinahe hätte ich ihn gerettet – aber nur beinahe. Wenn meine linke Hand und das Handgelenk an einem Stahlblock festgeschnallt gewesen wären und ein Gorilla sie mit einem Schmiedehammer bearbeitet hätte – der Schmerz hätte nicht schlimmer sein können. Ein paar Sekunden lang baumelte ich hilflos an meiner linken Hand, dann riß das Gewicht meines Körpers das mißhandelte Handgelenk und die Hand durch den Spalt, und ich landete mit einem Krach auf dem unteren Deck. Der Gorilla schien abermals mit dem Hammer zuzuschlagen. Dann verlor ich das Bewußtsein.

»Ich will nicht erst wie die Katze um den heißen Brei herumgehen, old Boy«, sagte Dr. Jolly. »Bei einem Kollegen Pillendreher hätte das keinen Zweck. Ihr Handgelenk ist zermatscht – ich mußte die Hälfte Ihrer Armbanduhr herauspuhlen. Der mittlere und der kleine Finger sind gebrochen, der mittlere an zwei Stellen. Aber am schlimmsten ist leider der Handrücken beschädigt: die Sehnen des mittleren und des kleinen Fingers sind zerrissen.«

»Was bedeutet das?« fragte Swanson.

»Es bedeutet, daß er sich an der linken Hand zeit seines Lebens mit zwei Fingern und dem Daumen behelfen muß«, erwiderte Dr. Jolly rundheraus.

Swanson fluchte in sich hinein, wandte sich dann an Henry. »Wie konnten Sie bloß, um Gottes willen, so nachlässig sein? Ein erfahrener U-Boot-Mann wie Sie! Sie wissen genau, daß Sie jedesmal eine Kontrolle vorzunehmen haben, ob der Lukendeckel am

Pfostenriegel befestigt ist. Davon haben Sie sich mit eigenen Augen zu überzeugen. Warum haben Sie das unterlassen?«

»Es war nicht nötig, Sir.« Henry sah noch grünlicher und unglückseliger aus denn je. »Ich hörte es knacken und zerrte an dem Deckel. Er saß fest. Das kann ich beschwören, Sir.«

»Wie kann er denn festgesessen haben? Schauen Sie sich Doktor Carpenters Hand an! Sitzt der Deckel lose, dann genügt der geringste zusätzliche Druck ... Zum Donnerwetter, warum könnt ihr Leute euch nicht an die Vorschriften halten?«

Henry starrte stumm zu Boden. Dr. Jolly, der begreiflicherweise genauso mitgenommen aussah, wie ich mich fühlte, packte sein Handwerkszeug weg, empfahl mir zwei Tage Ruhe, gab mir eine Handvoll Tabletten zum Einnehmen, wünschte mir mit müder Stimme eine gute Nacht und kletterte über die Leiter aus dem Elektronenraum, in dem er mir die Hand verbunden hatte.

Swanson sagte zu Henry: »Sie können jetzt gehen, Baker.« Zum erstenmal hörte ich jemanden Henry mit seinem Zunamen anreden: ein deutliches Zeichen dafür, wie ernst sein Vergehen beurteilt wurde. »Morgen früh werde ich beschließen, was zu geschehen hat.«

»Wer weiß, ob morgen früh!« sagte ich, nachdem Henry sich entfernt hatte. »Vielleicht übermorgen. Oder überübermorgen. Dann dürfen Sie sich bei ihm entschuldigen. Wir beide dürfen uns bei ihm entschuldigen. Der Lukendeckel saß fest. Ich habe mich mit meinen eigenen Augen davon überzeugt, Herr Kapitän.«

Swanson sah mich mit seiner gewohnten kalten, starren Miene an. Nach einer Weile fragte er ruhig: »Habe ich Ihre Andeutung richtig verstanden?«

»Jemand hat es riskiert«, antwortete ich. »Aber es war kein gar so großes Risiko. Die meisten schliefen bereits, und die Zentrale war im entscheidenden Augenblick leer. Jemand hat heute abend in der Messe gehört, wie ich Sie um Erlaubnis bat, dem Arzneivorrat einen Besuch abstatten zu dürfen, und wie Sie mir die Erlaubnis erteilten. Kurz darauf gingen fast alle Mann zu Bett. Bis auf einen, der wach blieb und geduldig wartete, bis ich von draußen zurückkam. Er folgte uns nach unten. Er hatte Glück. Oberleutnant Sims, der Deckoffizier, befand sich mit dem Quadranten auf der Brücke, um die Sterne anzupeilen. Die Zentrale war leer. Unser Freund hakte den Deckel los, ohne ihn zuzuklappen. Er wußte nicht genau, ob ich als erster die Leiter heraufkommen würde, aber dieser Unsicherheitsfaktor war recht gering. Zweifellos würde Henry mir aus purer Höflichkeit den Vortritt lassen. Jedenfalls gewann er auch dieses Spielchen, obwohl der Einsatz nicht hoch war. Nachher hatte unser unbekannter Freund Pech. Er dürfte mit einem permanenten Ergebnis gerechnet haben.«

»Ich werde sofort Erkundigungen einziehen«, sagte Swanson. »Wer auch immer es gewesen sein mag — jemand muß ihn gesehen haben. Jemand muß bemerkt haben, wie er seine Koje verließ.«

»Vergeuden Sie nicht Ihre Zeit, Herr Kapitän. Wir haben es mit einem sehr intelligenten Burschen zu tun, der keine Selbstverständlichkeiten übersieht. Darüber hinaus würde er sofort erfahren, daß man sich nach ihm umschaut, und sich verkriechen, so daß ich keine Gelegenheit mehr haben würde, an ihn heranzukommen.«

»Dann werde ich eben die ganze Bande hinter Schloß und Riegel setzen, bis wir wieder in Schottland sind«, sagte Swanson ingrimmig. »Auf diese Weise werden uns weitere Unannehmlichkeiten erspart bleiben.«

»Und auf diese Weise werden wir nie erfahren, wer meinen Bruder und die anderen ins Jenseits befördert hat. Man muß ihm genügend Spielraum lassen, damit er sich in seiner eigenen Schlinge fängt.«

»Du lieber Gott, Mann, wir können uns doch nicht einfach hinsetzen und alles ruhig über uns ergehen lassen?« Swansons Stimme klang ein wenig gereizt. »Was schlagen Sie vor?«

»Wir fangen von vorn an. Morgen früh werden wir mit den Überlebenden ein Verhör veranstalten und uns einen möglichst ausführlichen Bericht über den Verlauf der Feuersbrunst geben lassen. Es muß harmlos aussehen. Als handelte es sich nur darum, Tatsachen zu protokollieren — im Auftrag, sagen wir, der Nachschubintendantur. Ich habe das dunkle Gefühl, daß es uns gelingen könnte, etwas Interessantes zu erfahren.«

»Meinen Sie?« Swanson schüttelte den Kopf. »Ich glaube es nicht. Ich glaube es keine Sekunde lang. Bedenken Sie doch, was Ihnen passiert ist. Es liegt auf der Hand, Mann — jemand weiß oder vermutet, daß Sie hinter ihm her sind. Man wird sich hüten, etwas zu verraten.«

»Sie meinen, deshalb hat man mich heute nacht überfallen?«

»Was sollte es sonst für einen Grund haben?«

»Warum hat man versucht, Benson zu beseitigen?«

»Wir wissen nichts Genaues. Es könnte ja doch ein reiner Zufall gewesen sein.«

»Vielleicht. Vielleicht aber auch nicht! Auf jeden Fall wollen wir abwarten, was uns der morgige Tag bringt.«

Es wurde Mitternacht, bevor ich in meine Kabine zurückkehrte. Der Leitende Ingenieur hatte die Wache, und Hansen schlief, also machte ich kein Licht, um ihn nicht zu stören. Ich zog mich nicht aus, streifte nur die Schuhe ab, legte mich in die Koje und schlüpfte unter die Decke.

Ich schlief nicht ein. Ich konnte nicht einschlafen. Der linke Arm – vom Ellbogen abwärts – fühlte sich noch immer so an, als steckte er in einer Bärenfalle. Zweimal holte ich die schmerzstillenden Tabletten und die Schlafmittel, die Dr. Jolly mir gegeben hatte, aus der Tasche hervor, zweimal steckte ich sie wieder ein.

Statt dessen blieb ich regungslos liegen und grübelte, und nach einer Weile gelangte ich erst einmal zu einer einleuchtenden Schlußfolgerung: An Bord der *Dolphin* befand sich eine Person, die nicht sehr viel für die Vertreter des ärztlichen Berufes übrig hatte. Dann begann ich mir zu überlegen, warum dieser Beruf so unbeliebt sein mochte. Nachdem ich eine halbe Stunde lang meine müden Gehirnzellen umhergeschubst hatte, erhob ich mich geräuschlos und begab mich auf bestrumpften Sohlen zur Krankenstube.

Ich trat ein, machte leise die Tür hinter mir zu. Ein rotes Nachtlicht brannte trüb in einer Ecke, sein Schein genügte grade, um mir die zusammengekauerte Gestalt Bensons auf dem Feldbett zu zeigen. Ich knipste die Deckenbeleuchtung an, kniff die Augen zusammen, die durch das jähe grelle Licht geblendet wurden, und betrachtete den Vorhang am anderen Ende des Raumes.

Ich sagte: »Legen Sie die Rohrzange weg, Rawlings, auch wenn es noch so sehr in den Fingern jucken sollte. Ich bin es, Carpenter.«

Der Vorhang wurde zur Seite geschoben, und Rawlings kam zum Vorschein. In seiner rechten Hand baumelte die Rohrzange mit dem umwickelten Ende. Er sah enttäuscht drein.

»Ich habe jemand anderen erwartet«, sagte er vorwurfsvoll. »Ich hatte gehofft – mein Gott, Herr Doktor, was ist denn mit Ihrem Arm passiert?«

»Ja, fragen Sie mich nur, Rawlings! Unser Freundchen hat es

heute nacht mit mir versucht. Ich glaube, er wollte mich aus dem Weg räumen. Ob für ewige Zeiten oder nur vorübergehend, weiß ich nicht, aber es wäre ihm um ein Haar geglückt.« Ich berichtete kurz, was sich abgespielt hatte, fragte ihn sodann: »Gibt es an Bord einen Menschen, zu dem Sie restloses Vertrauen haben?« Ich kannte die Antwort, bevor ich die Frage stellte.

»Zabrinski«, erwiderte er ohne Zögern.

»Glauben Sie, daß Sie imstande wären, sich zu ihm hinzuschleichen und ihn herzuholen, ohne jemanden aufzuwecken?«

Er stellte keine Fragen. Er sagte nur: »Er kann nicht gehen, Herr Doktor, das wissen Sie doch.«

»Tragen Sie ihn. Sie sind stark genug dazu.«

Er grinste und ging weg. Binnen drei Minuten war er mit Zabrinski wieder da. Eine Dreiviertelstunde später – nachdem ich Rawlings gesagt hatte, er brauche nicht länger aufzupassen – befand ich mich wieder in meiner Kabine.

Hansen schlief noch immer. Selbst als ich eine Wandlampe anknipste, wachte er nicht auf. Langsam, schwerfällig, unter Schmerzen zog ich das Pelzwerk an, sperrte den Koffer auf, nahm das zerbrochene Messer, die Mauser und die beiden in Gummi gehüllten Ladestreifen heraus, die Kapitän Swanson im Benzintank des Traktors gefunden hatte, steckte sie ein und verließ die Kabine.

Als ich durch die Zentrale kam, teilte ich dem Deckoffizier mit, ich beabsichtige, mir die beiden Patienten anzuschauen, die im Lager zurückgeblieben waren. Da ich an meiner verletzten Hand einen Pelzfäustling trug, war er nicht erstaunt. In seinen Augen war ich weiter nichts als der gute Samariter, der sich auf den Weg macht, um die Kranken zu trösten und zu heilen.

Freilich sah ich mir die beiden Patienten gründlich an – beide schienen sich rasch zu erholen – und verabschiedete mich sodann von den Matrosen, die Nachtwache hielten. Aber ich kehrte nicht sogleich zur *Dolphin* zurück. Erst einmal begab ich mich zu dem Schuppen und legte Pistole, Messer, Ladestreifen wieder in den Benzintank des Traktors. Dann erst kehrte ich an Bord zurück.

9

»Ich bedaure, daß ich Sie mit all diesen Fragen belästigen muß«, sagte ich in freundlichem Ton. »Aber das ist nun einmal die bürokratische Mühle. Tausend Fragen in vierfacher Ausfertigung, eine sinnloser und irritierender als die andere. Aber ich habe meine Weisungen durchzuführen und den Bericht so schnell wie möglich funktelegrafisch an die Intendantur zu senden. Ich wäre Ihnen für jede Auskunft und Mitarbeit dankbar. Nummer eins: Hat jemand unter Ihnen auch nur die leiseste Ahnung, wie dieses gottverdammte Feuer entstanden ist?«

Ich hoffte sehr, den richtigen Beamtenton getroffen zu haben – als angeblicher Vertreter der Generalintendantur, die den Nachschubdienst der britischen Streitkräfte leitet. Ferner betonte ich, um jeden Argwohn im Keim zu ersticken, daß es üblich sei, in Fällen, da es sich um Verluste an Menschenleben handelt, einen Arzt hinzuschicken.

»Also«, sagte Naseby, der Lagerkoch, zögernd, »ich glaube, ich war der erste, der den Brand gemerkt hat.« Er war noch immer kein Urbild der Kraft und Gesundheit, sah aber doch hundertprozentig wohler aus als am Tag zuvor. Genauso wie bei den übrigen acht – vielmehr sieben – Überlebenden der Treibeis-Station Zebra hatten ein ausgiebiger Nachtschlaf in warmen Kissen und das gute Essen eine merkliche Wendung zum Besseren herbeigeführt. Kapitän Folsoms Gesicht war so fürchterlich verbrannt, daß man schwer feststellen konnte, wie weit auch er Fortschritte gemacht hatte, obwohl ihm vor einer knappen halben Stunde ein reichliches Frühstück, fast zur Gänze aus flüssiger Nahrung bestehend, serviert worden war.

»Es muß gegen zwei Uhr morgens gewesen sein«, fuhr Naseby fort. »Also, um zwei herum. Die Hütte stand schon in Flammen. Lichterloh. Ich –«

Ich unterbrach ihn. »Welche Hütte? Wo schliefen Sie?«

»Im Küchenhaus. Dort wurde auch gegessen. Die am weitesten nach Westen zu gelegene Hütte in der nördlichen Reihe.«

»Haben Sie allein dort geschlafen?«

»Nein. Hewson – er sitzt neben mir –, Flanders und Bryce haben auch im Küchenhaus geschlafen. Flanders und Bryce sind – waren – im Laboratorium beschäftigt. Hewson und ich lagen ganz hinten, dann kamen zwei große Wandschränke, die unsere gesamten Lebensmittel enthielten, einer links, einer rechts. Im eigentlichen Eßraum neben der Kombüsse schliefen Flanders und Bryce.‹

»Sie befanden sich der Tür am nächsten?«

»Richtig. Ich stand auf, hustend und halb vom Rauch erstickt ganz schwindlig im Kopf, und da sah ich, wie die Flammen schon anfingen, sich durch die Ostwand durchzufressen. Ich rüttelte Hewson, lief dann den Feuerlöscher holen – er hing neben der Tür. Er funktionierte nicht. Vielleicht war er in der Kälte erstarrt. Ich weiß es nicht. Ich lief zurück, inzwischen war ich schon blind so viel Rauch habe ich in meinem ganzen Leben noch nicht gesehen. Ich rüttelte Flanders und Bryce und schrie ihnen zu, ins Freie zu laufen, dann stieß ich mit Hewson zusammen und forderte ihn auf, Kapitän Folsom zu wecken.«

Ich sah Hewson an. »Sie haben Kapitän Folsom geweckt?«

»Ich lief, hin, um ihn zu wecken. Aber nicht direkt. Das ganze Lager brannte wie ein tolles Sonnwendfeuer, zehn Meter hohe Flammen rasten durch die Gasse zwischen den beiden Hüttenreihen. Überall spritzte das Öl umher, zum Teil brennend. Ich mußte einen weiten Bogen nach Norden zu machen, um den Flammen und dem Öl auszuweichen.«

»Der Wind kam von Osten her?«

»Nicht genau östlich. Ich würde eher sagen, Ost-Süd-Ost. Jedenfalls machte ich einen weiten Bogen um das Generatorenhaus – es lag neben dem Küchenhaus in der nördlichen Reihe – und kam zum Hauptlogis. Das war die Hütte, in der Sie uns angetroffen haben.«

»Dann weckten Sie Kapitän Folsom.«

»Er war bereits verschwunden. Kurz nachdem ich den Eßraum verlassen hatte, begannen die Brennstoffkanister im Brennstofflager – das war die Hütte genau südlich vom Hauptlogis – zu explodieren. Wie lauter schwere Bomben, so hat es geknallt. Es hätte die Toten aufgeweckt. Jedenfalls hat es Kapitän Folsom aufgeweckt. Er und Jeremy –, er deutete auf einen Mann, der ihm gegenüber am Tisch saß, »– hatten den Feuerlöscher aus dem Logis genommen und versucht, sich Major Halliwells Hütte zu nähern.«

»Sie lag doch unmittelbar westlich neben dem Brennstoffvorrat?«

»Richtig. Ein Inferno. Kapitän Folsoms Feuerlöscher funktionierte ausgezeichnet, aber man konnte nicht nahe genug herankommen, um etwas auszurichten. Es hing so viel Öl in der Luft, daß selbst der Löschschaum zu brennen schien.«

»Eine Sekunde . . .«, sagte ich. »Ich möchte wieder auf meine ursprüngliche Frage zurückkommen. Wie hat das Feuer begonnen?«

»Das haben wir hundertmal unter uns besprochen«, antwortete Dr. Jolly verdrossen. »Die Sache ist die, old Boy: Wir haben nicht den geringsten Anhaltspunkt. Wir wissen nur, wo es angefangen hat: Wenn man die zerstörten Hütten und die damals herrschende Windrichtung bedenkt, dann kann es nur im Brennstoffvorrat gewesen sein. Aber wie? Da sind wir auf Vermutungen angewiesen. Hewson, Sie hatten den Brennstoffvorrat und das Generatorenhaus zu betreuen. Können Sie sich gar keinen Begriff machen?«

»Nein. Es muß eine elektrische Zündung gewesen sein, aber das Wie ist mir schleierhaft. Möglicherweise hatte einer der Kanister eine undichte Stelle, und es hing Öldunst in der Luft. In der Brennstoffvorratshütte standen zwei schwarze Heizöfen, um die Temperatur bei etwa zehn Grad unter Null zu erhalten, damit das Öl immer schön flüssig blieb. Ein Überschlag im Unterbrechungskontakt des Thermostats könnte das Gas angezündet haben. Aber das ist natürlich nur eine vage Vermutung.«

»Ausgeschlossen, daß schwelende Putzwolle oder Zigarettenstummel die Ursache waren?«

Hewsons Gesicht färbte sich dunkelrot.

»Hören Sie zu, Herr, ich verstehe mein Handwerk. Schwelende Putzwolle, Zigarettenstummel — ich weiß, wie man so einen Scheißvorrat . . .«

Ich fiel ihm ins Wort. »Nichts für ungut. Nur nicht gleich aus der Haut fahren! Ich habe meine Aufgabe durchzuführen.« Ich wandte mich wieder an Naseby. »Nachdem Sie Hewson zu Kapitän Folsom geschickt hatten — was dann?«

»Ich lief zum Funkraum hinüber — das war die Hütte genau südlich vom Küchenhaus, westlich von Major Halliwells Hütte.«

»Aber die beiden Laboranten — Flanders und Bryce —: Sie haben doch wohl nachgesehen, ob sie wach geworden waren und sich in Sicherheit gebracht hatten, bevor Sie den Eßraum verließen.«

»Gott sei mir gnädig — ich habe nicht nachgeschaut.« Mit hängenden Schultern und finsterer Miene starrte Naseby zu Boden. »Sie sind tot. Ich bin daran schuld. Aber Sie ahnen nicht, wie es dort ausgesehen hat! Durch die Ostwand schlugen die Flammen herein, die Hütte war voller Öl und stickigem Rauch, ich konnte nichts sehen, ich konnte kaum atmen. Ich rüttelte die beiden und rief ihnen zu, ins Freie zu laufen. Ich habe sie kräftig gerüttelt, und ich habe auch laut genug gerufen ...«

»Das kann ich bestätigen«, sagte Hewson ruhig. »Ich war dicht neben ihm.«

»Ich bin gleich weitergerannt«, fuhr Naseby fort. »Es ging mir nicht darum, die eigene Haut zu retten. Ich dachte, Flanders und Bryce würden mir auf den Fersen sein. Ich wollte die anderen warnen. Erst – erst mehrere Minuten später merkte ich, daß keine Spur von ihnen zu sehen war. Und da – ja, da war es zu spät.«

»Sie liefen zum Funkraum hinüber. Dort schliefen Sie, Kinnaird, nicht wahr?«

»Ja, dort schlief ich.« Sein Mund zuckte. »Zusammen mit dem Zweiten Funker Grant, der gestern gestorben ist. Doktor Jolly schlief an der durch eine Zwischenwand abgetrennten Ostseite der Hütte. Dort hatte er seine Krankenstube und den kleinen Verschlag eingerichtet, in dem er mit seinen Eisproben experimentierte.«

»Ihre Ecke dürfte also zuerst in Brand geraten sein?« sagte ich zu Jolly.

»Allem Anschein nach«, erwiderte er. »Offen gestanden, old Boy, in der Erinnerung kommt es mir wie ein Traum vor – wie ein Alptraum. Ich glaube, ich war im Schlaf schon halb erstickt. Ich erinnere mich nur, daß Grant sich über mich beugte, mich rüttelte und mir etwas ins Ohr schrie. Ich weiß auch nicht mehr, was ich sagte oder tat. Das nächste, woran ich mich erinnere, ist, daß ich links und rechts geohrfeigt wurde – ziemlich unsanft noch dazu. Aber bei allen Göttern, es wirkte! Ich stand auf, und er schleifte mich aus meinem Ordinationsraum in den Funkraum. Ich verdanke mein Leben dem armen jungen Grant. Ich war gerade noch soweit bei Besinnung, daß ich den Erste-Hilfe-Kasten mitnahm, den ich immer fertiggepackt neben mir liegen hatte.«

»Wer oder was hatte Grant geweckt?«

»Naseby hatte ihn geweckt«, sagte Kinnaird. »Er weckte uns beide, schrie und hämmerte gegen die Tür. Ohne ihn wären Doktor Jolly und ich erledigt gewesen, wären wir nicht mehr aufgewacht. Ich sagte Grant, er soll den Doktor wecken, während ich versuchte, die Eingangstür zu öffnen.«

»War sie denn versperrt?«

»Sie hatte sich verklemmt. Das kam nachts recht häufig vor. Untertags, wenn die Heizöfen in vollem Gang waren, um innerhalb der vier Wände eine anständige Arbeitstemperatur aufrechtzuerhalten, schmolz das Eis an den Türkanten. Nachts, wenn wir in unsere Schlafsäcke krochen, drosselten wir die Heizung. Das geschmolzene Eis in den Türspalten gefror, die Tür war sozusagen versiegelt. Das passierte fast jede Nacht in fast jeder Hütte. Meistens mußten wir uns frühmorgens gewaltsam Bahn brechen. Aber ich kann Ihnen sagen, in dieser Nacht habe ich nicht lange gebraucht, um die Tür aufzustemmen.«

»Und dann?«

»Ich stürzte ins Freie hinaus«, antwortete Kinnaird. »Vor lauter schwarzem Rauch und herumfliegendem Öl war nichts zu sehen. Ich lief etwa zwanzig Meter weit nach Süden, um festzustellen, was los sei. Das ganze Lager schien in Flammen zu stehen. Wenn man so um zwei Uhr früh aus dem Schlaf gerissen wird, halb blind, halb verschlafen, von den Dünsten halb betäubt, ist das Hirn nicht grade in bester Form, aber mir war Gott sei Dank noch so viel Verstand geblieben, daß ich mir sagte, ein SOS-Ruf sei das einzige, das uns retten könnte. Deshalb kehrte ich in die Funkhütte zurück.«

»Alle verdanken wir Kinnaird unser Leben.« Zum erstenmal machte Jeremy den Mund auf, ein stämmiger, rothaariger Kanadier, Chefingenieur des Stützpunktes. »Und wenn ich nicht ein bißchen schneller zugepackt hätte, wären wir alle tot.«

»Ach, um Gottes willen, Mensch, halten Sie den Mund!« brummte Kinnaird.

»Ich denke nicht daran«, sagte Jeremy trocken. »Außerdem verlangt Doktor Carpenter einen lückenlosen Bericht. Ich war der erste nach Kapitän Folsom, der das Logis verließ. Wie Hewson bereits erwähnt hat, versuchten wir, mit dem Feuerlöscher an Major Halliwells Hütte heranzukommen. Es war von Anfang an aussichtslos, aber wir mußten es versuchen – schließlich wußten wir ja, daß dort drinnen vier Mann in der Falle saßen. Aber wie gesagt, es war verlorene Mühe. Kapitän Folsom rief uns zu, er würde einen zweiten Feuerlöscher holen, und befahl mir, nachzuschauen, wie es im Funkraum zuging...

Die Funkhütte stand in hellen Flammen. Als ich mich so weit wie möglich der Tür in der Westwand näherte, sah ich Naseby, wie er sich über Doktor Jolly beugte, der umgekippt war, sowie er die frische Luft gespürt hatte. Er rief mir zu, ich sollte ihm helfen, Doktor Jolly in Sicherheit zu bringen, und ich wollte grade hinlaufen, da kam Kinnaird angesaust. Ich sah, daß er geradenwegs auf die Tür des Funkraums zusteuerte.« Er lächelte ein unfrohes Lächeln. »Ich dachte, er hätte den Verstand verloren. Ich stellte mich ihm in den Weg. Er schrie mir zu, ich sollte ihm Platz machen. Ich bat ihn, vernünftig zu sein, er schrie zurück, daß er das transportable Radio holen müsse, alles Öl sei weg, und der Generator und das Küchenhaus mit sämtlichen Lebensmitteln stünden in Flammen. Er schlug mich zu Boden, und im nächsten Augenblick sah ich ihn durch die Tür verschwinden. Rauch und Flammen strömten ins Freie. Ich weiß nicht, wie er es geschafft hat, mit dem Leben davonzukommen.«

»Und dabei haben Sie sich das Gesicht und die Hände so schwer verbrannt?« fragte Kapitän Swanson. Er stand in einer Ecke des Messeraums, hatte bisher kein Wort geäußert, sich aber nichts entgehen lassen.

»Wahrscheinlich, Sir.«

»Eigentlich müßten Sie sich damit einen Empfang im Buckingham Palace verdient haben«, murmelte Swanson.

»Hol der Teufel den Buckingham Palace!« sagte Kinnaird erbittert. »Und mein Kamerad? Jimmy Grant? Kann er im Buckingham Palace katzbuckeln? Nein, das kann er leider nicht, der arme Teufel. Wissen Sie, womit er beschäftigt war, als ich ankam? Er saß noch im Funkraum, am Hauptsender, und funkte SOS auf einer regulären Welle. Seine Kleider brannten. Ich zerrte ihn vom Stuhl hoch, rief ihm zu, er solle ein paar Nife-Zellen nehmen und abhauen. Ich packte den Radiokoffer und eine Schachtel mit Nife-Zellen und rannte ins Freie hinaus. Ich dachte, Grant sei dicht hinter mir, aber ich hörte nichts, das Getöse der Flammen und der Knall der explodierenden Kanister waren ohrenbetäubend. Ich rannte so lange drauflos, bis ich das Radio und die Zellen in Sicherheit gebracht hatte. Dann kehrte ich um. Ich fragte Naseby, der sich noch immer um Doktor Jolly bemühte, ob Grant aufgetaucht wäre. Er sagte, nein. Wieder lief ich zur Tür hin – ja, und dann kann ich mich an nichts mehr erinnern.«

»Ich schlug ihn zu Boden«, sagte Jeremy mit finsterer Befriedigung. »Von hinten. Es blieb mir nichts anderes übrig.«

»Ich hätte Sie umbringen mögen, als ich wieder zu mir kam«, sagte Kinnaird mürrisch. »Aber ich muß zugeben, Sie haben mir das Leben gerettet.«

»Und ob, lieber Mann.« Jeremy verzog das Gesicht zu einer Grimasse. »Das war mein Beitrag zu den Heldentaten dieser Nacht. Leute zu Boden schlagen ... Nachdem Naseby Doktor Jolly zum Leben erweckt hatte, fing er plötzlich zu schreien an: ›Wo sind Flanders und Bryce – wo sind Flanders und Bryce?‹ Inzwischen waren einige andere aus dem Hauptlogis erschienen, und es verging fast eine volle Minute, bevor wir merkten, daß Flanders und Bryce sich nicht unter ihnen befanden. Naseby lief wie ein Wilder auf die Tür des Küchenhauses zu. Es war aber keine Tür mehr da, nur eine massive Feuerwand dort, wo die Tür gewesen war. Als er an mir vorbeikam, holte ich aus, und er fiel hin und schlug mit dem Kopf gegen das Eis.« Er sah Naseby an. »Ich bitte noch einmal um Verzeihung, Jonny, aber Sie waren in diesem Augenblick verrückt.«

Mit einem matten Lächeln rieb sich Naseby das Kinn. »Ich spüre es noch immer. Und Sie hatten recht – weiß Gott ...«

»Dann tauchte Kapitän Folsom zusammen mit Dick Foster auf, der gleichfalls im Hauptlogis geschlafen hatte«, fuhr Jeremy fort. »Kapitän Folsom teilte uns mit, er habe sämtliche vorhandenen Feuerlöscher ausprobiert, aber sie seien alle eingefroren. Er hatte gehört, daß Grant noch im Funkraum eingeschlossen sei. Er und Foster hatten jeder eine in Wasser getränkte Decke mitgebracht. Ich versuchte, sie zurückzuhalten, aber Kapitän Folsom befahl mir, ihm aus dem Weg zu gehen.« Jeremy lächelte ein schiefes Lächeln. »Wenn Kapitän Folsom einem befiehlt, aus dem Weg zu gehen – na, dann gehorcht man eben ...

Er und Foster zogen die nassen Decken über den Kopf und rannten ins Feuer. Nach ein paar Sekunden war Kapitän Folsom wieder bei uns, Grant mit sich schleppend. Ich hatte so etwas noch nie gesehen – zwei lebende Fackeln. Ich weiß nicht, was Foster passiert ist. Er kam nicht wieder. Inzwischen war das Dach der Hütte Major Halliwells und auch das Dach des Küchenhauses eingestürzt. Es war unmöglich, sich diesen beiden Gebäuden zu nähern. Außerdem wäre es ohnehin schon zu spät gewesen. Major Halliwell und die drei anderen in seiner Hütte und Flanders und

Bryce im Küchenhaus müssen längst tot gewesen sein. Doktor Jolly ist der Meinung, sie hätten nicht viel zu leiden gehabt – sie seien wahrscheinlich erstickt, bevor die Flammen sie erreichten.«

»Nun also«, sagte ich langsam, »– wir haben jetzt einen Begriff von den verwirrenden und furchtbaren Ereignissen dieser Nacht, wie wir ihn klarer nicht erhoffen dürfen. Es war unmöglich, sich der Hütte Major Halliwells zu nähern?«

»In einem Abstand von fünf Metern wäre man nicht mehr mit dem Leben davongekommen«, sagte Naseby schlicht.

»Und was hat sich nachher abgespielt?«

»Ich übernahm das Kommando«, sagte Dr. Jolly. »Es gab aber nicht viel zu kommandieren, und das wenige, das zu tun war, konnte nur ich selber tun – nämlich, die Verwundeten behandeln. Ich ließ sie alle draußen auf dem Packeis warten, bis das Feuer ein wenig herabgebrannt war und anscheinend keine Gefahr mehr bestand, daß weitere Brennstoffkanister platzten, dann begaben wir uns allesamt ins Hauptlogis, wo ich mich, so gut es ging, um die Verletzten bemühte. Kinnaird erwies sich trotz böser Verbrennungen als ein erstklassiger Assistenzarzt. Die Schwerverletzten betteten wir auf den Fußboden. Grant befand sich in einem entsetzlichen Zustand – ich machte mir leider von allem Anfang keine großen Hoffnungen. Und – tja, das war so ziemlich alles.«

»In den darauffolgenden Tagen und Nächten gab es nichts zu essen?«

»Nichts, old Boy. Auch keine Wärme, bis auf die Reservelaternen in den drei noch vorhandenen Hütten. Mit Mühe und Not brachten wir ein paar Eisbrocken zum Schmelzen, damit wir Wasser hatten. Auf meine Weisung hin blieben alle liegen, fest in die vorhandenen Sachen eingepackt, um Energie und Wärme zu speichern.«

»Für Sie muß es besonders schlimm gewesen sein«, sagte ich zu Kinnaird. »Alle zwei Stunden die hart verdiente Wärme opfern, um SOS zu funken ...«

»Nicht nur für mich«, erwiderte Kinnaird. »Ich bin auch nicht grade auf Frostbeulen versessen. Doktor Jolly bestand darauf, daß alle, die dazu fähig waren, abwechselnd hingingen und SOS funkten. Es war nicht schwer. Der Anruf war mechanisch eingestellt, man brauchte nur zu senden und dann zu horchen. Wenn Antwort kam, war ich schnell wie der Blitz drüben in der Met-Station. Eigentlich war es Hewson, der mit dem Amateur in Bodo

Verbindung bekam, und Jeremy, der den Fischdampfer in der Barents-See erwischte. Nachher ging natürlich ich 'ran. Davon abgesehen, konnten mir Doktor Jolly und Naseby behilflich sein, also war es nicht gar so schlimm. Auch Hassard ist am zweiten Tag eingesprungen – in der Brandnacht war er beinahe erblindet.«

»Und Sie führten die ganze Zeit das Kommando, Doktor Jolly?« fragte ich.

»Gott behüte – nein! Kapitän Folsom war nur in den ersten vierundzwanzig Stunden aktionsunfähig, aber nachdem er sich von seinem schweren Schock erholt hatte, löste er mich ab. Ich bin ja doch nur ein Pillendreher, old Boy. Als Führer und kühner Tatmensch – na, also, ehrlich gestanden, old Boy, diese Rolle liegt mir gar nicht.«

»Trotzdem haben Sie Hervorragendes geleistet.« Ich sah mich im Kreis um. »Daß die meisten von euch nicht ihr Leben lang mit Narben herumlaufen müssen, habt ihr ausschließlich der schnellen und hochwirksamen Behandlung zu verdanken, die Doktor Jolly euch unter den unmöglichsten Bedingungen hat zuteil werden lassen... Nun, damit sind wir am Ende angelangt. Es muß für euch alle recht schmerzlich gewesen sein, die Ereignisse dieser fürchterlichen Nacht noch einmal Revue passieren zu lassen. Ich glaube nicht, daß wir je erfahren werden, auf welche Weise der Brand entstanden ist. Es handelt sich eben um einen jener Fälle, wie sie unter Tausenden einmal vorkommen. Immerhin haben wir – wenn auch um einen verteufelt hohen Preis – etwas zugelernt: Der Abstand zwischen dem Brennstoffvorrat und dem Lager hat mindestens hundert Meter zu betragen.«

Die Sitzung wurde aufgehoben. Jolly begab sich schleunigst in die Krankenstube. Er konnte nicht ganz verhehlen, welchen Genuß es ihm bereitete der einzige Arzt an Bord zu sein, der nicht *hors de combat* war. Er hatte einige arbeitsreiche Stunden vor sich – Verbände auswechseln, Bensons Zustand kontrollieren, Zabrinskis gebrochenen Knöchel röntgen und den Gipsverband erneuern.

Ich ging in meine Kabine, öffnete den Koffer, nahm eine kleine Brieftasche heraus, sperrte den Koffer wieder ab und ging in Swansons Kabine. Mir fiel auf, daß er nicht mehr so oft lächelte wie damals in Schottland, als ich ihn kennenlernte. Als ich auf seine Aufforderung hin eintrat, blickte er auf und sagte ohne Einleitung: »Wenn die beiden Leute, die noch im Lager liegen, auch nur einigermaßen transportfähig sind, möchte ich sie sofort an Bord holen. Je früher wir wieder in Schottland sind und den Fall den zuständigen Behörden übergeben können, desto lieber wird es mir sein. Ich habe Sie darauf aufmerksam gemacht, daß Ihre Ermittlungen im Sand verlaufen werden. Gott weiß, wie lange es dauern wird, bis der nächste Überfall von Stapel geht. Um Himmels willen, Carpenter, wir haben einen Mörder an Bord!«

»Dreierlei ...«, erwiderte ich. »Es wird kein Überfall mehr passieren, das ist fast sicher. Zweitens: die zuständigen Behörden, wie Sie sich ausdrücken, das heißt wohl die Polizei, werden keine Erlaubnis bekommen, sich mit dieser Angelegenheit zu befassen. Und drittens: die heutige Sitzung ist nicht ganz unnütz gewesen. Sie hat drei Personen entlastet, die als Täter in Betracht gekommen wären.«

»Dann muß mir etwas entgangen sein, das Ihnen nicht entgangen ist.«

»O nein. Aber ich wußte etwas, das Sie nicht wissen. Ich wußte, daß unter dem Fußboden des Laboratoriums etwa vierzig Nife-Zellen liegen, die sich in ausgezeichnetem Zustand befinden — aber benützt worden sind. Wer könnte sie benützt haben? Nur die Personen, die das Logis von Zeit zu Zeit verließen, um SOS zu funken. Damit sind Kapitän Folsom und die Zwillinge Harrington ausgeschaltet. Es ist nicht davon die Rede gewesen, daß einer dieser drei je das Logis verlassen hätte. Sie waren dazu nicht fähig. Es bleiben also Hewson, Naseby, Doktor Jolly, Jeremy, Hassard und Kinnaird übrig. Treffen Sie Ihre Wahl. Einer von ihnen ist der Mörder.«

»Wozu hat man die zusätzlichen Zellen gebraucht?« fragte Swanson. »Und wenn diese zusätzlichen Zellen vorhanden waren — warum hat man sein Leben riskiert und sich mit den halb verbrauchten Zellen begnügt? Hat das einen Sinn?«

»Alles hat einen Sinn«, erwiderte ich. »Sind Ausflüchte erwünscht? Bitte, sich an Carpenter zu wenden ...«

Ich zog die Brieftasche hervor, breitete einige Kärtchen vor ihm aus. Er nahm sie zur Hand, studierte sie und legte sie in die Brieftasche zurück.

»Nun wissen wir endlich Bescheid«, sagte er gelassen. »Es hat eine Weile gedauert, bis es herauskam. Ich meine die Wahrheit. MI6. Geheimdienst. Gegenspionage. Mhm. Na, ich will nicht viel damit hermachen, Carpenter, ich weiß seit gestern, was dahinterstecken mußte – es konnte gar nicht anders sein.« Er sah mich nachdenklich an. »Die Herren geben sich nie zu erkennen, solange sie nicht dazu gezwungen sind.« Die logische Frage blieb unausgesprochen.

»Drei Gründe, warum ich es Ihnen gesagt habe. Sie haben ein gewisses Anrecht auf mein Vertrauen. Ich will Sie auf meiner Seite haben. Und die Information, die ich Ihnen jetzt zu erteilen habe, hätte Sie ohnedies auf die richtige Spur gebracht. Haben Sie je etwas von der Perkin-Elmer-Roti-Satelliten-Fernlenkwaffen-Suchkamera gehört?«

»Das soll man über die Lippen bringen?« murmelte er. »Nein.«

»Haben Sie etwas von Samos gehört? Samos III?«

»Satellite and Missile Observation System?« Er nickte. »Ja. Und was für einen denkbaren Zusammenhang sollte dieses Überwachungsnetz mit einem rücksichtslosen Mörder haben, der auf der Treibeis-Station Zebra Amok läuft?«

Ich sagte ihm also, was das für ein Zusammenhang sein mochte. Ein nicht nur denkbarer, nicht nur möglicher, nicht nur wahrscheinlicher, sondern absolut sicherer Zusammenhang. Swanson hörte aufmerksam zu, äußerst aufmerksam. Er unterbrach mich nicht ein einzigesmal. Zuletzt lehnte er sich zurück und nickte.

»Sie haben den Nagel auf den Kopf getroffen – kein Zweifel. Die Frage lautet: Wer? Ich kann es nicht erwarten, diesen Teufel einzusperren und streng bewachen zu lassen.«

»Sie würden ihn auf der Stelle in Ketten legen, ja?«

»Du lieber Gott!« Er starrte mich an. »Sie etwa nicht?«

»Ich weiß es nicht. Doch, ich weiß es. Ich würde ihn in Ruhe lassen. Meiner Meinung nach ist unser Freund nur ein Glied in einer langen Kette. Wenn wir ihm genügend Spielraum lassen, wird er nicht nur sich selber einen Strick drehen, sondern uns auch zu den übrigen Kettengliedern führen. Außerdem bin ich nicht unbedingt davon überzeugt, daß wir es nur mit einem Mörder zu tun haben. Es soll vorgekommen sein, daß Mörder einen Komplicen haben, Herr Kapitän.«

»Zwei Mann? Sie halten es für möglich, daß sich zwei Mörder an Bord der *Dolphin* befinden?« Er schüttelte entschieden den Kopf. »Vielleich ist es doch nur einer. Wenn ja, und ich weiß, wer es ist, dann verhafte ich ihn sofort. Vergessen Sie nicht, Carpenter, wir haben Hunderte von Meilen unter dem Eis zurückzulegen, bevor wir das offene Meer erreichen. Wir können nicht alle sechs immerzu überwachen, und jemand, der auch nur ein bißchen was von U-Booten versteht, könnte uns hunderterlei Streiche spielen, die unser Leben bedrohen. Kleinigkeiten, die auf hoher See nichts bedeuten, aber unterhalb der Eisdecke verhängnisvoll sein würden . . .«

»Heißt das nicht die simple Tatsache außer acht lassen, daß der Mörder, wenn er uns erledigt, selber dran glauben müßte?«

»Ich teile nicht unbedingt Ihren Glauben an seine Zurechnungsfähigkeit. Alle Mörder sind leicht verrückt. Egal, wie hervorragend ihre Gründe sein mögen — daß sie morden, stempelt sie als anomal, als entartet. Man darf sie nicht mit normalen Maßstäben messen.«

Er hatte nur zur Hälfte recht. Leider aber mochten diese fünfzig Prozent für den vorliegenden Fall gelten. Die meisten Mörder begehen ihre Tat in einem einmaligen Erregungszustand, der nicht wiederkehrt. Unser Freund aber machte in jeder Beziehung den Eindruck, daß ihm menschliche Regungen völlig fremd seien. Außerdem hatte er schon bedeutend häufiger als nur einmal zugeschlagen.

»Na ja«, sagte ich nachdenklich. »Vielleicht. Ja, ich glaube, ich muß Ihnen recht geben. Wer ist Ihr Favorit im Rennen zum Galgen, Herr Kapitän?«

»Wenn ich das wüßte! Ich habe auf jedes Wort geachtet, das heute früh gesagt wurde. Ich habe das Gesicht jedes einzelnen beobachtet, wenn er etwas sagte — und die Gesichter der anderen, die ihm zuhörten. Ich habe seither unaufhörlich darüber nachgegrübelt, und der Teufel soll mich holen, wenn ich auch nur das kleinste Indiz gefunden habe! Was halten Sie von Kinnaird?«

»Auf ihn fällt offenbar der stärkste Verdacht. Aber nur deshalb, weil er ein geschulter Funker ist. Das könnte aber ebensogut für ihn sprechen.«

»Nife-Zellen wurden aus dem Funkraum gestohlen und ins Laboratorium gebracht«, betonte Swanson. »Kinnaird hatte am ehesten Zugang zu ihnen. Abgesehen von Doktor Jolly, dessen Ordinationsraum und Schlafstelle in derselben Hütte lagen.«

»Das heißt also mit dem Finger auf Kinnaird und Jolly zeigen.«

»Ja! Oder nein?«

»Freilich. Besonders wenn Sie zugeben müssen, daß die Konserven unter dem Fußboden des Labors auf Hewson und Naseby hindeuten, die beide im Küchenhaus schliefen, in dem die Lebensmittel aufbewahrt wurden, und daß die Radio-Sonde und der Wasserstoff im Labor auf Jeremy und Hassard hindeuten, den Meteorologen und den Laboranten, die beide am leichtesten Zugang zu diesen Artikeln hatten.«

»So ist es recht – bringen Sie nur alles schön durcheinander!« sagte Swanson gereizt. »Als ob die Konfusion nicht ohnedies schon groß genug wäre.«

»Ich habe nicht die Absicht, sie zu vergrößern. Ich sage nur: Wenn Sie aus bestimmten Gründen eine bestimmte Möglichkeit einräumen, müssen Sie aus ähnlichen Gründen ähnliche Möglichkeiten gelten lassen. Außerdem spricht manches zugunsten Kinnairds. Er riskierte sein Leben, um in den Funkraum zurückzukehren und das Kofferradio herauszuholen. Er riskierte einen glatten Selbstmord, als er ein zweitesmal einzudringen versuchte, um seinen Assistenten Grant herauszuholen, und er wäre wahrscheinlich umgekommen, wenn nicht Jeremy ihn zu Boden geschlagen hätte. Erinnern Sie sich, was diesem Foster passierte, der sich unmittelbar nachher mit einer nassen Decke überm Kopf hineinwagte. Er ist nicht zurückgekehrt ...

Ferner: Würde Kinnaird die Nife-Zellen überhaupt erwähnt haben, wenn sie für ihn mit einem Schuldkomplex verknüpft wären? Aber er hat sie von sich aus erwähnt. Übrigens könnte das der Grund gewesen sein, warum Grant, der Zweite Funker, zusammenbrach und später sterben mußte: Kinnaird hatte ihm befohlen, die restlichen Nife-Zellen mitzunehmen, und er fiel um, weil er zu lange drin blieb und nach Sachen suchte, die längst aus der Hütte weggeschleppt worden waren. Ein letzter Punkt: Naseby kann bezeugen, daß die Tür des Funkraums verklemmt war – vermutlich durch eine Eiskruste. Hätte Kinnaird wenige Minuten früher mit Streichhölzern gespielt, dann hätte die Tür nicht genug Zeit gehabt, zuzufrieren.«

»Wenn Sie Kinnaird reinwaschen«, sagte Swanson langsam, »müssen Sie mehr oder weniger auch Doktor Jolly eliminieren.« Er lächelte. »Ich kann mir auch nicht vorstellen, daß einer Ihrer Berufskollegen, Carpenter, wie ein Irrer umherläuft und Leute totschießt. Aufgabe des Arztes ist es, Löcher zu flicken, nicht aufzureißen. Hippokrates hätte es nicht gefallen.«

»Ich denke nicht daran, Kinnaird zu eliminieren«, sagte ich. »Aber ich will mich nicht übereilen und ihn Hals über Kopf zum Mörder stempeln. Was unsere Berufsmoral betrifft – soll ich Ihnen die edlen Heilkünstler aufzählen, die die Anklagebank in Old Bailey geziert haben? Freilich können wir Jolly nichts ankreiden. Seine Beteiligung an den Vorgängen jener Nacht scheint sich darauf beschränkt zu haben, daß er zur Tür des Funkraums hinausstolperte, platt auf die Nase fiel und liegenblieb, bis so ziemlich alles vorüber war. Das hat natürlich nichts mit seinen eventuellen Schritten vor Ausbruch des Brandes zu tun. Wieder aber spricht gegen diese Hypothese das Faktum der verklemmten Tür, außerdem das Faktum, daß Kinnaird oder Grant es fast mit Sicherheit hätten merken müssen, wenn er krumme Wege gegangen wäre: Jolly schlief an der Hinterwand der Baracke. Um sie zu verlassen, hätte er an Kinnaird und Grant vorbeikommen müssen – nicht zu vergessen, daß er im Funkraum hätte haltmachen müssen, um die Nife-Zellen mitzunehmen. Noch etwas spricht zu seinen Gunsten – das heißt, scheinbar oder anscheinend. Ich halte Bensons Absturz nach wie vor nicht für einen Unfall, und wenn es sich nicht um einen Unfall handelt, kann ich mir nicht vorstellen, wie Jolly die Sache arrangiert haben sollte, da er unten stand, während Benson sich oben auf dem Segel befand. Noch schwieriger ist es einzusehen, warum er sich hinten hingestellt haben sollte – nur damit Benson auf ihn drauffällt?«

»Sie haben ein ausgezeichnetes Plädoyer sowohl für Kinnaird als auch für Jolly gehalten«, murmelte Swanson.

»Nein. Ich habe nur das gesagt, was der Verteidiger in seinem Plädoyer sagen würde.«

»Hewson ...«, sagte Swanson langsam. »Oder Naseby, der Koch. Oder Hewson und Naseby. Finden Sie es nicht verdammt sonderbar, daß diese beiden, die an der Rückseite, der Ostseite des Küchenhauses schliefen, also an der Seite, die zuallererst Feuer fing, es fertigbrachten, zu entwischen, während die beiden anderen – Flanders und Bryce, nicht wahr? –, die in der Mitte lagen, erstickt sind? Naseby behauptet, er hätte sie heftig gerüttelt und angeschrien. Vielleicht waren sie schon bewußtlos – oder tot. Vielleicht hatten sie Naseby oder Hewson, oder beide, Lebensmittelkonserven davonschleppen sehen und waren zum Schweigen gebracht worden. Oder man hatte ihnen den Mund gestopft, bevor etwas weggeschleppt wurde. Und vergessen Sie nicht die Pistole.

Sie war im Benzintank des Traktors versteckt worden, einem wunderlichen Versteck. Aber weit weniger wunderlich, wenn Hewson es war, der auf diesen Gedanken verfiel. Er, der Traktorfahrer. Und er hat sich anscheinend viel Zeit gelassen, bevor er Kapitän Folsom wecken ging. Er behauptet, er hätte einen weiten Umweg machen müssen, um den Flammen auszuweichen, aber Naseby fand die Lage nicht gar so beschwerlich, als er zum Funkraum lief. Noch etwas – etwas meiner Meinung nach sehr Bezeichnendes: Er behauptet, während er zum Logis unterwegs war, hätten die Ölfässer im Brennstoffvorrat zu explodieren begonnen. Wenn sie erst in diesem Augenblick zu explodieren begannen, wie kam es dann, daß bereits sämtliche Hütten in hellen Flammen standen? Und abgesehen davon, daß er Folsom warnen wollte – der bereits gewarnt war –, scheint Hewson nach Ausbruch des Brandes nicht mehr viel unternommen zu haben.«

»Sie selber würden einen recht guten Anklagevertreter abgeben, Herr Kapitän – aber meinen Sie nicht, daß nach außen hin allzu vieles gegen Hewson spricht? Ein schlauer Kopf würde nicht zugelassen haben, daß sich so viele Indizien gegen ihn ansammeln. Habe ich recht?«

»Gott sei gelobt, daß ich nichts weiter zu tun habe, als ein Atom-Unterseeboot zu befehligen – eine so hübsche, unkomplizierte Beschäftigung!« sagte Swanson seufzend. »Offen gestanden, ich weiß überhaupt nicht mehr aus noch ein. Wie wäre es mit dem Koch – Naseby?«

»Meinen Sie, er könnte mit Hewson unter einer Decke gesteckt haben?«

»Wenn wir die Voraussetzung akzeptieren, daß die nicht eingeweihten Insassen des Küchenhauses zum Schweigen gebracht werden mußten, und Naseby wurde nicht zum Schweigen gebracht, dann muß er eingeweiht gewesen sein, nicht wahr? Aber warum hat er versucht, Flanders und Bryce zu retten?«

»Vielleicht war es schlaue Berechnung. Er hatte gesehen, wie Jeremy den Funker Kinnaird zu Boden schlug, als er ein zweitesmal in den Funkraum zurückkehren wollte. Vielleicht hat er damit gerechnet, Jeremy würde ihm den gleichen Gefallen tun, wenn er den Retter mimte.«

»Vielleicht war auch Kinnairds zweiter Rettungsversuch Komödie«, sagte Swanson. »Schließlich hatte Jeremy bereits einmal versucht, ihn zu stoppen.«

»Vielleicht ... Aber Naseby ... Wenn Naseby Ihr Mann ist, Herr Kapitän, warum sollte er dann behaupten, daß die Tür des Funkraums verklemmt war und daß er sie mit Gewalt aufstoßen mußte? Das entlastet Kinnaird und Jolly. Ein Mörder würde sich nicht die Mühe geben, andere, die als Täter in Betracht kämen, eigens zu entlasten.«

»Es ist hoffnungslos«, sagte Swanson gelassen. »Ich sage Ihnen: Setzen wir doch die ganze verdammte Bande hinter Schloß und Riegel.«

»Das wäre sehr schlau«, sagte ich. »Ja, das wollen wir machen! Auf diese Weise werden wir nie herausbekommen, wer der Schuldige ist. Aber bevor Sie die Waffen strecken, sollten Sie daran denken, daß es sogar noch viel komplizierter ist, als es den Anschein haben mag. Vergessen Sie nicht, daß Sie zwei Personen übergangen haben, die am allerehesten als Täter in Betracht kommen würden – Jeremy und Hassard, zwei harte, intelligente Burschen, die, wenn sie die Mörder sind, so gerissen waren, alles zu vermeiden, das auch nur den geringsten Schatten auf sie werfen könnte. Es sei denn, allerdings, daß mit Flanders und Bryce etwas nicht stimmte und daß Jeremy deshalb Naseby daran hinderte, das Küchenhaus zu betreten ... Vielleicht – vielleicht auch nicht.«

Swanson sah mich fast wütend an. Als er sein U-Boot unter die Tausendfußgrenze hinunterschlittern sah, ohne etwas daran ändern zu können, hatte er sich damit begnügt, leicht die Stirn zu runzeln. Aber was ihm jetzt geschah, stand auf einem anderen Blatt.

Er sagte: »Also schön! Wir lassen den Mörder frei herumlaufen, damit er uns nach Lust und Laune die *Dolphin* kaputtschlägt. Ich muß erhebliches Vertrauen in Sie setzen, Doktor Carpenter. Hoffentlich ist mein Vertrauen nicht fehl am Platz. Sagen Sie mir zuletzt noch eines. Ich nehme an, daß Sie Ihr Metier aus dem Effeff beherrschen. Aber ich habe mich darüber gewundert, daß Sie eine Frage übersprungen haben. Eine, wie mir scheint, äußerst wichtige Frage.«

»Wer den Vorschlag gemacht hat, die Leichen ins Labor zu schaffen, um damit das Versteck unter dem Fußboden hundertprozentig zu sichern?«

»Ich bitte um Entschuldigung.« Er lächelte matt. »Sie hatten natürlich Ihre Gründe.«

»Natürlich. Hätte ich diese Frage gestellt, würde der Mörder sofort begriffen haben, daß ich nur einen einzigen Grund haben kann, sie zu stellen. Da würde er gewußt haben, daß ich hinter ihm her bin. Jedenfalls vermute ich, daß Kapitän Folsom den Befehl dazu erteilt hat, aber die ursprüngliche Anregung – so sorgfältig getarnt, daß Folsom vielleicht gar nicht mehr in der Lage ist, den Urheber zu nennen – dürfte aus einer anderen Quelle gekommen sein.«

Wäre es ein paar Monate früher gewesen, dann hätte die arktische Sommersonne am Himmel gestanden und wir hätten einen strahlenden Tag erlebt. So aber schien die Sonne nicht mehr – nicht auf diesen Breiten und nicht so spät im Jahr –; trotzdem hätte unter den gegebenen Bedingungen das Wetter einfach nicht günstiger sein können. Sechsunddreißig Stunden – die Frist, die verstrichen war, seit Hansen und ich den wüsten Rückmarsch zur *Dolphin* antraten – hatten eine Wendung herbeigeführt, die an ein Wunder grenzte. Der messerscharfe Ostwind hatte sich völlig gelegt. Die Eisnadelschwärme waren verschwunden. Die Temperatur war um mindestens zwanzig Grad gestiegen und die Sicht so perfekt, wie sie zur Winterszeit auf dem Packeis nur sein kann.

Swanson, der Bensons Mißtrauen gegen die allzu seßhafte Lebensweise der Besatzung teilte, machte sich das gute Wetter zunutze und empfahl allen, die nicht gerade Wache hatten, sich in frischer Luft die Beine zu vertreten. Es zeugt von Swansons Überredungskunst, daß um elf Uhr vormittags die *Dolphin* so gut wie verödet war.

Selbstverständlich war die ganze Besatzung, für die bisher die Treibeis-Station Zebra nur ein leerer Name gewesen war, äußerst begierig, die Anlage – oder die Trümmer und Überreste der Anlage – zu besichtigen, die sie auf den Gipfel der Welt geführt hatte.

Ich stellte mich hinter den Wartenden an, die Dr. Jolly behandeln sollte. Es war fast schon zwölf, als ich an die Reihe kam. Er nahm seine eigenen Brandwunden und Frostschäden auf die leichte Schulter und war in glänzender Form. Vergnügt schusselte er in der Krankenstube umher, als wäre sie schon seit Jahren seine private Domäne gewesen.

»Na also«, sagte ich, »die Pillendreherkonkurrenz war doch nicht so hart, wie Sie befürchteten. Ein Glück, daß ein dritter

Äskulap zur Stelle war. Wie sieht es denn aus an der klinischen Front?«

»Nicht gar so schlecht, old Boy«, erwiderte er munter. »Benson erholt sich zusehends. Puls, Atmung, Blutdruck nahezu normal, die Bewußtlosigkeitsschwelle meiner Ansicht nach recht niedrig. Kapitän Folsom hat noch immer heftige Schmerzen, aber es besteht keinerlei Lebensgefahr. Die anderen haben sich hundertprozentig erholt, ohne daß sie es der medizinischen Fakultät zu verdanken hätten. Ausgezeichnetes Essen, warme Betten und die Gewißheit, in Sicherheit zu sein, haben ihnen mehr genützt als alle unsere Mittelchen. Jedenfalls hat es mir gut getan, bei allen Göttern!«

»Und ob!« sagte ich zustimmend. »Alle Ihre Freunde bis auf Folsom und die Zwillinge Harrington haben den größten Teil der Besatzung aufs Eis hinausbegleitet, und ich möchte wetten, wenn man ihnen vor achtundvierzig Stunden vorgeschlagen hätte, sich nach so kurzer Zeit freiwillig wieder hinauszuwagen, hätten sie nach der Zwangsjacke gerufen.«

»Wie schnell der Homo sapiens sich körperlich und geistig zu erholen vermag!« sagte Dr. Jolly jovial. »Manchmal ist es geradezu unglaublich, old Boy, geradezu unglaublich. Nun wollen wir uns aber Ihr gebrochenes Flügelchen ansehen.«

Da ich ein Kollege und infolgedessen gegen menschliche Leiden immun war, gab er sich nicht erst viel Mühe, schonend mit mir umzugehen, aber indem ich mich an die Armlehne meines Sessels und an die letzten Reste meines Berufsstolzes anklammerte, konnte ich vermeiden, daß das Dach über mir einstürzte.

Als er fertig war, sagte er: »Feierabend für heute — bis auf Brownell und Bolton, die beiden Knaben draußen auf dem Eis.«

»Ich begleite Sie«, sagte ich. »Kapitän Swanson wartet ungeduldig auf unsere Diagnose. Er möchte so schnell wie möglich aufbrechen.«

»Ich etwa nicht?« erwiderte er mit Nachdruck. »Aber warum hat er es denn so eilig?«

»Das Eis! Man weiß nie auf die Stunde oder die Minute genau, wann es anfängt, sich zu schließen. Hätten Sie Lust, das nächste Jahr oder die kommenden Jahre hier zu verbringen?«

Jolly lächelte, dachte eine Weile nach, hörte dann zu lächeln auf und fragte mit einem ängstlichen Unterton: »Wie lange werden wir uns unter diesem verdammten Eis befinden? Ich meine, bevor wir offenes Meer erreichen.«

»Vierundzwanzig Stunden lang, sagt Swanson. Schauen Sie nicht so besorgt drein, Jolly. Glauben Sie mir, unterhalb ist man weit sicherer als mittendrin.«

Nicht sonderlich überzeugt nahm Jolly seinen Verbandkasten und ging voraus. Swanson erwartete uns in der Zentrale. Wir kletterten durch die Luken hoch, ließen uns an der Seite des Segels hinuntergleiten und marschierten zur Station hinüber.

Der größte Teil der Besatzung war bereits dort. Einigen begegneten wir, als sie auf dem Heimweg waren. Die meisten sahen finster drein oder machten den Eindruck, als sei ihnen totenübel – oder beides –, und blickten nicht einmal auf, als sie an uns vorbeikamen. Ich brauchte nicht lange zu raten, um zu wissen, warum sie so aussahen. Sie hatten Türen geöffnet, die sie lieber nicht hätten öffnen sollen.

Da die Temperatur erheblich gestiegen war und die großen elektrischen Heizöfen seit vierundzwanzig Stunden brannten, war jetzt das Hauptlogis eher überheizt. Längst schon waren die letzten Eisreste von der Decke und den Wänden verschwunden. Einer der Kranken, Brownell, war bei Bewußtsein, saß aufrecht, ein Kissen im Rücken, und trank Suppe, die ihm die beiden Matrosen, die als seine Wärter fungierten, zubereitet hatten.

»Also«, sagte ich zu Swanson, »hier haben wir einen, den wir an Bord holen können.«

»Ohne Frage«, sagte Dr. Jolly forsch. Er beugte sich kurz über den zweiten Patienten – Bolton –, richtete sich dann auf und schüttelte den Kopf. »Ein sehr kranker Mann, Herr Kapitän – sehr krank. Ich möchte nicht die Verantwortung für einen Transport übernehmen.«

»Ich könnte gezwungen sein, selber die Verantwortung zu übernehmen«, erwiderte Swanson barsch. »Wir wollen hören, was Ihr Kollege meint.«

Meiner Ansicht nach hätte er sich ein wenig diplomatischer und umgänglicher verhalten können, aber wenn sich zwei Mörder an Bord der *Dolphin* befanden, gab es eine Chance von dreiunddreißigeindrittel Prozent, daß Jolly einer der beiden war, und das wollte dem Befehlshaber des U-Boots keinen Augenblick lang aus dem Sinn.

Ich sah Jolly an, zuckte leicht die Schultern, als wollte ich mich bei ihm entschuldigen, beugte mich über Bolton und untersuchte ihn, so gut es mit der einen Hand ging. Dann richtete ich mich auf. »Doktor Jolly hat recht. Der Mann ist sehr krank. Aber ich glaube, er würde eventuell den Transport aushalten.«

»Ich übernehme die Verantwortung«, erklärte Swanson. »Doktor Jolly, ich wäre Ihnen sehr dankbar, wenn Sie den Transport der beiden Kranken überwachen wollten. Sie können so viel Leute haben, wie Sie wollen.«

Jolly protestierte abermals, fügte sich dann aber mit Anstand und überwachte den Transport. Ich blieb noch eine Weile draußen und sah zu, wie Rawlings mit etlichen Helfern die Heizöfen und Lampen abmontierte und die Kabel zusammenrollte, und als der letzte Mann verschwunden und ich allein war, begab ich mich zu dem Traktorenschuppen.

Das zerbrochene Messer lag noch im Benzintank. Die Pistole aber und die beiden Ladestreifen glänzten durch Abwesenheit. Und wer auch immer sie weggeholt haben mochte, auf keinen Fall war es Dr. Jolly gewesen: Von dem Zeitpunkt an, da er die *Dolphin* verlassen hatte, bis zu dem Zeitpunkt, da er an Bord zurückkehrte, hatte ich ihn keine zwei Sekunden hintereinander aus den Augen verloren.

Um drei Uhr nachmittags tauchten wir unters Eis und nahmen Kurs auf das offene Meer.

10

Der Nachmittag und der Abend verstrichen rasch und recht angenehm. Daß wir die Luken zumachten und unseren mühsam eroberten Halt in der Packeisrinne preisgaben, hatte eine symbolische Bedeutung besessen, die mindestens ebenso schwerwiegend war wie die Abfahrt selbst. Die dicke Eisdecke, die sich über dem Rumpf der *Dolphin* schloß, war ein Vorhang, der vor dem inneren Auge herabfiel. Wir hatten jeden physischen Kontakt mit der Treibeis-Station Zebra abgebrochen, einem Massengrab, das vielleicht sinnlose Jahrhunderte hindurch langsam um den Pol kreisen würde, und die Trennung hatte jählings das Grauen, die Erschütterung gemildert, die während der letzten vierundzwanzig Stunden wie ein Bahrtuch über dem Boot und der Besatzung gehangen hatte. Nachdem wir unsere Aufgabe durchgeführt hatten, strebten wir wieder den heimatlichen Ufern zu, und die plötzlich aufwallende Erleichterung, die frohe Laune unter der Besatzung, die Freude, wieder unterwegs zu sein, den Hafen und den Landurlaub winken zu sehen, waren fast mit Händen zu greifen.

Die an Bord herrschende Stimmung grenzte an heitere Ausgelassenheit. In meinem Herzen aber sah es nicht heiter aus: Ich hatte allzu vieles zurücklassen müssen.

Und auch meine vier Freunde, Swanson, Hansen, Rawlings und Zabrinski, nahmen kaum an dem allgemeinen Jubel teil. Sie wußten, daß wir einen Mörder an Bord hatten, einen Mörder, der schon mehrere Menschenleben auf dem Gewissen hatte. Das wußte auch Dr. Benson, aber er kam vorläufig nicht in Betracht. Er hatte noch immer nicht das Bewußtsein wiedererlangt, und ich hegte die mit meinem Beruf kaum zu vereinbarende Hoffnung, es würde noch lange dabei bleiben. Wenn ein Mensch aus dem Zwielicht des Koma auftaucht, neigt er dazu, allerlei vor sich hinzulallen und sich zu verplappern.

Einige der Überlebenden von der Zebra hatten um Erlaubnis gebeten, sich an Bord umzusehen, und Swanson hatte es ihnen erlaubt. Angesichts dessen, was ich ihm heute früh berichtet hatte, war es ihm sicherlich nicht leichtgefallen, diese Erlaubnis zu erteilen, aber davon war seinen ruhig lächelnden Zügen nichts anzumerken. Die Bitte abzuschlagen, wäre eigentlich recht rüpelhaft gewesen, da sämtliche Geheimnisse der *Dolphin* restlos den Blikken des Laien entzogen waren. Aber nicht der guten Manieren halber hatte Swanson seine Zustimmung erteilt: Eine vernünftige Bitte abzuschlagen, hätte bei einer bestimmten Person einen unerwünschten Verdacht erregen können.

Hansen führte sie umher, und ich ging mit, denn hier hatte ich Gelegenheit, die Reaktionen jedes einzelnen zu beobachten. Wir unternahmen einen kompletten Rundgang durch das ganze Boot und übersprangen nur den Reaktorraum, der ja ohnedies nicht zugänglich war, und den Trägheitsnavigationsraum, zu dem auch ich keinen Zutritt hatte. Während wir umherflanierten, beobachtete ich sie alle, besonders zwei unter ihnen, so aufmerksam, wie es nur immer möglich ist, ohne daß der andere merkt, daß er beobachtet wird, und ich erfuhr genau das, womit ich gerechnet hatte – nämlich nichts.

Nach dem Abendessen half ich Dr. Jolly nach besten Kräften

bei seiner abendlichen Tour. Was auch immer mit ihm los sein mochte – er war ein ausgezeichneter Arzt. Rasch und genau untersuchte er die Patienten, die auf den Beinen waren, erneuerte dort, wo es sich als nötig erwies, die Verbände, behandelte Benson und Folsom und ersuchte mich sodann, ihm nach achtern ins Kernlaboratorium im Heckraum zu folgen, das man ausgeräumt hatte, um die vier anderen bettlägerigen Patienten, die Zwillinge Harrington, Brownell und Bolton, unterzubringen. In der Krankenstube gab es nur zwei Notbetten, und die hatten Benson und Folsom belegt.

Bolton hatte trotz Jollys düsterer Prophezeiung keinen Rückfall erlitten und den Transport aus der Hütte an Bord der *Dolphin* recht gut überstanden. Er war jetzt sogar bei Bewußtsein und klagte über starke Schmerzen in seinem arg verbrannten rechten Unterarm. Jolly entfernte den Wundverband. Boltons Arm sah wirklich übel aus, es war fast keine Haut mehr da, und zwischen den vereiterten Stellen saßen grellrote Flecken. Es gibt verschiedene Methoden, Brandschäden zu behandeln. Jolly bevorzugte die Methode, eine mit Salbe bestrichene Aluminiumfolie aufzulegen und durch eine leichte Bandage zu befestigen. Er gab seinem Patienten eine schmerzstillende Injektion und einige Schlaftabletten, und dem Matrosen, der Nachtwache halten sollte, schärfte er ein, ihn sogleich zu verständigen, falls sich in Boltons Zustand eine Veränderung oder Verschlechterung bemerkbar machte. Eine kurze Untersuchung der drei übrigen Patienten, hier und dort ein Verbandwechsel, und er war mit seiner Arbeit fertig.

Auch ich war fertig. Total. Ich hatte nun zwei Nächte hintereinander so gut wie nicht geschlafen – der kurze Schlummer in der vorigen Nacht war durch die Schmerzen in meiner linken Hand gestört worden. Ich war erschöpft. Als ich in meine Kabine kam, schlief Hansen bereits, und der L.I. war nicht da.

In dieser Nacht brauchte ich keine der Schlaftabletten, die Dr. Jolly mir gegeben hatte.

Um zwei Uhr wachte ich auf. Ich war schlaftrunken, immer noch entkräftet, und ich hatte das Gefühl, als hätte ich kaum fünf Minuten im Bett gelegen. Aber ich erwachte im Nu – und war im Nu hellwach.

Nur ein Toter hätte es fertiggebracht, sich nicht zu rühren.

Aus dem Lautsprecher dicht über Hansens Koje kam ein beständiger Lärm. Ein schrilles, gellendes, atonales Pfeifen, mit zwei Tonhöhen, die ständig wechselten, bohrte sich wie ein Stilett in meine zuckenden Trommelfelle.

Hansen war bereits aufgestanden und zog sich mit desperater Hast an. Ich hätte nie erwartet, diesen gemächlichen, lakonischen Texaner jemals in so rasender Eile zu sehen, aber jetzt sah ich ihn.

»Was, zum Teufel, ist denn los?« fragte ich. Ich mußte mich anstrengen, um das Gewimmer des Alarmsignals zu überschreien.

»Feuer!« Seine Miene war bestürzt und finster. »Feuer an Bord. Und unterhalb der gottverdammten Eisdecke!«

Während er die letzten Knöpfe seines Hemdes zumachte, sprang er mit einem Satz über mich weg, stieß die Tür auf, daß sie gegen die Wand knallte, und war verschwunden.

Das atonale Kreischen der Sirene verstummte unvermittelt, und die Stille fiel wie ein Hammerschlag herab. Dann merkte ich noch etwas anderes als die Stille. Das Boot hatte zu vibrieren aufgehört. Die schweren Motoren standen still. Und dann spürte ich, wie ein federleichtes Frösteln an meinem Rückgrat auf und ab lief.

Warum standen die Motoren still? Wie ist es möglich, daß ein mit Atomkraft getriebener Motor so hastig aussetzt, und was geschieht in einem solchen Fall?

Mein Gott, dachte ich, vielleicht ist das Feuer im Reaktorraum ausgebrochen! Ich hatte durch eine mit schwerem Bleiglas verschalte Beobachtungsluke einen Blick in das Innere des Uranmeilers geworfen und den unbeschreiblichen, überirdischen Glast gesehen, Grün, Rot, Blau, gespenstisch ineinander verschmolzen, das neue ›furchtbare Licht‹ der Menschheit.

Was geschieht, wenn dieses furchtbare Licht Amok läuft? Ich wußte es nicht, aber ich hatte das dunkle Gefühl, ich würde nicht gern mit dabei sein, wenn es geschieht.

Drei Minuten später war ich angekleidet, begab mich zur Zentrale und steckte den Kopf in die Tür.

Schwarzer, beizender Rauch wogte an mir vorbei, und eine Stimme – die des Kapitäns – sagte in scharfem Ton: »Herein mit Ihnen und die Tür schließen!«

Ich machte die Tür hinter mir zu und sah mich um. Jedenfalls versuchte ich, mich umzusehen. Es war nicht leicht. Meine Augen tränten bereits, als hätte man Pfeffer in sie hineingestreut, und der kleine Rest an Sehkraft, der mir geblieben war, nützte auch nicht viel.

Der Raum war von einem übelriechenden Rauch erfüllt, der viel dicker und erstickender war als der schlimmste Londoner Nebel. Die Sicht betrug kaum einen Meter. Immerhin sah ich hier und dort Leute auf ihrem Posten. Manche japsten nach Luft, manche waren halb erstickt, etliche fluchten leise in sich hinein, allen lief das Wasser aus den Augen, aber von Panik war nicht das geringste zu merken.

»Draußen wären Sie besser aufgehoben gewesen«, sagte Swanson trocken. »Nichts für ungut, daß ich Sie angeblafft habe, Doktor, aber wir wollen möglichst verhindern, daß sich der Rauch allzusehr ausbreitet.«

»Wo brennt es denn?«

»Im Maschinenraum. Wir wissen aber nicht, wo im Maschinenraum. Ziemlich schlimm – zumindest die Rauchentwicklung ... Das Ausmaß des Brandherdes kennen wir nicht, weil wir ihn nicht lokalisiert haben. Unser Leitender Ingenieur sagt, man könne die Hand nicht vor den Augen sehen.«

»Die Maschinen haben ausgesetzt«, sagte ich. »Ist etwas kaputt?«

Er rieb sich mit einem Taschentuch die Augen, sagte ein paar Worte zu einem Mann, der in einen dicken Gummianzug schlüpfte und sich eine Rauchmaske aufsetzte, drehte sich dann wieder zu mir um.

»Wir werden nicht verdampfen – falls ich Ihre Befürchtung richtig gedeutet habe.« Ich hätte schwören mögen, daß er lächelte. »Was auch geschieht – ein Versagen des Atommeilers bringt keinerlei Gefahren mit sich. Sowie etwas schiefgeht, fallen die Uranstangen blitzschnell in die Masse – es dauert kaum eine tausendstel Sekunde – und die Kettenreaktion ist gestoppt. Momentan aber haben wir gestoppt. Die Leute im Schaltraum konnten die Meßscheiben nicht mehr sehen und auch nicht den Regulator, der die Kontrollstangen bedient. Da blieb uns nichts übrig, als den Reaktor stillzulegen. Die Maschinisten waren gezwungen, den Maschinenraum und die Schalträume zu verlassen und in den Heckraum zu flüchten.«

Na – das war immerhin etwas. Wir würden nicht in die Luft fliegen, wir würden nicht auf dem Altar des nuklearen Fortschritts schändlich in blauen Dunst verwandelt werden. Uns war es bestimmt, auf biedere altmodische Weise zu ersticken.

»Was macht man jetzt?« fragte ich.

»Wir müßten sofort auftauchen, aber das ist nicht leicht, wenn man eine vierzehn Fuß dicke Eisdecke über dem Kopf hat. Entschuldigen Sie mich bitte.«

Er sagte etwas zu den nun völlig maskierten und vermummten Mann, der ein kleines, mit einem Zifferblatt versehenes Kästchen in der Hand hielt. Sie gingen zusammen am Kartentisch des Navigationsoffiziers und an der Eismaschine vorbei zu der schweren Tür des Korridors, der über dem Reaktorraum in den Maschinenraum führte. Sie schlugen die Riegel zurück und stießen die Tür auf. Eine dicke, schwarze Rauchwolke wälzte sich herein, während der Maskierte schnell in den Gang hinaustrat und die Tür hinter sich zufallen ließ. Swanson befestigte die Riegel, kehrte – momentan völlig geblendet – zum Lenkstand zurück und fummelte nach dem Mikrophon.

»Hier spricht der Kapitän.« Hohl hallte die Stimme durch die Zentrale. »Der Brandherd liegt im Maschinenraum. Wir wissen noch nicht, ob Treiböl, elektrische Leitungen oder chemische Stoffe brennen. Die Ursache des Feuers konnten wir noch nicht feststellen. Nach dem Grundsatz handelnd, daß man sich immer auf das Schlimmste gefaßt machen muß, suchen wir jetzt nach einem Strahlungsleck.« Das also hatte der Maskierte mitgenommen – einen Geigerzähler ... »Wenn diese Proben negativ ausfallen, schauen wir uns nach entweichendem Dampf um, und wenn auch das zu keinem Ergebnis führt, werden wir eine intensive Suche nach dem Brandherd einleiten. Das wird nicht leicht sein. Wie ich höre, ist die Sicht gleich Null. Wir haben bereits sämtliche elektrische Stromkreise im Maschinenraum, einschließlich der Beleuchtung, ausgeschaltet, um eine Explosion zu verhüten, für den Fall, daß die Atmosphäre mit atomisiertem Brennstoff verunreinigt ist. Wir haben die Sauerstoffsaugventile geschlossen und den Maschinenraum von der Luftreinigungsanlage isoliert, in der Hoffnung, das Feuer wird den vorhandenen Sauerstoff verzehren und dann von selber erlöschen ...

Bis auf weiteres ist das Rauchen verboten. Heizöfen, Ventilatoren und sämtliche Stromkreise – abgesehen von den Sprechleitungen – sind auszuschalten, das gilt auch für die Musikbox und die Eiscrememaschine. Alle Lampen bis auf die allernotwendigsten sind auszuknipsen, alles Kommen und Gehen auf ein Mindestmaß zu beschränken. Ich werde euch über jeden erzielten Fortschritt informieren.«

Plötzlich merkte ich, daß jemand neben mir stand. Es war Dr. Jolly, sein normalerweise joviales Gesicht in Falten gelegt und voller Jammer, die Wangen tränenüberströmt.

Klagend sagte er zu mir: »Das ist aber ein bißchen happig, old Boy, nein? Ich weiß nicht, ob ich mich jetzt noch gar so sehr über meine Rettung freue. Und diese Verbote: Nicht rauchen, kein Licht machen, sich möglichst nicht rühren — habe ich begriffen, was das bedeutet, oder irre ich mich?«

»Leider irren Sie sich nicht.« Es war Swanson, der ihm die Frage beantwortete. »Der Alptraum jedes Atom-U-Boot-Kommandeurs hat sich verwirklicht: ein Brand unter der Eisdecke. Mit einem Schlag sind wir nicht nur auf das Niveau eines gewöhnlichen U-Boots herabgesunken, sondern zwei Stufen tiefer. Erstens einmal würde sich ein gewöhnliches U-Boot sowieso nicht unter dem Eis aufhalten, zweitens verfügt es über riesige Akkumulatoren. Selbst unterhalb des Eises hätte es genügend Kraftreserven, um so lange südwärts zu dampfen, bis es das Eis los ist. Unser Reserveakkumulator ist so klein, daß er nicht einmal für einen Bruchteil der Strecke reichen würde.«

»Ja, ja«, sagte Jolly und nickte eifrig. »Aber das Rauchverbot — und daß man sich möglichst nicht bewegen soll . . .«

»Leider ist diese kleine Batterie unsere einzige Kraftquelle, die das Luftreinigungsaggregat, die Beleuchtung, die Ventilation, die Heizung speist. Ich befürchte, daß es binnen kurzem an Bord der *Dolphin* sehr kalt werden wird. Wir müssen folglich den Energieverbrauch auf ein Minimum begrenzen. Also: nicht rauchen, sich nicht bewegen. Je weniger Kohlensäure ausgeatmet wird, desto besser. Der eigentliche Grund aber, warum wir mit dem elektrischen Strom sparsam umgehen müssen, liegt darin, daß wir ihn brauchen werden, um die Heizelemente, die Pumpen und Motoren zu speisen, die dazu dienen, den Reaktor wieder in Gang zu bringen. Wenn die Batterie sich erschöpft, bevor wir den Reaktor angekurbelt haben — na ja, dazu brauche ich wohl kein Diagramm zu entwerfen.«

»Das alles klingt nicht sehr tröstlich, Herr Kapitän«, sagte Dr. Jolly beinahe vorwurfsvoll.

»Nein, allerdings nicht«, bemerkte Swanson trocken. »Wenn es uns gelänge, eine Polynya zu finden, würde ich auftauchen, die Maschinenraumluke öffnen, um den größten Teil der verunreinigten Luft ausströmen zu lassen, unseren Diesel in Gang setzen —

er bezieht die Luft direkt aus dem Maschinenraum – und binnen Null Komma Null Sekunden den restlichen Rauch weggesaugt haben. So aber nützt mir der Diesel ungefähr ebensoviel wie ein Konzertflügel.«

»Und die Kompasse?« fragte ich.

»Auch ein recht interessanter Gedanke!« erwiderte Swanson. »Wenn die Energieleistung unserer Reservebatterie unter eine bestimmte Grenze fällt, versagen unsere drei Sparry-Kreiselkompaßanlagen und die N6A – die Trägheitsnavigationsmaschine. Nachher sind wir restlos aufgeschmissen. Unser magnetischer Kompaß ist in diesen Breiten unbrauchbar – er dreht sich im Kreis.«

»Also würden auch wir uns im Kreis drehen«, sagte Dr. Jolly nachdenklich. »Für ewige Zeiten unter dem lieben Packeis. Bei allen Göttern, Herr Kapitän, ich wünsche mir nachgerade wirklich, wir wären auf der Zebra geblieben.«

»Noch sind wir nicht gestorben, Doktor ... Ja, John?« Hansen war soeben herangekommen.

»Sanders, Sir. An der Eismaschine. Könnte er eine Rauchmaske bekommen? Seine Augen tränen sehr.«

»Er soll bekommen, was er verlangt – solange er imstande ist, die Daten abzulesen! Verdoppeln Sie die Wache an der Eismaschine. Wenn über uns eine auch nur haarbreite Rinne auftaucht, gehe ich nach oben. Man hat mich sofort zu benachrichtigen, wenn die Dicke des Eises unter, sagen wir, acht bis neun Fuß fällt.«

»Torpedos?« fragte Hansen. »Seit drei Stunden haben wir dikkes Eis über uns. Und bei der Geschwindigkeit, mit der wir dahintreiben, wird es drei Monate dauern. Ich übernehme selber die Wache. Zu etwas anderem tauge ich ohnedies nicht – mit meiner kranken Hand.«

»Danke. Ersuchen Sie aber zuerst den Maschinisten Harrison, den CO_2-Wäscher und die Monoxid-Brenner auszuschalten. Wir müssen mit jedem Ampere haushalten. Außerdem wird es den verwöhnten Herrschaften guttun, wenn sie einmal zu kosten bekommen, was früher die U-Boot-Leute durchzumachen hatten, wenn sie, sagen wir, zwanzig Stunden hintereinander unter Wasser bleiben mußten.«

»Für unsere Schwerkranken wird es recht bitter sein«, sagte ich. »Benson und Folsom in der Krankenstube – die Harringtons, Brownell und Bolton im Nuklearlabor. Schlechte Luft hat ihnen grade noch gefehlt.«

Swanson nickte verständnisvoll. »Ich weiß. Und es tut mir verdammt leid. Nach einiger Zeit, sobald die Luft wirklich schlecht wird, stellen wir die Reinigungsanlage wieder an, schalten aber alle Räume aus bis auf das Labor und das Lazarett.«

Er unterbrach sich und fuhr herum: Aus der plötzlich geöffneten Achtertür wälzte sich eine frische Rauchwolke herein. Der Mann mit der Rauchmaske kehrte aus dem Maschinenraum zurück, und obwohl mir in der von beißendem Rauch erfüllten Atmosphäre die Augen heftig tränten, sah ich, daß er übel dran war. Swanson und zwei andere eilten auf ihn zu, zwei fingen ihn auf, als er hereingestolpert kam, der dritte schlug schnell die Tür zu, um die teuflischen Rauchschwaden fernzuhalten.

Swanson riß dem Mann die Maske ab. Es war Murphy, der Matrose, der mich begleitet hatte, als wir die Torpedorohrtür zumachten. Sein Gesicht war kreidebleich, er verdrehte die Augen und schnappte nach Luft. Er war kaum noch bei Bewußtsein, aber sogar die verdorbene Luft in der Zentrale muß ihm wie das reinste Bergozon vorgekommen sein im Vergleich zu den Dünsten, die er soeben noch eingeatmet hatte. Binnen dreißig Sekunden begann es in seinem Kopf wieder klar zu werden, und er brachte es fertig, mit einem gequälten Lächeln von dem Stuhl aufzublicken, auf den man ihn hingesetzt hatte.

»Pardon, Herr Kapitän«, stieß er hervor. »Diese Rauchmaske ist der Atmosphäre nicht gewachsen, die im Maschinenraum herrscht. Ich kann Ihnen sagen – scheußlich – abscheulich!« Wieder verzog er den Mund zu einem Lächeln. »Gute Neuigkeit, Herr Kapitän! Kein Strahlungsleck.«

»Wo ist denn der Geigerzähler?« fragte Swanson ruhig.

»Es dürfte futsch sein, Sir. Ich mußte blindlings herumtappen, mein Ehrenwort, Sir, man konnte keine zehn Zentimeter weit sehen. Ich stolperte und wäre beinahe ins Gestänge gefallen. Der Zähler fiel 'runter. Aber ich hatte schon vorher kontrolliert, daß alles in Ordnung ist.« Er langte nach der Schulter und hakte die Filmkapsel los. »Hier wird es zu sehen sein, Sir.«

»Sofort entwickeln lassen!« befahl Swanson. »Das haben Sie gut gemacht, Murphy«, fügte er mit Wärme hinzu. »Nun mal schnell nach vorn in die Messe. Dort ist die Luft bedeutend besser.«

Der Film wurde entwickelt und nach einigen Minuten dem Kapitän überreicht, der ihn genau betrachtete und dann lächelnd aufatmete.

»Murphy hat recht. Keinerlei Strahlung. Gott sei Dank. Sonst wäre es Matthäi am letzten gewesen.«

Die vordere Tür der Zentrale wurde geöffnet, ein Mann trat ein und machte die Tür schnell wieder zu. Ich erriet, wer es war, noch bevor ich ihn richtig sehen konnte.

»Torpedomaat Patterson hat mir erlaubt, mich an Sie zu wenden, Sir«, sagte Rawlings forsch und vorschriftsmäßig. »Wir haben soeben festgestellt, daß Murphy sehr mitgenommen ist, und wir sind beide der Meinung, junge Bürschchen sollte man nicht —«

Swanson fiel ihm ins Wort. »Soll das heißen, daß Sie sich freiwillig melden, Rawlings?« Schwer lasteten die Verantwortung und die Spannung auf seinen Schultern, aber ich sah, daß er sich beherrschen mußte, um nicht zu lächeln.

»Nicht unbedingt freiwillig, Sir. Aber wer sonst sollte Murphy ablösen?«

»Unsere Torpedoabteilung«, bemerkte Swanson in schneidendem Ton, »hat schon immer eine phänomenal hohe Meinung von sich gehabt.«

»Er soll es doch mit einer Sauerstoffmaske versuchen«, sagte ich. »Diese Rauchmasken scheinen ihre Grenzen zu haben.«

»Ein Dampfleck, Herr Kapitän?« fragte Rawlings. »Soll ich nachschauen, ob Dampf entweicht?«

»Na schön — offenbar haben Sie sich selber nominiert und einstimmig gewählt«, erwiderte Swanson. »Ja, ein Dampfleck.«

Rawlings zeigte auf den Gummianzug, der auf dem Boden lag. »Ist das der Anzug, den Murphy anhatte?«

»Ja. Warum?«

»Wenn irgendwo Dampf ausgeströmt wäre, Sir, müßte sich Nässe oder Kondenswasser niedergeschlagen haben.«

»Möglich. Vielleicht aber halten der Ruß und die Rauchteilchen den kondensierten Dampf in der Schwebe. Vielleicht ist es dort so heiß, daß jede Feuchtigkeit, die sich auf seinem Anzug niederschlug, sofort wegtrocknete. Vielleicht — allerlei ... Bleiben Sie nicht zu lange drin.«

»Nur so lange, wie ich brauche, um Ordnung zu schaffen«, antwortete Rawlings voller Selbstvertrauen. Lächelnd wandte er sich zu Hansen. »Einmal sind Sie mir in die Parade gefahren, Herr

Oberleutnant – aber so wahr ich hier stehe, diesmal hole ich mir meine Medaille.«

»Falls Torpedomatrose Rawlings so freundlich sein wollte, einen Moment mit seinem Gefasel aufzuhören«, sagte Hansen, »möchte ich einen Vorschlag machen, Herr Kapitän. Ich weiß, er wird die Maske nicht ablegen können, aber wenn er uns alle vier bis fünf Minuten ein Rufzeichen durchs Maschinentelefon oder ein Signal über den Maschinentelegrafen zukommen ließe, würden wir wissen, daß er okay ist. Wenn nicht, kann ihm jemand zu Hilfe eilen.«

Swanson nickte. Rawlings zog den Gummianzug an, schnallte das Sauerstoffgerät um und entfernte sich. Das war nun das drittemal, daß die Tür, die zum Maschinenraum führte, geöffnet wurde, und jedesmal wälzten sich frische Rauchwolken herein. In der Zentrale herrschte bereits eine fast unerträgliche Atmosphäre, aber jemand hatte Schutzbrillen verteilt, und einige trugen Rauchmasken.

Ein Telefon klingelte. Hansen ging hin, führte ein kurzes Gespräch und hängte ab.

»Das war Jack Cartwright, Herr Kapitän.«

Oberleutnant Cartwright war der Fahrtoffizier. Er hatte im Schaltraum Wache gehabt und sich in den Heckraum zurückziehen müssen.

»Anscheinend hatte ihn der Rauch überwältigt, und man mußte ihn in den Heckraum tragen. Er sagt, er sei wieder wohlauf, und ob wir ihm und einem seiner Leute Rauchmasken oder Atmungsgeräte schicken könnten – an die, die im Maschinenraum hängen, kann man nicht mehr herankommen ... Ich habe es ihm versprochen.«

»Mir wäre wohler, wenn Jack Cartwright sich persönlich umschauen würde«, sagte Swanson zustimmend. »Schicken Sie einen Mann hin, ja?«

»Ich hatte vor, ihm die Sachen zu bringen. Jemand kann mich an der Eismaschine ablösen.«

Swanson warf einen Blick auf Hansens verletzte Hand, zögerte, nickte dann. »Gut. Aber geradenwegs durch den Maschinenraum und geradenwegs retour!«

Binnen einer Minute war Hansen unterwegs.

Fünf Minuten später kehrte er zurück. Er schnallte das Atmungsgerät ab. Sein Gesicht war bleich und schweißbedeckt.

»Und wie es brennt!« sagte er finster. »Der Maschinenraum ist eine Hölle. Keine Funken, keine Flammen – aber das bedeutet nichts. Der Rauch ist so dicht, daß man einen Hochofen auf einen Meter Entfernung nicht sehen würde.«

»Sind Sie Rawlings begegnet?« fragte Swanson.

»Nein. Hat er nicht geklingelt?«

»Doch. Zweimal. Aber –« In diesem Augenblick läutete der Maschinentelegraf. »Also ... Er ist okay. Und wie sieht es im Heckraum aus, John?«

»Viel schlimmer als hier. Die Kranken sind übel dran, besonders Bolton. Offenbar ist der Rauch eingedrungen, bevor die Tür geschlossen wurde.«

»Harrison soll seine Luftreiniger einschalten, aber nur fürs Labor. Die übrigen Räume bleiben ausgeschaltet.«

Fünfzehn Minuten verstrichen, fünfzehn Minuten, in deren Verlauf der Maschinentelegraf dreimal läutete, fünfzehn Minuten, in deren Verlauf die Luft immer dicker, immer schlechter wurde, fünfzehn Minuten, in deren Verlauf sich in der Zentrale eine komplett ausgerüstete Feuerwehrmannschaft versammelte. Dann verkündete abermals eine wogende, schwarze Rauchwolke, daß die Achtertür geöffnet worden war.

Es war Rawlings. Er war sehr erschöpft, man mußte ihm helfen, den Anzug und das Atmungsgerät abzulegen. Sein Gesicht war weiß und schweißüberströmt, Haare und Kleider waren dermaßen durchschwitzt, daß er aussah wie aus dem Wasser gezogen. Aber er lächelte triumphierend.

»Kein Dampfleck, Herr Kapitän – das ist mal sicher.« Bevor er das über die Lippen brachte, mußte er dreimal Atem schöpfen. »Aber es brennt im Gestänge. Dort fliegen die Funken umher. Keine besonders großen Flammen. Ich habe den Brandherd gefunden, Sir. Die Hochdruckturbine an Steuerbord. Die Isolierung ist in Brand geraten.«

»Sie bekommen Ihre Medaille, Rawlings«, sagte Swanson, »und wenn ich sie eigenhändig anfertigen muß.« Er drehte sich zu den wartenden Feuerwehrleuten um. »Ihr habt es gehört. Steuerbordturbine. Je vier Mann. Maximum fünfzehn Minuten. Oberleutnant Raeburn – die erste Rotte! Messer, Splitthämmer, Zangen, Stemmeisen, Kohlensäure. Die Isolierung zuerst befeuchten, dann abreißen. Auf Stichflammen achten! Ich brauche euch nicht vor den Dampfrohren zu warnen. Vorwärts, marsch!«

Sie gingen weg.

Ich sagte zu Swanson: »Das klingt nicht gar so gefährlich. Wie lange wird es dauern? Zehn Minuten – eine Viertelstunde?«

Er musterte mich mit düsterer Miene. »Mindestens drei bis vier Stunden – wenn wir Glück haben. Das Maschinengestänge ist ein fürchterliches Labyrinth. Ventile, Hähne, Kondensatoren und kilometerlange Dampfrohre, die man nicht anfassen kann, so heiß sind sie. Selbst unter normalen Umständen kann man sich dort kaum rühren. Dann das riesige Turbinengehäuse mit der dicken Isolierung! Die Techniker, die es einmontiert haben, haben ganze Arbeit geleistet. Festgewurzelt wie für ewige Zeiten. Bevor man anfängt, muß man das Feuer mit den Kohlensäurelöschern besprengen. Jedesmal, wenn ein Stück verkohlte Isolierung entfernt wird, geht das darunterliegende, mit Öl getränkte Zeug in Flammen auf, sowie es mit dem Sauerstoff der Luft in Berührung gerät.«

»Ölgetränkt?«

»Dort muß der Hund begraben liegen«, erklärte Swanson. »Alle beweglichen Maschinenteile brauchen Schmieröl, und dort unten herrscht kein Mangel an beweglichen Maschinenteilen – auch kein Mangel an Öl! Und so wie gewisse Stoffe stark hygroskopisch sind, zieht die verdammte Isolierung das Öl an wie ein Magnet die Eisenspäne.«

»Wodurch aber könnte das Feuer verursacht worden sein?«

»Selbstentzündung. So etwas ist schon vorgekommen. Wir haben an die fünfzigtausend Meilen zurückgelegt. Die Isolierung ist nun wohl gründlich mit Öl gesättigt. Seit wir die Zebra verlassen haben, sind wir mit höchster Kraft gesegelt. Die zusätzliche Hitzeentwicklung hat die Schweinerei ausgelöst ... John, hat Cartwright noch nichts von sich hören lassen?«

»Nichts.«

»Er muß jetzt schon seit beinahe zwanzig Minuten drin sein.«

»Möglich. Aber als ich weg ging, war er eben erst dabei – er und Ringman –, sich anzuziehen. Soll ich nachsehen, Sir?«

»Sie rühren sich nicht von der Stelle. Ich denke nicht daran –«

Er unterbrach sich. Die Achtertür flog krachend auf, zwei Mann kamen hereingetaumelt – das heißt, der eine taumelte, der andere stützte ihn. Man warf die Tür zu, nahm den beiden die Masken ab. In dem einen erkannte ich einen Matrosen wieder, der Raeburn begleitet hatte. Der andere war Cartwright, der Fahrtoffizier.

»Oberleutnant Raeburn hat mich mit dem Herrn Oberleutnant weggeschickt«, meldete der Matrose. »Ich glaube, es geht ihm nicht gut, Herr Kapitän.«

Eine recht zutreffende Diagnose. Es ging ihm weiß Gott nicht gut. Er war fast bewußtlos, strengte sich aber verzweifelt an, die letzten Reste seines Bewußtseins beisammenzuhalten.

»Ringman —«, stieß er ruckweise hervor. »... Fünf Minuten ... Vor fünf Minuten. Wir waren auf dem Rückweg ...«

»Ringman?« sagte Swanson mit behutsamem Nachdruck. »Was ist mit ihm los?«

»Er ist gestürzt ... Ins Gestänge. Ich bin ihm nach — habe versucht, ihn die Leiter hinaufzuschleppen. Er hat laut geschrien. Mein Gott — hat er geschrien ... Ich ... Er ...«

Er sackte in sich zusammen. Man fing ihn auf, bevor er vom Stuhl fiel.

Ich sagte: »Ringman. Entweder ein schwerer Knochenbruch oder innere Verletzungen.«

»Gott verdamm mich!« Swanson fluchte leise in sich hinein. »Himmelherrgott ... Ein Knochenbruch. Dort unten ... John, lassen Sie Cartwright in die Mannschaftsmesse schaffen ... Knochenbruch!«

»Bitte, eine Maske und einen Anzug für mich bereitzuhalten«, sagte Dr. Jolly forsch. »Ich hole Doktor Bensons Erste-Hilfe-Kasten aus dem Lazarett.«

»Sie?« Swanson schüttelte den Kopf. »Sehr anständig von Ihnen, Jolly, ich weiß es zu würdigen, aber ich kann nicht zulassen —«

»Pfeifen Sie ausnahmsweise einmal auf Ihre Dienstvorschriften, old Boy«, entgegnete Dr. Jolly höflich. »Entscheidend ist, daß auch ich mich an Bord dieses Schiffes befinde. Vergessen wir nicht, daß wir alle — hm — buchstäblich im selben Boot sitzen. Spaß beiseite ...!«

»Aber Sie verstehen nicht mit den Geräten umzugehen!«

»Ich werde es lernen, nein?« sagte Dr. Jolly in ziemlich scharfem Ton. Dann machte er kehrt und verschwand.

Swanson sah mich an. Er trug eine Schutzbrille, aber sie konnte die Besorgnis in seinen Zügen nicht verbergen. Er sagte seltsam zögernd: »Meinen Sie —«

»Natürlich hat er recht. Es bleibt Ihnen keine Wahl. Wenn Benson auf den Beinen wäre, würden Sie ihn sofort hinunterschikken. Außerdem ist Jolly ein ausgezeichneter Arzt.«

»Sie sind noch nie dort unten gewesen, Carpenter. Es ist ein Stahldschungel. Man hat keinen Platz, um einen gebrochenen Finger zu schienen, geschweige denn –«

»Doktor Jolly wird auf keinen Fall versuchen, Schienen oder Bandagen anzulegen. Er wird Ringman eine Spritze verabreichen, die ihn knockout schlägt, damit man ihn hierherschaffen kann, ohne daß er immerzu vor Schmerzen brüllt.«

Swanson nickte, schürzte die Lippen und ging weg, um sich das Eislot anzuschauen.

Ich sagte zu Hansen: »Es sieht recht schlimm aus, nicht wahr?«

»Das kann man wohl sagen, lieber Freund. Schlimmer als schlimm. Normalerweise müßte unser Luftvorrat etwa sechzehn Stunden lang reichen. Aber über die Hälfte der Luft, von hier bis ans Heck, ist jetzt schon so gut wie verdorben. Der Rest wird kaum noch ein paar Stunden vorhalten. Swanson ist in einer dreifachen Klemme. Wenn er die Luftreiniger nicht einschaltet, werden es die Leute unten im Gestänge verteufelt schwer haben, überhaupt etwas auszurichten. Wenn er aber das Luftreinigungsaggregat im Motorenraum einschaltet, wird der frische Sauerstoff dem Feuer neue Nahrung geben. Außerdem bedeutet das eine Verringerung der Kraftreserve, die wir brauchen, um den Reaktor wieder in Gang zu setzen.«

»Das ist sehr trostreich«, sagte ich. »Wie lange werden Sie brauchen, um den Reaktor in Gang zu setzen?«

»Mindestens eine Stunde. Das heißt, nachdem wir den Brand gelöscht und alle Kontrollen durchgeführt haben. Mindestens eine Stunde!«

»Und Swanson rechnet damit, daß es drei bis vier Stunden dauern wird, bevor das Feuer bewältigt ist. Sagen wir, alles in allem fünf. Das ist eine lange Frist.«

Den Verbandkasten in der Hand, kehrte Dr. Jolly hustend und prustend in die Zentrale zurück und begann, den Anzug anzuziehen und das Atmungsgerät umzuschnallen. Hansen zeigte ihm, wie es zu handhaben sei, und Jolly schien es schnell zu begreifen. Brown, der Matrose, der Cartwright in die Zentrale geführt hatte, wurde beauftragt, Jolly zu begleiten. Jolly hatte keine Ahnung, wo die Leiter lag, die aus dem oberen Maschinenraum zur eigentlichen Maschinerie hinunterführte.

»Beeilen Sie sich«, sagte Swanson. »Vergessen Sie nicht, Doktor, daß Sie nicht trainiert sind. Ich erwarte Sie binnen zehn Minuten zurück.«

In genau vier Minuten waren sie wieder da. Sie hatten auch keinen bewußtlosen Ringman bei sich. Die einzige bewußtlose Gestalt war die des guten Doktors, den Brown über die Schwelle bugsierte, ihn halb tragend, halb schleppend.

»Ich weiß nicht genau, was passiert ist«, stieß Brown atemlos hervor.

Er zitterte von der Anstrengung. Jolly mußte mindestens fünfzehn Kilo mehr wiegen als er.

»Wir kamen in den Maschinenraum und machten die Tür zu. Ich ging voraus, und plötzlich fiel er auf mich – er muß wohl gestolpert sein. Er warf mich glatt um. Als ich mich hochrappelte, lag er hinter mir. Ich richtete die Lampe auf ihn. Bewußtlos. Die Maske hatte sich losgerissen. Ich schnallte sie fest, so gut es ging, und schleppte ihn weg.«

»Bei Gott«, sagte Hansen nachdenklich, »die Jünger Äskulaps haben an Bord der *Dolphin* nichts zu lachen.«

Finster betrachtete er die regungslos ausgestreckte Gestalt Dr. Jollys, den zwei Mann zur Achtertür trugen, wo die Luft verhältnismäßig gut war.

»Jetzt sind alle drei Ärzte außer Gefecht gesetzt. Das kommt uns grade zupaß, nicht wahr, Herr Kapitän?«

Swanson schwieg. Ich sagte zu ihm: »Ringmans Spritze. Würden Sie wissen, was zu verabreichen ist, wie und wo?«

»Nein.«

»Einer Ihrer Leute?«

»Ich bin nicht in der Lage, Ihnen zu widersprechen, Doktor Carpenter.«

Ich öffnete den Verbandkasten, kramte unter den Fläschchen im Deckelfach herum, bis ich gefunden hatte, was ich suchte, tauchte eine Injektionsnadel in die Flüssigkeit und gab mir eine Spritze in den Unterarm, dort, wo der Verband aufhörte.

»Schmerzstillend«, sagte ich. »Ich bin ein Waschlappen. Aber ich möchte imstande sein, den Zeigefinger und Daumen dieser Hand zu benützen.«

Mein Blick wanderte zu Rawlings, der sich inzwischen so weit erholt hatte, wie es die verdorbene Luft zuließ.

Ich fragte ihn: »Wie fühlen Sie sich momentan?«

»Ausgeruht.« Er stand auf und griff nach dem Atmungsgerät. »Keine Bange, Herr Doktor. Solange Sie Torpedomann Rawlings zur Seite haben –«

»Wir haben achtern noch eine Menge frischer Kräfte zur Verfügung«, warf Swanson ein.

»Nein. Rawlings. Ihm zuliebe. Vielleicht wird er sich eine zweite Medaille hinzuverdienen.«

Lächelnd zog Rawlings die Maske über den Kopf. Zwei Minuten später befanden wir uns im Maschinenraum.

Dort war es drückend heiß, und die Sicht reichte trotz der starken Scheinwerfer nicht über einen halben Meter hinaus. Im übrigen aber war es nicht allzu schlimm. Das Atmungsgerät funktionierte einwandfrei, und ich verspürte kein Unbehagen. Das heißt – anfangs.

Rawlings nahm meinen Arm und führte mich zu der Leiter, die auf das Maschinendeck hinunterführte. Ich hörte das durchdringende Zischen eines Feuerlöschers und sah mich um.

Schade, dachte ich bei mir, schade, daß man im Mittelalter noch keine U-Boote hatte. Der Anblick dieser Schar wäre ein Leckerbissen für Dante gewesen, als er sich an sein ›Inferno‹ machte.

An der Steuerbordseite hatte man zwei äußerst kräftige Scheinwerfer über der riesigen Turbine aufgehängt. Die Sicht, die sie ermöglichten, schwankte zwischen einem und zwei Metern, je nach der wechselnden Rauchmenge, welche die verkohlte und schwelende Isolierung von sich gab. Momentan war ein Stück der Isolierung mit einer dicken weißen Schaumschicht bedeckt. Alles, was mit Kohlensäure, die unter Druck ausströmt, in Berührung kommt, gefriert sofort. Als der Mann mit dem Feuerlöscher zurücktrat, rückten drei andere durch die wirbelnden Schatten heran und begannen, auf die Isolierung loszuhacken und sie abzureißen. Sowie ein größerer Streif abgetrennt war, schoß aus der darunterliegenden Isoliermasse eine mannshohe Stichflamme hervor. In ihrem grellen Schein zeichneten sich die Konturen grotesk maskierter Gestalten ab, die zurücksprangen, um nicht von den Flammen versengt zu werden. Dann näherte sich abermals ein Mann mit der Kohlensäure, drückte auf den Auslöser, die Flammen schrumpften ein, flackerten und erloschen, und dort, wo sie gewütet hatten, blühte eine milchweiße Schaumkruste auf. Sodann fing es von vorn an. Die grell beleuchtete Szene machte mir zugleich auch Swansons Standpunkt begreiflich. Bei dem peinlich, aber notgedrungen langsamen Tempo, mit dem die Leute vorankamen, würden vier Stunden geradezu eine Parforceleistung sein. Ich versuchte, nicht daran zu denken, wie die Luft in der *Dolphin* vier Stunden später aussehen würde.

Der Mann mit dem Feuerlöscher – es war Raeburn – erblickte uns, kam auf uns zu und führte mich durch ein Gewirr von Dampfrohren und Kondensatoren zu der Stelle, wo Ringman lag. Er war regungslos auf dem Rücken, war aber bei Bewußtsein. Ich sah, wie sich das Weiße seiner Augen hinter den Brillengläsern bewegte.

Ich beugte mich zu ihm hinab, bis unsere Masken einander berührten.

»Das Bein?« rief ich laut.

Er nickte.

»Links?«

Er nickte abermals, streckte vorsichtig die Hand aus und berührte sein Schienbein, ungefähr in der Mitte.

Ich öffnete den Verbandkosten, holte eine Schere hervor, kniff das Oberteil des Ärmels zwischen Zeigefinger und Daumen und schnitt ein Stück Stoff heraus. Dann kam die Spritze dran, und binnen zwei Minuten war er eingeschlafen. Mit Rawlings' Hilfe schiente ich das Bein und legte einen provisorischen Verband an. Zwei Feuerwehrleute unterbrachen ihre Beschäftigung und halfen uns, den Mann über die Leiter nach oben zu zerren. Dann trugen ihn Rawlings und ich durch den Gang oberhalb des Reaktorraumes.

Ich merkte, daß mir das Atmen schwerfiel, daß meine Beine zitterten und daß mein ganzer Körper in Schweiß gebadet war.

Kaum waren wir in der Zentrale angelangt, nahm ich die Maske ab und begann sogleich zu husten und zu niesen. Ich konnte mich nicht beherrschen. Die Tränen strömten mir über die Wangen. In den wenigen Minuten, die wir weggewesen waren, hatte sich die Luft in der Zentrale in beängstigendem Grade verschlechtert.

Swanson sagte: »Vielen Dank, Doktor. Wie sieht es dort aus?«

»Recht übel. Nicht unerträglich, aber auch nicht schön. Zehn Minuten hintereinander dürften für Ihre Löschtrupps reichen.«

»Löschpersonal gibt es in Hülle und Fülle. Also – sagen wir zehn Minuten.«

Zwei stämmige Matrosen trugen Ringman ins Lazarett. Rawlings war nach vorn beordert worden, um sich dort in der relativ frischen Luft der Mannschaftsmesse zu erholen, zog es jedoch vor, mich in die Krankenstube zu begleiten.

Benson war unruhig, ab und zu murmelte er etwas in sich hinein, aber er hatte noch immer nicht die Bewußtseinsschwelle überschritten. Kapitän Folsom schlief einen tiefen Schlaf. Das wunderte mich, bis Rawlings mich darauf aufmerksam machte, daß es im Lazarett keine Alarmlautsprecher gab und daß die Tür völlig schalldicht war.

Wir legten Ringman auf den Untersuchungstisch, und Rawlings schlitzte ihm mit einer schweren Chirurgenschere das linke Hosenbein auf. Es war nicht so schlimm, wie ich befürchtet hatte, ein glatter Schienbeinbruch, kein komplizierter Bruch. Da Rawlings mir den größten Teil der Arbeit abnahm, hatten wir das Bein sehr schnell fixiert. Ich verzichtete darauf, es zu strecken, das würde Jolly mit seinen zwei gesunden Händen besser ordnen, sobald er sich völlig erholt hatte.

Wir waren soeben fertig geworden, da klingelte ein Telefon. Rasch, bevor Folsom aufwachte, griff Rawlings nach dem Hörer, führte ein kurzes Gespräch und hängte ab.

»Zentrale«, sagte er. Seine steinerne Miene verriet mir, daß er keine guten Neuigkeiten zu berichten hatte. »Der Anruf galt Ihnen. Bolton, der Patient im Nuklearlabor, der Mann, den man gestern nachmittag an Bord geholt hat – er ist tot. Vor etwa zwei Minuten ist er gestorben.« Verzweifelt schüttelte er den Kopf. »Mein Gott, noch ein Todesfall.«

»Nein«, sagte ich. »Noch ein Mord.«

11

Die *Dolphin* war eine eiskalte Gruft. An diesem Morgen um halb sieben, viereinhalb Stunden nach Ausbruch des Brandes, hatten wir nach wie vor nur einen Toten an Bord: Bolton. Aber wenn ich mit blutunterlaufenen und entzündeten Augen die Männer betrachtete, die in der Zentrale herumsaßen oder -lagen – keiner stand mehr auf den Beinen –, wußte ich, daß binnen einer Stunde, längstens zwei Stunden, Bolton Gesellschaft haben würde. Spätestens um zehn Uhr würde unter diesen Umständen die *Dolphin* nur noch ein stählerner Sarg sein, in dem sich nichts Lebendes mehr regte.

Als Fahrzeug war die *Dolphin* bereits tot. Alle die Geräusche und Laute, die wir mit einem lebenden Boot assoziieren, das murmelnde Pulsieren der schweren Maschinen, das schrille Gewinsel der Generatoren, das tiefe Surren der Klimaanlage, die unverkennbaren Signale des Echolots, das Geklapper aus dem Funkraum, das leise Zischen der Luft, das Blechgeklimper aus der Musikbox, das Geschwirr der Ventilatoren, das Klirren der Töpfe aus der Kombüse, Schritte, Stimmen – das alles war weg. Alle diese Lebensäußerungen, diese pochenden Herzschläge eines lebenden Fahrzeugs, waren verstummt, aber an ihrer Stelle herrschte nicht Stille, sondern etwas weit Schlimmeres, etwas, das nicht mehr das Gepräge des Lebens, sondern den Stempel des Todes trug – der beängstigend hastige, heisere, keuchende Atem halb erstickter Menschen, die nach Luft ringen.

Nach Luft ringen. Welche Ironie ... Nach Luft ringen, während die gigantischen Tanks nach wie vor einen Sauerstoffvorrat enthielten, der für viele Tage gereicht hätte. Es gab einige Atmungsaggregate an Bord, ähnlich dem britischen ›Built-in Breathing System‹, die eine Sauerstoff-Stickstoffmischung direkt aus den Tanks bezogen, aber nur wenige. Sämtliche Mitglieder der Besatzung lösten einander an diesen Aggregaten ab, freilich immer nur für zwei Minuten. Im übrigen hieß es unter Qualen nach Luft ringen – ein langsamer Todeskampf. Einige tragbare Geräte mit angeschlossenem Umlauf blieben ausschließlich für die Löschmannschaften reserviert.

Gelegentlich wurde direkt aus den Tanks Sauerstoff in die Räume geblasen, aber das hatte überhaupt keinen Zweck, schien das Atmen nur noch zu erschweren, weil der Luftdruck stieg. Aller Sauerstoff auf Erden würde uns so lange nichts nützen, wie der Spiegel der von uns ausgeatmeten Kohlensäure mit jeder Minute ständig nach oben gedrückt wurde. Normalerweise wurde an Bord der *Dolphin* die Luft alle zwei Minuten gereinigt und in Umlauf versetzt, aber die gewaltige, 2000 Tonnen schwere Klimaanlage, die das besorgte, verschluckte ebenso gewaltige Strommengen, und nach Schätzung der Elektriker hatte unsere Kraftreserve in der Notbatterie, die allein die Atomkraftanlage wieder in Gang bringen konnte, schon einen gefährlichen Tiefpunkt erreicht. Infolgedessen näherte sich die Kohlensäurekonzentration unaufhaltsam dem Sättigungspunkt, der den sicheren Tod bedeutete, und wir konnten uns nicht dagegen wehren.

In der sogenannten Luft wuchs außerdem der Gehalt an Freondünsten aus der Gefrieranlage und an Wasserstoffdünsten aus den Batterien. Noch schlimmer: Der Rauch war, besonders in den vorderen Räumen, so dick geworden, daß die Sicht auf wenige Dezimeter herabgesunken war, aber diesen Rauch konnte man nicht loswerden, es gab nicht genug Strom, um die elektrostatischen Ausscheidungsgeräte zu speisen, und auch als man es kurze Zeit hindurch mit ihnen versuchte, waren sie in keiner Weise den Milliarden in der Luft angehäuften Kohlensäureteilchen gewachsen. Jedesmal, wenn die Tür zum Maschinenraum geöffnet wurde, und das geschah entsprechend häufiger in dem Maß, wie die Kräfte der Löschmannschaften nachließen, wälzten sich neue Wolken abscheulichen, beizenden Qualms durch das Fahrzeug. Das Feuer im Maschinenraum war schon vor mehr als zwei Stunden erloschen, aber die Reste der schwelenden Isolierung an der Steuerbord-Hochdruckturbine entwickelten mehr Rauch und Dunst, als helle Flammen je zustande bringen können.

Der schlimmste Feind jedoch war die Kohlensäure, dieses tödliche, tückische, farblose, geruchlose, geschmacklose Gas mit seiner mörderischen Anziehungskraft auf die roten Blutkörperchen, die fünfhundertmal so stark ist wie die des Sauerstoffs. An Bord der *Dolphin* lag die normale Toleranz bei dreißig Millionsteln. Jetzt waren es zwischen vier- und fünfhundert Teile pro Million. In dem Augenblick, da es tausend Teile waren, würde keiner von uns noch länger als zehn Minuten zu leben haben.

Dazu kam die Kälte.

Wie Kapitän Swanson es düster prophezeit hatte, hatte die *Dolphin,* da die Dampfrohre ausgekühlt und sämtliche Heizelemente ausgeschaltet waren, die Temperatur des Meeres angenommen – mehrere Grade unter Null. An und für sich bedeuten einige Kältegrade nicht allzu viel. Aber hier handelte es sich um besondere Bedingungen. Der größte Teil der Besatzung hatte keine warme Kleidung mit, da normalerweise die Temperatur im Inneren der *Dolphin* regelmäßig 22 Grad Celsius betrug. Nun hatte man ihnen verboten, sich zu bewegen (übrigens hätten sie gar nicht mehr die nötige Energie dazu besessen). Ihre letzten Kräfte mußten dazu herhalten, die Brustmuskulatur mühsam zu betätigen, damit sie immer größere Mengen verpesteter Luft in die Lungen pumpte. Da blieb keine Energie übrig, um genügend animalische Wärme zu entwickeln und die feuchte Kälte zu bekämpfen. Man hörte sie förmlich frösteln. Ihre zitternden Glieder schlugen hilflos gegen die Wände, ihre Zähne klapperten, einige, die schon fast völlig entkräftet waren, wimmerten leise in sich hinein. Vorherrschend aber war stets das halberstickte Keuchen, ein rauhes, erschreckendes Geräusch.

Bis auf Hansen und mich – wir waren ja so gut wie einarmig – und die bettlägerigen Patienten, waren alle Mann an Bord der Reihe nach in den Maschinenraum hinuntergeklettert, um den roten Dämon zu bekämpfen, der uns zu verschlingen drohte. Die Anzahl der Personen in jeder einzelnen Equipe hatte man von vier auf acht erhöht und die Zeit, die sie unten verbrachten, auf drei bis vier Minuten verkürzt, um den Energieaufwand zu konzentrieren und in einer gegebenen Zeitspanne mehr zu leisten, aber in der stygischen Finsternis, im Dickicht der öligen Rauchschwaden, in dem engbegrenzten Raum war man nur langsam vorangekommen, so langsam, daß es einfach zum Verzweifeln war. Dazu gesellte sich nun auch noch die entsetzliche Müdigkeit, die uns alle befiel. Männer, schwach wie die Kinder, zerrten an der schwelenden Isolierung, es war nahezu sinnlos, es schien keinen Zweck mehr zu haben.

Ich war noch einmal unten im eigentlichen Maschinenraum gewesen, ein einzigesmal nur, um halb sechs, um Jolly zu betreuen, der, als er einem verletzten Matrosen die Leiter hinaufhelfen wollte, gestürzt und liegengeblieben war, und ich wußte, ich würde nie im Leben vergessen, was ich dort zu sehen bekam: finstere, gespenstische Gestalten in einer finsteren, gespenstischen, wirbelnden Welt, umherschwankend wie wandelnde Leichname, taumelnd, stolpernd, hinfallend aufs Deck oder in die Bilgen, die jetzt unter großen Schneewehen aus Kohlensäureschaum und schwelenden, geschwärzten Brocken losgerissener Isolierung begraben waren. Ein kleiner Feuerfunke, und der gesamte, prächtige technische Fortschritt des zwanzigsten Jahrhunderts war zunichte gemacht, die Grenze menschlichen Strebens im Nu aus dem Atomzeitalter in die unbekannte graue Vorzeit entrückt.

Jede schwere Stunde bringt ihren Mann ans Licht, und die Besatzung der *Dolphin* hegte nicht den geringsten Zweifel, daß diese schwere Nacht keine Ausnahme machte. Ihr Mann war Dr. Jolly.

Von den Nachwirkungen seines ersten katastrophalen Ausflugs in den Maschinenraum hatte er sich rasch erholt. Wenige Sekunden, nachdem ich Ringmans Bein geschient hatte, war er bereits wieder in der Zentrale erschienen. Die Nachricht von Boltons Tod war ihm sehr nahegegangen, aber weder mit einem Wort noch mit einem Blick gab er zu verstehen, daß Swanson und ich die Schuldigen waren, weil wir wider besseres Wissen und trotz seiner Proteste einen Mann an Bord transportiert hatten, dessen Leben selbst unter den günstigsten Bedingungen an einem Faden hing. Ich glaube, Swanson war ihm dafür dankbar und hätte es vielleicht sogar über sich gebracht, sich bei ihm zu entschuldigen, wenn nicht einer der Feuerwehrleute aus dem Maschinenraum aufgetaucht wäre und gemeldet hätte, einer seiner Kameraden sei ausgerutscht und habe sich ein Fußgelenk entweder verstaucht oder gebrochen – es war das der zweite der zahlreichen kleineren Unfälle, die im Lauf dieser Nacht unten im Maschinenraum passieren sollten. Jolly hatte, bevor wir ihn daran hindern konnten, nach dem nächstbesten Atmungsgerät gegriffen und war im Nu verschwunden.

Nach und nach konnten wir seine Abstecher in den Maschinenraum gar nicht mehr zählen. Mindestens fünfzehn, vielleicht noch mehr: Gegen sechs Uhr morgens begann mein Hirn an den Kanten auszufransen. Es fehlte ihm nicht an Kunden, an denen er seine ärztliche Kunst ausüben konnte. Ein Paradoxon: die beiden Haupttypen der Verletzungen in dieser Nacht waren diametral entgegengesetzter Art – Verbrennungen und Erfrierungen. Verbrennungen, durch die glühende Isolierung und später durch die Dampfrohre verursacht – Erfrierungen, dadurch verursacht, daß aus Nachlässigkeit der Kohlensäurestrahl entblößte Teile des Gesichts oder der Hände traf. Jolly stellte sich jederzeit zur Verfügung, auch dann noch, als er sich selber eine recht unangenehme Rißwunde am Kopf zugezogen hatte.

Gegen 6.45 Uhr morgens kam Torpedomaat Patterson in die Zentrale. Ich nehme an, daß er aufrecht zur Tür hereinkam, aber das war nur eine Annahme. Von dort aus, wo ich zwischen Swanson und Hansen auf dem Fußboden saß, reichte die Sicht nicht einmal halbwegs bis zur Tür. Als er näher herankam, kroch er auf Händen und Knien, sein Kopf pendelte hin und her, er keuchte qualvoll, die Zahl seiner Atemzüge betrug mindestens fünfzig in der Minute. Er trug keinerlei Maske und zitterte unaufhörlich.

»Wir müssen etwas tun, Herr Kapitän«, stieß er heiser hervor. »Zwischen dem vorderen Torpedoraum und der Mannschaftsmesse sind jetzt schon sieben Mann umgefallen. Schwer krank, Herr Kapitän ...«

»Danke, Patterson.« Swanson, gleichfalls ohne Maske, war genauso schlimm dran wie der Torpedomaat, seine Brust hob und senkte sich gewaltsam, sein Atem ging rauh und keuchend. Tränen und Schweißtropfen liefen ihm über die aschgrauen Wangen. »Wir werden uns möglichst beeilen.«

»Mehr Sauerstoff«, warf ich ein. »Pumpen Sie mehr Sauerstoff ins Boot.«

»Sauerstoff? Mehr Sauerstoff?« Er schüttelte den Kopf. »Der Luftdruck ist ohnedies schon zu hoch.«

»Der Luftdruck wird niemanden umbringen.« Ich merkte im Nebel der Kälte, des Jammers, der Brustschmerzen, daß meine Stimme genauso sonderbar klang wie die Stimme der anderen. »Das Kohlenoxyd bringt uns um — hat uns schon halb umgebracht. Es kommt auf die Proportion zwischen Kohlensäure und Sauerstoff an. Zu hoch — viel zu hoch ... Das wird uns alle wegputzen ...«

»Mehr Sauerstoff!« befahl Swanson.

Ventile wurden geöffnet, Sauerstoff strömte zischend in die Zentrale und, wie ich wußte, in die Mannschaftsräume. Zwar knallte es in meinen Ohren, als der Luftdruck hastig zunahm, aber das war auch alles, was ich verspürte. Jedenfalls fiel mir das Atmen nicht leichter, ein Eindruck, dessen Richtigkeit mir bestätigt wurde, als Patterson, der diesmal merklich schwächer war, zurückgekrochen kam und mühsam die Hiobsbotschaft hervorkrächzte, daß er nun schon ein Dutzend bewußtloser Leute am Hals habe.

Ich ging mit Patterson nach vorn, nahm ein Atmungsgerät mit — eines der wenigen, die noch funktionierten — und schnallte es der Reihe nach jedem einzelnen bewußtlosen Mann vors Gesicht, aber ich wußte, daß das nur ein vorübergehendes Palliativmittel war. Der Sauerstoff belebte sie, doch wenige Minuten, nachdem die Maske entfernt worden war, hatten die meisten schon wieder daß Bewußtsein verloren.

Ich kehrte in die Zentrale zurück, einen finsteren Kerker voll zusammengekauerter Menschen, die fast alle auf dem Boden lagen. Die meisten waren kaum noch bei Bewußtsein. Ich selber war kaum noch bei Bewußtsein. Ich fragte mich, ob ihnen auch so zumute sei wie mir, ob das Feuer sich aus den Lungen auf den restlichen Körper erstreckt habe, ob sie an ihren Händen und in ihren Gesichtern die erste leichte Verfärbung merkten, das tödliche Blaurot, das erste unverkennbare Symptom eines Menschen, der an Kohlenoxydvergiftung zu sterben beginnt.

Jolly, stellte ich fest, war noch nicht aus dem Maschinenraum zurückgekehrt. Anscheinend wollte er ständig bereitstehen, um den Männern dort unten zu helfen, die immer mehr Gefahr liefen, sich selber und ihre Kameraden zu verletzen – in dem Maß, wie ihre Kräfte nachließen, in dem Maß, wie das Maximum ihrer Sorgfalt, Aufmerksamkeit und Konzentration auf Null Komma Null zusammenschrumpfte.

Swanson saß noch so da, wie ich ihn verlassen hatte, gegen den Koppeltisch gelehnt. Als ich neben ihm und Hansen zu Boden sank, lächelte er matt.

»Wie geht es den Leuten, Doktor?« fragte er.

Es war ein Flüstern, aber ein felsenfestes Flüstern. Die monolithische Ruhe des Mannes hatte keine Sekunde lang versagt, und ich wurde mir in meinem wirren Kopf darüber klar, daß das ein Mann war, der nie – unter keinen Umständen – versagen würde.

»Schlecht, sehr schlecht«, erwiderte ich. Als ärztliches Bulletin mochte es ein wenig an Ausführlichkeit zu wünschen übrig lassen, aber es enthielt das Wesentliche dessen, was ich zu sagen hatte, und ersparte mir zusätzlichen Energieaufwand. »Binnen einer Stunde dürfen Sie mit den ersten Todesopfern einer Kohlenoxydvergiftung rechnen.«

»So bald schon?« Staunen in seinen geröteten, verschwollenen, tränenden Augen – genauso wie in seinem Ton.

»Ja«, erwiderte ich. »Es handelt sich um einen stark beschleunigten Prozeß. Fünf Tote binnen einer Stunde. Binnen zwei Stunden – fünfzig. Mindestens fünfzig.«

»Sie entheben mich jeder Wahl«, murmelte er. »Dafür bin ich Ihnen dankbar .. John, wo steckt unser Fahrtoffizier? Seine Stunde ist gekommen.«

»Ich hole ihn.«

Hansen rappelte sich hoch, ein alter Mann, der sich mit letzter Kraft von seinem Sterbelager erhebt. In diesem Augenblick sprang die Tür zum Maschinenraum auf. Rußgeschwärzte, erschöpfte Gestalten kamen hereingetaumelt. Andere, die gewartet hatten, bis sie an der Reihe waren, verließen im Gänsemarsch den Raum.

Swanson fragte einen der Leute, die soeben eingetreten waren: »Sind Sie das, Will?«

»Ja, Sir.«

Oberleutnant Raeburn, der Navigationsoffizier, nahm die Maske ab und begann qualvoll zu husten. Swanson wartete, bis er sich ein wenig beruhigt hatte.

»Wie sieht es unten aus, Will?«

»Das Zeug raucht nicht mehr, Herr Kapitän.« Raeburn wischte sich das triefnasse Gesicht ab, torkelte wie ein Betrunkener und ließ sich halb betäubt auf den Boden fallen. »Ich glaube, es ist jetzt ordentlich durchtränkt.«

»Wie lange wird es dauern, bis der Rest entfernt ist?«

»Weiß der Himmel ... Normalerweise zehn Minuten. Bei unserem Zustand – eine Stunde. Vielleicht noch länger.«

»Danke ... Ah ...« Er lächelte matt, als Hansen und Cartwright aus den dunklen Rauchschwaden hervortauchten. »Mr. Cartwright, es würde mich freuen, wenn Sie den Kessel aufsetzen wollten. Wie lange braucht man im äußersten Fall, um den Meiler zu aktivieren, Dampf zu machen und die Turbogeneratoren in Rotation zu versetzen? Wie lautet der Rekord?«

»Ich weiß es nicht, Herr Kapitän«, antwortete Cartwright. Rotäugig, hustend, rußgeschwärzt und sichtlich von Schmerzen geplagt, brachte er es dennoch fertig, strammzustehen und zu lächeln. »Aber betrachten Sie ihn als gebrochen.«

Er ging weg. Swanson richtete sich mühsam auf. Er verlangte Strom für die Lautsprecheranlage, hakte ein Mikrophon los und begann mit ruhiger, klarer, kräftiger Stimme zu sprechen: seine Selbstbeherrschung war erstaunlich – der Sieg des Geistes über eine gemarterte, nach Luft lechzende Lunge.

»Hier spricht euer Kapitän«, sagte er. »Das Feuer im Maschinenraum ist gelöscht. Wir sind bereits im Begriff, den Reaktor anzukurbeln. Sämtliche wasserdichte Türen sind zu öffnen. Bis auf weiteres bleiben sie geöffnet. Das Schlimmste dürfte überstanden sein. Ich danke euch für alles, was ihr geleistet habt.«

Er hängte das Mikrophon auf und drehte sich zu Hansen um. »Das Schlimmste ist überstanden – falls wir genug Strom haben, um den Reaktor in Gang zu setzen.«

»Das Schlimmste steht uns noch bevor«, sagte ich. »Es wird wie lange dauern – eine Dreiviertelstunde, vielleicht eine Stunde? –, um die Turbinengeneratoren und die Luftreinigungsanlage in Gang zu setzen. Wie lange, glauben Sie, werden Ihre Luftreiniger brauchen, um in dieser giftigen Atmosphäre eine merkbare Wirkung zu erzielen?«

»Eine halbe Stunde. Mindestens. Vielleicht länger.«

»Also – da haben wir's ...« Mein Hirn war so konfus und gelähmt, daß es mir schwerfiel, Worte zu finden, um meine Gedanken zu formulieren, und ich wußte nicht einmal recht, ob es sich lohnte, sie zu formulieren. »Mindestens anderthalb Stunden – und Sie behaupten, das Schlimmste sei vorbei. Das Schlimmste hat noch gar nicht begonnen.« Ich schüttelte den Kopf, versuchte mich zu erinnern, was ich zunächst hatte sagen wollen, und dann fiel es mir ein. »In anderthalb Stunden wird einer unter vier Leuten an Bord der *Dolphin* tot sein.«

Swanson lächelte. So unglaublich es war – er lächelte. Und er sagte: »Wie Sherlock Holmes zu Professor Moriarty zu sagen pflegte: Ich bin nicht Ihrer Meinung, Doktor. Kein Mensch wird an Kohlenoxydvergiftung sterben. Binnen fünfzehn Minuten haben wir im ganzen Schiff frische atembare Luft.«

Hansen sah mich genauso an, wie ich ihn ansah. Die Belastung war zu groß gewesen, der Alte hatte den Verstand verloren. Swanson ertappte uns bei unserem Blickwechsel und lachte, aber sein Lachen ging sogleich in einen krampfhaften Hustenanfall über, da er ein allzu großes Quantum vergifteter, rauchgeschwärzter Luft geschluckt hatte. Er hustete ziemlich lange, beruhigte sich dann allmählich.

»Geschieht mir recht ...«, keuchte er. »Eure Gesichter ... Was glauben Sie, Doktor, warum ich befohlen habe, die wasserdichten Türen zu öffnen?«

»Keine Ahnung.«

»John?«

Hansen schüttelte den Kopf. Swanson musterte ihn mit forschendem Blick und sagte: »Sprechen Sie mit dem Maschinenraum. Geben Sie Order, den Dieselmotor in Gang zu setzen.«

»Ja, Sir«, erwiderte Hansen mit steinerner Miene. Er rührte sich nicht.

»Oberleutnant Hansen überlegt sich, ob er nicht eine Zwangsjacke holen sollte«, sagte Swanson. »Oberleutnant Hansen weiß, daß ein Dieselmotor nie in Gang gesetzt wird, wenn das Boot sich unter Wasser befindet – es sei denn, mit Hilfe eines Schnorchels –, weil ein Diesel nicht nur seine Luft aus der Atmosphäre im Maschinenraum holt, sondern sie außerdem in großen Zügen verschluckt und sehr bald die gesamte im Boot befindliche Luft aufgezehrt haben würde. Grade das will ich erreichen. Wir pumpen komprimierte Luft unter ziemlich hohem Druck in den vorderen Teil des Schiffes. Schöne, saubere, frische Luft. Wir setzen achtern den Diesel in Gang. Zuerst wird er langsam laufen, weil die verdorbene Luft nur noch ganz wenig Sauerstoff enthält – aber er wird laufen. Er wird einen großen Teil dieser Luft ansaugen und die Gase über Bord spucken. Dadurch wird achtern der Luftdruck gesenkt werden, frische Luft wird vom Bug aus nach hinten strömen. Bisher war das nicht möglich, es wäre reiner Selbstmord gewesen, die frische Luft hätte das Feuer entfacht, wir hätten seiner überhaupt nicht mehr Herr werden können. Jetzt aber dürfen wir es versuchen. Natürlich lassen wir den Diesel nur ein paar Minuten laufen, aber ein paar Minuten werden reichlich genügen. Geben Sie mir recht, Oberleutnant Hansen?«

Natürlich war Hansen einverstanden, aber er antwortete nicht. Er war bereits weg.

Drei Minuten verstrichen, dann hörten wir durch den geöffneten Gang oberhalb des Reaktorraums die unregelmäßigen Geräusche eines Dieselmotors, der anspringt, hustet, von neuem anzieht. Wir erfuhren später, daß die Maschinisten mehrere Flaschen Äther in der Nähe des Luftzufuhrventils ausleeren mußten, um den Motor anzukurbeln. Dann sahen wir, wie, anfangs beinahe unmerklich, dann mit zunehmender Entschiedenheit, der Rauch aus der nur durch eine einzige Lampe erhellten Zentrale in Schwaden und Wirbeln zu dem Reaktorgang hingesogen wurde, während gleichzeitig andere verräucherte, aber um eine Nuance hellere Luft aus dem Gang hereinströmte, der zur Offiziersmesse führte, angezogen durch den abnehmenden Druck in der Zentrale, vorwärts geschoben durch die Frischluft, die sich im vorderen Teil des U-Bootes ansammelte – in dem Maß, wie komprimierte Luft in die Logisräume geblasen wurde.

Einige weitere Minuten brachten die Vollendung des Wunders. Im Maschinenraum donnerte der Diesel drauflos, lief immer glatter und kräftiger, je konzentrierter der Sauerstoff war, der das Einsaugventil erreichte. Aus der Zentrale sickerte der Rauch davon und wurde durch einen dünnen grauen Dunst aus dem Vorderteil des Bootes ersetzt, der kaum noch den Namen Rauch verdiente. Und dieser Nebel führte Luft mit sich, Luft gesättigt mit frischem, lebensspendendem Sauerstoff, mit einem fast schon unerheblichen Zusatz von Kohlensäure und Kohlenoxid. Jedenfalls kam es uns so vor.

Die Wirkung auf die Menschen lag gerade noch in den Grenzen des Glaubhaften. Es war, als wäre ein Zauberer der Länge nach durch das Fahrzeug gewandert und hätte jeden einzelnen mit seinem heilenden Stab berührt. Bewußtlose, die nur noch eine halbe Stunde zu leben hatten, begannen sich zu bewegen, manche schlugen die Augen auf. Kranke, erschöpfte, von Ekel geschüttelte und schmerzgeplagte Menschenwracks, die als verzweifelte Häufchen Elend auf den Decks gelegen oder gehockt hatten, setzten sich auf oder erhoben sich. In ihren Mienen machte sich ein fast komisches, ungläubiges Staunen bemerkbar, als sie in großen Zügen ihre brennenden Lungen vollpumpten und merkten, daß es nicht Giftgase waren, die sie einatmeten, sondern frische Luft.

Swanson beobachtete aufmerksam die Meßinstrumente, die den Luftdruck im Inneren des U-Bootes registrierten. Allmählich sank er auf das normale Niveau herab, dann etwas tiefer. Swanson befahl, die komprimierte Luft unter stärkeren Druck zu setzen und als sodann der Atmosphärendruck wieder das normale Maß erreicht hatte, ließ er den Diesel abstellen und die Druckluftzufuhr sperren.

»Kapitän Swanson«, sagte ich zu ihm, »sollten Sie jemals Lust haben, Admiral zu werden, dürfen Sie sich jederzeit auf mich berufen.«

»Schönen Dank.« Er lächelte. »Wir haben Glück gehabt.«

Freilich hatten wir Glück gehabt. Wer mit Kapitän Swanson segelte, hatte von vornherein Glück.

Nun hörten wir die Pumpen und Motoren schnurren, mit deren Hilfe Cartwright daran ging, die Atomkraftanlage zu neuem Leben zu erwecken: ein langsamer Vorgang. Jeder wußte, daß es an einem Haar hing, ob die Batterien noch genug Kraftreserven enthielten, aber seltsamerweise schien niemand daran zu zweifeln, daß Cartwright es schaffen werde. Wir hatten zu viel durchgemacht, als daß wir uns eine Niederlage auch nur hätten vorstellen können.

Und es kam zu keiner Niederlage. Punkt acht Uhr morgens meldete Cartwright telefonisch, daß die Turbinenschaufeln unter Dampfdruck stünden und daß die *Dolphin* wieder betriebsfertig sei. Das hörte ich gern.

Drei Stunden lang kreuzten wir mit mäßiger Fahrt, während die Klimaanlage mit Hochdruck arbeitete, um die Luft im Inneren der *Dolphin* wieder in einen normalen Zustand zu versetzen. Dann erhöhte Swanson nach und nach das Tempo, bis wir etwa fünfzig Prozent der üblichen Marschgeschwindigkeit erreicht hatten. Schneller zu laufen, hielt der Fahrtoffizier nicht für ratsam. Aus verschiedenen technischen Gründen war es nicht empfehlenswert, auch nur eine einzige Turbine auszuschalten, deshalb waren wir auf die Leistung der langsamsten angewiesen, und ohne Isolierung wollte Cartwright die Steuerbord-Hochdruckturbine auch nicht um ein Jota über ihre Leistungsfähigkeit hinaus belasten. Auf diese Weise würden wir nun länger brauchen, um das Packeis hinter uns zu bringen und offenes Meer zu erreichen, aber der Kapitän teilte über die Sprechanlage mit, daß wir, wenn die Grenze des Packeises sich noch dort befand, wo sie sich befunden hatte, als wir unter sie hinabtauchten, am nächsten Morgen etwa gegen vier Uhr in offene Gewässer hinaussteuern würden.

Um vier Uhr nachmittags hatten Mitglieder der Besatzung in Schichtarbeit den Maschinenraum von allen Trümmern und Schaumresten gesäubert, die sich im Lauf der langen Nacht dort angehäuft hatten. Nachher reduzierte Swanson die Wachen auf das unerläßliche Minimum, damit so viele Leute wie nur möglich sich sofort ausschlafen konnten. Nun, da der Siegestaumel vorbei war, nun, da die fast unerträgliche Erleichterung, zu wissen, daß sie nun doch nicht keuchend und japsend in einer kalten Stahlgruft unter dem Packeis enden würden, zu schwinden begann, war die unvermeidliche Reaktion, als sie einsetzte, entsprechend heftig. So schlaftrunken und erschöpft war die Besatzung der *Dolphin* noch nie gewesen. Als die Leute sich schlafen legten, versanken sie sogleich in einen tiefen, todesähnlichen Schlaf.

Ich konnte nicht schlafen. Nicht sofort, nicht um vier Uhr nachmittags. Ich konnte nicht einschlafen. Ich mußte mir allzu vieles durch den Kopf gehen lassen. Zum Beispiel: Ich war in erster Linie daran schuld gewesen, daß die *Dolphin* und ihre Besatzung in eine so verzweifelte Notlage geraten waren – weil ich einen Irrtum begangen oder mich verrechnet hatte oder aus reiner Halsstarrigkeit. Ferner: Was würde Kapitän Swanson sagen, wenn er wüßte, wieviel ich ihm verheimlicht, wie wenig ich ihm mitgeteilt hatte? Allerdings, da ich ihn nun schon so lange im dunkeln hatte tappen lassen, würde es nicht schaden, wenn ich ihn noch ein Weilchen länger im dunkeln tappen ließe. Morgen früh würde es immer noch Zeit sein, ihm reinen Wein einzuschenken. Seine Reaktion würde, gelinde gesagt, interessant sein. Vielleicht würde er bereit sein, eigenhändig eine Medaille für Rawlings zu prägen – aber bestimmt keine für mich.

Rawlings. Das war der Mann, den ich jetzt brauchte. Ich suchte ihn auf, sagte ihm, was ich auf dem Herzen hatte, und fragte ihn, ob er etwas dagegen hätte, im Lauf der kommenden Nacht einige Stunden Schlaf zu opfern. Wie immer war Rawlings die Hilfsbereitschaft selbst.

Am späten Abend sah ich mir einige unserer Patienten an. Dr. Jolly, ausgepumpt durch seine herkulischen Anstrengungen in der vergangenen Nacht, lag klaftertief in Schlaf versunken. Swanson hatte mich gebeten, Jolly zu vertreten. Das tat ich gern, aber ich gab mir nicht allzuviel Mühe. Mit einer einzigen Ausnahme schliefen sie alle fest, und keiner hätte eine ärztliche Behandlung so dringend gebraucht, daß es gerechtfertigt gewesen wäre, ihn zu wecken. Die Ausnahme war Dr. Benson, der am späten Nachmittag aus der Bewußtlosigkeit erwacht war. Es ging ihm sichtlich besser, aber er klagte darüber, daß sein Kopf sich wie ein Kürbis anfühle, den jemand mit einer Nietungspistole behandle, also verabreichte ich ihm einige Tabletten, und damit basta. Ich fragte ihn, ob er eine Ahnung habe, was seinen Sturz von der Kante des Segels veranlaßt haben mochte, aber er war entweder zu konfus, um sich zu erinnern, oder er wußte es ganz einfach nicht. Übrigens spielte es jetzt keine Rolle mehr. Ich kannte bereits die Lösung des Rätsels.

Nachher schlief ich neun Stunden lang. Das war von mir recht eigennützig, wenn man bedenkt, daß ich Rawlings gebeten hatte, die halbe Nacht aufzubleiben, aber es blieb mir keine Wahl. Rawlings war in der Lage, eine wichtige Aufgabe durchzuführen, die ich selber nicht durchführen konnte.

Irgendwann im Lauf der Nacht tauchten wir unter dem Packeis hervor ins offene Meer hinaus.

Kurz nach sieben wachte ich auf, wusch mich, rasierte mich und zog mich so sorgfältig an, wie es mit einer lahmgelegten Hand nur immer möglich war, weil meiner Meinung nach ein Strafrichter es seinem Publikum einfach schuldet, anständig gekleidet zu sein, wenn er darangeht, eine Gerichtsverhandlung zu leiten. Dann frühstückte ich ausgiebig und gut in der Offiziersmesse.

Kurz vor neun Uhr betrat ich die Zentrale. Hansen hatte die Wache. Ich ging zu ihm hin und fragte ihn (so leise, daß niemand anderer es hören konnte): »Wo ist Kapitän Swanson?«

»In seiner Kajüte.«

»Ich möchte mit ihm und mit Ihnen sprechen. Ungestört.«

Hansen sah mich forschend an, nickte, übergab die Wache dem Navigationsoffizier und ging voraus zu Swansons Kajüte. Wir klopften, traten ein und machten die Tür hinter uns zu. Ich vergeudete keine Zeit mit Präambeln.

»Ich weiß, wer der Mörder ist«, sagte ich. »Ich kann es nicht beweisen, aber ich werde mir jetzt sofort den Beweis verschaffen. Ich möchte, daß Sie beide anwesend sind. Falls Sie die Zeit opfern wollen.«

Sie hatten während der letzten dreißig Stunden ihren gesamten Vorrat an Gefühlswallungen und Reaktionen dermaßen aufgebraucht, daß sie weder die Hände zum Himmel erhoben noch verdutzt zusammenzuckten, noch irgendein anderes übliches Zeichen grenzenloser Verblüffung an den Tag legten. Statt dessen sah Swanson seinen Ersten Offizier nachdenklich an, stand vom Tisch auf, faltete die Seekarte zusammen, die er studiert hatte, und sagte trocken: »Ich glaube, wir werden die Zeit opfern, Doktor Carpenter. Ich bin noch nie einem Mörder begegnet.« Sein Ton klang unpersönlich, fast leichtfertig, aber der Blick seiner klaren, grauen Augen war sehr kalt geworden. »Es wird ein wahres Erlebnis sein, einen Mann kennenzulernen, der acht Menschenleben auf dem Gewissen hat.«

»Sie dürfen von Glück sagen«, erwiderte ich, »daß es nur acht sind. Gestern früh hätte er es beinahe auf hundert gebracht.«

Diesmal hatte es gesessen. Swanson starrte mich an, fragte dann mit gedämpfter Stimme: »Was soll das heißen?«

»Unser bewaffneter Freund trägt auch eine Schachtel Streichhölzer mit sich herum«, antwortete ich. »In den Morgenstunden des gestrigen Tages hat er sich mit ihnen im Maschinenraum zu schaffen gemacht.«

»Jemand sollte absichtlich versucht haben, das Fahrzeug in Brand zu stecken?« Hansen machte kein Hehl daraus, daß er mir kein Wort glaubte. »Das nehme ich Ihnen nun wirklich nicht ab, Doktor.«

»Ich schon«, sagte Swanson. »Ich schlucke blindlings alles, was Doktor Carpenter uns auftischt ... Wir haben es mit einem Wahnsinnigen zu tun. Nur ein Wahnsinniger würde zugleich mit hundert anderen Menschenleben auch das eigene Leben aufs Spiel setzen.«

»Er hat sich verrechnet«, sagte ich sanft. »Kommen Sie mit.«

Sie warteten auf uns in der Offiziersmesse, so, wie ich es arrangiert hatte, alles in allem elf Personen – Rawlings, Zabrinski, Kapitän Folsom, Dr. Jolly, die Zwillinge Harrington, die sich grade nur so weit erholt hatten, daß sie das Bett verlassen konnten, Naseby, Hewson, Hassard, Kinnaird und Jeremy. Die meisten saßen rund um den Messetisch, bis auf Rawlings, der uns die Tür öffnete, und Zabrinski, der mit seinem Gipsverband auf einem Stuhl in einer Ecke saß und ein Exemplar der *Dolphin-Daze* studierte, der hektographierten Bordzeitung. Einige wollten sich erheben, als wir hereinkamen, aber Swanson winkte ab. Stumm blieben sie sitzen, alle mit Ausnahme Dr. Jollys, der mit munterer Stimme ausrief: »Guten Morgen, Herr Kapitän! Schau, schau, was für eine merkwürdige Einladung! Ich bin gespannt, sehr gespannt. Worüber wollen Sie mit uns sprechen, Herr Kapitän?«

Ich räusperte mich. »Sie müssen mir mein kleines Täuschungsmanöver verzeihen. Nicht der Kapitän ist es, der mit Ihnen zu sprechen wünscht – ich bin es.«

»Sie?« Jolly schürzte die Lippen und musterte mich nachdenklich. »Das verstehe ich nicht, old Boy. Warum gerade Sie?«

»Ich habe mich eines weiteren Täuschungsmanövers schuldig gemacht. Ich vertrete nicht, wie ich zu verstehen gegeben habe, die Intendantur. Ich bin ein Agent der britischen Regierung, ein Beamter der Abteilung für Spionageabwehr.«

Also, nun kam die Reaktion, die ich mir gewünscht hatte, und wie! Sie rissen die Münder auf wie die Karpfen und starrten mich an. Als erster erholte sich Jolly, der sich immer schnell anzupassen wußte.

»Spionage, bei allen Göttern! Spione, Räuberromantik, schöne Blondinen, im Schrank versteckt. Aber was haben Sie an Bord der *Dolphin* zu suchen, Doktor Carpenter? Was ist es denn – ja, was könnte es denn sein, worüber Sie mit uns zu sprechen wünschen?«

»Eine Bagatelle. Mord.«

»Mord!« Kapitän Folsom ergriff zum erstenmal, seit er an Bord gekommen war, das Wort. Seine Stimme, die über die schwer verbrannten Lippen kam, war nur ein heiseres Krächzen. »Mord?«

»Vier von den Toten, die im Laboratorium der Treibeis-Station Zebra zurückgeblieben sind, waren bereits tot, als der Brand ausbrach. Drei wurden durch Kopfschüsse getötet, ein vierter erstochen. So etwas nennt man Mord, meinen Sie nicht?«

Jolly hielt sich an der Tischkante fest und ließ sich zitternd auf einen Stuhl sinken. Die anderen sahen so aus, als wären sie froh, daß sie bereits saßen.

»Es ist offenbar überflüssig, hinzuzufügen«, sagte ich, fügte es aber trotzdem hinzu, »daß der Mörder sich momentan in diesen vier Wänden befindet.«

Man hätte es nicht geglaubt, wenn man sie sich ansah. Auf den ersten Blick hatte man den Eindruck, keiner dieser hochanständigen Bürger wäre imstande, einen Mord zu begehen. Sie sahen so unschuldig aus wie des Lebens Morgenröte, alle miteinander.

»Wenn Sie mit mir Geduld haben wollen«, fuhr ich fort, »möchte ich Ihnen nun zuallererst einen kleinen Vortrag über optische Probleme der Fototechnik halten – und fragen Sie mich nicht, was das zum Donnerwetter mit Mord zu tun habe, es hat sehr viel damit zu tun, ja, eigentlich alles, wie Sie sehr bald merken werden ...

Bei gleichwertiger Filmemulsion und Objektivqualität hängt die Klarheit der Einzelheiten auf einem Foto von der Brennweite des Objektivs ab – das heißt, von dem Abstand zwischen Linsen und Film. Bis vor fünfzehn Jahren betrug die maximale Brennweite einer Kamera – wenn man von Observatorien absieht – etwa fünfzig Zoll, einen Meter und fünfundzwanzig Zentimeter. Solche Apparate haben die Aufklärungsflugzeuge in den letzten Stadien des Zweiten Weltkriegs benützt. Auf einem aus einer Höhe von fünfzehn Kilometern aufgenommenen Foto wäre ein kleiner, auf der Erde befindlicher Koffer zu sehen gewesen, und das war für damalige Verhältnisse nicht schlecht ...

Aber die amerikanischen Land- und Luftstreitkräfte forderten größere und bessere Luftbildkameras, und das ließ sich nur dadurch erzielen, daß man die Brennweite verlängerte. Natürlich hatte dieser Abstand seine gegebenen Grenzen, da die Kamera in ein Flugzeug – oder einen um die Erde kreisenden Satelliten – eingebaut werden sollte. Eine Kamera mit einer Brennweite von, sagen wir, sechs Metern wäre unmöglich mit senkrecht nach unten gerichtetem Objektiv in einem Flugzeug oder in einem kleinen Satelliten unterzubringen. Die Wissenschaftler aber lieferten ein neues Kameramodell, das das Faltlinsenprinzip verwendet. Das Licht wandert nicht durch ein langes, gerades Rohr, sondern springt zwischen einer Reihe schräg angeordneter Spiegel hin und her. Auf diese Weise kann man die Brennweite erheblich verlängern, ohne den Apparat selbst vergrößern zu müssen. Neunzehnhundertfünfzig hatte man bereits Objekte mit einer Brennweite von zweieinhalb Metern hergestellt, und diese Apparate knipsten aus einer Höhe von fünfzehn Kilometern ein Paket Zigaretten. Zehn Jahre später kam das sogenannte Perkin-Elmer-Roti-Satelliten-Fernlenkwaffen-Ortungsgerät mit einer Brennweite von fünfhundert Zoll – rund zwölf Meter. Ein entsprechendes herkömmliches Modell müßte also zwölf Meter lang sein. Dieses neue Gerät konnte aus einer Höhe von fünfzehn Kilometern ein Stück Zucker erfassen ...«

Ich sah mich forschend in der Runde um, ob vielleicht der eine oder andere nicht aufpaßte. Sie paßten auf wie die Schießhunde. Kein Dozent konnte je ein aufmerksameres Auditorium besessen haben.

»Drei Jahre später«, fuhr ich fort, »hatte eine andere amerikanische Firma dieses Raketenortungsgerät zu einem phantastischen Modell entwickelt, das sogar in einem kleinen Satelliten Platz findet. Die Brennweite der Kamera kennen wir nicht, sie wurde bisher nicht bekanntgegeben, wir wissen nur, daß unter günstigen atmosphärischen Bedingungen aus einer Höhe von fünfhundert Kilometern eine weiße Untertasse auf einer dunklen Fläche deutlich zu sehen ist, und zwar auf einem verhältnismäßig kleinen Negativ, das sich fast unbegrenzt vergrößern läßt. Die Wissenschaftler haben nämlich auch eine völlig neuartige Filmemulsion entwickelt, die streng geheimgehalten wird und hundertmal empfindlicher ist als die auf dem Markt erhältlichen besten Marken . .

Diese Kamera sollte in den zwei Tonnen schweren Satelliten eingebaut werden, den die Amerikaner Samos III tauften – Samos für ›Satellite and Missile Observation System‹. So weit kam es aber nicht. Die Kamera, die einzige ihrer Art auf Gottes Erdboden, verschwand am hellichten Tag. Wie sich später herausstellte, wurde sie demontiert und mit einem polnischen Düsenflugzeug von New York nach Havanna transportiert. Die Maschine hatte als ihren Bestimmungsort Miami angegeben und war damit der Besichtigung durch die Zollbehörden ausgewichen . . .

Vor vier Monaten wurde diese Kamera mit einem russischen Satelliten losgeschickt, der die Pole umkreist und täglich siebenmal den amerikanischen Mittelwesten überfliegt. Schon nach drei Tagen – die Witterungsverhältnisse waren perfekt – besaßen die Russen sämtliche Bilder, die sie brauchten – Aufnahmen sämtlicher amerikanischer Lenkwaffenabschußrampen westlich vom Mississippi. Sooft diese Kamera einen schmalen Sektor der Vereinigten Staaten fotografierte, peilte eine in den Satelliten eingebaute kleinere, senkrecht nach oben gerichtete Kamera die Sterne an. Dann hätte es sich nur noch darum gehandelt, auf den Karten die Länge und Breite zu kontrollieren, und die Russen wären in der Lage gewesen, jeden Startplatz in den Vereinigten Staaten durch eine interkontinentale Fernlenkrakete zu zerstören. Zuerst aber mußten sie die Bilder haben . . .

Radioübertragung hatte wenig Zweck, dabei geht viel zuviel an Qualität und Einzelheiten verloren – und man darf nicht vergessen, daß es sich anfangs um ein verhältnismäßig kleines Negativ handelt. Also mußten sie sich die Originale sichern. Das kann auf zweierlei Art geschehen: Der Satellit wird auf die Erde zurückgeholt, oder er wirft eine Kapsel aus, die die Filme enthält. Die Amerikaner haben mit ihren ›Discoverer‹-Tests die Kunst vollendet, herabfallende Kapseln abzufangen – die Russen kennen dieses Verfahren nicht. Also mußten sie darangehen, den Satelliten herunterzuholen. Das sollte etwa dreihundert Kilometer östlich vom Kaspischen Meer geschehen. Aber irgend etwas hat nicht geklappt. Wir wissen nicht genau, was es war, aber unsere Fachleute meinen, es könne nur daran gelegen haben, daß die Rückstoßraketen an der einen Wand nicht funktionierten, als sie das entsprechende Funksignal erhielten. Beginnen Sie den Zusammenhang zu begreifen, meine Herren?«

»Ja – allmählich.« Das war Jeremy, und seine Stimme klang gedämpft. »Der Satellit geriet in eine andere Bahn.«

»Richtig. Die an der einen Seite abgefeuerten Raketen haben seine Geschwindigkeit nicht sonderlich beeinträchtigt, aber ihn weit aus seinem Kurs geschleudert, in einen neuen, wackligen Kurs, der südwärts über den Stillen Ozean und das Graham-Land in die Antarktis, nordwärts über Afrika und Westeuropa und dann in flacher Kurve rund um den Nordpol läuft, mit einem kürzesten Abstand von etwa dreihundert Kilometern ...

Nun hatten die Russen nur noch eine Möglichkeit, die Filme in die Hand zu bekommen, nämlich dadurch, daß sie die Kapsel herausholten. Sie wußten, wenn sie die Rückstoßraketen nur an einer Seite abfeuerten, würde der Satellit zwar seine Bahn verlassen, aber Gott weiß was für einen Kurs einschlagen. Besonders unangenehm für die Russen war, daß der Satellit sich an keinem Punkt seiner Bahn über sowjetrussischem Gebiet oder einer der kommunistischen Einflußsphären befand. Noch schlimmer: Neunzig Prozent seines Kurses liefen übers offene Meer, und wenn sie ihn dort herunterholten, würden sie ihre Filme nie zu sehen bekommen haben ...

Also beschlossen sie, die Kapsel dort herunterzuholen, wo ihnen einigermaßen sichere Bedingungen zur Verfügung standen – entweder auf dem Polareis im Norden oder in der Antarktis. Sie werden sich erinnern, Herr Kapitän, daß ich Ihnen erzählte, ich sei soeben aus der Antarktis zurückgekehrt. Die Russen haben dort zwei geophysikalische Stationen, und bis vor wenigen Tagen rechneten wir mit der Möglichkeit – fifty-fifty –, daß sie die Kapsel dort herunterholen würden. Aber wir irrten uns. Die nächstgelegene Station in der Antarktis ist von der Umlaufbahn des Satelliten an die fünfhundert Kilometer entfernt – und in den Stützpunkten rührte sich nichts. Nichts deutete darauf hin, daß sie vorgehabt hätten, Bergungsmannschaften loszuschicken.«

»Also hatte man sich entschlossen, die Kapsel in der Nachbarschaft der Treibeis-Station Zebra herunterzuholen, habe ich recht?« fragte Dr. Jolly ruhig. Es zeugte von seiner Verstörtheit, daß er mich nicht einmal mit dem gewohnten ›Old Boy‹ anredete.

»Zu dem Zeitpunkt, da der Satellit zu streiken begann, war die

Treibeis-Station Zebra noch gar nicht vorhanden. Man hatte jedoch schon alle Vorbereitungen getroffen. Kanada wollte uns einen seiner St.-Lorenz-Eisbrecher leihen, aber die Russen offerierten uns – mit einem Ausbruch freundschaftlichen Wohlwollens und internationaler Zusammenarbeit – die mit Kernenergie getriebene *Lenin*, den besten Eisbrecher der Welt. Sie wollten dafür sorgen, daß die Zebra planmäßig und rechtzeitig an Ort und Stelle kam. Das war denn auch der Fall. Die Ost-West-Drift der Eishaube vollzog sich in diesem Jahr ungewöhnlich langsam, und es vergingen fast acht Wochen, bis sich die Station unmittelbar unter der Flugbahn des Satelliten befand.«

»Sie wußten, was die Russen vorhatten?« fragte Hansen.

»Wir wußten es. Aber die Russen hatten nicht die leiseste Ahnung, daß wir ihnen auf die Schliche gekommen waren. Sie hatten keine Ahnung, daß einer der Ausrüstungsgegenstände, die die Zebra mitgenommen hatte, ein Satelliten-Abhörgerät war, das Major Halliwell benachrichtigen würde, sowie der Satellit das Funksignal erhielt, das ihm befahl, die Kapsel auszuwerfen.«

Langsam ließ ich meine Blicke an den Überlebenden der Zebra entlangwandern.

»Ich wette, daß das keiner von euch gewußt hat. Major Halliwell aber hat es gewußt – er nebst den drei Männern, die in seiner Hütte schliefen, in der das Gerät untergebracht war ...

Was wir nicht wußten, war die Identität des Mannes, den die Russen bestochen hatten. Sie mußten ein Mitglied der Stationsmannschaft bestochen haben, aber wen – wen? Jeder von euch war tausendprozentig zuverlässig – auf Herz und Nieren geprüft – laut allen offiziellen Zeugnissen. Aber einer hatte sich bestechen lassen – und dieser eine würde nach seiner Rückkehr in die englische Heimat bis ans Lebensende ein steinreicher Mann sein. Die Russen ließen auf der Zebra nicht nur einen Agenten zurück, sondern außerdem ein transportables Abhörgerät – eine elektronische Vorrichtung, die man auf ein besonderes Funkzeichen abstimmt, das innerhalb der Kapsel in dem Augenblick aktiviert wird, da der Satellit sie ausstößt. Eine Kapsel kann aus einer Höhe von fünfhundert Kilometern mit solcher Präzision ausgestoßen werden, daß sie in einem Umkreis von zwei Kilometern rund um das Ziel landet, aber das Packeis ist recht unwegsam und meistens in Finsternis getaucht, also würde das Abhörgerät unserem Freund ermöglichen, die Kapsel zu lokalisieren, die nach der Landung ihr Signal mindestens, wie ich annehme, vierundzwanzig Stunden lang sendet. Unser Freund nahm sein Gerät und machte sich auf die Suche nach der Kapsel. Er fand sie, schnallte sie von ihrem Fallschirm los und nahm sie mit ... Können Sie mir noch immer folgen, meine Herren? Ich meine da insbesonders einen gewissen Herrn in unserer Mitte ...«

»Ich glaube, wir sind alle im Bild, Doktor Carpenter«, sagte Kapitän Swanson leise. »Mann für Mann.«

»Gut ... Leider wußten auch Major Halliwell und seine Kameraden, daß der Satellit die Kapsel ausgeworfen hatte. Wir dürfen nicht vergessen, daß sie mit ihrem Abhörgerät Tag und Nacht hinter dem Satelliten her waren. Sie wußten, binnen kurzem würde sich jemand auf den Weg machen, um die Kapsel zu suchen, aber wer dieser jemand war, davon hatten sie keine blasse Ahnung. Auf jeden Fall beauftragte Major Halliwell einen seiner Leute, Wache zu halten. Es war eine wüste Nacht, bitterkalt, mit einem Orkan, der die Eisnadeln vor sich hinpeitschte, aber der Wachtposten tat seine Pflicht. Entweder stieß er mit unserem Freund zusammen, als er, unser Freund, mit der Kapsel ins Lager zurückkehrte, oder – was wahrscheinlicher ist – er sah Licht in einer Baracke, ging hin und ertappte unseren Freund dabei, wie er den Film aus der Kapsel herausfischte. Statt sich lautlos zu entfernen und Major Halliwell Meldung zu erstatten, betrat er die Baracke und stellte den Mann zur Rede. Wenn meine Vermutung zutrifft, beging er damit einen schweren Fehler, den letzten in seinem Leben. Er bekam ein Messer zwischen die Rippen.«

Ich musterte der Reihe nach sämtliche Überlebende der Zebra.

»Ich möchte gern wissen, wer von euch es war. Jedenfalls war es nicht sonderlich geschickt. Die Messerklinge zerbrach in der Wunde. Dort habe ich sie gefunden.«

Ich sah Swanson an. Er zuckte nicht mit der Wimper. Er wußte, daß ich keineswegs die abgebrochene Klinge gefunden hatte. Er selber hatte den Griff mit dem anderen Teil der Klinge im Benzintank des Traktors gefunden. Aber es hatte Zeit, den Herrschaften dieses Detail mitzuteilen.

»Als der Wachtposten nicht zurückkehrte, wurde Major Halliwell unruhig. Ungefähr so muß es sich abgespielt haben. Ich weiß es nicht genau, und es kommt auch jetzt nicht mehr darauf an. Unser Freund mit dem zerbrochenen Messer war jetzt auf seiner Hut, er wußte, daß man ihm auf seine Schliche gekommen war, und als der zweite Mann erschien, den Major Halliwell abkommandiert hatte, lauerte er ihm auf. Es blieb ihm nichts übrig, als ihn zu killen – weil ja der erste tot in der Hütte lag. Außer dem Messer besaß er auch eine Pistole. Er benützte sie ...

Beide waren aus Halliwells Hütte gekommen – der Mörder wußte, Halliwell müsse sie losgeschickt haben – er, Halliwell, und der andere, der sich noch bei ihm in der Hütte befand, würden im Nu herbeigeeilt kommen, wenn der zweite Horchposten nichts von sich hören ließ. Er beschloß, nicht erst darauf zu warten – er hatte ja ohnedies seine Schiffe verbrannt. Er nahm seine Pistole, begab sich in Halliwells Hütte und knallte Halliwell ab – ihn und den anderen. Warum sollte ich übrigens nicht schon jetzt erwähnen, daß Carpenter nicht mein richtiger Name ist. Ich heiße Halliwell. Major Halliwell war mein älterer Bruder.«

»Du lieber Gott!« flüsterte Dr. Jolly. »Allmächtiger Gott im Himmel ...«

»Eines aber hatte nun, wie der Mörder wohl wußte, unverzüglich zu geschehen: Die Spuren des Verbrechens mußten verwischt werden. Es gab nur eine Methode – nämlich die Leichen zu verbrennen, so gründlich, daß sie nicht mehr wiederzuerkennen waren. Er holte also zwei Ölfässer aus dem Brennstoffvorrat, besprengte die Wände in Major Halliwells Hütte mit Öl – seine beiden ersten Opfer hatte er bereits hingeschleift – und zündete es an. Der Sicherheit halber steckte er auch den Brennstoffvorrat in Brand. Ein Pedant, liebe Freunde, ein Mann, der nie etwas halb macht ...«

Die Leute rund um den Tisch waren verblüfft, entsetzt, sie wollten es nicht glauben, sie konnten es nicht begreifen. Aber nur deshalb, weil das ungeheuerliche Ausmaß des Verbrechens weit über ihren Horizont hinausging. Mit einer Ausnahme allerdings ...

»Ich bin ein sehr neugieriger Mensch«, fuhr ich fort. »Ich fragte mich, warum kranke, verletzte, erschöpfte Menschen ihre Zeit und ihre Kräfte damit vergeudet hatten, die Toten ins Laboratorium zu transportieren. Warum? Weil jemand erklärt hätte, es wäre empfehlenswert, es gehörte sich so ... Der eigentliche Grund war natürlich, andere davon abzuschrecken, das Labor zu betreten. Ich sah unter den Fußbodenbrettern nach, und was entdeckte ich dort? Vierzig Nife-Zellen in erstklassigem Zustand, Lebensmittelvorräte, einen Radiosondenballon und einen Wasserstoffzylinder zum Aufblasen der Ballons. Ich hatte erwartet, die Nife-Zellen anzutreffen – Kinnaird hatte berichtet, es seien Reserven vorhanden gewesen, und Nife-Zellen können durch Feuer nicht zerstört, höchstens verbeult und angerußt werden. Die anderen Ausrüstungsgegenstände waren für mich eine Überraschung, aber sie verrieten mir alles ...

Der Mörder hatte doppeltes Pech gehabt: Erstens hatte man ihn entlarvt, zweitens war das Wetter schlecht. Eigentlich hat ihm das Wetter endgültig einen Strich durch die Rechnung gemacht. Es war beabsichtigt, unter günstigen Bedingungen die Filme mit einem Funksondenballon in den Himmel emporzuschicken. Ein russisches Flugzeug hätte sodann den Ballon eingefangen. Eine vom Himmel fallende Kapsel aufzufangen, ist äußerst knifflig – einen Fesselballon einzufangen, ein Kinderspiel. Die verhältnismäßig frischen Nife-Zellen benützte unser Freund, um mit seinen Komplicen in Verbindung zu bleiben und ihnen mitzuteilen, ob und wann sich das Wetter gebessert habe – ob und wann er den Ballon hinaufzuschicken gedenke. Da man im Äther nicht ungestört sein kann, benützte er eine spezielle Chiffre. Als er sie nicht mehr brauchte, vernichtete er sie auf die in der Arktis einzig mögliche Weise – durch Feuer. Ich fand zahllose verkohlte Papierschnitzel in die Wände einer der Hütten eingebettet. Der Wind hatte sie aus der meteorologischen Station dorthin geweht, nachdem unser Freund die Asche ausgestreut hatte ...

Der Mörder sorgte auch dafür, daß nur die wenigen, fast schon verbrauchten Nife-Zellen dazu benützt wurden, SOS zu funken und den Kontakt mit der *Dolphin* herzustellen. Dadurch, daß die Verbindung so oft unterbrochen wurde und die Übertragung verschwommen war, sollte unsere Ankunft hinausgezögert werden, damit er Gelegenheit habe, besseres Wetter abzuwarten und seinen Ballon loszuschicken. Übrigens dürften Sie durch den Rundfunk erfahren haben – es stand in allen englischen Zeitungen –, daß sowohl russische als auch amerikanische und englische Flugzeuge unmittelbar nach dem Brand über dem betreffenden Gebiet Erkundungsflüge unternahmen. Die Engländer und die Amerikaner suchten die Zebra – die Russen einen Radiosondenballon. Die gleiche Aufgabe hatte der Eisbrecher *Dwina,* als er vor einigen Tagen versuchte, sich einen Weg durchs Packeis zu bahnen. Aber die russischen Maschinen verschwanden. Unser Freund hatte seinen Freunden mitgeteilt, daß kein Witterungsumschwung zu erwarten sei, daß die *Dolphin* eingetroffen sei, daß er die Filme an Bord der *Dolphin* nach England mitnehmen müsse ...«

»Eine Sekunde, Doktor Carpenter«, warf Swanson ein, und seine Stimme klang merkwürdig zaghaft. »Wollen Sie behaupten, daß sich die Filme momentan an Bord dieses Fahrzeugs befinden?«

»Es sollte mich sehr wundern, wenn dem nicht so wäre, Herr Kapitän ... Der zweite Versuch, uns aufzuhalten, bestand aus einem direkten Angriff auf die *Dolphin*. Als bekannt wurde, daß die *Dolphin* versuchen werde, die Zebra zu erreichen, erging der Befehl nach Schottland, das Boot aktionsunfähig zu machen. Überall auf den schottischen Werften wird man Kommunisten finden – und ihre Kumpels wissen oft gar nicht, wer Kommunist ist. Natürlich hatte man nicht die Absicht, eine Katastrophe zu inszenieren. Wer immer den Befehl erteilt haben mag, die Rohrtüren zu öffnen, hatte keinen Grund, mit einer Katastrophe zu rechnen. In Friedenszeiten vermeiden die internationalen Spionageapparate gern jede Gewaltanwendung – deshalb wird sich unser Freund bei seinen Auftraggebern nicht sehr beliebt gemacht haben. Die Russen bedienen sich genauso wie die Amerikaner oder Engländer jeder legalen oder illegalen Taktik, um ihre Zwecke zu erreichen – aber genauso wie wir scheuen sie vor einem Mord zurück. Der ursprüngliche Plan der Russen hatte keinerlei Mordtaten vorgesehen.«

»Wer ist es, Doktor Carpenter?« fragte Jeremy ganz ruhig. »Um Gottes willen, wer ist es? Wir sind hier neun Mann – wissen Sie, wer es ist?«

»Ich weiß es. Und nicht neun, sondern nur sechs Mann können in Betracht kommen. Die sechs, die nach der Katastrophe das Funkgerät bedienten. Kapitän Folsom und die Harringtons konnten sich nicht rühren, das bezeugen sämtliche Anwesenden. Also, Jeremy, bleiben nur Sie selber, Kinnaird, Dr. Jolly, Hassard, Naseby und Hewson übrig. Mord aus Gewinnsucht und Landesverrat. Da gibt es nur eine Möglichkeit. Der Prozeß ist an dem Tag vorbei, an dem er beginnt: Drei Wochen später ist alles vorbei. Sie sind ein kluger Mann, lieber Freund. Mehr noch – Sie sind genial. Leider aber ist Ihr Weg zu Ende, Doktor Jolly.«

Sie hatten es nicht begriffen. Mehrere Sekunden lang konnten sie es nicht begreifen. Sie waren allzu betroffen, allzu verblüfft. Freilich hatten sie meine Worte gehört, aber der Sinn war ihnen nicht sofort eingegangen. Nun aber war es soweit. Wie Marionetten in den Händen eines Puppenspielers drehten sie alle langsam die Köpfe und sahen Jolly an.

Dr. Jolly selbst erhob sich langsam und tat zwei Schritte auf mich zu. Seine Augen waren geweitet, seine Miene entsetzt, sein Mund zuckte.

»Ich?« Seine Stimme klang gedämpft, heiser, grenzenlos verwundert. »Ich? Sind Sie – sind Sie wahnsinnig, Doktor Carpenter? Um Gottes willen, Mann ...«

Ich schlug zu. Ich weiß nicht, warum ich ihm einen Faustschlag versetzte, ein roter Nebel schien meine Blicke zu verschleiern. Jolly taumelte nach hinten, drückte beide Hände an Nase und Lippen, bevor mir zum Bewußtsein kam, was ich getan hatte. Ich glaube, wenn ich ein Messer oder eine Schußwaffe besessen hätte, würde ich ihn umgebracht haben, ohne Überlegung, ohne Gnade, ohne Reue.

Allmählich lichtete sich der Nebel vor meinen Augen. Niemand hatte sich gerührt. Niemand hatte sich auch nur um Haaresbreite gerührt. Jolly richtete sich mühsam auf den Knien hoch, kam auf die Beine und sank dann schlaff auf einen Stuhl am Tisch nieder. Er hielt ein blutiges Taschentuch vors Gesicht. Im Raum herrschte Grabesstille.

»Mein Bruder, Jolly«, sagte ich. »Mein Bruder und alle die Toten der ›Zebra‹ ... Wissen Sie, was ich mir wünsche?« fuhr ich fort. »Ich hoffe, daß der Strick des Henkers nicht in Ordnung ist und daß Sie lange, sehr lange brauchen, um zu sterben.«

Er nahm das Taschentuch vom Mund.

»Sie sind verrückt«, flüsterte er mit zerschundenen und bereits etwas verschwollenen Lippen. »Sie wissen nicht, was Sie sagen.«

»Das werden die Geschworenen in Old Bailey am besten beurteilen können. Seit etwa sechzig Stunden bin ich hinter Ihnen her, Jolly.«

»Was sagten Sie?« warf Swanson ein. »Sie wissen es seit sechzig Stunden?«

»Ich wußte, irgendwann einmal würde ich Ihren Zorn über mich ergehen lassen müssen, Herr Kapitän«, erwiderte ich. »Aber wenn Sie erfahren hätten, wer es ist, hätten Sie ihn auf der Stelle eingesperrt. Sie haben es ausdrücklich erklärt. Ich aber wollte sehen, wo die Spuren hinführen, wer seine Komplicen, seine Verbindungsleute in England sind. Ich träume davon, ein ganzes

Spionagenetz zu zerreißen. Ein herrlicher Traum. Aber ich fürchte, die Fährte ist erkaltet. Hier endet sie. Bitte, lassen Sie mich ausreden...

Sagen Sie, meine Herren, hat keiner von Ihnen es merkwürdig gefunden, daß Jolly, als er aus der brennenden Hütte ins Freie hinaustorkelte, dort zusammenbrach und bewußtlos liegen blieb? Jolly behauptete, es sei eine Rauchvergiftung gewesen. Also, im Inneren der Hütte war von einer Rauchvergiftung nicht die Rede gewesen, sonst hätte er es nicht fertiggebracht, aus eigener Kraft davonzustürzen. Dann erst brach er zusammen. Sonderbar. Frische Luft wirkt unter allen Umständen belebend. Aber nicht bei ihm. Er ist von besonderem Schlag. Er wollte deutlich zu verstehen geben, daß er mit dem Brand nichts zu tun habe. Um es recht deutlich zu unterstreichen, betonte er mehrere Male, daß er kein Tatmensch sei. Wenn er kein Tatmensch ist, dann bin ich nie einem begegnet.«

Swanson fiel mir ins Wort.

»Das läßt sich aber wohl kaum als Schuldbeweis bezeichnen.«

»Ich lege keine Beweise vor«, erwiderte ich verdrossen. »Es handelt sich um Anhaltspunkte – um reine Indizien. Indiz Nummer zwei: Naseby, Sie haben es sich sehr zu Herzen genommen, daß es Ihnen nicht geglückt war, Ihre beiden Freunde, Flanders und Bryce, aufzuwecken. Sie hätten sie eine geschlagene Stunde lang rütteln können – sie wären doch nicht aufgewacht. Unser Freund Jolly hatte sie mit Äther oder mit Chloroform betäubt, und zwar nachdem er Major Halliwell und die drei anderen ermordet hatte – aber bevor er daranging, mit seinen Streichhölzern zu spielen. Er war sich darüber im klaren, wenn er das Lager in Brand steckte, würde es vielleicht lange, sehr lange dauern, bis Hilfe kam, und er wollte dafür sorgen, daß er in der Wartezeit nicht zu hungern brauchte. Wenn die anderen verhungerten, na, dann hatten sie eben Pech gehabt. Aber zwischen ihm und den Lebensmitteln lagen Flanders und Bryce. Fanden Sie es nicht sehr sonderbar, Naseby, daß Ihr Schreien und Rütteln gar keine Wirkung hatte? Sie mußten betäubt worden sein, und nur ein einziger Mann im Lager hatte Zugang zu Betäubungsmitteln. Sie haben auch erwähnt, daß Sie und Hewson sich recht benommen fühlten. Kein Wunder. Die Hütte war ziemlich klein, die Äther- oder Chloroformdünste haben Sie und Hewson erreicht und beeinflußt. Normalerweise würden Sie es beim Aufwachen gemerkt haben, aber der Gestank brennenden Dieselöls ist so penetrant, daß er alle anderen Gerüche auslöscht. Wiederum weiß ich, daß das kein Beweis ist...

Drittes Indiz. Ich fragte Kapitän Folsom heute früh, wer den Befehl erteilt habe, die Toten ins Laboratorium zu transportieren. Er erwiderte, er selber habe den Befehl erteilt. Aber er erinnerte sich, daß Jolly es vorgeschlagen hatte: mit einem sachkundigen Hinweis darauf, daß es die seelische Widerstandskraft der Überlebenden stärken würde, wenn sie nicht mehr die verkohlten Leichen vor Augen hätten...

Viertes Indiz. Jolly behauptete, es sei unwichtig, wie der Brand entstanden war. Ein plumpes Ablenkungsmanöver. Jolly wußte, genausogut wie ich, daß die Antwort auf diese Frage von entscheidender Bedeutung war. Übrigens nehme ich an, Jolly, daß Sie, bevor Sie das Feuer legten, absichtlich möglichst viele Löschgeräte unbrauchbar machten. Und was den Brand selber betrifft, Herr Kapitän! Erinnern Sie sich, daß Sie ein wenig mißtrauisch waren, als Hewson erzählte, die Brennstoffkanister seien erst explodiert, als er sich bereits auf dem Weg zum Hauptlogis befand. Hewson hatte nicht gelogen. Nicht weniger als vier Kanister sind nicht explodiert – nämlich die vier, die unser Jolly benützt hatte, um die Barackenwände mit Öl zu tränken... Wie macht es sich denn, Doktor Jolly?«

»Es ist ein Alptraum«, antwortete er ruhig. »Ein wüster Alptraum. Beim allmächtigen Gott, ich weiß von alledem nichts.«

»Indiz Nummer fünf. Aus einem Grund, der mir nicht klar ist, wollte Jolly die Rückfahrt der *Dolphin* verzögern. Seiner Meinung nach war das am leichtesten dadurch zu erzielen, daß Bolton und Brownell, die beiden Schwerkranken, die im Lager zurückgeblieben waren, als nicht transportfähig galten. Das hatte aber einen Haken. Es waren noch zwei andere Ärzte zugegen, die vielleicht erklären würden, die beiden seien durchaus transportfähig. Deshalb versuchte er, uns zu beseitigen, und es wäre ihm beinahe geglückt...

Zuerst Benson. Fanden Sie es nicht sonderbar, daß die Bitte, den Überlebenden die Teilnahme an der Bestattung Grants und Mills' zu erlauben, zuallererst von Naseby und dann von Kinnaird vorgebracht wurde? Jolly, Rangältester, solange Kapitän Folsom vorübergehend dienstunfähig war, wäre verpflichtet gewesen, an den Kapitän heranzutreten, aber er wollte nicht die Aufmerksamkeit auf sich lenken. Zweifellos brachte er es durch geschickte Andeutungen so weit, daß jemand anderer an seiner Stelle die Demarche unternahm. Jolly hatte gemerkt, wie glasglatt und schlüpfrig die mit Eis verkrusteten Seitenwände des Segels waren, und er sorgte dafür, daß Benson sich unmittelbar vor ihm an dem Seil emporhißte. Ein schneller Ruck am Seil, und Benson verlor das Gleichgewicht. Es sah so aus, als wäre er auf Jolly draufgefallen. Aber es sah nur so aus. Der laute, scharfe Knall, den ich hörte, kurz nachdem Bensons Körper aufgeprallt war, rührte nicht daher, daß er mit dem Kopf gegen das Eis schlug. Er wurde durch unseren Jolly verursacht, der Bensons Kopf einen Fußtritt versetzte ... Haben Ihnen die Zehen sehr weh getan, Jolly?«

»Sie sind verrückt«, erwiderte Jolly mechanisch. »Das alles ist blühender Unsinn. Und selbst wenn es kein Unsinn wäre, könnten Sie nicht ein Wörtchen beweisen.«

»Das wird sich zeigen ... Jolly behauptete, Benson sei auf ihn draufgefallen. Er warf sich sogar aufs Eis hin und fügte sich selber eine Kopfverletzung zu, um sein Märchen glaubwürdig zu gestalten. Ich spürte die Beule an seinem Kopf. Aber er war keineswegs bewußtlos. Er spielte Komödie. Er hat sich nachher im Lazarett ein bißchen gar zu schnell und mühelos erholt. Und da beging er seinen ersten Fehler, den Fehler, der mich auf seine Spur brachte – und der mich hätte veranlassen müssen, einen Angriff auf meine Person zu erwarten. Sie waren dabei, Herr Kapitän.«

»Ich habe mir auch alles andere entgehen lassen«, sagte Swanson erbittert. »Soll ich einen hundertprozentigen Rekord verpfuschen?«

»Als Jolly scheinbar zu sich kam, sah er Benson dort liegen. Er sah aber nur eine Decke und einen mit einem dicken Gazebausch bedeckten Hinterkopf. Es hätte irgendwer sein mögen. Als der sogenannte Unglücksfall passierte, war es stockfinster gewesen. Was aber sagte Jolly? Ich erinnere mich an den genauen Wortlaut. Er sagte: ›Freilich, freilich. Ja, so war es. Er ist auf mich draufgefallen, nicht wahr?‹ Er dachte nicht daran, zu fragen, wer da neben ihm liege – die unter den gegebenen Umständen einzig natürliche, ja, unvermeidliche Frage! Aber Jolly brauchte nicht zu fragen. Er wußte es.«

»Er wußte es.« Swanson musterte Jolly mit einem kalten, finsteren Blick. Jetzt hegte er keinerlei Zweifel mehr. »Sie haben recht, Doktor Carpenter – er wußte es.«

»Und dann versuchte er es mit mir. Natürlich kann ich nichts beweisen. Aber er war anwesend, als ich Sie fragte, wo sich der Arzneivorrat befinde. Zweifellos ist er Henry und mir nachgeschlichen und hat den Lukendeckel losgehakt. Diesmal aber hatte er weniger Erfolg. Trotzdem bemühte er sich, als wir am nächsten Morgen ins Lager gingen, den Abtransport Brownells und Boltons zu verhindern, indem er erklärte, Bolton sei zu krank. Aber Sie setzten sich über sein Veto hinweg.«

»Ich habe recht behalten«, sagte Jolly. Er machte jetzt einen seltsam gelassenen Eindruck. »Bolton ist gestorben.«

»Ja, er ist gestorben«, sagte ich. »Er ist gestorben, weil Sie ihn umgebracht haben, und dieser Mord allein wird mir genügen, Sie an den Galgen zu befördern. Aus einem Grund, den ich noch immer nicht kenne, war Jolly nach wie vor entschlossen, das Boot zu stoppen, zumindest die Rückkehr hinauszuzögern. Deshalb nahm er sich vor, ein kleines Feuer anzuzünden, ein Feuerchen, das genügen würde, dem Kapitän einen gelinden Schrecken einzujagen und ihn zu veranlassen, den Reaktor vorübergehend auszuschalten. Als Brandherd wählte er das Maschinengestänge – den einzigen Ort an Bord der *Dolphin*, wo er ganz nebenbei etwas hinunterfallen lassen konnte, und wo es, nötigenfalls stundenlang, in dem Röhrenlabyrinth unbeachtet umherliegen mochte. Er machte sich im Lazarett irgendeine chemische Zeitzünderbombe zurecht, die viel Rauch, aber wenig Flammen entwickeln würde. Dann brauchte er nur einen Vorwand, um durch den Maschinenraum zu wandern – zu einem Zeitpunkt, da es dort schön still und so gut wie menschenleer sein würde. Mitten in der Nacht. Auch das hat er gedeichselt. Er deichselt alles. Er ist wirklich sehr, sehr gescheit, unser Freund. Und außerdem ein erbarmungsloser Teufel ...

Am späten Abend vor Ausbruch des Brandes besuchte der gute Samariter seine Patienten. Ich begleitete ihn. Einer der Leute, die er behandelte, war Bolton im Nuklearlaboratorium – und um ins Nuklearlaboratorium zu gelangen, muß man natürlich durch den Maschinenraum gehen. Ein Matrose hielt bei den Kranken Wache. Jolly schärfte ihm ein, ihn jederzeit zu benachrichtigen, falls Boltons Zustand sich verschlimmerte. Er wurde benachrichtigt. Ich habe mich nachher bei dem Maschinenraumpersonal erkundigt. Der wachhabende Ingenieur und zwei andere saßen im Schaltraum, aber ein Maschinist, der gerade damit beschäftigt war, ein

Lager zu ölen, sah Jolly gegen halb zwei Uhr morgens durch den Maschinenraum gehen – auf einen Anruf des Mannes hin, der bei den Patienten Wache hielt. Jolly benützte die Gelegenheit, um im Vorbeigehen seinen kleinen chemischen Zünder ins Gestänge zu werfen. Er wußte nicht, daß sein kleines Spielzeug in der Nähe der mit Öl getränkten Isolierung am Gehäuse des Steuerbordturbogenerators landen und, wenn es losging, genügend Hitze erzeugen würde, um die Isolierung in Brand zu stecken.«

Swanson sah Jolly an, finster und lange, dann wandte er sich kopfschüttelnd zu mir.

»Das will mir nicht einleuchten, Doktor Carpenter. Dieser telefonische Anruf, nur weil der Zustand eines Kranken sich plötzlich verschlechtert hatte! Jolly ist nicht der Mann dazu, irgend etwas dem Zufall zu überlassen.«

»Freilich nicht«, sagte ich zustimmend. »Er hat auch nichts dem Zufall überlassen. Im Kühlschrank der Krankenstube liegt ein Beweismittel für Old Bailey. Ein reichlich mit Jollys Fingerabdrücken übersätes Stück Aluminiumfolie. Dieses Stück Folie ist mit einer Salbe bestrichen. Dieses Stück Folie befestigte Jolly an Boltons verbranntem Unterarm, kurz nachdem er ihm schmerzstillende Spritzen verabreicht hatte. Bolton hatte starke Schmerzen. Aber bevor Jolly die Salbe auflegte, bestreute er die Folie zuerst mit etwas anderem, nämlich mit einer Schicht Chlornatrium – gewöhnlich Kochsalz. Jolly wußte, das Betäubungsmittel würde drei bis vier Stunden lang wirken. Er wußte auch, daß zu dem Zeitpunkt, da Bolton wieder zu sich kam, die Salbe durch die Hitze zersetzt sein und das Salz mit dem rohen Fleisch in Berührung kommen würde. Bolton würde, sowie er aus der Bewußtlosigkeit erwachte, vor Schmerzen heulen. Kann man sich vorstellen, wie ihm zumute gewesen sein muß? Der ganze Unterarm eine hautlose Fleischmasse – mit Salz bedeckt ... Als er kurz darauf starb, war die Todesursache Schock. Unser barmherziger Samariter – ein reizendes Bürschchen, nein?

Also, das ist Jolly, old Boy. Übrigens darf man den größten Teil seiner Heldentaten während des Brandes mit Stillschweigen übersehen – obwohl ihm natürlich ebensoviel wie uns allen daran lag, mit dem Leben davonzukommen. Als er zum erstenmal in den Maschinenraum kam, war es ihm zu heiß und ungemütlich, also legte er sich einfach auf den Boden und ließ sich nach vorn tragen, wo die Luft frischer war. Später –«

»Seine Maske war lose«, wandte Hansen ein.

»Er hatte sie abgenommen. Sie können doch wohl zehn bis fünfzehn Sekunden lang den Atem anhalten. Glauben Sie, er kann es nicht auch? Später, als er sich so heldenhaft aufführte, waren im Maschinenraum die Bedingungen besser als außerhalb. Außerdem durfte er eines der wenigen Sauerstoffatmungsgeräte beanspruchen. Jolly hat gestern nacht mehr saubere Luft geatmet als irgendeiner von uns. Es macht ihm nichts aus, wenn er einen Mitmenschen unter wilden Schmerzensschreien verenden läßt – aber er selber erspart sich gern auch die kleinsten Unannehmlichkeiten. Sofern er Gelegenheit dazu hat. Stimmt's, Jolly?«

Jolly schwieg.

»Wo sind die Filme, Jolly?«

»Ich weiß nicht, wovon die Rede ist«, erwiderte er mit stiller, tonloser Stimme. »Bei Gott, meine Hände sind rein.«

»Und Ihre Fingerabdrücke auf der mit Salz bestreuten Aluminiumfolie?«

»Jeder Arzt kann Fehler begehen.«

»Du lieber Himmel! Fehler! Also, wo sind sie, Jolly – die Filme?«

»Lassen Sie mich um Gottes willen zufrieden«, sagte er mürrisch.

»Wie Sie wollen.« Ich sah Swanson an. »Haben Sie eine schöne kleine Kammer, in der Sie dieses Subjekt einsperren können?«

»Aber selbstverständlich«, sagte Swanson ingrimmig. »Ich persönlich werde ihn hinführen.«

»Niemand wird jemanden irgendwo hinführen«, sagte Kinnaird.

Er sah mich an, und die Art, wie er mich ansah, gefiel mir ganz und gar nicht. Mir gefiel auch nicht, was er in der Hand hielt, eine häßlich aussehende Mauser. Sie ruhte in seiner Faust, als wäre sie dort hervorgewachsen, und die Mündung zielte geradenwegs zwischen meine Augen.

»Unser gescheiter, so überaus gescheiter Abwehrspion, Doktor Carpenter!« murmelte Dr. Jolly. »Wie schnell sich das Kriegsglück wendet, old Boy. Eigentlich aber sollten Sie sich nicht wundern. Sie haben zwar nichts entdeckt, das von Bedeutung wäre, aber Sie hätten doch wenigstens feststellen müssen, daß Sie Ihrer Aufgabe nicht gewachsen sind. Bitte, machen Sie keine Dummheiten. Kinnaird ist einer der besten Pistolenschützen, die ich je getroffen habe – und Sie werden zur Kenntnis nehmen, daß er eine strategisch hervorragende Position gewählt hat, die ihm erlaubt, alle Anwesenden in Schach zu halten.«

Behutsam betupfte er mit einem Taschentuch seine noch immer blutenden Lippen, stand auf, stellte sich hinter mich und klopfte hastig meine Kleider ab.

»Schau, schau«, sagte er. »Nicht einmal bewaffnet. Sie waren aber auch wirklich auf nichts gefaßt, Carpenter. Drehen Sie sich gefälligst um, so daß Sie Kinnairds Pistole den Rücken kehren.«

Ich drehte mich um. Er lächelte freundlich, schlug mich dann zweimal mit voller Kraft ins Gesicht, zuerst mit dem rechten, dann mit dem linken Handrücken. Ich taumelte, fiel aber nicht hin. Ich spürte den salzigen Blutgeschmack auf der Zunge.

»Ich kann mich nicht einmal damit entschuldigen, daß mir bedauerlicherweise die Nerven durchgegangen seien«, sagte Jolly befriedigt. »Ich habe es absichtlich getan, mit bösem Vorbedacht. Und es hat mir außerdem Spaß gemacht.«

»Also war Kinnaird der Killer«, sagte ich langsam und mühsam. »Der Mann mit der Pistole.«

»Ich möchte nicht die ganze Ehre für mich in Anspruch nehmen, Herr Kamerad«, sagte Kinnaird bescheiden. »Sagen wir, daß wir sie fifty-fifty aufgeteilt haben.«

»Sie waren mit dem Abhörgerät losgezogen, um die Kapsel zu finden.« Ich nickte nachdenklich. »Deshalb haben Sie sich das Gesicht so arg erfroren.«

»Ich verirrte mich«, sagte Kinnaird. »Ich befürchtete schon, ich würde nie mehr zu der verdammten Station zurückfinden.«

»Jolly und Kinnaird«, murmelte Jeremy erstaunt. »Jolly und Kinnaird. Unsere Kameraden. Schmutziges Mördergesindel –«

»Mund halten!« befahl Jolly. »Kinnaird, machen Sie sich nicht die Mühe, unnütze Fragen zu beantworten. Zum Unterschied von Carpenter habe ich keine Freude daran, meinen *Modus operandi* zu erläutern und des langen und breiten zu erklären, wie schlau ich war. Wie Sie mit Recht feststellten, Carpenter, ich bin ein Mann der Tat. Kapitän Swanson, gehen Sie ans Telefon, rufen Sie in der Zentrale an, befehlen Sie, aufzutauchen und einen nördlichen Kurs zu steuern.«

»Sie werden ein wenig zu ehrgeizig, Jolly«, entgegnete Swanson gelassen. »Man kann nicht ein U-Boot stehlen.«

»Kinnaird«, sagte Jolly, »zielen Sie auf Hansens Magen. Ich zähle bis fünf, dann drücken Sie ab. Eins, zwei, drei –«

Swanson hob halb die Hand, zum Zeichen, daß er sich geschlagen gab, ging ans Wandtelefon, erteilte die nötigen Befehle, hängte ab und kehrte an meine Seite zurück. Ich betrachtete sämtliche Anwesenden der Reihe nach. Jolly, Hansen und Rawlings standen. Zabrinski saß abseits auf einem Stuhl, das vergessene Exemplar der *Dolphin Daze* auf den Knien, während die übrigen rund um den Tisch saßen, Kinnaird außerhalb ihrer Reichweite, die Pistole im sicheren Griff. Seine Hand zitterte nicht. Sie zitterte nicht im geringsten. Niemand schien geneigt, heroische Dummheiten zu machen. Die meisten waren viel zu verdattert, viel zu entsetzt, als daß sie überhaupt einer Überlegung fähig gewesen wären.

»Ein Atom-U-Boot zu stehlen, ist ein aufregender Gedanke – und würde zweifellos sehr einträglich sein, Kapitän Swanson«, sagte Jolly. »Aber ich kenne meine Grenzen. Nein, old Boy, wir werden Sie ganz einfach verlassen. Wenige Meilen von hier entfernt liegt ein Kriegsschiff mit einem Hubschrauber auf dem Achterdeck. Binnen kurzem, Herr Kapitän, werden Sie auf einer bestimmten Wellenlänge Ihre Position funken. Der Hubschrauber wird uns abholen. Und selbst wenn Ihre beschädigte Maschinerie die Belastung aushielte, würde ich Ihnen nicht raten, hinter dem Schiff herzujagen, um es zu torpedieren oder ähnliche theatralische Zicken zu machen. Ganz abgesehen davon, daß Sie nicht die Verantwortung dafür übernehmen möchten, einen Kernwaffenkrieg auszulösen, würden Sie uns ohnedies nicht einholen können. Sie werden das Schiff nicht einmal zu Gesicht bekommen, Herr Kapitän – und wenn auch, es würde ohnedies egal sein. Das Schiff führt keine Flagge.«

»Wo sind die Filme?« fragte ich.

»Sie sind bereits an Bord des Kriegsschiffs.«

»Wie? Was?« stieß Swanson hervor. »Wie in Dreiteufelsnamen ist denn das möglich?«

»Bedaure tiefstens, old Boy. Ich wiederhole, daß ich zum Unterschied von unserem braven Carpenter nicht herumlaufe und das Maul aufreiße. Ein Professional, lieber Herr Kapitän, erteilt niemals Auskunft über seine Methoden.«

»Ihr entgeht also eurer gerechten Strafe«, sagte ich erbittert. Meine Lippen waren verschwollen und taub.

»Ich wüßte nicht, was uns jetzt noch daran hindern sollte! Sehen Sie, es stimmt nicht immer, daß den Verbrecher die Nemesis ereilt.«

»Acht Tote«, sagte ich langsam. »Acht Menschen ermordet. Bringen Sie es wirklich fertig, hier vor uns zu stehen und munter zuzugeben, daß Sie acht Menschenleben auf dem Gewissen haben?«

»Munter?« wiederholte er nachdenklich. »Nein, nicht munter. Ich bin ein Professional, und der Professional begeht nie eine Gewalttat, wenn es nicht unerläßlich ist. Diesmal war es unerläßlich. Weiter nichts.«

»Nun verwenden Sie schon zum zweitenmal den Sportausdruck Professional«, sagte ich stirnrunzelnd. »In einem Punkt habe ich mich geirrt. Sie wurden nicht erst bestochen, nachdem die Mannschaft der ›Zebra‹ ausgewählt worden war. Sie spielen dieses Spiel schon lange – sonst würden Sie es nicht so gut beherrschen.«

»Seit fünfzehn Jahren, old Boy«, erwiderte Jolly gelassen. »Kinnaird und ich – wir waren das beste Team in ganz Großbritannien. Leider können wir in diesem schönen Land nichts mehr ausrichten. Aber ich stelle mir vor, daß man für unsere außerordentliche Begabung auch anderswo Verwendung haben wird.«

»Sie gestehen also alle diese Morde ein?« fragte ich ihn abermals.

Er sah mich kalt forschend an. »Eine verdammt merkwürdige Frage, Carpenter. Natürlich leugne ich nicht. Das habe ich bereits betont. Warum?«

»Und Sie, Kinnaird?«

Ein leiser Argwohn lag in seiner finsteren Miene. »Warum fragen Sie?«

»Beantworten Sie meine Frage – dann werde ich Ihre Frage beantworten.«

»Sie wissen genau, was ich getan habe, Herr Kamerad«, sagte Kinnaird in eiskaltem Ton.

»Dann ist es soweit. In Anwesenheit von nicht weniger als zwölf Zeugen habt ihr beide ein Mordgeständnis abgelegt. Das hättet ihr nicht tun dürfen. Ich will Ihre Frage beantworten, Kinnaird. Ich wollte ein mündliches Geständnis hören, weil wir, abgesehen von einem Stück Aluminiumfolie und einem Detail, das ich gleich erwähnen werde, gegen keinen von euch faktische Beweise besitzen. Jetzt aber liegen eure Geständnisse vor. Leider wird man eure hervorragenden Gaben nicht mehr verwenden können. Den Hubschrauber oder das Kriegsschiff werdet ihr in diesem Leben nicht zu sehen bekommen. Ihr werdet beide am Galgen baumeln.«

»Was ist das für dummes Zeug?« sagte Jolly verächtlich. Aber hinter der Verachtung steckte Besorgnis. »Was für einen verzweifelten Bluff wollen Sie uns in der allerletzten Minute auftischen, Carpenter?«

Ich ignorierte seine Frage.

Ich sagte: »Auch Ihrem Freund Kinnaird, lieber Jolly, bin ich schon seit sechzig Stunden auf der Spur. Aber ich mußte diesen Weg gehen. Ohne euch scheinbar den Sieg in die Hände zu spielen, hätte ich nie ein Geständnis erreicht. Jetzt aber habt ihr gestanden.«

»Fallen Sie ihm nicht drauf 'rein!« sagte Jolly zu Kinnaird. »Es ist in Wirklichkeit weiter nichts als ein desperater Bluff. Er hat doch nie geahnt, daß Sie etwas mit der Sache zu tun haben könnten.«

»Als ich wußte, daß Sie ein Mörder sind«, sagte ich zu Jolly, »da war ich fast restlos davon überzeugt, Kinnaird müsse Ihr Komplice sein. Ihr habt in derselben Hütte geschlafen. Kinnaird mußte mitgemacht haben – sofern er nicht zusammengehauen oder betäubt worden war. Beides war nicht der Fall. Er hat mitgemacht. Als Naseby in den Funkraum gelaufen kam, um euch zu warnen, war die Tür keineswegs verklemmt – ihr beide habt euch mit eurem vollen Gewicht dagegengestemmt, um den Eindruck zu erwecken, daß sie seit Stunden geschlossen gewesen sei und daß sich die übliche Eiskruste gebildet habe ...

Ebenso mußte Grant, der Zweite Funker, entweder ein Komplice sein – oder man hatte ihn zum Schweigen gebracht. Er war kein Komplice. Man hat ihm den Mund gestopft. Nachdem ich euch beiden auf die Schliche gekommen war, sah ich mir Grant näher an. Ich und Rawlings, wir gingen hin und holten die Leiche aus ihrem Grab hervor. Ich entdeckte im Nacken des Toten eine große, dicke Beule. Er hatte euch bei irgendeiner Sauerei ertappt, oder er war aufgewacht, als eure Pistolenschüsse knallten, und da wurde er zusammengehauen. Ihr habt euch nicht erst die Mühe gemacht, ihn zu killen, es wäre nicht nötig gewesen, da ihr ohnedies vorhattet, die Hütte in Brand zu stecken und ihn in den Flammen umkommen zu lassen. Aber ihr habt nicht damit gerechnet, daß Kapitän Folsom in die brennende Hütte eindringen und ihn herausholen würde — einen lebenden Grant...

Das war für Sie außerordentlich peinlich, Jolly, verdammt peinlich, nein? Freilich war er bewußtlos, aber falls er zu sich gekommen wäre, wäre alles aufgeflogen. Was tun? Das Logis war voller Menschen, viele litten so arge Schmerzen, daß sie nicht schlafen konnten. Als wir auf dem Schauplatz erschienen, gerieten Sie in Panik. Es sah so aus, als würde Grant aus seiner Bewußtlosigkeit erwachen. Sie nahmen das Risiko auf sich — aber es war nicht allzu groß. Erinnern Sie sich, wie sehr ich mich darüber wunderte, daß Sie mein gesamtes Morphium verbraucht hatten? Na ja, damals hat es mich gewundert. Heute nicht mehr. Heute weiß ich, was aus dem Morphium geworden war. Sie hatten Grant eine Spritze gegeben und entschieden dafür gesorgt, daß es eine tödliche Dosis war. Habe ich recht?«

»Sie sind schlauer, als ich gedacht hätte«, sagte er seelenruhig. »Vielleicht habe ich Sie nicht ganz richtig eingeschätzt. Aber das spielt nach wie vor keine Rolle, old Boy.«

»Wer weiß... Wenn ich schon seit langem über Kinnaird Bescheid weiß — was glauben Sie, warum ich es darauf ankommen ließ, daß Sie den Spieß umkehrten und mir — scheinbar — in die Parade fuhren?«

»Scheinbar ist nicht das geeignete Wort. Und Ihre Frage ist leicht zu beantworten. Sie wußten nicht, daß Kinnaird bewaffnet war.«

»Nein?« Ich sah Kinnaird an. »Sind Sie sicher, daß die Knarre funktioniert?«

»Kommen Sie mir nicht mit diesen ollen Kamellen, Herr Kamerad«, sagte Kinnaird verächtlich.

»Es ist mir nur so durch den Kopf geschossen«, sagte ich bescheiden. »Ich dachte, das Benzin im Tank des Traktors könnte das Schmieröl aufgezehrt haben.«

Jolly trat dicht an mich heran, die Züge straff und kalt. »Das wußten Sie? Was geht hier vor, Carpenter?«

»Eigentlich war es Kapitän Swanson, der die Waffe im Traktortank entdeckte«, sagte ich. »Ihr mußtet sie dort zurücklassen, weil ihr wußtet, ihr würdet alle miteinander an Bord gründlich untersucht und geschrubbt werden. Man hätte die Waffe bei euch gefunden. Aber ein Mörder — ein Berufsmörder, Jolly, ein Professional — wird sich nie von seiner Waffe trennen, sofern er nicht dazu gezwungen ist. Ich wußte, wenn auch nur die geringste Chance winkte, würdet ihr hinlaufen. Deshalb habe ich sie wieder in den Tank getan.«

»Was, zum Donnerwetter ...!« Noch nie hatte ich Swanson so ärgerlich gesehen. Oder beinahe ärgerlich. »Sie haben ganz vergessen, es mir mitzuteilen, ja?«

»Offenbar. Das geschah, nachdem ich Ihnen auf die Schliche gekommen war, Jolly. Ich war nicht felsenfest davon überzeugt, daß Sie einen Komplicen haben, aber ich wußte, wenn ja, dann mußte es Kinnaird sein. Deshalb legte ich mitten in der Nacht die Pistole wieder in den Tank und paßte gut auf, daß Sie, Jolly, keine Gelegenheit hatten, sich unbemerkt dem Traktorschuppen zu nähern. Aber am nächsten Morgen, als alle unterwegs waren, um frische Luft zu schöpfen, verschwand die Waffe. Da wußte ich, daß Sie einen Komplicen hatten...

Der eigentliche Grund aber, warum ich euch die Pistole wieder hinlegte, war natürlich ein anderer: Ohne die Pistole wäret ihr nie mit der Sprache herausgerückt. Jetzt aber habt ihr gestanden, und alles ist unter Dach und Fach. Werfen Sie die Pistole weg, Kinnaird.«

»Ich fürchte, Ihr Bluff ist verpufft, Herr Kamerad.« Der Pistolenlauf zielte mir ins Gesicht.

»Ihre letzte Chance, Kinnaird! Bitte, hören Sie gut zu. Weg mit der Pistole, oder Sie werden binnen zwanzig Sekunden dringend einen Arzt brauchen.«

Er gestattete sich eine kurze, im Druck nicht wiederzugebende Äußerung.

Ich sagte: »Sie haben es auszubaden... Rawlings, Sie wissen, was Sie zu tun haben.«

Alle Blicke wanderten zu Rawlings, der nachlässig an der Wand lehnte, die Hände leger verschränkt. Auch Kinnaird sah hin, und der Lauf der Mauser folgte der Richtung seines Blicks.

Ein Knall, der scharfe, harte Knall einer Mannlicher-Schoenauer. Kinnaird stieß einen Schrei aus. Die Mauser entfiel seiner zerschmetterten Hand. Zabrinski, in der einen Hand meine Pistole, in der anderen das Exemplar der *Dolphin Daze*, wandte sich an mich.

»War es recht so, Herr Doktor?«

»Genau, Zabrinski. Vielen Dank. Erstklassige Arbeit.«

»Erstklassige Arbeit!« sagte Rawlings und schnaubte durch die

Nase. Er hob die Mauser auf, zielte in Jollys Richtung. »Auf eine Entfernung von anderthalb Metern kann nicht einmal ein Zabrinski sein Ziel verfehlen.« Er griff in die Tasche, zog eine Rolle Verbandzeug hervor und warf sie Jolly zu. »Wir dachten uns gleich, wir würden es brauchen, also haben wir uns drauf vorbereitet. Doktor Carpenter war der Meinung, Ihr Kumpel würde einen Arzt brauchen. Er hat recht behalten. Sie sind Arzt. Legen Sie los.«

»Mach's selber . . .«, knurrte Jolly. Kein ›Old Boy‹ mehr. Die Bonhomie war dahin, für immer dahin.

Rawlings sah Swanson an und sagte, ohne eine Miene zu verziehen: »Ist es gestattet, Doktor Jolly mit dem Pistölchen eins auf den Kopf zu hauen, Sir?«

»Es ist gestattet«, erwiderte Swanson finster. Aber weiteres Zureden erübrigte sich. Mit einem Fluch begann Jolly die Verpackung der Bandagenrolle abzureißen.

Fast eine Minute lang herrschte tiefe Stille, während wir Jolly zusahen, wie er Kinnairds Hand auf eine hastige und keineswegs sanfte Art reparierte. Dann sagte Swanson langsam: »Ich verstehe noch immer nicht, wie, zum Donnerwetter, Jolly den Film losgeworden ist.«

»Sehr einfach. Zehn Minuten nachdenken, dann haben Sie es heraus. Sie warteten, bis wir unter dem Packeis hervorgetaucht waren, steckten sodann die Filme in einen wasserdichten Beutel, befestigten an dem Beutel einen mit gelber Farbe gefüllten Schwimmer und pumpten ihn durch die Müllrutsche über Bord. Vergessen Sie nicht, sie hatten einen Rundgang durchs Boot unternommen und sich alles angesehen – obwohl ihnen wahrscheinlich die Weisung durch einen Marinefachmann zugefunkt worden war. Heute frühmorgens hatte ich Rawlings gebeten, aufzupassen, und er sah gegen halb fünf Kinnaird in die Kombüse gehen. Vielleicht wollte er sich ein Schinkenbrot zu Gemüte führen, was weiß denn ich? Aber Rawlings sah, daß er den Beutel und den Schwimmer bei sich hatte, als er hineinschlich, und leere Hände, als er wieder herauskam. Der Beutel würde an die Oberfläche emporsteigen und der Schwimmer Tausende von Quadratmetern gelb färben. Das Kriegsschiff hatte natürlich unsere kürzeste Route von der Zebra nach Schottland errechnet und war nur wenige Meilen von der Stelle entfernt, an der wir das Packeis verließen. Wahrscheinlich würde man auch ohne Hubschrauber den Beutel gefunden haben, aber mit dem Heuhupfer war es todsicher ...

Übrigens habe ich mich nicht ganz korrekt ausgedrückt, als ich sagte, der Grund, warum Jolly uns aufhalten wollte, sei mir nicht bekannt. Ich wußte es von Anfang an. Man hatte ihm mitgeteilt, das Schiff könne seinen Standort erst dann und dann erreichen, deshalb sei es von entscheidender Wichtigkeit, unsere Rückfahrt zu verzögern. Jolly besaß sogar die Frechheit, sich bei mir zu erkundigen, wann wir das Packeis hinter uns haben würden.«

Jolly blickte von Kinnairds Hand auf. Sein Gesicht war zu einer Maske der Bosheit verzerrt.

»Sie haben die Partie gewonnen, Carpenter. Na schön. Aber der Haupttrumpf – das einzige, worauf es ankommt – ist Ihnen entwischt. Meine Freunde besitzen den Film, auf dem, wie Sie sagten, fast sämtliche Raketenabschußrampen der Vereinigten Staaten zu sehen sind. Nur darauf kam es an. Nicht für zehn Millionen Pfund wäre diese Information käuflich zu erwerben. Wir aber haben sie uns beschafft.« Er fletschte die Zähne mit einem Raubtierlächeln. »Persönlich mögen wir den kürzeren gezogen haben, Carpenter, aber wir sind eben Professionals: Unsere Aufgabe haben wir durchgeführt.«

»Ja, allerdings – Ihre Freunde sind im Besitz der Filme«, sagte ich. »Und ich würde ein Jahreseinkommen dafür geben, wenn ich die Gesichter der Leute sehen könnte, die sie entwickeln. Der Hauptgrund, warum Sie Benson und mich außer Gefecht setzen wollten, war nicht nur Ihr Wunsch, in bezug auf Boltons Gesundheitszustand das letzte Wort zu behalten und dadurch unsere Abfahrt hinauszuschieben. Vor allem und in erster Linie kam es Ihnen darauf an, der einzige Arzt an Bord zu sein, damit kein anderer als Sie in der Lage sein würde, Zabrinskis Fußgelenk zu röntgen und den Gipsverband zu entfernen. Daran hing buchstäblich alles: Im Grund spielte der Rest überhaupt keine Rolle mehr. Deshalb versuchten Sie auf eine so überaus riskante Weise, mich auszuschalten, nachdem Sie mich hatten sagen hören, ich beabsichtige am nächsten Morgen Zabrinskis Knöchel zu röntgen. Sie hatten Glück ...

Auf jeden Fall entfernten Sie am darauffolgenden Morgen den Gipsverband und zugleich mit dem Verband auch die Filme, die Sie in Ölbatist eingewickelt und dort versteckt hatten, als Sie am

Abend unserer Ankunft im Lager Zabrinski den Gipsverband anlegten. Ein perfektes Versteck ...

Zu Ihrem und Ihrer Freunde Unglück hatte ich in der Nacht zuvor den ursprünglichen Gipsverband entfernt, die Filme aus dem Ölpapier herausgeholt und durch andere ersetzt. Übrigens ist das das zweite Beweisstück, das ich besitze. Auf den gelochten Rändern der Satellitenfilme sind deutlich Fingerabdrücke zu sehen – sie stammen von Ihnen und von Kinnaird. Zusammen mit der salzbestreuten Aluminiumfolie und dem freiwillig vor Zeugen abgelegten Geständnis verbürgt das euch beiden den morgendlichen Gang zum Galgen. Strick und Niederlage, Jolly! Sie haben gepfuscht, Jolly. Ihre Freunde werden die Filme nie zu sehen bekommen.«

Mit aufgerissenen Lippen lautlose Worte formend, das Gesicht eine Wahnsinnsfratze, stürzte sich Jolly auf mich, unbekümmert um die beiden Pistolen. Er hatte zwei Schritte getan, nur zwei Schritte, da traf ihn Rawlings Waffe nicht sehr sanft an der Schläfe. Er fiel krachend zu Boden, als wäre die Brooklyn-Bridge über ihm eingestürzt. Rawlings musterte ihn gleichmütig.

»Noch nie hat mich mein Tagewerk tiefer befriedigt«, sagte er im Gesprächston. »Wenn man vielleicht von den Fotos absieht, die ich mit Doktor Bensons Kamera geknipst habe, damit unser Doktor Carpenter Negative bekam, die er ins Ölpapier legen konnte ...«

»Was für Fotos?« fragte Swanson neugierig.

Rawlings griente vergnügt. »Alle die Schönheiten in Doktor Bensons Krankenstube – Yogi-Bär, Donald Duck, Pluto, Popeye, Schneewittchen und die sieben Zwerge – bitte, nur zu bestellen, wir haben alles auf Lager. Jedes einzelne ein garantiertes Kunstwerk – in prächtigem Technicolor.« Er lächelte ein verzücktes Lächeln. »Ich würde genauso gern wie unser Doktor Carpenter ein Jahreseinkommen opfern, um ihre Gesichter zu sehen, wenn sie daran gehen, diese Negative zu entwickeln.«

DER SATANSKÄFER

1

Es war keine Post für mich da an diesem Morgen, aber das war keine Überraschung. Drei Wochen schon, seitdem ich diese Büroräume im ersten Stock der Oxford Street gemietet hatte, war keine Post für mich da. Ich schloß die Tür des winzigen Vorzimmers, das vielleicht einmal, wenn das Cavell Detektiv- und Überwachungsinstitut sich solche Extravaganzen zu leisten imstande war, einer Vorzimmerdame zu Nutz und Frommen dienen mochte, kurvte um den Tisch und den Stuhl herum und stieß die Tür mit dem Schild ›Privat‹ auf.

Dahinter lag das Zimmer des Chefs des Detektiv- und Überwachungsinstituts Pierre Cavell. Das bin ich. Nicht nur Chef, sondern gleichzeitig auch gesamter Mitarbeiterstab. Es war ein größerer Raum als das Vorzimmer, ich wußte es, denn ich hatte es ausgemessen. Doch nur der geschulte Blick des versierten Fachmanns hätte das sonst mit bloßem Auge zu erkennen vermocht.

Ich bin kein anspruchsvoller Ästhet, aber auch ich muß zugeben, daß es eine ziemlich trostlose Bleibe war. Der verwohnten Wände einstiges Weiß hatte jene undefinierbare, einzigartig graue Patina angenommen, die nur der Londoner Nebel und die Vernachlässigung langer Jahre hervorzubringen imstande sind. Ein engbrüstiges hohes Fenster blickte in einen düsteren Hof. Daneben hing der unvermeidliche Monatskalender. Ein Schreibtisch, nicht gerade neu, stand auf dem Linoleumboden, ein Drehstuhl für mich, ein ruppiger Ledersessel für den Besucher, ein fadenscheiniger Vorleger, um dessen Füße warm zu halten, ein Hutständer und ein paar grüne, blecherne Aktenschränke – leer, wie der Hutständer. Sonst nichts. Und Platz für mehr war auch nicht da.

Ich war gerade dabei, mich in besagtem Drehstuhl niederzulassen, als ich den dunklen Zweiklang der Glocke am Vorzimmer und gleich darauf das Quietschen der Türangeln vernahm. »Bitte läuten und eintreten« stand dort zu lesen, und irgend jemand kam dieser Aufforderung gerade nach. Ich zog die linke oberste Schreibtischschublade auf, warf schnell ein paar Briefumschläge und Schriftstücke vor mich hin, betätigte rasch einen Schalter neben meinem Knie, und ich war kaum aus meinem Stuhl hochgekommen, da klopfte es auch schon an der Innentür.

Der Mann, der eintrat, war groß und schlank und in der Herrenmode *up to date*. Ein Mantel mit schmalen Revers hing über einem dunklen, untadelig sitzenden Anzug vom neuesten italienischen Schnitt, die wildlederne Linke hielt den rechten Handschuh und die Aktenmappe in vollendeter Perfektion. Vermutlich schleppte er ständig einen Mikrometer mit sich herum. Ein honoriger Steuerberater der Stadt von Rang und Ansehen. Als das mußte er aller Welt erscheinen. Und auch ich sah nichts anderes in ihm.

»Verzeihen Sie, daß ich hier so ohne weiteres eindringe«, sagte er, lächelte flüchtig, ließ drei Goldkronen aufblitzen und warf einen knappen Blick zurück. »Ihre Sekretärin scheint –«

»Aber bitte, kommen Sie doch ganz herein.« Auch seine Rede war die des Steuerberaters, der er zu sein schien, gemessen, bestimmt und um ein Winziges überartikuliert. Er gab mir die Hand. Sogar der Händedruck fügte sich zum Ganzen: rasch, sauber, unpersönlich.

»Martin«, stellte er sich vor. »Henry Martin. Mr. Pierre Cavell?«

»Ja. Wollen Sie nicht Platz nehmen, Mr. Martin?«

»Danke.« Mr. Martin setzte sich nicht einfach, Mr. Martin nahm Platz. Sehr gerade, die Füße beieinander, die Aktenmappe sorgfältig auf den geschlossenen Knien ausbalanciert, saß er da und sah sich mit einem angedeuteten Lächeln, das nicht einmal die Goldkronen entblößte, bei mir um, ohne auch nur das Geringste zu übersehen.

»Der Laden läuft nicht – sagen wir, nicht gerade überwältigend, Mr. Cavell?«

Sollte er doch kein Steuerberater sein? Leute dieser Fakultät sind in der Regel höflich, wohlerzogen und mit unnötigen Beleidigungen sparsam. Eventuell war er ein wenig aus der Façon geraten, auch das konnte sein. Wer zum Privatdetektiv gehen muß, ist selten in völlig normaler Gemütsverfassung.

»Mein Trick, um das Finanzamt an der Nase herumzuführen! Darum lasse ich hier alles so, wie es ist«, gab ich zurück. »Wie kann ich Ihnen helfen, Mr. Martin?«

»Indem Sie mir einige kleine Auskünfte über sich selbst erteilen.« Er lächelte nicht mehr, und seine Augen wanderten nicht länger.

»Über mich?« Meine Stimme war scharf, nicht messerscharf, lediglich in der Preislage, deren man sich bedient, wenn man innerhalb von drei Wochen seit Betriebseröffnung noch keinen Klienten hatte. »Kommen Sie bitte zur Sache, Mr. Martin. Ich habe zu tun.« Und das hatte ich auch. Meine Pfeife hatte ich anzustecken, die Morgenzeitung zu lesen, und ähnliches.

»Tut mir leid. Für Sie. Ich hätte nämlich eine sehr delikate und nicht ganz einfache Mission für Sie. Ich muß jedoch absolut sichergehen, daß Sie auch der Mann sind, den ich brauche. Verständlich, Mr. Cavell, nicht wahr?«

»Mission?« Ich besah mir diesen Henry Martin noch etwas genauer und kam zu der Überzeugung, daß es mir kaum schwerfallen sollte, ihn ausgesprochen unsympathisch zu finden. »Ich führe keine Missionen durch, Mr. Martin. Ich führe Überwachungen durch.«

»Selbstverständlich. Wenn Sie etwas zu überwachen haben.« Sein Ton war zu neutral, um beleidigend zu sein. »Dürfte ich vielleicht mit einigen Informationen aufwarten? Finden Sie sich doch bitte noch ein Weilchen mit meiner etwas ungewöhnlichen Methode, mich einzuführen ab, Mr. Cavell. Ich glaube, Ihnen versprechen zu können, daß Sie es nicht bedauern werden.« Damit öffnete er seine Mappe, brachte eine Lederhülle zum Vorschein, entnahm dieser einen Bogen Papier und begann Absatz für Absatz vorzulesen.

»Pierre Cavell. Geboren in Lisieux, englisch-französischer Abstammung. Vater Diplomingenieur, John Cavell aus Kingsclere, Hampshire; Mutter Anne-Marie Lechamps aus Lisieux, französisch-belgischer Abstammung. Eine Schwester, Liselle. Beide Eltern und die Schwester bei einem Luftangriff auf Rouen ums Leben gekommen. Auf Fischerboot nach Deauville-Newhaven geflüchtet. Als Achtzehn- oder Neunzehnjähriger sechsmal als Fallschirmjäger in Frankreich eingesetzt und von jedem Einsatz mit Informationen von größter Wichtigkeit zurückgekehrt. Zwei Tage vor Invasionsbeginn als Fallschirmjäger in der Normandie eingesetzt. Bei Kriegsende für nicht weniger als sechs Tapferkeitsauszeichnungen vorgeschlagen – drei britische, zwei französische, eine belgische.«

Henry Martin sah auf und lächelte dünn.

»Und nun der erste Mißton in der Lobeshymne. Auszeichnungen verweigert mit der Begründung, durch die Kriegsjahre vorzeitig erwachsen und an Spielzeug desinteressiert zu sein. Dann aktiv in die britische Armee eingetreten und bis zum Major befördert – beim militärischen Geheimdienst, soweit ersichtlich in ständiger Zusammenarbeit mit M. I. 6 – Gegenspionage; später zur Polizei übergetreten. Sagen Sie, Mr. Cavell, warum sind Sie eigentlich aus der Armee ausgeschieden?«

Hinauswerfen konnte ich ihn auch später noch. Augenblicklich war ich noch viel zu interessiert an dem, was er wußte, und vor allem, woher er es wußte. »Kein Ruhmesblatt«, sagte ich nur.

»Sie sind gegangen worden.« Und wieder lächelte er dünn. »Tja, wenn ein junger Offizier schon glaubt, einem älteren unbedingt ein paar langen zu müssen, dann sollte er in der Wahl des Dienstgrads ein bißchen vorsichtig sein und sich möglichst an die unteren halten. Sie hatten leider das Pech, sich ausgerechnet einen Generalmajor auszusuchen.« Er blickte wieder in seine Aufzeichnungen. »Und daraufhin traten Sie dann zur Metropolitan Police über, wurden in Eilmärschen befördert und sehr schnell Kommissar. Auf Ihrem Sektor scheinen Sie überdurchschnittliche Begabungen aufzuweisen zu haben, das muß man zugeben. In den letzten zwei Jahren durchgehend mit Sonderaufgaben betraut, deren Charakter hier zwar nicht detailliert aufgeführt ist, immerhin jedoch gewisse Mutmaßungen zuläßt. Und dann traten Sie auch aus den Diensten der Polizei. Stimmt das?«

»Genau.«

»In den Personalakten macht sich ›Ausgeschieden‹ immer besser als ›entlassen‹, was Ihnen zumindest geblüht hätte, wenn sich Ihr eigener Entschluß um vierundzwanzig Stunden verzögert hätte. Sie scheinen mit genialen Fähigkeiten zur Insubordination ausgestattet. Soweit hieraus hervorgeht, dürfte es sich um einen Sonderbeauftragten gehandelt haben. Immerhin hatten Sie Freunde, außerordentlich einflußreiche Freunde. Denn innerhalb einer Woche nach Ihrem Ausscheiden aus den Diensten der Polizei wurden Sie bereits wieder zum Sicherheitschef in Mordon ernannt.«

Ich hielt in meiner Betätigung, die darin bestand, die Papiere auf meinem Schreibtisch schön glatt zu streichen, inne und sagte sehr ruhig: »Einzelheiten zu meiner dienstlichen Laufbahn sind jederzeit greifbar, wenn Sie wissen, wohin Sie sich zu wenden haben. Sie haben jedoch kein Recht, über diese letztgenannte Information zu verfügen.« Das Mikrobiologische Forschungsinstitut Mordon in Wilshire war so undurchdringlich abgesichert, daß ein Eindringen in den Kreml dagegen ein Kinderspiel sein mußte.

»Dessen bin ich mir durchaus bewußt, Mr. Cavell. Aber ich bin nun einmal im Besitz außergewöhnlich zahlreicher Informationen, die ich eigentlich nicht besitzen dürfte, wie beispielsweise der zusätzlichen Kleinigkeit, daß Sie, wie aus Ihren Akten ersichtlich, auch hier Ihres Amtes enthoben wurden. Und darüber hinaus – der eigentliche Anlaß meines heutigen Besuchs übrigens – weiß ich sogar auch noch *warum*.«

Das außergewöhnliche Beurteilungsvermögen, mit dem ich meinen ersten Klienten so treffend als Steuerberater eingeschätzt hatte, war nicht gerade ein vielversprechender Anfang für meine Detektivlaufbahn. Nicht wenn man sie ihm auf einem Silbertablett dargeboten hätte, würde dieser Henry Martin mit einer Bilanz etwas anzufangen gewußt haben. Ich fragte mich zwar, welcher Art sein Gewerbe sein mochte, hatte aber nicht die leiseste Ahnung.

»In Mordon wurden Sie also entlassen«, fuhr Mr. Martin präzis fort. »Und zwar in erster Linie, weil Sie Ihren Mund nicht halten konnten. Nicht, daß Sie etwa gegen die Sicherheitsbelange von Mordon verstoßen hätten, o nein, das wissen wir.« Er nahm seine randlose Brille ab und polierte bedächtig die Gläser. »Tja, wenn man einmal durch fünfzehn lange Jahre Ihrer Spezialpraxis gegangen ist, dann dürfte man eigentlich so weit sein, daß man von allem, was man so weiß, kaum mehr die Hälfte mit sich selbst zu erörtern wagt. Sie jedoch haben aus Ihrer Einstellung zu der Art von Tätigkeit, für die man sich in Mordon hergibt, durchaus keinen Hehl gemacht, weder leitenden Wissenschaftlern noch sonstigen Persönlichkeiten gegenüber, die in Mordon etwas zu melden haben. Und Sie sind nicht der erste, der sich über die Tatsache, daß dieses Mordon – Mittelpunkt des Gesundheitswesens, wie es im Staatshaushalt veranschlagt wird – ausschließlich dem Kriegsministerium untersteht, mit einer gewissen Bitterkeit ausläßt. Sie wußten selbstverständlich, daß Mordon in der Hauptsache für Kriegszwecke tätig ist, aber Sie sind einer der wenigen, die genau wissen, wie unheimlich und verheerend diese Waffen, die hier vervollkommnet wurden, in ihrer Wirkung sind. Sie gehören zu der kleinen Anzahl derer, die wissen, daß es nur weniger mit diesen Waffen ausgerüsteter Flugzeuge bedarf, um innerhalb von Stunden jedwedes Leben in jedwedem Land auszulöschen. Und Sie hatten Ihre eigenen sehr ausgeprägten Ansichten über die wahllose Anwendung solcher Waffen gegenüber einer arglosen und unschuldigen Zivilbevölkerung und ließen diese bei zu vielen Anlässen und zu vielen Leuten in Mordon laut werden. Deshalb sind Sie heute nun Privatdetektiv.«

»Tja, so ist das Leben«, bestätigte ich, stand auf, ging zur Tür, drehte den Schlüssel herum und steckte ihn ein. »Sie entschuldigen, Mr. Martin, aber Sie haben leider schon ein bißchen zuviel gesagt. Und Ihre Informationsquellen über meine Mordoner Tätigkeit würden mich doch sehr interessieren. Ehe Sie mir diese nicht verraten haben, verlassen Sie mein Büro nicht.«

Mr. Martin seufzte und setzte die Brille wieder auf. »Wie dramatisch – verständlich, gewiß, aber vollkommen überflüssig. Halten Sie mich für einen Narren, Cavell? Sehe ich so aus? Alles, was ich Ihnen sagte, mußte gesagt werden, um Sie zur Mitarbeit zu gewinnen. Und nun werde ich meine Karten auf den Tisch legen. Im wahrsten Sinn des Wortes.« Er holte die Brieftasche heraus, entnahm ihr eine elfenbeinfarbene Karte und legte diese auf den Tisch. »Sagt Ihnen das etwas?«

Es sagte mir einiges, eine ganze Menge sogar. »Weltfriedensrat« prangte in der Mitte. Rechts unten: Henry Martin, London, Bevollmächtigter.

Martin zog den Stuhl näher heran, stützte die Arme auf meine Schreibtischplatte und sah mich mit unbeweglich ernstem Gesicht an.

»Davon dürften Sie natürlich wissen, Mr. Cavell. Und ich glaube nicht zu übertreiben, wenn ich behaupte, daß diese Organisation die bei weitem stärkste Kraft zum Guten der heutigen Welt ist. Wir stehen über Rassen, Religionen und Politik. Daß der Premier und die meisten Kabinettsmitglieder dieser Organisation angehören, werden Sie wohl gehört haben. Ich möchte mich nicht eingehender dazu auslassen, aber ich kann Ihnen versichern, daß auch die meisten kirchlichen Würdenträger, ob nun Katholik, Protestant oder Jude, dem Weltfriedensrat angehören. Und was die Aristokratie und Leute von Rang und Namen anbelangt, so liest sich die lange Liste unserer Mitglieder wie der *Debrett's* oder *Who's Who*. Das Außenministerium, das tatsächlich weiß, was gespielt wird, und der ganzen Entwicklung angstvoller denn jeder anderen gegenübersteht, ist zuverlässig auf unserer Seite. Wir können mit gutem Gewissen sagen, daß wir heute die Unterstützung der besten, der klügsten und der weitblickendsten Männer des Landes haben. Jawohl, Mr. Cavell, ich habe sehr mächtige Persönlichkeiten hinter mir.« Er lächelte flüchtig. »Sogar einflußreiche Leute von Mordon.«

All das stimmte, ich wußte es, abgesehen von der letzten Bemerkung über Mordon, und auch das mochte zutreffend sein, bei allem, worüber er informiert war. Ich selbst – weder der richtige Typ für den *Debrett's* noch für *Who's Who* – war kein Mitglied des Weltfriedensrats. Trotzdem war mir durchaus klar, daß diese Institution, obzwar jüngsten Geburtsdatums, von der gesamten westlichen Welt als letzte und größte Hoffnung der Menschheit betrachtet wurde.

Martin nahm mir die Karte wieder ab und ließ sie in seine Brieftasche gleiten.

»Alles, was ich damit sagen möchte, ist, daß ich der immerhin angesehene Vertreter einer eminent wichtigen Körperschaft bin.«

»Das glaube ich ohne weiteres«, sagte ich.

»Danke.« Und noch einmal erfolgte ein Griff in die Mappe, und diesmal brachte er einen Stahlflakon, in der Größe einer Taschenflasche, zum Vorschein. »In diesem Land, Mr. Cavell, existiert leider eine Militaristenclique, die alle Anstrengungen macht, unsere Träume und Hoffnungen zunichte zu machen, und die wir, ganz ehrlich gesagt, fürchten. Wahnsinnige sind es, die täglich lauter und lauter über einen Präventivkrieg gegen die

Sowjetunion reden. Über einen bakteriologischen Krieg. Nun, wie dem auch sei, es ist höchst unwahrscheinlich, daß sie damit viel Anklang finden werden. Trotzdem müssen wir auch den größten Unwahrscheinlichkeiten gegenüber sehr wachsam bleiben.« Er sprach wie jemand, der eine Rede hält und diese hundertmal durchprobiert hat.

»Gegen einen solchen bakteriologischen Angriff gäbe es keinerlei Verteidigungsmöglichkeiten. Nach zweijähriger intensivster Forschungsarbeit hat man ein Vakzin gegen diesen Virus entwickelt, doch der einzige Vorratsbestand davon liegt in Mordon.« Er hielt inne, zögerte ein wenig und schob mir dann den Stahlflakon über den Tisch zu. »Eine Behauptung, die nicht mehr zutrifft, weil nämlich diese Flasche vor drei Tagen in Mordon verschwand. Ihr Inhalt ist ausreichend, so viel Vakzine zu produzieren, um sämtliche Nationen der Welt zu immunisieren. Und wir wollen die Hüter unserer Brüder sein, Mr. Cavell.«

Ich sagte nichts. Ich starrte ihn nur an.

»Bitte bringen Sie das sofort nach Warschau an diese Adresse.« Er schob mir ein Stück Papier zu. »Sie bekommen sofort hundert Pfund von mir ausgezahlt, wir erstatten sämtliche anfallenden Unkosten und zahlen nach erfolgter Rückkehr weitere hundert Pfund. Eine delikate Mission, eine gefährliche vielleicht sogar. In Ihrem Fall allerdings kann davon kaum die Rede sein. Wir haben Sie sorgfältigst überprüft, Mr. Cavell. Es ist uns bekannt, daß Sie sich in sämtlichen europäischen Gäßchen und Hintertüren so genau auskennen wie ein Taxichauffeur in den Londoner Straßen: Grenzen dürften Ihnen, aller Voraussicht nach, kaum Schwierigkeiten bereiten.«

»Und meine Antikriegssympathien«, murmelte ich.

»Natürlich, natürlich.« Eine erste Spur von Ungeduld schwang in seiner Stimme mit. »Wir waren gezwungen, Sie sehr gründlich unter die Lupe zu nehmen, Mr. Cavell, und Sie verfügten in jeder Hinsicht über die besten Qualifikationen. Sie waren der *einzige*, der für diese Aufgabe in Frage kam.«

»Sehr schmeichelhaft. Und sehr interessant.«

»Mir ist nicht ganz klar, was Sie damit sagen wollen«, unterbrach er mich brüsk. »Wollen Sie die Sache übernehmen, Mr. Cavell?«

»Nein.«

»Nein?« Sein Gesicht wurde leer und still. »Sie sagen ›nein‹? Das also ist die Quintessenz all Ihrer edlen Besorgnisse um der Menschheit Wohl? Und das ganze Gerede in Mordon –«

»Sie sagten doch eben selbst, daß es um meine Praxis nicht gerade glänzend bestellt ist«, unterbrach ich. »Seit drei Wochen hatte ich nicht einen einzigen Klienten, und trotz aller fingierten

Hinweise, das Gegenteil zu demonstrieren, wird sich daran auch in den nächsten drei Monaten nichts ändern. Und dann –« fügte ich hinzu und wischte den vorgetäuschten Posteingang in die Schreibtischecke, »dann sagten Sie doch gerade noch selbst, daß Sie gar keine andere Wahl hätten als mich.«

»Sie lehnen also nicht grundsätzlich ab, den Auftrag zu übernehmen?«

»Grundsätzlich nicht.«

»Wieviel?«

»Zweihundertfünfzig Pfund. Jeder Weg.«

»Ist das Ihr letztes Wort?«

»Mein letztes.«

»Hätten Sie etwas dagegen, wenn ich auch noch etwas dazu sagen würde, Cavell?« Nanu, wo waren sie plötzlich hin, die guten Manieren?

»Dagegen habe ich unbedingt etwas. Halten Sie Ihre Reden und Moralpredigten im Weltfriedensrat. Hier geht es um ein Geschäft.«

Feindseligkeit kroch in die Augen hinter den dicken Gläsern. Er starrte mich einen langen Augenblick stumm an. Dann griff er in die Brieftasche und entnahm ihr das Geld, fünf flach gebündelte Päckchen, die er exakt und ordentlich vor sich hinlegte. Als er damit fertig war, blickte er auf und sah mich an. »Zweihundertundfünfzig Pfund. Genau.«

»Unter Umständen wäre es ratsam, wenn die Londoner Geschäftsstelle des Weltfriedensrats sich einen neuen Bevollmächtigten suchte«, schlug ich vor. »Wer sollte eigentlich um diese hundertfünfzig übers Ohr gehauen werden – ich oder der Weltfriedensrat?«

»Weder, noch.« Gläsern, gefroren klirrten die Worte wie Eiszapfen von seinen Lippen, und sein Blick enthielt die gleichen Minusgrade. Offensichtlich hatte er nicht viel für mich übrig. »Wir offerierten Ihnen einen fairen Preis; in Angelegenheiten von so außergewöhnlicher Wichtigkeit jedoch sind wir natürlich darauf vorbereitet, erpresserischen Forderungen zu begegnen. Nehmen Sie das Geld bitte an sich.«

»Nicht, bis Sie vor meinen Augen die Gummistreifen gelöst und jedes Bündel dieser fünfzig Fünfer durchgezählt haben.«

»Du lieber Gott!« Seine kühl präzisierte Art zu reden war mit einemmal dahin und hatte etwas Heftigem, um nicht zu sagen Unbeherrschtem, Platz gemacht. »Kein Wunder, daß Sie aus all Ihren Positionen geflogen sind.« Er riß die Streifen auf und zählte das Geld Schein für Schein durch. »Das wäre es. Fünfzig. Zufrieden?«

»Zufrieden.« Ich zog die rechte Schublade heraus, nahm Geld,

Adresse und Stahlbehälter, warf alles hinein und machte sie wieder zu, genau in dem Moment, da auch Martin damit fertig war, die Sicherheitsriemen an seiner Mappe zu schließen. Und irgend etwas, das in der Luft zu liegen schien, möglicherweise die regungslose Stille, die ihn aus meiner Richtung ankroch, ließ ihn plötzlich scharf aufblicken und zu der gleichen Unbeweglichkeit erstarren, mit der ich ihm gegenübersaß. Nur seine Augen wurden groß und größer, bis sie den gesamten Raum hinter den randlosen Gläsern einzunehmen schienen.

»Es ist eine Pistole, ganz richtig«, versicherte ich ihm. »Eine japanische Hanyatti, Neun-Schuß-Automatic, geladen und entsichert. Das bißchen Tesafilm vor der Mündung braucht Ihnen keinen Kummer zu machen. Das ist lediglich dazu da, den sehr differenzierten Mechanismus zu schützen. Die Kugel, die dahinter sitzt, dürfte das nicht behindern. Die schlägt durch, und falls noch ein Zwillingsbruder hinter Ihnen säße, auch durch den – garantiert. Legen Sie die Hände auf den Tisch.«

Martin tat wie ihm geheißen. Er verhielt sich sehr ruhig. Leute, die auf drei Fuß Distanz in ein Mündungsrohr sehen, verhalten sich stets sehr ruhig. Seine Augen jedoch hatten sehr schnell wieder einen ganz normalen Ausdruck angenommen, und er schien im Grunde durchaus nicht so besorgt, wie er vorgab. Das behagte mir nicht ganz, denn wenn irgend jemand Grund und Anlaß zur Besorgnis hatte, dann war es Henry Martin. Vielleicht aber war es gerade das, was ihn zu einem gefährlichen Gegner machte.

»Ihre Art, Geschäfte zu tätigen, ist etwas ungewöhnlich, Cavell.« Kein Zittern in der Stimme, nur trockene Verachtung. »Was soll das? Wollen Sie mich erpressen?«

»Werden Sie nicht albern. Und geben Sie sich nicht erst solchen Hoffnungen hin. Sie fragten mich vorhin, ob ich Sie für einen Narren hielte. Zeit und Umstände waren nicht dazu angetan, Ihnen darauf eine Antwort zu geben. Jetzt können Sie sie haben. Sie sind ein Narr, weil Sie völlig vergessen zu haben scheinen, daß ich in Mordon gearbeitet habe. Ich war Sicherheitschef. Und die erste Aufgabe eines Sicherheitschefs ist es, zu wissen, was in seinem eigenen Amtsbereich vorgeht.«

»Ich fürchte, ich komme da nicht ganz mit.«

»Das soll Ihnen gleich aufgehen. Sagen Sie, diese Vakzine hier – welchen speziellen Virus sollen sie eigentlich immunisieren?«

»Ich bin lediglich Agent des Weltfriedensrats.«

»Das tut nichts zur Sache. Was etwas zur Sache tut, ist die Tatsache, daß sämtliche Gegengifte, die es bis heute gibt, ausschließlich in Horder Hall, Essex, entwickelt und gelagert wurden. Dieser Behälter aber, und das ist der springende Punkt, kommt aus Mordon und enthält keine Vakzine. Er enthält aller Wahrscheinlichkeit nach den einen oder anderen der dort lagernden Viren.

Zweitens weiß ich genau, daß es normalerweise für jeden – ob nun Weltfriedensanhänger oder nicht – völlig ausgeschlossen ist, Geheimviren aus Mordon herauszubringen, gleichgültig wie schlau und gerissen er auch sein mag. Wenn nämlich der letzte Mann die Laboratorien verlassen hat, treten Vierzehn-Stunden-Uhren in Betrieb, und die Kombination, sie außer Kraft zu setzen, ist lediglich zwei Menschen bekannt. Sollte irgend etwas aus Mordon weggekommen sein, dann nur mit Raub und Gewalt. Und das erfordert eine sofortige Untersuchung.

Drittens sagten Sie doch, das Außenministerium stünde geschlossen hinter Ihnen. Wenn dem so ist, warum dann diese ganze Verschleierungstaktik, mit der Sie an mich herangetreten sind, das Zeug hinauszuschmuggeln? Die diplomatische Mission nach Warschau sagt alles.

Und schließlich und endlich, mein Bester, Ihr größter Schnitzer war der, daß Sie völlig vergessen zu haben scheinen, daß ich immerhin selbst einmal eine Weile bei der Gegenspionage war. Und jede neue Körperschaft oder Organisation, die sich hierzulande gründet, wird erst einmal genauestens unter die Lupe genommen, so auch der Weltfriedensrat, als er sein Hauptquartier hier aufschlug. Zufällig ist mir sogar eins der Mitglieder bekannt, ein älterer, kleiner, rundlicher und sehr kurzsichtiger Typ, der in jeder Hinsicht genau das Gegenteil von Ihnen ist. Sein Name ist Henry Martin, und er ist der Bevollmächtigte der Londoner Geschäftsstelle des Weltfriedensrates. Der wahre Bevollmächtigte.«

Die Hände auf dem Tisch, blickte er mich unbewegten Gesichts, aber durchaus nicht erschrocken oder in die Enge getrieben an. Dann sagte er sehr ruhig: »Mehr bleibt wohl nicht zu sagen, nicht wahr?«

»Nicht allzuviel.«

»Und was gedenken Sie zu tun?«

»Sie dem Sonderdienst zu übergeben. Und gleichzeitig wird auch eine Bandaufnahme unseres soeben geführten Gesprächs mitgehen. Denn ehe Sie kamen, stellte ich vorsichtshalber mein Tonbandgerät an. Kein Beweismittel, ich weiß es, aber Adresse, Behälter und vor allem Ihre Fingerabdrücke auf den fünfzig Fünfern sind ausreichend belastendes Material.«

»Ich glaube, mir ist bei Ihnen doch ein kleiner Fehler unterlaufen. Einigen wir uns.«

»Ich lasse mich nicht kaufen. Zumindest nicht für fünfzig lumpige Fünfer.«

Pause. »Fünfhundert?« fragte er sanft.

»Nein.«

»Tausend? Tausend Pfund, Cavell, sofort.«

»Halten Sie den Mund.« Ich griff nach dem Telefon, legte den Hörer auf den Tisch und begann mit dem linken Zeigefinger zu wählen. Ich war bei der dritten Nummer angelangt, als mich ein hartes Klopfen an der Tür innehalten ließ.

Ich ließ den Hörer da, wo er war, und stand geräuschlos auf. Die Korridortür war zu gewesen, als Martin in mein Zimmer gekommen war. Ohne zu läuten, kam niemand herein. Ich hatte es nicht läuten gehört, und es hatte auch nicht geläutet. Trotzdem stand jemand in meinem Vorzimmer, und zwar direkt vor der Tür.

Martin lächelte. Es war zwar nur die Andeutung eines Lächelns, aber ein Lächeln. Und das gefiel mir nicht. Ich deutete mit der Pistole in die Ecke und sagte leise: »Stellen Sie sich dahin, Martin – mit dem Gesicht zur Wand und die Hände nach hinten.«

»Ich glaube nicht, daß das unbedingt notwendig ist«, sagte er gelassen, »draußen steht ein gemeinsamer Freund von uns.«

»Tun Sie, was ich sage.« Er verfügte sich in die Ecke. Ich ging zur Tür, hielt mich wohlweislich seitlich daneben und rief hinaus: »Wer ist da?«

»Polizei, Cavell. Machen Sie auf.«

»Polizei?« Die Stimme kam mir verdammt bekannt vor, aber schließlich gibt es eine ganze Menge Leute, die in der Lage sind, eine ganze Menge Stimmen zu imitieren. Ich warf einen Blick nach Martin, aber der hatte sich nicht gerührt. »Ihren Ausweis – schieben Sie ihn durch die Tür«, verlangte ich.

Draußen regte sich etwas; eine längliche Karte kroch durch den Türspalt. Keine Kennmarke, kein Dienstausweis, eine schlichte Visitenkarte mit dem Namen »D. R. Hardanger« und einer Whitehall Telefonnummer. Und der Kreis derer, die wußten, daß dies die einzige Form der Identifikation war, mit der Polizeichef Hardanger sich auszuweisen pflegte, war sehr klein. Stimme und Karte stimmten überein. Ich schloß auf.

Es war Hardanger. Unverkennbar. Groß und wuchtig, mit rotem Bulldoggenkopf und abgewetzter Melone, im abgetragenen Trenchcoat – so abgewetzt wie seinerzeit, als ich noch für ihn gearbeitet hatte. Ich versuchte das zu erkennen, was hinter ihm stand, aber mehr als ein khakifarbenes Bein und ein khakifarbener Arm war nicht auszumachen. Und weiter kam ich nicht, denn Hardanger wuchtete seine solide Autorität bereits vierbeinig in mein Büro und zwang mich zurückzutreten.

»Schon gut, Cavell«, winkte er ab, und dabei flackerte ein winziges Lächeln in seinen ungewöhnlich hellen Augen auf. »Legen Sie die Kanone weg. Die Luft ist rein. Die Polizei ist da.«

Ich schüttelte den Kopf. »Bedaure, Hardanger, aber ich stehe nicht mehr in Ihren Diensten. Ich besitze einen Waffenschein für dieses Schießeisen, und Sie sind ohne zu fragen in mein Büro eingedrungen.« Ich wies mit dem Kopf in Richtung Martin. »Nehmen Sie sich den erst einmal vor, dann meinetwegen. Vorher nicht.«

Henry Martin, die Hände noch immer auf dem Rücken, drehte sich langsam um. Er grinste. Hardanger grinste zurück. »Na, wie stehts? Soll ich Sie mal kurz durchsuchen?«

»Lassen Sie's lieber, Sir«, ging Martin auf den Ton ein. »Sie wissen doch, wie ausgesprochen kitzlig ich bin.«

Ich starrte von Hardanger zu Martin und von Martin zu Hardanger, und dann ließ ich die Pistole sinken und sagte gottergeben: »Na schön, also was ist los?«

»Hören Sie zu, Cavell«, legte Hardanger sofort mit angerauhter Polterstimme los, »diese ganze Schose hier tut mir zwar leid, aber es war verdammt nicht anders zu machen. Und warum es nicht zu umgehen war, werde ich Ihnen gleich erklären. Unser Freund hier heißt tatsächlich Martin – John Martin. Vom Sonderdienst. Kommissar. Seit kurzem aus Toronto zurück. Wollen Sie seine Papiere sehen oder genügt Ihnen mein Wort?«

Ich ging zum Schreibtisch zurück, legte die Pistole weg und holte alles, was ich von Martin kassiert hatte, Geld, Stahlbehälter und Warschauer Adresse aus der Schublade. Ich spürte, wie meine Gesichtsmuskeln sich spannten, aber meine Stimme blieb ruhig.

»Nehmen Sie gefälligst Ihre verdammten Requisiten an sich, und machen Sie, daß Sie verschwinden. Und Sie auch, Hardanger. Ich weiß nicht, wozu dieses Affentheater hier aufgeführt wurde, und ich will es auch gar nicht wissen. Ich verzichte dankend. Es interessiert mich nicht. Raus. Ich schätze es nicht, mich von irgendwelchen superklugen Wichtigtuern zum Narren halten zu lassen. Und ich bin nicht dafür, Katze und Maus zu spielen, wenn ich dabei die Maus machen soll. Auch nicht für den Sonderdienst.«

»Beruhigen Sie sich doch, Cavell. Es war nun einmal notwendig, verdammt, das habe ich Ihnen doch bereits gesagt und –«

»Lassen Sie mich mal mit ihm reden, Hardanger«, unterbrach der Khakifarbene. Erst als er um Hardanger herumkam, hatte ich Gelegenheit, ihn etwas eingehender zu besichtigen. Offizier, und nicht gerade einer der untersten Dienstgrade, schlank, wendig, energisch – ein Typ, gegen den ich ausgesprochen allergisch bin. »Mein Name ist Cliveden, Cavell. Generalmajor Cliveden. Ich muß –«

»Ich bin seinerzeit gegangen worden, weil mir einem Generalmajor gegenüber die Hand ausgerutscht ist, und ich gebe zu bedenken, daß es mir nun, nachdem ich unter die Zivilisten gegangen bin, auf eine Wiederholung nicht ankommen soll. Raus. Und zwar umgehend. Und das gilt auch für Sie.«

»Hab ich Ihnen nicht gleich gesagt, wie er ist?« brummte Hardanger mehr zu sich selbst als zu den anderen beiden. »Lassen wir es doch«, sagte er achselzuckend und holte eine Armbanduhr aus der Manteltasche.

»Los, gehen wir. Aber das werden Sie vielleicht doch ganz gern behalten wollen, nehme ich an. Als Andenken. Die hatte er noch zur Reparatur nach London gebracht, und gestern kam sie zurück und wurde im Büro abgegeben.«

»Von wem reden Sie da eigentlich?« fragte ich schroff.

»Von Neil Clandon. Von Ihrem Nachfolger als Sicherheitschef in Mordon. Ich glaube, er war einer Ihrer besten Freunde.«

Ich machte keinerlei Anstalten, ihm die hingehaltene Uhr abzunehmen.

»›War‹ sagten Sie? Clandon?«

»Clandon. Tot. Ermordet, wenn Sie es genau wissen wollen. Und zwar muß es gestern spät nachts oder auch heute in den frühen Morgenstunden passiert sein, als ins Hauptlabor eingebrochen wurde.«

Ich sah die drei an und wandte mich dann ab, um durch das schmierige Fenster in den grauen Nebel über dem *Gloucester Place* zu starren. Nach einer Weile sagte ich: »Vielleicht nehmen Sie doch lieber Platz.«

Neil Clandon war heute morgen von einem patrouillierenden Sicherheitsposten, kurz nach zwei Uhr im Korridor neben der schweren Stahltür, die zum Labor I im E-Block führte, gefunden worden. Daß er tot war, stand außer Frage. Nur, woran er gestorben war, stand noch nicht fest, weil es in diesem Institut, in dem es von Ärzten wimmelte, niemandem gestattet war, sich dem Toten zu nähern. Das war ehernes Gesetz, das absolut galt.

Wenn die Alarmglocken schrillten, dann trat der Sonderdienst in Aktion, einzig und allein der Sonderdienst.

Der Dienstälteste von der Wache war geholt worden und hatte sich dem Leichnam bis auf sechs Fuß genähert. Seinem Bericht zufolge mußte Clandon schwer gelitten haben, soweit ersichtlich, war er in qualvollen Krämpfen gestorben. Die Symptome wiesen eindeutig auf eine Blausäurevergiftung hin. Wenn der Posten in der Lage gewesen wäre, den typischen bitteren Mandelgeruch festzustellen, wäre diese angenommene Diagnose einwandfrei bestätigt gewesen. Das jedoch war ausgeschlossen. Sämtliche Posten des internen Wachdienstes machten ihre Dienstrunden in Gasanzügen mit Atemgeräten.

Der Wachhabende hatte noch etwas anderes bemerkt. Die Uhr in der Stahltür war verändert worden. Von sechs Uhr abends bis acht Uhr morgens war sie normalerweise gestellt. Jetzt stand sie auf Mitternacht. Das hieß, daß bis um zwei Uhr mittags kein Mensch, bis auf diejenigen, die die Kombination kannten, ins Labor konnte.

Nicht Hardanger, sondern der Generalmajor gab mir diese Auskünfte. Ich hörte mir das alles an und sagte dann: »Und Sie? Was haben Sie mit all dem zu tun?«

»Generalmajor Cliveden ist stellvertretender Kommandant des *Royal Army Medical Corps*«, erklärte Hardanger, »und damit automatisch Leiter des Mikrobiologischen Forschungsinstituts in Mordon.«

»Nicht zu meiner Zeit«, gab ich zurück.

»Mein Vorgänger ist in Pension gegangen«, sagte Cliveden kurz. Trotzdem war einwandfrei herauszuhören, daß ihn diese Tatsache etwas beunruhigte. »Meiner Gesundheit soll das nichts anhaben«, sagte er denn auch prompt. »Selbstverständlich wurde mir der Vorfall zuerst gemeldet. Ich war in London, verständigte den Chef sofort und habe erst mal ein Sauerstoff-Azetylen-Team aus Aldershot nach Mordon beordert. Das wird unter Aufsicht des Sonderdienstes die Tür öffnen.«

»Was?« Ich starrte ihn entgeistert an. »Sind Sie vollkommen verrückt geworden?«

»Wie soll ich das verstehen?«

»Blasen Sie alles ab. Um Gottes willen sofort. Nichts wie abblasen. Wie um Himmels willen sind Sie nur auf diese glorreiche Idee verfallen? Wissen Sie denn nichts über diese Tür? Abgesehen von der Tatsache, daß auch die besten Schweißer nicht innerhalb von ein paar Stunden durch diesen Spezialstahl kommen. Wissen Sie nicht, wie gefährlich diese Tür ist? Wissen Sie nicht, daß sie mit einem Gas, das fast tödlich ist, gefüllt ist? Daß sie darüber hinaus mit einem Isolator versehen ist, der bei den zweitausend Volt, die er hat, nicht nur beinahe, sondern einwandfrei tödlich ist?«

»Verdammt, nein, Cavell, das wußte ich nicht.« Seine Stimme war kleinlaut geworden. »Ich habe diese ganze Geschichte doch gerade erst übernommen.«

»Und selbst wenn Sie hineinkämen, haben Sie sich auch überlegt, was dann passiert? Sie haben Angst, Generalmajor Cliveden, nicht wahr? Womöglich ist schon jemand drin gewesen, womöglich war jemand leichtsinnig, womöglich ist dabei ein versiegelter Tank zu Bruch gegangen oder ein Behälter umgekippt worden. Der Gedanke daran macht Sie fertig, nicht wahr?

Ein Behälter mit Botulismustoxin zum Beispiel, einer der Viren, die in Labor I kultiviert worden und gelagert sind. Es dauert immerhin zwölf Stunden, diesen Virus durch Sauerstoff zu entgiften und unschädlich zu machen. Wer vor der Oxydation damit in Berührung kommt, ist ein toter Mann. Und Clandon? Gibt der Ihnen nicht zu denken? Wie wollen Sie wissen, ob nicht auch er an einer Botulinvergiftung gestorben ist? Die Symptome gleichen denen einer Blausäurevergiftung genau. Woher wollen Sie wissen, ob nicht auch die beiden Wachen infiziert waren? Der Dienstälteste zum Beispiel? In dem Moment, da er seine Gasmaske abnahm, um mit Ihnen zu sprechen, wäre er ein Todeskandidat gewesen. Haben Sie sich schon vergewissert, ob er überhaupt noch lebt?«

Cliveden griff nach dem Telefon. Seine Hand zitterte. Während er die Nummer wählte, wandte ich mich an Hardanger. »Richtig, Ihre Erklärung, Chef?«

»Martin?«

Ich nickte.

»Zwei gute Gründe gab es dafür. Zum ersten sind Sie der Hauptverdächtige.«

»Sagen Sie das noch einmal.«

»Sie sind gegangen worden«, sagte er grob und ohne Umschweife. »Und nicht gerade rühmlich. Ihre Einstellung zu Mordon als Forschungsinstitut war allenthalben wohlbekannt. Außerdem stehen Sie durchaus in dem Ruf, wenn es sein muß, vor nichts zurückzuschrecken und das Gesetz selbst in die Hand zu nehmen.« Er lächelte ohne jeden Humor. »Und das kann ich aus einem reichen Schatz eigener Erfahrungen mit Ihnen nur bestätigen.«

»Sie sind ja wahnsinnig. Wofür halten Sie mich? Glauben Sie etwa, daß ich meinen besten Freund umbringen würde?« ging ich hoch.

»Sie sind der einzige Außenstehende, der das gesamte Sicherungssystem von Mordon kennt. Der einzige, Cavell. Wenn einer ohne alle Schwierigkeiten herein- und hinauskommt, dann Sie.« Er legte eine bedeutungsvolle Pause ein. »Und Sie sind der einzige Mensch auf dieser Welt, der die Kombinationen zu den einzelnen Labortüren kennt. Kombinationen, die, wie Sie wissen, lediglich von der Fabrik, in der sie hergestellt wurden, geändert werden können. Nach Ihrem Ausscheiden hielt man solche Vorsichtsmaßnahmen für nicht erforderlich.«

»Dr. Baxter, der Zivildirektor, kennt die Kombinationen.«

»Dr. Baxter wird vermißt. Wir finden nirgends auch nur eine Spur von ihm. Die Situation mußte sehr schnell klargestellt werden. Und das war der beste Weg. Der einzige Weg. Sofort, nachdem Sie heute morgen aus dem Haus gegangen waren, haben wir uns Ihre Frau vorgenommen. Und die sagte –«

»Sie waren bei mir zu Hause?« Ich starrte ihn an. »Sie haben Mary damit belästigt? Sie ausgequetscht? Verdammt, man sollte doch meinen –«

»Regen Sie sich ab«, winkte Hardanger trocken ab. Es rentiert sich nicht, falsche Zähne einzuschlagen. Ich war nicht selbst da, sondern einer der jüngeren Offiziere. Eine Dummheit – zugegeben. Auch nur anzunehmen, daß eine Frau, die gerade sechs Wochen verheiratet ist, ihren Mann preisgeben wird! Selbstverständlich hat sie behauptet, daß Sie die ganze Nacht nicht aus dem Haus gegangen wären.«

Ich sah ihn an, ohne einen Ton zu sagen. Er gab den Blick genauso zurück. »Na«, sagte er dann, »und was überlegen Sie jetzt? Ob Sie mir an den Kragen gehen sollen, weil ich es gewagt habe, Marys Glaubwürdigkeit zu bezweifeln, oder warum sie nicht sofort angerufen hat, um Sie zu warnen?«

»Beides.«

»Sie lügt nicht. Sie vergessen ganz, wie gut ich sie kenne. Und sie konnte nicht anrufen, weil wir die Leitung sowohl hier wie auch bei Ihnen zu Hause unterbrochen haben. Jawohl, noch ehe Sie kamen, hatten wir uns hier bereits betätigt. Jedes Wort, das Sie zu Martin sagten, habe ich draußen an Ihrem Vorzimmerapparat mitgehört.« Er lächelte. »Und ein paar Minuten haben Sie mich ja auch ganz schön fertig gemacht.«

»Wie sind Sie denn überhaupt hereingekommen? Es war doch nichts zu hören. Die Glocke ging nicht.«

»Der Sicherungskasten hängt draußen. Auch nicht gerade da, wo er hingehört.«

Ich nickte. »Das werde ich ändern müssen.«

»Na, wie dem auch sei, Sie gehen klar, Cavell. Einen Oscar für Kommissar Martin, würde ich vorschlagen. In genau zwölf Minuten hatte er alles herausgebracht, was wir wissen wollten. Aber wir mußten es wissen.«

»Warum? Warum ausgerechnet auf diese Weise? Hätten Sie ein paar Ihrer Leute mobil gemacht und Taxis, Kinos, Theater usw. kontrollieren lassen, dann wäre in ein paar Stunden genauso bewiesen gewesen, daß ich heute nacht kaum in Mordon gewesen sein konnte.«

»Ich konnte nicht warten.« Er räusperte sich mit unnötigem Aufwand. »Und das bringt mich gleich auf meinen zweiten

Grund. Wenn Sie nicht der Mörder sind, dann sind Sie der Mann, den ich brauche, um ihn zu finden. Jetzt, da Clandon tot ist, sind Sie, wie gesagt, der einzige, der das gesamte Sicherheitssystem von Mordon kennt. Keiner sonst. Peinlich, aber nicht zu ändern. Wenn einer Licht in dieses Dunkel bringen kann, dann sind Sie es.«

»Ganz zu schweigen von der Tatsache, daß ich jetzt, da Clandon tot ist und Baxter vermißt wird, der einzige Mensch bin, der imstande ist, diese Tür zu öffnen.«

»Das auch«, gab er zu.

»Das auch«, äffte ich nach. »Und das ist alles, was Sie wollen, nicht wahr? Wenn die Tür dann offen ist, hat der Mohr seine Schuldigkeit getan und kann gehen.«

»Nicht, wenn es nicht Ihr eigener Wunsch sein sollte.«

»Wirklich? Ist das Ihr Ernst? Erst Derry, jetzt Clandon. Verdammt, dagegen würde ich schon ganz gern etwas unternehmen.«

»Ich weiß. Und Sie sollen völlig freie Hand haben.«

»Davon wird der General kaum sehr erbaut sein.« Kein Mensch nannte Hardangers obersten Chef beim Namen. Die wenigsten kannten ihn.

»Erledigt. Alles bereits erledigt. Stimmt übrigens, angetan davon ist er nicht. Und ich habe dabei das dumpfe Gefühl, daß er überhaupt nicht sonderlich angetan ist von Ihnen.« Hardanger grinste sauer. »So etwas soll des öfteren vorkommen in der eigenen Familie.«

»Und das haben Sie im voraus für mich getan? Na, dann besten Dank für die gute Meinung, die Sie immerhin von mir haben müssen.«

»Sie standen zwar als Verdachtsperson auf unserer Liste obenan, für mich allerdings waren Sie nie verdächtig. Trotzdem mußte ich sichergehen. Sie wissen selbst, wie viele unserer besten Leute in den letzten Jahren über die Mauer gegangen sind.«

»Wann soll's losgehen?« fragte ich. »Gleich?« Cliveden hatte gerade den Hörer in die Gabel gelegt. Seine Hand war noch immer nicht ganz sicher.

»Wenn Sie soweit sind.«

»Sofort. Ich bin gleich fertig.« Hardanger war ein Altmeister, wenn es galt, Gemütsbewegungen hinter einer unbewegten Fassade zu verstecken. Jetzt aber trat ein neugierig gespannter Ausdruck in seine Augen, der sich nicht verbergen ließ. Genau der Blick war es, mit dem man jemanden beobachtet, der soeben die Beine verwechselt hat. Ich wandte mich an Cliveden.

»Die Wachen im Institut? Was gehört?«

»Es geht ihnen gut. Also doch kein Botulin, was Clandon umgebracht hat. Die Hauptlabors sind einwandfrei versiegelt.«

»Und Dr. Baxter?«

»Nichts. Keine Spur bisher. Er –«

»Keine Spur? Damit wären es also zwei. Duplizität der Ereignisse! Falls man es so nennen will.«

»Worüber reden Sie da eigentlich?«

»Über Easton Derry, meinen Vorgänger in Mordon. Auch er verschwand vor ein paar Monaten – genau gesagt, eine Woche, nachdem er bei meiner Hochzeit den Trauzeugen gespielt hatte. Und auch er ist bisher nicht wieder aufgetaucht. Na, aber das wissen Sie ja wohl selbst.«

»Verdammt, woher denn?« Ein gründlicher Mensch! Welch ein Segen, daß er nicht gerade Arzt und ich sein Patient war.

»Seit meiner Ernennung bin ich alles in allem zweimal dazu gekommen, nach Mordon zu fahren ... aber bleiben wir bei Baxter. Er ist ordnungsgemäß, wie immer, aus dem Labor gegangen – bißchen später als sonst. Und wiedergekommen ist er nicht. Er wohnt bei einer verwitweten Schwester in einem Einfamilienhaus in der Nähe von Alfringham, etwa fünf Meilen außerhalb. Angeblich soll er gar nicht heimgekommen sein.« Er wandte sich an Hardanger: »Wir müssen umgehend hin.«

»Sofort, Sir. Cavell kommt mit.«

»Na, das freut mich«, gab Cliveden zurück. Aber er sah nicht danach aus, und verübeln konnte ich es ihm nicht. Man wird nun einmal nicht Generalmajor, ohne nicht auch einen gewissen Armeegeist zu entwickeln, und dem Armeegeist ist die Welt eine exakt verwaltete Angelegenheit, in der alles wie am Schnürchen zu klappen hat und in der Privatdetektive keine Daseinsberechtigung haben. Er bemühte sich indessen höflich zu bleiben und aus dem unvermeidlichen Übel das Beste zu machen, denn er fuhr fort: »Wir können jede Unterstützung gebrauchen. Können wir jetzt gehen?«

»Sobald ich meine Frau angerufen und sie von dem, was sich hier getan hat, verständigt habe – falls ihr Apparat wieder angeschlossen sein sollte.« Hardanger nickte. Doch noch ehe ich nach dem Hörer greifen konnte, legte sich Clivedens Hand energisch darauf.

»Bedaure, Cavell, telefoniert wird nicht. Hier ist absolute Geheimhaltung geboten. Es ist unerläßlich notwendig, daß niemand, aber auch *niemand*, von dem, was in Mordon passiert ist, etwas erfährt.«

Ich hob seine Hand samt Hörer am Gelenk hoch und nahm ihm den Hörer ab. »Chef, sagen Sie ihm doch bitte, was dazu zu sagen ist.«

Hardanger sah plötzlich aus, als wenn ihn die Schuhe drückten. Während ich bereits wählte, raffte er sich zu einer Art Entschuldigung auf. »Leider, Sir, ich fürchte, wir haben Cavell nichts zu sagen. Er ist weder in der Armee, noch untersteht er dem Sonderdienst. Und er ist – sagen wir, allergisch gegen jede Art von Autorität.«

»Wenn es um Staatsgeheimnisse geht, kann man doch wohl verlangen –«

»Da muß ich Sie leider berichtigen.« Hardanger schüttelte nachdrücklich den Kopf. »Staatsgeheimnisse, über die ein Außenstehender freiwillig informiert wird, sind keine Staatsgeheimnisse mehr. Niemand hat uns zu diesen Informationen gezwungen, und er selbst hat nicht darum gebeten. Somit ist er niemandem verpflichtet. Und es liegt uns sehr viel an seiner Mitarbeit.«

Ich erledigte meinen Anruf, beruhigte Mary, daß ich nicht eingelocht, sondern unterwegs nach Mordon sei, und versprach, mich im Lauf des Tages nochmal zu melden. Und nachdem dies geschehen war, zog ich mein Jackett aus, streifte ein Schulterhalfter über und steckte die Hanyatti ein. Ein Riesenapparat. Ganz im Gegensatz jedoch zu Kommissar Martin war mein Jackett geräumig. Ich war nicht so für die italienische Linie. Hardanger und Cliveden sahen mir zu. Hardanger unbewegten Gesichts, Cliveden mißbilligend. Zweimal setzte er zu einer Bemerkung an, zweimal besann er sich eines Besseren. Das alles war gegen sämtliche Regeln und Dienstvorschriften. Aber auch Mord ist gegen sämtliche Regeln und Dienstvorschriften.

2

Die Armee hatte uns einen Hubschrauber bereitgestellt, doch der Nebel war zu dicht. Statt dessen ließen wir uns in einer Jaguarlimousine von einem Polizisten in Zivil nach Wiltshire bringen – einer von der Sorte, der mit Wonne und Wucht auf den Gashebel und die Hupe drückte. Gleich hinter Middlesex jedoch lichtete sich der Nebel, die Sicht auf den Straßen wurde klar, und wir fuhren immerhin schon kurz nach Mittag in Mordon ein.

Mordon ist ein architektonisches Greuel, Schandfleck jedweder Landschaft. Hätte sein Planer – so es einer war – sich von einem Gefängnis des frühen neunzehnten Jahrhunderts, dem Mordon genau glich, inspirieren lassen, es hätte nicht abstoßender und häßlicher ausfallen können.

Düster, grau und streng lag es unter dem dunklen, tiefen Oktoberhimmel jenes Tages. Vier parallele Reihen flacher, grauer Steinkästen, drei Stockwerke hoch, und jeder Mauerblock in seiner ganzen widerlich abschreckenden Leblosigkeit wie eine verödete, vergessene viktorianische Mietkaserne der übelsten Elendsviertel großer Städte. Für das, was sich dahinter tat, die passende Fassade.

In einem Abstand von knapp zweihundert Metern zog sich jeder Block eine Viertelmeile hin. Der Raum zwischen Gebäudekomplex und dem Zaun, der das Gelände einschloß – 450 Meter etwa, da wo der Anmarsch am kürzesten war –, war völlig kahl und leer. Keine Bäume, keine Büsche, keine Sträucher, nicht einmal ein bunter Blumenfleck. Hinter Büschen kann man sich verstecken, unter Umständen sogar hinter einem Blumenbeet. Nicht aber hinter Grasbüscheln, deren Grün kaum zwei Zoll hoch steht. Und nichts und gar nichts wuchs höher in der grauen Trostlosigkeit des Mordoner Geländes.

Der schlichte Ausdruck Geländezaun – keine Mauer, hinter Mauern kann man sich verstecken – ist eine Fehlbezeichnung. Jeder Konzentrationslagerkommandant des Zweiten Weltkriegs hätte seine Seele für Mordon verkauft. Solche Zäune garantieren ungestörte Nachtruhe.

Die äußere Stacheldrahtumgrenzung, fünfzehn Fuß hoch, fiel in einem Winkel von etwa siebzig Grad nach außen ab. Das Gegenstück, lediglich nach der anderen Seite abgeschrägt, zog sich mit einem Zwischenraum von zwanzig Fuß um den gesamten äußeren Umkreis. Dressierte Polizeihunde, Wolfshunde und Dobermans, die nur dem Kommando des eigenen Postens folgten, patroullierten nachts durch diesen Stacheldrahtverhau. Drei Fuß inseitig des zweiten Zauns, genau unter dem Überhang, stand ein Falldrahtzaun, dessen feines Gestänge, normalerweise schon kaum wahrnehmbar, dem nächtlichen Kletterer bestimmt unsichtbar blieb. Und dann, zur Vervollständigung des Ganzen noch ein letzter Zaun, dessen fünf Drähte durch Isolatoren liefen, die an den Betonpfeilern angebracht waren. Um sicherzugehen, daß jeder mitbekam, worum es hier ging, waren Verbotsschilder im Abstand von zehn Metern im gesamten Umkreis aufgestellt, die die Öffentlichkeit in fünf verschiedenen Versionen auf das aufmerksam zu machen hatten, was bei Zuwiderhandlungen ihrer harrte. Vier davon, schwarz auf weiß, lauteten: ›Zutritt für Unbefugte verboten‹; ›Achtung Polizeihunde‹; ›Verbotenes Gelände‹; ›Achtung Hochspannung‹; das letzte in grellem Blaurot gehalten, verhieß schlicht in gelben Lettern: ›Heeresgelände. Eindringlinge werden erschossen‹. Nur ein Wahnsinniger oder ein kompletter Analphabet hätte es auf sich genommen, hier in Mordon einzudringen.

Wir fuhren in die Ringstraße, die um das ganze Camp lief, flitzten rechts an den stechginsterbewachsenen Feldern vorbei und bogen nach einer Viertelmeile in den Haupteingang. Der Polizeifahrer stoppte kurz vor dem geschlossenen Schlagbaum und drehte für den sich nähernden Sergeant das Fenster herunter. Ein Maschinengewehr hing über dessen Schulter, und es war nicht gerade zu Boden gerichtet.

Erst als er Cliveden entdeckte, ließ er es sinken und gab irgend jemandem, der vom Wagen aus nicht zu sehen war, ein Freizeichen. Der Schlagbaum hob sich, der Wagen passierte und hielt dann vor einem schweren Eisentor. Wir stiegen aus und machten uns auf den Weg zu dem einstöckigen Gebäude, das den Besuchern von Mordon offen stand.

Zu dritt erwartete man uns bereits. Zwei davon kannte ich – Colonel Weybridge, stellvertretender Kommandant von Mordon, und Dr. Gregori, Dr. Baxters Chefassistent des E-Blocks. Weybridge, obzwar theoretisch Cliveden unterstellt, war der eigentliche Chef von Mordon. Ein hochgewachsener Mann, in dessen frisches Gesicht der eisengraue Schnurrbart nicht recht passen wollte und der in dem Ruf stand, ein hervorragender Mediziner zu sein. Mordon war sein Leben. Er war einer der wenigen, die innerhalb des Geländes wohnten und der, wie es hieß, die Tore von Mordon kaum zweimal im Jahr passierte. Gregori war ein wuchtiger, großer Italiener, Exprofessor der medizinischen Fakultät von Turin und ein brillanter Mikrobiologe, der in Kollegenkreisen größtes Ansehen genoß. Der Dritte war ein stämmiger Zeitgenosse, der genau in den formlosen Tweedanzug paßte, den er trug. Er sah aus wie ein Bauer und konnte demgemäß gar nichts anderes sein als das, was sich gleich herausstellte: Polizist in Zivil. Inspektor Wylie vom Polizeibezirk Wiltshire.

Cliveden und Weybridge tätigten die allgemeine Vorstellung, dann übernahm Hardanger den Vorsitz. Ob General oder Colonel, ob militärisches Reglement oder nicht, es stand außer Frage, wer hier das entscheidende Wort zu sprechen hatte. Und Hardanger stellte das sofort einwandfrei klar.

Ohne alle Umschweife pfiff er sofort den Inspektor an. »Was haben Sie hier eigentlich zu suchen, Wylie? Kein Angehöriger des Polizeibezirks hat das Recht, sich innerhalb dieser Tore aufzuhalten. Allerdings möchte ich annehmen, daß Sie darüber nicht ganz im Bilde und darum auch nicht verantwortlich zu machen sind. Wer hat Ihnen die Genehmigung erteilt?«

»Ich.« Colonel Weybridges Stimme war ruhig, aber er wich sofort in die Verteidigung zurück. »Die Umstände waren äußerst ungewöhnlich – gelinde gesagt.«

»Lassen Sie mich erklären«, schaltete Inspektor Wylie sich ein. »Unserer Polizeizentrale wurde heute nacht gegen elf Uhr dreißig von Ihrer Wache telefonisch Meldung gemacht, daß die Mannschaft eines ihrer Streifenwagen hinter einem unbekannten Kerl her wäre, der genau außerhalb des Geländes ein Mädchen überfallen oder belästigt hatte. Es handelte sich wohl um die Jeeps, die auf der Ringstraße zum Nachtdienst eingesetzt sind. Eine Zivilangelegenheit, mit der die Armee nichts zu tun hat. Also wandte man sich an uns. Der Wachtmeister vom Dienst samt einem seiner Leute waren kurz nach Mitternacht noch hier, fanden aber nichts und niemanden.

Ich selbst kam heute morgen vorbei, und als ich sah, daß die Zäune durchschnitten waren – na ja, ich nahm halt an, daß das eine mit dem anderen etwas zu tun haben könnte.«

»Die Zäune durchschnitten?«, unterbrach ich. »Die Grenzzäune? Das ist doch wohl nicht möglich?«

»Leider, Cavell, dem ist so, fürchte ich«, bestätigte Weybridge trübe.

»Und die Streifenwagen, die Hunde, die Falldrähte, der Strom? Was war damit los?« protestierte ich.

»Tja, Sie werden es ja selbst sehen. Sie sind nun einmal durchschnitten, die Zäune. Mehr kann ich auch nicht dazu sagen.« Weybridge war bei weitem nicht so ruhig, wie er sich gab. Ich wäre jede Wette eingegangen, daß sie alle beide, er wie auch Gregori, innerlich Blut und Wasser schwitzten.

»Na, wie dem auch sei«, fuhr Wylie gelassen fort, »ich war dabei, mir den Vorfall von der Wache schildern zu lassen, und traf dabei Oberst Weybridge. Der hat mich gebeten, möglichst unauffällig ein paar Ermittlungen – diskrete Ermittlungen – nach dem verschwundenen Dr. Baxter durchzuführen.«

Hardanger sah Weybridge an. »Das haben Sie gemacht?« fragte er kühl und sachlich. »Kennen Sie Ihre eigenen Dienstbefugnisse nicht? Wissen Sie nicht, daß sämtliche Ermittlungen nur durch Ihren eigenen Sicherheitschef oder meine Londoner Dienststelle durchzuführen sind?«

»Clandon war tot und –«

»O Gott!« Hardangers Stimme war scharf wie eine Peitsche. »Jetzt weiß Inspektor Wylie also auch noch, daß Clandon tot ist. Oder waren Sie auch darüber schon im Bilde, Inspektor?«

»Nein, Sir.«

»Na, jetzt sind Sie es jedenfalls. Zu wem haben Sie sonst noch darüber geredet, Oberst Weybridge?«

»Zu niemandem.« Seine Stimme war gepreßt, sein Gesicht blaß.

»Gottseidank. Sie dürfen nicht glauben, daß ich die Sicherheitsbestimmungen bis ins Lächerliche auszuwalzen gedenke – auch wenn das, was Sie glauben oder nicht glauben, völlig unwichtig ist. Wichtig allein ist, was ein oder zwei Leute in Whitehall glauben. Die erlassen die Befehle, und wir führen sie aus. Und die Instruktionen für einen derartigen Vorfall sind einwandfrei klar. Wir übernehmen den Fall – und zwar voll und ganz. Und Sie halten sich heraus – voll und ganz. Selbstverständlich lege ich Wert auf Ihre Mitarbeit, aber das entscheidende Wort spreche ich.«

Cliveden nahm einen Vermittlungsanlauf. »Amateurversuche werden nicht nur abgelehnt, sie sind strikt verboten. Das war es wohl, was der Chef damit sagen wollte, und ich nehme an, daß seine Ausführungen auch an meine Adresse gerichtet waren, nicht wahr, Hardanger?«

»Machen Sie meine Arbeit nicht noch schwieriger, als sie es ohnehin schon ist, Sir.«

»Das liegt nicht in meiner Absicht. Als Kommandant darf ich aber doch wohl bitten, über den Stand der Dinge informiert und zugezogen zu werden, wenn das Labor geöffnet wird.«

»Das ist selbstverständlich«, gab Hardanger zu.

»Wann?« fragte Cliveden. »Das Labor, meine ich.«

Hardanger sah mich an. »Was meinen Sie, Cavell? Die zwölf Stunden, von denen die Rede war, sind um.«

»So genau kann ich das auch nicht sagen.« Ich sah Gregori an. »Ist die Ventilation in Labor I eingeschaltet worden?«

»Aber nein. Wie denn? Es durfte ja keiner auch nur in die Nähe. Wir haben alles gelassen, wie es ist.«

»Und falls da drin irgend etwas gekippt ist«, fuhr ich vorsichtig fort, »was dann? Glauben Sie, daß inzwischen eine einwandfreie Oxydation eingetreten ist?«

»Das bezweifle ich. Die Luft ist zu statisch.«

Ich wandte mich an Hardanger. »Alle diese Labors sind mit einem speziellen Ventilationssystem, das die Luft herauszieht und sie dann unter Verschluß filtriert, ausgestattet. Und ich wäre dafür, daß wir die Dinger jetzt mal in Gang bringen. Sagen wir, meinetwegen in einer Stunde dann.«

Hardanger nickte. Gregori, dessen dunkle Augen hinter den starken Gläsern immer besorgter wurden, gab noch ein paar telefonische Anweisungen und zog dann im Gefolge von Cliveden und Weybridge ab. Hardanger wandte sich an Wylie.

»Sie scheinen mir da an allerlei Informationen gelangt zu sein, die Sie nicht haben sollten. Aber Ihnen brauche ich ja wohl die üblichen fürchterlichen Drohungen nicht mit auf den Weg zu geben.«

Wylie grinste. »Dazu ist mir mein Job weiß Gott zu lieb. Gehen Sie nicht zu hart ins Zeug mit dem alten Weybridge, Sir. Mediziner sind nun einmal keine Sicherheitsbeamte. Er hat's ja doch nur gut gemeint.«

Hardanger seufzte tief. »Tja, die Wege der Gerechten, zu denen auch ich mich zähle, werden durch all jene, die es immer nur gut meinen, oft recht dornenvoll. Was ist los mit Baxter?«

»Er scheint gegen sechs Uhr dreißig abends hier weggegangen zu sein, Sir, etwas später als gewöhnlich, möchte ich annehmen, denn er hat seinen Sonderbus nach Alfringham verpaßt.«

»Jedenfalls hat er sich ausgetragen?« fragte ich noch einmal nach. Jeder Wissenschaftler, der das Institut verließ, hatte sich an der Wache namentlich auszutragen und seine Kennmarke abzugeben. »Das steht einwandfrei fest. Er mußte also auf den regulären 6.48-Bus warten. Und nach Aussagen des Schaffners und zweier Fahrgäste ist jemand, der unserer Beschreibung entspricht, auch tatsächlich an dieser Haltestelle zugestiegen. Der Schaffner jedoch glaubt sicher zu sein, daß niemand an der Alfringham-Farm ausgestiegen ist. Folglich müßte er durch Alfringham durchgefahren sein, eventuell auch durch Hardcaster, bis zum Bahnhof.«

»Einfach verschwunden.« Hardanger nickte. Und dann sah er diesen kompakten, ruhig und gelassen in die Welt blickenden Polizeiinspektor noch einmal nachdenklich an. »Wie wär's, hätten Sie Lust zur Abwechslung mal für uns an diesem Fall mitzuarbeiten, Wylie?«

»Warum nicht, Sir? Wäre mal was anderes in diesem täglichen Trott. Nur fürchte ich, daß meine Dienststelle einiges dagegen einzuwenden haben wird.«

»Das käme auf den Versuch an. Die werden mit sich reden lassen. Sie sitzen doch in Alfringham, wenn ich mich nicht irre? Ich rufe Sie an.«

Wylie ging. Der Leutnant, der draußen stand, hatte bereits die Hand erhoben, um zu klopfen. Hardanger winkte ihn herein.

»Morgen, Sir. Morgen, Mr. Cavell.« Der blonde junge Leutnant sah müde aus, doch seiner Stimme war nichts anzumerken. »Wilkinson, Sir. Offizier vom Dienst der letzten Nachtpatrouille. Der Oberst nahm an, daß Sie mich eventuell zu sehen wünschen.«

»Sehr gescheit, kann man wohl sagen. Das möchte ich in der Tat. Hardanger, Polizeichef Hardanger. Sind Sie derjenige, der Clandon heute nacht gefunden hat?«

»Perkins, ein Unteroffizier der Wache, war es. Und der rief mich dann. Ich sah sofort – auf einen Blick –, was los war und ließ den E-Block versiegeln, verständigte den Oberst, und der bestätigte meine Anweisungen.«

»Sehr vernünftig von Ihnen«, versicherte Hardanger anerkennend, »davon reden wir später noch. »Und die Sache mit dem Zaun hat man Ihnen natürlich auch gemeldet?«

»Selbstverständlich, Sir. Da – da Mr. Clandon ja nicht da war, mußte ganz automatisch alles an mich gegeben werden. Wir konnten ihn nirgends finden. Vermutlich war er bereits tot.«

»Anzunehmen. Und den Schaden draußen am Zaun haben Sie natürlich auch gleich unter die Lupe genommen.«

»Nein, Sir.«

»*Nein?* Warum nicht? Das wäre doch zumindest Ihre Sache gewesen.«

»Nein, Sir. Das war Sache des Fachmanns.« Über das abgespannte Gesicht ging ein halbes Lächeln. »Wir haben Maschinengewehre bei uns, Sir, keine Mikroskope. Es war stockdunkel. Außerdem dürften zu dem Zeitpunkt schon einige Stiefel darüber weggetrampelt sein und nicht allzuviel zum Untersuchen übriggelassen haben. So habe ich denn lediglich vier Mann Bewachung dort aufmarschieren lassen, zwei außen, zwei innen, und Befehl gegeben, nichts und niemandem Zutritt zu geben.«

»So was von Intelligenz hätte ich doch weiß Gott bei der Armee nicht vermutet«, lobte Hardanger. »Das war erstklassig, junger Mann.« Des jungen Leutnants Gesicht bekam ein wenig Farbe bei dem Bemühen, nicht zu zeigen, wie wohl ihm diese Lobeshymne tat. »Haben Sie sonst noch etwas veranlaßt?«

»Nichts, was Ihnen weiterhelfen könnte, Sir. Einen zusätzlichen Jeep – normalerweise sind jeweils drei auf Patrouille – habe ich zum Ausleuchten des Zaunes noch eingesetzt. Aber bis auf den einen Defekt konnte nichts festgestellt werden. Und zum Schluß habe ich mir noch die wildgewordene Jeepmannschaft, die hinter diesem Kerl her war, vorgeknöpft und ihnen angekündigt, daß sie sich postwendend zu ihren Regimentern packen könnten, falls solche ritterlichen Anwandlungen nochmal überhand nehmen sollten. Die haben bei ihren Fahrzeugen zu bleiben, gleichgültig, was auch passiert.«

»Sagen Sie, Leutnant, halten Sie diese Episode mit der bedrängten Maid nur für eine Finte? Eventuell, um demjenigen, der durch den Zaun kam, freie Fahrt zu verschaffen?«

»Wofür sonst, Sir?«

»Ja«, seufzte Hardanger, »wofür sonst. Wie viele Leute sind normalerweise im E-Block beschäftigt, Leutnant?«

»Fünfundfünfzig bis sechzig, Sir.«

»Ärzte?«

»Ein gemischter Haufen, Sir. Ärzte, Mikrobiologen, Chemiker, Techniker, Armee-Angehörige und Zivilisten. Ich weiß leider nicht allzuviel von ihnen. Es ist nicht unsere Sache, hier viel zu fragen.«

»Und wo sind die jetzt alle, nachdem der E-Block versiegelt ist?«

»Zum Teil wollten sie wieder verschwinden, als sie das Labor geschlossen fanden, aber der Oberst – Oberst Weybridge meine ich – war dagegen.«

»Paßt mir bestens in den Kram, Leutnant. Wenn Sie mir zwei Boten oder Ordonnanzen oder was weiß ich zur Verfügung stellen könnten. Einen für mich, einen für Kommissar Martin. Der Kommissar würde sich ganz gern einmal persönlich mit diesen Leuten unterhalten. Veranlassen Sie das bitte. Und falls Sie auf Schwierigkeiten stoßen sollten, dann berufen Sie sich nur auf General Cliveden. Aber erst mal wäre es mir lieb, wenn Sie mit uns kämen und uns bei den Posten an diesem Zaundefekt ausweisen würden. Und dann sorgen Sie auch bitte noch dafür, daß sämtliche Leute, die die Jeeps fahren, und die Männer, denen die Hunde zugeteilt sind, sich in zwanzig Minuten im Empfangsraum einfinden.«

Fünf Minuten später standen Hardanger und ich da, wo das mysteriöse Loch im Zaun war. Die Wachen hatten sich außer Hörweite verzogen, und Wilkinson war gegangen. Die äußere Stacheldrahtumgrenzung, durch bogenförmige Zementpfähle befestigt und verstärkt, wirkte wie der selbstgebastelte Entwurf einer hypermodernen Großstadtlichtanlage. Dreißig Drähte in einem Abstand von sechs Zoll zogen sich durch den Zaun. Der untere fünfte und sechste Strang waren durchschnitten und dann mit starkem, grauem Bindfaden, der um die beiden Stacheln nächst der Bruchstelle gewickelt war, wieder ausgeflickt worden. Aber man mußte schon verdammt scharfe Augen haben, um das zu entdecken.

Drei Tage lang hatte es nicht geregnet, also zeigten sich auch keinerlei Fußspuren. Der Boden war zwar noch immer feucht vom Morgentau, doch wer immer sich hier betätigt haben mochte, um die frühen Morgenstunden, da die Feuchtigkeit sich niedergeschlagen hatte, mußte er längst über alle Berge gewesen sein.

»Durchsägt oder durchschnitten?« fragte Hardanger. »Ihre Augen sind jünger als meine.«

»Durchgezwickt. Mit einer Drahtschere oder Kombizange, schätze ich. Sehen Sie sich die Schnittflächen an. Kaum zu erkennen, aber einwandfrei vorhanden.«

Hardanger nahm das Drahtende und besah sich den Schaden genauer. »Aha – abgeschrägt von links nach rechts«, konstatierte er mehr für sich. »Genau, wie der Linkshänder sein Handwerkszeug manipuliert, um die stärkste Druckwirkung zu erzielen, sieh mal an.«

»Ein Linkshänder, jawohl«, bestätigte ich.

»Oder aber ein Rechtshänder, der uns irreführen wollte. Einer jedenfalls, der entweder Linkshänder oder sehr clever oder aber beides ist.«

Hardanger warf mir einen vernichtenden Blick zu und ging langsam zum inneren Zaun. Keinerlei Fußabdrücke, keinerlei Spuren im Mittelweg. Der Innenzaun war an drei Stellen durchschnitten, und wer immer es auch gewesen sein mochte, der die Drahtschere oder die Kombizange angesetzt hatte, vor den beobachtenden Augen der Ringstraße schien er sich hier geschützter geglaubt zu haben. Und warum er sich hier vor Hunden und Wachmannschaften so sicher gefühlt hatte, war eine Angelegenheit, die erst noch zu klären war.

Die Falldrähte unter dem Überhang des zweiten Zauns waren intakt. Wer immer der Täter gewesen sein mochte, er hatte einen ganz verdammten Dusel gehabt, nicht über dieses Drahtgespinst gestolpert zu sein. Oder aber er hatte sich genauestens ausgekannt. Und unser Freund mit der Kombizange schien mir wahrhaftig keiner von der Sorte, die sich allzusehr auf ihr Glück zu verlassen pflegt.

Die Methode, die er angewandt hatte, um durch den stromgeladenen Zaun zu gelangen, bewies es einwandfrei. Im Gegensatz zu den meisten dieser Zäune, bei denen nur der oberste Draht ständig Strom führt und alle anderen erst durch das senkrechte

Verbindungskabel, das an jedem Isolator angebracht ist, energieversorgt werden, war bei dieser Mordoner Konstruktion jeder einzelne Draht geladen. In dem Moment, da einer dieser Drähte mit der Erde in Berührung kam, wurden die Alarmglokken ausgelöst, als sei der Zaun von menschlichen Händen angefaßt oder durchschnitten worden. Das jedoch hatte unseren Freund an seinem Vorhaben nicht hindern können. Die beiden Kabelstücke, die zwischen den zwei Pfosten auf dem Boden lagen, bewiesen es. Er hatte ganz einfach das Strangende mit dem untersten Isolator eines Pfostens verbunden, das gleiche auf der anderen Seite mit dem zweiten Ende durchgeführt und so eine andere Stromführung zustande gebracht.

Den gleichen Trick hatte er am oberen Draht angewandt. Und dann hatte er die beiden untersten Drähte einfach durchschnitten, zu Boden fallen lassen und war unter dem dritten Draht durchgekrochen.

»Ein ganz gerissener Vogel«, sagte Hardanger, nachdem er mit der Besichtigung dieses Kunststücks fertig war. »Das allein ist beinah schon ein Beweis, daß er die Konstruktion von innen gekannt haben muß.«

»Oder sie von außen mit einem scharfen Feldstecher oder Teleskop eingehend studiert hat. Vergessen Sie nicht, daß die gesamte Ringstraße ja schließlich eine öffentliche Verkehrsstraße ist. Kein Kunststück, die Konstruktion vom Wagen aus eingehend zu erforschen: Und bei guten Sichtverhältnissen möchte ich fast mit Sicherheit behaupten, daß man die inneren Falldrähte in der Sonne glitzern sehen kann.«

»Schon möglich«, brummte Hardanger tiefsinnig. »Nur bringt uns leider dieses Herumstehen und Hinstarren auch kein Stück weiter. Gehen wir. Fangen wir mal an, ein bißchen zu fragen.«

Sie waren alle schon da und harrten der Dinge, die da kommen sollten. Ein nervöser Haufen, der unruhig auf den Bänken der Empfangshalle herumhockte. Verdöst die einen, aufgeregt die anderen, alle aber ziemlich mitgenommen und bleich. Und ich wußte genau, daß Hardanger keine dreißig Sekunden brauchte, um die vorherrschende Stimmung zu erfassen und sich psychologisch darauf einzustellen. Dem war so. Er nahm an einem der Tische Platz und blickte dann unter seinen struppigen Augenbrauen auf – hellblau – kalt – durchdringend – feindselig. Als Schauspieler stand er Kommissar Martin in nichts nach.

»Also dann bitte«, sagte er abrupt. »Die Jeepmannschaft. Diejenigen, die gestern selbständig auf Jagd gezogen sind. Nehmen wir uns die erst einmal vor.«

Drei Mann hoch – ein Unteroffizier und zwei einfache Soldaten – erhoben sich langsam. Hardanger nahm den Unteroffizier aufs Korn.

»Sie heißen?«

»Muirfield, Sir.«

»Sie hatten heute nacht das Kommando über den Jeep?«

»Ja, Sir.«

»Dann schildern Sie, was vorgefallen ist.«

»Jawohl, Sir. Wir hatten gerade eine Runde um die Ringstraße hinter uns, stoppten an der Hauptwache, um Meldung zu machen, daß alles in Ordnung sei, und fuhren dann weiter. Elf Uhr fünfzehn dürfte es gewesen sein, eventuell auch eine Minute früher oder später, Sir. Kaum zweihundertfünfzig Meter vom Tor entfernt, sahen wir dieses Mädchen plötzlich in die Scheinwerfer rennen. Total aufgelöst, jammernd und schreiend. Ich saß am Steuer. Ich stoppte, sprang heraus, und die anderen kamen hinterher. Natürlich hätte ich ihnen sagen sollen, da zu bleiben, wo sie waren –«

»Was Sie hätten tun sollen, interessiert mich nicht. Schildern Sie jetzt das, was vorgefallen ist, Mann!«

»Als wir bei ihr angelangt waren, stellten wir fest, daß sie ganz aus dem Leim gegangen war; das Gesicht verdreckt, der Mantel total zerrissen. Ich sagte –«

»Hatten Sie die Frau jemals vorher gesehen?«

»Nein, Sir.«

»Würden Sie sie wiedererkennen?«

Er zögerte. »Das glaube ich kaum, Sir, ihr Gesicht war ganz verschmiert.«

»Und sie hat mit Ihnen gesprochen?«

»Ja, Sir. Sie sagte –«

»War Ihnen die Stimme bekannt? Oder einem von Ihnen?« Hardanger blickte die beiden Soldaten an.

Nachdrückliches Kopfschütteln von allen Seiten. Keiner hatte sie je gehört oder gesehen.

»Na schön«, sagte Hardanger resigniert. »Und dann rückte sie also mit der Moritat von der geschändeten Jungfrau heraus, und in diesem psychologisch geeigneten Moment machte sich jemand bemerkbar und haute ab. Und ihr, alle Mann hoch, hinterher. Haben Sie ihn wenigstens flüchtig erspäht?«

»Ganz flüchtig nur, Sir. Ein Schatten in der Dunkelheit, mehr nicht.«

»Mit einem Wagen ist er entkommen, wenn ich richtig informiert bin. Auch nur ein Schatten in der Dunkelheit, nehme ich an.«

»Jawohl, Sir. Kein Wagen, Sir. Ein Lastwagen. Ein geschlossener Laster. Ein Bedford.«

»So, so.« Hardanger sah auf. »Ein Bedford! Und woher wollen Sie das so verdammt genau wissen? Nach Ihren Angaben war es doch dunkel.«

»Es war ein Bedford«, beharrte Muirfield. »Den Motor höre ich überall heraus. Automechaniker von Beruf, Sir.«

»Er hat recht«, mischte ich mich ein. »Der Bedford hat ein ganz charakteristisches Motorengeräusch.«

»Augenblick, ich bin gleich wieder da.« Hardanger stand bereits, und es bedurfte keiner hellseherischen Gabe, um zu wissen, wo er hinwollte. Ans nächste Telefon. Er warf mir einen Blick zu, nickte kurz zu den Männern hin und verschwand eilends.

»Und wer von Ihnen war gestern nacht mit dem Hund auf Streifendienst in Nr. I?« fragte ich wohlwollend. Der Durchgang zwischen den beiden Zäunen war in vier Sektionen aufgeteilt, abgegrenzt durch Holzbarrieren. Nummer I war diejenige, in der das Malheur passiert war.

»Sie, Ferguson?«

Ein dunkler, untersetzter Soldat, Mitte zwanzig etwa, hatte sich erhoben. Ferguson war aktiv, der geborene Soldat: Hart, aggressiv und nicht sehr hell.

»Ich«, sagte er. Etwas Bockiges lag in diesem einen Wort. Nicht viel, eine Andeutung gerade, hinter der allerdings weitere Reserven zu vermuten standen, mit denen aufzuwarten er durchaus bereit war, wenn ich es wünschte.

»Wo waren Sie gestern nacht um elf Uhr fünfzehn?«

»In Nummer I. Mit Rollo. Das ist mein Wolfshund.«

»Und Sie haben die Vorkommnisse, die Unteroffizier Muirfield uns eben geschildert hat, mit angesehen?«

»Ja, natürlich.«

»Lüge Numero eins, Ferguson. Lüge Numero zwei, und Sie können, noch ehe es dunkel wird, zu Ihrem Regiment abrücken.«

»Ich lüge nicht.« Sein Gesicht war plötzlich häßlich geworden. »Mit mir können Sie nicht so umspringen *Mister* Cavell. Von Ihnen lasse ich mir gar nichts sagen. Bilden Sie sich ein, wir wüßten nicht alle, daß Sie hier geflogen sind?«

Ich wandte mich an die Ordonnanz. »Ich lasse Oberst Weybridge bitten herzukommen. Sofort.«

Die Ordonnanz schickte sich an, dem Befehl nachzukommen, wurde jedoch von einem langen Sergeant, der sich erhoben hatte, zurückgehalten.

»Nicht nötig, Sir. Ferguson ist ein Narr. Herauskommen muß es sowieso. Der war auf eine Zigarettenlänge und eine Tasse Kakao bei dem Zahn vom Nachtdienst in der Vermittlung. Ich hatte Nachtdienst. Gesehen habe ich ihn zwar nie dort, aber ich wußte davon und machte mir weiter keinen Kummer. Ferguson ließ Rollo immer in Nummer I zurück, und das ist ein Hund, der jeden gleich fertigmacht, Sir. Nummer I war sicher.«

»Eben! Vollkommen sicher! Vielen Dank immerhin. Und das hatten Sie sich so seit einer Weile zur lieben Gewohnheit werden lassen, Ferguson, nicht wahr?«

Er zog einen Flunsch und sagte mürrisch: »Nein. Gestern zum erstenmal –«

»Ferguson«, stoppte ich ab, »wenn es noch eine Rangstufe tiefer als bis zum einfachen Soldat ginge, dann wären Sie es und blieben es bis zum Ende Ihrer Tage. Tun Sie mir den einen Gefallen, und gebrauchen Sie das bißchen Grips, das Ihnen gegeben ist. Oder bilden Sie sich etwa ein, daß derjenige, der dieses Ablenkungsmanöver inszeniert hat, sich mit seiner Zange dort aufgebaut hätte, wenn er nicht genau gewußt hätte, daß Sie um diese Zeit mit allergrößter Wahrscheinlichkeit durch Abwesenheit glänzen? Denn, sowie Mr. Glandon seine Elf-Uhr-Runde an der Wache beendet hatte, zogen Sie sich doch wohl regelmäßig zu Ihrer Zigarettenpause zurück, so war es doch wohl?«

Eigensinnig schweigend starrte er auf den Fußboden, bis dem Sergeant die Galle hochkam. »Menschenskind, Fergie, erbarm dich und streng deinen Gipskopf an.«

Abermaliges Schweigen, diesmal jedoch von einem sich geschlagen gebenden Kopfnicken begleitet.

»Na, so kommen wir der Sache ja langsam näher. Und immer, wenn Sie sich verzogen, ließen Sie den Hund zurück?«

»Ja, Sir.« Fergusons verbissener Widerstandsgeist war dahin.

»Und der Hund? Wie reagiert der?«

»Der geht ran. Egal wer kommt – vom General abwärts beißt der jede Gurgel durch – mit Ausnahme meiner«, plädierte Ferguson im Brustton der Überzeugung.

»Davon war gestern abend allerdings nichts zu merken«, hielt ich ihm entgegen. »Und ich frage mich nur, warum?«

»Der muß sich aber gerührt haben, Sir«, verteidigte Ferguson sich stur.

»Was heißt hier muß? Haben Sie ihn sich einmal angesehen, ehe Sie ihn wieder zum Zwinger brachten?«

»Angesehen? Nee. Wozu denn? Als wir das Loch im Zaun entdeckten, dachten wir uns gleich, daß derjenige, der sich da zu schaffen gemacht hat, beim Anblick von Rollo nur noch ums liebe Leben gerannt ist. Ich jedenfalls hätte mich ganz verflucht beeilt –«

»Her mit dem Hund«, sagte ich. »Holen Sie ihn. Aber legen Sie ihm um Himmelswillen den Maulkorb an.« Ferguson zog ab, und während er unterwegs war, kam Hardanger zurück. Ich berichtete, was ich in Erfahrung gebracht und daß ich um den Hund geschickt hatte.

»Und was erwarten Sie zu finden?« fragte Hardanger. »Garantiert nichts. Ein Chloroformstoß, oder was es sonst so gibt auf diesem Gebiet, hinterläßt keine Spuren, genausowenig wie diese scharf zugespitzten Waffen mit einem dieser verrückten Gifte. Was wäre zurückgeblieben? Ein Nadelstich höchstens.«

»Nach allem, was ich so über diesen vierbeinigen Kollegen vernommen habe, würde ich es selbst für die Kronjuwelen von England nicht wagen, mich ihm mit einer Chloroformmaske auch nur zu nähern. Und was diese verrückten Gifte – wie Sie sich auszudrücken beliebten – anbelangt, so glaube ich kaum, daß unter hunderttausend auch nur einer an sie herankommt und bestenfalls in der Lage wäre sie anzuwenden. Außerdem bleibt es ein recht fragwürdiges Unterfangen, nachts scharf zugespitzte Waffen gegen sehr bewegliche, pelzverbrämte Ziele zu richten. Und der Bruder von gestern nacht hat meines Erachtens wenig für Fragwürdigkeiten und dafür viel für Sicherheiten übrig.«

Ferguson war in zehn Minuten wieder da, voll beschäftigt, ein wildes Tier, das sich geradezu tollwütig gegen alles, was sich ihm näherte, benahm, zu bändigen. Rollo hatte einen Maulkorb um, aber selbst das machte ihn mir nicht vertrauenerweckender. Und es bedurfte keinerlei Überredungskünste, das Wort des Sergeants, daß der Hund ein reißender Wolf sei, der radikal allem den Garaus mache, zu akzeptieren.

»Benimmt der Köter sich immer so?« erkundigte ich mich.

»An sich nicht.« Ferguson selbst war ganz perplex. »Eigentlich nie. Gewöhnlich pariert er aufs Wort – bis ich ihn von der Leine lasse. Dann allerdings fällt er alles an, was ihm in den Weg kommt — egal, wer es ist. Eben aber ist er beinah auf mich losgegangen. Ein Versuch zwar nur, aber mistig irgendwie.«

Es dauerte nicht lange, der Ursache für Rollos Reizbarkeit auf den Grund zu kommen. Das, was man mit dröhnenden Kopfschmerzen zu bezeichnen pflegt, mußte ihn martern. In Augenhöhe etwa war die Kopfhaut angeschwollen, und es bedurfte vier kräftiger Männer, das Tier festzuhalten, während ich die verschwollene Partie mit den Fingerspitzen abtastete. Wir drehten ihn um, ich zog das dicke Fell am Hals auseinander und examinierte so lange, bis ich fand, was ich suchte: Zwei Dreieckrisse im Abstand von drei Zoll, tief eingegraben und höchst unerfreulich aussehend.

»Sie sollten dem Kollegen hier mal ein paar Tage freigeben«, riet ich Ferguson, »und vor allem sollten Sie die Risse im Hals gut desinfizieren. Viel Spaß dabei. Bringen Sie ihn wieder weg.«

»Also doch kein Chloroform oder Gift«, gab Hardanger zu, als wir allein waren. »Stacheldraht, was?«

»Was sonst? In ganz exaktem Abstand. Irgendwer muß einen Handschutz angelegt, durch den Draht gegriffen haben und den Hund in dem Moment, da er faßte, mit dem Kopf durchgezerrt und festgeklemmt haben, so daß er, ohne sich den Kopf auszureißen, nicht mehr zurückkam. So konnte er ihn dann, offensichtlich in aller Ruhe, mit harten Gegenständen bearbeiten: Einfach und altmodisch, aber sehr wirksam. Wer immer der Vogel ist, hinter dem wir her sind, dumm ist er nicht.«

»Klüger als Rollo auf jeden Fall«, stimmte Hardanger tiefsinnig zu.

3

Cliveden, Weybridge, Gregori und Wilkinson erwarteten uns bereits, als wir, begleitet von zwei soeben aus London angekommenen Assistenten aus Hardangers Stab, am E-Block ankamen. Den Schlüssel zu der schweren Holztür kramte Wilkinson heraus.

»Und seitdem sie Clandon gefunden haben, war kein Mensch hier drin?« erkundigte sich Hardanger noch einmal.

»Dafür garantiere ich, Sir. Die ganze Zeit über standen Posten hier.«

»Aber Cavell hatte doch gebeten, die Ventilation anzustellen. Wie war das denn zu machen, ohne daß jemand hineinging?«

»Oben auf dem Dach ist noch eine zweite Schaltanlage, Sir. Sämtliche Sicherungskästen, Verteiler und Schalter – alles oben. Kein Elektriker braucht ins Hauptgebäude, um die Instandhaltungs- und Reparaturarbeiten durchzuführen.«

»Scheint verdammt wenig zu geben, woran ihr nicht denkt«, gab Hardanger voller Hochachtung zu. »Na, dann machen Sie den Laden mal auf, Wilkinson.«

Die Tür schwang zurück. Wir gingen einer nach dem anderen hinein, bogen nach links ab und marschierten den langen Korridor entlang. Das Labor lag ganz hinten am anderen Ende, etwa zweihundert Meter weiter, aber so und nicht anders hatten wir zu gehen. Es gab nur diesen einen Eingang für den gesamten Block. Sicherheit war alles. Unterwegs mußten wir durch ein halbes Dutzend Türen. Teilweise öffneten sie sich durch Fotozellen, teilweise waren sie mit langen fünfzehn-Zoll-Griffen versehen. Ellbogengriffe. Im Hinblick auf die Lasten, die die Mordoner Wissenschaftler gelegentlich zu tragen hatten, war es ratsam, dafür zu sorgen, daß sie immer beide Hände frei hatten.

Und dann kamen wir zum Labor I – und zu Clandon. Clandon lag direkt vor der massiven Stahltür des Labors, aber es war nicht mehr der Neil Clandon, den ich einmal gekannt hatte – der große, energiegeladene, freundliche Ire, der so viel Humor gehabt hatte, der Mann, der durch so lange Jahre hindurch mein Freund gewesen war. Sonderbar klein sah er jetzt aus, klein und kläglich und hilflos. Wie ein Fremder, nicht mehr wie Neil Clandon. Selbst das Gesicht war das eines anderen. Die weitaufgerissenen Augen waren die eines Irren, der den Bereichen ge sunden Menschenverstands längst fern, in einen von Zwangsvorstellungen getriebenen, grauenhaften Wahnsinn abgeglitten war. Verzerrt geöffnete Lippen über zusammengepreßten Zähnen zeugten von qualvollem Todeskampf. Niemand, der dieses Gesicht und diese verkrampften Glieder sah, konnte bezweifeln, daß Neil Clandon auf die entsetzlichste Weise, in der ein Mensch sterben kann, gestorben war.

Vage spürte ich, wie aller Augen sich auf mich richteten, aber ich verstand es durchaus, meine Mimik so einzustellen, wie ich sie brauchte. Ich ging auf den Toten zu, beugte mich tief über ihn und konnte mich für die unwillkürliche Grimasse, die ich schnitt, bei meinem Freund nur noch still entschuldigen. Es war nicht seine Schuld. Ich warf Oberst Weybridge einen Blick zu; der verstand, kam, beugte sich hinab, wie ich es getan hatte und richtete sich wieder auf. »Stimmt, mein Junge, Sie hatten recht«, sagte er und sah Wilkinson an. »Blausäure.«

Ich zog ein Paar Stoffhandschuhe aus der Tasche. Während ich dabei war, sie überzuziehen, hob einer von Hardangers Assistenten die Blitzlichtkamera. Er kam nicht weit. Ich hielt ihn am Handgelenk fest. »Kommt nicht in Frage. Neil Clandon ist kein Objekt für irgendwelche Fotoalben. Um hier noch Aufnahmen zu machen, dazu ist es zu spät. Warum fangen Sie nicht bei der Stahltür an, wenn Sie glauben, sich unbedingt betätigen zu müssen? Fingerabdrücke. Jede Menge werden Sie vorfinden, auch wenn sie uns garantiert samt und sonders nicht weiterhelfen werden.«

Die beiden Assistenten blickten Hardanger an, der blickte unschlüssig zurück, zuckte die Achseln und nickte schließlich. Ich war bereits dabei, Neil Clandons Taschen zu untersuchen. Es fand sich nicht viel, was mir hätte nützen können – Brieftasche, Zigarettenetui, Streichholzhefte. In der linken Jackentasche das zerknüllte Pergamentpapier, in dem das Konfekt eingewickelt gewesen war.

»Daran ist er gestorben«, sagte ich. »Zyankalikonfekt – die letzte Masche der Süßwarenindustrie. Neben seinem Kopf liegt das Zeug noch, das er gegessen hat. Haben Sie in diesem Bau vielleicht einen Lebensmittelchemiker vorrätig, Oberst?«

»Haben wir. Natürlich.«

»Der wird gleich feststellen, womit das Konfekt und das Papier überzogen sind. Hoffentlich ist er keiner von der Sorte, die die Gewohnheit hat, sich nach allem, was klebrig ist, die Finger abzulecken. Eins steht fest, derjenige, der dieses Zeug verbrochen hat, kannte Clandon. Oder sagen wir, Clandon kannte ihn. Und er kannte ihn gut. Er kannte ihn so gut und dachte sich so wenig dabei, ihn hier zu finden, daß er sich auch noch Konfekt anbieten ließ. Wer immer Clandon ermordet hat, ist nicht nur in Mordon tätig, nein, er muß sogar hier beschäftigt sein – im E-Block. Wenn nicht, wäre Clandon vor lauter Argwohn und Mißtrauen gar nicht auf die Idee gekommen, sich mit solchen Mätzchen einfangen zu lassen. Damit schrumpft der Kreis unserer Ermittlungen beachtlich zusammen. Des Mörders erster Fehler – und ein großer Fehler.«

»Vielleicht«, polterte Hardanger. »Und vielleicht machen Sie sich die Sache auch ein bißchen sehr einfach. Annahmen alles nur. Woher wollen Sie überhaupt wissen, daß Clandon hier ermordet wurde. Sie waren selbst der Meinung, daß wir es mit einem ganz gerissenen Vogel zu tun haben. Dem wäre eher zuzutrauen, daß er Clandon ganz woanders erwischt und ihn erst nach vollbrachter Tat hierher geschleppt hat, um die ganze Geschichte in ein möglichst obskures Licht zu setzen, recht viel Verwirrung zu stiften und uns auf die falsche Spur zu hetzen. Und daß er ausgerechnet auch noch zufällig das Konfekt bei sich gehabt haben soll, das er Clandon zufällig anbot, als Clandon ihn zufällig erwischte – nee, nee, mein Lieber, das zu glauben ist zuviel verlangt.«

»Tja, der Tragödie zweiter Zeil ist mir natürlich auch nicht klar«, sagte ich. »Man sollte meinen, daß Clandon *jedem* gegenüber, den er nachts hier traf – gleichgültig wer es auch war –, sehr mißtrauisch gewesen sein müßte. Aber gestorben ist Clandon hier, das steht fest.« Ich sah zu Cliveden und Weybridge hinüber. »Wie lange dauert es, bis die Wirkung bei Zyankali eintritt?«

»Praktisch sofort«, sagte Cliveden.

»Und er hat sich in Qualen gewunden«, fuhr ich fort, »also ist er hier gestorben. Bitte – sehen Sie sich doch die Wand mal an. Kratzer. Schwach, aber immerhin. Da muß er noch versucht haben, Halt zu finden, als er umkippte. Ein ›Freund‹ hat ihm dieses Konfekt angeboten, und deshalb läge mir daran, wenn diese Utensilien, Brieftasche, Zigarettenetui und die Streichhölzer eingehend auf Fingerabdrücke untersucht würden. Auch wenn die Chance, daß besagter Freund ihm unter Umständen eine Zigarette und vielleicht sogar auch noch Feuer gegeben haben sollte, oder aber, nachdem er tot war, durch seine Brieftasche gegangen ist, nicht höher als eins zu tausend steht. Ehrlich gesagt, ich glaube selbst nicht daran. Nur die Fingerabdrücke an dieser Tür dürften immerhin ganz interessant sein. Und informativ. Ich wette eins zu hundert, daß sie nur von denen stammen, die die Berechtigung haben, hier ein- und auszugehen. Was ich einzig und allein festgestellt haben möchte, ist, ob man bewußt mit einem Handschuh oder Taschentuch über den Rundgriff und das Zeitschloß gegangen ist.«

»Worauf Sie sich verlassen können«, nickte Hardanger. »Falls Ihre Annahme, daß es sich um einen ganz internen Kreis handelt, zutreffen sollte, dann bestimmt. Schon um die Möglichkeit, daß ein Außenseiter im Spiel ist, einzubeziehen.«

»Clandon spricht dagegen«, sagte ich.

Hardanger nickte wieder, wandte sich um und sah interessiert seinen beiden Männern zu, die sich inzwischen der Tür angenommen hatten. Und gerade in dem Moment kam auch ein Soldat mit einem Fiberkoffer und einem kleinen, zugedeckten Käfig an, stellte beides ab, salutierte, ohne jemanden im besonderen zu meinen, und verschwand. Cliveden zog fragend die Augenbrauen hoch.

»Wenn ich ins Labor gehe«, informierte ich ihn, »dann allein. In diesem Koffer ist ein Gasanzug samt Atemgerät. Das ziehe ich an. Ich werde die Stahltür hinter mir abschließen, die Innentür öffnen und den Hamster mitnehmen. Wenn er nach ein paar Minuten noch am Leben sein sollte, dann ist die Luft rein.«

»Einen Hamster?« Hardangers Interesse wandte sich von der Tür auf den Käfig. Er hob das Tuch. »Armes Kerlchen. Wo haben Sie denn den so blitzartig aufgetrieben?«

»Kein Kunststück. Nirgends in ganz England so kinderleicht aufzutreiben wie gerade in Mordon. Einige weitere hundert dürften in allernächster Nähe greifbar sein, ganz abgesehen von einigen tausend Meerschweinchen, Kaninchen, Affen, Sittichen, Mäusen und Hühnern. In Alfringham, da wo auch Baxter seinen Bungalow hat, werden sie gezüchtet. Lauter ›arme Kerlchen‹, wie Sie soeben treffend bemerkten. Sie haben alle ein sehr kurzes und keineswegs sehr süßes Leben.«

Ich machte den Koffer auf. Mit dem Gasanzug in der Hand sah ich mich um. Jemand hatte meinen Arm festgehalten. Dr. Gregoris dunkle Augen hinter dicken Gläsern blickten mich beschwörend an. Das dunkle Gesicht mit dem starken Bartwuchs spannte sich vor lauter Angst und Unruhe.

»Mister Cavell, gehen Sie nicht hinein.« Seine Stimme war leise und eindringlich und fast verzweifelt. »Tun Sie es nicht, ich bitte Sie.«

Ich sagte gar nichts. Ich sah ihn nur an. Ich hatte ihn gern, wie ihn ausnahmslos alle Kollegen gern hatten. Aber nur, weil ihn jeder gern hatte, war er nicht in Mordon. Er war in Mordon, weil er in dem Ruf stand, einer der hervorragendsten Mikrobiologen Europas zu sein. Italienischer Professor der Medizin, und nun seit über acht Monaten in Mordon. Die größte Errungenschaft, die Mordon jemals geglückt war. Ein Unterfangen, das ein

Weilchen auf des Messers Schneide gestanden hatte, bis endlich die Entscheidung fiel. Kabinettssitzungen auf höchster Ebene hatte es bedurft, ehe die italienische Regierung zugestimmt hatte, ihn für unbestimmte Zeit freizugeben. Und wenn nun ein Mann, wie Gregori, sich Sorgen machte, dann war es vielleicht an der Zeit, daß ich mir auch welche machte.

»Und warum sollte er nicht hineingehen?« verlangte Hardanger zu erfahren. »Ihre Gründe müssen außerordentlich schwerwiegend sein, Dr. Gregori.«

»Das sind sie auch«, schaltete sich Cliveden ein. Man sah ihm nicht nur an, wie ernst es ihm war, man hörte es ihm auch an. »Über dieses Labor ist niemand so gut informiert wie Dr. Gregori. Eben haben wir noch darüber gesprochen. Dr. Gregori macht keinen Hehl daraus, daß ihn der Gedanke an dieses Labor nur mit Grauen erfüllt, und ich müßte lügen, wenn ich nicht zugeben wollte, daß er mir auch einen Schrecken eingejagt hat. Wenn's nach ihm ginge, müßten wir diesen Block rechts und links davon niederreißen, eine fünf Fuß dicke Mauer darum errichten, ein Dach draufsetzen und das Ganze für immer und ewig versiegeln. So schwer sind seine Befürchtungen. Er verlangt, daß es zumindest einen Monat lang verschlossen bleiben soll.«

Hardanger sah Cliveden mit seinem üblichen leeren, blaßblauen Blick an, transferierte diesen dann zu Gregori und landete ihn schließlich bei seinen Assistenten. »Also dann verschwinden Sie mal außer Hörweite, wenn ich bitten darf. Glauben Sie mir, je weniger Sie wissen, desto besser für Sie. Und Sie, Leutnant, schließen sich bitte an. Tut mir leid, aber es geht nicht anders.« Er wartete ab, bis sie alle abgezogen waren und blickte dann Gregori fragend an. »Sie wollen also nicht, daß wir das Labor öffnen, Dr. Gregori? Damit rutschen Sie auf unserer Verdachtsliste an die Spitze, darüber sind Sie sich doch hoffentlich klar.«

»Bitte! Mir ist nicht witzig zumute. Und außerdem ist mir auch nicht danach, ausgerechnet hier zu reden.« Dabei warf er einen Blick auf Clandon und sah genauso schnell wieder weg. »Ich bin nun einmal kein Polizeibeamter, und ich bin auch kein Soldat. Wenn Sie vielleicht –«

»Machen wir.« Hardanger zeigte auf die nächste Tür, die kaum ein paar Meter weiter lag. »Was ist da drin?«

»Nur ein Lagerraum. Entschuldigen Sie, daß ich mich so anstelle –«

»Kommen Sie nur.« Hardanger ging voraus und wir hinterher. Blind für das hier prangende Rauchverbot hatte Gregori sich eine Zigarette angesteckt und qualmte hastig und nervös.

»Ich will Ihre Zeit nicht lange in Anspruch nehmen und mich

so kurz fassen, wie es geht. Aber ich muß Sie unbedingt überzeugen.« Er ließ eine Pause eintreten und fuhr dann langsam fort: »Wir leben im nuklearen Zeitalter, einem Zeitalter, in dem Millionen in der täglichen Furcht und Angst vor einer thermonuklearen Vernichtung, von der sie glauben, daß sie eines nicht allzufernen Tages kommen muß und kommen wird, existieren und arbeiten. Millionen können nachts nicht schlafen, weil sie in ihren Träumen die Schreckensbilder einer zerstörten, einst schönen, grünen Welt sehen, auf deren Trümmern ihre toten Kinder liegen.«

Er zog tief an seiner Zigarette, drückte sie aus und steckte die nächste an. Und dann sah er in den Rauch und sagte durch die schleierigen Schwaden: »Ich kenne diese Furcht vor einem nuklearen Armageddon nicht, und ich schlafe nachts gut. Ein solcher Krieg wird niemals kommen. Ich höre mir das Gerede der Russen an und lächle nur, wenn sie mit ihren schwersten Geschützen klappern, und ich höre die Amerikaner mit den ihrigen klappern und lächle ebenfalls. Denn ich weiß genau, daß diese beiden Giganten ihre Säbel, so laut sie auch damit rasseln, schön in der Scheide behalten werden und gar nicht an ihre ferngelenkten Vernichtungswaffen denken, sosehr sie sich auch gegenseitig damit drohen. Meine Herren, soll ich Ihnen sagen, woran sie denken? An Mordon denken sie. Denn wir – die Engländer will ich sagen – haben dafür gesorgt, daß die Großen der Welt genau wissen, was sich hinter diesen Zäunen tut. Hinter diesen Mauern«, fügte er hinzu und tippte leicht gegen die Wand. »Die ›ultimative Waffe‹, der Welt einziger Friedensgarant, auch wenn der Ausdruck ›ultimativ‹ inzwischen ein bißchen strapaziert worden sein mag und darum in seiner Bedeutung etwas heruntergekommen. In diesem Fall jedoch ist er noch immer präzis und zutreffend. Falls man unter ultimativ die totale Vernichtung versteht.«

Er lächelte ein bißchen geniert.

»Vielleicht klingt das alles ein bißchen melodramatisch, meine Herren, mag sein. Halten Sie es meinem südlichen Temperament zugute, und versuchen Sie, die ganze Tragweite dessen, was ich Ihnen zu sagen im Begriff bin, zu erfassen. Das gilt nicht für den General und auch nicht für den Oberst, die sind bereits informiert, aber für Sie, Polizeichef Hardanger, und auch für Sie, Mister Cavell.

Wir haben hier in Mordon über vierzig verschiedene Typen von Pestviren entwickelt. Meine eigene segensreiche Tätigkeit beschränkt sich dabei auf zwei. Einer davon ist ein Derivat des Botulismustoxins, das noch aus den Forschungsarbeiten des Zweiten Weltkriegs stammt. Falls es Sie interessieren sollte, vor dem *D-Day*, dem Invasionstag also, wurden etwa eine Viertelmillion englischer Soldaten damit geimpft. Und ich möchte bezweifeln, daß auch nur ein einziger wußte, wogegen.

Dieses Toxin haben wir nun zu einer in ihrer Wirkung so unerhörten und entsetzlichen Waffe weiterentwickelt, daß die stärkste Wasserstoffbombe dagegen ein Kinderspiel ist. Sechs Unzen, meine Herren, sechs lächerliche Unzen nur, gleichmäßig über unsere schöne Welt verstreut, würden auch das letzte Lebewesen auf unserem Planeten vernichten. Und das sind, weiß Gott, keine Hirngespinste.«

Sein Gesicht war tiefernst und seine Stimme von geradezu dramatischer Eindringlichkeit. »Das ist eine schlichte Tatsache. Geben Sie mir ein Flugzeug, und lassen Sie mich mit nur einem einzigen Gramm an einem windstillen Sommernachmittag damit über London los, und Sie werden am Abend eine tote Stadt mit sieben Millionen Leichen finden. Nur ein Fingerhut voll von diesem Zeug in die Trinkwasserversorgung, und London wäre ein riesiges Leichenhaus. Die Idealform – Gott soll mich nicht strafen, wenn ich diesen Ausdruck in diesem Zusammenhang gebrauche – der bakteriologischen Kriegsführung. Setzt man dieses Toxin zwölf Stunden der Luft aus, dann wird es durch Oxydation unschädlich. Nach zwölf Stunden also kann die kriegführende Macht A, die ein paar Gramm gegen die kriegführende Macht B eingesetzt hat, völlig beruhigt vor jedem Gegenangriff – sei es der des eigenen Gifts, sei es der der gegnerischen Streitkräfte – ihre Truppen einmarschieren lassen. Die Verteidigung wäre tot. Und nicht nur die Truppen, auch die Zivilbevölkerung, die Männer, die Frauen, die Kinder. Verdorben und gestorben. Alles.«

Gregori kramte in seiner Tasche nach einer Zigarette. Seine Hände zitterten, und er machte keinerlei Anstrengungen, das zu verheimlichen. Er schien sich dessen gar nicht bewußt.

Ich schwang mich zu einem Einwand auf. »Sagen Sie, Dr. Gregori, Sie reden von diesen sogenannten ›ultimativen Waffen‹, als wären wir die einzigen, die sie besäßen. Auch die Russen und die Amerikaner –«

»Auch sie besitzen sie, natürlich. Und wir wissen sogar genau, wo die russischen Laboratorien im Ural liegen. Wir wissen auch, wo die Kanadier diese Waffen produzieren – übrigens waren sie bis vor kurzem auf diesem Gebiet führend –, und es ist uns durchaus kein Geheimnis, daß auch in den Staaten, in Fort Detrick, viertausend Wissenschaftler Tag und Nacht ohne Unterlaß so rastlos an einer Art Blitzprogramm arbeiten, daß in den letzten Jahren eine ganze Reihe von Wissenschaftlern dabei geblieben und achthundert schwer erkrankt sind. Keinem aber ist es bisher gelungen, ein noch tödlicheres Gift zu produzieren. England allein ist es geglückt. Und darum richten sich die Augen der Welt auf uns – auf Mordon.«

»Nicht möglich?« krähte Hardanger trocken dazwischen, aber er verzog keine Miene zu einem Grinsen. »Noch tödlicher als das, was ihr schon habt? Wofür, frage ich mich?«

»Botulin hat seine Mängel«, erklärte Gregori eilig. »Vom militärischen Standpunkt aus gesehen, wollen wir einmal sagen. Man muß es schlucken, einatmen oder sich damit infizieren; es ist nicht kontagiös. Und im übrigen hegen wir den Verdacht, daß man unter Umständen bereits in anderen Ländern ein Vakzin dagegen entwickelt hat. Auf der ganzen Welt aber gibt es kein Gegenmittel gegen den neuesten Virus, den wir in der Lage zu kultivieren sind – einen Virus, der so kontagiös wie ein Buschfeuer ist.

Ein Derivat des Poliovirus – spinale Kinderlähmung, wenn Sie wollen –, aber ein hochentwickeltes Derivat, dessen Potenz millionenfach verstärkt ist, und zwar durch – aber das ist hier nicht wichtig. Sie würden es vermutlich doch nicht verstehen. Wichtig allein ist folgendes: Ganz im Gegensatz zum Botulin ist dieser neue Virus unzerstörbar. Die stärksten Hitze- und die tiefsten Kältegrade beeinträchtigen seine Lebensdauer nicht. Er spricht weder auf Oxydation noch auf Gegengifte an. Seine Lebensdauer scheint unabsehbar, obwohl wir noch immer überzeugt sind oder zumindest hoffen, daß kein Virus in einer seiner Entwicklung und seinem Wachstum feindlichen Umgebung länger als einen Monat zu leben imstande ist. Im Gegensatz zum Botulin indessen ist dieser Virus, wie gesagt, hochgradig kontagiös, und nicht nur das, er ist darüber hinaus genauso infektiös wie das Botulin. Und es ist uns bisher noch nicht gelungen, ein Vakzin dagegen zu entwickeln. Was mich anbelangt, so bin ich überzeugt, daß uns das auch niemals gelingen wird.« Wieder lächelte Gregori, und wieder schien es mir mehr Grimasse als Lächeln. »Nun, wir haben diesem jüngsten Kind unserer Forschung einen höchst unwissenschaftlichen, eben darum aber um so treffenderen Namen gegeben – Satanskäfer. Die entsetzlichste und grauenhafteste Waffe, die die Menschheit jemals erfunden hat und jemals erfinden wird.«

»Und kein Gegengift?« sagte Hardanger. Und diesmal war sein Ton nicht mehr trocken, dafür jedoch seine Lippen. »Nichts – überhaupt kein Gegenmittel?«

»Wir haben die Hoffnung aufgegeben. Erst kürzlich, vor kaum ein paar Tagen, hat Dr. Baxter, wie auch Oberst Weybridge wissen müßte, noch geglaubt, daß wir so weit wären, daß wir es hätten – ein Irrtum – leider. Nein, es ist hoffnungslos.

Für alle Zeiten. Alle unsere Bemühungen und Anstrengungen konzentrieren sich jetzt darauf, ein Derivat von verminderter Lebensdauer zu entwickeln, denn in seiner gegenwärtigen Form ist dieser Virus gar nicht einsatzfähig. Sollten wir aber einen Abkömmling mit zu begrenzender Lebensdauer finden – und die Zerstörung müßte dabei durch Oxydation erfolgen –, dann haben wir auch die wahrhaft ultimative Waffe gefunden. Und wenn dieser Tag einmal kommen sollte, dann können sämtliche Nationen der Welt ihre nuklearen Waffen vernichten. Denn jeder nukleare Angriff, so intensiv er auch sein mag, wird immer Überlebende zurücklassen. Die Amerikaner haben errechnet, daß auch ein-russischer Großangriff, bei dem alles, bis auf die letzten Reserven, eingesetzt wird, sie im Höchstfall nur etwa siebzig Millionen Tote kosten kann. Nur! Abgesehen von den paar Millionen, die noch durch Strahlungsschäden hinzukommen mögen. Immerhin bliebe jedoch zumindest die Häfte der Nation erhalten und wäre in ein bis zwei Generationen wieder ein lebensfähiges Volk. Die Nation jedoch, die einem Angriff des Satanskäfers ausgesetzt war, könnte sich nie mehr erheben: Weil es keine Überlebenden gäbe.«

Hardangers Lippen waren zweifellos trocken, ich hatte mich nicht geirrt. Er fuhr mit der Zunge darüber, um das, was er zu sagen hatte, leichter herauszubringen. Das sollte jemand sehen, dachte ich. Hardanger und Angst! Englands Gefängnisse und Zuchthäuser waren voll von Leuten, die dazu nur ungläubig gelächelt hätten.

»Und bis es so weit sein wird«, fragte er tonlos, »bis Sie diese verminderte Virulenz einmal geschafft haben?«

»Ja, bis dahin?« Gregori starrte auf den Zementboden. »Bis dahin? Wie soll ich das erklären? Passen Sie auf: Der Satanskäfer ist in seiner Endform ein staubfeiner Puder. Sagen wir, ich nähme einen Salzlöffel davon und schüttete ihn über das Mordoner Gelände. Was wäre die Folge? Innerhalb einer Stunde wäre alles, was hier kreucht und fleucht, tot. Ganz Wiltshire, noch ehe es Abend wird, ein offenes Grab. In etwa einer Woche, sagen wir, in zehn Tagen meinetwegen, dürfte alles Leben in England erloschen sein. Alles Leben, wohlgemerkt. Die Pest – der schwarze Tod – war nichts dagegen. Und lange, ehe hier der Letzte qualvoll verendet ist, wäre der Satanskäfer – durch Flugzeuge, durch Schiffe, durch Vögel, oder lediglich auch nur durch das Wasser der Nordsee, in Europa. Ich wüßte wahrhaftig nicht, welches Hindernis eine weltweite Ausdehnung aufhalten könnte. Zwei Monate würde ich sagen, bestenfalls zwei Monate.

Stellen Sie sich das vor, Mr. Hardanger, stellen Sie sich das um Gottes willen nur einmal vor, falls Sie dessen fähig sein sollten, was man kaum erwarten kann, weil das einfach über jedes menschliche Vorstellungsvermögen geht. Der Lappe hoch oben in Schweden, der chinesische Bauer auf seinen Reisfeldern im Jangtsetal, der Viehzüchter in Australien, der New Yorker beim Einkaufsbummel über die Fifth Avenue, der Wilde in Tierra del Fuego – tot – sie alle wären tot. Und nur, weil ich einen einzigen, lächerlichen Salzlöffel fallen ließ. Nichts und gar nichts ist imstande, den Satanskäfer aufzuhalten. Es wäre sogar möglich, daß er jedes Leben auf diesem Planeten zum Erlöschen bringt. Wer nun der letzte Überlebende sein würde – ehe auch ihn sein Schicksal ereilt –, das kann ich nicht sagen. Ein einsamer Albatros hoch in den Lüften, eine Handvoll Eskimos tief in der Arktis – ich weiß es nicht. Doch die Wasser der Meere sind in ständiger Bewegung, und der Wind weht ewig: Eines Tages – eines nicht allzufernen Tages – müßten auch sie sterben.«

Mir war jetzt sehr nach einer Zigarette, und ich steckte mir eine an. Einer Reiseagentur, die Exkursionen zum Mond im Programm führt, blieben, wenn dieses Tierchen einmal losgelassen war, zumindest die Werbungskosten erspart.

»Wovor ich zittere«, fuhr Gregori fort, das ist das, was Sie hinter dieser Tür finden werden. Ich bin nicht gerade ein Detektiv, aber um das, was klar und deutlich vor einem steht, zu sehen, braucht man wohl auch keiner zu sein. Wer auch in Mordon eingebrochen sein mag, es war ein Verzweifelter, der *va banque* spielte. Der Zweck rechtfertigt die Mittel – und der einzige Zweck, der solche Mittel rechtfertigen würde, liegt im Virusschrank. Bei den Lagerbeständen des Virusschranks.«

»Was – Virusschrank?« Hardanger zog die buschigen Augenbrauen zusammen. »Könnt ihr diese gottverfluchten Viecher nicht ein bißchen sicherer unterbringen?«

»Die sind sicher«, sagte ich. »Die Zementwände dieses Labors sind durch Stahlplatten verstärkt. Kein Fenster ist da. Der einzige Weg hinein führt durch diese eine Tür. Warum sollten sie also nicht im Schrank stehen?«

»Meinetwegen«, sagte Hardanger, »woher soll ich das schließlich wissen. Aber bitte, Dr. Gregori, ich hatte nicht die Absicht, Sie zu unterbrechen.«

»Das wäre alles, was ich dazu zu sagen habe. Ein Verzweifelter. Einer der es eilig hatte, brandeilig. Und den Schlüssel zum Virusschrank – nur Holz und Glas, nebenbei bemerkt – habe ich hier in meiner Hand. Verstehen Sie? Er mußte das Ding aufbrechen, einschlagen; wer will wissen, was er in seiner Hast alles umgeworfen hat. Und wenn es nur einer der gefährlichsten Behälter war – nur ein einziger – einer, der den Satanskäfer enthielt – drei Stück davon stehen da ... Eine sehr entfernte

Möglichkeit, gewiß, das gebe ich zu, und trotzdem muß ich Ihnen ganz ehrlich sagen, selbst wenn die Chancen eins zu einer Million stünden, daß es nun ausgerechnet dieser Behälter gewesen sein sollte, der dabei zu Bruch gegangen ist, dann hielte ich es noch immer für ausreichend gerechtfertigt, diese Tür nie mehr zu öffnen. Denn wenn auch nur ein einziger Kubikzentimeter dieser verseuchten Luft entweicht, dann –« Er brach ab und hob hilflos die Hände. »Können wir es verantworten, unter Umständen zum Henker der gesamten Menschheit zu werden? Haben wir das Recht dazu?«

»General Cliveden, was meinen Sie dazu?« fragte Hardanger.

»Ich fürchte, ich muß mich dieser Auffassung anschließen. Versiegeln Sie das Labor.«

»Oberst Weybridge?«

»Ich weiß es nicht. Verdammt, ich weiß es wirklich nicht.« Er riß die Mütze vom Kopf und fuhr sich durch das kurze dunkle Haar. »Oder doch. Ja, ich weiß es. Machen Sie den Laden dicht.«

»Immerhin dürften Sie ja wohl alle drei kompetent sein und wissen, worüber Sie reden«, sagte Hardanger und schob die Unterlippe vor. »Angesichts dieser fachlichen Übereinstimmung wäre es ganz interessant zu hören, wie Cavell darüber denkt.«

»Cavell kommt sich hier allmählich wie in einem Altweiberverein vor, der nur noch Gespenster sieht. Sie sind jetzt alle nur noch von dem Wahn besessen, der Satanskäfer könnte los sein, und kaum mehr fähig klar zu denken. Bleiben wir doch einmal bei den Tatsachen. Dr. Gregoris ganze Angst beruht auf der Annahme, daß jemand eingebrochen ist und die Viren gestohlen hat. Er hält es für möglich, daß einer dieser Behälter dabei zu Bruch gegangen sein könnte – ein unglücklicher Zufall, der eins zu tausend mit einkalkuliert werden muß – und somit, wohlgemerkt eins zu tausend, die gesamte Menschheit bedroht ist, wenn diese Tür sich öffnet. Wenn aber das Gift gestohlen sein sollte, dann stehen die Chancen nicht mehr eins zu tausend gegen die Menschheit, sondern tausend zu eins. Meine Herren, setzen Sie doch um Gottes willen endlich einmal nur für einen Augenblick Ihre Scheuklappen ab. Stellt denn dieser Virus in den Händen eines Unbefugten, der damit tun und lassen kann, was er will, nicht eine unendlich größere Gefahr dar, als die sehr vage Möglichkeit, daß unter Umständen hinter dieser Tür ein zerschlagener Behälter liegt? Die einfache Vernunft muß Ihnen doch sagen, daß wir uns gegen die größere Gefahr zu schützen haben. Also müssen wir unter allen Umständen in diesen Raum. Wie wollen wir denn sonst überhaupt eine Spur des Diebes und

Mörders finden, um dieser weitaus ernsteren Gefahr entgegentreten zu können? Wir müssen hinein, sage ich.

Oder vielmehr, ich muß hinein. Ich werde mich in diesen Gasanzug stürzen und den Hamster mitnehmen. Übersteht er den Ausflug, schön. Wenn nicht, komme ich nicht wieder heraus. Fair genug?«

»Der Teufel hole Ihre verdammte Arroganz«, sagte Cliveden kalt. »Für einen Privatdetektiv sind Sie reichlich anmaßend, Cavell. Sie dürften immerhin berücksichtigen, daß ich der Kommandant von Mordon bin. Die Entscheidung treffe ich.«

»Sie *haben* sie getroffen, General. Heute nicht mehr. Der Sonderdienst hat übernommen – und zwar voll und ganz. Das wissen Sie.«

Hardanger ignorierte uns alle beide. »Auch wenn es nur ein Strohhalm sein sollte –« wandte er sich an Gregori, »sprachen Sie nicht vorhin von einer Entlüftungsanlage, die Sie in Betrieb setzen wollten? Ist dadurch die Luft nicht gereinigt worden?«

»Von jedem Virus, ja. Nicht aber vom Satanskäfer. Dieser Virus ist faktisch unzerstörbar. Und da drin haben wir es mit einem geschlossenen Kreislaufsystem zu tun. Die Luft wird herausgesaugt, gereinigt und wieder zurückgeführt. Bis auf den Satanskäfer. Der läßt sich nicht herauswaschen.«

Alles schwieg. Dann sagte ich in die Stille: »Sagen Sie, Dr. Gregori, wie lange dauert es eigentlich, bis bei diesem Hamster die Wirkung eintritt, falls das Labor mit dem Satanskäfer oder mit dem Botulin verseucht sein sollte?«

»Fünfzehn Sekunden«, gab er präzise Auskunft. »In dreißig Sekunden windet er sich in Krämpfen, in einer Minute ist er tot. Das gilt für den Satanskäfer. Beim Botulin dürfte es eine Kleinigkeit länger dauern.«

»Versuchen Sie erst gar nicht, mich zurückzuhalten«, sagte ich zu Cliveden. »Ich will wissen, was mit dem Hamster passiert. Bleibt er OK, warte ich weitere zehn Minuten ab und komme dann heraus.«

»Wenn Sie herauskommen.« Er wurde allmählich weich. Cliveden war alles andere, nur kein Narr. Er war viel zu klug, um sich das, was ich vorgebracht hatte, nicht durch den Kopf gehen zu lassen, und einiges davon mußte auch ihm einleuchtend gewesen sein.

»Wenn irgend etwas – irgendeiner der Viren, meine ich – gestohlen worden sein sollte«, sagte ich, »dann kann es nur ein Verrückter gewesen sein, der hier eingebrochen hat. Unweit von hier fließt der Kennet, der, wie Sie wissen, in die Themse mündet. Wie wollen Sie wissen, ob dieser Idiot nicht gerade in diesem Moment auf die glorreiche Idee kommt, dieses verfluchte Getier ins Wasser zu schütteln?«

»Und wie soll ich wissen, ob Sie nun auch wirklich nicht wieder herauskommen, wenn dieser Hamster eingeht?« fragte Cliveden verzweifelt. »Du lieber Gott, Cavell, schließlich sind Sie auch nur ein Mensch. Sie wollen freiwillig da drin bleiben und in aller Ruhe verhungern? Erwarten Sie, daß ich Ihnen das abnehme? Verhungern – oder bestenfalls ersticken, wenn der Sauerstoff ausgeht. Machen Sie sich doch nichts vor. Sie kommen garantiert heraus.«

»Also schön, General, angenommen, ich käme. Würde ich dann diesen Gasanzug samt Atemgerät tragen?«

»Das ist anzunehmen«, sagte er kurz angebunden. »Eine andere Möglichkeit ist kaum gegeben. Denn wenn der Raum verseucht sein sollte, bestünde ohne diesen Schutz keine Aussicht mehr für Sie, durch diese Tür zu kommen. Sie wären tot.«

»Na also. Hier entlang, bitte.« Ich ging zur letzten Tür, die wir passiert hatten, voraus. »Diese Tür ist gasdicht«, erklärte ich, »desgleichen die Doppelfenster. Bleiben Sie hier und halten Sie die Tür einen Spalt auf, um die Labortür im Auge behalten zu können. Sobald ich an der Labortür erscheine, müssen Sie mich sehen. Einverstanden?«

»Worüber reden Sie eigentlich?«

»Darüber.« Ich griff in die Jacke, zog die Hanyatti heraus und entsicherte sie. »Die behalten Sie in der Hand. Sollte ich den Gasanzug und das Atemgerät noch immer tragen, wenn sich die Labortür öffnet, dann knallen Sie mich über den Haufen. Bei fünfzehn Fuß und neun Kugeln dürfte das kaum ein Risiko sein. Und dann brauchen Sie nur noch die Korridortür zu schließen, um den Virus im E-Block abzudichten.«

Er nahm mir die Pistole ab – langsam, widerwillig, unsicher. Doch von dieser Unsicherheit lag nichts in seinen Augen und in seiner Stimme, als er sich schließlich zu einer Antwort aufraffte.

»Sie wissen, daß ich davon Gebrauch machen werde, wenn es sein muß?«

»Das ist mir vollkommen klar.« Ich lächelte, obwohl mir nicht danach zumute war. »Nach allem, was ich da vernommen habe, ist mir eine ehrliche Kugel doch noch lieber als der Satanskäfer.«

»Verdammt, Cavell, entschuldigen Sie, daß mir eben der Kragen geplatzt ist. Alle Achtung vor Ihrem Mut und Ihrer Tapferkeit.«

»Vergessen Sie ja nicht, das in meinem Nachruf in der Times zu erwähnen. Wie wäre es, wenn Sie Ihre Leute jetzt bitten würden, mit dieser Fotografiererei an der Tür aufzuhören, Chef?«

Zwanzig Minuten später waren sie fertig, und ich war bereit. Die anderen sahen mich mit jenem typisch zögernden Blick an, der sich immer in die Augen schleicht, wenn man glaubt, eine Abschiedsrede halten zu müssen und nicht die passenden Worte findet. Ein kurzes Nicken – eine halberhobene Hand – und dann verließen sie mich. Sie gingen den Korridor entlang und verschwanden hinter der Tür. Alle – bis auf Cliveden, der in der offenen Tür stehenblieb. Und in irgendeiner obskuren Anwandlung menschlichen Gefühls und Anstands hielt er die Hanyatti sogar so, daß ich sie nicht sehen konnte.

Der Gasanzug war eng und beklemmend, der geschlossene Atemapparat schnitt mir ins Genick, und die hohe Sauerstoffkonzentration trocknete mir den Mund aus. Oder war er ohnehin trocken? Ich weiß es nicht. Die Zigaretten jedenfalls – drei Stück an der Zahl, normalerweise eine Tagesration für mich –, die ich in der letzten halben Stunde weggequalmt hatte, waren auch nicht dazu angetan, meinen Allgemeinbefund zu heben. Ich ziehe es im allgemeinen vor, mich langsam mit der Pfeife zu vergiften. Krampfhaft suchte ich nach einem zwingenden Umstand, der geeignet gewesen wäre, mich davon aufzuhalten, durch diese Tür zu gehen, doch deren gab es so zahlreiche, daß ich mich nicht entscheiden konnte, welchen ich nun nehmen sollte. Sorgfältig prüfte ich noch einmal alles nach – Anzug, Maske, Sauerstoffzylinder. Aber auch damit machte ich mir nur selbst etwas vor, denn sorgfältige Überprüfung alles dessen, was ich da trug, hatte ich auch schon vier an der Zahl hinter mir. Dies war nun die fünfte. Außerdem spürte ich aller Augen auf mir. Und meinen Stolz hatte ich. So begab ich mich denn daran, die Kombination an der schweren Stahltür auszuzählen.

Ein reichlich kompliziertes Unternehmen, auch ohne Gummihandschuhe und Gasmaske. Jetzt, ohne jedes Gefühl in den Fingern, sichtbehindert durch die schräggestellten Brillengläser, doppelt schwierig. Aber genau eine Minute, nachdem ich ans Werk gegangen war, hörte ich den dumpfen Schlag, mit dem die letzte Umdrehung des Einstellrings die starken Elektromagneten einschaltete, die den schweren Zentralverschluß öffneten: Drei volle Umdrehungen des Rundgriffs, und schon öffnete sich langsam die schwere Halb-Tonnen-Tür unter dem vollen Gewicht meiner Schulter.

Ich nahm meinen Käfig, schob mich durch die Tür, prüfte sie auf ihre Gängigkeit und zog sie schnellstens hinter mir zu. Drei Umdrehungen des Innengriffs, und die Panzertür war wieder verschlossen. Eine ganze Reihe Fingerabdrücke hatte ich dabei vermutlich weggewischt, aber an denen ging uns doch nicht viel verloren.

Die mit Gummi abgedichtete Milchglastür, die direkt ins Labor führte, lag auf der anderen Seite des winzigen Vorraums. Ich stand davor. Aber was half hier jedes Hinauszögern? Nichts. Abgesehen davon, daß es mein Leben eventuell noch ein bißchen verlängerte. Und so lehnte ich mich denn auf den Fünfzehn-Zoll-Ellbogengriff, drückte auf, ging hinein und zog die Tür hinter mir zu.

Den Griff nach dem Lichtschalter konnte ich mir schenken. Strahlende, schattenlose Neonillumination empfing mich. Wer immer hier auch eingedrungen sein mochte, er mußte entweder die britische Regierung für eine Firma gehalten haben, die sich einen derartigen Stromverbrauch spielend leisten konnte, oder aber er war so brandeilig gewesen, daß er keinen Gedanken mehr an solche Kleinigkeiten verschwenden konnte.

Und auch ich hatte jetzt keine Zeit, an Lichtschalter und Stromrechnungen zu denken. Weder Zeit noch Lust. Mein einziges und alles andere ausschließendes Interesse galt dem Wohlbefinden meines kleinen Hamsters.

Ich stellte den Käfig auf die nächste Bank, zog das Tuch weg und starrte das kleine Vieh an. Und mehr hypnotisierte Faszination und mehr vollkommene und ausschließliche Konzentration hätte man auch auf einem Pulverfaß für das züngelnde Aufflammen der Zündschnur nicht aufzubringen vermocht.

Fünfzehn Sekunden hatte Gregori gesagt, nur fünfzehn Sekunden. War die Luft dieses Labors durch den tödlichen Virus verseucht, mußte der Hamster in fünfzehn Sekunden reagieren. Ich zählte sie, jede einzelne ein Sterbegeläut in die Ewigkeit. Und da, Schlag fünfzehn, zuckte der Hamster heftig. Doch das war nichts, verglichen mit dem Doppelsalto, mit dem mein Herz sich überschlug und plötzlich meinen gesamten Brustkorb einzunehmen schien, ehe es dann dumpf und dröhnend, den ganzen Körper erfüllend, langsam – unglaublich langsam – weiterschlug. Meine Hände in den Gummihandschuhen waren eiskalt, mein Mund trocken und ausgedörrt wie Wüstensand.

Dreißig Sekunden vertropften. Der Hamster müßte sich bereits in Krämpfen winden, wenn der Satanskäfer los wäre. Er wand sich nicht in Krämpfen – falls Krämpfe sich bei Hamstern nicht dergestalt ausnehmen, daß sie sich auf die Hinterbeine setzen und sich mit ihren winzigen Pfötchen gereizt die Nase reiben.

Fünfundvierzig Sekunden. Eine Minute. Vielleicht hatte Gregori die Virulenz des Virus überschätzt? Vielleicht war dieser Hamster hier von besonders kräftiger und widerstandsfähiger Konstitution? Doch Gregori schien mir durchaus nicht zu der Sorte von Wissenschaftlern zu gehören, die sich Ungenauigkeiten leisteten, und das, was da im Käfig auf den Hinterbeinen hockte, sah mir ganz nach einem sehr munteren Hamster aus. Ich fing an, mein Atemgerät zu benützen. Zum erstenmal, seit ich diesen Raum betreten hatte.

Ich hob den Käfigdeckel hoch und nahm meinen Genossen heraus. Er war munter und puppenlustig, soweit ich das beurteilen konnte, wand sich aus meiner Hand, sprang auf den Gummiboden, startete einen längeren Ausflug bis zum anderen Ende des Labors, um sich dort abermals auf die Hinterbeine zu setzen und sich weiter die Nase zu reiben. Ich kam zu dem Schluß, daß ich das, was der Hamster verkraftete, auch noch verkraften würde. Immerhin standen wir zwei, der Hamster und ich, in einem Kräfteverhältnis von eins zu fünfhundert. Also schnallte ich das Atemgerät auf und zog es herunter. Und dann holte ich erst einmal Luft, tief Luft, eine ganze Lunge voll.

Das war ein Fehler. Ich gebe ja zu, daß man, ob der Aussicht, noch ein Weilchen länger auf dieser schönen Welt verweilen zu können, mit vorsichtigem Schnuppern keinen tiefen Seufzer der Erleichterung zustande bringt, aber genau das hätte ich tun sollen. Jedenfalls hatte ich jetzt vollstes Verständnis dafür, daß der Genosse Hamster hier nichts Besseres zu tun wußte, als sich mit so viel gereizter Intensität die Nase zu reiben. Ein widerlicher Gestank zog mir die Nasenlöcher fast zusammen. Schwefelsäure war nichts dagegen.

Ich hielt mir die Nase zu und setzte mich in Marsch. Innerhalb von dreißig Sekunden hatte ich in einem Durchgang, mitten im Labor, das gefunden, was ich gesucht und nicht zu finden gehofft hatte. Der mitternächtliche Besucher hatte durchaus nicht vergessen, das Licht auszulöschen. Bei der Hetze, mit der er sich hier aus dem Staub gemacht haben mußte, konnte er gar nicht auf die Idee gekommen sein, sich auch noch nach einem Lichtschalter umzusehen. Alles, was ihn in diesem Moment beseelt haben mochte, war der Wunsch, aus diesem Raum hinauszukommen und beide Türen so schnell wie möglich hinter sich zu schließen.

Hardanger konnte seine Suche nach Dr. Baxter aufgeben. Dr. Baxter war hier. Noch immer in seinem weißen Arbeitskittel, lag er auf dem Fußboden. Und genau, wie Clandon, schien er in qualvollen Krämpfen gestorben zu sein. Doch ganz im Gegensatz zu Clandon war das, woran er gestorben war, auf gar keinen Fall Blausäure. Und auch ich wußte nicht, was es gewesen sein konnte. Diese merkwürdig bläuliche Gesichtsverfärbung, die enorme Flüssigkeitsabsonderung aus Nase, Augen und Ohren und vor allem dieser entsetzliche Geruch, das alles ließ sich als Symptom zu keiner mir bekannten Todesursache in Zusammenhang bringen.

Der bloße Anblick war ekelerregend genug, die Idee, sich die Sache aus der Nähe anzusehen, abschreckend, trotzdem zwang ich mich dazu.

Ich berührte ihn nicht. Ich wußte zwar nicht, woran er gestorben war, aber mir war zu dieses Rätsels Lösung ein nicht von der Hand zu weisender Gedanke gekommen, und deshalb ließ ich die Finger davon. Statt dessen beugte ich mich über ihn und examinierte ihn so genau und gründlich, wie das unter den gegebenen Verhältnissen möglich war. Rechts hinterm Ohr entdeckte ich eine kleine Verletzung. Da wo die Haut gerissen war, trat ein wenig Blut heraus, doch zu einer Schwellung war es nicht mehr gekommen. Der Tod war eingetreten, noch ehe sie Zeit gehabt hatte, sich zu entwickeln.

Ein wenig entfernt von ihm, auf dem Fußboden, direkt an der Wand, lagen die Scherben eines dunkelblauen Glases und ein roter Plastikdeckel – Bruchstücke irgendeines Behälters. Doch kein Schild und keine Aufschrift deuteten an, was er enthalten haben mochte.

Kaum ein paar Schritte weiter, war eine mit Gummi abgedichtete Glastür in der Wand. Dahinter lag das, was Wissenschaftler und Techniker als Menagerie bezeichneten. Eine von den vieren, die Mordon besaß. Ich stieß die Tür auf und ging hinein.

Ein riesiger, fensterloser Raum – fast so groß wie das Labor selbst. Hunderte von Käfigen nahmen den gesamten Wandraum ein. Käfige aller Art, geschlossene Spezialkäfige mit eigener Belüftung zum Teil, die meisten jedoch von der üblichen Drahtgitterausgabe. Hunderte von Augen – rote Perlen – starrten mich an. Fünfzehnhundert bis zweitausend Tiere mochten es sein, davon neunzig Prozent Mäuse, schätzungsweise hundert Kaninchen und die gleiche Anzahl Meerschweinchen. Und soweit ich sehen konnte, waren sie alle gesund und munter. Auf jeden Fall von dem, was sich nebenan abgespielt hatte, nicht berührt. Ich schloß die Verbindungstür und ging ins Labor zurück.

Fast zehn Minuten waren um, und nichts war mir passiert. Daß jetzt noch etwas nachkommen sollte, war kaum zu erwarten. Also fing ich meinen Hamster ein, setzte ihn wieder in seinen Käfig, und ich stand bereits an der Tür, als mir einfiel, daß Cliveden draußen stand, bereit, mich zu durchlöchern, falls ich noch immer in diesem Gasanzug steckte. Den Finger am Abzug, würde er vermutlich losdrücken, ohne auch nur wahrzunehmen, daß ich das Atemgerät abgelegt hatte. Und zu verdenken war es ihm nicht. Ich stieg aus dem Gasanzug und öffnete die Tür.

General Cliveden stand mit ausgestrecktem Arm da, die Automatik schußbereit in Augenhöhe auf den Türspalt und mich gerichtet, willens und bereit, mich umzulegen, wenn auch nicht gerade sehr glücklich ob dieser Aussicht. Zu spät, ihn jetzt noch zu warnen, daß die Pistole einen hochempfindlichen Abzug hatte. »Die Luft ist rein«, beeilte ich mich deshalb ihm zuzurufen.

»Sind Sie Ihrer Sache völlig sicher, Cavell?«

»Ich bin einwandfrei noch am Leben«, gab ich gereizt zurück. »Fragen Sie nicht soviel, sondern kommen Sie jetzt lieber rein.« Damit machte ich kehrt und ging ins Labor zurück.

Hardanger war der erste, der durch die Tür kam. »Verdammt, was stinkt denn hier um Himmelswillen so?« platzte er sofort heraus und verzog das Gesicht.

»Botulin!« Oberst Weybridge hatte die Antwort gegeben, und in dem unbarmherzig hellen Licht wirkte sein Gesicht plötzlich grau. »Botulin«, flüsterte er wieder.

»Woher wissen Sie das?« verlangte ich zu erfahren.

»Woher ich das weiß –?« Er starrte auf den Boden. Dann hob er den Kopf und sah mich an. »Wir hatten vor vierzehn Tagen einen Unfall. Ein Techniker.«

»Einen Unfall«, wiederholte ich und nickte nur. »Na, dann sollten Sie den Geruch ja kennen.«

»Aber, was zum Teufel –«, fing Hardanger wieder an.

»Ein Toter«, unterbrach ich. »Ein Botulinopfer. Dr. Baxter.«

Keiner sagte ein Wort. Sie sahen mich an, und dann sahen sie sich gegenseitig an, und dann folgten sie mir schweigend dahin, wo Dr. Baxter lag.

Hardanger starrte auf den Toten. »Das also ist Dr. Baxter«, sagte er mit einer Stimme, die nichts verriet. »Wissen Sie das genau, Cavell? Vergessen Sie nicht, daß er gestern um halb sieben ordnungsgemäß durch die Wache gegangen ist.«

»Vielleicht hatte er eine Kombizange«, schlug ich Hardanger als Erklärung vor. »Jedenfalls ist das hier Dr. Baxter, verlassen Sie sich drauf. Irgend jemand hat ihn niedergeschlagen, von der Tür aus einen Botulinbehälter gegen die Wand geknallt und dann blitzartig die Tür zugehauen.«

»Der Unbekannte«, sagte Cliveden heiser, »der große Unbekannte.«

»Oder auch die Unbekannten«, pflichtete ich bei und ging zu Gregori hinüber, der, das Gesicht in die Hände vergraben, an einem Labortisch saß. Weiße, blutlose Flecken zeichneten sich in seinen dunklen, bärtigen Wangen ab, da, wo seine Fingerspitzen sich in die Haut preßten. Seine Hände zitterten. Ich legte ihm die Hand auf die Schulter. »Dr. Gregori. Ich weiß zwar, daß Sie, wie Sie selbst vorhin betonten, weder Polizist noch Soldat sind, man sollte Sie tunlichst mit solchen Geschichten nicht behelligen, aber Sie müssen uns jetzt helfen.«

»Aber selbstverständlich doch«, sagte er erstickt und sah mich dabei aus seinen dunklen Augen, die jetzt voll Wasser standen, an. »Er – er war mir mehr als nur ein Kollege. Was kann ich tun, Mr. Cavell?«

»Der Virusschrank. Bitte überprüfen Sie ihn.«

»Ja, natürlich. Der Virusschrank. Was, um des Himmels willen, habe ich mir eigentlich gedacht?« Immer noch starrte er in fasziniertem Entsetzen auf den Toten. Es war ganz offensichtlich, was er sich gedacht hatte. »Gleich, sofort.«

Er war bereits unterwegs zu dem Glasschrank, zog an der Tür, versuchte es energisch noch einmal und schüttelte dann den Kopf. »Er ist zu. Verschlossen.«

»Den Schlüssel haben Sie doch aber wohl?« sagte ich ungeduldig.

»Den einzigen Schlüssel. Und ohne den konnte niemand an den Schrank. Mit Gewalt höchstens. Und darauf deutet nichts hin.«

»Dr. Gregori! Stellen Sie sich nicht dumm! Was glauben Sie, woran Baxter gestorben ist? An Influenza?«

Nervös, mit unsicheren Fingern, schloß er auf. Niemand sah mehr nach Baxter, alles starrte auf Gregori. Der hatte beide Flügel aufgemacht und griff eben nach einem länglichen Behälter. Er hob den Deckel. Wir warteten. Schweigend blickte er in das rechteckige Ding. Dann ließ er den Kopf sinken, die Schultern sackten ab. Er sah plötzlich alt aus. Alt, müde, geschlagen.

»Weg«, flüsterte er, »sie sind weg. Alle sind sie weg. Alle neun. Sechs enthielten Botulin – ein Glas muß er nach Baxter geworfen haben.«

»Und die anderen«, sagte ich heiser zu dem gebeugten Rükken. »Und die drei anderen?«

»Der Satanskäfer«, stieß er tonlos hervor. »Der Satanskäfer ist weg.«

4

Die Kantine des Mordoner Stabes besaß unter denen, die einen etwas wählerischen Gaumen hatten, einen gewissen Ruf, und der Koch, der unseren Lunch zubereitet hatte, schien in Form gewesen. Unter Umständen hing das auch mit der Anwesenheit von Dr. MacDonald, der wie Gregori zum Labor I gehörte und außerdem Präsident der Messe war, zusammen. Trotzdem war ich der einzige, der heute hier einen gewissen Appetit entwikkelte. Hardanger stocherte nur auf seinem Teller herum, und weder Cliveden noch Weybridge bezeigten einen regeren Appetit.

Die beiden Fingerabdruckexperten waren noch nicht da. Die durften noch weiter hungern. Unterstützt von drei anderen Detektiven, die von Inspektor Wylie nachgeliefert worden waren, hatten sie eineinhalb Stunden innerhalb des Labors gearbeitet und werteten jetzt die Resultate aus. Über den Griff der Stahltür sowie um das Schloß herum mußte jemand mit einem Leinengewebe – einem Taschentuch höchstwahrscheinlich – gefahren sein. Die Möglichkeit, daß ein Außenstehender am Werk gewesen war, konnte also nicht vollends abgetan werden.

Kommissar Martin kam an, als wir mit dem Essen fast fertig waren. Er war die ganze Zeit damit beschäftigt gewesen, die zeitweilig arbeitslosen Wissenschaftler und Techniker des E-Blocks zu vernehmen, und bei weitem noch nicht zu Ende damit. Die Aussage jedes einzelnen über das, was er am vorhergehenden Abend getan hatte, war genauestens zu überprüfen. Martin äußerte sich nicht, wie er mit seiner Arbeit vorankam, und Hardanger schien genau zu wissen, warum er nicht fragte.

Nach dem Lunch begleitete ich Hardanger zur Hauptwache. Der Sergeant vom Dienst gab uns den Namen dessen, der am Abend zuvor Dienst an der Stechuhr gemacht hatte. Kaum ein paar Minuten später war er zur Stelle. Ein blonder, frischer Unteroffizier grüßte zackig.

»Unteroffizier Norris, Sir. Sie haben mich kommen lassen.«

»Stimmt«, sagte Hardanger. »Nehmen Sie Platz. Ich habe Sie hergebeten, um Ihnen zu dem Mord an Dr. Baxter ein paar Fragen zu stellen.«

Die Schocktherapie wirkte besser als alles zeitraubende, vorsichtige Herumreden. Norris, der angesichts der hohen Obrigkeit im Begriff gewesen war, sich etwas zaghaft niederzulassen, fiel plötzlich so schwer in den Stuhl, als versagten seine Beine und stierte Hardanger an. Die entsetzensstarren Augen und der sprachlos offene Mund hätten unter Umständen auch in den Gestaltungsmöglichkeiten eines mittelmäßigen Schauspielers liegen können. Wie schlagartig jedoch das Blut aus seinen Wangen wich, das war eine Sache für sich.

»Mord an Dr. Baxter«, wiederholte er wie vor den Kopf geschlagen. »Dr. Baxter — er ist *tot*?«

»Ermordet«, sagte Hardanger kurz und bündig. »Er ist heute nacht in seinem Laboratorium ermordet worden. Und es steht fest – woher wir das wissen, soll Sie nicht interessieren –, daß Dr. Baxter heute nacht mit keinem Schritt aus Mordon hinausgekommen ist. Sie haben ihn jedoch an der Wache abgefertigt, das heißt, Sie behaupten, ihn abgefertigt zu haben. Das trifft nicht zu, weil es nicht zutreffen kann. Wer gab Ihnen seine Kennmarke, und wer hat Ihnen geheißen, seine Unterschrift zu fälschen. Oder wer hat sie selbst gefälscht? Was hat er Ihnen dafür bezahlt, Norris?«

Der Unteroffizier hatte Hardanger wie gelähmt angestarrt. Was aber ein richtiger Yorkshireman ist, und das war er, den wirft so leicht nichts aus dem Sattel. Er stand langsam auf, sein Gesicht lief rot an.

»Passen Sie auf, Sir«, sagte er sehr sanft. »Ich weiß zwar nicht, wer Sie sind, gewiß aber keiner von der Sorte, die nichts zu sagen hat – Polizeiinspektor oder meinetwegen auch einer von den Military-Intelligence Superschlauen vielleicht. Eins aber kann ich Ihnen versichern, wagen Sie ja nicht, das noch einmal zu sagen, oder ich schlage Ihnen den Schädel ein.«

»Davon bin ich überzeugt.« Hardanger grinste plötzlich und sah mich an. »Unschuldig, was?«

»So gut hätte er das kaum hinbekommen«, stimmte ich zu.

»Das glaube ich auch. Sie müssen schon entschuldigen, Norris, aber ich mußte etwas feststellen, und zwar sehr schnell. Ich habe einen Mord aufzuklären. Und das ist kein erbauliches Geschäft und zwingt manchmal zu Methoden, die auch nicht gerade schön sind.«

»Jawohl, Sir«, sagte Norris unsicher. Er würgte noch ein wenig an dem, was ihm zugemutet worden war. »Dr. Baxter. Ja, wie – ich meine, wer –«

»Davon ist jetzt nicht die Rede«, stoppte Hardanger energisch ab. »Sie haben ihn ausgetragen. In diesem Buch hier. Achtzehn Uhr zweiunddreißig heißt es hier. Stimmt das?«

»Wenn's da steht, dann stimmt's auch, Sir. Der Zeiteintrag läuft automatisch.«

»Und Sie haben ihm seine Kennmarke abgenommen – diese hier?«

Er hielt sie hoch.

»Ja, Sir.«

»Sie haben nicht zufällig mit ihm gesprochen, oder?«

»Doch, Sir, das habe ich.«

»Worüber?«

»Ganz allgemein. Übers Wetter und so, Sir. Er war immer nett zu uns, Sir. Und über seine Erkältung, ja. Es hatte ihn schwer erwischt. Er hustete und war in einem fort dabei, sich die Nase zu putzen.«

»Sie haben ihn einwandfrei klar und deutlich gesehen?«

»Selbstverständlich. Ich bin jetzt seit acht Monaten hier beim Wachkommando, und ich kenne Dr. Baxter so gut wie meine eigene Mutter. Angezogen wie immer – karierter Ulster, Schlapphut, dicke Hornbrille.«

»Können Sie das vor Gericht beschwören? Daß es Dr. Baxter war, meine ich?«

Er zögerte einen Moment und sagte dann: »Ja, das kann ich beschwören. Und meine beiden Kameraden, die mit mir Dienst gemacht haben, waren dabei und haben ihn genauso gesehen. Die können Sie auch vernehmen.«

Das taten wir. Dann gingen wir zum Verwaltungsblock zurück. Unterwegs sagte ich: »Haben Sie wirklich geglaubt, daß Baxter gestern nicht aus dem Bau gegangen ist?«

»Nein«, gab Hardanger zu. »Gegangen ist er, das steht fest. Und dann mit einer Kombizange zurückgekommen. Entweder allein oder mit noch jemandem. Was ihn natürlich nach außen hin schwer belastet; fragt sich nur, wer dahinter stand und sich seiner als Werkzeug bediente.«

»Und die Unterschrift? Halten Sie sie für einwandfrei?«

»Die ist so einwandfrei, wie eine Unterschrift nur sein kann. Niemand bringt genau die gleiche Unterschrift ein zweites Mal zustande. Ich glaube, ich werde mich gleich einmal an den General in London wenden. Eine Totaldurchleuchtung Baxters dürfte manches Interessante zutage fördern. Besonders Verbindungen, die früher einmal bestanden haben könnten.«

»Damit vergeuden Sie lediglich Ihre Zeit. Baxters Position war das heißeste Eisen, das in ganz Europa zu vergeben war – er war Chef des Labor I von Mordon. Und jeder Schritt, den er vom Tag an, da er laufen lernte, getan hat, jedes Wort, das er gesprochen hat, jeder Mensch, mit dem er jemals zusammengekommen ist – all das ist nicht nur einmal, sondern hundertmal überprüft worden. Nein, nein, dieser Fisch war einfach zu groß, um durch die Maschen des Sicherheitsnetzes zu schlüpfen.«

»Das alles hat man von anderen auch schon behauptet. Und wo sitzen sie heute? In Moskau oder im Zuchthaus«, sagte Hardanger verbissen. »Ich jedenfalls rufe London jetzt an. Außerdem muß ich gleich mal hören, ob Wylie inzwischen über den Bedford, mit dem sie auf und davon sind, irgend etwas herausgebracht hat. Und dann wollen wir mal sehen, was Martin und seine beiden Fingerabdruckexperten machen. Kommen Sie mit?«

»Nein. Ich werde mir inzwischen die internen Wachen, die gestern Dienst hatten, nochmal vorknöpfen und dann mal ein bißchen auf eigene Faust durch die Gegend schnuppern.«

Er zuckte die Achseln. »Von mir aus, bitte! Ihnen habe ich ja nichts zu sagen, Cavell. Und –« setzte er noch mißtrauisch hinzu, »wenn aber etwas sein sollte, Cavell, dann hoffe ich doch, daß Sie mich zumindest davon in Kenntnis setzen werden.

»Halten Sie mich für verrückt? Sie glauben doch nicht etwa, ich starte hier einen Ein-Mann-Feldzug, wenn ich weiß, daß einer mit dem Satanskäfer in der Westentasche herumläuft?«

Er nickte, aber ich hatte das Gefühl, er traute dem Frieden nicht so ganz, als er allein weiterging. Ich verbrachte die nächsten sechzig Minuten damit, die sechs internen Posten, die gestern vor Mitternacht Wache geschoben hatten, zu vernehmen, und erfuhr dabei genau das, was ich zu erfahren erwartet hatte – nichts. Alle Mann hoch kannte ich gut – vermutlich war das der eigentliche Grund, warum Hardanger mich so unbedingt in Mordon haben wollte –, und alle waren seit mindestens drei Jahren im Institut. Alle ihre Geschichten stimmten genau überein, und keine davon konnte mir etwas nützen. Auch die genaue Überprüfung der Fenster und des gesamten Daches des E-Blocks, die wir zu dritt vornahmen, ergab nichts und war die reinste Zeitverschwendung.

Von dem Zeitpunkt ab, da Clandon kurz nach elf Uhr von Leutnant Wilkinson aus dem Wachhaus weggegangen war, hatte ihn niemand mehr gesehen, bis sein Leichnam gefunden worden war. Und normalerweise erwartete das auch niemand, denn, wenn er seine Runde einmal beendet hatte, zog er sich gewöhnlich in den kleinen Bungalow zurück, der ihm, kaum hundert Meter vom E-Block entfernt, als Privatwohnung diente. Von dieser Wohnung aus konnte er direkt in den aus Sicherheitsgründen ständig hellerleuchteten verglasten Korridor des E-Blocks hinübersehen. Es gehörte nicht allzuviel Scharfsinn dazu, daraus den Schluß zu folgern, daß ihm irgend etwas nicht geheuer erschienen sein mußte und er deshalb hinübergekommen war. Nur so und nicht anders war seine Anwesenheit genau vor der Labortür zu erklären.

Ich machte mich auf den Weg zum Wachhaus und fragte nach

dem Kontrollbuch, in dem die Namen sämtlicher Besucher, die in Mordon ein- und ausgegangen waren, und deren Anliegen eingetragen waren. Einige Hundert stellte ich fest. Alle jedoch, bis auf wenige, gehörten zum Personal von Mordon und waren regulär angestellt. Besuchergruppen waren keine Seltenheit: Wissenschaftler des *Commonwealth* und der NATO-Länder, gelegentlich ein kleinerer Haufen Militärpolizei, die, im Dienst mancherlei dummen Fragen ausgesetzt, hierher gebracht wurden, um die segensreiche Tätigkeit, die sich an dieser Gesundheitsfront gegen Anthrax, Polio, asiatische Grippe und andere Krankheiten vollzog, selbst in Augenschein zu nehmen. Solchen Besuchergruppen wurde genau das vorgeführt, was die Mordoner Autoritäten vorgeführt zu haben wünschten. Im Endergebnis zogen sie gewöhnlich kaum klüger ab, als sie angekommen waren. Gestern jedoch hatten keinerlei Besichtigungen dieser Art stattgefunden. Nur vierzehn Besucher waren insgesamt dagewesen, und auch die samt und sonders in Angelegenheiten der Belieferung des allgemeinen Mordoner Warenbedarfs. Ich schrieb mir die Namen und die Gründe, um derentwillen sie sich hier eingefunden hatten, ab und ging wieder.

Dann rief ich eine Autoverleihfirma an, bat um einen Wagen für unbegrenzte Zeit und veranlaßte, daß man ihn herausbrachte und vor den Toren von Mordon abstellte. Noch einen Anruf nach Alfringham hatte ich unbedingt zu erledigen, und zwar zum *Waggoner's Rest,* und ich hatte sogar Glück und bekam ein Zimmer. Zuletzt rief ich London an, Mary. Ich hieß sie unsere Sachen packen – einen Koffer für mich und einen für sich selbst – und sich umgehend in den nächsten Zug zu setzen. Von Paddington ging einer, mit dem sie um halb sieben hier sein konnte.

Damit verließ ich die Wache und marschierte ein bißchen durchs Gelände. Die Luft war kalt. Ein naßkalter Novemberwind pfiff durch diese Öde, obgleich es Oktober war. Ich ging deshalb nicht schneller. Langsam wanderte ich am inneren Zaun auf und ab und starrte angelegentlich auf meine Schuhe. Cavell in Gedanken! Dieses Bild hoffte ich dem zufälligen Betrachter zu bieten. Fast eine Stunde verbrachte ich damit, die gleiche Viertelmeile auf und ab zu laufen, und zu guter Letzt fand ich das, wonach ich suchte. Ich glaubte wenigstens, es gefunden zu haben. Bei der nächsten Runde machte ich halt, um meine Schuhbänder festzuziehen, und da war ich meiner Sache sicher.

Hardanger war noch immer im Verwaltungsblock, als ich mich auf die Suche nach ihm begab und ihn schließlich auch fand. Sie brüteten gerade über frisch entwickelten Fingerabdruckbogen. »Na und?« raunzte er mir entgegen, »was Neues?«

»Nix. Und Sie?«

»Keinerlei Fingerabdrücke an Clandons Utensilien – weder an der Brieftasche noch am Zigarettenetui noch an den Streichhölzern, außer seinen eigenen natürlich, versteht sich. Nichts von Bedeutung an den Türen. Aber den Wagen haben wir, den Bedford. Das heißt Inspektor Wylies Leute haben ihn ausfindig gemacht. Heute nachmittag als gestohlen von einem gewissen Hendry gemeldet, einem Spediteur aus Alfringham, der drei von dieser Sorte laufen hat. Gefunden vor etwa einer Stunde von einer Motorradstreife; und zwar draußen im Hailemer Forst. Meine Leute sind schon unterwegs, um eventuelle Fingerabdrücke festzustellen.«

»Womit man seine Zeit totschlägt, ist ja schließlich auch ganz egal.«

»Kann schon sein. Kennen Sie den Forst in Hailem?«

Ich nickte. »Genau zwischen Alfringham und Mordon gabelt sich der Weg zu einer nördlichen Abzweigung. Eineinhalb Meilen weiter etwa. Nur steht das, was dort einmal an Wald war, heute nicht mehr. Keine sechs Dutzend Bäume weit und breit. Villen – Einfamilienhäuser mit Vorgärten und allem Komfort. Anständige Wohngegend. Und diesen Hendry – haben Sie sich den schon etwas genauer angesehen?«

»Habe ich. Nix. Ein honoriger Bürger von der Kategorie, die das Rückgrat Englands darstellt, und nicht nur das, darüber hinaus auch noch ein persönlicher Freund von Inspektor Wylie. Die kegeln im gleichen Verein. Na, und das«, sagte Hardanger ironisch, »hebt ihn ja wohl haushoch über jeden Verdacht.«

»Sie werden ja so bitter, Verehrtester!« Ich deutete mit dem Kopf auf die Bogen. »Aus Labor I, nehme ich an. Saubere Arbeit. Ich möchte doch ganz gern wissen, welche Fingerabdrücke von demjenigen stammen, der der Stelle, an der der Bedford gefunden wurde, am nächsten wohnt.«

Hardanger sah mich mißtrauisch an. »Klarer Fall, was?«

»Und ob. Den können wir gleich abschreiben. Das Beweisobjekt auch noch auf der eigenen Schwelle zu deponieren, hieße ja wohl, sich die Schlinge selbst um den Hals zu legen.«

»Falls man nicht gerade voraussetzt, daß wir so zu denken gewohnt sind. Ein gewisser Chessingham. Kennen Sie ihn?«

»Chemiker. Kenne ich.«

»Na und? Würden Sie die Hand für ihn heben?«

»Nicht für St. Peter persönlich. In dieser Geschichte hier für niemanden. Aber ich wette um ein Monatsgehalt, daß der klar geht.«

»Ich nicht. Nehmen wir ihn uns einmal gründlich vor, dann werden wir ja sehen.«

»Werden wir. Und wie viele von all diesen Fingerabdrücken haben Sie nun identifiziert?«

»Fünfzehn verschiedene sind da. Dreizehn gehen klar. Zwei können wir noch nicht unterbringen.«

Ich überlegte und nickte dann. »Kann hinkommen. Dr. Baxter, Dr. Gregori, Dr. MacDonald, Dr. Hartnell, Chessingham. Die vier Techniker: Verity, Heath, Robinson und Marsh. Das wären neun. Clandon. Einer der Nachtposten. Und Cliveden und Weybridge natürlich. Alle schon überprüft?«

»Was glauben Sie, was wir hier tun?« sagte Hardanger verdrossen.

»Inklusive Cliveden und Weybridge?« Hardanger riß die Augen auf, und Martin starrte mit. »Soll das Ihr Ernst sein, Cavell?«

»Glauben Sie, ich reiße Witze, wenn irgendein Idiot mit dieser Satanspest in der Hosentasche durch die Gegend läuft. Niemand ist hier über jeden Verdacht erhaben — *niemand.*« Er sah mich lange und ohne einen Lidschlag an. Ich ignorierte das. »Und was diese beiden bisher nicht identifizierbaren Fingerabdrücke anbelangt –«

»Ganz Mordon werden wir uns vorknöpfen, bis wir die zwei festgestellt haben«, ergrimmte Hardanger sich.

»Das können Sie sich schenken. Mit neunundneunzigprozentiger Sicherheit stammen sie von Bryson und Chipperfield. Kenne ich alle beide.«

»Würden Sie das vielleicht mal etwas näher erklären?«

»Die zwei zuständigen Leute von der Farm in Alfringham, von der wir ständig Nachschub für die Tierexperimente beziehen. Gewöhnlich kommen sie einmal in der Woche mit neuer Fracht an. Der Mordoner Konsum an Versuchsobjekten ist beachtlich. Und die beiden waren auch gestern hier. Das weiß ich, weil ich das Kontrollbuch eingesehen habe. Und zwar haben sie Nachschub für die sogenannte Menagerie in Labor I abgeliefert.«

»Und Sie kennen sie. Was ist davon zu halten?«

»Jung, tüchtig, fleißig und sehr zuverlässig. Beide wohnen draußen auf der Farm. Beide verheiratet mit netten Frauen. Beide haben ein Kind. Einen Jungen von sechs der eine, der andere ein Mädchen gleichen Alters. Keiner von beiden jedenfalls der Typ, von dem anzunehmen wäre, daß er sich in dunkle Machenschaften einließe.«

»Garantieren Sie für sie?«

»Garantieren! Nicht für den alten Petrus persönlich, das sagte ich doch bereits. Ich garantiere für nichts und niemanden. Wir müssen sie uns halt vornehmen. Wenn Sie wollen, mach ich das.

Ich kenne sie, und das ist immer ganz günstig.«

»Wollen Sie?« sagte Hardanger und spießte mich noch einmal so intensiv wie eben auf. »Soll ich Ihnen Kommissar Martin mitgeben?«

»Mir egal«, versicherte ich. Es war mir nicht egal, aber ich besann mich auf meine Manieren.

»Dann erübrigt sich das in diesem Fall wohl«, sagte Hardanger, und mir ging dabei durch den Kopf, daß er Momente hatte, in denen er ausgesprochen unangenehm sein konnte. »Ich erwarte dann also Ihren Bericht über das, was Sie da vorgefunden haben. Na schön, dann lasse ich Ihnen jetzt einen Wagen kommen.«

»Danke, bin schon versorgt. Autoleihfirma.«

»Wozu?« fragte er stirnrunzelnd. »Polizei- und Armeefahrzeuge sind ja doch wohl jede Menge greifbar hier. Das wissen Sie doch.«

»Ich bin Privatmann und ziehe Privatbeförderung vor.«

Ich fand meinen Wagen vor dem Tor. Und wie die meisten Leihwagen war er älter und hinfälliger, als es seinem Alter entsprach. Aber er fuhr. Und schlecht gefahren war mir augenblicklich sehr viel lieber als gut gelaufen. Mein linkes Bein machte mir, wie immer, wenn ich es länger strapazierte, schwer zu schaffen. Zwei bekannte Londoner Chirurgen hatten mehr als einmal versucht, mich von den Vorteilen einer Amputation zu überzeugen, und geschworen, mich mit einem Ersatzstück zu versorgen, das vom Original nicht nur kaum zu unterscheiden, sondern auch noch dazu garantiert schmerzlos sei. Beide waren sie ganz hingerissen von der Idee, aber es war ja auch nicht ihr, sondern mein Bein, und ich hing nun einmal daran und gedachte es so lange zu behalten, wie es eben ging.

Ich fuhr nach Alfringham, stoppte unterwegs, unterhielt mich fünf Minuten lang mit dem Manager des einzigen Tanzlokals des Städtchens und kam gerade bei Einbruch der Dunkelheit auf der Farm an. Hinter dem Tor parkte ich gleich vor dem ersten der beiden Bungalows, stieg aus und läutete. Nach dem dritten Versuch gab ich es auf und fuhr zum nächsten weiter. Und hier war ich nicht umsonst hergekommen. In den Fenstern war Licht. Ich lehnte mich an die Glocke. Kaum ein paar Sekunden später ging die Tür auf. Ich blinzelte erst einmal in die plötzliche Lichtflut; dann erkannte ich ihn.

»'n Abend, Bryson, wie geht'?« sagte ich. »Sie müssen schon entschuldigen, daß ich Ihnen noch so spät ins Haus falle, aber ich habe leider einen ziemlich triftigen Grund.«

»Mr. Cavell!« Die unmißverständliche Überraschung in seiner

Stimme wurde durch das plötzliche Verstummen aller Stimmen, die aus dem Zimmer gedrungen waren, noch betont. »Daß wir Sie so schnell wiedersehen würden, hätte ich ja nun doch nicht geglaubt. Eigentlich nahm ich an, Sie hätten sich endgültig von Mordon abgesetzt. Wie geht's Ihnen, Sir?«

»Ich hätte Sie gern einmal kurz gesprochen, Bryson. Sie und Chipperfield, aber er ist nicht zu Hause.«

»Der ist hier. Samt seiner Frau. Tradition bei uns, Sir. Wir setzen uns Samstagsabends immer zusammen, entweder hier oder drüben.« Und dann zögerte er einen Moment, genau, wie ich es auch getan hätte, wenn ich mit Freunden bei einem Drink säße und mir plötzlich ein Fremder ins Haus geschneit käme. »Aber bitte, Sir, kommen Sie doch weiter, wir freuen uns, wenn Sie ein Glas mittrinken.«

»Nur ein paar Minuten, Bryson, länger halte ich Sie nicht auf.« Ich folgte ihm in das hellerleuchtete Wohnzimmer. Ein Holzfeuer brannte knisternd im Kamin. Davor, an einem niedrigen Tisch voller Gläser und Flaschen, die Familien Chipperfield und Bryson. Ein trauliches Bild.

Alles erhob sich, als Bryson die Tür hinter mir schloß. Ich kannte sie alle drei: Chipperfield, ein blonder Hüne, genau das Gegenstück zu dem dunklen, gedrungenen Bryson. Die Frauen, jeweils passend dazu, blond und dunkel. Alle beide aber zart, schlank, hübsch, braunäugig und sich sehr ähnlich. Kein Wunder, sie waren Schwestern.

Nachdem wir ein paar Minuten das übliche leere Stroh gedroschen und ich einen Whisky angeboten und ihn um meines Beins willen akzeptiert hatte, sagte Bryson: »Was können wir für Sie tun, Mr. Cavell?«

»Wir sind dabei, das Rätsel um Dr. Baxter aufzuklären«, sagte ich sehr ruhig. »Ich weiß es nicht, aber vielleicht können Sie uns helfen.«

»Dr. Baxter? Aus Labor I?« Bryson sah seinen Schwager an.

»Ted und ich – wir haben ihn gestern noch gesehen. Und uns auch noch ziemlich lange mit ihm unterhalten. Ihm ist doch nichts passiert, Sir?«

»Er ist heute nacht ermordet worden«, sagte ich.

Mrs. Bryson schlug die Hände vor den Mund und unterdrückte einen Entsetzensschrei. Ihre Schwester gab etwas von sich, was sich wie ein »nein – nein« anhörte. Aber ich sah sie alle beide gar nicht. Ich hatte nur noch Augen für Bryson und Chipperfield. Man brauchte kein Detektiv zu sein, um wahrzunehmen, daß ihnen das, was ich ihnen so schonungslos gesagt hatte, ein völlig unerwarteter Schock war.

»Heute nacht, kurz vor zwölf, ist es geschehen. In seinem

Labor. Irgend jemand hat ein tödliches Virusgift nach ihm geworfen. Er muß innerhalb von Minuten tot gewesen sein. Aber es war ein qualvolles Ende. Und dann stieß der unbekannte Täter draußen, vor der Tür, auf Mr. Clandon und beseitigte auch ihn – mit Zyankali.«

Mrs. Bryson stand auf – weiß wie die Wand. Ihre Schwester warf blind die Zigarette ins Feuer und brachte sie hinaus. Und dann hörte ich nur noch, wie es draußen, im Bad, jemandem übel wurde.

»Dr. Baxter und Mr. Clandon tot? Ermordet?« Brysons Gesicht war fast so käsig wie das seiner Frau. »Das glaube ich nicht, nein, das kann nicht wahr sein.« Ich sah ihn an. Oh, doch, er glaubte es schon. Er lauschte nach dem, was sich drüben im Bad zu tun schien, und dann sagte er mit so viel vorwurfsvollem Ärger, wie er ihn bei aller Fassungslosigkeit noch aufzubringen vermochte: »Mußte das sein, Mr. Cavell? Hätten Sie uns das nicht auch allein beibringen können – ohne daß die Frauen dabei sind?«

»Tut mir leid«, sagte ich und gab mir alle Mühe so auszusehen, als täte es mir leid. »Ich bin selbst völlig fertig. Clandon war mein bester Freund.«

»Das haben Sie doch ganz bewußt getan«, trumpfte Chipperfield auf. Im allgemeinen war er ein netter Kerl, aber jetzt war es aus mit seiner Umgänglichkeit. »Unsere Gesichter wollten Sie sehen, nicht wahr, Mr. Cavell. Ob *wir* unter Umständen etwas damit zu tun haben könnten, das wollten Sie doch wissen, stimmt das etwa nicht, Mr. Cavell?«

»Gestern nacht, zwischen elf und zwölf Uhr«, sagte ich präzis, »waren Sie und Ihr Schwager für genau fünf Tänze bei diesem Freitag-Abend-Lämmerhüpfen in Alfringham, genau dort, wo Sie seit Jahr und Tag jeden Freitagabend hinzugehen pflegen. Und falls Sie Wert darauf legen, dann nenne ich Ihnen auch noch sämtliche Tänze, die Sie dort getanzt haben. Aber ich glaube, das erübrigt sich wohl. Entscheidend ist, daß weder Sie noch Ihre Frauen das Lokal während dieser einen Stunde auch nur für einen einzigen Augenblick verlassen haben. Anschließend sind Sie dann in Ihren Wagen gestiegen und kurz nach zwölf Uhr zwanzig wieder hier gelandet. Wir haben aber einwandfrei festgestellt, daß alle beiden Verbrechen zwischen 11.15 und 11.45 Uhr verübt worden sein müssen. Packen Sie also mit Ihren Albernheiten ein, Chipperfield. Auch nicht der leiseste Schatten eines Verdachts fällt auf Sie. Wenn, dann säßen Sie längst hinter Schloß und Riegel, und ich hockte nicht bei Ihnen herum und tränke Ihren Whisky. Und da wir gerade von Whisky reden –«

»Du lieber Gott, Mr. Cavell, entschuldigen Sie. Ich bin ein Idiot, der wieder mal dusselig quatscht.« Die Erleichterung stand ihm im Gesicht geschrieben, als er aufstand, um mein Glas nachzugießen. Daß dabei einiges daneben und auf den Teppich ging, schien er nicht zu merken. »Wenn Sie aber doch wissen, daß wir nichts damit zu tun haben, wie können wir Ihnen denn dann schon helfen?«

»Sie könnten mir zum Beispiel alles berichten, was sich gestern im E-Block getan hat. Alles. Was Sie dort gemacht haben, was Ihnen aufgefallen ist, was Dr. Baxter gesagt und Sie geantwortet haben. Aber vergessen Sie nichts, nicht die belangloseste Kleinigkeit.«

Also legten sie los, abwechselnd, und ich saß da und sah sie mit unverwandter Aufmerksamkeit an und dachte gar nicht daran, auch nur hinzuhören. Ich war so vollauf damit beschäftigt, so zu tun, als ob, daß ich kaum hinsah, als die beiden Frauen zurückkamen, und auf das blasse, verlegene Lächeln, mit dem Mrs. Bryson mich entschuldigend ansah, gar nicht reagierte. Bei der erstbesten Gelegenheit leerte ich meinen Whisky mit Anstand, stand auf und verabschiedete mich. Mrs. Bryson sagte irgend etwas Entschuldigendes über die eigene Albernheit, ich gab ein paar passende Worte zurück, und Bryson sagte: »Daß wir Ihnen im Grund wohl auch nicht weiterhelfen konnten, tut mir leid, Mr. Cavell.«

»Sie haben mir geholfen«, sagte ich. »Polizeiarbeit besteht nun einmal aus dem Sondieren der gegebenen Möglichkeiten, aus entkräften und bestätigen. Und Sie haben mehr entkräftet, als Sie glauben. Mir tut es lediglich leid, daß ich Sie so überfallen mußte. Was das für Sie, die Sie zu Mordon gehören, für ein Schock war, kann ich mir gut vorstellen. Und da wir gerade bei den familiären Banden sind – sagen Sie, wo sind denn eigentlich die Kinder heute?«

»Nicht da. Gottseidank!« sagte Mrs. Chipperfield. »Die beiden haben jetzt Herbstferien, und in den Ferien sind sie immer bei der Großmutter in Kent.«

»Ja, im Augenblick sind sie da wohl auch am besten aufgehoben«, stimmte ich zu, entschuldigte mich noch einmal und sah zu, daß ich ohne allzuviel Palaver an der Haustüre schnell wegkam. Es war jetzt ziemlich dunkel geworden. Ich ging zu meinem Leihwagen, stieg ein und fuhr wieder durchs Tor. Dann bog ich links nach Alfringham ab. Vierhundert Meter weiter etwa fand sich eine anständige Parkmöglichkeit. Ich stellte die Scheinwerfer ab und stieg aus.

Mein Bein tat elend weh, und ich brauchte fast fünfzehn Minuten, um zu Brysons Bungalow zurückzukommen. Die Vorhänge waren zwar zugezogen, aber so einwandfrei, daß ich nicht alles, was ich sehen wollte, auch sehen konnte, nun auch wieder nicht. Mrs. Bryson saß auf der Polsterbank und weinte sich das Herz aus dem Leib. Ihr Mann hatte den Arm um sie gelegt, in der anderen Hand hielt er sein Whiskyglas, ein gut halbvolles. Chipperfield, auch mit einem Glas bewaffnet, starrte brütend ins Feuer. Und Mrs. Chipperfield, der ich genau gegenüberstand, beugte sich im hellen Lampenschein, der ihr helles Haar aufleuchten ließ, über irgend etwas, das sie in der Hand hielt. Was es war, konnte ich nicht sehen. Aber wozu auch? Ich hätte mit hundertprozentiger Sicherheit sagen können, was es war. Still, wie ich gekommen war, verschwand ich wieder, und ich brauchte meine Zeit, um zum Wagen zurückzukommen. Fünfundzwanzig Minuten blieben mir noch, bis der Londoner Zug in Alfringham einlief. Der Zug – und Mary.

Mary Cavell war mein Leben. Acht Wochen war ich erst mit ihr verheiratet, aber ich wußte genau, daß ich es bis ans Ende meiner Tage bleiben würde. Mein Leben lang. Das kann jeder sagen – wie einfach und abgenützt und im Grunde vielleicht sogar ein bißchen billig. Sie sollten sie nur einmal sehen, dann würden Sie anders denken. Dann würden Sie mir alles glauben.

Sie war klein und blond und schön, und sie hatte ganz erstaunlich grüne Augen. Aber das war es nicht. In den Hauptverkehrszeiten, wenn ganz London auf den Beinen schien, brauchte man sich, ohne lange zu suchen, nur einmal kurz umzusehen, um ein halbes Dutzend davon zusammenzubringen – und alle klein, blond, schön. Nein, das war es wirklich nicht. Auch nicht ihr Talent zum Glücklichsein, dem sich niemand zu entziehen vermochte, nicht ihre unwiderstehliche Fröhlichkeit und nicht ihre Lebensfreude, mit der sie das Leben so intensiv wie ein bunter Schmetterling im Sommer genoß. Es war etwas anderes. Ein Strahlen, das von ihr ausging – von ihren Augen, ihrer Stimme, ihrem ganzen Wesen. Ein Strahlen, das alles in seinen Bann zog und sie zu dem einzigen Menschen machte, von dem ich genau wußte, daß er keinen Feind besaß. Und die einzige Definition, die zu liefern ich dazu imstande bin, ist das altmodische und viel mißbrauchte Wort Güte.

Sie war meine Frau, und ich fragte mich noch immer, warum sie mich geheiratet hatte. Jeden, der ihr jemals begegnet war, hätte sie haben können. Nein, mich hatte sie sich ausgesucht. Warum? Weil ich auch einen gebrochenen Flügel aufzuweisen hatte, nehme ich an. Der deutsche Tankwagen, der im Dreck von Caen über mein Bein gerollt war, die Granate, die einst mein Auge so erwischte, daß ich links kaum noch Tag und Nacht zu unterscheiden vermochte und meine Gesichtshälfte dabei auch noch so zerfetzte – und ein Adonis war ich auch bis dato nie –, daß jede Plastikchirurgie daran vergebens war, das alles mußte es wohl gewesen sein, was mich für Mary zur lahmen Ente machte.

Der Zug fuhr ein, und ich sah sie, gleich in meiner Nähe, leichtfüßig aus dem Abteil springen, gefolgt von einem Kavalier mittleren Jahrgangs, angetan mit Melone und Schirm, bepackt mit ihrem Koffer. Prototyp des Ausbeuters und Wucherers von Anno dazumal, der in einstigen Amtsstunden den Ärmsten der Stadt den letzten Cent herausquetschte und Witwen und Waisen erzittern ließ. Ein Kerl, den ich nie gesehen und von dessen Existenz auch Mary bisher wohl nichts geahnt hatte. Aber so wirkte sie nun einmal auf die Menschheit. Die unwahrscheinlichsten Zeitgenossen wurden zahm und stritten sich um die Ehre, etwas für sie tun zu dürfen. Und dieser Wucherer machte mir ganz den Eindruck eines trefflichen Streiters.

Sie lief mir entgegen, und ich wappnete mich innerlich gegen die Schockwirkung auf mich und andere. Marys Begrüßungen waren von keinerlei Hemmungen gemäßigt, und obwohl ich mich an den Anblick hochgezogener Augenbrauen erstaunter Mitreisender bereits zu gewöhnen begonnen hatte, versöhnt damit war ich immer noch nicht ganz. Wir hatten uns heute morgen zum letztenmal gesehen, aber ich hätte genausogut ein lange vermißter und zärtlich geliebter Abkömmling aus dem australischen Busch sein können, der nach einem langen Leben in der Ferne zum erstenmal wieder in die Heimat kommt. Ich war gerade dabei, sie auf festem Boden abzusetzen, als der Zinsgeier mit ihren Koffern heranschnaufte, sich derselben entledigte, aufstrahlend an die Melone griff, kehrt machte, sich umsah und, noch immer strahlend, über einen Gepäckkarren stolperte. Als er sich die Hosenbeine abklopfte, strahlte er noch immer, griff nochmals nach dem Hut und entschwand.

»Du solltest deine Errungenschaften etwas vorsichtiger anlächeln«, redete ich ihr ins Gewissen. »Soll ich für den Rest meines Lebens jetzt nur noch schuften, um die gegen dich geltend gemachten Schadensersatzansprüche zu zahlen? Bei diesem Unterdrücker der arbeitenden Klasse bin ich soeben nochmal mit einem blauen Auge davongekommen. Mit dem hätte ich es für den Rest meiner Tage zu keinem neuen Anzug mehr gebracht.«

»Aber was hast du nur gegen ihn? Er war reizend.« Sie sah zu mir auf, und da, ganz plötzlich, lächelte sie nicht mehr. »Pierre Cavell, du bist müde, irgend etwas stimmt ganz und gar nicht, und dein Bein tut dir weh.«

»Pierre Cavells Gesicht ist eine Maske«, sagte ich. »Ausgeschlossen, jemals zu sagen, was er denkt und empfindet – undurchdringlich sozusagen. Frag, wen du willst.«

»Und Whisky getrunken hast du auch.«

»Wie hätte ich die lange Trennung sonst überstehen sollen?« Ich brachte sie zum Wagen. »Wir wohnen im *Waggoner's Rest.*«

»Klingt wundervoll. Schindeldach, alte Eichen, traulicher Kamin.« Sie zog sich fröstelnd zusammen. »Kalt ist es. Ich kann gar nicht schnell genug hinkommen.«

Wir waren in drei Minuten da. Ich parkte vor einem hochmodernen Serien-Greuel aus Glas und Chrom. Mary sah erst das Greuel an und dann mich. »Und das soll das *Waggoner's Rest* sein?«

»Darf ich dich auf das Neonschild hinweisen. Sanitäre Außenanlagen und Holzwürmer in den Bettpfosten sind aus der Mode. Aber Zentralheizung haben sie garantiert.«

Der Wirt allerdings, augenblicklich als Empfangschef tätig, hätte sich mit seinem roten Knallkopf und den aufgekrempelten Hemdsärmeln in einem Etablissement des achtzehnten Jahrhunderts weitaus besser ausgenommen. Ein umwerfender Bierdunst ging von ihm aus. Er nahm mich mürrisch zur Kenntnis, lächelte Mary zu und beauftragte einen Zehnjährigen – den Sohn des Hauses vermutlich –, uns unser Zimmer zu zeigen. Es war einigermaßen sauber, geräumig und sah in den Hofgarten hinaus – in das, was der brave Engländer sich unter einem kontinentalen Biergarten vorstellt. Wichtiger war mir, daß man von einem der Fenster direkt den gesamten Weg von der Terrasse zum Hof übersehen konnte.

Die Tür war kaum hinter dem Filius zugefallen, als auch Mary schon ankam. »Was macht dein Bein, Pierre? Ehrlich.«

»Nicht viel Gutes.« Ich hatte es längst aufgegeben, ihr etwas vorzumachen. Was mich anbelangte, war sie ein menschlicher Lügendetektor. »Das gibt sich wieder; das gibt sich immer wieder.«

»In den Sessel«, kommandierte sie. »Und hier ist der Schemel. Keinen Schritt mehr für heute.«

»Keinen? Einige, fürchte ich. Traurig, aber unumgänglich notwendig.«

»Und wenn schon«, beharrte sie eigensinnig. »Du wirst ja wohl nicht unbedingt alles selbst machen müssen. Es gibt genug Leute –«

»Diesmal nicht. Ich muß nochmal weg. Zweimal sogar. Einmal hätte ich dich allerdings gern dabei, deshalb habe ich dich herkommen lassen.«

Sie stellte keine Fragen. Sie griff nach dem Telefon und bestellte Whisky für mich und Cherry für sich. Mister Hemdsärmel kam höchstpersönlich, ein wenig außer Atem vom Treppensteigen, damit an. Mary lächelte ihm zu. »Könnten wir das Abendessen hier oben serviert bekommen?«

»Abendessen?« Mister Hemdsärmel schnappte nach Luft. Sein roter Knallkopf wurde noch um eine Schattierung röter. »Auf dem Zimmer? Das Abendessen? Na, Sie gefallen mir. Was glauben Sie eigentlich, wo Sie hier gelandet sind? Im Claridges?« Er brachte den Blick, mit dem er den Himmel beschworen hatte, zur Erde hernieder und sah Mary wieder an. Er öffnete den Mund, schloß ihn wieder, starrte sie weiter an und wußte, daß er ein verlorener Mann war. »Claridges«, wiederholte er automatisch. »Aber meinetwegen, gut, mal sehen, was sich machen läßt. Gegen alle Hausregeln zwar – aber weil Sie's sind, Madam.«

Er ging. »Man sollte dich unter Polizeiaufsicht stellen lassen«, sagte ich. »Gieß mir doch mal einen Whisky ein und gib mir das Telefon 'rüber.«

Ich wählte dreimal hintereinander. Erst London, dann Inspektor Wylie, dann Hardanger. Er war noch immer in Mordon. Er war müde, und er war verärgert, und ich wußte warum. Ein langer Tag – ein endlos langer Tag – der im Grunde nichts eingebracht hatte.

»Cavell?« Er bellte beinah. »Was haben Sie aus den beiden da draußen herausgebracht? Auf der Farm meine ich.«

»Bryson und Chipperfield? Nichts zu wollen. Zweihundert Zeugen sind willens und bereit zu beschwören, daß keiner der beiden das Mordoner Terrain zwischen elf und zwölf im Umkreis von fünf Meilen auch nur betreten hat.«

»Was soll das wieder für ein Blech sein? Zweihundert –«

»Auf'm Schwof waren sie. Irgend etwas bei den anderen verdächtigen Vogeln aus Labor I herausgekommen?«

»Haben Sie etwa erwartet, daß da etwas herauskommen könnte?« gab er so sauer wie eine Zitrone zurück. »Bilden Sie sich etwa ein, der Täter wird auch noch so dusselig gewesen sein, sich nicht mit einem hieb- und stichfesten Alibi zu versorgen? Da hatte jeder sein Alibi – und sein verdammt gutes Alibi. Ich bin noch immer nicht davon überzeugt, daß da nicht doch ein Außenseiter am Werk war.«

»Chessingham und Dr. Hartnell? Wie steht's mit deren Alibis?«

»Wie kommen Sie denn gerade auf die zwei?« krächzte er mißtrauisch.

»Sie interessieren mich halt. Ich wüßte gern, was sie ausgesagt haben, weil ich mir sie heute abend noch vornehmen werde.«

»Ohne mein Einverständnis werden Sie gar nichts, Cavell« und jetzt brüllte er beinah. »Leute, die mir den ganzen Laden durcheinanderbringen –«

»Ich bringe nichts durcheinander. Ich gehe, Hardanger. Was hat der General mir zugesichert? Freie Hand. Stimmt's? Ständig blockiert zu werden – was Sie selbstverständlich tun können – deckt sich nicht mit meiner Auffassung von ›freier Hand‹. Und der General wäre auch nicht dafür.«

Pause. Hardanger schluckte an dem Brocken. Es dauerte eine Weile. Schließlich sagte er gemäßigter: »Sie haben doch vorhin selbst so getan, als hielten Sie Chessingham für klar.«

»Sprechen möchte ich ihn jedenfalls. Er ist nicht nur wach und hält die Augen auf, sondern er steht auch noch gut mit Hartnell. Und um den geht es mir im Grunde. Ein ausgezeichneter Chemiker, jung und finanziell ein leichtsinniger Vogel. Weil er von seinen Mikroben was versteht, bildet er sich ein, genauso einen Riecher für finanzielle Spekulationen zu haben. Vor drei Monaten hat er alles, was er besaß, in eine Nachtfluggesellschaft, die in sämtlichen Zeitungen die Reklametrommel gerührt hat, investiert. Und Pech gehabt. Daraufhin hat er sein Haus schwer belastet. Kurz ehe ich mich von Mordon abgesetzt habe, muß das gewesen sein. Und soweit ich weiß, ist er bei diesem Sanierungsversuch auch ziemlich eingegangen.«

»Verdammt, und damit rücken Sie jetzt erst heraus«, polterte er mich an.

»Das ist mir auch erst heute abend plötzlich wieder eingefallen.«

»Ach nee – plötzlich ist Ihnen das wieder eingefallen –«, Hardanger brach ab, als wäre er am Ersticken. Dann sagte er sinnierend: »Sagen Sie mal, ist das nicht vielleicht doch ein bißchen zu simpel? Einfach auf Hartnell loszugehen? Nur weil er langsam auf den Offenbarungseid zusteuert?«

»Das kann man nicht so ohne weiteres sagen. Wie gesagt, so clever, wie er glaubt, ist er nun auch wieder nicht. Den muß ich mir mal etwas näher ansehen. Ihr Alibi haben sie natürlich alle beide, was?«

»Beide wollen sie zu Hause gewesen sein. Beider Familien sind bereit, das zu beschwören. Aber ich möchte Sie später noch sehen, Cavell.« Na also, dachte ich, warum nicht gleich so. »Ich bin dann im *County* in Alfringham.«

»Und ich im *Waggoner's Rest*, kaum ein paar Minuten weit weg. Könnten Sie nicht bei uns vorbeikommen? Sagen wir, so gegen zehn?«

»Bei uns?«

»Mary ist heute nachmittag nachgekommen.«

»Mary?« Überraschung war herauszuhören, Mißtrauen, das zu verbergen ihm nicht ganz gelang, vor allem aber ehrliche Freude. Einer seiner guten Gründe, um derentwillen er nicht allzuviel für mich übrig hatte, war der, daß ich ihm die beste Sekretärin, die er jemals gehabt hatte, sozusagen weggeschnappt hatte. Drei Jahre hatte sie für ihn gearbeitet. Und wenn jemals jemand von sich behaupten könnte, eines Basilisken behüteter Augapfel zu sein, dann war es Mary.

Er sagte zu. »Also dann um zehn.«

5

Ich brach zum Hailemer Forst auf. Mary saß ungewöhnlich schweigsam neben mir. Beim Abendessen hatte ich ihr den ganzen Salat erzählt – alles. Angst an ihr kannte ich nicht. Jetzt hatte sie Angst. Und wie. Zwei verängstigte Seelen in einem Auto.

Viertel vor acht waren wir bei Chessingham. Ein altmodisches, flachgedecktes Gemäuer mit engbrüstigen Fenstern und imposantem Treppenaufgang, der sich über eine Art Vertiefung schwang, die das Kellergeschoß mit Licht versorgte und sich ausnahm wie ein Burggraben. Alte hohe Bäume rings um das Haus seufzten im kalten Nachtwind, und zu regnen fing es auch noch an. Eine Nacht und eine Stätte, die unserer Gemütsverfassung genau entsprachen.

Chessingham hatte den Wagen gehört und nahm uns oben am Treppenabsatz in Empfang. Er sah blaß und fertig aus. Das besagte nichts. Alles, was zum E-Block gehörte, hatte heute guten Grund, blaß und fertig auszusehen.

»Cavell«, sagte er nur. Und wenn er uns auch nicht gerade herzlichst die Hand schüttelte, so nahm er uns doch höflich und mit allem Anstand in Empfang, trat zurück und hielt uns die Tür auf. »Ich hatte zwar bereits vernommen, daß Sie wieder in Mordon sind, Cavell, daß Sie sich aber auch noch hier heraus bemühen würden, das habe ich denn doch nicht erwartet. Mein Bedarf an Fragereien ist für heute eigentlich gedeckt.«

»Keine Bange, ist nicht so dienstlich«, beruhigte ich. »Sie sehen doch, meine Frau ist mit, und wenn ich die mitnehme, laß ich die Handschellen zu Hause.«

Und dem war so. Er gab sich einen inneren Ruck und Mary die Hand und führte uns in ein altmodisches Wohnzimmer: Schwere Möbel aus der Zeit König Eduards, fließende Samtportieren, Kaminfeuer. Davor zwei Damen in hochlehnigen Armsesseln. Die eine, jung und hübsch, neunzehn oder zwanzig etwa, war mit ihren braunen Augen der weibliche Pendant zu Chessingham: seine Schwester. Die andere offensichtlich seine Mutter. Nur sah diese weitaus älter aus, als ich es vermutet hatte. Bei näherem Hinsehen allerdings stellte sich heraus, daß sie lediglich viel älter wirkte. Ihr Haar war weiß, und ihre Augen hatten jenen eigenartigen Blick, den alte Menschen manchmal haben, wenn sie spüren, daß das Ende eines langen Weges nahe ist. Von schweren Adern gezeichnet, lagen ihre Hände knittrig und pergamenten im Schoß. Keine Greisin. Aber krank – schwer krank und vorzeitig gealtert. Doch sie saß sehr aufrecht da, und in ihren durchsichtigen, fast aristokratischen Zügen zeigte sich ein liebenswürdiges Lächeln.

»Mr. und Mrs. Cavell«, stellte Chessingham vor. »Dem Namen nach dürftet ihr ihn kennen; von ihm war schon des öfteren die Rede hier. Meine Mutter, meine Schwester Stella.«

»Ich freue mich, Sie kennenzulernen«, sagte Mrs. Chessingham. Ihre Stimme hatte jene distanziert lässige Arroganz, die zu einem vikorianischen Wohnzimmer und einer Horde Dienerschaft wundervoll gepaßt hätte. Dabei sah sie Mary an. »Meine Augen sind heute auch nicht mehr das, was sie einmal waren – leider – aber wie schön Sie sind, das sehen sie trotzdem noch. Kommen Sie und setzen Sie sich zu mir, mein Kind. Wie haben Sie das nur fertiggebracht, Mr. Cavell?«

»Sie muß mich wohl verwechselt haben, Madam.«

»So etwas soll vorkommen«, stimmte Mrs. Chessingham zu. In ihren Augen jedoch lag ein schalkhaftes Zwinkern; das hatten auch die Jahre nicht auszulöschen vermocht. »Entsetzlich, was sich heute in Mordon getan hat, Mr. Cavell. Nicht zu fassen. Wir wissen bereits alles.« Sie hielt inne und fuhr dann mit jenem kleinen lächelnden Zwinkern in den Augen fort: »Ich hoffe doch stark, daß Sie Eric nicht gleich verhaften wollen? Der arme Junge hat ja vor lauter Aufregung noch nicht einmal etwas gegessen.«

»Ihr Sohn hat leider das Pech, zum Labor I zu gehören, mehr haben wir ihm nicht vorzuwerfen. Unsere Bemühungen gehen lediglich dahin, ihn aus dem großen Kreis der Ermittlungen zu eliminieren. Jede Verkleinerung dieses Kreises ist ein gewisser Fortschritt für uns.«

»Eliminieren? Ich bitte Sie«, sagte Mrs. Chessingham nicht ohne eine gewisse Härte in der Stimme, »Eric braucht nicht erst eliminiert zu werden. Er hat damit nichts zu tun. Die bloße Idee ist absurd.«

»Selbstverständlich. Das weiß ich, und das wissen Sie, nur Polizeichef Hardanger, der mit der Aufklärung des Falles beauftragt ist, weiß es nicht. Und gleichgültig, wie überflüssig es auch manchmal sein mag, sämtliche Aussagen sind nun einmal nachzuprüfen. Daß ich hier bin und nicht einer seiner Leute, hat mich einige Überredung gekostet.« Mary sah mich groß an, faßte sich aber gleich wieder.

»Und warum lag Ihnen daran, wenn ich fragen darf?« Mir wurde es langsam peinlich, mit ansehen zu müssen, wie der junge

Chessingham in unserer Gegenwart von seiner Mutter bevormundet wurde.

»Weil ich Ihren Sohn kenne, während die Polizei das nicht tut. Das dürfte uns fünfundsiebzig Prozent aller Fragen ersparen. Sonderdienst-Detektive fragen grundsätzlich sehr viel und in einem Fall, wie er hier gegeben ist, nicht immer sonderlich taktvoll, sondern recht rücksichtslos, und ohne sich auch nur ein Blatt vor den Mund zu nehmen.«

»Das bezweifle ich nicht. Genausowenig wie ich bezweifle, daß auch Sie so rücksichtslos wie kaum ein anderer werden können, so der Anlaß dazu gegeben ist. Doch ich bin überzeugt, daß dies heute nicht in Ihrer Absicht liegt.« Mrs. Chessingham seufzte und legte die Hände auf die Sessellehnen. »Nun muß ich Sie aber doch bitten, mich zu entschuldigen! Ich bin alt und nicht gerade wohlauf. Deshalb genieße ich unter einigen anderen Privilegien auch den Vorzug, mein Abendessen im Bett einnehmen zu dürfen.« Lächelnd wandte sie sich an Mary: »Mit Ihnen würde ich mich aber gern noch ein bißchen unterhalten, mein Kind. Sehen Sie, ich habe so wenig Besuch, daß ich dieses Vergnügen so lange wie möglich auskosten möchte. Helfen Sir mir doch bitte über diese schreckliche Treppe, während Stella das Abendessen richtet.«

Alleingelassen, sah Chessingham mich an und sagte: »Entschuldigen Sie, meine Mutter ist –«

»Ihre Mutter ist eine wundervolle Frau«, unterbrach ich sofort, »kein Grund, sich zu entschuldigen.« Sein Gesicht hellte sich ein wenig auf. »Um zu Ihrer Aussage zu kommen, Sie gaben an, die ganze Nacht zu Hause gewesen zu sein. Und Ihre Mutter und Ihre Schwester sind bereit, das zu beschwören?«

»Natürlich würden sie das – ob ich nun zu Hause war oder nicht«, gab er lächelnd zurück.

Dazu nickte ich nur. »Nachdem ich sie kennengelernt habe, sollte mich das auch nicht wundern. Ihre Mutter könnte aussagen, was immer sie aussagen will, man würde ihr glauben. Nicht aber Ihrer Schwester. Dazu ist sie auch zu jung und zu unerfahren; jeder einigermaßen routinierte Kriminalist würde sie innerhalb von fünf Minuten fertigmachen. Wenn Sie also in irgendeiner Weise mit dieser Geschichte etwas zu tun haben sollten, dann halte ich Sie doch für so klug, daß Sie genau wissen werden, daß alles, was Sie angeben, stimmen muß. Können Ihre Angehörigen beschwören, daß Sie die ganze Nacht hier gewesen sind – bis, sagen wir, elf Uhr fünfzehn?«

Chessinghams Miene verdüsterte sich etwas. »Das nicht. Stella ist um halb elf schlafen gegangen. Danach saß ich noch stundenlang oben auf dem Dach.«

»Chessinghams Observatorium? Davon habe ich gehört. Und dafür haben Sie keinerlei Zeugen?«

»Nein.« Er dachte stirnrunzelnd nach. »Ist das denn so wichtig?« Ratlos und ärgerlich schüttelte er den Kopf. »Ich besitze nicht einmal ein lächerliches Fahrrad, und um diese Zeit verkehrt hier draußen nichts mehr, weder ein Bus noch sonst ein Verkehrsmittel. Außerdem hätte ich nie um Viertel nach elf in Mordon sein können, wenn ich bis um halb elf hier war. Es handelt sich immerhin um eineinhalb Meilen.«

»Wissen Sie, wie das Verbrechen sich abgespielt hat?« fragte ich. »Haben Sie davon gehört, daß eine Art Ablenkungsmanöver inszeniert wurde, um jemanden, der durch den Zaun wollte, zu decken? Dieser faule Fisch ist dann in einem in Alfringham gestohlenen Bedford-Laster entkommen.«

»Man ist zwar nicht sehr mitteilsam bei der Polizei, aber gehört habe ich davon. So etwas spricht sich ja immer sehr schnell herum.«

»Und wissen Sie auch, daß sich dieser Bedford etwa hundertfünfzig Meter von hier entfernt gefunden hat?«

»Hundertfünfzig Meter von hier?« Chessingham schien ehrlich bestürzt, starrte dann ins Feuer und brütete vor sich hin. »Schlecht, was?«

»Meinen Sie?«

Er dachte einen Augenblick nach und grinste dann. »So tüchtig, wie Sie glauben, bin ich nicht. Das ist gar nicht schlecht, das ist sogar sehr gut. Erstens, wäre ich der Fahrer gewesen, dann hätte ich den Wagen – wohlgemerkt nach halb elf – erst mal aus Alfringham holen müssen. Zweitens wäre ich dann nicht gerade nach Mordon gefahren, sondern getürmt. Drittens wäre ich kaum so ein Idiot gewesen, ihn vor meiner Haustür abzustellen. Und viertens kann ich gar nicht fahren.«

»Tja, das ist alles recht gut und schlüssig«, gab ich zu, »aber –«

»Halt!« stoppte er mich aufgeregt. »Das kann ich Ihnen sogar noch viel besser beweisen. Ich muß heute verdammt ein Brett vor dem Kopf haben. Kommen Sie mit nach oben in mein Observatorium.«

Ich kam mit. Durch eine Tür im ersten Stock hörte ich gedämpfte Stimmen: Mary und Mrs. Chessingham. Eine Strickleiter führte in eine Art quadratische Hütte mitten auf dem flachen Dach. Eine Seite war mit Furnierholz verkleidet. Vor dem Eingang hing ein Vorhang. Auf der anderen Seite stand ein beachtlich großes Reflektor-Teleskop in einer Plexiglaskuppel.

»Mein einziges Hobby«, sagte Chessingham. Alle nervöse Spannung war jetzt aus seinem Gesicht gewichen. Es zeigte nur noch den üblichen Eifer, mit dem jeder Enthusiast sein Steckenpferd reitet.

»Übrigens bin ich Mitglied der British Astronomical Association Jupiter-Abteilung, und Korrespondent für ein paar astronomische Monatszeitschriften – einige arbeiten ausschließlich mit Amateuren, aber ich kann Ihnen versichern, daß man bei denen, die von diesem Hobby ganz und gar gepackt sind, kaum mehr von Zeitvertreib reden kann. Bis gegen zwei Uhr morgens habe ich hier oben gehockt und an einer Fotoserie für eine Zeitschrift über den Roten Fleck im Jupiter und den Satelliten Io, der seinen eigenen Schatten verdunkelt, gearbeitet.« Ein Stein schien ihm vom Herzen gefallen. Er wurde ganz aufgekratzt. »Hier ist das Schreiben, mit dem man mich dazu beauftragt hat – irgend etwas, was ich ihnen mal zuschickte, muß ihnen schwer imponiert haben.«

Ich warf nur einen flüchtigen Blick auf den Brief. Der war einwandfrei.

»Sechs Serien habe ich gemacht. Eine Aufnahme immer besser als die andere, auch wenn ich mich hier selbst beweihräuchere. Warten Sie, die muß ich Ihnen unbedingt zeigen.« Er verschwand durch den Vorhang, hinter dem ich seine Dunkelkammer vermutete, und erschien mit einem Stapel offensichtlich frisch entwickelter Fotos. Ich nahm sie ihm ab. Aber ich konnte diesen trübseligen grauen Flecken und Streifen, die sich gegen ein noch graueres Grau abhoben, beim besten Willen nichts abgewinnen. »Nicht schlecht, was?«

»Gar nicht schlecht.« Dabei fiel mir etwas ein. Ich überlegte und sagte dann schnell: »Läßt sich an diesen Aufnahmen feststellen, um welche Zeit sie gemacht worden sind?«

»Das ist es ja, weshalb ich Sie hierher geschleift habe. Bringen Sie sie zum Greenwich Observatorium, lassen Sie die genauen Längen- und Breitengrade dieses Hauses bestimmen, und man wird Ihnen auf die Sekunde genau sagen, wann jede dieser Aufnahmen gemacht worden ist. Bitte sehr, nehmen Sie sie mit.«

»Danke, danke.« Ich händigte ihm die Fotos lächelnd wieder aus. »Zeitvergeudung. Ich weiß immer genau, wann ich aufzuhören habe, und bei Ihnen bin ich schon weit darüber hinausgegangen. Meinetwegen schicken Sie sie mit herzlichen Grüßen von mir an die Astronomische Monatszeitschrift.«

Wir fanden Mary und Stella vor dem Kamin. Ein paar landläufige Redensarten, ein höfliches Ablehnen der angebotenen Drinks, und schon waren wir wieder unterwegs. Ich schaltete die Heizung ein, soweit es ging, aber nichts rührte sich. Vermutlich war gar keine da, die einzuschalten gewesen wäre. Es war bitter kalt, und es goß. Ich hoffte still, daß wenigstens der Regen nachließe.

»Was hast du herausgebracht?«

»Wie ich das alles hasse«, sagte sie heftig. »Ich mag es einfach nicht. Dieses widerliche Aushorchen. Lügen, nichts als Lügen – egal, wer es ist, ob nun diese reizende alte Dame oder dieses nette Mädchen. Wenn ich bedenke, daß ich all diese Jahre für den Polizeichef gearbeitet und mir nie etwas dabei gedacht –«

»Ich weiß«, sagte ich, »aber du lieber Gott, wo scharf geschossen wird, muß zurückgeschossen werden. Denk doch an den Doppelmord. Denk an diesen Kerl, der mit diesem Satanszeug in der Tasche herumläuft. Denk an –«

»Du hast recht. Entschuldige. Ich bin halt nicht ganz dafür geschaffen – na ja, lassen wir das. Viel ist es sowieso nicht, was ich da aus ihnen herausgeholt habe. Ein Mädchen haben sie, deshalb war das Essen auch so schnell fertig, als Stella aufstand. Stella ist zu Hause. Ihr Bruder besteht darauf. Er besteht darauf, daß sie sich um ihre Mutter kümmert. Die ist wirklich schwer krank – soweit ich Stella verstanden habe. Es kann so ungefähr jeden Tag zu Ende gehen – obwohl der Arzt überzeugt ist, daß ein ständiger Aufenthalt in wärmerem Klima, in Griechenland oder Spanien eventuell, ihr Leben um zehn Jahre verlängern könnte. Irgendeine gefährliche Herzasthma-Geschichte. Aber sie will halt nicht. Lieber in Wiltshire sterben als in Alicante vegetieren. In diesem Sinne jedenfalls hat sie sich ausgedrückt. Und mehr habe ich leider auch nicht zu bieten.« Genug für mich. Mehr als genug. Ich saß stumm da und überlegte mir gerade, ob der Chirurg, der mir ein neues Bein vorgeschlagen hatte, vielleicht doch nicht ganz so unrecht haben könnte, als Mary abrupt in diese Erwägungen eingriff.

»Und du? Wie weit bist du gekommen?«

Ich berichtete, wie weit ich gekommen war. Als ich zu Ende war, sagte sie: »Du hast doch aber dem Polizeichef erzählt, daß du Chessingham nur sehen wolltest, um ihn über Hartnell auszuholen? Und? Was hast du nun erfahren?«

»Nichts. Von dem war überhaupt nicht die Rede.«

»Ja wie? Warum nicht?«

Ich sagte ihr, warum nicht.

Dr. Hartnell und seine Frau – Kinder hatten sie keine – waren zu Hause. Beide kannten Mary. Aus irgendeinem gesellschaftlichen Anlaß waren wir während der kurzen Zeit, die Mary bei mir in Mordon war, einmal zusammengekommen. Trotzdem dachten sie gar nicht daran, sich etwas vormachen zu lassen. Wen ich auch sprach, alles war nervös und sehr auf der Hut. Und verdenken konnte ich es ihnen wahrhaftig nicht. Mir wäre es schließlich auch nicht anders gegangen, wenn ich den Eindruck gehabt hätte, daß man mir ein paar handfeste Morde aufzuhalsen gedachte.

Wieder ließ ich die alte Platte von der reinen Formalität und den Unannehmlichkeiten einer Befragung durch Hardangers Leute statt meiner ablaufen. Was sie in den frühen Abendstunden getan hatten, interessierte mich nicht. Was sie später getan hätten, verlangte ich zu erfahren.

»Ferngesehen – und zwar ab halb zehn. ›The Golden Cavaliers‹, eine Fernsehverfilmung des erfolgreichen Bühnenstücks, das endlos lange in London auf dem Spielplan gestanden und jetzt gerade abgesetzt worden war.«

»Ach! Haben Sie das gesehen« griff Mary das Stichwort auf. »Ich auch. Pierre war gestern mit Geschäftsfreunden aus, und da habe ich's auch eingestellt. Ausgezeichnet fand ich's.« Und dann diskutierten sie die Sendung eine Weile. Mary hatte den Film gesehen, das wußte ich, und was sie jetzt bezweckte, wußte ich auch. Sie wollte feststellen, ob sie auch wirklich ferngesehen hatten, und das hatten sie zweifellos. »Und wann war das Programm zu Ende?« ließ ich mich nach einer Weile vernehmen.

»Gegen elf.«

»Und dann?«

»Dann haben wir schnell noch etwas gegessen und sind schlafen gegangen.«

»So gegen elf Uhr dreißig?«

»Spätestens.«

»Das genügt mir.« Und das war der Moment, da Mary sich räusperte und ich wie zufällig zu ihr hinübersah. Ihre wie zum Gebet gefalteten Hände lagen lässig im Schoß. Ich wußte, was es hieß. Hartnell log. Und obwohl ich es kaum glauben konnte, mußte es stimmen, wenn Mary dieser Meinung war.

Ich sah nach der Uhr. Um acht Uhr sollte ich angerufen werden, es war acht. Inspektor Wylie war pünktlich. Das Telefon läutete, Hartnell nahm ab und übergab mir den Hörer. »Für Sie, Cavell. Die Polizei, glaube ich.« Ich hielt den Hörer ein wenig vom Ohr ab. Wylie hatte schon von Haus aus eine tragende Stimme, und ich hatte ihn gebeten, möglichst laut und deutlich zu sein. Das war er. »Cavell? Sie hatten mir doch gesagt, wo Sie hin wollten, deshalb habe ich mal versucht, Sie zu erreichen. Brandeilig! Ganz finstere Sache an der Hailem-Kreuzung. Muß unmittelbar mit Mordon zusammenhängen, wenn mich nicht alles täuscht. Sehr verdächtig, muß ich sagen. Können Sie sofort einmal herunterkommen?«

»Sowie ich kann. Wo ist das denn?«

»Ganz in Ihrer Nähe, keine halbe Meile weit von da, wo Sie augenblicklich sind. Geradeaus, dann rechts und am Grünen Mann vorbei. Genau da.«

Ich hing ein, stand auf und überlegte unschlüssig einen Moment. »Das war Inspektor Wylie. Muß irgend etwas los sein an der Hailem-Kreuzung. Hätten Sie etwas dagegen, wenn ich Mary ein paar Minuten bei Ihnen ließe? Scheint schwer zu stinken –«

»Aber selbstverständlich doch.« Nachdem sein Alibi erfolgreich angekommen war, wurde Hartnell fast jovial. »Fahren Sie nur zu, wir werden schon auf Ihre Frau aufpassen.«

Ich stellte den Wagen ein paar hundert Meter weiter ab, holte die Taschenlampe aus dem Handschuhkasten und marschierte dahin zurück, wo ich hergekommen war. Ein rascher Blick durch das helle Fenster überzeugte mich, daß mir aus dieser Richtung keine Überraschungen blühen konnten. Hartnell war dabei, die Gläser zu füllen. Man unterhielt sich so angeregt, wie man das immer zu tun pflegt, wenn alle Ängste überstanden sind. Und daß Mary sie in Stimmung halten würde, dessen war ich sicher. Mrs. Hartnell saß noch immer da, wo sie gesessen hatte, ohne daß sie sich auch nur erhoben hätte, um uns zu begrüßen. Die Beine mußten es sein, die ihr zu schaffen machten. Elastikstrümpfe sind durchaus nicht immer ganz so unsichtbar, wie ihre Hersteller das glauben machen möchten.

Die Garage war zwar mit einem schweren Vorhängeschloß versehen, aber den Schlossermeister, in dessen Lehre ich einen Teil meiner Kenntnisse erworben hatte, hätte das höchstens ein Lächeln gekostet. Mich nicht. Ein Meister dieses ehrbaren Handwerks war ich nicht. Trotzdem hatte ich es in zwei Minuten offen, ohne mich auch nur in die Finger geritzt zu haben. Im Verlauf seines mißglückten Abstechers ins große Börsengeschäft hatte Hartnell seinen Wagen verkaufen müssen und besaß als einziges Beförderungsmittel lediglich noch einen Vesparoller, obwohl er, wie ich genau wußte, täglich per Bus nach Mordon kam. Dieser Roller war in anständigem Zustand und machte den Eindruck, als wäre er erst kürzlich einer Generalreinigung unterzogen worden. Was mich interessierte war allerdings nicht das, was daran blitzte, sondern das, was daran verdreckt war. Ich nahm das Vehikel unter die Lupe, kratzte schließlich etwas angetrockneten Schmutz vom vorderen Kotflügel, ließ den Staub in einen Plastikbeutel rutschen und machte diesen dicht. Dann sah ich mich noch zwei Minuten um und ging wieder.

Ein Blick ins Fenster ergab die gleiche Situation. Friedlich vereint, saß man noch immer um den Kamin, machte in Geselligkeit und trank. Ich zog mich wieder in Richtung Garage zurück; diesmal noch weiter an den dahinterliegenden Werkzeugschuppen. Noch ein Schloß. Hier aber war ich einigermaßen weit vom Schuß und außer Sicht. Ich sah mir das Ding gründlich an. Alles andere kostete mich nur einen Griff und ein Lächeln. Der Schuppen war kaum größer als etwa siebenmal fünf Meter, und ich brauchte keine zehn Sekunden, um das zu finden, was ich wollte. Nicht einmal der Versuch, etwas zu verstecken, war hier unternommen worden. Ich stopfte alles, was ich brauchte, kurzerhand in den nächsten Plastikbeutel, schloß wieder ab und ging zurück zum Wagen. Gleich darauf hielt ich an Hartnells Einfahrt und drückte auf den Klingelknopf. Hartnell erschien.

»Na also, das hat ja nicht sehr lange gedauert, Cavell«, sagte er gutgelaunt, als er mich hineinbrachte. »Was war –« Das Lächeln verging ihm, als er mein Gesicht sah.

»War etwas – stimmt etwas nicht?«

»Ganz und gar nicht«, sagte ich eiskalt. »Es stinkt, Dr. Hartnell. Und es stinkt sogar sehr übel. Ich stelle Ihnen anheim, mir das zu sagen, was es zu sagen gibt.«

»Ich?« Sein Gesicht wurde hart, aber ein Schatten von Angst sprang in seine Augen. »Wovon reden Sie eigentlich? – Verdammt, vielleicht werden Sie etwas deutlicher, Cavell.«

»Reißen Sie die Klappe nicht so weit auf«, sagte ich. »Falls Sie unbegrenzt Zeit haben, ich leider nicht. Und da ich es ablehne, meine Zeit zu verschwenden, muß ich leider auch auf alle höflichen und vornehmen Floskeln verzichten. Um es kurz und bündig zu machen, Sie lügen wie gedruckt, Hartnell.«

»Verdammt, das geht zu weit, Cavell!« Sein Gesicht war blaß geworden; ich sah seine geballten Fäuste und wußte, daß er am liebsten auf mich losgegangen wäre, auch wenn ihm als Mediziner mit vierzig Pfund weniger auf den Rippen hätte einleuchten dürfen, daß das ein nicht gerade vielversprechendes Unternehmen war. »So lasse ich nicht mit mir umspringen.«

»Der Staatsanwalt in Old Bailey wird noch ganz anders mit Ihnen umspringen; nehmen Sie es als kleine Übung zur allmählichen Gewöhnung hin. Wenn Sie ›The Golden Cavaliers‹, wie Sie behaupten, gestern abend gesehen haben wollen, dann müssen Sie Ihren Fernsehapparat auf die Lenkstange Ihres Rollers montiert haben. Die Gendarmeriestreife, die Sie gestern noch spät nachts durch Hailem rollen sah, erwähnte allerdings davon nichts.«

»Cavell, ich kann Ihnen nur versichern, daß ich nicht die leiseste Ahnung habe –«

»Kommen Sie, kommen Sie, mir wird allmählich übel«, sagte ich angewidert. »Lügen sind verzeihlich, Dummheit bei einem Mann Ihres Formats nicht.« Ich sah zu Mary hinüber. »Bitte!

Wie war das mit ›The Golden Cavaliers‹?«

Mary zog unglücklich und widerwillig die Schultern hoch. »Sämtliche Sendungen in Südengland waren gestern abend schwer gestört. Wir hatten drei längere Bildstörungen. Es dauerte deshalb bis zwanzig vor zwölf.«

»Also müssen Sie ein Spezialgerät haben, Hartnell«, warf ich hin, ging zum Zeitungsständer und holte mir das Programm, aber noch ehe ich es öffnen konnte, sagte Mrs. Hartnell verängstigt: »Nicht nötig, Mr. Cavell. Die gestrige Sendung war lediglich eine Wiederholung vom Sonntagnachmittag. Und am Sonntag hatten wir den Film gesehen. Komm Tom, du machst damit wirklich nichts besser, im Gegenteil.«

Hartnell warf seiner Frau einen Blick zu, der keinen Zweifel darüber offenließ, wie miserabel ihm zumute war, dann wandte er sich um, warf sich in einen Stuhl und goß das, was noch in seinem Glas war, in sich hinein. Mir bot er nichts an, aber ich war weit davon entfernt, ihm seinen Mangel an Gastfreundschaft als weiteres Manko auf der langen Liste seiner Schwächen anzukreiden. Der Zeitpunkt, sich in höflicher Gastfreundschaft zu üben, schien mir hier nicht ganz gegeben. Statt dessen sagte er: »Ich war aus gestern abend. Irgend jemand rief mich an und forderte mich auf, nach Alfringham zu kommen.«

»Wer?«

»Das tut nichts zur Sache. Ich habe ihn gar nicht getroffen, denn er war gar nicht da, als ich kam.«

»Dürfte es sich nicht zufällig um unseren lieben Freund und Halsabschneider Tuffnell von der Firma Tuffnell und Hanbury handeln, die unter der Bezeichnung ›Rechtsberatung‹ ihr ehrbares Gewerbe betreibt?«

Er starrte mich an. »Tuffnell – Sie kennen Tuffnell?«

»Die seit grauen Vorzeiten bestehende Firma Tuffnell und Hanbury ist der Polizei aller umliegenden Grafschaften wohlbekannt; sie betreibt, wie gesagt, ihr ehrbares Gewerbe unter dem Firmenschild ›Rechtsberatung‹. Jeder kann sich so nennen. Das Gesetz gibt keinerlei Handhabe, dagegen anzugehen. Daher kann auch behördlicherseits nichts dagegen unternommen werden. Tuffnells einzige Rechtskenntnis resultiert aus den mannigfaltigen Anlässen, um derentwillen er sich vor dem Landgericht zu verantworten hatte, gerichtliche Verfahren, in denen in der Hauptsache von Korruption und Bestechung die Rede war. Eine der größten Geldverleihfirmen weit und breit und die bei weitem als halsabschneiderisch verrufenste.«

»Aber wie kommen Sie nur – wieso tippen Sie gerade auf –?«

»Ich tippe nicht. Ich weiß, daß es Tuffnell war. Nur einer, der Sie völlig in der Hand hat, bringt es fertig, Sie um diese Zeit noch herauszulotsen, und Tuffnell hat Sie in der Hand. Nicht nur mit den hypothekarischen Belastungen Ihres Hauses, sondern auch noch mit einem Wechsel über fünfhundert Pfund.«

»Wer hat Ihnen das gesagt?« fragte Hartnell tonlos.

»Niemand. Dahinter bin ich allein gekommen. Sie glauben doch nicht etwa, daß man in einem Laboratorium, das die höchste Sicherheitsstufe in England hat, tätig sein kann, ohne daß nicht alles, was man tut und läßt, überwacht wird? In Ihrer Vergangenheit kennen wir uns besser aus als Sie selbst, Hartnell, so und nicht anders ist es. Geben Sie schon zu, daß es Tuffnell war.«

Hartnell nickte. »Er bestellte mich für punkt elf Uhr hin. Was half alles Protestieren? Er drohte mir, mich wegen der Hypotheken in die Zange zu nehmen und mich wegen der fünfhundert Pfund vor das Konkursgericht zu zitieren, wenn ich dieser Aufforderung nicht nachkäme.«

Dazu konnte ich nur noch den Kopf schütteln. »Ihr Wissenschaftler seid doch alle egal. Außerhalb eurer vier Laborwände sollte man euch allesamt entmündigen oder einsperren. Wer Geld verleiht, tut dies auf eigenes Risiko und hat keinerlei rechtliche Handhabe. Er war also nicht da?«

»Nein. Ich wartete erst mal eine Viertelstunde und fuhr dann dahin, wo er wohnt – tolles Ding, Villa mit Tennisplatz, swimming pool und allem, was dazu gehört«, sagte Hartnell nicht ganz ohne Bitterkeit. »Ich nahm an, es handle sich vielleicht um ein Versehen, ich dachte, er hätte mich irrtümlich ins Büro bestellt, während er mich zu Hause erwartete. Aber er war nicht da. Kein Mensch war da. So fuhr ich dann wieder zum Büro nach Alfringham zurück, wartete noch eine Weile und machte dann, daß ich wieder nach Hause kam. Gegen Mitternacht dürfte es gewesen sein.«

»Sind Sie wenigstens gesehen worden? Oder haben Sie irgend jemanden getroffen? Gibt es eine Seele, die das bezeugen kann?«

»Niemanden. Keine Seele. Es war spät, und die Straßen waren menschenleer – und eiskalt war es außerdem.« Er hielt inne. »Der Polizeibeamte«, sagte er plötzlich hoffnungsvoll, »ja, der hat mich gesehen.« Bei den letzten Worten schien seine Stimme ins Stocken zu geraten.

»Und wenn«, gab ich zurück, »von Hailem hätten Sie genausogut auch nach Mordon abzweigen können.« Ich seufzte. »Außerdem existiert dieser Polizeibeamte nicht. Sie sind nicht der einzige, der hier lügt. Merken Sie allmählich, wie brenzlig die Sache für Sie ist? Ein Anruf, den wir Ihnen glauben können oder nicht – und keine Spur von demjenigen, der ihn getätigt hat. Sechzehn Meilen waren Sie auf Ihrem Roller unterwegs, plus Wartezeit in einer normalbelebten Kleinstadt – und nicht eine einzige Seele soll Sie dabei gesehen haben. Und obendrein sind Sie so zutiefst verschuldet und in einer so verzweifelten Klemme, daß man von Ihnen so ungefähr alles verlangen kann. Auch einen Einbruch in Mordon, wenn genug dabei herausspringt.« Schweigend nahm er das hin und stand dann müde auf. »Ich bin unschuldig, Cavell, vollkommen unschuldig. Aber ich weiß, was mir blüht, denn so ein Idiot bin ich nun auch wieder nicht. Also dann auf in die – wie nennen Sie das noch? – Untersuchungshaft.«

»Und Sie. Mrs. Hartnell, was halten Sie davon?« fragte ich.

Mrs. Hartnell lächelte mühsam und sagte stockend: »Daß Sie das vorhaben, glaube ich nicht ganz. Ich – ich habe zwar keine Ahnung, wie Polizeioffiziere sich verhalten, wenn sie jemanden wegen Mordverdacht zu verhaften gedenken, aber ganz so, wie sich das hier bei uns abspielt, habe ich es mir doch nicht vorgestellt.«

»Möglicherweise wäre es gescheiter, wenn Sie statt Ihres Mannes in Labor I arbeiten würden«, sagte ich trocken. »Als Alibi steht Ihre Story auf so schwachen Beinen, Hartnell, daß es geradezu lächerlich ist. Kein vernünftiger Mensch würde auch nur einen Augenblick in Erwägung ziehen, Ihnen das alles abzunehmen, aber vielleicht bin ich ein Idiot. Ich nehme es Ihnen ab.«

Hartnell stieß einen Seufzer der Erleichterung von ungewöhnlicher Tiefe und Länge aus. Seine Frau indessen gab in einem etwas zögernden Anfall von Bauernschläue zu bedenken: »Wenn das nur keine Falle ist. Womöglich halten Sie Tom doch für schuldig und beabsichtigen, ihn jetzt nur in Sicherheit zu wiegen?«

»Mrs. Hartnell«, unterbrach ich, »bei allem Wohlwollen muß ich leider feststellen, daß Sie den in der Wildnis von Wiltshire gegebenen Fakten des Daseins mit abgrundtiefer Ahnungslosigkeit gegenüberstehen. Ihr Mann mag zwar annehmen, daß er von niemandem gesehen wurde, aber ich kann Ihnen versichern, daß zwischen halb elf und elf auf dem Weg von Ihrer Wohnung nach Alfringham noch einiges auf den Beinen war. Liebespärchen, schlechten Gewissens heimschleichende Ehemänner, die sich unterwegs noch etwas Mut antrinken mußten, um dem ihrer harrenden Empfang zu begegnen, bejahrte und weniger bejahrte weibliche Blicke hinter nicht ganz geschlossenen Vorhängen. Sie glauben nicht, wie viele Zeugen ich bis morgen mittag mit einem Trupp Detektive auf die Beine brächte – ein volles Dutzend, die Dr. Hartnell zumindest vor der Firma Tuffnell und Genossen warten sahen, wollen wir wetten? Aber das werde ich mir schenken.«

»Tom«, sagte Mrs. Hartnell sanft, »hast du das gehört? Es stimmt, es ist wahr.«

»Jawohl, es ist wahr. Irgend jemand versucht, den Verdacht auf Sie zu lenken, Hartnell, und ich wäre dafür, daß Sie in den nächsten zwei Tagen zu Hause blieben. In Mordon regle ich alles für Sie. Aber Sie werden mit niemandem – wohlgemerkt mit *niemandem* – während dieser Zeit zusammenkommen. Meinetwegen legen Sie sich ins Bett – wenn's sein muß, aber halten Sie bloß den Mund. Ihre Abwesenheit, Ihre Indisposition wird allgemein den Eindruck erwecken, daß wir Sie auf dem Kieker hätten. Kapiert?«

»Vollkommen. Entschuldigen Sie, daß ich mich eben wie ein Idiot benommen habe, Cavell, aber –«

»Die Liebenswürdigkeit selbst war ich auch nicht gerade. Gute Nacht.«

Im Wagen fragte Mary verwundert: »Wo um alles in der Welt ist nur die sprichwörtliche Cavellsche Härte geblieben?«

»Weiß ich nicht. Warum?«

»Du hattest doch nicht nötig, ihm zu sagen, daß er nicht verdächtigt wird. Du hättest ihn, ohne auch nur ein Wort zu sagen, weiter wie bisher arbeiten lassen können. Der ist gar nicht fähig, die Angst, die ihm im Genick sitzt, nicht zu zeigen und somit den wahren Täter glauben zu machen, daß wir ihn in der Zange haben. Und das hätte dir doch genauso in den Kram gepaßt. Aber das hast du nicht fertiggebracht, nicht wahr?«

»Ehe ich geheiratet habe, hätte mir das nicht passieren können. Du bist mein Ruin. Im übrigen würde er, wenn er all das belastende Beweismaterial, das gegen ihn vorliegt kennen würde, restlos die Nerven verlieren.«

Darauf verstummte sie. Sie saß links vor mir, und wer immer auch links von mir sitzt, den sehe ich nun einmal nicht. Ich wußte jedoch genau, daß sie jetzt zu mir aufsah und mich unverwandt anstarrte. Und schließlich sagte: »Das verstehe ich nicht.«

»Hinten im Wagen liegen drei Plastikbeutel. In einem liegt ein bißchen getrockneter roter Lehm. Hartnell fährt ständig mit dem Bus zum Dienst, aber diesen Lehm – ein ganz eigenartiges rötliches Zeug – fand ich unter dem vorderen Kotflügel seines Rollers. Weit und breit gibt es hier nur ein paar Felder, deren Boden von einer solchen Färbung ist. Und diese Felder liegen in der Nähe des Mordoner Haupttors. Im zweiten ist ein Hammer, den ich im Werkzeugschuppen fand – einwandfrei sauber, aber ich wette, daß noch ein paar graue Haare daran kleben, die unserem Kameraden Rollo, der gestern nacht so traurige Erfahrungen damit gemacht hat, gehören dürften. Im dritten eine Isolierzange, blitzblank und sauber, aber ein mikroskopischer Vergleich der Kratzer und Drahtenden dürfte sehr interessante Resultate erzielen.«

»Und das alles hast du gefunden?« flüsterte Mary erstickt.

»Das alles habe ich gefunden. Ein Genie würde ich sagen.«

»Und jetzt sorgst du dich halbtot, nicht wahr?« fragte Mary. Ich gab keine Antwort, sie ließ sich jedoch nicht beirren. »Bei all diesen Indizien glaubst du noch immer, daß er unschuldig ist? Daß jemand zu derartigen Lügen –«

»Hartnell ist unschuldig. An den beiden Morden auf jeden Fall. Das Schloß an seinem Werkzeugschuppen zeigt deutliche Kratzer, wenn man einen Blick für so etwas hat. Irgend jemand hat es gestern nacht aufgeknackt und war in seinem Schuppen.«

»Wozu hast du das Zeug dann überhaupt mitgenommen –«

»Aus zweierlei Gründen. Einmal, weil es auf unserer schönen grünen Insel ein paar Polizeibeamte gibt, die von dem Glauben, daß zwei und zwei nun einmal unweigerlich vier sein muß, so durchdrungen sind, daß sie Hartnell daraufhin am liebsten ohne jede weitere Verhandlung an der nächstbesten alten Eiche aufhängen würden. Der rote Staub, Hammer und Isolierzange plus Paul Reveres Mondscheinfahrt – das alles ist geradezu vernichtend.«

»Aber – aber hast du nicht selbst gesagt, daß du jede Menge Zeugen auftreiben könntest –«

»Leeres Gewäsch. Auch wenn ich ihn einen abgefeimten Lügner nannte, mein Kaliber hat er nicht. In der Nacht sind alle Katzen grau. Und ein Motorradfahrer mit Mantel, Sturzhelm und Brille sieht aus wie jeder andere. Ich wüßte nur wahrhaftig nicht, was es uns einbringen soll, wenn wir Hartnell und seine Frau halbtot ängstigen. Wenn es uns etwas einbrächte, dann hätte ich weiß Gott nicht gezögert. Nicht bei diesem Irren, der mit diesem Satanszeug in der Tasche herumrennt. Außerdem will ich nicht, daß Hartnell Blut und Wasser schwitzt.«

»Was willst du denn damit sagen?«

»Das weiß ich selbst nicht so genau«, gestand ich. »Hartnell würde keiner Fliege etwas zu leide tun, das weiß ich, aber er ist in eine sehr obskure Geschichte verwickelt, in eine ganz üble Sache.«

»Wie kommst du nur darauf? Du hast doch eben selbst noch gesagt, daß er klar geht. Warum –«

»Herrgott, ich hab dir doch gesagt, daß ich es selbst noch nicht weiß«, sagte ich gereizt. »Nenn es Ahnung, nenn es das undefinierbare Gefühl, das im Unterbewußtsein festsitzt und sich noch nicht bis dahin, wo ich es erkennen kann, heraufgearbeitet hat – was immer es sein mag, demjenigen jedenfalls, der Hartnell durch Nacht und Nebel nach Alfringham gehetzt und ihm inzwischen die faulen Eier ins Nest gelegt hat, dürfte es jetzt nicht nur ein wenig, sondern doch reichlich schwül werden, und das ist mein zweiter Grund, warum ich bei meinem Streifzug durch Hartnells Gelände die Beweisobjekte A, B und C mitgehen ließ. Gälte Hartnell offiziell als einwandfrei entlastet oder säße er im Loch, wäre unser Genosse genauestens informiert, wie seine Aktien stehen. Da Hartnell aber nun mysteriös und sehr verdächtig durch Abwesenheit in Mordon glänzt und zu Hause ist, ohne daß von solchen Indizien die Rede ist, tappt er völlig im dunkeln und kennt sich überhaupt nicht mehr aus. Er muß unschlüssig werden. Und Unschlüssigkeit hemmt jede Aktion, und das wiederum ist ein Zeitgewinn. Und wir brauchen alle Zeit, deren wir habhaft werden können.«

»Pierre Cavell, du hast einen niedrigen und verwerflichen Charakter«, sagte Mary langsam und sehr betont, »aber ich glaube, wenn ich selbst unschuldig eines Verbrechens angeklagt wäre und alles stünde gegen mich, dann wünschte ich mir keinen anderen als dich im Ermittlungsverfahren. Umgekehrt allerdings, wäre ich schuldig, und nichts deutete daraufhin, daß ich es bin, dann wäre mir aber auch jeder andere lieber als gerade du. Das hat mein Vater gesagt, und der sollte es wissen. Du wirst ihn finden, den Kerl, ich weiß es, Pierre.«

Ich wünschte nur, daß ich diesen frommen Glauben hätte teilen können. Doch davon konnte gar keine Rede sein. Ich wußte nichts, überhaupt nichts, außer daß weder Hartnell noch seine liebe Gattin von so frommer, blauäugiger Unschuld waren, wie sie es schienen und daß mein Bein verflucht wehtat. Dem weiteren Ablauf dieser Nacht sah ich nicht beglückt entgegen.

Kurz vor zehn landeten wir wieder im *Waggoner's Rest*. Hardanger saß in Gesellschaft eines Unbekannten, der, wie sich gleich herausstellte, Polizeistenograf war, in einer stillen Ecke unten im Foyer. Der Polizeichef studierte irgendeinen Schriftsatz, hob ab und zu den Kopf und blickte verdrossen in die Gegend, doch aller Unmut schwand, als er unser ansichtig wurde — sagen wir, als er Marys ansichtig wurde. Ihr brachte er geradezu väterliche Gefühle entgegen, und er begriff es nicht, wie sie sich an ein Subjekt wie mich wegschmeißen konnte.

Ich ließ ihnen ein paar Minuten zur Begrüßung, sah Mary an und wünschte mir wieder einmal vage wie schon so oft, ein Tonband und eine Kamera bei mir zu haben, um den sanften Tonfall ihrer Stimme und ihr faszinierendes Mienenspiel für einen Tag zu bewahren, an dem mir vielleicht nichts als das von ihr geblieben war. Dann räusperte ich mich diskret, um sie daran zu erinnern, daß ich auch noch da war. Hardanger sah mich an, und sein Lächeln erlosch, als hätte er auf einen inneren Lichtschalter gedrückt.

»Na und Sie, was haben Sie wieder auf Lager?« fragte er.

»Allerhand. Den Hammer, mit dem der Hund gestreichelt wurde, die Isolierzange, mit der der Draht durchschnitten worden ist, und den offensichtlichen Beweis, daß Dr. Hartnells Moped gestern nacht in nächster Nähe von Mordon gewesen sein muß.«

Er zuckte mit keiner Wimper. »Na, dann gehen wir vielleicht mal auf Ihr Zimmer«, sagte er. Wir gingen. Oben angekommen sagte Hardanger zu seinem Begleiter: »Ihren Block, bitte, Johnson«, und zu mir: »Packen Sie aus, Cavell – schön von Anfang an, wenn ich bitten darf.«

Ich packte alles aus und unterschlug lediglich das, was Mary von Chessinghams Angehörigen erfahren hatte.

»Und Sie sind überzeugt davon, daß Hartnell nur etwas in die Schuhe geschoben werden soll?«

»Sieht ganz danach aus.«

»Und daß das auch ein ganz raffinierter Doppeldreh sein könnte, auf die Idee sind Sie noch nicht verfallen? Daß Hartnell selbst dahinter steckt, meine ich?«

»Auch das ist natürlich drin, ich halte es aber für ausgeschlossen. Ich kenne Hartnell. Außerhalb seiner vier Laborwände steht er allen praktischen Dingen des Lebens mit geradezu jämmerlicher Hilflosigkeit gegenüber – nein, von dem Holz, aus dem der rigorose, scharf kalkulierende Gangster ist, von dem ist der wahrhaftig nicht. Und daß er so weit gehen würde, sein eigenes Schloß aufzuknacksen, das glaube ich denn doch nicht. Wie dem auch sei, jedenfalls soll er erst einmal zu Hause bleiben, das habe ich ihm aufgetragen. Wer immer die Ampullen gestohlen hat, wußte auch warum. Inspektor Wylie wartet nur darauf, in Aktion zu treten. Veranlassen Sie, daß er Hartnells Haus durch seine Leute beobachten läßt, damit wir sichergehen, daß er auch bleibt, wo er ist. Er wird kaum auf den wahnsinnigen Einfall gekommen sein, sich die Eier ins Haus zu legen, auch wenn er schuldig sein sollte. Und wenn er sie sonstwo hat, dann kann er momentan nicht dran, und damit wären wir eine Sorge los. Gehen Sie doch diesem gestrigen Mondscheinausflug mal nach, das scheint mir wesentlich.«

»Wird gemacht«, versprach Hardanger. »Haben Sie aus Chessingham etwas über Hartnell herausgequetscht?«

»Nichts von Bedeutung. War mehr oder weniger eigene Witterung. Hartnell war eigentlich der einzige aus dem verdächtigen Haufen, der unter Umständen irgendwelchen dunklen Erpressungsmanövern zugänglich sein konnte. Der springende Punkt dabei ist nur, daß auch noch jemand anderes davon wissen muß. Sogar, daß Tuffnell nicht zu Hause war, muß er gewußt haben. Und das ist *derjenige,* hinter dem wir her sind. Wie kann *er* nur dahintergekommen sein?«

»Wie sind Sie denn dahintergekommen?« fragte Hardanger.

»Sehr einfach, Tuffnell selbst hat mich davon informiert. Ich war vor einigen Monaten einmal vierzehn Tage hier, um Derry bei den Überprüfungsarbeiten an einem Haufen frisch eingestellter Wissenschaftler zu helfen. Und bei dieser Gelegenheit habe ich Tuffnell um die Namen all derer ersucht, die bei ihm in der Kreide stehen. Hartnell ist nur einer aus einem ganzen Dutzend.«

»Haben Sie ihn ›ersucht‹, oder haben Sie das von ihm verlangt?«

»Verlangt.«

»Daß das illegal ist, wissen Sie doch wohl. Mit welcher Begründung?«

»Mit der Begründung, ihn sonst für einige Jährchen hinter Schloß und Riegel zu setzen.«

»Waren Sie so gut informiert?«

»Wozu? Obskure Gestalten wie Tuffnell haben immer einiges zu vertuschen. Demgemäß spurte er. Tuffnell, der könnte über Hartnell geredet haben, ja. Oder auch sein Partner Hanbury.«

»Und die übrige Gefolgschaft? Wie steht es mit der?«

»Ist nicht vorhanden. Nicht mal eine Tipse. Bei dem Geschäft traut man nicht einmal der eigenen Mutter über den Weg. Außer den beiden können nur Cliveden, Weybridge, unter Umständen noch Clandon und ich davon gewußt haben. Und Easton Derry natürlich. Keine Seele sonst hatte Zugang zu den Mordoner Geheimakten. Derry und Clandon sind tot, folglich bleibt nur Cliveden.«

»Absurd. Der war bis nach Mitternacht auf einer Sitzung des Kriegsministeriums. In London.«

»Er könnte immerhin seine Informationen weitergegeben haben. Was ist daran so absurd?« Darauf schien auch Hardanger nichts zu erwidern zu haben, und ich fuhr fort: »Und Weybridge? Wo war der gestern nacht zwischen elf und zwölf?«

»Im Bett.«

»Wer hat Ihnen das gesagt? Er selbst?« Hardanger nickte, und ich bohrte weiter: »Und wer bestätigt uns das?« Hardanger sah mulmig vor sich hin. »Er lebt ganz allein im Offiziersblock. Witwer. Hat nur eine Ordonnanz, die sich um seinen Kram kümmert.«

»Wie praktisch. Was ist bei den anderen herausgekommen?«

»Sieben wären es noch«, sagte Hardanger. »Einer davon,

wie Sie sagten, ein Nachtposten. Ist erst zwei Tage hier – hatte von der Versetzung nichts geahnt. Als Ersatz für einen erkrankten Wachposten vom Regiment abkommandiert. Dr. Gregori war die ganze Nacht zu Hause. Der wohnt etwas außerhalb von Alfringham in einer als gut und teuer bekannten Pension, und ein halbes Dutzend Leute sind vorrätig, die bereit sind, zu beschwören, daß er zumindest bis Mitternacht im Haus war. Damit fällt er flach. Dr. MacDonald war mit Freunden zu Hause, ausgesprochen respektable Leute alle. Sie haben Karten gespielt. Zwei der Techniker, Verity und Heath, waren auf'm Schwof in Alfringham. Die scheinen auch alle beide sauber zu sein. Die anderen zwei, Robinson und Marsh, waren gemeinsam mit ihren Mädchen aus. Kino, Café, dann nach Hause.«

»Und das ist alles?«

»Verdammt alles.«

»Aber was ist mit diesen beiden Technikern und ihren Mädchen?« warf Mary ein. »Robinson und Marsh – die decken sich ja gegenseitig. Und ein Mädchen war doch auch mit im Spiel?«

»Nichts zu wollen«, winkte ich ab. »Wer immer hier am Werk war, ist viel zu gerissen, um mit solchen Selbstversorger-Alibis hausieren zu gehen. Wäre noch eines der beiden Mädchen eine neue Errungenschaft, dann eventuell – vielleicht. Aber seit wir uns die zwei zum letztenmal etwas genauer unter die Lupe genommen haben, hat sich in diesem Liebesleben nichts geändert. Sie sind noch immer mit den beiden beschäftigt, die sie damals auch schon hatten. Harmlose, biedere Kinder aus dem Städtchen. Unser Polizeichef wüßte in genau fünf Minuten alles von ihnen, was er wissen will, und wenn's hoch kommt sogar in zwei.«

»Genau so lange hat's gedauert«, grinste Hardanger. »Die haben nichts damit zu tun. All ihre Sachen sind zwar ans Labor zur Untersuchung gegangen – dieser feine rote Staub kriecht in die kleinsten Ritzen und müßte sie unweigerlich verraten –, aber das ist lediglich Routine, bei der sowieso nichts herauskommen wird. Wollen Sie einen Durchschlag von den Aussagen?«

»Ja, bitte. Und was gedenken Sie als Nächstes zu unternehmen?«

»Was würden Sie als Nächstes zu unternehmen gedenken?« fragte er zurück.

»Ich würde Tuffnell, Hanbury, Cliveden und Weybridge einmal interviewen, ob und zu wem sie sich eventuell über Hartnells finanzielle Verhältnisse geäußert haben. Dann würde ich mich mit Gregori, MacDonald, Hartnell, Chessingham, Cliveden, Weybridge und den vier Technikern einmal unter vier Augen über ihre gesellschaftlichen Beziehungen zu den anderen

Mitgliedern des Vereins unterhalten. Die Frage nach eventuellen gegenseitigen Besuchen ließe sich ja ganz unauffällig anbringen. Und gleichzeitig würde ich unsere Fingerabdruckexperten mit dem Auftrag, soviel Material wie möglich mitzubringen, in die einzelnen Behausungen losschicken. Eine Mühe, die sich unter Umständen lohnen könnte. Fingerabdrücke von X, der behauptet, nie bei Y gewesen zu sein, dürften immerhin ganz interessante Erklärungen zutage fördern.«

»Ausnahmslos? Auch bei General Cliveden und Oberst Weybridge?« fragte Hardanger sauer.

»Wessen Gefühle ich damit verletze, ist mir völlig gleichgültig. Dies ist wahrhaftig nicht der Zeitpunkt, noch lange danach zu fragen, wer sich damit auf den Schlips getreten fühlen könnte.«

»Ein Weitschuß, Cavell, ein sehr weiter Weitschuß«, sagte Hardanger. »Verbrecher, die etwas zu verbergen trachten, insbesondere die Beziehungen, in denen sie zueinander stehen, pflegen sich im allgemeinen nicht gegenseitig zu besuchen.«

»Können Sie es sich leisten, selbst auf einen solchen Weitschuß zu verzichten?«

»Wahrscheinlich nicht«, gab Hardanger zu. »Nee, wahrscheinlich nicht.«

Zwanzig Minuten, nachdem sie mitsamt den Plastikbeuteln abgezogen waren, stieg ich aus dem Fenster und kletterte via Veranda abwärts, begab mich zu meinem Vehikel, das ich in einer Seitenstraße abgestellt hatte, und startete nach London.

6

Es war genau halb drei Uhr morgens, als man mich in die Bibliothek der Westend-Wohnung des Generals führte. Der General empfing mich in einem dunkelroten wattierten Morgenrock und bedeutete mir, Platz zu nehmen. Auch er war noch nicht zu Bett gewesen – der Morgenrock besagte nichts, den trug er stets, wenn er zu Hause war.

Er war groß. Über sechs Fuß, und demgemäß proportioniert. Er hatte die Siebzig überschritten, aber seine Haltung war so aufrecht, sein Gesicht so frisch und seine Augen klar, wie die eines um mindestens dreißig Jahre Jüngeren. Er hatte dichtes, eisengraues Haar, einen wohlgestutzten Schnurrbart von der gleichen Farbe, graue Augen und den schärfsten Verstand, dem ich jemals begegnet war. Und diesen Verstand mußte er wohl eben zum Denken benutzt haben und von den Schlußfolgerungen, die sich ergaben, nicht recht erbaut gewesen sein, das sah ich ihm an.

»Also, Cavell, wie stehen die Aktien?« Seine Stimme war präzis, scharf, befehlsgewohnt. »Schöne Schweinerei, die Sie da angerichtet haben.«

»Jawohl, Sir.« Er war der einzige Mensch auf der Welt, dem ich ein ›Sir‹ zugestand.

»Einer meiner besten Leute, Neil Clandon ist tot. Ein anderer, der ihm wohl in nichts nachstand, Easton Derry, ist wahrscheinlich den gleichen Weg gegangen, obwohl er als vermißt gilt. Und Dr. Baxter, ein großartiger Wissenschaftler und zuverlässiger Patriot – Qualitäten, deren wir dringend bedürfen –, ist auch tot. Wessen Schuld, Cavell?«

»Meine«, sagte ich und blickte dabei eine einladende Whiskyflasche an. »Mir wäre sehr nach einem Drink, Sir.«

»Ich wüßte nicht, wann Ihnen einmal nicht danach wäre«, sagte er sauer und dann eine Schattierung milder: »Macht Ihnen Ihr Bein wieder zu schaffen?«

»Es rührt sich etwas. Tut mir leid, daß ich zu so später Stunde hier einbrechen mußte. Es muß leider sein. Wie wünschen Sie – den Bericht?«

»Kurz und bündig und von Anfang an.«

»Hardanger trat um neun Uhr morgens in Aktion. Setzte Inspektor Martin, verkleidet als Gottweißwer, ein, um meine Loyalität zu prüfen. Ich nehme an, Sir, Sie waren an dieser Programmgestaltung beteiligt. Aber Sie hätten mich wenigstens warnen können.«

»Das habe ich versucht«, sagte er ungeduldig. »Es war zu spät. Die Nachricht von Clandons Tod lief bei Cliveden und Hardanger eher ein als bei mir. Ich versuchte, Sie zu Hause und im Büro anzurufen, aber die Verbindung war gestört.« »Dank Hardangers.« Ich nickte nur. »Immerhin bestand ich die Prüfung. Hardanger war befriedigt und bat mich, nach Mordon zu kommen. Sein Vorschlag angeblich, den Sie widerwillig akzeptierten. Muß allerhand kosten, Hardanger etwas einzureden und ihm dann den Eindruck zu vermitteln, daß er derjenige war, von dem der Vorschlag kam.« – »Sie sagen es. Aber unterschätzen Sie Hardanger ja nicht. Ein ganz ausgezeichneter Polizeimann. Und er wittert nichts? Sind Sie sich dessen ganz sicher?«

»Daß es ein abgekartetes Spiel war? Daß Sie mich vom Sonderdienst nach Mordon lancierten und wieder hinausbrachten? Nein, das vermutet er mit keinem Gedanken. Dafür garantiere ich.«

»Gut, also dann bitte weiter.«

Ich faßte mich kurz und verschwendete keine Worte. Das erste übrigens, worauf sich jeder Agent beim General einzustellen hatte. In zehn Minuten wußte er das, worauf es ihm ankam, und vergaß nichts davon.

»Deckt sich fast Wort für Wort mit Hardangers Berichten, die offiziell zu mir gelangt sind«, bemerkte er.

»Fast«, gab ich zurück. »Gute Polizeimänner konzentrieren sich stets nur auf die tatsächlichen Ermittlungsergebnisse.« – »Und Ihre Schlußfolgerungen, Cavell?«

»Wie steht es um die Ermittlungen, die ich Sie in Kent zu tätigen bat, Sir?«

»Negativ.« Ich goß einigen Whisky nach. Ich brauchte ihn dringend. »Hardanger vermutet, daß Dr. Baxter mit im Spiel war«, sagte ich. »Das dürfte Ihnen allerdings bereits bekannt sein – er hat ja telefonisch eine Überprüfung von Baxter angefordert. Er vermutet, daß Baxter begleitet von einem Komplicen in Mordon einbrach und Raubmord insofern nicht in Frage kommt, als Baxter entweder einer Augenblicksreaktion zufolge oder vorsätzlich umgebracht wurde. Was Hardanger nicht weiß, ist, daß es Dr. Baxter war, der Derry Easton umgehend von dem Verschwinden winziger Mengen seltener und wertvoller Viren verständigte und eine Untersuchung beantragte, und Hardanger weiß genausowenig, daß ich als Folgerung von Baxters Gesuch aus Mordon ausschied, um unter dem Deckmantel des Privatdetektivs in London an der Aufklärung dieser Vorkommnisse weiter zu arbeiten.

Hardangers Rückschlüsse sind falsch. Dr. Baxter konnte nicht in Mordon einbrechen, da er Mordon am bewußten Abend gar nicht verlassen hat. Der große Unbekannte – der vermutlich mit einer wohlorganisierten Bande arbeitet – hatte die Kinder der beiden Farmmanager, Bryson und Chipperfield, entführt. Die Tatsache, daß die Kinder nicht, wie behauptet wurde, bei ihrer Großmutter in Kent sind, ist mir eindeutiger Beweis dafür. Bryson und Chipperfield wurden unter dem Druck, daß es um das Leben ihrer beiden Kinder ginge, gezwungen, das auszuführen, was man von ihnen verlangte. Sie kooperierten. Sie hatten die Holzverschläge mit den Tieren an diesem Nachmittag ins Labor I zu tragen. Alte Aktive – alle beide. Die Wachen wären nie auf die Idee verfallen, in die Verschläge zu sehen. In diesen Verschlägen aber saßen zwei Männer. Einer davon war geschickt als Dr. Baxter maskiert, der andere als jemand, den wir X nennen wollen.

Acht Verschläge wurden heraufgebracht, und Bryson und Chipperfield, die die Gewohnheit hatten, ihre Fracht erst mal draußen abzustellen und sie dann, um die Laborarbeit nicht zu stören, alle auf einmal hineinzubringen, handhabten den Transport auch an diesem Nachmittag wie immer. Und das zeugt natürlich von einer hochdetaillierten Kenntnis des inneren Mordoner Getriebes. Während nun die Verschläge draußen standen, verschwand der als X verkleidete in den angrenzenden Garderobenraum, der von den Wissenschaftlern und Technikern des Labors I benutzt wird. Vermutlich verkroch er sich in einem Spind. Der andere – der imitierte Dr. Baxter – ließ sich in die Menagerie tragen und dort gibt es Dutzende guter Möglichkeiten, sich unsichtbar zu machen. Unsere Ermittlungen ergaben, daß Wissenschaftler und Techniker wie gewöhnlich, so auch an diesem Abend, einzeln nacheinander aus dem Betrieb gingen. Einer von ihnen – der echte X – wartete, bis der Garderobenraum leer war, tauschte dann die Rolle mit seinem dort versteckten Doppelgänger und drückte ihm seine Kennmarke in die Hand. Der falsche X händigte diese an der Hauptwache aus und fälschte die Unterschrift. Es war eine stockdunkle Nacht, unter Hunderten, die aus dem Betrieb strömten, fiel er nicht auf. Das Risiko war nicht groß.

X geht, nachdem die Luft rein ist, ins Labor und hält Baxter mit der Pistole in Schach. Mit größerer Wahrscheinlichkeit allerdings dürfte das bereits von Baxters eigenem Doppelgänger getan worden sein, aber das spielt eigentlich keine Rolle. Baxter verließ das Labor immer als letzter, er war der Verantwortliche, der das Kombinationsschloß einstellte, also war er derjenige, der aus dem Weg geschafft werden mußte. Allmählich setzte sich nun auch der falsche Baxter mit Baxters Ausweis ab.

X kann natürlich nicht einfach die Viren einstecken, Baxter aus dem Weg räumen und verschwinden. Für die Wache ist er bereits gegangen. Er kann also nicht zum zweitenmal passieren. Ehe die letzte Wachrunde um elf nicht vorbei ist, kann er sich nicht rühren. So wartet er denn, nimmt dann die Viren, zieht Baxter erst mit der Pistole eins über den Schädel, wirft die Virusampulle nach dem Bewußtlosen und geht. Er mußte Baxter töten, denn Baxter kannte ihn. Er wußte zwar nicht, wie wir, daß Clandon den E-Block-Korridor mit dem Feldstecher Abend fürAbend beobachtete, aber es ist durchaus möglich, daß er auch das vermutete. Ein Mann wie der übersieht nichts und kalkuliert alles mit ein. Und so muß er sich denn auch darüber im klaren gewesen sein, daß Clandon der einzige war, der seine Pläne zu durchkreuzen imstande war. Daher das Zyankalikonfekt. Nachdem Clandon ihn überraschte, muß er wohl versucht haben, sich herauszureden, und ihn irgendwie dazu gebracht haben, das angebotene Konfekt anzunehmen. Er kannte Clandon offensichtlich gut und Candon kannte ihn.«

Der General strich sich nachdenklich über den Schnurrbart. »Genial – mehr ist dazu nicht zu sagen. Und im wesentlichen dürften Sie recht haben. Nur diese Zyankaligeschichte, die leuchtet mir denn doch nicht ganz ein, bei weiten nicht. Clandon hielt Ausschau nach demjenigen, der die Virusbestände gestohlen hatte, folglich muß er den Verdacht gehabt haben, daß er den Dieb vor sich hatte. Sich in einer solchen Situation noch etwas anbieten zu lassen, ist nicht gut denkbar. Außerdem hatte X eine Pistole bei sich—mit Schalldämpfer, das ist anzunehmen. Warum so kompliziert mit vergiftetem Konfekt, wenn es auch einfacher gegangen wäre?«

»Ich weiß es nicht, Sir.« Am liebsten hätte ich ihn darauf hingewiesen, daß ich auch nicht dabei war.

»Wie kommen Sie zu dieser Schlußfolgerung?«

»Der Hund, Sir. Der hatte sich am Stacheldraht den Hals aufgerissen. Ich vermutete also, daß auch am Draht noch Blutspuren sein müßten. Und richtig. Es kostete mich genau eine Stunde, das zu finden. Am Innendraht. Niemand brach in der Nacht in Mordon ein. Irgend jemand brach aus.«

»Und warum kam Hardanger nicht drauf?«

»Er hatte keinen Grund, das zu vermuten, was ich vermutete. Ich *wußte,* daß Baxter nicht eingebrochen war, und meine Nachforschungen an der Wache ergaben, daß Baxter sich ständig ein Taschentuch vors Gesicht hielt und eine schwere Erkältung mimte. Das genügte mir. Außerdem kamen Hardangers Männer nicht mehr dazu, die Drähte zu inspizieren. Sie nahmen sich erst die Außenseite vor und gingen dann an die Innenseite.«

»Und fanden nichts.«

»Es war nichts zu finden. Ich hatte das Blut abgewischt.«

»Sie sind unmöglich, Cavell.«

»Ja, Sir.« Das tat mir gut, weil es von ihm kam. »Dann mein Abstecher zu Bryson und Chipperfield. Zwei ausgesprochen gute und zuverlässige Leute, die sich bereits um halb sechs Uhr abends so vollaufen lassen, daß sie nicht mehr fähig sind, einzuschenken, ohne daß dabei die Hälfte auf den Teppich geht. Mrs. Bryson, die nie eine Zigarette anrührt und plötzlich wie ein Kaminschlot qualmt – dicke Luft allenthalben, Angst, Verzweiflung – gut überspielt, aber unverkennbar.«

»Verdächtige?«

»General Cliveden und Oberst Weybridge. Cliveden war zwar zum Zeitpunkt der Tat in London und überhaupt seit seiner Amtsübernahme erst zweimal draußen in Mordon, trotzdem spricht zweierlei gegen ihn. Er hat Zugang zu den Geheimakten und dürfte von Hartnells finanziellen Schwierigkeiten gewußt haben. Und dann war es befremdend, daß ein so tapferer Soldat sich zu dem Aufklärungsunternehmen ins Labor nicht freiwillig meldete. Es wäre seine Sache gewesen, nicht die meine – er ist Kapitän von Mordon.«

»›Tapfer und Soldat‹ – die beiden Worte brauchen nicht unbedingt immer synonym zu sein«, sagte der General trocken. »Vergessen Sie nicht, daß er Mediziner ist und nicht unbedingt zum Helden geboren sein muß.«

»Mag sein. Ich vergesse aber auch nicht, daß von der einen Handvoll Viktoriakreuze, die jemals verliehen wurde, zwei an Ärzte der kämpfenden Truppe fielen. Na ja, das tut weiter nichts zur Sache. Die gleichen Argumente treffen auch auf Weybridge zu, wobei noch hinzukommt, daß er innerhalb des Mordoner Geländes wohnt und kein Alibi hat. Und Gregori versteifte sich – aus Gründen, die ich für unzulänglich halte – viel zu sehr darauf, das Labor für alle Zeiten zu versiegeln. Doch die Tatsache, daß er aus seinen Ängsten so durchaus keinen Hehl machte und überdies auch darauf bestand, den einzigen Schlüssel zum Virusschrank zu besitzen, obwohl diese Tür, wie sich herausstellte, mit einem Schlüssel geöffnet wurde, spricht wiederum eigentlich für ihn. Was wissen wir von Gregori, Sir?«

»Alles. Jeden Schritt, den er von dem Tag an, da er laufen lernte, getan hat. Und die Tatsache, daß er Ausländer ist, war Anlaß genug, ihn doppelt so scharf wie jeden Engländer unter die Lupe zu nehmen. So von unserer Seite gesehen. Ehe er zu uns kam, stand er in geheimen Forschungsdiensten der italienischen Regierung in Turin, und Sie werden sich ja denken können, mit wieviel exakter Genauigkeit auch da seine Vergangenheit durchschnüffelt wurde. Gregori ist als Persönlichkeit absolut einwandfrei.«

»Was mir eigentlich jede weitere Lust und Laune nehmen sollte, meine Zeit an ihn zu verschwenden. Das Dumme daran ist nur, daß bei Berücksichtigung aller Unterlagen, die wir von jedem besitzen, an keinen mehr zu tippen ist. Jedenfalls wären das einmal die drei Hauptverdächtigen, und wenn mich nicht alles täuscht, dann fängt auch Hardanger bereits an, sich über den einen oder anderen dieser drei seine Gedanken zu machen.«

»Gedanken, die vermutlich von Ihnen stammen?«

»Ungern, Sir. Hardanger ist ein ausgesprochen gerader und aufrichtiger Kerl, und es geht mir gegen den Strich, hinter seinem Rücken operieren zu müssen. Es fällt mit schwer, ihn durch irgendwelche Äußerungen immer wieder bewußt in die Irre zu führen. Außerdem hat er tatsächlich Köpfchen, und es kostet mich beinahe mehr Zeit, Hardanger zufriedenzustellen, auf daß er mir nicht auf die Sprünge kommt, als die tatsächlich notwendigen Ermittlungsarbeiten durchzuführen.«

»Glauben Sie ja nicht, daß mir das alles eine reine Freude ist«, seufzte der General. »Aber es muß nun einmal sein. Wir haben es hier mit entschlossenen Männern zu tun, die im Dunkeln arbeiten, die exakt denken und –«

»Und gewalttätig sind.«

»Jawohl. Verschwiegenheit, gerissene Schläue, Gewalt. Wir müssen sie mit ihren eigenen Waffen schlagen. Ich brauche dazu die Besten, deren ich habhaft werden kann. Und was Verschwiegenheit, Schläue und Gewalt anbetrifft, so wüßte ich niemanden, der Ihnen etwas vormachen könnte.«

»Als sonderlich schlau habe ich mich allerdings bisher nicht erwiesen.«

»Zugegeben«, pflichtete der General bei. »Andererseits war es nicht sehr fair von mir, Ihnen die Schweinereien in Mordon vorzuwerfen. Die Initiative liegt invariabel immer beim Verbrecher. Das Wesentliche für mich ist, daß Sie ein hervorragender Einzelgänger sind, während Hardanger ein genauso hervorragender Mann des Teams ist. Teamarbeit aber bringt Zersplitterung der Autorität mit sich, Entschärfung der Konzentration, Hemmung der Initiative, Verminderung der Geheimhaltung – und all diese Abschwächungen verringern die Erfolgschancen. Nichtsdestoweniger sind auch Sie auf die Organisation angewiesen: Sie nimmt Ihnen all die Routine- und Vorarbeiten ab, die Sie kaum selbst schaffen würden, sie lenkt Aufmerksamkeit und Mißtrauen von Ihnen ab, und solange Hardanger, bewußt oder unbewußt, den Täter oder die Täter im Sinn der Ermittlungen irreführt –« Der General zuckte die Achsel. »Mehr brauche ich nicht, das ist alles, was ich von ihm will.«

»Davon wird er aber nicht erbaut sein, wenn er dahinter kommt.«

»Wenn er dahinterkommt, Cavell. Das lassen Sie meine Sorge sein. – Sonstige Verdachtspersonen?«

»Die vier Techniker. Kaum. Irgendwann sind sie alle im Lauf des Abends gesehen worden, und da wir voraussetzen müssen, daß der Täter zwischen sechs und elf Uhr im Labor festsaß, scheiden sie eigentlich aus. Soweit es um die beiden Morde geht jedenfalls. Hardanger überprüft augenblicklich mit minuziöser Genauigkeit, ob nicht doch einer von ihnen etwas mit diesem Ablenkungsmanöver zu tun haben könnte – möglich ist natürlich alles, aber tausend andere könnten es genausogut gewesen sein. Außerdem muß die Geschichte nicht unbedingt mit dem Mord in Labor I etwas zu tun haben. Hartnell könnten wir eigentlich in der Liste streichen – sein Alibi ist so hoffnungslos, daß es gar nichts anderes sein kann als echt –, aber trotz alledem habe ich das dumpfe Gefühl, daß da irgend etwas nicht ganz stimmt. Ich muß nochmal zu ihm gehen.

Dann wäre noch Chessingham – ein sehr großes Fragezeichen. Als Assistent der chemischen Forschung kann er mit seinem Gehalt weiß Gott nicht gerade die Welt aus den Angeln heben. Immerhin hat es den Anschein, als könne er sich ein großes Haus inklusive Dienstmädchen leisten und auch noch seine Schwester ausschließlich zur Pflege der Mutter zu Hause behalten. Das Dienstmädchen ist erst seit zwei Monaten da, der Gesundheitszustand seiner Mutter sehr schlecht. Ein ständiger Aufenthalt in wärmerem Klima könnte – ärztlichem Anraten zufolge – ihr Leben um Jahre verlängern. Sie selbst lehnt diesen Vorschlag ab, höchstwahrscheinlich jedoch nur, um ihrem Sohn, von dem sie weiß, daß er es sich nicht leisten kann, das Herz nicht schwerzumachen. Chessingham selbst wäre vermutlich froh, wenn er das Geld hätte, sie wegzuschicken. Das möchte ich sogar mit Bestimmtheit behaupten.. Der Familiensinn scheint sehr ausgeprägt. Hardanger möchte ich lieber aus der Geschichte heraushalten. Würden Sie veranlassen, daß Chessinghams Bankkonto mit allen Ein- und Ausgängen überprüft und seine aus- und eingehende Post zensiert wird; ferner durch behördliche Umfragen feststellen lassen, ob er einen Führerschein besitzt oder eventuell während seiner Militärdienstzeit irgendwelche Fahrzeuge gefahren hat? Wichtig wäre auch zu erfahren, ob er irgendwo in den Büchern der hiesigen Geldverleihfirmen auftaucht. Daß er Tuffnell und Hanbury nicht in Anspruch genommen hat, weiß ich mit Sicherheit, aber es gibt ja von diesen Haien noch ein Dutzend mehr in der Gegend – und Chessingham geht grundsätzlich nicht weit weg von der eigenen Burg; eventuell steht er schriftlich mit einer Londoner Firma in Verbindung.«

»Mehr wollen Sie nicht?« fragte der General mit einem Schuß Ironie.

»Es dürfte sehr wesentlich sein, Sir.«

»Meinen Sie? Und das prachtvolle Alibi, mit dem er ausgestattet ist – die Jupiteraufnahmen – oder was weiß ich, was das für Dinger waren –, die seine Anwesenheit zu Hause auf die Sekunde zu beweisen imstande sind? Glauben Sie etwa nicht daran?«

»Ich bin zwar überzeugt davon, daß diese Aufnahmen genau anzeigen, um welche Zeit sie gemacht wurden, aber ich bin nicht davon überzeugt, daß Chessinghams Anwesenheit dazu unbedingt erforderlich war. Chessingham ist nicht nur ein ausgezeichneter Wissenschaftler, er ist auch ein ungewöhnlich geschickter Bastler. Er hat sich seine Kamera, sein Radio, sein Fernsehgerät selbst gebaut, und er hat sogar sein Reflektorteleskop ganz allein konstruiert, inklusive der handgeschliffenen Linsen. Kein Kunststück für einen Chessingham, seine Kamera mit einem Selbstauslöser, der in bestimmten Intervallen funktioniert, zu versehen. Außerdem könnten dic Aufnahmen während seiner Abwesenheit auch genausogut von irgendwem gemacht worden sein. Nach vorheriger Berechnung der Breiten- und Längengrade könnten die Bilder auch sonstwo aufgenommen worden sein und trotzdem die gleiche Zeitbestimmung ergeben. Chessingham ist ein viel zu schlauer Vogel, um nicht genau zu wissen, welch ein Alibi diese Aufnahmen darstellen – aber nein, er tat, als fiele ihm das überhaupt erst im Lauf des Gesprächs ein. Den Braten sofort fix und fertig hinzustellen, das schien ihm wohl doch nicht geraten.«

»Sie würden St. Peter persönlich nicht trauen, was, Cavell?«

»Eventuell. Das heißt, falls er genügend einwandfreie Zeugen für ein handfestes Alibi beibringt. Hier irgend jemandem den leisesten Schatten eines Zweifels zuzugestehen, Sir, das ist ein Luxus, den ich mir nicht leisten kann. Und Sie wissen es, Sir. Auch Chessingham kann ich diesen leisen Schatten nicht zugestehen; weder ihm noch Hartnell.«

»Hm.« Der General blinzelte mich unter seinen buschigen Augenbrauen an und wich plötzlich vom Thema ab. »Easton Derry verschwand von der Bildfläche, weil er sich nicht zu sehr in die Karten blicken lassen wollte. Und Sie, Cavell? Was verschweigen *Sie* mir alles?«

»Was veranlaßt Sie, das anzunehmen, Sir?«

»Weiß Gott, ich bin ein Narr, Sie überhaupt danach zu fragen. Als wenn Sie mir deshalb auch nur eine Silbe von dem, was Sie mir zu sagen nicht beabsichtigten, sagen würden.« Er goß sich einen Whisky ein und stellte ihn auf dem Kaminsims ab, ohne ihn auch nur anzurühren. »Was steckt dahinter, mein Junge?«

»Erpressung. Erpressung in irgendeiner Form. Unser Freund der die Botulin- und Satanskäferviren kassiert hat und sie in der Hosentasche mit sich herumschleppt, besitzt die raffinierteste Erpresserwaffe der gesamten Geschichte. Wahrscheinlich ist er hinter Geld her – hinter Riesensummen. Und wenn die Regierung ihre Viren zurückbekommen will, so wird sie das ein Vermögen kosten. Dazu kommt noch etwas: Sollte er sich mit der Regierung nicht einigen, wird er die Viren einer ausländischen Macht verkaufen. Wenigstens hoffe ich das. Was ich fürchte ist, daß wir es nicht mit einem Verbrecher, sondern mit einem Verrückten zu tun haben. Erzählen Sie mir bloß nicht, ein krankes Hirn sei nicht imstande, all das zu organisieren – es gibt Verrückte, die großartig sind. Und wenn das zutrifft, dann ist unser Freund einer von der ›Die Menschheit muß den Krieg vernichten, oder der Krieg wird die Menschheit vernichten‹-Brigade. In unserem Fall allerdings auf reduzierter Ebene: ›England muß Mordon vernichten, oder ich werde England vernichten‹. In dieser Tonlage jedenfalls. Wahrscheinlich wird er sich an eine der großen Tageszeitungen wenden, mitteilen, daß er im Besitz der Viren ist, und kundtun, was er damit zu tun gedenkt.«

Der General nahm sein Whiskyglas und starrte mit der absorbierten Konzentration eines Hellsehers, der die Antwort auf seine Fragen in der Kristallkugel zu entdecken sich bemüht, hinein. »Wie kommen Sie darauf? Auf den Brief, meine ich.«

»Er ist dazu gezwungen, Sir. Druck ist der Erpressung innerstes Wesen. Und unser Freund braucht Publicity. Eine entsetzte Bevölkerung – und sie wäre es mit gutem Grund – würde die Regierung so unter Druck setzen, daß sie auf alle seine Bedingungen eingeht – oder aber abdanken müßte.« – »Sagen Sie, Cavell, wo waren Sie heute abend zwischen fünf vor zehn und zehn?« erkundigte er sich abrupt.

»Wo ich war –« Ich sah ihn an – hart, lange, und er gab den Blick genauso zurück – »Das kann ich Ihnen genau sagen, im *Waggoner's Rest*, im Alfringham. In Gesellschaft von Mary, Hardanger und einem Polizeimann in Zivil mit Namen Johnson.«

»Verdammt, ich werde alt oder senil oder beides«, sagte der General ärgerlich, griff nach dem Kaminsims und reichte mir ein Schriftstück. »Lesen Sie selbst, Pierre.« Und dieses ›Pierre‹

machte die Sache sehr verdächtig und übel. Und übel war sie, sehr übel, diese Reuter-Meldung in getippten Großbuchstaben.

Die Menschheit muß den Krieg vernichten oder der Krieg wird die Menschheit vernichten. Es liegt in meiner Hand, die grauenhafteste Vernichtungswaffe, die jemals über die Menschheit gekommen ist und kommen wird, zu zerstören — die bakteriologischen Vernichtungswaffen. Seit vierundzwanzig Stunden befinden sich acht Ampullen Botulismustoxin in meinem Besitz, die ich aus dem Forschungsinstitut Mordon entwendete. Ich bedauere aufrichtig, daß zwei Männer dabei ihr Leben lassen mußten. Was aber sind zwei Menschenleben, wenn das Leben der gesamten Menschheit auf dem Spiel steht?

Der Inhalt jeder dieser Ampullen — richtig angewandt — genügt, um alles Leben in Großbritannien auszulöschen. Ich werde Feuer mit Feuer bekämpfen und das Übel mit seiner eigenen Kraft zerstören.

Mordon muß aufhören zu existieren. Diese Festung des Antichristentums muß dem Erdboden gleichgemacht werden, so daß kein Stein mehr auf dem anderen bleibt. Ich fordere, daß sämtliche Experimente in Mordon umgehend eingestellt und die Gebäude, die nur unchristlichen Zwecken dienen, gesprengt und in Schutt und Asche gelegt werden.

Morgen früh, in den Neun-Uhr-Nachrichten erwarte ich über BBC die Bestätigung meiner Warnung und die Zustimmung zu meinen Forderungen.

Sollte mein Aufruf keine Beachtung finden, dann wäre ich gezwungen, Schritte zu unternehmen, deren Folgen ich nicht auszudenken wage. Doch nichts soll mich daran hindern. Es ist der Wille eines Mächtigeren, daß alle Kriege dieser Welt für immer enden, und ich selbst bin nur ein auserwähltes Instrument.

Auf daß die Menschheit vor der Menschheit bewahrt werde.

Als ich damit zu Ende war, fing ich noch einmal von vorn an und legte das Blatt dann hin. Das war er — der, den wir finden mußten. Keine Seele außerhalb Mordons wußte, daß acht Ampullen gestohlen worden waren. Der General sah mich an. »Was sagen Sie dazu?«

»Ein Verrückter«, sagte ich. »Vollkommen übergeschnappt. Aber die Platte ist nicht schlecht!«

»Cavell, erbarmen Sie sich!« Des Generals Gesicht spannte sich hart, die kalten grauen Augen wurden noch kälter und grauer. »Eine solche Veröffentlichung, und wir können einpacken, wir —«

»Und was erwarten Sie von mir, Sir? Soll ich mich in Sack und Asche an die Klagemauer setzen? Gewiß ist es entsetzlich — aber es war schließlich zu erwarten. Wenn unsere Herzen einmal schweigen, und nur unser Verstand allein reden sollte, dann wäre dieser Zeitpunkt jetzt gekommen.« »Sie haben recht.« Er sagte es nicht, er seufzte es mehr. »Natürlich haben Sie ganz recht, Cavell. Und Ihre Voraussagen waren wieder mal verdammt präzis.«

»Und das kam telefonisch aus Alfringham heute abend zwischen fünf vor zehn und zehn?«

»Nehmen Sie es mir nicht übel, Cavell, ich bin wahrhaftig so weit, daß ich mich allmählich selbst verdächtige. Die Meldung ging an Reuter in London. Wort für Wort langsam diktiert. Die hielten das Ganze für einen schlechten Witz, riefen jedoch für alle Fälle nach Alfringham zurück. Weder von dem Diebstahl noch von den beiden Mordfällen war bisher offiziell etwas bekanntgegeben worden – typisch militärischer Schwachsinn. Seit Stunden weiß ganz Wiltshire von den Morden, und Fleetstreet selbstverständlich auch. Alles, was Reuter herausbrachte, war ein Dementi, aber die Reaktion auf die Rückfrage ließ keinen Zweifel offen, daß sie da ein sehr heißes Eisen angefaßt hatten. Sie werden es nicht für möglich halten, aber sie hingen geschlagene zwei Stunden an der Strippe und argumentierten in allen Tonarten darüber, ob das nun gebracht werden soll oder nicht Das letzte ›Nein‹, die Entscheidung, keine Verbindung aufzunehmen, kam von ganz oben. Sie wandten sich an Scotland Yard, Scotland Yard wandte sich an mich. Und das war bereits nach Mitternacht. Das hier ist die Originalmeldung. Ein Verrückter glauben Sie?«

»Ein oder zwei Drähte sind garantiert locker. Im übrigen scheint dieser Denkapparat jedoch bestens zu funktionieren. Der weiß genau, wie dienlich die öffentliche Panikstimmung seiner Sache ist, und um der Sache noch mehr Gewicht zu verleihen, tut er so, als hätte er keine Ahnung, daß drei der Ampullen die noch grauenhafteren Viren des Satanskäfers enthalten. Wenn das auch noch bekannt wäre, dann wäre vor lauter Entsetzen, er könnte auch noch aus Versehen an die falsche Ampulle geraten, die Hölle los. Mit allem wären sie einverstanden, solange er sich bereiterklärt, das Zeug zurückzugeben.«

»Immerhin besteht die Möglichkeit, daß er es wirklich nicht weiß.« So zögernd, so unsicher hatte ich den General noch nie erlebt. »Mit Sicherheit läßt sich da gar nichts sagen.« »Doch«, sagte ich. »Ich bin so frei, das zu sagen. Er weiß es. Werden Sie gegen diese Veröffentlichung angehen?« – »Wir würden Zeit gewinnen. Er braucht die kochende Volksseele.«

»Und wie steht es mit den Mordoner Geschehnissen, dem Einbruch, dem Mord?«

»Morgen früh bringt es jede Tageszeitung bis zum letzten Käseblatt. Um die Zeit wird schon alles ausgetragen. Die Wiltshire-Korrespondenten hatten davon schon in den frühen Abendstunden Wind bekommen. Daraufhin war nichts mehr zu machen.«

»Die Reaktion der Öffentlichkeit dürfte sehr interessant sein.« Ich leerte meinen Whisky und erhob mich. »Ich muß zurück, Sir.«

»Und was werden Sie jetzt tun?«

»Das werde ich Ihnen gleich sagen, Sir. An sich sollte ich bei Bryson und Chipperfield ansetzen, aber das scheint mir reine Zeitverschwendung. Vor lauter Angst um das Leben ihrer Kinder werden sie keinen Ton von sich geben. Zudem bin ich überzeugt, daß sie weder denjenigen gesehen haben, der den Auftrag gab, noch diejenigen, die sie hineinschleppten. Ich fange noch einmal bei der Mannschaft vom Labor I an.Bei Cliveden und Weybridge. Dunkle Anrufe, um irgendeine Reaktion zu provozieren. Dann werde ich mir Chessingham, Hartnell, MacDonald, Gregori und die vier Techniker nochmal höchstpersönlich vorknöpfen. – Ohne spitzfindige Raffinessen. Schlicht und einfach Wind machen werde ich – auf den Busch klopfen. Alles, was ich möchte ist, den winzigsten Anhaltspunkt für einen Verdacht finden, und dann gnade Goott demjenigen, der ihn geliefert hat. Ich verfrachte ihn in den nächstbesten Keller und zerlege ihn in seine Bestandteile, bis ich weiß, was ich wissen will.«

»Und falls Sie Pech gehabt und an den Falschen geraten sein sollten?« erkundigte sich der General und fixierte über meine Schulter weg irgendeinen Punkt in der Umgebung. »Dann montiere ich ihn wieder zusammen. So ich kann«, fügte ich achselzuckend hinzu.

»Wir haben nie mit solchen Methoden operiert, Cavell.« – »Wir hatten auch noch nie mit einem Verrückten zu tun, der die Macht hatte, uns alle auszulöschen.«

»Tja, leider ist es so.« Er schüttelte den Kopf. »Und wem werden Sie als erstem Ihre geschätzte Aufmerksamkeit zuwenden?«

»Dr. MacDonald.«

»MacDonald? Warum ausgerechnet MacDonald?«

»Finden Sie es nicht etwas eigenartig, daß er der einzige des gesamten hohen Stabes, der gesamten dramatis personae sozusagen, sein sollte, dessen Alibi von gar keinem Wässerchen getrübt ist? Ich finde es zunächst äußerst interessant. Sollte er etwa vor lauter Bemühungen, den anderen die Steine in den Garten zu werfen, um den Verdacht von sich abzulenken, vergessen haben, aus dem eigenen ein paar wegzuschaffen? Sir, diese unsere Welt ist leider ungewöhnlich dreckig, und Menschen, deren Weste so rein wie Neuschnee scheint, sind mir grundsätzlich verdächtig.«

DerGeneral schwieg und sah mich lange an. Dann blickte er

auf die Uhr. »Sie sollten sich noch ein paar Stunden hinlegen, wenn Sie zurück sind. Sie sollten schlafen.« – »Schlafen kann ich auch noch, wenn wir unsere Viren unter Dach und Fach haben, soviel und solange ich will.«

»Das hält auch der Stärkste nur eine Weile durch, Cavell«, sagte er trocken.

»Aber eine Weile hält er es durch. Und daß es nicht lange dauern wird, darauf gebe ich Ihnen Brief und Siegel. In sechsunddreißig Stunden sind die Viren in Mordon.« – »Sechsunddreißig Stunden.« Stille. Der General dachte nach. »Jedem anderen würde ich ins Gesicht lachen – Ihnen nicht. Meine Erfahrungen mit Ihnen haben mich eines Besseren belehrt. Aber – sechsunddreißig Stunden!« Er schüttelte den Kopf. Er war ein Mann der alten Schule, zu höflich, mir ins Gesicht zu sagen, wofür er mich hielt – für einen Narren, für einen Angeber oder auch für beides. »DieViren, sagten Sie. Und der Mörder?«

»Die Viren sind alles, worauf es mir ankommt. Ob der Mörder dabei selbst über die Klinge springt oder der Polizei wohlbehalten ausgeliefert wird, scheint mir nicht so wichtig. Wie vorsichtig oder wie unvorsichtig er ist, das soll seine Sorge sein.«

»Meine jedenfalls ist die, daß Sie selbst wissen, wie vorsichtig oder unvorsichtig Sie zu sein haben, Cavell. Passen Sie gut auf sich auf – auch wenn es Sie hart ankommen sollte, rechnen Sie damit, daß Sie es mit jemandem zu tun haben könnten, der auch Ihnen überlegen ist.« Seine Hand strich leicht über meine linke Schulter. »Die Hanyatti tragen Sie auch nachts im Bett, was? Von mir haben Sie keine Genehmigung, sie zu gebrauchen, das wissen Sie hoffentlich.«

»Wo werde ich denn, Sir. Damit will ich den Leuten doch nur ein bißchen Angst machen.«

»Herzanfälle laufen bei mir nicht unter ›Angst machen‹, mein Junge. Ich will Sie daran nicht hindern. Was macht Mary?«

»Danke, Sir. Schöne Grüße.«

»AusAlfringham, natürlich.« Er vergaß einen Augenblick, daß ich der einzige seiner Untergebenen war, der vor seinem Scharfschützenblick nicht in die Knie ging, und zielte einen Moment mit zwei Läufen. »Daß ich sonderlich viel dafür übrig hätte, meine Tochter – meine einzige – in derlei finstere Geschichten hineingezerrt zu wissen, könnte ich nicht behaupten.«

»Ich brauchte und ich brauche noch immer jemanden, dem ich vertrauen kann. Und das ist Mary. Sie kennen Ihre Tochter so gut, wie ich sie kenne, sie haßt das Gewerbe, in dem wir nun einmal stecken, aber je mehr sie es haßt, um so schwieriger wird es, sie da herauszuhalten. Und sie ist nun einmal der Meinung, man sollte mich nicht allein aus dem Haus lassen. Nichts hätte sie davon abhalten können, innerhalb von vierundzwanzig Stunden in Alfringham zu sein.«

Der General sah mich einen Moment an und nickte dann resigniert. Dann brachte er mich zut Tür.

7

Dr. MacDonald war Ende vierzig, groß und massig. Er hatte den gewissen wind- und wetterharten Blick, der in gewissen Kreisen des Landadels, die mangels besserer Beschäftigung ihre Zeit noch zu Roß auf der Jagd nach kleinen Füchsen verbringt, des öfteren anzutreffen ist. Er hatte sandfarbenes Haar, sandfarbene Augenbrauen, einen genauso sandfarbenen Schnurrbart, und er hatte das volle, weiche, glatte Gesicht, dessen rötliche Tönung einen Hang zu gutem Essen, gepflegten Weinkellern, einer täglich frischen Klinge zur morgendlichen Rasur und einer beginnenden Herzneurose verriet. In seiner ganzen arroganten fülligen Art war Dr. MacDonald ein recht gutaussehendes und eindrucksvolles Exemplar seiner Gattung. Dies jedoch waren nicht gerade seine besten fünf Minuten. Und von wem, der um sechs Uhr fünfzehn in aller Herrgottsfrühe, schlaftrunken sich die Augen reibend, einen unerwarteten Besucher zu bewillkommnen hat, wollte man das an einem stockdunklen, regnerischen, bitterkalten Oktobertag auch verlangen.

›Bewillkommnen‹ dürfte vielleicht nicht ganz der richtige Ausdruck sein.

»Verflucht, sind Sie verrückt, hier mitten in der Nacht solchen verdammten Krach zu schlagen?« Er fror und zog den Morgenrock enger und versuchte, wenigstens ein Auge weit genug aufzubekommen, um mich in den bleichen diffusen Lichtschwaden, die von der Veranda in die Dunkelheit fielen, zu erkennen. »Cavell! Wollen Sie mir vielleicht erklären, was das heißen soll?«

»Verzeihung, MacDonald«, entschuldigte ich mich um des lieben Friedens willen und hielt ihm auch noch die andere Wange hin. »Eine unchristliche Zeit, Sie haben völlig recht. Aber ich muß Sie sprechen. Es ist sehr dringend.« — »So dringend, daß man deshalb jemanden um diese Zeit aus dem Bett schmeißen muß, ist überhaupt nichts«, wütete er weiter. »Alles was ich zu sagen hatte, habe ich der Polizei bereits gesagt. Und wenn Sie sonst noch etwas wissen wollen, dann bin ich in Mordon zu erreichen. Tut mir leid, Cavell. Gute Nacht! Oder guten Morgen.«

Er trat einen Schritt zurück und schlug mir die Tür ins Gesicht. Ich hatte keine dritte Wange hinzuhalten. Mein linker Fuß war im Türspalt, noch ehe sie zuschnappen konnte. Ich stieß sie auf. Mit Gewalt. Die plötzliche Gewichtsverlagerung tat meinem linken, kaputten Bein nicht gerade wohl, aber das war nichts im Vergleich zu dem, was sie MacDonalds rechtem Ellbogen tat, gegen den die Tür geknallt sein mußte. Er wand sich und begleitete seine Verrenkungen mit Ausdrücken, die der Situation angepaßt waren. Er hatte sein vornehmes Debrett-Näseln zugunsten eines ausgewalzten Schottisch eingepackt. Für das, was er auszudrücken gedachte, weit effektvoller. Es dauerte zehn Minuten, bis er mich bemerkte.

»Raus!« schrie er in einer gelungenen Mischung von Zischen und Brüllen mit wutverzerrtem Gesicht. »Aus meinem Haus – sofort! Sie –« Er startete bei meiner Herkunft, aber ich brachte ihn zum Schweigen.

»Zwei Männer sind tot, MacDonald. Ein Verrückter, der das Leben von zwei Millionen in der Hand hat, läuft frei herum. Das scheint Sie nicht weiter zu belasten. Ich hätte ein paar Fragen und wünsche die Antworten zu hören. Und zwar jetzt.«

»Sie wünschen Sie zu hören? Wer sind denn *Sie* schon, daß Sie etwas zu wünschen hätten.« Die wulstigen Lippen verzogen sich zu einer Grimasse von Hohn und Schmerz, und der Oxford-Sandhurst-Tonfall wurde wieder flüssig. »Was mit Ihnen los ist, Cavell, das wissen wir. Geflogen sind Sie aus Mordon und warum? Weil Sie Ihren großen Mund nicht halten konnten. Ein lächerlicher, sogenannter Privatdetektiv sind Sie, aber wahrscheinlich haben Sie geglaubt, daß hier mehr zu holen ist als bei den schmierigen kleinen Scheidungsaffären, auf die Ihre Fakultät spezialisiert ist. Weiß Gott wie Sie es fertiggebracht haben mögen, sich plötzlich wieder hier einzuschleichen. Seien Sie sich Ihrer Sache ja nicht zu sicher, ehe Sie sich versehen, werden Sie wieder draußen sein. Verlassen Sie sich drauf. Sie haben nicht das Recht, mich etwas zu fragen. Sie sind nicht die Polizei. Wo ist Ihr Dienstausweis? Kann ich ihn mal sehen?« Blanker Hohn stand in seinem Gesicht und seine Stimme troff vor Verachtung. Zu behaupten, daß er sich bemühte, daraus auch nur einen Hehl zu machen, wäre eine Übertreibung. Ich hatte keinen Dienstausweis, den ich ihm hätte zeigen können. Statt dessen zeigte ich ihm die Hanyatti. Und im allgemeinen erfüllte diese Geste ihren Zweck. Geschrei ist gewöhnlich eine Fassade, hinter der nichts steht. Aber sie erfüllte ihren Zweck nicht. Vielleicht steckte doch mehr in ihm, als ich vermutet hatte.

»Du lieber Gott!« Er lachte. Keines jener Lachen, in dem ein Silberglöckchen mitschwingt. Ein unangenehmes Lachen. »Eine Kanone! Ach nee! Um sechs Uhr morgens. Und was kommt dann? Schenken Sie sich diese billigen melodramatischen Mätzchen. Die Telefonnummer, die man für Ihresgleichen braucht, die habe ich, Cavell. Bei Gott. Ein Anruf bei Polizeichef Hardanger, und Sie können einpacken, Sie billiger, kleiner Sherlock Holmes.« Außerhalb seiner beruflichen Belange schien er kein Pedant in Fragen der Genauigkeit. Ich überragte ihn noch um eine Kleinigkeit und stand ihm gewichtsmäßig in nichts nach.

Das Telefon stand neben mir auf dem Tisch. Er machte zwei Schritte darauf zu, und ich einen auf ihn zu. Meine Hanyatti erwischte ihn mit der Schnauze genau unterm Brustbein, und ich wich einen Schritt zurück, als er wie ein Taschenmesser zusammenklappte. Es war brutal, gewalttätig und dem äußeren Anschein nach sogar völlig ungerechtfertigt. Ich hatte wenig dafür übrig. Aber für die Vorstellung, daß ein Verrückter das Sein oder Nichtsein des gesamten Planeten in der Hand hielt, hatte ich noch weniger übrig. Jede Sekunde war kostbar. Später einmal, wenn alles überstanden war, konnte ich mich immer noch dafür entschuldigen. Aber nicht jetzt.

Er rollte ein Stück weg, krampfte beide Hände um die Rippen und keuchte, als er nach Luft schnappen wollte. Dann, kaum eine Minute später, hatte er sich soweit gefangen, daß er taumelnd auf die Beine kam, aber er hielt sich den Magen, und sein Atem kam schnell und flach und vorsichtig, als könne er seinen Sauerstoffbedarf nicht schnell genug nachpumpen. Sein Gesicht war grau und gedunsen, und das, was in den blutunterlaufenen Augen stand, grenzte an Haß. Und verdenken konnte ich es ihm nicht.

»Das ist das Ende Ihrer Laufbahn, Cavell«, stieß er heiser hervor. Er rang noch immer nach Luft. »Diesmal sind Sie etwas zu weit gegangen. Sind ohne jeden Anlaß tätlich geworden und –«

Er nahm den Schwung, mit dem ich ausholte, wahr, schenkte sich den Rest und schlug instinktiv beide Hände vors Gesicht. Und genau da, wo ich eben das harte Eisen gelandet hatte, erwischte ich ihn nun mit der freien Hand, und diesmal blieb er länger unten. Als er aufstand, sah er schwer mitgenommen aus. Haß, blanker Haß stand noch immer in seinen Augen, jetzt jedoch nahm ich noch etwas wahr: Furcht. Ich riß die Hanyatti hoch und ging auf ihn zu. Er wich zurück, rammte rückwärts eine Sitzbank und krachte schwer in die Polster. Angst, ich könnte noch einmal zuschlagen, Wut, Bestürzung standen ihm im Gesicht. Und Haß. Er haßte mich für das, was ich ihm antat, und er haßte sich selbst, weil er wußte, daß ihm nichts anderes übrig bleiben würde, als zu tun, was ich wollte. Nein, weich hatte ich ihn noch nicht, aber ich wußte, daß ich ihn weich kriegen würde, und auch er wußte es.

»Wo waren Sie in der fraglichen Nacht, als Baxter und Clandon ermordet wurden?« fragte ich. Ich stand noch immer und hielt ihm die Hanyatti vor.

»Hardanger hat meine Aussage«, kaute er mürrisch heraus. »Zu Hause. Beim Bridge mit drei Freunden von mir. Und zwar bis Mitternacht.«

»Freunde?«

»Ein pensionierter Kollege, der Arzt des Ortes, der Vikar. Genügt Ihnen das, Cavell?« Sein Mut schien zurückzukehren.

»Ärzte sind Experten für Mord. Und Priester haben den Rock schon des öfteren ausgezogen.« Ich blickte auf meine Schuhe, auf die weiche graue Teppichflucht: Wer hier seine Brillantnadel verlor, brauchte einen Spürhund. »Nicht schlecht, was Sie da liegen haben, Dr. MacDonald. Fünfhundert Pfund dürften kaum hinkommen für diese kleine Sammlung«, konstatierte ich so ganz nebenbei.

»Wie soll ich das auffassen, Cavell, als Feststellung oder als Unverschämtheit?« Dachte ich's mir doch, er wurde mutiger; ich hoffte nur, daß er nicht zu mutig wurde. »Alles schwere Seide an den Fenstern«, registrierte ich weiter. »Stilmöbel, echte Kristallüster. Sehr schönes, großes Haus. Ich wette, daß Sie vom Keller bis zum Dach in diesem Stil eingerichtet sind. In diesem nicht gerade bescheidenen Stil. Wie machen Sie das, MacDonald? Toto – wenn ich fragen darf. Oder sind Sie Lotto-Experte?«

Mir war, als wolle er mir raten, mich doch gefälligst um meinen eigenen Dreck zu kümmern. Ich brachte die Hanyatti wieder etwas höher, nicht viel, nur als keine Anregung, sich eines Besseren zu besinnen. Worauf er zugeknöpft herauspreßte: »Ich bin Junggeselle und habe für niemanden zu sorgen, also kann ich es mir leisten, so zu leben, wie es mir paßt.«

»Beneidenswert. Sagen Sie, Dr. MacDonald, wo waren Sie gestern abend zwischen neun und elf?«

Er stutzte, überlegte: »Zu Hause«, sagte er schließlich.

»Wirklich? Wissen Sie das genau?«

»Natürlich weiß ich das genau«, gab er kurz und patzig zurück. Offensichtlich schien ihm das die sicherste Tour.

»Zeugen?«

»Ich war allein.«

»Die ganze Nacht?«

»Die ganze Nacht. Meine Wirtschafterin kommt jeden Morgen um acht.«

»Das dürfte recht ungünstig für Sie sein. So gar keine Zeugen.«

»Verdammt, möchten Sie mir nicht vielleicht verraten, was das heißen soll?« Er schien ehrlich nicht mitzukommen.

»Das werden Sie noch früh genug erfahren. Sie fahren doch keinen Wagen, Dr. MacDonald, nicht wahr?«

»Zufällig doch, wenn Sie nichts dagegen haben.«

»Aber nach Mordon fahren Sie mit dem Armee-Bus.«

»Das ziehe ich nun einmal vor. Und warum — ist meine Sache.«

»Da haben Sie auch wieder recht. Was für einen Wagen fahren Sie?«

»Einen Sportwagen.«

»Und welchen Typ, wenn ich fragen darf?«

»Einen Bentley Continental.«

»Einen Continental. Einen Sportwagen.« Ich sah ihn des längeren an. Umsonst. Er starrte auf den Teppich. Vielleicht hatte er tatsächlich einen Brillanten dort verloren. »Sie scheinen für gute Wagen die gleiche Vorliebe zu haben wie für gute Teppiche.«

»Ein alter Wagen. Aus zweiter Hand.«

»Wann haben Sie ihn gekauft?«

Er blickte abrupt auf. »Ist das so wichtig? Worauf wollen Sie hinaus, Cavell?«

»Wann haben Sie ihn gekauft?«

»Vor etwa zehn Wochen.« Er suchte den Teppich noch einmal gründlich ab. »Drei Monate dürften es etwa sein.«

»Ein alter Wagen, sagten Sie. Wie alt?«

»Vier Jahre.«

»Vier Jahre. Na, der dürfte dann ja wohl auch nicht so ganz billig gewesen sein. Sagen wir fünftausend Pfund. Wo hatten Sie diese Summe eigentlich her?«

»Sie werden lachen, ich habe nur tausend Pfund bar angezahlt, der Rest läuft über die nächsten drei Jahre auf Wechsel. Die allgemein übliche Art, einen Wagen zu bezahlen, wie Sie vermutlich wissen werden.«

»Ein weitläufiges Kreditsystem, um das Kapital nicht anzugreifen, so heißt es wohl für Sie und Ihresgleichen. Für mich und meinesgleichen heißt das stottern. Darf ich den Kaufvertrag einmal sehen?«

Er brachte ihn an. Ein Blick überzeugte mich, daß er die Wahrheit sagte. »Wie hoch ist Ihr Gehalt, Dr. MacDonald?« — »Etwas über zweitausend. Die Regierung ist nicht sonderlich großzügig.« Ich vermerkte mit Verwunderung, daß er die Tonart gewechselt hatte. Das klang nicht aufgeblasen und nicht unwillig.

»Also dürfte Ihnen nach Abzug der Steuern und Lebenshaltungskosten am Jahresende kaum mehr als ein Tausender bleiben. Dreitausend in drei Jahren. Alles in allem, wie hieraus ersichtlich ist, mit Zinsen und Gebühren viertausendfünfhundert Pfund. Und in welcher Form glauben Sie, diese mathematische Unmöglichkeit zustande zu bringen?«

»Zwei meiner Lebensversicherungen kommen nächstes Jahr zur Auszahlung. Moment, ich kann sie Ihnen vorlegen.«

»Lassen Sie nur. Sagen Sie, MacDonald, warum sind Sie so nervös. Was belastet Sie?«

»Mich belastet nichts.«

»Lügen Sie nicht.«

»Dann lüge ich eben. Na schön. Mich belastet also etwas. Ich bin nervös. Kunststück – Ihre Fragerei muß jeden nervös machen.«

Und damit konnte er sogar recht haben. »Aber ich bitte Sie, MacDonald«, sagte ich, »warum werden Sie nervös?«

»Warum? Das fragte er auch noch?« Er blickte hoch und nahm dann die Suche nach seiner Brillantnadel auf dem Teppich wieder auf. »Das, worauf Ihre Fragen abzielen, paßt mir nicht, Cavell. Das, was Sie mir nachzuweisen suchen, paßt mir nicht. Und ich wüßte nicht, wem es passen würde.«

»Was versuche ich Ihnen nachzuweisen?«

»Ich weiß es nicht.« Er schüttelte den Kopf, aber er sah nicht auf. »Sie versuchen mir nachzuweisen, daß ich über meine Verhältnisse lebe. Dem ist nicht so. Was weiß ich, was Sie mir am Zeug flicken wollen.«

»Darf ich Sie darauf aufmerksam machen, daß Sie etwas kariert aus der Wäsche gucken und daß das, was Sie haben, mit Verlaub eine ausgesprochene Whiskyfahne ist. Sie sehen aus, als hätten Sie eine schwere Sitzung hinter sich und büßten sie nun mit einem handfesten Kater. Wobei ich annehme, daß die Behandlung, die ich Ihnen soeben angedeihen ließ, nicht dazu angetan war, Ihr Wohlbefinden zu steigern. Das Komische daran ist, daß Sie bei uns als ein in Gesellschaft mäßiger Alkoholverbraucher bekannt sind. Kein Säufer also. Aber Sie waren heute nacht allein, und wer selbst in Gesellschaft sehr mäßig ist, ergibt sich normalerweise zu Hause nicht dem stillen Suff. Sie haben aber getrunken – und nicht gerade wenig, Dr. MacDonald. Ich frage mich, warum? Nervosität? Sogar noch ehe Cavell mitsamt seinen beunruhigenden Fragen ankam?«

» Gewöhnlich verabreiche ich mir noch einen sogenannten Schlaftrunk, ehe ich ins Bett gehe.« Noch immer starrte er den Teppich an, weniger um der Brillantnadel willen, vielmehr um sein Gesicht jetzt nicht preiszugeben. »Und das macht mich noch lange nicht zum Säufer. Was ist das schon? Ein Whisky vor dem Zubettgehen.«

»Oder auch zwei«, pflichtete ich bei. »Bei einer guten halben Flasche allerdings, dürfte es sich dann doch nicht mehr um einen Schlaftrunk handeln.« Ich sah mich um. »Wo ist Ihre Küche?«

»Was wollen Sie –«

»Fragen Sie nicht soviel, meine Zeit ist verdammt kostbar.«

»Hier durch.«

Ich ging der angewiesenen Richtung nach und befand mich alsbald in einer dieser fleckenlos reinen Chrommonstrositäten, die sich ausnehmen wie ein Operationssaal, der sich die Sache im letzten Moment anders überlegt hat. Ein weiterer Beweis für üppige Gelder. Und in dem blitzenden Spülstein ein noch weiterer Beweis für Dr. MacDonalds üppigen Schlaftrunk. Eine Whiskyflasche, dreiviertel leer — die abgerissene Verschlußkappe gleich daneben. Ein schmutziger Aschenbecher voll zerquetschter Zigaretten. Mir war, als hörte ich etwas. Ich sah mich um. Mac Donald stand in der Tür.

»Also gut«, sagte er resigniert. »Ich habe getrunken. Zwei oder drei Stunden habe ich mich vollaufen lassen. Schließlich bin ich solche Sachen nicht gewöhnt, Cavell. Ich bin kein Polizist, und ich bin kein Soldat. Zwei unheimliche, grauenhafte Morde.« Er schüttelte sich. Wenn er schauspielerte — dann gekonnt. »Baxter gehörte seit Jahren zu meinen besten Freunden. Und *warum* wurde er ermordet? Wer will wissen, ob der Mörder nicht noch ein Opfer sucht? Und ich *weiß* schließlich, welche Wirkung der Satanskäfer hat. Weiß Gott, Mann, ich hatte genügend Grund, mir Sorgen zu machen, ganz verdammte Sorgen sogar.«

»Das hatten Sie«, pflichtete ich ihm bei. »Und das haben Sie noch — obwohl ich ihm schon ziemlich dicht auf der Pelle bin. Dem Mörder meine ich. Vielleicht ist er jetzt hinter Ihnen her — ein Gedanke, der gar nicht von der Hand zu weisen ist.«

»Sie eiskalter Sadist«, knirschte er durch die Zähne. »Gehen Sie in Gottes Namen endlich, und lassen Sie mir meine Ruhe.«

»Ich bin bereits dabei. Und vergessen Sie nicht, Ihre Türen abzuschließen, Dr. MacDonald.«

»Sie hören noch von mir, Cavell.« Jetzt nachdem ich meinen Abgang angekündigt hatte und die Hanyatti außer Sicht war, wurde er wieder couragiert. »Wollen mal sehen, ob Sie, wenn Sie sich vor dem Kadi wegen Hausfriedensbruch und Tätlichkeit zu verantworten haben, auch noch soviel forschen Schneid aufbringen.«

»Reden Sie doch kein Blech«, sagte ich kurz. »Wer hat Sie angerührt? Ich? Wo haben Sie auch nur einen blauen Flecken? Ihr Wort gegen meins. Mir wäre meins jederzeit mehr wert.« Ich ging. Ich sah den dunklen Umriß der Garage, wo vermutlich der Bentley behaust war, doch ich blickte nicht einmal näher hin. Wozu. Wer einen netten, unauffälligen, gut geschmierten Wagen für dunkle, gut geschmierte Missionen braucht, der rennt nicht herum und pumpt sich ausgerechnet einen Bentley Continental.

Ich stoppte an der nächsten Telefonzelle und tätigte unter dem Vorwand, Gregoris Adresse zu benötigen, zwei unnötige Anrufe.

Erst bei Cliveden, der, wie ich sehr wohl wußte, mir nicht helfen konnte, dann bei Weybridge, der mir helfen konnte und wollte. Beide reagierten höchst sauer ob dieses Ansinnens in grauer Morgendämmerung, doch als ich damit herausrückte, daß es hart auf hart ginge und ich die Auskunft unter allen Umständen bräuchte, weil Aussicht bestünde, den Fall bis morgen abend abgeschlossen zu haben, regten sie sich wieder ab. Beide hatten tausend Fragen, wie weit ich wäre, aber ich ließ kein Sterbenswort verlauten. Und dazu gehörte nicht viel, denn ich hatte nichts verlauten zu lassen – nach keiner Richtung hin.

Sieben Uhr fünfzehn. Ich lehnte mich gegen die Glocke von Dr. Gregoris Haus, besser gesagt des Hauses, in dem er residierte, eine Pension für finanziell nicht gerade Minderbemittelte, die von einer Witwe und ihren beiden Töchtern geführt wurde. Davor stand ein marineblauer Fiat 2100. Gregoris Wagen. Es war noch immer stockdunkel und noch immer kalt und naß. Ich war müde, und mein Bein tat verflucht weh, und meine Konzentration ging langsam flöten.

Die Tür ging auf, und etwas Dickliches, Angegrautes spähte in die Dunkelheit. Mrs. Whithorn, die Dame des Hauses selbst, als immer fröhliche Laisser-faire-laisser-aller-Seele von unwahrscheinlichster Schlamperei bekannt, deren Pension die weit und breit begehrteste war: Ihre Küche war einmalig.

»Um Gottes willen, was ist denn jetzt los– um diese Zeit!« räsonierte sie gutmütig. »Doch nicht etwa schon wieder die Polizei?«

»Leider, Mrs. Whithorn, ich fürchte ja. Cavell ist mein Name. Kann ich Dr. Gregori sprechen?«

»Der Ärmste. Dem haben sie doch schon genug zu schaffen gemacht. Na, dann kommen Sie mal herein. Ich will mal sehen, ob er schon auf ist.«

»Ich finde mich schon selbst zurecht, wenn Sie mir sagen würden, wo sein Zimmer ist, Mrs. Whithorn.«

Sie wand sich noch ein bißchen, bis sie sich schließlich aufraffte und mir sagte, was ich wissen wollte. Durch die große Diele in den Gang, und da hatte ich sie auch schon, die richtige Tür. Sein Name stand daran. Ich klopfte und wartete.

Aber es dauerte nicht lange. Er schien eben aufgestanden zu sein, denn er war noch im Morgenrock, einem abgetragenen, rotbraunen Ding, das er über den Schlafanzug gezogen hatte. Sein dunkles Gesicht mit dem bläulichen Bartschimmer wirkte noch dunkler und stoppeliger als sonst. – Offensichtlich war er nicht dazugekommen, sich zu rasieren.

»Cavell«, sagte er, ohne sonderlich beglückt zu sein – Leute, denen die Polizei in aller Herrgottsfrühe ins Haus geschneit kommt, sind nie sonderlich beglückt –, immerhin war er, ganz im Gegensatz zu Dr. MacDonald, zumindest höflich. »Na, dann kommen Sie mal herein, und nehmen Sie Platz. Sie sehen auch nicht gerade taufrisch aus.«

Ich fühlte mich auch nicht taufrisch. Ich ließ mich in den angebotenen Stuhl sinken und sah mich um. Gregori stand dem Kollegen MacDonald, was die Heimgestaltung anbelangte, weit nach, aber das lag wohl daran, daß er möbliert wohnte. Der Raum, in dem ich saß, war ein kleines Arbeitszimmer – sein Schlafzimmer schien hinter der Verbindungstür zu liegen. Ein fadenscheinig gewordener, aber noch brauchbarer Teppich, ein paar Sessel der gleichen Qualität und Güte, eine Wand voller Bücher, ein schwerer Schreibtisch mit Drehstuhl, Schreibmaschine und jede Menge Papiere, das war's. Im Kamin ein Rest Glut und die weiße flokkige Asche verheizter Buche. Kalt, aber stickig war es hier. Gregori hatte sich der englischen Sucht, Winter wie Sommer sämtliche Fenster aufzureißen, noch nicht gebeugt, und mir kam es vor, als röche es hier ganz eigenartig, schwach, undefinierbar.

»Wenn ich Ihnen irgendwie helfen kann, Mr. Cavell«, kurbelte Gregori meine Mission an.

»Nur Routinefragen, Dr. Gregori«, sagte ich leichthin. »Eine unzivilisierte Zeit, ich weiß, nur leider – sie ist nicht gerade auf unserer Seite – die Zeit.«

»Sie sind noch gar nicht ins Bett gekommen?« fragte er scharfsinnig.

»Noch nicht. Ich war nur unterwegs von einem zum anderen. Leider zu einem Zeitpunkt, für den die meisten nicht viel übrig haben, was meine Beliebtheit nicht gerade ins Unermeßliche steigern dürfte. Ich komme gerade von MacDonald, und ich fürchte, auch der war nicht sonderlich entzückt von dem Einfall, mitten in der Nacht mobil gemacht zu werden.«

»Nein?« sagte Gregori mit aller Vorsicht. »MacDonald auf die Palme zu bringen, dazu gehört eigentlich nicht viel.« – »Kommen Sie gut mit ihm aus? Befreundet eventuell?«

»Ein Kollege mehr oder weniger. Ich schätze seine Arbeit. Warum, Mr. Cavell?«

»Nur so – eine unheilbare Sucht, meine Nase in anderer Leute Angelegenheit zu stecken. Sagen Sie, Dr. Gregori, haben Sie ein Alibi für letzte Nacht?«

»Ja, natürlich doch.« Er sah mich perplex an. »Aber das habe ich Mr. Hardanger doch höchstpersönlich auseinandergesetzt. Von acht bis zwölf war ich auf der Geburtstagsfeier von Mrs. Whithorns Tochter –«

»Verzeihung, Sie haben mich mißverstanden – letzte Nacht – nicht gestern nacht.«

»Aha.« Er sah mich besorgt an. »Es wird doch nicht – es ist doch nicht schon wieder etwas passiert?«

»Nein, nein«, beruhigte ich. »Ja, aber wie steht's, Dr. Gregorie?«

»Heute nacht?« Er lächelte vage und zuckte die Achseln.

»Ein Alibi? Du lieber Gott, wenn ich das gewußt hätte, dann hätte ich mir eins besorgt. Für welche Zeit genau, Mr. Cavell?«

»Sagen wir so zwischen neun Uhr dreißig und zehn Uhr dreißig.«

»Leider nein. Ich fürchte, das ist hoffnungslos, Ich war hier und habe den ganzen Abend an meinem Buch gearbeitet. Eine Art Arbeitstherapie, wenn Sie wollen, Mr. Cavell, nach all dem, was gestern geschehen ist.« Er hielt inne und sagte dann entschuldigend: »Nicht gerade die ganze Nacht, sagen wir von acht bis gegen elf; gleich nach dem Essen habe ich angefangen. Ein produktiver Abend für mich trotz allem – drei ganze Seiten.« Er lächelte wieder, wenn auch nicht mehr so vage wie eben. »Sehen Sie, Mr. Cavell, für die Art von Buch, das ich da schreibe, ist schon eine Seite pro Stunde ein gutes Arbeitstempo.«

»Und worüber schreiben Sie?«

»Über anorganische Chemie.« Er schüttelte den Kopf und setzte mit einem Tropfen Vermouth in der Stimme hinzu: »Schlange stehen werden Sie deshalb kaum vor den Buchhandlungen. Dafür ist der Leserkreis für so ein Spezialgebiet viel zu begrenzt.«

Ich wies nach den Papieren auf dem Schreibtisch. »Das da?«

»Jawohl, das. Einen Versuch habe ich vor Jahr und Tag schon einmal gemacht, aber das ist so endlos lange her, daß ich kaum mehr zu sagen wüßte, wann. Bitte, Mr. Cavell, werfen Sie ruhig einen Blick hinein, wenn es Sie interessiert. Nur dürfte Ihnen das alles nicht viel sagen, fürchte ich. Abgesehen von der an sich recht abstrusen Natur des Stoffes schreibe ich auch noch italienisch. Eine Sprache, die mir naturgemäß am meisten liegt.« Ich dachte nicht daran, ihn wissen zu lassen, daß ich italienisch so gut las, wie ich englisch sprach. Statt dessen bemerkte ich lediglich: »Sie schreiben direkt in die Maschine?«

»Ja, natürlich. Meine Schrift ist die ganz typische Wissenschaftlerklaue – nicht zu entziffern. Moment, da fällt mir etwas ein.« Seine Hand strich nachdenklich über die blauen Stoppeln. »Die Schreibmaschine, die könnte man eventuell gehört haben.«

»Eben«, sagte ich, »daher meine Frage. Halten Sie das für möglich.«

»Ich weiß nicht. Um dieses Umstandes willen sind diese Räume für mich extra ausgesucht worden – um niemanden mit dem Geklapper zu stören. Sie wissen schon, wie das ist. Weder über mir noch nebenan liegen irgendwelche Schlafzimmer. Warten Sie doch mal, ja – ja, nebenan war das Fernsehprogramm an, doch, ich weiß es bestimmt. Wenigstens –« fügte er etwas unsicherer hinzu, »wenigstens bildete ich mir ein, etwas gehört zu haben. Doch, ich glaube schon. Wissen Sie, gleich nebenan liegt nämlich das, was Mrs. Whithorn höchst anspruchsvoll als ihren Musik- und Fernsehsalon zu bezeichnen pflegt, nur findet diese Kunststätte im allgemeinen wenig Anklang. Mrs. Whithorn und ihre Töchter sind die einzigen, die gelegentlich Gebrauch machen, und auch das kommt höchst selten einmal vor. Mir ist aber, als hätte ich etwas gehört. Und ich glaube nicht, daß ich mich täusche. Wollen wir fragen?« Wir fragten. Wir gingen in die Küche, wo Mrs. Whithorn – unterstützt von einer ihrer Töchter – Frühstück für ihre Gäste machte. Siedender Schinkengeruch stieg mir in die Nase. Mein linkes Bein tat mir plötzlich noch mal so weh. Innerhalb einer Minute wußten wir, was wir wissen wollten. Ein alter Spitzenfilm war gelaufen, und Mutter und Töchter hatten das gesamte Programm gesehen. Genau um zehn hatte es angefangen. Ja natürlich hatte man Dr. Gregoris Schreibmaschine einwandfrei im Vorbeigehen und später leise von nebenan klappern gehört. Nicht gerade so laut, daß es störend gewesen wäre, doch einwandfrei klar und deutlich. ›So etwas‹, hatte Mrs. Whithorn noch dazu bemerkt, ›jetzt muß unser armer Professor die Geburtstagsparty von gestern – seit Wochen der erste Abend, an dem er einmal von der Arbeit losgekommen ist – wieder aufholen; etwas mehr Ruhe und Entspannung sollte er wahrhaftig haben.‹ Dr. Gregori war hochbefriedigt und gab sich keinerlei Mühe, daraus auch nur einen Hehl zu machen.

»Ich muß schon sagen, ich bin diesem alten Film, wie gut oder schlecht er auch gewesen sein mag, zu tiefstem Dank verpflichtet und Ihnen, Mrs. Whithorn, nicht minder.« Er lächelte mir zu. »Sind Sie nun beruhigt, Mr. Cavell?« – »Ich war nie beunruhigt, mein lieber Dr. Gregori, aber das ist nun einmal das Grundlegende jeder erfolgreichen Polizeiarbeit – auch die entferntesten Möglichkeiten erst auszuräumen.«

Dr. Gregori brachte mich bis zur Tür. Es war noch immer dunkel, noch immer kalt, noch immer naß. Der Regen klatschte auf das Straßenpflaster. Ich dachte gerade darüber nach, wie diese Standardermittlungen am besten als bemerkenswerter Erfolg umzufrisieren wären, als Gregori, als hätte er meine Gedanken erraten, plötzlich sagte: »Es läge mir fern, Sie über Dinge ausfragen zu wollen, deren Beantwortung sich mit Ihrem Berufsgeheimnis nicht vereinbaren lassen, Mr. Cavell, aber glauben Sie wirklich, daß Aussicht besteht, Licht in dieses Dunkel zu bringen? Haben Sie den Eindruck, daß Sie weiterkommen?«

»Weitaus besser, als ich es vor zwölf Stunden noch für möglich gehalten hätte. Meine Ermittlungen weisen eindeutig in eine Richtung, von der ich annehmen möchte, daß sie die richtige ist. Ganz einwandfrei. – Wenn wir nicht gegen eine Mauer anzugehen hätten.«

»Keine Mauer ist so unüberwindlich, daß man nicht gegebenenfalls darüber klettern könnte.«

»Das ist richtig. Und nichts, aber auch gar nichts soll uns daran hindern, auch über diese zu kommen.« Ich ließ eine Pause eintreten. »Vielleicht hätte ich Ihnen das nicht sagen dürfen. Aber Sie werden es für sich behalten, das weiß ich.«

Und dessen versicherte er mich nachdrücklichst, als wir uns trennten. Genau eine halbe Meile weiter hielt ich an der nächsten Telefonzelle und wählte nach London durch. »Waren Sie schon im Bett, Cavell?« war das erste, was der General wissen wollte.

»Nein, Sir.«

»Nehmen Sie's nicht tragisch, Cavell, mir geht es nicht besser. Ich war so damit beschäftigt, die Leute mitten in der Nacht aus den Betten zu holen und mich allenthalben unbeliebt zu machen, daß ich gar nicht dazu kam.«

»Nicht so erfolgreich unbeliebt wie ich, Sir.«

»Das will ich Ihnen gern glauben. Und wie stehen die Aktien?«

»Flau, Sir. Nichts von Bedeutung. Und Sie selbst, Sir?«

»Chessingham. Ein Führerschein konnte an keiner zivilen Dienststelle registriert werden– vollkommen zuverlässig ist allerdings auch das nicht. Es wäre immerhin möglich, daß er ihn im Ausland gemacht hat, auch wenn das etwas ungewöhnlich sein dürfte. Was seine Militärdienstzeit anbelangt, so hat sich allerdings herausgestellt, daß er beim Royal Army Service Corps gedient hat – was auch mich stutzig gemacht hat.«

»Das Royal Army Service Corps? Das läßt vermuten, daß er eigentlich einen Führerschein haben müßte. Sind Sie der Sache nachgegangen, Sir.«

»Die einzige Tatsache, die ich über Chessinghams militärische Karriere festzustellen in der Lage war, ist die, daß er beim Militär war«, sagte der General trocken. »Des Kriegsministeriums Mühlen mahlen zu allen Zeiten langsam, nachts aber stehen sie eisern still. Mittags dürften wir vielleicht mehr wissen. Augenblicklich besitzen wir lediglich ein paar recht interessante Zahlen, die uns vor einer halben Stunde von Chessinghams Bank durchgegeben worden sind.«

Er gab mir die Zahlen und hing ein. Und ich kroch müde wieder in mein Vehikel und machte mich auf den Weg zu Chessingham. Fünfzehn Minuten später hielt ich vor seinem Haus. Und jetzt, in dem bleichen diffusen Halblicht der Dämmerung, wirkte der quadratische Kasten mit seinem abgesunkenen Fundament noch düsterer und unheilschwangerer. Aber davon wurden wir auch nicht gescheiter. Und so schleppte ich mich denn noch einmal die ausgetretenen Stufen über den Burggraben hoch und läutete.

Stella Chessingham erschien. Blank und in ihrem geblümten Morgenrock hübsch anzusehen, aber blaß und müde um die Augen herum. Und auch sie schien nicht entzückt von meinem Ersuchen, ihren Bruder sprechen zu dürfen.

»Wollen Sie nicht hereinkommen, Mr. Cavell?« rang sie sich schließlich durch. »Mutter ist noch nicht auf. Und Eric noch beim Frühstück.«

Das war er. Noch mal Eier und Schinken. Mein linkes Bein wurde schwächer denn je. Chessingham stand auf und begrüßte mich nervös: »Guten Morgen, Mr. Cavell.« Ich überhörte das. Ich sah ihn nur kalt und unpersönlich an. Mit einem Blick, wie er überhaupt erst ab Polizeikommissar oder Oberkellner zulässig ist. »Chessingham«, sagte ich, »ich hätte noch einige Fragen. Ich bin aber noch nicht ins Bett gekommen und demgemäß nicht mehr in der Verfassung, auf Ausflüchte einzugehen. Machen Sie also kein langes Gerede, sondern beantworten Sie diese Fragen. Unsere nächtlichen Ermittlungen weisen völlig neue Richtlinien auf, deren wichtigste einwandfrei hierher führt. Ich blickte zu seiner Schwester hinüber. »Miss Chessingham, ich möchte Sie nicht unnötig erschrecken. Ich hielte es für richtiger, wenn Sie uns allein ließen.« Sie riß die Augen auf, biß sich nervös auf die Lippen, nickte und schickte sich an, zu gehen. »Bleib hier, Stella« sagte Chessingham. »Ich wüßte nicht, was ich vor jemandem zu verstecken hätte, schon gar nicht vor meiner Schwester, Mr. Cavell.«

»Ich wäre meiner Sache nicht so sicher«, meine Stimme klang so frostig wie der Blick, mit dem ich sie alle beide ansah. »Es steht Ihnen selbstverständlich frei zu bleiben, nur vergessen Sie bitte nicht, daß ich Sie gewarnt habe.« Beiden saß der Schreck in den Gliedern, sie waren blaß geworden. Was meine Fähigkeit, den Leuten die Hölle heiß zu machen, anbelangt, so wäre ich jederzeit für einen Job bei Interpol qualifiziert.

»Wo waren Sie heute nacht?« Chessingham blinzelte, als hätte er nicht recht verstanden. »Muß ich Ihnen darüber auch Rechenschaft ablegen?«

»Sonst hätte ich Sie nicht danach gefragt. Also bitte, antworten Sie.«

»Ich – ich war zu Hause. Mit Stella und meiner Mutter.«

»Die ganze Nacht?«

»Natürlich.«

»So natürlich ist das nicht. Besucher, irgend jemand, der das bezeugen könnte?«

»Nur Stella und Mutter.«

»Also nur Miss Chessingham. Ihre Mutter dürfte um zehn Uhr im Bett gewesen sein.«

»Ja, richtig. Das hatte ich vergessen.«

»Das überrascht mich durchaus nicht. Im Vergessen sind Sie groß. Sie haben gestern auch total vergessen, mir zu sagen, daß Sie beim Royal Army Service Corps waren.« – »Das Royal Army petit schien ihm vergangen. Ich sah seine Hände nicht, aber eine Service Corps?« Er setzte sich wieder an den Tisch, aber der Ap- unmerkliche Bewegung der Arme verriet mir, daß er sie unter dem Tisch zusammenpreßte. »Ja, das ist richtig. Woher wissen Sie das?«

»Ein niedlicher kleiner Vogel hat's mir zugezwitschert. Und der gleiche kleine Vogel hat mir auch erzählt, daß er Sie ein Armee-Fahrzeug steuern sah.«

Mir blieb keine andere Wahl. Ich klopfte auf den Busch. Die Zeit stand nicht auf unserer Seite. »Sagten Sie nicht, daß Sie nicht fahren können?«

»Ich kann nicht fahren.« Seine unruhigen Augen wanderten zu seiner Schwester und dann zu mir zurück. »Ausgeschlossen, das kann nicht stimmen, irgend jemand muß sich irren.«

»Wenn sich hier jemand irrt, Chessingham, dann sind Sie es, falls Sie es weiterhin ableugnen. Und wenn ich Ihnen bis heute abend vier Zeugen aufmarschieren lasse, die Ihnen unabhängig voneinander bestätigen werden, Sie am Steuer gesehen zu haben. Was dann?«

»Versucht habe ich es vielleicht – möglicherweise ein- oder zweimal, so genau weiß ich das heute auch nicht mehr.« – »Chessingham, Sie fallen mir allmählich auf die Nerven«, sagte ich angeekelt. »Wer soll Ihnen das abnehmen? Sie benehmen sich wie ein Idiot. Lassen Sie endlich dieses alberne Herumreden. Sie können fahren. Geben Sie es zu. Miss Chessingham, Ihr Bruder kann fahren, stimmt das?« – »Lassen Sie Stella in Ruhe.« Chessinghams Stimme war fast schrill, und sein Gesicht hatte alle Farbe verloren. »Ich kann fahren, verdammt ja, meinetwegen. Sie haben recht.«

»Sie hielten sich wohl für ganz besonders schlau und geistreich, als Sie den Lastwagen vorgestern sozusagen vor der eigenen Haustür stehen ließen, was? So viel offensichtliche Dämlichkeit traut die Polizei niemanden zu, was?«

»Ich war nie an diesem Lastwagen.« Chessingham brüllte beinahe. »Ich schwöre es! Ich schwöre, daß ich nie an diesem Lastwagen war. Verdammt, ich habe es mit der Angst zu tun bekommen, als Sie gestern ankamen, ich habe alles nur getan, um meine Unschuld zu beweisen.«

»Ihre Unschuld.« Ich lachte mein übelstes Polizeilachen. »Die Jupiterfotos, die Sie angeblich aufgenommen haben wollen. Wie haben Sie sie aufgenommen? Selbst? Oder hat vielleicht jemand anderes aufs Knöpfchen gedrückt? Ein Selbstauslösersystem eventuell – während Sie in Mordon waren?«

»Um Gottes willen, worüber reden Sie da eigentlich?« wehrte er sich verzweifelt. »Selbstauslöserapparat? Herrgott, Sie können meinetwegen das Haus vom Keller bis zum Speicher durchsuchen –«

Ich winkte ab. »Seien Sie doch nicht so naiv. Das Ding ist doch längst hier irgendwo im Umkreis von fünfzig Meilen eingebuddelt.«

»Mr. Cavell!« Stella Chessingham stand vor mir – zitternd, außer sich. »Das ist ein Irrtum, ein entsetzlicher Irrtum. Eric hat nichts zu tun damit – um was immer es auch gehen mag. Nicht mit dem Mord. Nichts mit alledem. Glauben Sie mir! Ich *weiß* es.«

»Waren *Sie* vorgestern nacht nach halb elf mit ihm zusammen? Waren Sie etwa bei ihm auf dem Dach? Wenn nicht, kleines Fräulein, dann wissen Sie gar nichts.«

»Ich kenne Eric, ich weiß, daß er niemals fähig wäre –« »Charakteranalysen interessieren mich nicht«, sagte ich brüsk. »Wenn Sie aber soviel wissen, dann können Sie mir vielleicht verraten, wie die tausend Pfund, die im Lauf der letzten vier Monate eingezahlt wurden, auf Ihres Bruders Bankkonto kommen? Fünfhundert am 31. Juli, der gleiche Betrag am 3. Oktober. Wie erklären Sie sich das?«

Sie sahen sich an. Angst, die sie nicht mehr zu verbergen suchten, stand in ihren Augen. Chessingham setzte zum Reden an, aber er brachte keinen Ton heraus.

»Das – das – das ist eine abgekartete Sache. Irgend jemand steckt dahinter, der mich fertigmachen will«, stotterte er schließlich.

»Halten Sie den Mund, Chessingham. Wenn Sie etwas zu sagen haben, dann reden Sie gefälligst vernünftig«, sagte ich müde. »Wo kommt das Geld her, Chessingham?«

Chessingham würgte an der Antwort und sah hilfeflehend an die Decke und sagte dann – vielmehr er flüsterte es nur:

»Von Onkel George.«

»Sehr anständig von Onkel George. Und wer ist Onkel George, wenn ich fragen darf?«

»Der Bruder meiner Mutter, das schwarze Schaf der Familie. So jedenfalls sieht alles aus. Er will an dem Verbrechen, dessen man ihn bezichtigte, völlig unschuldig gewesen sein, nur sollen die Indizien so gegen ihn gesprochen haben, daß er ins Ausland geflüchtet ist.«

Ich sah Chessingham nur an. Was er mir da auftischte, war einfach zuviel des Guten nach einer schlaflosen Nacht auf nüchternen Magen. »Was soll das heißen? Verbrechen? Welches Verbrechen?«

»Das weiß ich selbst nicht«, sagte Chessingham völlig verzweifelt. »Wir haben ihn nie im Leben gesehen – nur angerufen hat er zweimal in Mordon. Meine Mutter hat nie ein Wort von ihm erwähnt – wir wußten bis vor kurzem überhaupt nichts von seiner Existenz.«

»Und Sie wußten von der Geschichte?« wandte ich mich an Stella.

»Natürlich wußte ich davon.«

»Ihre Mutter?«

»Um Gottes willen, nein«, sagte Chessingham. »Ich sagte doch bereits, daß sie seine Existenz nie auch nur erwähnte. Wessen man ihn auch beschuldigte, eine üble Geschichte muß es gewesen sein. Alles, was er dazu sagte, war, daß Mutter es ablehnen würde, von seinem ›schmutzigen Geld‹ auch nur einen Cent anzunehmen. Aber wir beide – Stella und ich – möchten sie aus gesundheitlichen Gründen ins Ausland schicken, und ohne dieses Geld wären wir nie in der Lage dazu. Es sollte uns helfen.«

»Ja«, sagte ich höchst unsentimental und grob. »Ins Old Bailey vor den Staatsanwalt, wird es Ihnen helfen, das steht fest. Wo ist Ihre Mutter geboren?«

»In Alfringham«, nahm Stella ihrem Bruder die Antwort ab. Er schien am Ende.

»Ihr Mädchenname?«

»Jane Barclay.«

»Wo ist Ihr Telefon?«

Stella gab Auskunft. Ich ging in die Diele und rief den General in London an. Fast fünfzehn Minuten verstrichen, ehe ich wieder im Frühstückzimmer erschien. Beide hockten noch so versteinert da, wie ich sie verlassen hatte. »Und auf die glänzende Idee, sich vielleicht einmal ins Rathaus, wo man derlei Dinge erfahren kann, zu begeben, ist wohl keiner von Ihnen gekommen?« sagte ich kopfschüttelnd. »Und warum nicht? Soll ich es

Ihnen sagen? Weil Sie alle beide genau wußten, daß Sie sich den Weg sparen konnten, weil Onkel George nie existiert hat. Ihre Mutter hatte nie einen Bruder. Aber damit dürfte ich Ihnen wohl nichts Neues sagen. Kommen Sie, Chessingham, seien Sie vernünftig. Schließlich hatten Sie Zeit genug, sich eine brauchbare Geschichte auszudenken. Eine billigere Erklärung für diese tausend Pfund gibt es doch wohl kaum noch.«

Er brachte überhaupt keinen Ton mehr heraus. Hoffnungslos starrte er erst mich an, dann seine Schwester und schließlich auf den Boden. »Na schön«, sagte ich ermunternd, »es hat ja weiß Gott keine Eile. Zeit und Muße, Ihre Fantasie etwas zu beflügeln, werden Sie jetzt bekommen. Erst möchte ich aber noch einmal Ihre Mutter sehen.«

»Verdammt noch mal, lassen Sie meine Mutter aus dem Spiel.« Chessingham war so ruckartig aufgestanden, daß seine blonde Mähne zurückschlug. »Meine Mutter ist eine alte, kranke Frau – lassen Sie sie in Ruhe, Cavell, hören Sie?«

»Miss Chessingham«, wandte ich mich ungerührt an Stella, »bitte sagen Sie Ihrer Mutter, daß ich in einer Minute oben sein werde.«

Chessingham kam auf mich zu, seine Schwester vertrat ihm den Weg und sah mich an, als wenn sie mich aufspießen wollte. »Eric, bitte, du weißt, Mr. Cavell tut doch, was er will.«

Ich tat, was ich wollte.

Das Interview mit Mrs. Chessingham dauerte lediglich zehn Minuten. Es waren nicht gerade die angenehmsten zehn Minuten meines Lebens.

Als ich hinunterkam, erwartete sie mich in der Diele. Stellas Augen waren zwei braune Teiche in einem kalkweißen Gesicht. »Sie sind im Irrtum, Mr. Cavell, in einem entsetzlichen Irrtum. Eric ist mein Bruder, und ich kenne ihn, ich kenne ihn wirklich. Er ist vollkommen unschuldig an allem, was Sie ihm auch zur Last legen.«

»Er hat jede Möglichkeit, das zu beweisen.« Es gibt immer einmal Augenblicke, in denen ich mich widerlich finde: Das war einer. »Chessingham, ich hielte es für ratsam, einen Koffer zu pakken. Wenigstens das Nötigste für ein paar Tage.«

»Sie wollen mich mitnehmen?« fragte er hoffnungslos niedergeschlagen.

»Dazu habe ich weder das Recht noch den Auftrag. Sie werden schon noch abgeholt, verlassen Sie sich drauf. Und kommen Sie nicht auf die absurde Idee, auch noch einen Fluchtversuch zu riskieren. Keine Maus käme durch den Absperrgürtel.«

»Absperrgürtel?« Er starrte mich an. »Soll das heißen, daß Sie das Haus –«

»Glauben Sie etwa, wir legen Wert darauf, daß Sie in die nächstbeste Maschine springen und abrauschen? Wie der liebe alte Onkel George?« Das genügte eigentlich. Ich ließ es dabei bewenden.

Als nächstes standen mir die Hartnells noch bevor – mein letzter Besuch vor dem Frühstück. Auf halbem Weg etwa stoppte ich auf einer verlassenen Waldstraße an einer Telefonzelle und rief mein Hotel an. Nach einigen Bemühungen hatte ich Mary endlich an der Strippe, und nachdem sie mich gefragt hatte, wie es mir ginge, und ich gesagt hatte, bestens, und sie mich daraufhin mehr oder weniger einen aalglatten Schwindler hieß, bat ich sie, Hardanger ins Hotel zu zitieren und Frühstück zu bestellen. Ich käme kurz nach neun.

Und nachdem dies geschehen war, machte ich, daß ich schnurstracks wieder zu meinem Wagen kam. Er stand zwar nur ein paar Meter weit weg, aber es goß noch immer in kalten grauen Strömen. Trotz der Eile hielt ich, die Tür schon in der Hand, inne und sah mir an, was da des Wegs kam. Auf eine Entfernung von kaum hundert Metern sah das, was da auf mich zukam, wie ein bürgerlicher Mensch mit Regenmantel und Hut aus, aber damit war die Ähnlichkeit mit dem normalen Menschen auch bereits zu Ende. Er hüpfte – einen Arm ausgestreckt, um die Balance zu halten – auf einem Bein durch den rauschenden Rinnstein und stieß eine alte Blechbüchse vor sich her. Und das Wasser klatschte nur so durch die Gegend bei jedem kombinierten Sprung und Stoß. Ich sah mir dieses Affentheater eine Weile an, bis mich der Regen langsam aufzuweichen begann. Außerdem war es nicht gerade taktvoll, hier herumzustehen und ihn anzustieren, selbst wenn er einer Anstalt entsprungen schien. Und wer weiß, was ich alles aufführen würde, wenn ich lange genug in der Wiltshire-Öde begraben wäre – womöglich auch Veitstänze. Noch immer mit einem Auge bei den kostenlosen Darbietungen auf der Landstraße, ließ ich mich in den Wagen fallen und zog die Tür zu, und da erst sollte mir klar werden, was es mit dieser Demonstration ausgewachsener Wiltshire-Verblödung auf sich hatte. Sie war lediglich dazu erdacht, mich ein bißchen von dem abzulenken, was sich hinten, auf dem Boden meines Wagens verkrochen hatte.

Als ich durch ein Geräusch aufmerksam wurde und mich umdrehte, war es zu spät, zu spät. Der Totschläger war bereits in Aktion. Mein linker Fuß stand noch auf der falschen Seite der Steuersäule, und der Segen kam von links, von der Seite, auf der ich nichts sehe. Gemessen jedoch an den Sternen, die ich sah, und meinem sofortigen Abrutsch in nachtschwarze Finsternis mußte der ausgeführte Hieb, der mich direkt am Hinterkopf, unterhalb des Ohres erwischte, entweder sehr genau gezielt oder mit beachtlicher Kraft durchgeführt worden sein – oder auch beides.

8

Es wäre nicht richtig zu sagen, daß ich aufwachte. Der Ausdruck trifft nicht ganz zu. Unter Aufwachen versteht man eigentlich einen ziemlich raschen eindeutigen Übergang vom Zustand der Bewußtlosigkeit in den des Bewußtseins. Mein Tasten durch die Zwielichtzone, die zwischen dem einen und dem anderen liegt, war weder rasch noch eindeutig. Einen Augenblick lang war ich mir verschwommen bewußt, daß ich auf etwas Nassem und Hartem lag, im nächsten war ich bereits wieder weg. Und wie lange diese Intervalle zwischen meinen graugetönten lichten Momenten jeweils dauerten, ließ sich nicht feststellen. Und selbst wenn sie sich hätten feststellen lassen, wäre ich viel zu behämmert gewesen, um mich dieser Rückkehr ins Leben dankbar zu erfreuen. Nach und nach wurden sie jedenfalls länger, die lichten Momente, bis die Dunkelheit völlig schwand. Nur war ich mir durchaus nicht sicher, ob das nun ein wünschenswerter Fortschritt war, denn mit zunehmendem Wiedererwachen verstärkte sich auch ein geradezu lähmender Schmerz, der mich vom Schädel bis zur linken Brustseite unbarmherzig in seinen Griff nahm; einen Griff, dessen Druck ein unerbittlicher Kerl mit Bärenkräften fest und fester schraubte. Ich kam mir vor wie ein Korn, das durch die Mühle gegangen war.

Mühsam bekam ich ein Auge auf und verdrehte es so lange, bis ich entdeckte, woher das trübe Licht kam. Aus einem Gitterfenster ganz oben unterm Dach. Es mußte ein Keller sein, einer mit dem gleichen architektonischen Kennzeichen wie der Keller in Chessinghams Haus.

In der Härte des Bodens hatte ich mich nicht getäuscht. Auch nicht in seiner Nässe. Roher, unfertiger Zementboden voll seichter Wasserpfützen. Und wer immer mich hier unten auch deponiert haben mochte, hatte mich mit aller Umsicht in die Mitte der größten davon geworfen.

Ich lag halbseitlich auf dem Rücken, die Arme geradezu lächerlich nach hinten verrenkt. Mir war nicht ganz klar, warum ich mich so verkrampfte, ich sollte aber sofort dahinterkommen, als ich versuchte, dem abzuhelfen. Irgend jemand hatte mich gefesselt und ganze Arbeit geleistet. Dem tauben Gefühl meiner Arme nach zu urteilen, ging ich bestimmt nicht fehl in der Annahme, daß er ganz besonderen Wert auf die Verknotungen gelegt hatte.

Ich machte den Versuch, die Beine anzuziehen und mich aufzusetzen, das ging jedoch nicht so, wie ich mir das gedacht hatte. Sie ließen sich nicht bewegen. Und so machte ich mir denn diese Unbeweglichkeit zunutze und stemmte mich mit dem Oberkörper hoch, wartete, bis die Sterne vor meinen Augen wieder verblaßten, und sah mir dann die Sache näher an. Meine Beine waren nicht nur an den Knöcheln gefesselt, sie waren obendrein auch noch an dem Metallgestänge eines Weinregals, das die ganze Wand einnahm, festgemacht. Und ich war nicht nur gefesselt, ich war auch noch dazu mit PVC, einer Nylonbindung, gefesselt. Hätte ich eine Bestätigung dafür gebraucht, daß hier ein Professioneller am Werk war, das wäre sie gewesen. Nicht einmal ein Gorilla wäre damit fertig geworden. Hier half nur noch eins: Die Kombizange. Finger waren völlig nutzlos. Langsam und vorsichtig – eine schnelle Bewegung, und mein Kopf war ab – sah ich mich um. Ein Keller wie tausend andere und leer, wie er leerer nicht sein konnte: Das Fenster, die geschlossene Tür, das Weinregal und ich. Es hätte schlimmer sein können. Keiner war am Werk mich zu ersäufen, keiner traktierte mich mit Giftgas, keine Giftschlange bedrohte mich, keine Giftspinnen. Ein Keller. Ein simpler Keller und ich. Aber übel genug.

Ich rutschte gegen das Regal und strampelte mit aller Gewalt gegen die Drähte, die mich daran schnürten, aber alles, was ich damit erreichte, war eine Zulage an Schmerzen, mit denen ich ohnehin reichlich eingedeckt war. Ich versuchte meine Hände freizubekommen, ein Beginnen, von dessen Sinnlosigkeit ich, noch ehe ich damit anfing, überzeugt war, und das ich sofort wieder aufgab. Ich fragte mich nur noch, wie lange es dauern konnte, bis ich hier mit Erfolg verhungert oder verdurstet sein mußte. Immer mit der Ruhe, redete ich mir gut zu. Cavell, streng dich an, überleg, wie du am besten aus diesem Schlamassel herauskommst. Also bemühte ich mich, so schwierig sich das bei meinem Schädel auch anließ, einen klaren Gedanken zu fassen. Viel kam dabei nicht heraus. Alles, was ich zu denken imstande schien, war, wie hundeelend ich mich fühlte.

Und genau das war der Moment, da ich die Hanyatti entdeckte. Ich sah einmal hin, schüttelte den Kopf und sah nochmal hin. Jawohl, sie war's, kein Zweifel. Einwandfrei schaute sie aus meiner Jacke heraus. Ich starrte sie an, aber sie blieb, wo sie war, sie verschwand nicht. Ich fragte mich nur, wie dem – oder auch denen – die mich hierher verfrachtet hatten, das passieren konnte. Dann ging mir ein Licht auf. Sie hatten mich gar nicht nach Waffen durchsucht. Polizisten in England tragen keine Pistolen. Und deren war ich mehr oder weniger einer. Ergo konnte ich auch keine Pistole haben.

Ich zog die rechte Schulter hoch, ging mit dem Kopf so tief wie möglich hinunter und drückte gleichzeitig mit dem Gesicht das Revers weg. Beim drittenmal erwischte ich den Kolben mit den Zähnen, doch die abgerundete Oberfläche bot keinen Halt, sie rutschte wieder ab, als ich versuchte, das Ding aus dem Halfter zu ziehen. Viermal wiederholte ich das Experiment, dann gab ich auf. Verrenkungen dieser Art waren schon normalerweise eine Strapaze: Als Zugabe zu den Nachwirkungen der intensiven Behandlung mit dem Totschläger ließen sie den Keller vor meinen Augen verschwimmen. Gleichzeitig verspürte ich bei dieser Gymnastik auch noch rechts in der Brustkorbgegend einen scharfen, stechenden Schmerz. Ich überlegte trübsinnig, ob sich nicht eventuell auch noch ein paar Rippen in meine Lunge gespießt haben konnten. So, wie ich mich augenblicklich fühlte, war alles möglich.

Kleine Erholungspause. Dann krabbelte ich so lange, bis ich endlich auf die Knie kam. Ich verrenkte mich so tief hinunter, daß ich mit dem Kopf beinahe auf den Zementboden kam, aber auch damit brachte ich dieses Schießeisen nicht aus dem Halfter. Nichts rührte sich. Noch einmal probierte ich es, geriet vor lauter Anstrengung aus dem Gleichgewicht und kippte flach aufs Gesicht. Als mein Kopf wieder einigermaßen klar geworden war, wiederholte ich das Experiment, und diesmal rutschte sie tatsächlich heraus und schepperte zu Boden.

Da kniete ich nun in grauem Kellertrübsinn und äugte nach meiner Pistole und traute dem Frieden nicht. Es konnte natürlich auch ein ganz abgefeimter, sadistischer Vogel gewesen sein, der seinen Spaß daran gehabt hatte, das Magazin zu entleeren und das Ding dann wieder in den Halfter zu schieben, möglich war alles. Doch dem war nicht so. Diese humorige Note blieb mir erspart. Der Ladeanzeiger stand auf neun. Das Magazin war voll.

Ich wand mich näher heran, bekam die Hanyatti mit meinen gefesselten Händen zu fassen, entsicherte und brachte sie mühsam, soweit ich das aus meiner verrenkten Stellung schaffte, nach rechts hinüber. Die Jacke behinderte mich, aber mit einigem Fluchen brachte ich das Kunststück schließlich zuwege. Jetzt lag das Ding seitlich in der Richtung, wie ich es brauchte. Ich zog die Knie an und turnte so lange herum, bis ich mit der Mündung auf fünfzehn Zoll Abstand zu den Füßen kam.

Durch die Nylonstränge schießen – ging es mir durch den Kopf. Eine glorreiche Idee, die ich gleich wieder verabschiedete. Das war allerhöchstens etwas für das geschärfte Auge Buffalo

Bills, und auch da hatte ich das Gefühl, daß er seine Scharfschützenkunststücke nie in düsteren Kellerlöchern mit völlig tauben, auf den Rücken gebundenen Händen durchexerziert hatte. Mein linkes Bein wäre dabei allerhöchstens ein gefundenes Fressen für die beiden darauf lauernden Londoner Chirurgen geworden. Die Chancen standen eins zu tausend für sie. Und so entschloß ich mich denn, mich lieber auf das zu konzentrieren, was mich an das Weinregal schnürte.

Ich zielte so gut es ging, und drückte ab. Dreierlei begab sich umgehend und gleichzeitig: Der Rückstoß riß mir fast den Daumen weg, die Detonation ließ meine Trommelfelle beinah platzen, und ein leichter Windzug pfiff, lautlos im Detonationsdonner, über meine Frisur weg und löste in Form einer rikoschettierenden Kugel mein Problem um einen halben Zoll ein für allemal. Und noch ein vierter Punkt wäre zu erwähnen: Ich schoß daneben.

Zwei Sekunden darauf feuerte ich wieder – ohne mir Zeit zu nehmen zu überlegen. Schob oben ebentuell einer Wache, so mußte ihn das, was er soeben vernommen hatte, aus seiner wohlverdienten Ruhe gescheucht und auf die Sprünge gebracht haben, um klarzustellen, wer hier unten sein trautes Heim demolierte. Und nicht nur das. Ich wußte genau, daß ich erst gar nicht anfangen durfte, darüber nachzudenken, ob der Prellschuß nicht unter Umständen diesmal auch einen halben Zoll tiefer zurückpfeifen konnte, weil ich dann gar nicht mehr fähig gewesen wäre, diesen Abzug jemals wieder zu betätigen.

Wieder krachte es, und diesmal war ich sicher, daß mein rechter Daumen endgültig hin war. Wenn schon. Die Drahtbindung jedenfalls war sauber durchtrennt. Buffalo Bill hätte es nicht besser hinbekommen.

Ich rutschte herum, zog mich mühsam an dem Metallgestänge hoch, lehnte mich mit dem linken Ellbogen auf eines der Regalbretter und harrte der Dinge, die eventuell durch die Tür kommen konnten. Wer immer hier nach dem Rechten oder Unrechten zu sehen kam, mußte da durch, aber ein Kerl auf sechs Fuß war immerhin ein leichteres Ziel als ein Draht auf achtzehn Zoll.

Regungslos – abgesehen von meinen zitternden Beinen – stand ich da und lauschte mit dem bißchen Gehör, das mir nach den krachenden Salven noch erhalten geblieben war, angestrengt in die Stille. Nichts rührte sich. Ich riskierte ein paar eilige Sprünge in die Mitte des Kellers und spähte durch das offene Fenster, ob mein Wärter nicht etwa auf die vorsichtig raffinierte Tour reiste. Nichts. Einige solcher Sprünge mehr, und ich war an der Tür und versuchte mit dem Ellbogen an der Klinke. Zu. Verschlossen.

Ich stellte mich mit dem Rücken zur Tür, fummelte mit der Pistolenmündung so lange herum, bis ich das Schloß fand und drückte ab. Beim zweiten Schuß gab die Tür unter meinem Gewicht so blitzartig nach – daß ich nicht einmal vorher nachgesehen hatte, ob das Ding nun nach innen oder außen zu öffnen war, sagt alles, was es über meinen Geisteszustand zu sagen gibt –, daß ich, wie selbst aus der Pistole geschossen, der Länge nach draußen auf den Steinboden schlug. Falls jemand in der hoffnungsvollen Absicht, mich fertigzumachen, meiner hier draußen harrte, so war dies jetzt seine einmalige Chance.

Niemand machte mich fertig, weil keiner darauf lauerte, mich fertigzumachen. Benommen und elend krabbelte ich wieder hoch, entdeckte einen Lichtschalter und knipste ihn mit der Schulter an. Die nackte Birne, die direkt über mir baumelte, gab kein Lebenszeichen von sich. Vielleicht war sie durchgebrannt, vielleicht war die Sicherung hin, möglich. Ich tippte eher darauf, daß überhaupt kein Strom da war. Der ganze leblos trübe Kellermuff sprach von langer Stille und Verödung. Wer immer auch einmal hier residiert haben mochte, mußte seit langem endgültig ausgezogen sein.

Eine ausgetretene Stiege führte in trübes Halbdunkel. Ich nahm mit einem kühnen Sprung die ersten beiden Stufen, wakkelte wie ein absterbender Kreisel und erwischte gerade noch den richtigen Dreh mich hinzusetzen, ehe ich kippte. Einmal unten, erschien es mir das Sicherste, mein Schwergewicht dort zu lassen, wo es war. Den weiteren Aufstieg bewerkstelligte ich von rückwärts auf dem Hosenboden.

Auch die Vorkellertür war zu, aber es war ja schließlich nicht meine, und fünf Schuß steckten noch in der Hanyatti. Diesmal stolperte ich beim ersten bereits in die Diele. Sie war hoch, lang und schmal, etwa das, was Immobilienhändler euphemistisch als Fülle gediegener Holzarbeit zu bezeichnen pflegen. Gräßliche schwarze Eichenbalken, wo immer man hinsah. Türen rechts und links, beide zu. Eine Glastür am anderen Ende, die Tür neben mir schien auf die Rückseite dieses verlassenen Hauses zu führen. Eine Treppe über mir, ein unebener Parkettboden, durch dessen Staubschicht eine Wirrnis von Fußspuren von meinem Standort bis zur Glastür liefen, unter mir. Immerhin schien die Luft rein, und das war einwandfrei dieser Stätte bester Zug. Ich wußte jetzt, daß ich allein war. Nur für wie lange ich allein bleiben würde, das wußte ich nicht. Es schien mir nicht ratsam, auch nur eine Sekunde ungenutzt verstreichen zu lassen.

Um die Fußspuren zur Glastür nicht zu verwischen, versuchte

ich es gleich an meiner Tür. Zur Abwechslung war sie unverschlossen. Dahinter lag ein weiterer Gang, der in den Küchenbereich zu führen schien. Ein weitläufiges altmodisches Haus.

Ich machte mich auf den Weg, riß unterwegs Schränke und Schubladen auf und sah ein, daß es nur Zeitverschwendung war. Nichts von überstürzter Flucht, alles wies daraufhin, daß die einstigen Herren von Haus und Hof sich die Zeit genommen hatten, ordnungsgemäß mit Sack und Pack auszuziehen, ohne auch nur eine Sicherheitsnadel liegen zu lassen, die meinen Entfesselungszwecken sowieso nicht dienlich gewesen wäre.

Die äußerste Küchentür war unverschlossen. Ich machte sie auf und stand — das bedurfte allerdings noch einiger Sprünge mehr — im Regen, der unvermindert weiter rann. Ich sah mich um. Nichts, was genauere Rückschlüsse zuließ, wo ich mich befand. Ein großer, verwilderter Garten, zehn Fuß hohe Hecken, die seit Jahr und Tag keine Baumschere mehr gesehen hatten, Nadelbäume und Zypressen, seufzend und vor Nässe triefend, unter einem grauen, weinenden Himmel. Wildnis.

Zwei Holzhütten gehörten noch in die Szenerie, die eine war vermutlich die Garage, die andere kaum halb so groß. Ich nahm Kurs auf die kleinere. Nicht, daß sie mir anziehender erschienen wäre, sondern einfach, weil sie näher lag. Die Tür hing schief in den Angeln, die jämmerlich quietschten, als ich mich an das morsche Holz lehnte.

Ein Schuppen, der offensichtlich einmal als Werkstatt gedient hatte. Unter dem verrotten Fenster stand eine massive Werkbank mit einem rostigen Schraubstock — stehengelassen, wie er gebraucht worden war. Falls er noch nicht völlig eingerostet war und sich drehen ließ und sich unter Umständen auch noch ein Schneidwerkzeug zum Dazwischenklemmen finden sollte, ein nützliches Gerät. Leider war dergleichen nicht zu sehen. Nichts war hier zu sehen, weder schneidende noch sonstige Werkzeuge. Hier wie auch drüben im Haus hatten die scheidenden Bewohner beim Zusammensuchen ihrer Habseligkeiten jedenfalls ganze Arbeit geleistet. Die Wände waren gähnend leer.

Eins hatten sie stehenlassen, und auch das nur, weil es Abfall war: Eine Kiste voller Spaltholz und Kram. Mit Hilfe eines Holzscheits brachte ich das Ding hoch und kippte es um. Mit dem Scheit stocherte ich den Inhalt durch: Abfall, Blechkram, verbogene Nägel, verrostete Schrauben und schließlich ein sehr altes und sehr rostiges Metall-Sägeblatt.

Es dauerte zehn Minuten, bis ich das Ding im Schraubstock hatte. Die Gefühllosigkeit meiner Hände hatte inzwischen Lähmungserscheinungen angenommen. Weiterer zehn Minuten bedurfte es, um die Nylonstränge meiner Handgelenke zu durchsägen. Natürlich hätte ich es schneller schaffen können, aber schließlich hatte ich ja hinten keine Augen und sah nicht, was ich tat, also war Vorsicht geboten. Meine Hände waren so leblos, daß ich aus Versehen, ohne es zu merken, auch eine Arterie erwischen konnte. Und das hätte mir gerade noch gefehlt.

Sie waren nicht erfreulich anzusehen, meine Hände, als ich sie nach vollbrachtem Werk examinierte – angeschwollen zur doppelten Größe, blaurot, blutig gescheuert an der Innenseite der Gelenke, aufgerissen und zerschnitten an sämtlichen Fingern. Als ich die roten Blutspuren auf dem rostigen Sägeblatt entdeckte, hoffte ich nur noch still, daß ich mir nicht auch noch eine Blutvergiftung zugezogen hatte.

Fluchend saß ich fünf Minuten auf der Kiste, bis die roten Striemen allmählich zu verschwinden begannen und die Blutzirkulation mit tausend feinen unerträglichen Nadelstichen wieder in Gang war. Endlich war ich dann in der Lage, das Sägeblatt selbst zu halten, durchschnitt die Nylonstränge an meinen Knöcheln und ließ mein blumiges Repertoire gängiger Kraftausdrükke gleich noch einmal vom Stapel, bis sich auch hier der gleiche wohltuende Prozeß vollzogen hatte. Dann zog ich das Hemd aus der Hose und inspizierte meine rechte Seite. Aber ich konnte das Hemd gar nicht schnell genug wieder in den Gürtel packen. Jede eingehende Untersuchung hätte mich höchstens doppelt so elend gemacht, als ich es ohnehin war. Alles, was die dicke Blutkruste nicht gnädig zudeckte – und sie deckte fast die ganze Seite zu –, war grotesk verschwollen und begann bereits in sämtlichen Regenbogenfarben zu schillern. Wer immer mich zu diesem Fußballtraining erkoren hatte, dachte ich sauer, hätte sich, so er an die linke Seite geraten wäre, an der Hanyatti sämtliche Zehen gebrochen. Es war ihm erspart geblieben. Und es war besser so.

Ohne ernstlich anzunehmen, daß ich sie gebrauchen würde, verließ ich mit der Pistole in der Hand den Werkzeugschuppen. Das Haus interessierte mich nicht mehr. Die Fußabdrücke – mehr war dort nicht zu finden, das wußte ich nun, und die waren eine Angelegenheit für Hardangers Experten. Von der vorderen Front ging unter tropfenden Bäumen eine Zufahrtsstraße ab. Ich hinkte den unkrautüberwucherten Kiesweg entlang, ohne zu wissen, wohin er führte.

Kaum ein paar Schritte weiter, blieb ich stehen und fing an nachzudenken – soweit das bei meiner ramponierten geistigen Verfassung noch möglich war. Wer immer mich hier festgesetzt hatte, konnte dies – obwohl ich eigentlich eher vom Gegenteil überzeugt war, in der Absicht getan haben, mich ganz offiziell eine Weile von der Szene verschwinden zu lassen. Wenn nicht, dann konnte er sich es nicht leisten, meinen Wagen einfach stehenzulassen, sondern war gezwungen gewesen, ihn wegzubringen. Wohin? Dahin, wo auch Cavell versteckt worden war, klar. Was konnte logischer und simpler sein? Ich machte kehrt und ging zur Garage zurück.

Da war er, der Wagen. Ich sank müde in den Sitz, döste zwei Minuten vor mich hin, kroch genauso müde wieder hinaus. War es sein Plus, daß niemand dahinterkam, daß ich aus dem Spiel war, so war es mein Plus, daß er nicht dahinterkam, daß ich wieder mit im Spiel war. Warum dem so sein sollte, war mir im Augenblick nicht ganz klar, und ich versuchte auch gar nicht erst, mich zu des Rätsels Lösung durchzuarbeiten. Mein Denkapparat war vor lauter Schwäche und Müdigkeit und dem, was ich da an Hieben bezogen hatte, so benommen, daß ich von jedem zusammenhängenden, folgerichtigen Gedankengang weit entfernt war. Alles, was ich vage mehr fühlte als wußte, war, daß das irgendwie ein Vorteil für mich sein konnte, und bei der Verfassung, in der ich mich befand und den mäßigen Fortschritten, die ich zu verzeichnen hatte, mußte ich jeden nützen. Dieser Wagen war ein vernichtendes Aushängeschild. Ich machte mich zu Fuß auf den Weg.

Die Zufahrt führte auf eine Straße, die nicht mehr als ein lausiger, verschlammter Feldweg voller Wasserlachen war. Ich hielt mich rechts, aus dem einfachen Grund, weil es links steil bergauf ging, und kam nach zwanzig Minuten zu einer zweiten Straße. Ein Straßenschild verhieß: ›Netley Common: 2 Meilen‹. Netley Common also. Das lag an der Hauptverkehrsstraße London – Alfringham, rund zehn Meilen von Alfringham entfernt. Also hatte man mich gute sechs Meilen vom Ort des Überfalls an der Telefonzelle weitergebracht. Warum, war mir selbst nicht ganz klar. Wahrscheinlich, weil es sonst im Umkreis von sechs Meilen nirgends ein leeres Haus mit Keller gab.

Ich brauchte über eine Stunde für diese zwei Meilen, und das lag nicht nur an meinem Zustand, sondern zum Teil daran, daß ich bei jedem herankommenden Wagen oder Fahrrad in die Büsche sprang. Netley Common selbst ließ ich links liegen und marschierte querfeldein durch eine menschenleere Öde – bar jeden Lebenszeichens an diesem bitteren, ereignisreichen Oktobermorgen –, bis ich endlich auf der Hauptstraße landete und erledigt in eine Mulde hinter dem Gebüsch sank. Ich kam mir vor wie eine wasserdurchtränkte Stoffpuppe, die aus allen Nähten zu platzen drohte. Nicht einmal meinen lädierten Brustkasten spürte ich noch, so erschöpft war ich. Ich fror bis ins innerste Knochenmark und zitterte wie eine Marionette in der Hand eines wildgewordenen Puppenspielers. Ich wurde alt.

Zwanzig Minuten später war ich noch viel älter geworden. Der

Verkehr im ländlichen Wiltshire erreichte auch in seinen besten Zeiten gewiß keinen Piccadillystandard, heute jedoch schien er völlig zu ruhen oder seinen freien Tag zu haben. Drei ganze Wagen und ein Bus waren vorbeigerollt, und ich hatte sie vorbeirollen lassen, weil sie entweder fast oder ganz voll besetzt gewesen waren. Wonach ich Ausschau hielt, war ein Lastwagen, in dem nur ein Fahrer saß, und wenn es der nicht sein konnte, dann zumindest ein Personenwagen, möglichst ohne Begleitmannschaft. Obwohl ich mir, ehrlich gesagt, nicht vorzustellen vermochte, wie ein einsamer Mann hinterm Steuer auf dieses heruntergekommene Häufchen menschlichen Elends am Straßenrand reagieren würde.

Im nächsten Vehikel, das ankam, saßen zwei Männer, doch auch das ließ mich nicht länger zögern. Noch ehe ich die Uniform überhaupt sah, wußte ich schon, was es mit diesem großen, schwarzen Wolseley auf sich hatte, der da langsam herankam und hielt. Ein Sergeant sprang heraus und half mir auf die Beine – sichtlich erleichtert, ob meines Anblicks. Und er hatte auch zum Glück ganz das Format und die Kraft, Gewichte zu schleppen. Ich überließ ihm das meinige zum größten Teil.

»Mr. Cavell?« Er sah mich noch einmal genauer an. »Sind Sie es, Mr. Cavell?«

Ich nickte. Daß mich die letzten Stunden verändert hatten, wußte ich, das allerdings hatte ich denn doch nicht erwartet.

»Na, Gottseidank, daß wir Sie haben. Seit zwei Stunden sind ein halbes Dutzend Polizeiwagen und weiß Gott wie viele Militärfahrzeuge auf der Suche nach Ihnen.« Er verfrachtete mich mit aller Behutsamkeit auf den Rücksitz. »Und jetzt machen Sie es sich da hinten so bequem wie möglich, Sir.«

»Worauf Sie sich verlassen können«, gab ich zurück und verstaute meine triefende, verdreckte Figur in einer Ecke. »Ich fürchte nur, dieser Sitz wird nie mehr das werden, was er einmal war, Sergeant.«

»Darüber lassen Sie sich mal keine grauen Haare wachsen, Sir, da, wo der herkommt, gibt's noch jede Menge von der gleichen Sorte«, grinste er, kletterte neben den Kollegen des Polizeibezirks und griff nach dem Mikrophon, während der Wagen langsam anfuhr. »Ihre Frau erwartet Sie auf dem Polizeirevier bei Inspektor Wylie.«

»Moment«, sagte ich eilig. »Nur kein Riesentheater um Cavells Auferstehung von den Toten, um Gottes willen nicht, Sergeant. Sowenig Aufhebens wie möglich. Und bringen Sie mich bloß nirgends hin, wo ich sofort erkannt werde. Wissen Sie nicht irgendeine verschwiegene Klause, in der Sie mich absetzen könnten?«

Er drehte sich ruckartig um und starrte mich an. »Da komme ich nicht ganz mit, Sir?«

Ich war drauf und dran, ihm zu sagen, daß es mir scheißegal sei, ob er mitkäme oder nicht, aber das wäre wiederum auch nicht fair gewesen. Also sagte ich nur: »Sergeant, es ist nun mal erforderlich, glauben Sie's mir. Zumindest habe ich so das Gefühl, als ob. Wissen Sie denn keine stille Ecke hier, in der man unterkriechen könnte?«

»Hm.« Er studierte. »Schwierig, Mr. Cavell, sehr schwierig –«

»Mein Bunker, Sergeant«, rückte der Fahrer heraus. »Jane ist ja bei ihrer Mutter, das wissen Sie doch. Da könnte Mr. Cavell doch erst mal hin.«

»Liegt das ruhig, hat das Telefon, und ist das in der Nähe von Alfringham?« erkundigte ich mich.

»Alles da, Sir.«

»Bestens. Vielen Dank. Sergeant, sprechen Sie mit dem Inspektor. Allein bitte. Er soll meine Frau nehmen und sich schnellstens zu mir begeben und Hardanger auch gleich mitbringen, falls er greifbar sein sollte. Und, sagen Sie, Sergeant, hätten Sie nicht unter Umständen auch einen Arzt auf dem Revier, einen, der nicht allzuviel quasselt?«

»Machen wir, Sir.« Er drehte sich um und sah mich etwas genauer an. »Einen Arzt?«

Ich nickte und schlug die Jacke zurück. Der Regen hatte alles, was ich anhatte, durchweicht, und mein Hemd bot einen unerfreulichen bräunlichrot verfärbten Anblick. Der Sergeant sah nur kurz hin, drehte sich dann wieder um und sagte sehr ruhig zum Fahrer, »also dann, mein Sohn, tu deinen Gefühlen keinen Zwang an und drück auf die Tube. Aber laß ja die Finger von der verfluchten Sirene.«

Dann griff er zum Mikrophon und fing an zu reden – leise, aber eindringlich.

»Und ich denke nicht daran, in dieses verfluchte Krankenhaus zu gehen, und damit basta«, erklärte ich sauer. Ein paar Schinkenbrote und ein anständiger Whisky hatten micht wieder üppig und unverschämt gemacht. »Verehrtester Doktor, daran ist nun einmal gar nichts zu ändern, tut mir leid.«

»Mir auch.« Der Arzt, der sich in dem Polizeibungalow über mein Bett beugte, war ein sauber, methodisch und präzis arbeitender Mann mit einer sauberen, methodischen, präzisen Stimme. »Zwingen kann ich Sie leider nicht, obwohl ich das sehr bedauere. Aber ich würde, wenn ich könnte, denn Sie sind kränker, als Sie glauben, und bedürfen dringendst einer Röntgenuntersuchung und klinischer Pflege. Zwei Rippen sind zumindest verbogen und die dritte definitiv gebrochen. Und wie die Sache von innen aussieht, kann ich natürlich so nicht sagen. Röntgenaugen habe ich auch nicht.«

»Machen Sie sich mal keinen Kummer, Herr Doktor«, sagte ich munter, »so wie Sie mich verpackt und bandagiert haben, kann da nichts mehr schief durch die Lunge oder quer durch mein Fell gehen.«

»Falls Sie nicht gerade den unwiderstehlichen Drang zu Turnübungen oder dergleichen haben sollten, an sich nicht. Aber wir brauchen hier die verschiedenen Möglichkeiten Ihres verfrühten und selbstverschuldeten Ablebens wohl nicht weiter zu erörtern. Näherliegend wäre eine Lungenentzündung. Frakturen plus alldem, was Sie da an Nässe und Kälte und Erschöpfung hinter sich haben, sind für so etwas die ideale Brutstätte. Eine unangenehme Kombination – Lungenentzündung und Rippenbrüche. Auf den Friedhöfen der Umgebung liegen jede Menge Leute, die Ihnen das aus eigener, trüber Erfahrung bestätigen könnten.«

»Daß ich nicht lache«, sagte ich sauer.

Das ignorierte er und blickte Mary an, die still und blaß auf der gegenüberliegenden Bettkante saß. »Kontrollieren Sie bitte Atmung, Puls und Temperatur stündlich, Mrs. Cavell. Und falls das Fieber steigen sollte oder Atembeschwerden auftreten, dann rufen Sie mich sofort an. Meine Nummer haben Sie ja. Und noch etwas, was ich Ihnen – und auch Ihnen, meine Herren –« er nickte Hardanger und Wylie zu, »sehr ans Herz legen möchte: Falls Mr. Cavell sich innerhalb der nächsten zweiundsiebzig Stunden auch nur aus diesem Bett rühren sollte, muß ich jede Verantwortung ablehnen.«

Damit nahm er seine Tasche und ging. Als die Tür hinter ihm zugefallen war, schwang ich die Beine aus dem Bett und fing an, mir ein frisches Hemd anzuziehen. Das tat mir nicht gerade gut, aber auch nicht so weh, wie ich es erwartet hatte. Weder Mary noch Hardanger sagten einen Ton dazu, und als Wylie voller Erstaunen wahrnahm, daß keinerlei Einwendungen erhoben wurden, fühlte er sich dazu veranlaßt zu sagen: »Sagen Sie, Cavell, wollen Sie sich mit Gewalt umbringen? Sie haben doch gehört, was der Arzt Ihnen eben noch gesagt hat? Und Sie, Hardanger, Sie lassen das auch noch wortlos zu?«

»Den können Sie nicht ganz für voll nehmen. Wie Sie sehen, macht nicht einmal seine Frau auch nur einen Versuch, ihm etwas zu sagen. Wissen Sie, Wylie, es gibt einige Dinge im Leben, die vollkommene Zeitverschwendung sind, und eins dieser Dinge ist, auch nur den Versuch zu machen, Cavell zu bewegen, Vernunft anzunehmen.« Er funkelte mich an. »Gescheiter als wir alle wollten Sie mal wieder sein, was? Allein den Spürhund spielen, was? Und was ist dabei herausgekommen? Sehen Sie sich diese Schweinerei an, jawohl, Schweinerei — im wahrsten Sinne des Wortes. Sehen Sie es sich nur an. Und was haben wir davon profitiert? Einen Dreck. Wann werden Sie endlich einmal zu Verstand kommen und einsehen, daß man überhaupt nur etwas in vernünftiger Zusammenarbeit erreichen kann? Ihre gottverfluchten d'Artagnan-Methoden, Cavell, der Teufel soll sie holen. System, verdammt nochmal, Methode, Routine, Kooperation — nur so — und ganz allein so — gehts, wenn es gilt, ein Kapitalverbrechen aufzuklären. Und das wissen Sie verdammt so gut wie ich.«

»Ja, ich weiß«, stimmte ich gottergeben zu. »Geduldige, rührige, erfahrene Leute, die zäh und verbissen das tun, was ihnen von einer geduldigen, rührigen, erfahrenen Obrigkeit genau aufs Wort vorgeschrieben wird. Dieser Meinung bin ich selbstverständlich auch. Nur nicht gerade hier und jetzt. Mit Geduld können wir hier einpacken. Geduld braucht Zeit, und die haben wir nicht. Haben Sie veranlaßt, daß das Haus bewaffnet bewacht wird und daß Ihre Kriminalhengste sich um die Fußspuren kümmern?«

Er nickte. »Schießen Sie mal los mit Ihrer Story. Zeit haben wir wahrhaftig keine zu verlieren.«

»Umgehend. Sobald Sie mir verraten haben, warum Sie mich erstens nicht restlos zur Sau machen, weil Sie Ihre kostbare Zeit damit verschwenden mußten, mich suchen zu lassen, und warum Sie zweitens nicht versuchten, mich ins Bett zu kommandieren. Wo stinkt's Hardanger?«

»Die Presse hat die Story«, sagte er schlicht. »In Bausch und Bogen: Einbruch, Morde, Diebstahl der Satanskäferviren. Und Letzteres haben wir nun doch nicht erwartet. Großes Geschrei. Rote Schlagzeilen allenthalben.« Er wies auf den Stoß Zeitungen, die er neben sich auf dem Fußboden liegen hatte. »Da, wollen Sie sich diesen Mist selbst ansehen?«

»Danke, danke. Um noch mehr Zeit zu vertrödeln. Kann ich mir auch so vorstellen. Aber das ist ja wohl noch nicht alles, was Ihnen auf der Seele liegt.«

»Sie sagen es. Der General hat angerufen — wollte Sie sprechen — unbedingt. Vor einer halben Stunde ungefähr. Ein Brief in sechsfacher Vervielfältigung ging heut per Sonderboten in den sechs größten Redaktionen der Fleet Street ein. Unser lieber Freund hat folgendes zu melden: Seine Warnung sei ignoriert worden. Keinerlei Erklärung dazu sei in den Neun-Uhr-Nachrichten über B. B. C. erfolgt. Die Mauern von Mordon stünden noch immer, und dergleichen Blech mehr. Innerhalb der nächsten sechs Stunden könne man sich auf eine Demonstration gefaßt machen, die erstens unter Beweis stellen werde, daß er die Viren habe und zweitens willens sei, diese zu gebrauchen.«

»Und die Zeitungen wollen das bringen?«

»Wort für Wort. Erst einmal haben sich sämtliche Herausgeber zusammengeschlossen und sind an den Sonderdienst von Scotland Yard herangetreten. Der Sonderbeauftragte hat sich an den Innenminister gewandt, und ich nehme an, daß daraufhin schnellstens eine Sitzung anberaumt wurde, bei der es zu einer Entschließung gekommen sein muß, über deren Inhalt bisher noch nichts verlautbar geworden ist. Jedenfalls steht immerhin zu vermuten, daß die Presse der Regierung nahegelegt hat, sich endlich den berühmten inneren Ruck zu geben, weil ja schließlich nach altem Brauch sie es ist, die Dienerin des Volkes ist und nicht vice versa. Ferner nehme ich an, daß man darauf hingewiesen hat, daß die Nation zumindest ein Recht habe, von dem Damoklesschwert, das über ihr hängt, etwas zu erfahren. Außerdem dürfte man vernehmlich darauf gepocht haben, daß hier allergrößte Vorsicht geboten ist, weil nämlich der winzigste falsche Schritt das gesamte Kabinett über Nacht hochgehen lassen könne. Und das, mein Lieber, gibt Schlagzeilen, wie wir sie seit dem Invasionstag nicht mehr hatten. Schätzungsweise dürften sie jetzt gerade draußen sein, die Londoner Abendblätter.«

»Na also, dann rollt er ja, der Ball«, gab ich mein bißchen Senf dazu und beobachtete Mary, die sich inzwischen meiner Invalidität erbarmt hatte und sich um meine Manschettenknöpfe bemühte. Geschunden und verbunden wie ich war, kam ich allein damit nicht ganz zurecht. Sie sah mich nicht an. Ihr Gesicht war ausdruckslos und verriet nichts von dem, was in ihr vorging. »Zumindest bringt das mal 'ne kleine Abwechslung ins Konversationsrepertoire der britischen Öffentlichkeit. Zeit, daß sie auch mal was anderes zu diskutieren kriegen als nur ihren ewigen Fußball, und was das Fernsehen an Erschütterndem gebracht hat. Mehr bewegt doch die Gemüter nicht – höchstens noch die letzte *Rock and roll*-Sensation«, grinste ich und nahm meinen Bericht über die Ereignisse der letzten Nacht wieder auf, wobei ich lediglich meinen Abstecher nach London unter den Tisch fallen ließ.

»Interessant«, sagte Hardanger unheilschwanger, als ich damit zu Ende war, »außerordentlich interessant. Wollen Sie mir vielleicht weismachen, daß Sie so mitten in der Nacht plötzlich wach wurden und – ohne Mary auch nur etwas zu sagen, losgezogen sind, um ganz Wiltshire verrückt zu machen?«

»Genau das. Nach der bewährten alten Methode, die nun einmal nicht zu schlagen ist: Hol sie aus den Betten und schnapp sie dann, wenn sie am verdöstesten und völlig unvorbereitet sind, und du bist bereits halb da, wo du hinwillst. Und im übrigen brauchte ich nicht erst aufzuwachen, weil ich nämlich gar nicht schlafen gegangen bin. Ihnen habe ich wohlweislich nichts davon verkündet, weil ich doch genau weiß, wie sehr Ihnen das wieder mal gegen den Strich und Ihre gesamten Prinzipien gegangen wäre, und weil anzunehmen war, daß Sie alle Hebel in Bewegung setzen würden, mich an meinem Tun zu hindern.«

»Und wenn ich sie in Bewegung gesetzt hätte, dann wären Sie jetzt wenigstens noch im Besitz eines ganzen und unbeschädigten Rippensatzes.«

»Und wenn Sie mich gehindert hätten, dann wäre unsere Liste jetzt nicht bis auf fünf zusammengeschrumpft. Ganz nebenbei habe ich übrigens bei allen einfließen lassen, daß wir des Rätsels Lösung sehr nahe sind, und siehe da, einer davon hat Manschetten bekommen und versucht, mich für eine Weile unschädlich zu machen.«

»Nehmen Sie das an?«

»Eine verdammt naheliegende Annahme. Oder haben Sie eine bessere? Ich würde vorschlagen, wir kassieren Chessingham erst einmal, und zwar sofort. Der hat jedenfalls einiges auf dem Kerbholz, und —«

»Was ich übrigens noch sagen wollte, Sie haben den General gestern nacht noch angerufen?«

»Ja.« Ich hätte jetzt schamrot werden müssen, aber ich dachte nicht daran. »Irgendeiner Genehmigung zu diesem nächtlichen Streifzug bedurfte es doch wohl, und von Ihnen war sie kaum zu erwarten. Das wissen Sie so wohl wie ich.«

»Welch ein kluges Kind Sie doch sind, Cavell!«

Falls er annahm, daß ich log, so bekundete er das mit keiner Miene. »Chessinghams Militärlaufbahn hatten Sie ihn zu überprüfen gebeten. Scheint Fahrer beim Royal Army Service Corps gewesen zu sein, der Knabe.«

»Na bitte, da haben wir es ja. Wollen Sie ihn daraufhin auf Numero Sicher setzen?«

»Ja. Und seine Schwester?«

»Der ist nicht mehr nachzusagen, als daß sie halt die eigene Familie deckt. Und die Mutter geht einwandfrei klar. Das steht fest.«

»So. Blieben also noch die vier anderen, die Sie sich heute morgen vorgenommen haben. Was halten Sie von denen? Auch alle unbeschriebene Blätter?«

»Was heißt das schon. Da wäre schon einmal Weybridge — nehmen Sie meinetwegen nur mal den. Die einzig feststehende Tatsache, die wir bisher von ihm wissen, ist, daß er keinerlei Zugang zu den Geheimakten hat und demgemäß auch nicht in der Lage sein konnte, Hartnell die Daumenschrauben anzusetzen und ihn zur Mithilfe zu zwingen.«

»Gestern abend sagten Sie jedenfalls noch, daß Hartnell klar gehe.«

»Mit Vorbehalt, wohlgemerkt. Bleiben wir bei unserem ach so tapferen Oberst. Warum hat er sich eigentlich – genau wie auch sein ebenso tapferer Kommandant – nicht freiwillig erboten, statt meiner ins Labor zu gehen? Sollte er etwa gewußt haben, welche Tierchen dort herumflattern? Und außerdem ist er nach wie vor der einzige, der für die Zeit, in der der Mord geschah, kein Alibi besitzt.«

»Erbarmen Sie sich, Cavell! Sie wollen doch damit nicht etwa sagen, daß ich Weybridge festsetzen soll? Was glauben Sie, was wir mit den beiden – mit Weybridge wie auch mit Cliveden – für ein Theater hatten, als unsere Leute da waren, um die Fingerabdrücke in den Wohnungen festzustellen. Cliveden hatte nichts Besseres zu tun, als sofort den Sonderbeauftragten anzurufen.«

»Und den Marsch geblasen bekommen, was?«

»Auf die vornehme Tour. Aber dem liegen wir schwer im Magen.«

»Dafür können wir uns was kaufen. Irgendwas herausgekommen dabei?«

»Nu mal langsam, Cavell, immer langsam. Wofür halten Sie uns eigentlich? Es ist noch nicht einmal ein Uhr. Ein paar Stunden brauchen die ja schließlich auch, um das Material auszuwerten. Und Weybridge festsetzen? Nee, mein Lieber, das geht zu weit, das *kann* ich nicht. Was glauben Sie, was die mir beim Kriegsministerium erzählen?«

»Wenn dieser Vogel erst einmal anfängt, mit den Viren herumzuspielen, dann dürfte es innerhalb von vierundzwanzig Stunden kaum mehr ein Kriegsministerium geben, das Ihnen noch etwas erzählen könnte. Auf Gefühle können wir augenblicklich keinerlei Rücksichten nehmen. Sie brauchen ihn ja nicht gleich einzulochen. Setzen Sie ihn zu Hause fest. Hausarrest meinetwegen, oder wie immer Sie das nennen. War sonst noch was los?«

»Tausenderlei – und nirgends was dahinter«, sagte Hardanger verbissen. »Aber der Hammer und die Kombizange sind tatsächlich die Werkzeuge, mit denen der Einbruch verübt wurde – was wir ohnehin wußten. Keinerlei brauchbare Fingerabdrücke im Bedford, genausowenig wie in der Telefonzelle, aus der der Anruf nach London kam. Die Bücher Ihres speziellen Freundes Tuffnell und Genossen haben wir inzwischen so eingehend studiert, daß wir uns jetzt in dem Saftladen besser auskennen als die. Wir könnten das Gespann innerhalb einer Woche hinter

Schloß und Riegel setzen, aber was soll's. Dr. Hartnell jedenfalls ist der einzige aus Labor I, der dort in der Kreide steht. Die Londoner Polizei ist schwer hinter dem Jungen her, der die Briefe an die Fleet Street geschrieben hat, aber womit wir unsere Zeit vertrödeln, ist ja schließlich ganz egal. Jeder auf seine Weise, wir so und die so. Kommissar Martin hat den geschlagenen Vormittag den ganzen Labor-I-Haufen, immer einen nach dem anderen, vorgehabt, um die gesellschaftlichen Beziehungen dieser Herrschaften zu sondieren. Und alles, was dabei zutage gekommen ist, sind die freundschaftlichen Besuche von Haus zu Haus zwischen Dr. Hartnell und Chessingham. Aber so schlau sind wir auch vorher schon gewesen. Jetzt durchleuchten wir erst einmal jede Bewegung der einzelnen Verdachtspersonen innerhalb des letzten Jahres. Und außerdem grasen wir jetzt auch noch die gesamte Einwohnerschaft im Drei-Meilen-Umkreis von Mordon ab, um festzustellen, ob denen in der Mordnacht nicht etwas Verdächtiges aufgefallen ist. Irgend etwas müßte ja wohl einmal auftauchen. Verdammt, wenn man das Netz weit genug spannt und die Maschen klein genug sind, dann ist erfahrungsgemäß bisher noch immer etwas darin hängengeblieben. Wäre ja gelacht.«

»In ein paar Wochen bestimmt. Oder auch in ein paar Monaten. Nur hat unser Genosse leider angekündigt, daß er sich bereits in den nächsten Stunden zu rühren gedenkt. Hardanger, Herrgott nochmal, wir können doch nicht auf den berühmten Zufall warten. Mit Ihrer Organisation, so massiv und wohldurchdacht sie auch sein mag, ist hier doch nichts mehr zu wollen. Und uns in aller Ruhe zurückzulehnen und wie Sherlock Holmes gelassen die Meerschaumpfeife anzustecken, scheint für unseren Fall auch nicht gerade die geeignete Methode. Uns bleibt gar nichts anderes übrig, als eine Reaktion zu provozieren.«

»Das haben Sie ja bereits ausreichend exerziert«, sagte Hardanger sauer, »und wie sehen Sie aus? Langt Ihnen das noch immer nicht? Was wollen Sie noch für Reaktionen?«

»Überprüfen Sie als Auftakt erst einmal die sämtlichen finanziellen Transaktionen aller Verdächtigen, alles, was an Bankeinzahlungen im letzten Jahr getätigt worden ist – aber vergessen Sie auch Weybridge und Cliveden nicht. Und lassen Sie niemanden im Zweifel über diese Ermittlungen. Und dann lassen Sie Haussuchungen durchführen von der Polizei. Bei allen. Lassen Sie überall auch den letzten verrosteten Nagel registrieren. Umgekrempelt müssen die Häuser werden. Damit werden Sie nicht nur demjenigen, hinter dem wir her sind, ein bißchen einheizen, sondern es könnte auch noch obendrein etwas dabei herauskommen.«

»Wenn wir so weit gehen wollen«, warf Wylie ein, »dann könnten wir sie alle auch gleich samt und sonders festsetzen. Der sicherste Weg übrigens, unseren Kumpanen erstmal außer Funktion zu setzen.«

»Irrtum, Inspektor, hoffnungslos. Kann sein, daß wir es mit einem Verrückten zu tun haben, aber dann mit einem genialen Verrückten. Das hat der doch längst mit einkalkuliert. Der hat 'ne ganze Organisation hinter sich. Kein Mensch aus Mordon konnte heute früh diese Briefe in London ausliefern. Der konnte die Viren, nachdem er sie einmal hatte, garantiert nicht schnell genug wieder loswerden, darauf können Sie meinetwegen Ihre Pension verwetten.«

»Nun denn«, sagte Hardanger höchst widerwillig, »dann fangen wir halt mal an, ein bißchen Schaum zu schlagen. Verflucht, wenn ich nur wüßte, wo ich die ganzen Leute dafür eigentlich hernehmen soll –«

»Blasen Sie diese Fragerei von Haus zu Haus wieder ab. Das bringt uns sowieso nichts ein.«

Hardanger nickte, wenn auch wenig begeistert. Und dann hing er sich ans Telefon und führte ein längeres Gespräch, während ich meine Garderobe vervollständigte. Als er wieder aufgelegt hatte, sah er sich um und sagte: »Wissen Sie, Cavell, ich habe wahrhaftig keine Lust, mir Fransen an die Schnauze zu reden, bringen Sie sich von mir aus um. Aber an Mary könnten Sie zumindest ein bißchen denken.«

»Das tue ich unentwegt. Ich denke unentwegt daran, daß unser unbekannter Menschenfreund mit dem, was er in der Hand hat, Dummheiten machen könnte – und dann gute Nacht, Mary, gute Nacht uns allen.«

Und dies schien mir ein recht wirkungsvoller Abschluß der Debatte. Nach einer Weile fing Wylie jedoch wieder an. »Ich möchte wirklich gern wissen, ob die nun Mordon tatsächlich schließen, wenn unser Menschheitswohltäter sich zu einer Kostprobe entschließen sollte?«

»Schließen? Irrtum, mein Lieber, dem Erdboden gleichgemacht haben möchte es unser Freund gern. Na, wie dem auch sei, vorerst ist die Lage zwar hoffnungslos, aber noch lange nicht ernst.«

»Ihre Ansicht«, grollte Hardanger mich an. »Und was gedachten Sie nun weiterhin zu tun – falls Sie so liebenswürdig sein wollen, mich davon zu informieren«, setzte er voll gallenbitterer Ironie hinzu.

»Das werde ich Ihnen sofort verraten. Sie werden lachen, aber ich werde in Kostüm und Maske als Inspektor Gibson von der Metropolitan Police auftreten«, instruierte ich ihn und fuhr dabei über meine vernarbte Gesichtshälfte. »Bißchen was aus

Marys Döschen und ihrer Assistenz, und nichts davon wird mehr zu sehen sein. Hornbrille, Schnurrbart, grauer Anzug – und schon ist Cavell ein anderer Mensch.«

»Und wer, wenn ich fragen darf, liefert Ihnen die dazugehörigen Ausweise?« erkundigte sich Hardanger voller Mißtrauen. »Ich etwa?«

»Nicht nötig. Die habe ich für den Fall eines Falles sowieso immer bei mir.« Ich ignorierte den Blick, mit dem er mich bedachte, und fuhr unbeirrt fort: »Und dann werde ich unserem Freund MacDonald noch einen weiteren Besuch abstatten. In seiner Abwesenheit. Der gute Dr. MacDonald kann es sich nämlich leisten, von seinem bescheidenen Gehalt wie ein mittelprächtiger östlicher Potentat zu leben – mit allem Zubehör, abgesehen von einem Harem, und wer weiß, ob er den nicht auch noch unterhält und ihn lediglich aus Gründen der Diskretion nach außerhalb verlegt hat. Außerdem säuft er, vor lauter Angst, daß die Viren losgelassen werden und sein kostbares Leben gefährden könnten, wie ein Loch. Und das glaube ich ihm nun doch nicht so ganz. Daher werde ich so frei sein und ihn noch einmal besuchen.«

»Das können Sie sich schenken«, sagte Hardanger mit einigem Nachdruck. »An den ist nicht zu tippen. Ausführlichste, beste Personalberichte. Damit habe ich mich erst heute morgen noch eingehend befaßt. Ganze zwanzig Minuten lang.«

»Weiß ich. Kenne ich auch. Nur hatten leider einige von den großen Stars der *Old Bailey*-Elite auch ein reines und fleckenloses Vorleben auf dem Papier zu verzeichnen, bis die Justiz anfing, sich mit ihnen zu befassen.«

»Ein allenthalben auch hier sehr angesehener Mann«, gab Wylie seinen Senf dazu. »Bißchen versnobt zwar, verkehrt standesbewußt nur in den besten Kreisen, erfreut sich aber allgemeiner Beliebtheit.«

»Und noch etwas zu Ihrer gefälligen Kenntnisnahme, was Sie nicht gelesen haben können, Cavell«, schaltete Hardanger sich wieder ein, »von seinem Kriegsdienst nämlich ist kaum etwas erwähnt. Zufällig aber ist der kommandierende Oberst, zu dessen Regiment MacDonald die letzten zwei Kriegsjahre gehörte, ein persönlicher Freund von mir. Den rief ich an und stellte fest, daß MacDonald, was seine militärische Karriere anbelangt, von geradezu erstaunlich persönlicher Zurückhaltung gewesen ist. Wußten Sie eigentlich, daß er 1940 in Belgien als Leutnant mit einem Verdienstorden ausgezeichnet wurde und als Oberstleutnant eines Panzerregiments mit einem Ordensband, das so lang wie Ihr Arm sein dürfte, ausgeschieden ist?«

»Das ist mir neu. Und da komme ich auch nicht ganz mit«, gab ich zu. »Ehrlich gesagt, mir schien er mehr von der Sorte, die gern den starken Mann markiert und mit ihren Heldentaten – falls solche zu verzeichnen wären – keineswegs schamhaft zurückhaltend ist. Sieh mal an! Und mich wollte er glauben machen, daß er Angst habe. Vor mir hat er sich nicht gerade bemüht, in Tapferkeit und Mut zu machen. Warum? Weil er genau wußte, daß er mir seinen nächtlich stillen Suff irgendwie plausibel zu machen hatte, und dies mit persönlicher Angst und Nervosität am einleuchtendsten zu begründen glaubte. Im Hinblick auf das, was ich da soeben vernommen habe, scheint mir dem aber gar nicht so zu sein. Merkwürdig, sehr merkwürdig. Und was mir noch merkwürdiger erscheint, ist die Tatsache, daß das alles so gar nicht aktenkundig geworden ist. Easton Derry forderte solche Unterlagen doch immer an. Daß er eine solche Lükke in einer Personalakte übersehen haben sollte, kommt mir sehr unwahrscheinlich vor.«

»Dazu kann ich natürlich auch nichts sagen«, gab Hardanger zu. »Soviel aber steht zumindest fest – ein Mann derartigen Formats wird sich kaum auf solche dunkle Machenschaften einlassen – wenn meine Informationen zutreffen sollten.«

»Sagen Sie, Hardanger, diesen Oberst, von dem Sie die Geschichte bezogen haben – könnten Sie veranlassen, daß er sich sofort in Marsch setzt hierher?«

Hardanger sah mich kühl und abwägend an. »Halten Sie etwa den ganzen MacDonald nicht für echt – für einen Strohmann, der ihn hier mimt?«

»Das könnte ich im Moment selbst nicht sagen. Auf jeden Fall müssen wir uns seine Akten noch mal vornehmen und feststellen, ob Derry sie auch wirklich bearbeitet hat.«

Ich wandte mich zum Gehen. Hardanger sah sich meine Handflächen und meine Finger an, aus deren Rissen, die ich mir an dieser Säge zugezogen hatte, noch immer Blut trat. »Konnten Sie sich das denn nicht verdammt wenigstens verbinden lassen? Menschenkind, wollen Sie auch eine Blutvergiftung als Gratiszugabe?« schnauzte er.

»Haben Sie schon mal versucht mit verbundenen Pfoten mit einer Pistole zu hantieren?« gab ich sauer zurück.

»Dann ziehen Sie gefälligst Handschuhe an. Mann, das ist ja geradezu lächerlich.«

»Das ist genauso lästig. Wie soll ich denn damit in den Abzugbügel kommen?«

»Dann nehmen Sie Gummihandschuhe«, fuhr er mich ungeduldig an. »Plastik.«

»Das ist eine Idee«, gab ich zu. Damit bräuchte ich dann wenigstens meine zerschundenen Pfoten nicht zur Schau zu stellen. »Und dann starrte ich ihn plötzlich an, ohne ihn zu sehen und sank langsam aufs Bett. »Gummihandschuhe!« flüsterte ich vor mich hin.

Nur das sagte ich und verstummte. Niemand sagte ein Wort. »Gummihandschuhe«, sagte ich wieder, aber das, was ich da führte, war mehr ein Selbstgespräch. »Um die Kratzer und Risse schön zuzudecken. Und warum keine Gummistrümpfe, verdammt, warum nicht?« Als ich aufsah, fing ich, halb geistesabwesend, gerade noch einen Blick Hardangers an Wylies Adresse auf, der sehr beredt fragte, ob man den Arzt nicht eventuell doch etwas zu früh weggehen lassen habe. Aber Mary kam mir sofort zu Hilfe.

Ich spürte, wie sich ihre Hand auf meinen Arm legte, und sah sie an. Entsetzen über eine plötzlich zur Gewißheit gewordene Erkenntnis stand in ihrem unbewegten Gesicht und den großen grünen Augen.

»Mordon«, flüsterte sie, »die Felder um Mordon. Stechginster, lauter Stechginster. Und sie hatte Elastikstrümpfe an, Pierre. *Elastikstrümpfe.*«

»Also was, zum Donnerwetter, ist —« fuhr Hardanger dazwischen.

Ich ließ ihn nicht ausreden. »Inspektor Wylie, wie lange brauchen Sie, um einen Haftbefehl zubekommen? Mord. Beihilfe zum Mord.«

»Kein Problem«, sagte er hart und klopfte auf die Brusttasche. »Alles da. Drei Stück. Fix und fertig, gestempelt und unterschrieben. Wie Sie soeben treffend bemerkten, gibt es Zeiten, in denen sich die Vorschriften nicht immer bis aufs I-Tüpfelchen durchführen lassen. Füllen wir also aus. Mord?«

»Beihilfe.«

»Und der Name«, verlangte Hardanger. Er schien sich noch immer nicht ganz sicher, ob er nicht doch lieber nach dem Arzt telefonieren sollte.

»Dr. Roger Hartnell«, sagte ich.

9

»Was sagen Sie da?« Dr. Roger Hartnells junges Gesicht sah plötzlich alt und verfallen aus. Er blickte erst uns an und dann seine Frau und dann wieder uns. »Beihilfe zum Mord? Mann, worüber reden Sie denn da um Himmels willen?«

»Fragen Sie nicht so dumm. Sie wissen ganz genau, wovon hier die Rede ist«, sagte Wylie ruhig. Es war sein Bezirk, und er demgemäß derjenige, der den Haftbefehl zu verlesen hatte und die Arrestierung durchführte. »Dr. Hartnell, ich muß Sie darauf aufmerksam machen, daß alles, was Sie jetzt aussagen, in einem späteren Verfahren gegen Sie geltend gemacht werden kann. Ein volles Geständnis würde natürlich beiden Teilen helfen, Ihnen wie auch uns, das ist richtig, aber auch der Untersuchungsgefangene hat seine Rechte. Es steht Ihnen ein Anwalt zu, und vielleicht wollen Sie den in Anspruch nehmen, ehe Sie reden.« Anwalt! Der würde die Klappe auch ohne Anwalt aufmachen, und zwar gleich, noch ehe wir dieses Haus verließen. Und Hardanger und Wylie und ich wußten es.

»Wäre vielleicht einer von Ihnen so freundlich, uns erst einmal zu erklären, was dieser ganze Unsinn hier zu bedeuten haben soll?« sagte Mrs. Hartnell kühl. Die starre Feindseligkeit, die von ihr ausging, die verkrampften Hände, all das sprach eine deutlichere Sprache, als ihre wohlerzogene kühl anmaßende Verständnislosigkeit es zu überspielen imstande war.

»Aber gern«, sagte Wylie. »Dr. Hartnell, Sie sagten doch gestern bei Mr. Cavell aus –« Wylie deutete mit einer Handbewegung auf mich, und Hartnell riß die Augen auf.

»Cavell? Das ist nicht Cavell!«

»Meine Visage hat mir nicht mehr gefallen«, sagte ich, »wollen Sie mir das verdenken? Lassen Sie den Inspektor zu Ende reden, Hartnell.«

»– daß Sie in der fraglichen Nacht noch sehr spät unterwegs waren, um Mr. Tuffnell aufzusuchen. Eingehende Ermittlungen haben uns eine ganze Reihe Zeugen finden lassen, die Sie in der angegebenen Richtung hätten sehen müssen. Keiner dieser Leute hat Sie gesehen, soweit Punkt eins.« Ein ausgezeichneter Punkt sogar – wenn auch blanke Fiktion: Nachgegangen waren wir der Sache, aber, wie zu erwarten, war auch nicht ein einziger Zeuge aufzutreiben gewesen, der für oder gegen Hartnells Behauptung auszusagen in der Lage gewesen wäre.

»Zu Punkt zwei«, fuhr Wylie fort, »Straßenschmutz wurde am vorderen Kotflügel Ihres Rollers festgestellt, eine Art rötlichen Lehms, wie er weit und breit nur im Umkreis von Mordon zu finden ist. Wir nehmen an, daß Sie in den frühen Abendstunden noch mal unterwegs waren, um die Lage zu peilen. Ihre Maschine wird augenblicklich zu einer genauen Untersuchung ins Polizeilabor gebracht. Zu Punkt –«

»Mein Roller?« Hartnell sah aus, als wenn die Decke über ihm eingestürzt wäre. »Mordon. Ich schwöre –«

»Punkt drei. In der gleichen Nacht noch fuhren Sie dann mit Ihrer Frau auf diesem Roller in die Nähe von Chessinghams Haus. Sie waren drauf und dran, sich bei Mr. Cavell selbst zu verraten – ein Polizist sollte Sie angeblich auf ihrer Fahrt nach Alfringham gesehen haben –, und dann fiel Ihnen im allerletzten Moment noch ein, daß er dann ja auch Ihre Frau auf dem Rücksitz gesehen haben mußte. Spuren Ihrer Reifen wurden im Gebüsch, kaum zwanzig Meter von dem stehengelassenen Bedford festgestellt. Unvorsichtig, Dr. Hartnell, sehr unvorsichtig. Ich stelle fest, daß Sie dagegen keinerlei Protestgeschrei erheben.« Wie hätte er auch. Die Spuren hatten wir gerade vor zwanzig Minuten erst festgestellt.

»Punkt vier und fünf. Ein Hammer wurde gebraucht, um den Wachhund zu betäuben, eine Kombizange, um den Zaun zu durchschneiden. Beides wurde gestern abend in Ihrem Werkzeugschuppen gefunden. Auch von Mr. Cavell.«

»Sie Subjekt, Sie widerliches – herumspionieren –« Seine mühsame Selbstbeherrschung krachte zusammen. Mit wutverzerrtem Gesicht, bereit, auf mich loszugehen, kam er auf mich zu. Er kam nicht weit. Massiv rückten Hardanger und Wylie von beiden Seiten heran und klemmten ihn fest. Das steigerte seinen hilflosen Wutanfall nur noch. »Hereingebeten haben wir Sie auch noch, Sie Schwein, uns um Ihre Frau gekümmert. Ich –« Seine Stimme, die sich eben noch beinah überschlagen hatte, fiel ab, wurde langsam, tonlos, brach ab. Als er wieder anhub, kam es mir vor, als spräche ein völlig anderer. »Der Hammer, mit dem der Hund erledigt wurde? Die Kombizange? Hier? In meinem Haus? Hier soll dieses Zeug gefunden worden sein? Wie ist das möglich?«

Er hätte nicht fassungsloser sein können, wenn er soeben vernommen hätte, daß der verstorbene Senator McCarthy sein Leben lang ein überzeugter Kommunist gewesen sei. »Sie können einfach nicht hier gefunden worden sein. Wovon reden sie, Jane?« Die blanke Verzweiflung stand ihm im Gesicht.

»Wir reden von Mord«, sagte Wylie hart und trocken. »Und daß von Ihnen etwas zu dessen Aufklärung beigetragen werden würde, war sowieso nicht zu erwarten. Also dann kommen Sie mit. Beide.«

»Das muß ein Irrtum sein – ein entsetzlicher Irrtum. Ich verstehe das alles nicht. Das kann nicht sein.« Er starrte uns an, wie ein gehetztes Tier, das keinen Ausweg mehr sieht. »Das muß sich aufklären, alles wird sich aufklären, bestimmt. Und wenn Sie schon jemanden mitnehmen müssen, dann mich, aber zerren Sie bitte meine Frau da nicht auch noch mit hinein.«

»Und warum nicht?« sagte ich. »Ihnen hat es doch offensichtlich vorgestern nacht auch nichts weiter ausgemacht, sie mit hineinzuzerren.«

»Ich weiß überhaupt nicht, worüber Sie eigentlich reden?« sagte er müde.

»Und Sie, Mrs. Hartnell, was haben Sie dazu zu sagen?« erkundigte ich mich. »Zum Beispiel im Hinblick auf die Tatsache, daß Ihr Arzt Sie vor nicht länger als kaum drei Wochen noch für einwandfrei gesund gehalten hat?«

»Was soll das heißen?« wollte sie wissen. Sie hatte sich weitaus besser in der Kontrolle als ihr Mann. »Worauf wollen Sie da hinaus?«

»Auf die feststehende Tatsache, daß Sie sich erst gestern ein Paar Elastikstrümpfe in einer Drogerie in Alfringham gekauft haben. Ein widerliches Zeug, dieser Stechginster um Mordon herum, was? Und dunkel war es auch noch, als Sie losrannten, nachdem Sie die Leute aus ihrem Streifenwagen gelotst hatten. Sie müssen ganz schön was abbekommen haben, nicht wahr, Mrs. Hartnell? Und weil Polizeibeamte nun einmal von Haus aus ein mißtrauischer Haufen sind, besonders, wenn es um Mord geht, deckt man so etwas halt am besten zu, so ist es doch, Mrs. Hartnell, stimmt's?«

»Aber das ist ja doch einfach lächerlich«, sagte sie tonlos und mechanisch. »Wie können Sie sich nur unterstehen –«

»Sie vergeuden unsere Zeit, *Madame!*« Hardanger hatte bisher geschwiegen. Es war das erstemal, daß er scharf und autoritativ eingriff. »Draußen steht eine Beamtin von uns. Soll ich sie kommen lassen?« Stille. »Schön, dann schlage ich vor, wir fahren jetzt zum Revier.«

»Kann ich noch einmal mit Dr. Hartnell reden?« fragte ich. »Unter vier Augen.«

Hardanger und Wylie sahen sich an. Es war eine reine Formsache. Ich hatte ihr Einverständnis dazu längst, aber sie mußten gedeckt bleiben, wenn es zur Verhandlung kam.

»Warum?« verlangte Hardanger.

»Wir kennen einander recht gut, und ich wüßte nicht, wann Dr. Hartnell und ich jemals nicht miteinander ausgekommen wären. Und Sie wissen ja, unsere Zeit drängt. Eventuell wäre er bereit, mir etwas mehr zu sagen.«

»Ihnen?« Zu schreien und gleichzeitig auch noch eine gewisse Ironie in dieses Geschrei zu legen, ist bestimmt nicht so einfach, aber Hartnell brachte es fertig. »Nie – bei Gott nicht.«

»Wir sind sogar ganz verflucht im Gedränge«, nickte Hardanger nachdrücklich. »Na, dann meinetwegen, Cavell, zehn Minuten.« Er bedeutete Mrs. Hartnell hinauszugehen. Sie sah ihren Mann noch einmal unentschlossen an und ging schließlich zögernd, gefolgt von Hardanger und Wylie. Hartnell machte Anstalten, sich anzuschließen. Ich blockierte ihn.

»Lassen Sie mich vorbei.« Seine Stimme klang wie ein leises, stimmloses Zischen. »Leuten Ihres Kalibers habe ich nichts zu sagen.« Und dann folgte noch eine kurze Beschreibung dessen, was er unter Leuten meines Kalibers verstand. Als ich unbeeindruckt davon stehen blieb, holte er aus. So ungeschickt, daß auch ein blinder Achtzigjähriger noch in der Lage gewesen wäre, den Schlag zu parieren oder ihm auszuweichen. Daraufhin zeigte ich ihm meine Pistole, und das schien eine gewisse Sinneswandlung zu bewirken.

»Haben Sie einen Keller im Haus?« wollte ich wissen.

»Einen Keller. Ja wir –« Er brach ab. Sein Gesicht verzerrte sich und bekam wieder jenen üblen Ausdruck, den ich vorhin schon einmal an ihm wahrgenommen hatte. »Falls Sie mich –«

Und jetzt holte ich in einer gelungenen Imitation seines eigenen tappsigen Versuch aus und stoppte seine zur Abwehr erhobene Rechte mit der Hanyatti gerade in der Preislage, die ihre Energie lähmte, riß seinen linken Arm nach hinten und ließ ihn vor mir her durch den rückwärtigen Ausgang in den Keller marschieren. Dort angekommen schloß ich die Tür und beförderte ihn unsanft auf eine Holzbank. Da hockte er erst einmal, rieb sich den Kopf und sah dann zu mir auf.

»Bilden Sie sich etwa ein, ich wüßte nicht, daß das ein ganz abgekartetes Spiel ist«, meuterte er heiser. »Als wenn Hardanger und Wylie nicht gewußt hätten, was Sie da mit mir vorhaben!«

»Hardanger und Wylie können nicht so, wie sie gern möchten«, sagte ich kaltlächelnd. »Sie sind durch gesetzliche Vorschriften zum Verhör Verdächtiger und durch den Gedanken an ihre Karriere und ihre Pension gehandikapt. Ich weiß von solchen Hemmungen nichts. Ich bin Privatmann.«

»Und Sie glauben, damit davonzukommen? Wie haben Sie sich das vorgestellt – etwa, daß ich das, ohne ein Wort darüber zu verlieren, hinnehmen werde?«

»Daß Sie dazu noch in der Lage sein werden, wenn ich einmal hier fertig bin, bezweifle ich«, dämmte ich ihn ungerührt. »In genau fünfzehn Minuten werde ich die Wahrheit aus Ihnen herausgebracht haben, ohne daß Sie auch nur einen blauen Flecken davontragen. Auf dem Gebiet bin ich Experte, Hartnell. Ich habe eines dreiwöchigen erfolgreichen Praktikum in belgischen Verhören absolviert. Der Angeklagte war ich. Und ich kenne keine Rücksichtnahme, Hartnell, machen Sie sich darauf gefaßt.«

Er sah mich an. Er schien sich einzureden, daß wir hier nicht in Belgien seien, aber ihm wurde mulmig. Hartnell war nicht zum Helden geboren.

»Vielleicht versuchen wir es erst einmal auf die vernünftige Tour. Vielleicht genügt es auch, wenn ich Sie ganz kurz einmal daran erinnere, daß ein Verrückter mit dem Satanskäfer frei durch die Gegend läuft und damit droht, unsere schöne grüne Insel zu Versuchszwecken zu benutzen, falls wir uns nicht bereit erklären, auf seine Bedingungen einzugehen. Seine erste Demonstration wäre in genau einer Stunde fällig.«

»Was sagen Sie da?« Ihm schien noch mulmiger zu werden. Ich packte aus, was ich von Hardanger erfahren hatte, und fuhr dann fort: »Und wenn dieser wildgewordene Idiot womöglich ganze Landstriche vernichtet, dann Gnade uns Gott, das nimmt das Volk nicht so ohne weiteres hin. O nein, man wird nach einem Sündenbock schreien, und diesem öffentlichen Druck wird auch ein Sündenbock geliefert werden müssen. Geht Ihnen das ein, Hartnell? So töricht, das nicht kommen zu sehen, werden Sie doch wohl kaum sein. Und was wäre die Folgerung? Ihre Frau mit der Schlinge um den Hals, während der Scharfrichter die Falltür öffnet – das Absacken, der Ruck, das Knacken der Wirbelsäule, die trampelnden Reflexbewegungen – sehen Sie sie vor sich, Hartnell – Ihre Jane? Wissen Sie auch, was Sie ihr da antun? Sie ist zu jung, um schon zu sterben, Hartnell. Und der Tod durch den Strang ist ein grauenhafter – und noch immer die gesetzliche Strafe bei Mord oder Beihilfe zum Mord aus Geldgier und Gewinnsucht.«

Er starrte mich an. Das heulende Elend saß ihm in den Augen – und Haß. Grau schien sein Gesicht jetzt im trüben Kellermuff. Schweiß glänzte auf seiner Stirn.

Ich setzte den Hebel wieder an. »Ihnen ist klar, daß Sie alles, was Sie mir hier sagen, jederzeit widerrufen können? Ohne Zeugen ist jedes Geständnis wertlos.« Ich sah ihn an und wartete. »Sie stecken da ganz verflucht tief mit drin, Hartnell, was?«

Er nickte. Er starrte auf den Boden.

»Wer ist der Mörder? Wer steckt dahinter?«

»Ich weiß es nicht. Gott sei mein Zeuge, ich weiß es nicht. Irgend jemand, ein Mann, rief mich an und bot mir Geld für dieses Ablenkungsmanöver. Jane und ich sollten die Geschichte durchführen. Ich hielt ihn für verrückt – zumindest hatte ich sehr das Gefühl, daß an der ganzen Geschichte etwas faul ist . . . ich lehnte ab. Am nächsten Tag kamen per Post zweihundert Pfund mit dem Vermerk, daß weitere dreihundert im Anrollen wären, wenn ich auf diesen Vorschlag einginge. Vierzehn Tage vergingen, da rief er mich wieder an.«

»Und seine Stimme? Haben Sie seine Stimme nicht erkannt?«

»Tief – erstickt, als wenn er das Mundstück verstopft hätte. Nein, ich habe keine Ahnung, wer das gewesen sein könnte.«

»Und was hat er gesagt?«

»Genau das, was er auch schon geschrieben hatte. Weitere dreihundert, wenn ich mich auf den Handel einließe.«

»Und?«

»Ich ließ mich darauf ein.« Er sah noch immer zu Boden. »Ich hatte das Geld schon angegriffen.«

»Sind diese dreihundert Pfund schon da?«

»Noch nicht.«

»Was hatten Sie von den zweihundert ausgegeben?«

»Etwas über vierzig.«

»Und der Rest? Kann ich ihn sehen?«

»Der ist nicht hier. Nicht im Haus jedenfalls. Vergraben. Als Sie gestern gingen, habe ich ihn weggebracht.«

»In welchen Werten – in welchen Scheinen, meine ich?«

»In Fünfern.«

»Aha. Interessant Dr. Hartnell, wirklich sehr interessant.« Ich ging zur Bank hinüber, nahm ihn bei den Haaren, riß ihm den Kopf nach hinten und stieß ihm die Pistole in die Magengrube, und dann, als ich ihn keuchen hörte, brachte ich sie hoch und drückte sie ihm zwischen die Zähne. Zehn Sekunden stand ich so da, während seine entsetzensstarren Augen an mir klebten. Mir wurde leicht übel.

»Hartnell«, sagte ich, »eine Chance stand Ihnen zu. Mehr haben Sie nicht zu erwarten. Jetzt muß ich leider zu anderen Methoden greifen. Sie sind ein Schwein, ein elendes, verlogenes Schwein. Oder haben Sie sich eingebildet, daß ich Ihnen diesen Quatsch abnehme. Bilden Sie sich etwa ein, daß ein geradezu genial funktionierendes Gehirn, wie es das ist, das hinter all dem steht, das Risiko auf sich nehmen wird, sich von einem lächerlichen Würstchen, wie Sie es sind, all seine wohldurchdachten Pläne durchkreuzen zu lassen? Sie glauben doch wohl selbst nicht daran, daß der Ihnen auch noch per Telefon seine Vorschläge unterbreiten wird, um damit Gefahr zu laufen, daß Sie zur Polizei rennen und damit alles, was in Mordon in einer Uniform steckt, mobilisieren? Bilden Sie sich ein, daß ein Kerl wie der sich für Sie an die Telefonstrippe hängt, bei der er jederzeit damit rechnen muß, daß die Vermittlung, die gerade ihren Kaffee schlürft und im Moment nichts Besseres zu tun hat, jedes Wort mithören kann? Sind Sie denn wirklich so naiv, daß Sie angenommen haben, ich würde Ihnen derartige Kindermärchen abnehmen? Hartnell, Sie glauben doch nicht im Ernst, daß ein genialer Organisator sein raffiniert ausgeklügeltes Spiel ganz allein von Ihrer Geldgier abhängig machen wird, davon, daß Sie in letzter Sekunde doch noch nach dem ausgehangenen Köder schnappen werden? Und dann wird er Sie auch noch in Fünfern beliefern, ausgerechnet in Fünfern, die erstens am leichtesten zurückzuverfolgen sind und zweitens, wenn nicht gerade die Ihren, so doch mindestens die Fingerabdrücke des Auszahlers tragen können. Erwarten Sie von mir, daß ich mir von Ihnen weismachen lasse, daß er gerade Ihnen fünfhundert Pfund für einen Job bieten wird, für den er in London so viele Experten, wie er braucht, finden kann, die zudem auch noch um das Zehnfache billiger zu haben wären? Und dann wollen Sie das Geld auch noch im Wald vergraben haben – jawohl, um dann morgens, wenn Sie auf polizeiliches Geheiß genötigt wären, es wieder auszugraben, mit dummem Gesicht dazustehen, weil Sie die Stelle absolut nicht mehr finden können, was? All diesen absurden Blödsinn soll ich Ihnen abnehmen, Hartnell?« Ich trat zurück und ließ die Pistole, die noch immer zwischen seinen Zähnen steckte, sinken. »Oder wollen wir beide das Geld ausgraben gehen?«

Er war am Ende. »Cavell«, stöhnte er, »ich bin fertig, restlos fertig. Ich stecke bis zum Hals in Schulden. Ich bin mit zweitausend Pfund belastet, und kein Mensch weit und breit gibt mir auch nur noch einen Heller.«

»Verschonen Sie mich mit dieser Platte, Hartnell. Kommen Sie mir bloß nicht mit Ihrem heulenden Elend. Es interessiert mich nicht.«

»Tuffnell rückte mir unbarmherzig auf die Pelle«, nahm er sein persönliches Trauerspiel wieder auf und vermied es dabei, mich anzusehen. »Ich bin Messeoffizier in Mordon. In der Kasse fehlen über sechshundert Pfund. Und irgend jemand ist dahinter gekommen und drohte mich anzuzeigen, wenn ich nicht spurte. Ich spurte.«

Ich legte die Pistole aus der Hand. Die Wahrheit klingt bei weitem nicht immer so glockenrein, wie unschuldige Gemüter glauben mögen, aber Hartnell war viel zu geschlagen, um noch irgendwelche Verdunkelungsversuche zu machen. »Und Sie haben keine Ahnung, wer hinter all dem stehen könnte?«

»Nein. Und ich schwöre, ich weiß weder etwas von dem Hammer noch von der Kombizange, noch wie der rote Lehm an meinen Roller gekommen ist.«

Mein Bein machte mir so verdammt zu schaffen, daß man mir einen Polizeiwagen samt Fahrer zur Verfügung gestellt hatte, aber auch unter diesen Umständen war die Fahrt zu MacDonald keine reine Freude für mich. Die Zeit verrann unerbittlich, und alles, was ich sah, war eine Wand. Sämtliche Zeitungen mußten heute abend voll von den letzten Mordoner Geschehnissen sein: Zwei Wissenschaftler unter Mordverdacht verhaftet – die endgültige Klärung des Virendiebstahls lediglich noch eine Frage von Stunden. Selbst wenn die wahren Täter damit in Sicherheit gewiegt wurden, uns brachte das auch nicht viel weiter. Wie Blinde tasteten wir uns durch mitternächtlichen Nebel. Und nirgends eine Spur, nicht eine. Hardanger suchte inzwischen intensiv nach allen Leuten, die unter Umständen Zugang zu den Messebüchern gehabt haben konnten. Da konnte er lange suchen. Einige Hundert hatten Einsicht und Zugang zu dieser Buchführung, überlegte ich verbittert.

Die Haushälterin MacDonalds, Mrs. Turpin, nahm mich in Empfang. Mrs. Turpin war etwa Mitte dreißig und nicht nur ganz passabel, sondern auch sehr hübsch. Auch wenn sie augenblicklich als treue Dienerin ihres Herrn innerlich kochte, weil sie hier ohnmächtig mit ansehen mußte, wie brutale Hände in den ihr anvertrauten Gütern hausten.

Als ich mich mit der falschen Dienstmarke auswies, bemerkte sie nur bitter, daß es auf einen Schnüffler mehr oder weniger jetzt auch nicht mehr ankäme.

Und von Polizei in Zivil schien es auch tatsächlich hier nur so zu wimmeln. Ich gab mich dem Sergeanten von Dienst, Carlisle, zu erkennen.

»Schon irgend etwas gefunden, Sergeant?«

»Schwer zu sagen, Sir. Seit 'ner Stunde wühlen wir hier herum, aber bis jetzt ist mir eigentlich noch nichts in die Finger gefallen, was mir nicht ganz koscher vorgekommen wäre. Aber er lebt gar nicht schlecht, dieser Dr. MacDonald, das muß ich schon sagen. Einer von meinen Leuten hier, ein gewisser Chambell, der selbst den Kunst- und Kulturfimmel hat und was davon versteht, behauptet, daß einiges von diesem ganzen Kram hier 'ne ganz schöne Stange gekostet haben muß. Und dann diese Dunkelkammer da oben am Speicher – die sollten Sie mal sehen! Ausgestattet mit den letzten Finessen, von denen ich auch nicht wissen möchte, was sie gekostet haben.«

»Dunkelkammer? Ach! Interessant. Mir völlig neu, daß MacDonald ein so begeisterter Fotograf sein soll.«

»Das wissen Sie nicht? Ach du lieber Gott, der ist doch einer der besten Amateure, den wir haben. Präsident des Alfringhamer Fotoclubs. Gleich neben seinem Studio können Sie seine sämtlichen Preise bewundern. Na, und ein Geheimnis macht er ja auch weiß Gott nicht daraus.«

Ich überließ ihm und seinen Leuten die weiteren Wühlarbeiten und stieg nach oben. Was die nicht fanden, würde ich schwerlich selbst finden. Und verdammt, nein, Carlisle hatte nicht übertrieben. Dr. MacDonald schien nicht nur ein Rechengenie, er schien auch noch ein Fotogenie. Die Kamera jedenfalls schien er so geübt wie die sonstigen materiellen Belange seines Daseins zu handhaben. Trotzdem hielt ich mich hier oben nicht allzulange auf. Hoffnungslos für mich und das, was ich suchte. Man konnte auch einen Londoner Sachverständigen von der Polizei kommen lassen, um selbst hier ja nichts zu übersehen, aber du lieber Gott, was sollte schon dabei herauskommen. Nichts. Eine Chance, die eins zu tausend stand. Achselzuckend stieg ich wieder hinunter, um mir Mrs. Turpin vorzunehmen.

»Daß ich Ihnen nun all diese Ungelegenheiten machen muß, tut mir wirklich leid, Mrs. Turpin«, eröffnete ich das Gespräch mit meinem charmantesten Lächeln. »Routine, um die man nun einmal nicht herumkommt. Aber, ich muß schon sagen, hier zu wohnen und zu wirken, muß eigentlich ein Vergnügen sein.«

»Sparen Sie sich Ihr Fünf-Uhr-Tee-Geplauder. Wenn Sie etwas zu fragen haben, dann fragen Sie bitte, aber lassen Sie dieses Herumreden.«

Das war eine sehr deutliche Abfuhr meiner diplomatischen Bemühungen. »Wie lange sind Sie eigentlich schon bei Dr. MacDonald?«

»Vier Jahre. Seitdem er in Mordon ist. Ein Gentleman, wie man ihn lange suchen kann. Warum fragen Sie?«

»Er hat immerhin beachtliche Werte in seiner Wohnung. Wenn man sich hier so umsieht – Teppiche – Bilder. Seit wann hat er eigentlich diese Sachen?«

»Ich bin doch wohl nicht gezwungen, Ihre Fragen zu beantworten.« Aha, eine von der besonders zugänglichen und hilfsbereiten Sorte!

»Nein«, gab ich zu, »das nicht. Besonders dann nicht, wenn Sie gesteigerten Wert darauf legen, Dr. MacDonald möglichst viele Schwierigkeiten zu machen.«

Das wirkte. Sie warf mir einen nicht gerade liebenswürdigen Blick zu, beantwortete meine Fragen aber. Die Hälfte all dessen, was hier so herumstand, hatte er demzufolge bereits vor vier Jahren mitgebracht. Der Rest war nach und nach hinzugekommen. Mrs. Turpin gehörte zu jener Sorte Frauen, die sich der nichtigsten alltäglichen Belanglosigkeiten mit geradezu optischer Genauigkeit zu erinnern vermögen, und so konnte sie denn jedes ehemaligen Neuzugangs Tag und Stunde und womöglich auch noch die genauen Wetterverhältnisse angeben. Was sie sagte, stimmte und bedurfte keiner Bestätigung. Sich damit aufzuhalten, wäre die reinste Zeitverschwendung gewesen, soviel stand fest.

Ein Plus für MacDonald. Keine plötzliche Wohlstandsschwemme in den letzten Wochen und Monaten. Diese Pracht war nicht von heute und gestern, sondern sukzessive seit Jahren Stück für Stück erworben. Woher ihm die Gelder zugeflogen sein mochten, war eine andere Frage, die mich augenblicklich nicht so sehr interessierte. Schließlich war er ja tatsächlich Junggeselle, der für niemanden zu sorgen hatte. Das erklärte manches – wenn auch nicht alles.

Ich ging ins Wohnzimmer. Carlisle schien gerade mit ein paar dicken Akten auf der Suche nach mir gewesen zu sein. Jetzt kam er auf mich zu. »Wir sind da gerade in Dr. MacDonalds Arbeitszimmer und nehmen natürlich alles auf. Aber wenn Sie sich das hier vielleicht einmal etwas genauer ansehen würden – sieht mir ganz nach offiziellem Schriftwechsel aus. Vielleicht interessiert es Sie.«

Es interessierte mich. Nicht jedoch so, wie ich es erwartet hatte. Je eingehender ich mich mit diesem MacDonald beschäftigte, desto harmloser schien er zu werden. Die Akte enthielt seine Korrespondenz mit Kollegen, medizinischen Instituten und Gesundheitsorganisationen aus ganz Europa, in der Hauptsache eigene Durchschläge und Antwortschreiben der Weltgesundheitsorganisation. Und nach allem, was diesem Schriftwechsel zu entnehmen war, bestand kein Zweifel, daß MacDonald auf seinem Gebiet eine anerkannte Autorität und Koryphäe war. Fast die Hälfte all dieser Briefe war nach Paris, nach Stockholm, nach Bonn und Rom an Institutionen, die der Weltgesundheitsorganisation angegliedert waren, gegangen und von dort auch beantwortet. Nichts Verdächtiges, nichts, was in irgendeiner Weise im Sinn internationaler Zusammenarbeit nicht auch vertretbar gewesen wäre – und in fast allen Fällen auch noch von Dr. Baxter gegengezeichnet; eine weitere Garantie dafür, daß hier alles seine Richtigkeit hatte. Zudem ging in Mordon sowieso jeder Brief durch die Zensur, und obwohl daraus ein Staatsgeheimnis gemacht wurde, wußte jeder Wissenschaftler Bescheid. Ich ging die Akte flüchtig noch mal durch und legte sie dann beiseite, als das Telefon läutete.

Es war Hardanger. Er klang recht bedrückt. Und die frohe Botschaft, die er auf Lager hatte, bedrückte auch mich. Ein Anruf nach Alfringham habe zur Auflage gemacht, daß sämtliche

Ermittlungen für vierundzwanzig Stunden einzustellen seien, andernfalls Pierre Cavell, dessen Verschwinden inzwischen entdeckt worden war, damit rechnen könne, daß ihm etwas recht Unerfreuliches zustoßen würde. Beweis, daß man wisse, wer Cavell sei, würde postwendend geliefert, falls bis sechs Uhr nicht alles gestoppt wäre.

Doch dieser erste Absatz war es gar nicht, der mir die Laune verdarb. »Na und?« gab ich zurück. »Auf dergleichen waren wir doch schon gefaßt. Bei allem, was ich Ihnen da in grauer Morgendämmerung unter die Nase gerieben habe, mußten Sie doch wohl annehmen, daß ich mich ein bißchen zu erfolgreich betätige.«

»Bilden Sie sich nur keine Schwachheiten ein, mein Lieber«, dämpfte Hardanger in seinem üblichen Polterton. »Sie sind auch nichts weiter als eine ganz billige Schachfigur. Denn dieser Anruf erging nicht etwa an die Polizei, sondern an Ihre Frau im *Waggoner's Rest*, wobei ihr schlicht mitgeteilt wurde, daß sie, falls der General seine Hörner nicht einzöge – sein voller Name, seine Adresse und sein Rang wurden übrigens genannt –, bei der nächsten Morgenpost mit ein paar Ohren rechnen könne. Auch wenn sie gerade erst ein paar Monate verheiratet sei, die Ohren ihres eigenen Mannes zu erkennen, würde sie immerhin gewiß schon imstande sein.«

Mein Gefieder sträubte sich, aber nicht etwa so wie beim Haareschneiden. »Hardanger«, sagte ich bedächtig, »mir fällt dreierlei auf. Wer weiß denn schon, daß wir verheiratet sind? Ein ganz kleiner Kreis doch nur. Und die Anzahl derer, die wissen, daß Mary die Tochter des Generals ist, dürfte noch geringer sein. Aber diejenigen, die des Generals Persönlichkeit und seine wahre Identität kennen, sind, abgesehen von uns beiden, doch an einer Hand abzuzählen. Und jetzt frage ich mich nur, wie in Gottes Namen kann irgend so ein dunkles Subjekt dieses Landes wissen, wie der General heißt?«

»Wem sagen Sie das?« sagte er gewichtig. »Das ist doch wohl die übelste Entwicklung dieser ganzen Chose. Nicht nur, daß dieser Kerl den General kennt, nein, er weiß auch noch, daß Mary sein einziges Kind und sein Augapfel ist, der einzige Mensch auf dieser Welt, mit dem man ihn unter Druck setzen könnte. Und sie würde ihn unter Druck setzen, verlassen Sie sich drauf. Welche Frau kümmert sich noch um die abstrakten Ideale der Gerechtigkeit, wenn es um das Leben ihres Mannes geht? Die ganze Geschichte stinkt einfach, Cavell.«

»Zum Himmel stinkt sie«, stimmte ich bedächtig zu. »Nach Verrat – und zwar nach Verrat aus den allerhöchsten Kreisen.«

»Ich wäre dafür, daß wir das nicht auch noch telefonisch erörtern«, sagte Hardanger eilig.

»Lassen wir es. Haben Sie schon versucht herauszubekommen, woher das kam? Der Anruf meine ich?«

»Noch nicht. Aber womit wir unsere Zeit vergeuden, ist ja schließlich schon ganz egal.«

Er hing ein, und ich stand da und stierte auf das verstummte Telefon. Der General war ein persönlicher Beauftragter des Ministerpräsidenten und des Innenministers. Seine Person war bei den Chefs der Spionage und Abwehr bekannt – natürlich. Der Sonderbeauftragte, Hardanger selbst, der Kommandant und der Sicherheitschef von Mordon – aus – damit endete die Liste derer, die ihn zu identifizieren wußten. Ein häßlicher Gedanke. Vage ging es mir durch den Kopf, wie beglückend die nächsten Stunden für General Cliveden werden mochten, denn es bedurfte keiner telepathischen Kräfte, um zu wissen, wohin Hardanger stürzen würde, sobald er diesen Hörer aufgelegt hatte. Nur er kannte den Namen des Generals in dem Kreis aller Verdächtigen. Vielleicht hätte ich ihm doch ein wenig mehr Aufmerksamkeit zuwenden sollen.

Ein Schatten verdunkelte die offene Tür. Ich sah auf. Drei uniformierte Figuren standen auf dem Treppenabsatz, und eine davon, der Sergeant in der Mitte, hatte schon die Hand an der Glocke und ließ sie wieder sinken, als er mich sah.

»Ich suche Inspektor Gibson. Ist er vielleicht hier?«

»Gibson?« Es dauerte einen Moment, bis ich geschaltet hatte und mich besann, wer das war. »Das bin ich, Sergeant.«

»Wir hätten da etwas für Sie, Sir«, sagte er und deutete auf den Umschlag, den er in der Hand hielt. »Allerdings muß ich Sie bitten, sich auszuweisen.«

Das tat ich. Dann nahm ich den großen Umschlag in Empfang. »Sie werden verzeihen, Sir, aber ich habe Befehl, diese Sachen hier nicht aus den Augen zu lassen. Sie kämen aus der Registratur von Mr. Clandon, wurde mir von Polizeichef Hardanger gesagt, und ich nehme an, daß es sich um ganz vertrauliches Material handelt.«

»Selbstverständlich doch, Sergeant.« Gefolgt von den drei Mann, marschierte ich gelassen an der beleidigten Miene von Mrs. Turpin vorbei, die auch noch auf der Szene erschienen war, ins Wohnzimmer. Ich forderte sie auf zu gehen. Funkelnden Auges kam sie der Aufforderung nach.

Dann brach ich das Siegel auf und öffnete den Umschlag. Er enthielt eine Reservesiegelmarke, um den Umschlag nach Kenntnisnahme des Inhalts ordnungsgemäß wieder versiegeln zu können, und einen Bericht über die politische und persönliche Unbedenklichkeit Dr. MacDonalds. Natürlich hatte ich damals, als ich den verschwundenen Easton Derry in Mordon ablöste, auch diesen Schriftsatz gelesen, aber was hatte er mich schon interessiert. Damals hatte ich keinen Grund. Heute hatte ich einen.

Erst kamen einmal sieben Seiten allgemeines Gewäsch. Trotzdem las ich mir auch das alles dreimal durch, um ja nichts zu übersehen. Krampfhaft – mit einer Intensität, die dem Eifer eines Senators McCarthy, wenn es galt einen Roten aufzuspüren, in nichts nachstand – suchte ich nach der winzigsten Unregelmäßigkeit, die mir als Hinweis auf einen Anhaltspunkt hätte dienen können, daß hier irgend etwas faul war. Doch nichts zeigte sich. Lediglich die ungemein karge Information über seine Armeelaufbahn, die auch Hardanger bereits aufgefallen war, gab Anlaß zu einem gewissen Befremden. Verwunderlich insofern, als Easton Derry, der diese Sache bearbeitet haben mußte, doch weiß Gott alle Informationsquellen offengestanden hatten. Doch nichts, nichts anderes als eine dürftige Bemerkung, ganz am Schluß einer Seite, deutete darauf hin, daß MacDonald 1938 als Soldat eingetreten und seine Karriere 1945 als Oberstleutnant einer Panzerdivision in Italien abgeschlossen hatte. Die folgende Seite begann sofort mit dem Jahr 1946, in dem er als Chemiker in die Dienste der Regierung in Nordostengland getreten war. Schon möglich, daß das alles in dieser Form von Easton Derry zusammengestellt worden war – oder aber auch nicht.

Ungeachtet des entsetzten Blickes des beobachtenden Sergeants bog ich mit dem Federmesser die Steifdecke, die die Seiten an der oberen Ecke zusammenhielt, auf. Darunter fand sich eine dünne Drahtklammer, wie sie bei jedem gebräuchlichen handelsüblichen Hefter anfällt. Ich bog die beiden Enden auf, bis sie genau im rechten Winkel standen, nahm die Seiten heraus und prüfte sie einzeln. Nicht ein Blatt wies Durchlöcherungen auf, die von mehrmaligem Heften herrühren konnten. Eine einzige Heftspur war zu sehen und nicht mehr. Wenn irgend jemand diesen Bericht geöffnet haben sollte, um ihm ein Blatt zu entnehmen, so mußte er ihn mit ungewöhnlicher Sorgfalt wieder zusammenmontiert haben. Demnach sah es ganz so aus, als habe nie jemand auch nur den Versuch gemacht, hier krumme Touren anzuwenden.

Ich sah auf. Carlisle, der Sergeant in Zivil, stand da und hielt mir weitere Akten und Papiere hin. »Das könnte Sie unter Umständen interessieren, Sir. Ich weiß es nicht, aber es wäre möglich.«

»Moment.« Ich brachte die Bogen wieder in die Klammer, drückte sie zusammen, schob das Schriftstück in den Aktenumschlag, versiegelte ihn ordnungsgemäß und übergab ihn dem Sergeant, der, nach erledigtem Auftrag, mit den zwei anderen, die er im Gefolge hatte, wieder abzog. »Und was bringen Sie mir da?« wandte ich mich an Carlisle.

»Fotos, Sir.«

»Fotos? Wie kommen Sie denn auf die Idee, daß ich mich ausgerechnet für Fotos interessieren sollte, Sergeant?«

»Durch den Umstand, daß wir sie in einer verschlossenen Stahlkassette entdeckt haben. Und auch diese Kassette war ganz unten im Schreibtischfach unter Verschluß. Und diese Sachen hier halte ich für ganz private Korrespondenz. Die lagen auch noch mit dabei.«

»War es schwierig, die Kassette aufzubekommen?«

»Nicht bei dem Trumm von Metallsäge, das ich in solchen Fällen benutze, Sir.«

»Im übrigen wären wir jetzt soweit, Inspektor. Alles ist registriert und falls ich meine unmaßgebliche Meinung dazu äußern darf, dann glaube ich kaum, daß die Liste Sie interessieren wird.«

»Alles durchfurcht? Auch das Kellergeschoß?«

»Den mistigsten Kohlenkeller, der mir jemals untergekommen ist«, grinste er. »Kaum zu glauben, bei all diesem Glanz und persönlichen Geschmack hätte ich eher angenommen, daß Mr. MacDonald auch seine Kohlen noch da aufzubewahren pflegt, wo sie nicht so dreckig werden.«

Und nach diesem persönlichen Kommentar überließ er mich seinem Fund und ging. Vier Alben waren es. Drei davon typisch von der Sorte, wie sie in Millionen britischen Haushaltungen anzutreffen ist: In die Sonne blinzelndes Familienleben. Alt und vergilbt, stammten diese Aufnahmen samt und sonders aus MacDonalds sonniger Jugend in den zwanziger und dreißiger Jahren. Das vierte war neueren Ursprungs. Ein Geschenk in Anerkennung langjähriger hervorragender Dienste im Rahmen der Weltgesundheitsorganisation kündete die Widmung der Kollegen auf der Innenseite des Umschlags. Fünfzig Bilder etwa, die allesamt Dr. MacDonald in allen möglichen europäischen Großstädten im Kreis von Kollegen zeigten. Hauptsächlich eigentlich in Frankreich, in Italien und Skandinavien. Ganz gelegentlich auch einmal ein anderes Land dazwischen. Chronologisch, mit Ort, und Zeitangaben geordnet. Die letzte Aufnahme stammte aus Helsinki und war kaum sechs Monate alt.

Mich interessierten allerdings weniger die Bilder, die das Album enthielt, sondern vielmehr dasjenige, das es nicht enthielt. Der geordneten Bildfolge nach, mußte es vor achtzehn Monaten gemacht worden sein. Die Angaben dazu waren durch horizontale Striche in der gleichen weißen Tusche, in der die gesamte Beschriftung durchgeführt war, unkenntlich gemacht worden. Ich machte Licht und besah mir den Fall eingehend. Fraglos mußte der Name des Ortes mit T angefangen haben. Was danach kam, war schwer zu sagen. Ein O konnte es sein, ein D eventuell. Ein O mußte es sein. Keine Stadt derWelt fing mit TD an. Der Rest war völlig unlerserlich. TO ... Sechs, eventuell sieben Buchstaben. Aber auch nicht eine Unterlänge ragte über den Strich, und das schloß sämtliche Städte, die ein p, ein j, ein g und weitere Konsonanten dieser Art enthielten von vornherein aus.

Ich studierte. Welche größeren europäischen Städte begannen mit TO und hatten sechs bis sieben Buchstaben aufzuweisen? Nicht so sonderlich viele. Jedenfalls nicht solche von der Größenordnung, in der die Weltgesundheitsorganisation ihre Tagungen abzuhalten pflegte. Torquay – schlecht, Unterlängen fielen aus. Totnes – zu klein. In Europa? Tornio in Schweden, Tonder in Dänemark – beide relativ unbedeutend. Toledo – zumindest nicht gerade ein Dorf. Nur war MacDonald nie in Spanien. Tournai in Belgien oder eventuell Toulon in Frankreich – das kam der Sache wohl am nächsten. Tournai? Toulon? Ich sinnierte einen Moment, dann griff ich nach den Briefen.

Zirka dreißig bis vierzig an der Zahl durften es sein. Ein schwach duftendes Bündel mit blauem Bändchen. Das Allerletzte, was ich in MacDonalds gesamter Habe zu finden erwartet hatte. Und nicht nur das Allerletzte, sondern auch das Nutzloseste vom Nutzlosen. Ich war bereit, um mein nächstes Gehalt zu wetten: Liebesbriefe! Großer Gott – mir stand wahrhaftig augenblicklich nicht der Sinn danach, mich indiskreterweise auch noch an des guten Doktors jugendlichen Erinnerungen zu erbauen, aber ich hätte auch Homer im Originaltext gelesen, wenn ich das Gefühl gehabt hätte, daß dabei etwas herauskommen könnte. Also zog ich die Schleife auf.

Genau fünf Minuten später hing ich am Telefon und sprach mit dem General.

»Ich will unbedingt eine gewisse Mme. Yvette Peugeot, die 1945/46 im Pasteur Institut in Paris beschäftigt war, interviewen. Nein, nicht erst nächste Woche und auch nicht morgen, sondern heute. Heute nachmittag. Können Sie das arrangieren, Sir?«

»Arrangieren kann ich alles, Cavell,« sagte der General schlicht. »Vor kaum zwei Stunden hat uns der Premier alle verfügbaren Hilfsmittel zur Verfügung gestellt. Der ist fuchsteufelswild. Und wie wichtig ist Ihnen dieser Ausflug?«

»Lebenswichtig unter Umständen, Sir. Aber das eben ist es, was ich noch feststellen muß. Diese Frau scheint etwa neun Monate während und nach dem Krieg in sehr intimen Beziehungen zu unserem Freund MacDonald gestanden zu haben. Und das ist genau der Abschnitt seines Lebens, über den wir keinerlei Unterlagen haben. Falls diese Frau noch am Leben und auffindbar sein sollte, könnte sie diese Lücke eventuell schließen.«

»Und das ist alles?« Seine Enttäuschung war dem Tonfall deutlich zu entnehmen. »Und die Briefe selbst?«

»Einige davon habe ich mir zu Gemüte geführt. Harmlos im Grunde, wenn auch nicht gerade von der Sorte, auf deren Veröffentlichung vor einem Gericht ich gesteigerten Wert legen würde, wenn ich der Verfasser wäre.«

»Bißchen wenig, um was damit anzufangen, Cavell?«

»Ich hab nur so'n dumpfes Gefühl, Sir. Mehr als das vielleicht. Es wäre möglich, daß aus dem Sicherheitsbericht über MacDonald eine Seite entfernt worden ist. Die Daten dieser Briefe stimmen mit dieser fehlenden Seite genau überein – wenn sie fehlen sollte. Und wenn dem so ist, dann würde ich der Geschichte doch gern auf den Grund gehen.«

»Fehlen?« Seine Stimme knatterte geradezu durch den Draht. »Wie kann eine Seite aus einem Sicherheitsbericht fehlen. Wer könnte – wer hatte Zugang zu den Akten?«

»Easton, Clandon, ich selbst – Cliveden und Weybridge.«

»Stimmt genau. General Cliveden.« Lastende Stille. »Sagen Sie, Cavell, diese kürzliche Drohung, Mary sozusagen Ihren Kopf auf dem Tablett zu überreichen: General Cliveden ist der einzige Mensch in Mordon, der weiß, wer ich bin und in welchen Beziehungen ich zu Mary stehe. Er ist einer von den beiden, die Zugang zu den Akten haben. Hielten Sie es nicht für angebracht, sich mal auf Cliveden zu konzentrieren?«

»Lassen Sie das Hardangers Sache sein, Sir. Ich möchte Mme. Peugeot sprechen.«

»Na schön. Bleiben Sie am Apparat.« Ich blieb. Ein paar Minuten später war er wieder da. »Fahren Sie nach Mordon. Ein Hubschrauber wird Sie zum Flugplatz Stanton bringen. Dort steht ein zweisitziger Düsennachtjäger. Vierzig Minuten von Stanton bis Paris. Geht das in Ordnung?«

»Ausgezeichnet, Sir. Ich fürchte nur, ich habe keinen Paß bei mir.«

»Brauchen Sie nicht. Falls die Dame noch lebt und in Paris ist, wird sie Sie auf dem Flugplatz in Orly erwarten. Dafür sorge ich. Wir sehen uns, wenn Sie zurück sind – ich starte in dreißig Minuten nach Alfringham.«

Ich hing ein und wandte mich, die Briefe in der Hand, zum Gehen, und da entdeckte ich Mrs. Turpin in der offenen Tür. Ihr Gesicht war ausdruckslos. Nur ihre Augen wanderten von den meinen zu den Briefen und wieder zurück zu den meinen. Und dann drehte sie sich um und verschwand. Ich aber hätte verdammt gern gewußt, wie lange sie dort gestanden und mir zugehört hatte.

Der General war ein Mann von Wort. Der Hubschrauber stand bereits in Mordon. Die Düsenmaschine brauchte von Stanton bis Orly genau fünfunddreißig Minuten. Und Madame Peugeot, in Begleitung eines Pariser Polizeioffiziers, saß bereits in einem Privatraum und erwartete mich. Die Drähte hatten blitzartig funktioniert. Doch es sollte sich gleich herausstellen, daß es kein Problem gewesen war, Mme. Peugeot - jetzt Madame Halle - ausfindig zu machen. Sie arbeitete noch immer da, wo sie dereinst im Mai, als ihre Beziehungen zu MacDonald noch blühten, auch gearbeitet hatte: Im Pasteur Institut. Und sie hatte sich bereitwillig zum Flugplatz bringen lassen, als die Polizei ihr die Dringlichkeit klargemacht hatte.

Sie war dunkel, rundlich – eine hübsche Vierzigerin mit Augen, die gern lächelten. Im Moment jedoch war sie gehemmt und unsicher und ein bißchen verängstigt, wie jeder, an dem die Polizei ein plötzliches Interesse bekundet.

Der französische Polizeioffizier übernahm die Vorstellung. Ich hielt mich nicht bei langen Vorreden auf. »Wir wären Ihnen sehr dankbar, Madame, wenn Sie uns mit ein paar Informationen über einen Engländer, dessen Bekanntschaft Sie in den vierziger Jahren – genauer 1945/46 – gemacht haben, helfen würden. Es handelt sich um einen gewissen Dr. Alexander MacDonald.«

»Dr. MacDonald? Alex?« Sie lachte auf. »Der würde ja hochgehen, wenn er gehört hätte, daß man ihn hier Engländer nennt. Oder sagen wir, er wäre hochgegangen. Damals, in diesen längst verflossenen Zeiten, als ich ihn noch kannte, war er genau das, was man einen geradezu fanatischen schottischen – wie sagen Sie doch noch?«

»Nationalisten?«

»Ganz recht. Was man einen schottischen Nationalisten nennt, ›Nieder mit England, hoch die alte franko-schottische Allianz‹ war sein glühendes Motto. Trotzdem muß man ihm lassen, daß er sich, bei allem Haß gegen den alten Erzfeind, im letzten Krieg tapfer für ihn geschlagen hat.« Sie brach plötzlich ab und sah mich an, als traute sie dem Frieden nicht recht. »Er – er wird doch nicht etwa gestorben sein?«

»Nein, Madame, er ist so gesund und munter wie Sie.«

»Aber Krach hat er. Krach mit der Polizei.« Sie war sehr hell und schaltete schnell. Sogar den geringfügigen Unterton in meiner Stimme hatte sie sofort erfaßt.

»Ich fürchte, Sie könnten recht haben, Madame. Wie und wann fand diese erste Begegnung statt?«

»Das war ungefähr zwei bis drei Monate vor Kriegsende – in Europa jedenfalls. Und Oberst MacDonald, das war er seinerzeit, war damals beauftragt, eine Munitions- und chemische Fabrik in St. Denis, die lange in deutschen Händen gewesen war, zu besichtigen. Ich war zu der Zeit – weiß Gott nicht aus eigenem Antrieb – in der Forschungsabteilung tätig. Natürlich hatte ich keine Ahnung, daß der Oberst selbst ein hervorragender Chemiker war, und unternahm es also, ihm die einzelnen chemischen Prozesse und Produktionsverfahren zu erläutern, bis ich dann am Ende meines Rundgangs feststellen mußte, daß er davon weit mehr als ich verstand.« Sie lächelte. »Ich glaube, ich hatte es ihm angetan. Nun ja – und er mir nicht minder.«

Dazu konnte ich nur nicken. Im Hinblick auf die flammenden Ergüsse schien mir das sehr zutreffend.

»Er blieb dann ein paar Monate in der Umgebung von Paris stationiert«, fuhr sie fort. »Und ich weiß zwar nicht so genau, welcher Art seine Aufgabengebiete hier waren, aber in der Hauptsache waren sie wohl technisch ausgerichtet. Damals waren wir ständig zusammen, jede freie Stunde.« Sie zuckte die Achseln. »Wie lange ist das alles her, du lieber Gott, wie eine andere Welt kommt mir das heute vor. Dann mußte er nach England zurück, um seine Entlassungsformalitäten nach Kriegsende zu erledigen, war innerhalb von einer Woche wieder in Paris und versuchte, hier als Chemiker unterzukommen. Das war ausgeschlossen. Schließlich trat er dann irgendeine Stelle bei der britischen Regierung auf dem Forschungssektor an.«

»Und ist Ihnen vielleicht jemals irgend etwas Dunkles, nicht so ganz Astreines über ihn zu Ohren gekommen?« fragte ich ohne alle Umschweife.

»Nie. Sonst wäre ich niemals mit ihm befreundet gewesen.« Und dieses sehr entschiedene ›Nie‹ stand so völlig im Einklang mit ihrer fraulichen Würde, daß ich es nicht bezweifelte. Mit einemmal hatte ich das dumpfe Gefühl, daß der General recht behalten würde. Mir war plötzlich, als verschwendete ich hier lediglich meine kostbare Zeit, von der ich mich verbittert fragte, ob sie überhaupt noch etwas wert war, auf der Jagd nach einem Phantom. Ich sah mich bereits mit eingezogenem Schwanz in Mordon ankommen.

»Nichts«, bohrte ich trotzdem weiter. »Gar nichts – denken Sie doch einmal nach, Madame.«

»Wollen Sie mich beleidigen?« gab sie sehr ruhig zurück.

»Verzeihung«, konnte ich da nur sagen und die Taktik wechseln.

»Eine etwas indiskrete Frage, Madame, haben Sie ihn eigentlich geliebt?«

Sie sah mich an und sagte dann gelassen: »Ich glaube annehmen zu dürfen, daß es nicht gerade Dr. MacDonald war, der Sie zu mir geschickt hat. Also müssen Sie durch Briefe auf meine Existenz gestoßen sein. Damit dürfte sich die Antwort auf Ihre Frage wohl erübrigen.«

»Und er? Glauben Sie, daß er Sie geliebt hat?«

»Ich weiß es sogar. Auf jeden Fall hat er mich gebeten, seine Frau zu werden, und das nicht nur einmal, sondern mindestens zehnmal. Und das dürfte doch wohl Beweis genug sein, nicht wahr?«

»Aber Sie haben ihn nicht geheiratet. Sie haben sogar jeden Kontakt zueinander verloren. Und da Sie sich liebten und er Sie doch gebeten hatte, seine Frau zu werden, darf ich dann fragen, warum Sie nein gesagt haben. An Ihnen hat es doch gelegen?«

»Aus dem gleichen Grund aus dem unsere Freundschaft schließlich auseinanderging. Zum Teil vielleicht, weil er, trotz aller Liebesbeteuerungen, mit unheilbarer Vorliebe *à la carte* lebte, in der Hauptsache jedoch um grundlegender Differenzen willen. Damals waren wir alle beide noch zu jung und zu unreif, um nicht nur das Herz, sondern gelegentlich auch mal den Kopf sprechen zu lassen.«

»Differenzen? Darf ich fragen, welcher Art diese Differenzen waren, Madame Halle?«

»Sie können aber sehr beharrlich sein. Ist das so wichtig?« Sie seufzte. »Wahrscheinlich – sonst würden Sie es nicht wissen wollen. Um eine Antwort komme ich wohl doch nicht herum. Und ein Geheimnis ist es auch nicht – auch wenn es im Grund lächerlich und kindisch sein mag.«

»Trotzdem würde ich es gern hören.«

»Davon bin ich überzeugt. Frankreich war nach dem Krieg, wie Sie sich erinnern werden, ein politisches Chaos voller Parteien, deren politische Tendenzen gar nicht extremer nach rechts und links auseinanderklaffen konnten. Ich bin eine gute Katholikin und demgemäß nach rechts orientiert. Ein in der Wolle gefärbter Tory, wie Sie es vielleicht ausdrücken würden.« Sie lächelte Verzeihung heischend. »Was kann man da machen? Dr. MacDonald lehnte meine politische Einstellung so restlos ab, kommt vor. Wenn man jung ist, nimmt man die Politik ungemein wichtig.«

»Dr. MacDonald teilte also Ihre konservativen Ansichten nicht?«

»Konservativ?« Sie lachte amüsiert auf. »Konservativ sagten Sie! Ob Alex nun wirklich ein echter schottischer Nationalist war, das kann ich nicht sagen. Daß es aber außerhalb des Kremls nie einen unbeugsameren, zutiefst überzeugteren Kommunisten gab, das weiß ich bestimmt. Er war nicht zu ertragen.«

Genau eine Stunde und zehn Minuten später trat ich ins Foyer des *Waggoner's Rest* in Alfringham.

10

Ich hatte von Stanton aus angerufen. Der General und Polizeichef Hardanger erwarteten mich bereits. Und obwohl es noch früh am Abend war, hatte auch der General schon die Reste dessen vor sich, was einmal ein beachtlicher Whisky gewesen sein mußte. Seit ich ihn kannte, hatte ich ihn vor neun Uhr abends nie den ersten Drink nehmen sehen. Sein Gesicht war blaß und abgespannt. Zum erstenmal hatte ich das Gefühl, daß man ihm sein Alter ansah, obwohl ich nicht zu sagen vermocht hätte, woran das lag. An den leicht gebeugten Schultern, vielleicht an der undefinierbaren Müdigkeit. Etwas merkwürdig Erschütterndes war um ihn. Die resignierte Tragik eines Starken, der plötzlich erkennen muß, daß ihm die Bürde, die seine breiten Schultern tragen, zu schwer geworden war.

Hardanger sah nicht viel besser aus.

Ich begrüßte sie beide, kassierte einen Whisky vom Genossen Hemdsärmel, der sich in geziemender Distanz und außer Hörweite befand, und streckte dankbar die Beine von mir. »Und wo ist Mary?« fragte ich.

»Bei Stella Chessingham und ihrer Mutter«, sagte Hardanger. »Beim Flügelflicken. Ihr essigsaurer Freund hinter der Theke ist eben erst zurückgekommen. Er hat sie rausgefahren. Sie mußte unbedingt hin, um zu trösten. Und daß die beiden nach Chessinghams Verhaftung trostbedürftig sind, gab ich schon zu, war aber trotzdem nicht ganz einverstanden mit diesem Trip. Abeı sie hört ja nicht. Sie kennen Ihre Frau ja, Cavell. Und Sie Ihre Tochter, Sir.«

»Das hätte sie sich schenken können«, sagte ich. »Überflüssig. Chessingham ist so unschuldig wie ein Säugling im Steckkissen. Und das habe ich seiner Mutter bereits um acht Uhr morgens gesagt. Ich mußte es ihr sagen. Sie ist schwer krank, der Schock hätte sie umbringen können – und daß die es, sofort nachdem der Polizeiwagen mit Chessingham abgerauscht war, ihrer Tochter brühwarm mitgeteilt hat, steht doch wohl fest. Die brauchen weder Trost noch Zuspruch.«

»Was?« Hardanger beugte sich erbost vor und zerquetschte vor lauter Erbitterung fast das Glas, das er in der Hand hielt. »Was sagen Sie da, Cavell? Unschuldig? Daß ich nicht lache. Für seine Mitschuld spricht doch wohl verdammt genug –«

»Das einzige, was gegen ihn spricht, ist die Tatsache, daß er – verständlich genug – seinen Führerschein abgeleugnet hat und daß der Mörder ihm unter falschen Namen Geld zugehen ließ, um ihn verdächtig zu machen. Um Zeit zu gewinnen. Alles immer wieder um Zeit zu gewinnen. Fragen Sie mich nicht warum, ich weiß selbst nicht, warum dieser Kerl nun so unbedingt versessen darauf ist, Zeit zu schinden. Aber das ist es nun einmal, worauf er es immer wieder anlegt, wenn er den Verdacht auf einen anderen zu lenken sucht. Darin ist er so einmalig gerissen, daß es ihm tatsächlich gelungen ist, so ungefähr jeden verdächtig zu machen. Wozu kassierte er mich heute morgen? Um Zeit zu gewinnen. Seit Monaten – Anfang Juli ging das erste Geld auf Chessinghams Konto ein – wußte er bereits genau, daß es notwendig werden würde, Zeit zu gewinnen. Warum? Warum Zeit gewinnen?«

»Und mich halten Sie zum Narren«, fluchte Hardanger. »Einen Wind haben Sie gemacht –«

»Ich habe Ihnen den Fall mit allen Tatsachen erzählt, so, wie ich ihn vorfand.« Ich dachte nicht daran, ihn zu besänftigen. »Hätten Sie ihn etwa verhaftet, wenn ich Ihnen gesagt hätte, daß er unschuldig ist? Nie. Das wissen Sie wohl genausogut wie ich. So aber haben Sie ihn festgesetzt, und damit haben wir Zeit gewonnen, weil der Mörder oder auch die Mörder dies den Abendzeitungen entnehmen und überzeugt sein werden, daß wir jetzt auf der falschen Spur sind.«

»Jetzt warte ich nur noch darauf, daß Sie damit herausrücken, daß auch Hartnell samt Frau auf diese Tour fertiggemacht worden sind«, knirschte er.

»Was Hammer, Kombizange und Straßendreck am Motorroller anbelangt – auf jeden Fall. Das lassen Sie sich von mir gesagt sein. Im übrigen sind sie dessen schuldig, wessen man sie anklagt. Aber kein Gericht wird sie deshalb verurteilen. Ein Mann, der erpreßt und gezwungen wird, seine Frau zu veranlassen, sich auf die Straße zu stellen und mit ihrem Geschrei einen Streifenwagen anzuhalten – dafür sieht unser verdammtes Strafrecht nichts vor. Alles, was dabei herauskommen wird, sind ein paar Jährchen wegen Unterschlagung, die sie ihm aufbrummen werden – falls die Armee ihn deshalb unter Anklage stellt, was ich noch bezweifeln möchte. Aber auch seine Verhaftung läßt uns Zeit gewinnen. Was Hammer und Zange in Hartnells Schuppen anbelangt, so war das lediglich einmal eine andere Masche des Mörders, Zeit zu schinden. Daß wir allerdings auf diesen Dreh nicht hereingefallen sind, daß wissen sie nicht. Eins zu null für uns.«

Hardanger wandte sich an den General. »Wußten Sie, daß Cavell hinter meinem Rücken arbeitet, Sir?«

Der General runzelte die Stirn. »Immer mit der Ruhe, Hardanger, so war es auch wieder nicht. Was heißt – wußten Sie – verdammt, *wer* hat mich denn überredet, Cavell in diese Geschichte einzuschalten? Sie, wenn ich mich nicht irre! Aber ich muß schon zugeben, er arbeitet mal wieder mit reichlich unorthodoxen Methoden. Apropos Cavell – Was Neues aus Paris über unseren Freund MacDonald?«

Ich antwortete nicht gleich. Er schien mir so merkwürdig indifferent, so, als wäre er im Grunde mit viel wichtigerem beschäftigt. Deshalb sagte ich genauso nebenbei: »Hängt davon ab, was Sie interessant nennen, Sir. Jedenfalls bin ich jetzt in der Lage, Ihnen den Namen einer der Leute zu nennen, die hinter all dem stehen. Dr. Alexander MacDonald. Und ferner ist er seit fünfzehn Jahren ganz zweifellos einer der Spitzenagenten kommunistischer Spionage. Wenn das reicht.« Das saß. Sie waren bestimmt die letzten, die etwas erschüttern konnte, aber das hatte gefunkt. Genau für eine Sekunde. Dann starrten sie sich erst gegenseitig an und hinterher mich. In einer Minute hatte ich berichtet, was zu berichten war. Hardanger brachte nur noch ein »O mein Gott« heraus und machte sich eiligst davon, um einen Einsatzwagen zu holen.

»Haben Sie den Polizeifunkwagen draußen gesehen?« fragte der General.

Ich nickte.

»Wir sind in ständiger Verbindung mit der Regierung und mit Scotland Yard.« Er fischte zwei Schriftstücke aus einer Innentasche. »Das erste davon bekam ich vor zwei Stunden, das andere vor kaum zehn Minuten.« Ich sah mir die Dinger schnell an und stellte dabei fest, daß die allgemein geläufige Redensart betreffs des in den Adern zu Eis erstarrten Bluts im menschlichen Erlebnisbereich durchaus ihre Berechtigung hat. Mir wurde unerklärlich kalt und eisig, und ich war froh, daß Hardanger, nachdem er getan hatte, was zu tun gewesen war, mit drei Whiskys wieder ankam. Jetzt wurde mir klar, weshalb sie beide so restlos fertig und erledigt ausgesehen hatten, als ich hereingekommen war. Jetzt war mir klar, und jetzt begriff ich sogar, warum mein Ausflug nach Paris ihnen relativ nebensächlich geworden war. Die erste Mitteilung war etwa gleichzeitig an Reuter und AP durchgegegeben worden und relativ kurz. Der blumige Stil war nicht zu verkennen. Sie lautete: *Die Mauern der Stätte des Antichristentums stehen noch immer. Meine Forderungen wurden ignoriert. Die Verantwortung liegt allein bei euch. Ich habe eine Virusampulle an eine einfache Zeitbombe befestigt, die heute nach-*

mittag, drei Uhr fünfundvierzig, in Lower Hampton, Norfolk, hochgehen wird. Der Wind steht WSW. Sollte die Zerstörung von Mordon nicht bis heute um Mitternacht vollendet sein, so sehe ich mich gezwungen, morgen eine weitere Ampulle zur Explosion zu bringen, und zwar genau im Herzen von London. Ein Blutbad, das so einzigartig sein wird, wie es die Welt noch nie erlebt hat. Die Wahl habt ihr.

»Lower Hampton ist ein Dorf von etwa einhundertfünfzig Leuten, sechs Meilen von der Küste entfernt«, sagte der General. »Der Hinweis auf den Wind besagt, daß der Virus nur vier Meilen Land infizieren und dann auf die See hinausgetragen wird. Wenn er sich nicht dreht, der Wind. – Das kam heute nachmittag zwei Uhr fünfundvierzig. Sämtliche in der Gegend vorhandenen Streifenwagen wurden nach Lower Hampton und Umgebung beordert, und alles, was greifbar war, nach dem Westen evakuiert.« Er brach ab und starrte auf den Tisch. »Leider haben wir es da unten mit einer landwirtschaftlich anständigen Gegend zu tun, und es sind verdammt viele Höfe da und nur wenige Wagen. Alle rechtzeitig zu erreichen, war nicht möglich, fürchte ich. Und daß wir schnellstens versucht haben, auch die Bombe noch ausfindig zu machen, ist wohl klar. Aber du lieber Gott, das war ein so aussichtsloses Unternehmen, wie die berühmte Nadel im Heuhaufen zu finden. Genau um drei Uhr fünfundvierzig knallte es. Rauch und Flammen stachen aus dem Dach eines verlassenen kleinen Anwesens. Der Sergeant und die beiden Konstabler, die die Geschichte beobachtet hatten, machten, daß sie in ihren Wagen kamen und drückten nur noch aufs Gas – das werden Sie sich wohl vorstellen können.«

Mir war der Mund so trocken wie Asche, und ich griff nur noch nach dem Whiskyglas und kippte den halben Whisky in mich hinein, um die Asche wegzuspülen. Der General fuhr fort: »Um vier Uhr zwanzig startete ein R.A.F. Bomber – ein Aufklärer – von einem Flugplatz in Ostengland und überflog das Gebiet. Der Pilot hatte zwar Befehl, nicht unter zehntausend Fuß zu gehen, bei der klaren Sicht jedoch und den Kameras, die sie heutzutage haben, war es weiter kein Problem, eine genaue Aufklärung zu fliegen. Das gesamte betroffene Gebiet wurde fotografiert. Aus zehntausend Fuß Höhe sind ja so ein paar Meilen Erdoberfläche schnell aufgenommen – genau eine halbe Stunde nach dem Start landete der Bomber bereits wieder. Die Bilder waren innerhalb von Minuten entwickelt und durch einen Experten überprüft. Die Ergebnisse können Sie sich hier in diesem zweiten Schrieb ansehen.« Der war noch kürzer als der erste. Er lautete: *Über einer keilförmigen Landschaft, deren Spitze die kleine Ortschaft Little*

Hampton und deren Fuß zweieinhalb Meilen Küste darstellen, sind keinerlei Lebenszeichen zu entdecken, weder um die Wohnhäuser noch um die Scheunen noch auf den Feldern. Drei- bis vierhundert Stück totes Vieh wurden schätzungsweise auf den Feldern gesichtet. Drei Schafherden – offensichtlich auch tot. Mindestens sieben menschliche Leichen konnten identifiziert werden. Charakteristisch verrenkte Stellung qualvoller Todesagonie bei Mensch und Tier. Detaillierter Bericht folgt.

Darauf schluckte ich die zweite Hälfte meines Whiskys. Pures Soda hätte mir kaum anders geschmeckt und etwa die gleiche Wirkung gehabt. »Und jetzt?« fragte ich. »Was will sie jetzt unternehmen, die Regierung?«

»Ich weiß es nicht«, sagte der General tonlos. »Und die wissen es noch weniger. Man beabsichtigt, bis um zehn Uhr abends zu einer Entscheidung zu kommen – und wenn sie das hören werden, was Sie zu berichten haben, wird man sich vermutlich noch schneller dazu durchringen. Das ändert nämlich die ganze Sachlage total. Wir glaubten es mit einem wildgewordenen Verrückten zu tun zu haben – so brillant sein Gehirn auch funktioniert. Statt dessen scheint es sich um ein kommunistisches Komplott zu handeln, das darauf angelegt ist, die stärkste Waffe, die Großbritannien – oder welches Land auch immer – jemals in der Hand gehabt hat, zu vernichten. Vielleicht soll dies auch nur der Anfang vom Ende für ganz England sein. Was weiß denn ich, verdammt nochmal. Die Idee kam mir auch gerade erst, und ich bin noch nicht dazugekommen, darüber nachzudenken. Wollen die dem Westen etwa demonstrieren, daß sie jederzeit in der Lage sind, uns so restlos zu schlagen, daß wir gar nicht mehr dazu kommen, zurückzuschlagen? Das heißt, wenn Mordon samt seinen Viren ausgelöscht ist. Ich kann's nicht sagen, und Gott allein mag's wissen. Ein Verrückter in diesem Spiel wäre mir weitaus lieber. Und wer sagt uns denn im übrigen, daß Ihre Informationen auch tatsächlich stimmen?«

»Das festzustellen, gibt es nur einen Weg, Sir.« Ich stand auf. »Der Streifenwagen steht draußen. Starten wir zu unserem interessanten Plauderstündchen mit MacDonald?«

Wir waren in genau acht Minuten in Mordon und bekamen an der Wache zu hören, daß Dr. MacDonald bereits vor zwei Stunden gegangen war. Weitere acht Minuten später stoppten wir vor seiner Haustür. Nichts schien sich im Haus zu rühren. Alles wirkte verlassen und dunkel. An und für sich hätte Mrs. Turpin, die Haushälterin, noch da sein müssen. Sie war aber nicht mehr da. Und auch MacDonald war fort. – Nicht nur für eine Nacht, sondern für immer. Unser Vogel war ausgeflogen.

Und nicht einmal die Tür hatte er verschlossen, als er gegangen war. So eilig hatte er es gehabt. Wir gingen in die Diele, machten Licht und sahen uns im Erdgeschoß um. Kein Feuer — keine Heizung schien an — kein Geruch nach Küche und Abendessen — kein Zigarettenrauch in der Luft — nichts. Wer immer sich hier aus dem Staub gemacht hatte, war nicht durchs Hoffenster gestiegen, sondern ordnungsgemäß durch den Vordereingang gegangen. Und das war eine gute Weile her. Ich fühlte mich plötzlich alt und krank und müde. Und idiotisch. Mir war plötzlich klar, warum sich dieser Aufbruch so in aller Eile vollzogen hatte.

Ohne Zeit zu verlieren, nahmen wir uns das Haus, vom Speicher angefangen, noch einmal vor. Der ganze kostspielige Fotoaufwand stand noch da, wie er dagestanden hatte, nur sah ich ihn diesmal mit ganz anderen Augen. Selbst ein Idiot wie ich, Pierre Cavell, mußte mal auf den Trichter kommen, wenn er Zeit genug hatte und förmlich darauf gestoßen wurde. Auch im Schlafzimmer fanden sich keinerlei Spuren hastigen Aufbruchs. Das war befremdend. Wer auf eine Reise geht, ohne die Absicht zu haben, zurückzukommen, versorgt sich normalerweise wenigstens mit dem Nötigsten — wie brandeilig er es auch immer haben mag. Rasierzeug, Zahnbürste — alles da. MacDonalds alter Oberst würde ja sehr erbaut sein, wenn er ankam und kein MacDonald zu identifizieren mehr vorhanden war. Wir hatten zwar andere Sorgen, aber das ging mir trotzdem durch den Kopf.

Noch rätselhafter kam uns die Küche vor. Mrs. Turpin, soviel hatte ich in Erfahrung gebracht, pflegte um sechs Uhr dreißig, wenn Dr. MacDonald vom Dienst kam, zu verschwinden und ihm sein Abendessen fix und fertig hinzustellen. Er hatte die Gewohnheit, sich selbst zu versorgen und den Abwasch für Mrs. Turpin stehenzulassen. Nichts jedoch deutete darauf hin, daß hier gekocht worden war. Nichts war warmgestellt, nichts stand auf dem Herd, und der elektrische Ofen war so ausgekühlt, daß er seit Stunden nicht in Betrieb gewesen sein konnte. »Die letzten Leute von der Hausdurchsuchung sind spätestens gegen halb vier abgezogen«, sagte ich. »Kein Grund und Anlaß, daß Mrs. Turpin nicht wie üblich hätte kochen sollen — und MacDonald scheint mir durchaus der Typ, der höchst ungemütlich werden kann, wenn er nicht seine gewohnte Ordnung vorfindet. Sie hat aber nicht gekocht. Warum?«

»Weil sie genau wußte, daß er keinerlei Hunger verspüren würde«, sagte Hardanger gewichtig. »Irgendwie muß diese Dame heute Wind bekommen und genau gewußt haben, daß ihm nicht mehr danach sein würde, sich noch länger in dieser Gegend aufzuhalten, wenn sie ihn davon verständigte, was sie da spitzbekommen hatte. Was dafür spricht, daß sie mit ihm unter einer Decke gesteckt oder zumindest von seinen Machenschaften gewußt haben muß.«

»Ohrfeigen könnte ich mich!« ging ich hoch. »Dieses Weibsbild, dieses dreimal verfluchte. Die muß gehört haben, daß ich dem General am Telefon sagte, daß ich nach Paris muß. Wer weiß, wie lange sie in der Tür gestanden und mich mit den Briefen in der Hand beobachtet hat. Links von mir stand sie natürlich, und auf der Seite sehe ich ja nichts. Das muß ihr aufgefallen sein und mein Hinken, und das muß sie ihm telefonisch geflüstert haben. Ohrfeigen könnte ich mich für meine eigene Dämlichkeit«, wütete ich. »Daß ich nicht gleich darauf kam, verdammt nochmal. Wir sollten sie uns umgehend vornehmen. Falls wir sie zu Hause erwischen – was abzuwarten bleibt.«

Hardanger klemmte sich ans Telefon, während der General mir in MacDonalds Arbeitszimmer folgte. Ich ging sofort zu dem riesigen altmodischen Schreibtisch, in dem MacDonalds Korrespondenz samt den Fotoalben entdeckt worden waren. Er war verschlossen. »Moment, Sir«, sagte ich zum General, »ich bin gleich wieder da.«

Nichts, was mir irgendwie brauchbar erschien, fand sich in der Garage. Aber gleich dahinter stand ein Werkzeugschuppen. Ich ließ die Taschenlampe aufleuchten und sah mich um. Gartengeräte, Bauplatten, ein Haufen leerer Zementsäcke, eine Arbeitsbank, ein Fahrrad. Kein Klauenhammer, wonach ich nämlich Ausschau hielt. Aber ich griff nach dem Nächstbesten, einem ziemlich massiven Beil.

Damit ging ich zurück, und gerade, als ich auf den Schreibtisch zuging, kam auch Hardanger an.

»Wollen Sie etwa den Schreibtisch hier zu Kleinholz machen?«

»Falls MacDonald das nicht passen wollte, muß er es sagen.« Damit machte ich kurzen Prozeß, schlug zweimal zu, und schon war das Ding offen. Die Alben und seine Korrespondenz mit der Weltgesundheitsorganisation waren noch da. Ich nahm das Album mit der fehlenden Aufnahme und zeigte die Sache dem General.

»Eine Aufnahme, auf deren Existenz unser teurer Freund MacDonald keinen Wert gelegt haben muß«, sagte ich. »Und ich habe nicht nur das vage Gefühl, sondern ich weiß irgendwie, daß es wichtig wäre, dahinterzukommen, warum. Sehen Sie sich doch diese durchgestrichene Bildunterschrift mal an. Sechs Buchstaben etwa – und anfangen tut das Ganze mit TO. Ich krieg's nicht raus. Bei anderem Papier oder mit zwei verschiedenen Tintenarten wäre das für die Jungen im Labor kein Problem. Aber weiß auf weiß – auf diesem porösen Löschpapier? Verdammt, das ist schlecht.«

»Ausgeschlossen.« Hardanger schielte mich argwöhnisch an. »Und warum sollte das von so eminenter Wichtigkeit sein?«

»Wenn ich das wüßte, pfiffe ich auf die Unterschrift. Haben Sie unsere charmante Mrs. Turpin erreicht?«

»Meldet sich nicht. Sie lebt allein. Witwe, wie die hiesige Polizei sagte, nachdem ich mich umsonst bemüht hatte. Ein Polizeioffizier ist schon unterwegs zu ihr, aber der wird nichts ausrichten können. Alles ist verständigt, sie wird bereits gesucht.«

»Das wird uns sehr viel nützen«, sagte ich sauer und blätterte schnell die Antwortschreiben, die aus allen möglichen Ecken Europas eingegangen waren, durch. Ich wußte genau, was ich suchte und hatte innerhalb von zwei Minuten ein halbes Dutzend Schreiben eines Dr. John Weissmann aus Wien aus dem Haufen gezogen. Die hielt ich den beiden hin. »Beweisstück A für den Old Bailey, wenn MacDonald zum Galgen in Marsch gesetzt wird.«

Der General sah mich an – müde, alt, leer. »Wovon reden Sie da eigentlich?« fragte Hardanger verständnislos.

Ich schwieg und sah den General an. Der sagte nur gelassen: »Ich glaube, wir können's verantworten, mein Junge. Hardanger wird's verstehen. Und bei ihm ist es gut aufgehoben.«

Hardanger blickte von mir auf die Schriftstücke und dann zurück zu mir. »Was werde ich verstehen? Zeit war's, daß ich hier manches verstehe. Verdammt, ich hatte doch gleich von Anfang an das Gefühl, daß ich hier irgendwo im Düstern tappe. Und Sie haben ja auch ganz verdächtig schnell angebissen, als ich ich Ihnen diesen Job anbot.«

»Tut mir leid«, sagte ich. »War nicht anders zu machen. Sie wissen, daß ich mich nach dem Krieg überall herumgetrieben und wieder abgesetzt habe oder auch abgesetzt worden bin – so da waren Armee, Polizei, Sonderdienst, Rauschgiftdezernat, wieder Sonderdienst, Sicherheitschef in Mordon und schließlich Privatdetektiv. Scheinstellungen alles. Seit sechzehn Jahren arbeite ich einzig und allein, und zwar pausenlos, nur für den General. Und jedesmal, wenn ich irgendwo flog, zog er an den Drähten.«

»Das überrascht mich gar nicht einmal so«, meinte Hardanger betont ob dieser Eröffnungen. Und ich war ehrlich froh, daß er die Geschichte von dieser Seite nahm und keinen Wind machte. »Gedacht habe ich mir mein Teil sowieso!«

»Deshalb sind Sie ja auch Polizeichef«, brummte der General vor sich hin.

»Wie dem auch sei, etwa vor einem Jahr fing mein Vorgänger, Easton Derry, an, Lunte zu riechen. Lassen wir die Details jetzt beiseite; er kam auf jeden Fall zu dem Schluß, daß geheimste bakteriologische Forschungspräparate aus Mordon verschwanden. Und sein Verdacht wurde zur Gewißheit, als Dr. Baxter ihm eines Tages unter vier Augen mitteilte, daß er *genau* wisse, daß gewisse Materialien abhanden gekommen seien.«

»Dr. Baxter?« Hardanger sah mich verblüfft an.

»Jawohl. Dr. Baxter. Auch das tut mir leid, gewiß – aber ich habe Ihnen doch so deutlich wie möglich zu verstehen gegeben, sich nicht erst mit ihm aufzuhalten. Baxter sagte damals zu Derry, daß es sich zwar nicht um geheimste Präparate handle, die aus Labor I zu bringen, sei unmöglich, immerhin aber um Dinge von großer Wichtigkeit. Von erheblicher Wichtigkeit! England ist in der Weltproduktion mikrobiologischer Waffen gegen Mensch, Tier und Pflanzenbereich führend. Davon steht zwar nichts in den Parlamentsbeschlüssen, aber es steht fest, daß unsere Wissenschaftler in Mordon Bakterien, die Pest, Typhus, Pocken, Tularämie, pestähnliche Nagetierseuchen und pflanzenvernichtende Seuchen hervorrufen, zu ihrer tödlichsten Form entwickelt haben. Nützliche Kleinigkeiten für jeden lokalisierten oder weltweiten Krieg.«

»Und was soll das alles mit Dr. MacDonald zu tun haben?« unterbrach Hardanger mich.

»Das werden Sie gleich hören. Vor mehr als zwei Jahren fingen unsere Agenten an, sich für das neu errichtete Lenin-Museum am Stadtrand von Warschau zu interessieren. Ein Museum, das nie eröffnet wurde – und nie eröffnet werden wird. Ein mikrobiologisches Forschungsinstitut gleich Mordon. Einem unserer Agenten, einem eingetragenen Mitglied der Partei, gelang es, hineinzukommen und die interessante Entdeckung zu machen, daß die Polen genau die Viren entwickelten, die in Mordon bereits vollendet waren. Ein Hinweis, der sehr zu denken gab. Easton Derry fing an, der Sache nachzugehen. Dabei machte er leider zwei Fehler: Er riskierte zuviel, ohne uns, auf eigene Faust und ließ sich unvorsichtigerweise in die Karten sehen. Wie, das wissen wir selbst nicht. Möglicherweise hat er sogar den Bock zum Gärtner gemacht und denjenigen, der den mysteriösen Schmuggel betrieb, auch noch ins Vertrauen gezogen. MacDonald schon mal mit Sicherheit – und daß nun gleich zwei Geheimagenten gleichzeitig operieren sollten, ist nicht anzunehmen. Jedenfalls bekam jemand Wind, daß Easton Derry unter Umständen etwas zu neugierig werden könnte. Und so verschwand er denn von der Bildfläche. Darauf zog der General seine Drähte. Ich stieg beim Sonderdienst aus und in Mordon als Sicherheitschef ein. Das erste, was ich tat, war einen Köder auszulegen. Einen Stahlbehälter mit der Aufschrift Botulin/Stärke

I. Und diesen Köder brachte ich im Virenschrank eines Nebengelasses von Labor I unter. Er verschwand am gleichen Tag. Wir hatten einen UKW-Empfänger am Tor installiert, denn dieser Behälter enthielt kein Toxin, sondern einen batteriegespeisten cm-Wellen-Transistorsender. Und wer immer sich damit bis auf zweihundert Meter den Toren Mordons näherte, war geliefert. Es geht Ihnen doch wohl ein«, setzte ich trocken hinzu, »daß niemand, der sich einen Botulinbehälter klammheimlich unter den Nagel reißt, sich auch noch seines Inhalts vergewissern wird, indem er ihn aufmacht. Wir schnappten niemanden. Und es war kaum schwer zu erraten, warum. Bei Dunkelheit hatte sich jemand an eine abgelegene Stelle des Zauns gemacht und den Behälter mit einem kühnen Wurf – mehr als zehn Meter breit ist ja die Gesamtkonstruktion nicht – in die angrenzenden Felder befördert. Nicht etwa, weil ihnen der Inhalt verdächtig erschien, sondern ganz einfach, weil man gewohnt war, so zu Werke zu gehen. – Sie wissen ja, wie häufig auch einmal Stichproben an Leuten, die Mordon verlassen, gemacht werden. Um acht Uhr hatten wir sämtliche Flugplätze Londons, Southend und Lydd, und was so um den Kanal herum liegt, mit UKW-Geräten ausgestattet und –«

»Ich möchte bezweifeln, daß der Sender nicht schon beim Aufschlag zum Teufel gegangen ist«, protestierte Hardanger.

»Wo denken Sie hin. Die amerikanische Firma, die diese Dinger fabriziert, wäre zutiefst erschüttert, wenn sie das hören würde. Die sind bruchsicher – selbst wenn sie von einer handfesten Marinekanone in die Gegend gefeuert werden. Na, jedenfalls passierte dann doch noch etwas – spät nachts – es rührte sich etwas auf unserem Empfänger – und zwar kamen die Sendezeichen vom Londoner Flugplatz. Und wie nicht anders zu erwarten, kamen sie von einem Gentleman, der in eine Maschine nach Warschau kletterte. Wir kassierten ihn, und er erzählte uns, daß er in seiner Eigenschaft als Kurier alle vierzehn Tage einmal von Warschau herüberkäme, um von einer Südlondoner Adresse Post abzuholen. Wer immer der Absender sei, wüßte er nicht zu sagen.«

»Das hat er Ihnen so ohne weiteres gesagt? Na, ich kann mir gut vorstellen, wie *freiwillig* er das ausgespuckt hat!«

»Da sind Sie auf dem Holzweg, mein Bester. Wir haben ihn lediglich darauf aufmerksam gemacht – er war naturalisierter Brite, Ex-Tscheche –, daß Spionage ein Kapitalverbrechen sei und er bei zugesicherter Straffreiheit Kronzeuge zu spielen habe. Und das begriff er denn auch, und sehr schnell sogar. Wir wollten seinen Kontaktmann aus Mordon festnageln. Also wurde ich im Rahmen der Aktion in Mordon an die Luft gesetzt und war seit drei Wochen mit dem Aufspüren dieser verfluchten Adresse und ihrer gesamten Umgebung beschäftigt. Wir konnten niemanden anderen damit beglücken, weil nämlich ich der einzige bin, der sämtliche Wissenschaftler und Techniker von Mordon kennt und zu identifizieren in der Lage ist. Aber leider, leider, bisher hatten wir Pech – abgesehen von der Tatsache, daß Dr. Baxter meldete, daß in Mordon Ruhe herrsche und die Diebstähle aufgehört hatten. Das also hatten wir schon mal gestoppt – zeitweilig wenigstens.

Das war aber laut Baxter und unserem polnischen Berichterstatter nicht das einzige Leck in der ganzen Chose. Wir hatten in Erfahrung gebracht, daß das Lenin-Museum Viren entwickelte, die zwar nicht in Mordon gestohlen, jedoch dort produziert und entwickelt worden waren. Offensichtlich war jemand da, der die Warschauer mit den nötigen Tips und Anweisungen belieferte. Und soeben ist uns nun ein Licht aufgegangen.« Ich tippte auf die Wiener Briefe. »Durchaus kein neues System, aber kaum dahinterzukommen. Mikrofotografie.«

»Daher also auch die ganze kostspielige Fotoausrüstung da oben?« fragte der General so leise, als spräche er zu sich selbst.

»Jawohl, darum. Wir haben zwar einen Fotoexperten aus London hierher beordert, der sich diesen Zauber mal näher ansehen sollte, aber das ist kaum mehr notwendig. Sehen Sie sich diese Briefe von Dr. Weissmann an. In jedem werden Sie feststellen, daß ein i-Punkt oder auch ein Satzpunkt im ersten Absatz fehlt. Weissmann tippte eine Mitteilung, reduzierte sie durch Mikrofotografie zu einem Pünktchen und setzte sie auf ein i oder an ein Satzende. Und alles, was MacDonald zu tun hatte, war, dieses Pünktchen abzuheben und es zu vergrößern. Und er selbst führte seine Korrespondenz mit Weissmann natürlich auf die gleiche Weise. Und dies alles nicht gerade für Kleingeld.« Ich sah mich in der häuslichen Pracht um. »Ein Vermögen hat er damit im Lauf der Jahre verdient – und das auch noch steuerfrei!«

Alles schwieg, und dann nickte der General. »Dem dürfte wohl so sein. MacDonald jedenfalls wird uns keinen Kummer mehr machen.« Er sah mich an und grinste ohne jeden Humor.

»Wenn es darum geht, die Stalltür zuzumachen, nachdem der Gaul geklaut ist, gibt es kaum jemanden, der uns das Wasser reichen könnte, was? Und falls Sie noch Bedarf haben sollten, dann wüßte ich noch eine Tür, die ich Ihnen jetzt liebendgern und nachträglich zumachen will. Die durchgestrichene Unterschrift in diesem Album.«

»Toulon? Tournai?«

»Weder – noch.« Er nahm den hinteren Einbanddeckel vor.

»Diese Sachen sind eine Spezialanfertigung für gewisse Mitglieder der Weltgesundheitsorganisation von einer Firma namens Gucci Zanolette, Via Settembre, Genua. Und das durchstrichene Wort lautet Turin – auf gut italienisch – *Torino.*«

»Turin.« Ein einziges Wort. Mich traf es wie ein Vorschlaghammer. Es hatte etwa die gleiche Wirkung. Ich ließ mich in einen Stuhl fallen, weil ich plötzlich das Gefühl hatte, mich hinsetzen zu müssen, und nachdem die erste Betäubung langsam nachließ, gelang es mir tatsächlich, ein paar minder abgestumpfte Gehirnzellen aus ihrem Koma wieder in Gang zu bringen und anzufangen, zu denken. Nicht gerade sonderlich produktiv, gemessen an dem, was man normalerweise darunter versteht. Ich war nach meiner anstrengenden Morgengymnastik – weichgeklopft und durchgeregnet – samt Mangel an Schlaf und Essen weit von dem, was ich unter meinen besten Momenten verstand, entfernt. Aber langsam und mühsam kramte ich aus den vernebelten Abstellkammern meines Gehirns doch ein paar Tatsachen vor, und wie immer ich sie auch zusammensetzte, sie ergaben stets das gleiche Mosaik. Zwei und zwei war und blieb vier.

Ich stand schwerfällig auf. »Ja, es ist, wie Sie sagen, Sir. Und Sie wissen gar nicht, wie Sie den Nagel auf den Kopf getroffen haben.«

»Ist Ihnen etwas, Cavell?« erkundigte sich der General sehr besorgt.

»Ich bin zwar ein Wrack, Sir, aber meine Gehirnzellen arbeiten noch im Rahmen ihrer begrenzten Kapazität. Jedenfalls bilde ich mir das ein. Und das werden wir gleich feststellen.«

Mit gezückter Taschenlampe machte ich kehrt und ging aus dem Zimmer. Der General und Hardanger blieben erstmal unentschlossen zurück, kamen mir aber dann doch nach. Ich vermutete zwar, daß sie hinter meinem Rücken alle Abstufungen besorgter Blicke wechselten, aber das ließ mich völlig kalt.

In der Garage und im Schuppen war ich bereits. Diesen Weg konnte ich mir schenken. Irgendwo im Gebüsch, ging es mir wenig beglückt durch den Kopf – es goß noch immer. Unten in der Diele machte ich Licht und wollte gerade auf die Hintertür zu, als ich die Treppe, die zum Keller führte, entdeckte. Dunkel erinnerte ich mich, daß Sergeant Carlisle heute nachmittag, als sie hier alles auf den Kopf gestellt hatten, auch von diesem Keller gesprochen hatte. Ich stieg hinunter, öffnete die Kellertür und machte Licht. Dann trat ich beiseite und ließ den General und Hardanger an mir vorbei.

Ich sah den General an. »Es ist genau so, wie Sie eben sagten, Sie, der wird uns nichts mehr zu schaffen machen.« Was zumindest eine Übertreibung war. MacDonald sollte uns noch einiges zu schaffen machen – dem Polizeiarzt, dem Beerdigungsinstitut und demjenigen, der ihn von dem Seil, an dem er hing, loszuschneiden hatte. Wie er da mit den Füßen über dem Boden neben dem umgekippten Stuhl baumelte, erschien er mir wie ein Schreckensbild entsetzlicher Alpträume: hervorquellende Augen voll angstvoller Todesqual, bläulich angelaufen, die aufgequollene Zunge zwischen schwärzlich verfärbten Lippen. Ein Anblick – gräßliche und gemein.

»Großer Gott.« Des Generals Stimme war ein tonloses Flüstern.

»MacDonald.« Er starrte die baumelnde Figur an und sagte dann langsam. »Er muß gewußt haben, daß seine Zeit abgelaufen war.«

Ich schüttelte den Kopf. »Die Entscheidung hat ihm ein anderer abgenommen.«

»Ein anderer –« Hardanger examinierte den Toten eingehend. Er verzog keine Miene. »Seine Hände sind frei, seine Füße sind frei. Er war bei Bewußtsein, als sich die Schlinge zuzog. Dieser Stuhl hier stammt aus der Küche. Und da wollen Sie noch behaupten –«

»Er wurde ermordet. Sehen Sie sich doch nur den aufgewühlten Kohlenstaub neben dem Stuhl an und all das, was hier sonst noch an Brocken herumliegt. Und dann hier, bitte, Blut und die Striemen an der Innenseite der Daumen.«

»Es wäre immerhin denkbar, daß er im letzten Moment Angst vor der eigenen Courage bekam und sich aus der Schlinge zu ziehen suchte. Auch so etwas soll vorkommen und gar nicht so selten. Sowie ihm die Luft ausging, muß er nach dem Seil über seinem Kopf gegriffen und sich hochgezogen haben, um das Gewicht abzufangen, bis ihm dann wohl die Arme erlahmten. Das könnte die Druckstellen erklären.«

»Die wurden durch den Draht oder die Schnüre verursacht, mit denen seine Daumen zusammengebunden waren«, sagte ich. »Der ist mit vorgehaltener Pistole hierher in Marsch gesetzt und dann gezwungen worden, sich auf den Boden zu legen. Eventuell sogar mit verbundenen Augen, das weiß ich nicht, aber ich nehme es an. Wer immer ihn umgebracht hat, zog dieses Seil hier durch den Ring, legte ihm die Schlinge um den Hals und fing an zu ziehen, noch ehe MacDonald sich rühren konnte. Daher dieser Verhau allenthalben. MacDonald muß wie ein Irrer versucht haben, auf die Beine zu kommen, als sich der Druck um seinen Hals verstärkte. Und gefesselt, wie er war, kann ihm das nur mit Assistenz des eigenen Henkers geglückt sein. Aber auch das war nur ein Aufschub, denn der Henker, der den Strick hielt, zog weiter. Sehen Sie denn nicht, das er sich bei all seinen verzweifelten Anstrengungen, wenigstens die Hände freizubekommen, die Daumen fast ausgerissen hat? Nach und nach kam er auf die Zehenspitzen, aber kein Mensch kann sich ewig auf den Zehenspitzen halten. Als er tot war, holte unser Genosse, der das Zungenende in der Hand gehalten hatte, einen Stuhl und brachte MacDonald damit vorschriftsmäßig über den Boden – MacDonald war ja nicht gerade ein Leichtgewicht. Und als er ihn dann schließlich festgemacht hatte, schnitt er die Schnüre um seine Daumen auf, warf den Stuhl um und gab der ganzen Geschichte den Anschein von Selbstmord. Zeit gewinnen – jawohl, da wäre er mal wieder, unser alter Freund, der um jeden Preis Zeit zu schinden sucht. Wenn es ihm gelang, uns glauben zu machen, daß MacDonald selbst Hand an sich legte, weil er spürte, wie sich das Netz allmählich um ihn zusammenzog, dann mußten wir ihn für die entscheidende Figur halten, für den König im Spiel. So hoffte er. Aber er war seiner Sache nicht sicher.«

»Das ist lediglich eine Vermutung«, sagte Hardanger.

»Nein. Können Sie sich vorstellen, daß ein so eiserner Kerl wie MacDonald, der nicht nur als Offizier mit tausend Orden und Ehrenzeichen dekoriert, sechs Jahre lang bei einem Panzerregiment gekämpft hat, sondern auch noch jahrelang bar aller Nerven als Spionageagent tätig war, Selbstmord verübt, wenn es brenzlig wird? Sich geschlagen geben? O nein, das war ein Begriff, den er höchstwahrscheinlich gar nicht kannte. MacDonald ist einwandfrei und feststehend ermordet worden – was er zweifellos auch wohl verdient hat. Der springende Punkt dabei ist jedoch die Tatsache, daß er nicht *nur* daran glauben mußte, auf daß unser Freund uns noch ein paar faule Fische mehr servieren kann, um Zeit zu gewinnen: Nein, er war *fällig*, und unser Genosse glaubte schlau, das Unangenehme mit dem Nützlichen zu verbinden und uns mit einem vorgetäuschten Selbstmord weiter auf der Stelle treten zu lassen. Was bisher nur Vermutung war, Hardanger, das ist jetzt Gewißheit geworden.«

»MacDonald mußte sterben?« Hardanger legte eine gedankenvolle Pause ein und studierte mich unverwandt. Dann sagte er abrupt: »Sie scheinen Ihrer Sache ganz verdammt sicher zu sein.«

»Vollkommen sicher. Ich weiß es.« Ich griff nach der Schaufel und begann, von den Kohlen etwas wegzuschaufeln. Gut ein paar Tonnen mußten es sein, die sich hier an der Kellerwand bis hoch zur Decke hinauf türmten, und ich war jedweder Anstrengung, die übers Zähneputzen hinausging, abgeneigt. Es war jedoch nicht so schlimm, wie es aussah. Mit jeder Schippe, die ich von unten herausholte, krachte eine ganze Ladung von oben herunter.

»Und was hoffen Sie, dortselbst zu finden, wenn ich fragen darf?« erkundigte sich Hardanger voll Sarkasmus. »Noch eine Leiche vielleicht?«

»Sie sagen es. Genauer gesagt, die verstorbene Mrs. Turpin ist es, die ich hier zu finden hoffe. Die Tatsache, daß sie eilends MacDonald das, was sie vernommen hatte, steckte und obendrein nicht einmal mehr gekocht hat, weil sie genau wußte, daß seines Bleibens hier nicht länger war, läßt eindeutig darauf schließen, daß sie genau im Bild war, was hier gespielt wurde, und mit von der Partie war. Was MacDonald wußte, wußte auch Mrs. Turpin. Ergo wäre es sinnlos gewesen, ihn zu beseitigen, ohne nicht auch Mrs. Turpin zum Verstummen zu bringen. Also mußte auch sie daran glauben. – Aber wo immer das geschehen sein mag, hier unten bestimmt nicht.«

Und so stiegen wir denn wieder nach oben. Und während der General sich zu einem längeren Gespräch an das Sprechgerät im Streifenwagen begab, der uns von Alfringham hierher gefolgt war, starteten Hardanger und ich, unterstützt von den beiden Polizeifahrern und einigen Taschenlampen, in das umliegende Gartenland. Keine ganz einfache Sache. Der gute Doktor, der es so wohl verstanden hatte, sich ein behagliches Heim zu schaffen, hatte auch genausogut gewußt, sich für das, was sich hier in aller Stille tat, seine Ruhe zu sichern, und sich mit einem ausgedehnten Park von einigen Morgen umgeben, dessen enorme Buchenhecke selbst einem Panzer ein Hindernis gewesen wäre. Es war dunkel und sehr kalt und völlig windstill, und der Regen fiel schwer und senkrecht durch das dürre Laub der triefenden Bäume in die durchweichte Erde. Alles wie geschaffen, um eine Leiche zu suchen, dachte ich trübsinnig: In einem ausgedehnten Park und einer Nacht wie heute – düster und verregnet – kann man lange suchen. Die Buchenhecke war irgendwann einmal im vorigen Monat geschnitten worden, und der Abfall lag weit hinten in einer Ecke auf einem Haufen. Unter diesem Haufen fanden wir Mrs. Turpin. Nicht sehr tief vergraben, lediglich mit Laub und Zweigen gut gegen jede Sicht abgedeckt. Daneben lag der Hammer, den ich im Werkzeugschuppen so vergeblich gesucht hatte, und es bedurfte lediglich eines Blicks auf den Hinterkopf, um zu wissen, warum der Hammer hier lag. Und hätte ich dreimal raten dürfen, dann hätte ich gesagt, daß derjenige, der versucht hatte, meine Rippen zu zerkleinern, ihn auch gegen Mrs. Turpins Hinterkopf geschwungen haben mußte. Meine Rippen wie auch der Kopf der Toten zeugten einmütig von der brutalen und unsinnigen Kraft eines krankhaft bösartigen Gehirns.

Wieder im Trockenen zapfte ich MacDonalds Whiskybestände

an. Selbst würde er sie kaum mehr brauchen. Er hatte doch so betont hervorgehoben, daß er keinerlei Angehörige besaß und somit also niemanden, dem er ihn hinterlassen konnte. Sollte der Whisky verkommen? Das konnte ich nicht mit ansehen. Wir brauchten ihn dringend. Ich versorgte uns mit einem recht herzhaften Schluck, ein Glas für Hardanger, eins für mich und zwei für die Fahrer, und falls Hardangers Beamtenherz ob dieses Vergehens an fremdem Eigentum und der Zuwiderhandlung gegen die bestehenden Vorschriften, Polizisten im Dienst nicht zu Alkoholgenuß zu verleiten, schmerzhaft zusammenzuckte, dann behielt er das für sich und ließ sich nichts anmerken. Er erledigte seinen Whisky schneller als wir alle. Die zwei Fahrer waren gerade im Begriff zu gehen, als der General kam. Er schien gealtert, jede Minute, die er von hier abwesend war, schien ein ganzes Lebensjahr zu sein. Die scharfen Falten um Mund und Nase traten schärfer hervor denn je.

»Sie haben sie gefunden?« fragte er.

»Wir haben sie gefunden«, bestätigte Hardanger. »Tot, wie Cavell das prophezeit hat. Ermordet.«

»Wenn schon!« Der General schüttelte sich plötzlich, als liefe ihm eine Gänsehaut über den Rücken, und griff nach der Stärkung aus MacDonalds Beständen. »Sie ist nur eine. Und morgen um diese Zeit – weiß Gott, wie viele Tausend es dann sein werden. Dieser Verrückte hat uns eine neue Mitteilung zukommen lassen. Die üblichen biblischen Wendungen: *Noch immer stehen die Mauern von Mordon, nichts deutet auf ihre Vernichtung, und somit rückt die Stunde näher und näher und so weiter.* Und wenn mit der Demolierung Mordons nicht bis Mitternacht begonnen worden ist, will er genau um vier Uhr morgens im Herzen von London, unmittelbar in der Nähe der Oxford Street, eine Botulintoxin-Ampulle zerschlagen.«

Daraufhin brauchten wir erstmal einen Whiskynachschub. Hardanger sagte: »Das ist kein Irrer, Sir.«

»Nein.« Der General rieb sich müde die Stirn. »Ich habe denen gesagt, was Cavell inzwischen festgestellt hat und was wir annehmen. Das hat die reinste Panikstimmung ausgelöst. Wissen Sie, daß die ersten Zeitungen schon draußen sind – vor sechs Uhr. Das ist noch nie dagewesen – aber es ist so. Die Zeitungen scheinen das Entsetzen des Volks genau widerzuspiegeln, und flehen – oder verlangen –, daß die Regierung nachgibt, denn zu der Zeit, da sie in Druck kamen, glaubten doch alle noch, es mit einem Wahnsinnigen zu tun zu haben. Die ersten Meldungen über die Vernichtung des kleinen Abschnitts in Ostengland kommen gerade im Radio und Fernsehen. Alles ist völlig kopflos. Wer immer auch hinter all dem steht, er ist ein genialer Satan: Noch ein paar Stunden, und er hat die gesamte Nation auf den Knien. Es ist sein erschreckendes Tempo, diese kurze Frist zwischen Drohung und Vollstreckung, die allenthalben diesen Terror auslöst. Besonders, da jedes Käseblatt, jede Nachrichtensendung immer wieder aufs neue ausposaunt, daß dieser Irre den Unterschied zwischen dem Botulintoxin und dem Satanskäfer nicht kennt und unter Umständen beim nächstenmal auch an die falsche Ampulle geraten könnte.«

»Nun ja«, sagte ich, um etwas zu sagen. »Wenigstens werden jetzt alle, die ständig gewinselt haben, daß dieses Leben unter dem Damoklesschwert nuklearer Vernichtung kaum mehr lebenswert sei, zur Besinnung kommen und feststellen, daß es durchaus noch seine gewissen Reize hat. Glauben Sie, daß die Regierung nachgeben wird?«

»Das kann ich nicht sagen«, gab der General zu. »Ich fürchte, ich habe mich in der Beurteilung des Premiers schwer getäuscht. Ich hielt ihn für einen Schwächling, wie er im Buch steht. Aber jetzt bin ich mir darüber gar nicht mehr so klar. Seine Haltung hat sich ganz erstaunlich gefestigt. Vielleicht will er die Scharte seiner ersten angsterfüllten Reaktion wieder wettmachen. Vielleicht sieht er hier seine Chance, sich in den Geschichtsbüchern unsterblich zu machen.«

»Vielleicht sitzt er auch da wie wir, vielleicht säuft er sich auch einen an«, sagte ich.

»Vielleicht. Augenblicklich debattiert er jedenfalls mit dem Kabinett. Und er bleibt dabei, daß er auf gar keinen Fall nachzugeben gedenkt, wenn es sich um einen kommunistischen Anschlag handeln sollte. Denn, wenn der Osten dahintersteht, dann können wir es uns nicht leisten, Mordon abzubauen, selbst wenn das den Tod ungezählter Menschen bedeuten sollte. Diese Forderung zu erfüllen, wäre im Endeffekt der Tod aller. Und ich halte diese Einstellung für die einzig mögliche und bin ganz seiner Meinung, wenn er sich bereit erklärt, eher ganz London zu evakuieren, als nachzugeben.«

»Was? London evakuieren?« sagte Hardanger als hätte er nicht recht gehört. »Zehn Millionen Menschen in zehn Stunden. Sagenhaft! Der ist doch wohl verrückt. Ausgeschlossen.«

»Na, so absurd ist das nun auch wieder nicht. – Gottlob. Wir haben einen windstillen Abend, laut Wetterbericht ist eine windstille Nacht zu erwarten, und es regnet stark. Ein von oben kommender Virus muß durch den Regen niedergeschlagen werden, da seine Affinität zu Wasser weitaus stärker ist als zur Luft. Und die Experten bezweifeln, daß der Virus bei regnerisch windstillen Wetterverhältnissen sich weiter als ein paar hundert Meter von seinem Auslösepunkt ausdehnen kann. Falls es notwendig werden sollte, beabsichtigt man, das gesamte Gebiet zwischen Euston Road und der Themse, von der Portland Street und Regent Street im Westen bis zur Gray's Inn Road im Osten menschenleer zu machen.«

»Und das wäre sogar durchaus möglich«, gab auch Hardanger zu. »Eine Gegend, die nachts praktisch sowieso leergefegt und verlassen ist, ein ausgesprochenes Geschäfts- und Büroviertel. Aber dieser Virus! Verdammt, er wird die Themse infizieren – das Trinkwasser womöglich verunreinigen. Und was soll dann werden – sollen wir den Leuten etwa verbieten, noch einen Tropfen Wasser zu trinken – oder sich zu waschen, bis die zwölfstündige Oxydationsperiode um ist?«

»Davon war die Rede, falls das Wasser nicht vorher abgedeckt gelagert wird. Mein Gott, was soll das alles bloß noch werden? So verdammt hilflos bin ich mir im ganzen Leben noch nicht vorgekommen. Daß wir der Geschichte aber auch so völlig machtlos gegenüberstehen. Wenn wir auch nur die leiseste Ahnung, die geringste Spur eines Verdachts hätten, wer hinter all dem steht – verdammt, ich würde mich auf dem Absatz umdrehen und Cavell in Gottes Namen allein weitermachen lassen.«

Ich machte mein Glas leer und stellte es hin. »Ist das Ihr Ernst, Sir?«

»Was heißt das?« Er hatte in das Glas gestarrt. Jetzt hob er den Kopf und blickte mich wie gebannt aus müden grauen Augen an. »Wie meinen Sie das, Cavell? Soll das heißen, daß Sie irgendwo einen Lichtschimmer in diesem Dunkel sehen?«

»Nicht nur einen Lichtschimmer, Sir. Ich weiß es, ich weiß, wer es ist.«

Hinsichtlich dessen, was man normalerweise an Reaktion erwartet, war der General eine Enttäuschung. Immer. Nie hielt er die Luft an, nie fielen ihm die Augen aus dem Kopf, nie kam die sonst so unvermeidliche A- und O-Salve. »Die Hälfte meines Königsreichs, Pierre«, murmelte er nur. »Wer?«

»Den letzten Beweis muß ich noch haben«, sagte ich. »Den letzten – dann kann ich es sagen. Ins Gesicht gestarrt hat es uns förmlich, und wir waren blind und taub. Mir jedenfalls hat es ins Gesicht gestarrt. Und Hardanger. Und von so etwas hängt nun die Sicherheit des ganzen Landes ab. Polizeibeamte, Detektive wollen wir sein! Verdammt, wenn's darauf ankommt, dann sind wir nicht einmal imstande, die Löcher im Schweizer Käse zu sehen.« Ich sah Hardanger an. »Wir haben doch gerade eine immerhin recht umfassende Durchsuchung dieses Gartens hinter uns, stimmt's?«

»Stimmt. Na und?«

»Kaum einen Fußbreit Boden haben wir übersehen«, bohrte ich weiter.

»Verdammt, ja, machen Sie es nicht so spannend«, meuterte Hardanger.

»Sind Ihnen irgendwo vielleicht irgendwelche Spuren von neuerlichen Bauarbeiten aufgefallen? Gartenhäuschen? Mauern? Fischteiche? Oder sonstiges, was hier zu Dekorationszwecken entstanden wäre? Irgend etwas?«

Er sah mich so wachsam wie ein Schießhund an und schüttelte den Kopf. Ich wurde langsam verrückt. »Nichts dergleichen.«

»Und wozu dann eigentlich der Zement aus den leeren Zementsäcken, die wir draußen im Werkzeugschuppen haben liegen sehen? Wo ist der hingekommen? Verschwunden kann er doch wohl nicht sein. Und die paar Bauplatten? Restbestände einer höchstwahrscheinlich beachtlichen Menge. Wenn unser lieber MacDonald mit der Bauerei zwecks Gartengestaltung nichts im Sinn hatte – wo soll er sich dann damit betätigt haben? Im Speisezimmer etwa – im Schlafzimmer vielleicht?«

»Rücken Sie schon heraus mit dem, was Sie auf Lager haben, Cavell.«

»Ich werde etwas viel Besseres tun. Ich werde es Ihnen vorführen.«

Damit ließ ich sie sitzen und ging in den Werkzeugschuppen und kramte nach Brecheisen und Kreuzhacke herum. Nichts dergleichen fand sich. Das Brauchbarste war noch ein kleiner Vorschlaghammer. Der mußte und würde es tun. Einen Eimer griff ich mir auch noch gleich. Damit ausgerüstet erschien ich wieder in der Küche, wo der General und Hardanger meines Erscheinens harrten. Ich ließ den Eimer am Ausguß vollaufen und ging dann in den Keller voraus. Hardanger, die Nähe des Toten offensichtlich völlig vergessend, polterte los: »Sagen Sie mal, Cavell, was beabsichtigen Sie eigentlich hier zu demonstrieren? Wie man Briketts herstellt?«

Oben in der Diele läutete das Telefon. Automatisch sahen wir uns alle an. Dr. MacDonalds Anrufe konnten unter Umständen sehr interessant sein. Hardanger machte sich auf den Weg. »Na, dann will ich das mal abnehmen, mal hören, wer da was will.«

Wir hörten ihn reden und rufen. Er rief nach mir. Ich stieg die Treppe hinauf. Hinter mir hörte ich die Schritte des Generals.

Hardanger übergab mir den Hörer. »Für Sie. Wollte seinen Namen nicht nennen. Will Sie unbedingt persönlich sprechen.« Ich nahm den Hörer. »Cavell hier.«

»Also doch. Cavell wieder am Werk. Dann hat sie also nicht gelogen, die junge Dame.« Die Worte kamen als tiefes, dunkles, heiseres Flüstern durch den Draht. »Stoppen Sie ab, Cavell, sagen Sie dem General, er soll alles abstoppen – wenn Sie diese junge Dame hier jemals lebend wiedersehen wollen.« Die neuen Kunststofferzeugnisse sind ausgesprochen stabil, der Hörer splitterte nicht in meiner Hand. Aber er war nahe dran. Mein Herz vollführte einen langsamen Salto und landete dann mit einem dumpfen Schlag auf dem Rücken. Ich riß mich am Riemen und sagte ruhig: »Was zum Donnerwetter soll dieses Gerede?«

»Ich sprach von der schönen Mrs. Cavell. Sie steht neben mir. Sie möchte Sie sprechen.«

Es wurde still in der Leitung. Dann eine Stimme, Marys Stimme: »Pierre? Oh Gott, Pierre, es tut mir ja so leid —« Hier brach die Stimme ab – ein Stöhnen, ein Aufschrei – Stille. Wieder das dunkle Flüstern: »Stellen Sie alles ein, Cavell.« Es knackte in der Leitung. Der Hörer war aufgelegt worden. Ich tat desgleichen. Ein scharfes Stakkato knatterte auf, als ich ihn in die Gabel legte. Meine Hand war so ruhig, als hätte ich gerade einen kleinen Anfall von Schüttelfrost.

Schreck, Furcht oder auch beides mußten mein Gesicht zu einem normalen Ausdruck versteinert haben, oder aber es war nur das starre Make-up, das Gemütsbewegungen nicht durchdringen ließ. Was es auch gewesen sein mochte, sie waren nicht dahintergekommen, daß irgend etwas nicht stimmte, denn der General sagte lediglich mit zulässiger Neugierde: »Wer war das denn?«

»Ich weiß es nicht.» Ich schwieg und setzte dann mechanisch hinzu. »Sie haben Mary.«

Der General hatte die Hand schon auf der Türklinke liegen gehabt. Jetzt sank diese Hand mit einer lächerlich langsamen Bewegung zuruck – mit einer Bewegung, die fast zehn Sekunden dauerte, während irgend etwas in seinem Gesicht erlosch. Hardanger fluchte etwas vor sich hin, etwas, das nicht druckreif ist: Sein Gesicht war versteinert. Keiner wollte das, was ich soeben gesagt hatte, nochmal hören, keiner hatte den leisesten Zweifel, wen ich gemeint hatte.

»Die Ermittlungsarbeiten sollen wir einstellen«, fuhr ich mit derselben hölzernen Stimme fort. »Oder Mary stirbt. Sie haben sie, und das stimmt. Sie hat ein paar Worte gesagt und dann geschrien. Und das klang nicht gut, verdammt noch mal.«

Hardanger sagte völlig erledigt und fast verzweifelt: »Wie ist er nur dahintergekommen, daß Sie ausgebrochen sind? Daß er überhaupt auf die Idee kam? Wie –«

»Sehr einfach: MacDonald«, unterbrach ich ihn. »Er wußte es – Mrs. Turpin hatte es ihm gesagt –, und der Mörder muß es von MacDonald erfahren haben.« Ich starrte fast blind in des Generals Gesicht – in ein noch immer unbewegtes Gesicht, aus dem alles Leben und alles Beseelende entwichen schien, und dann fuhr ich fort: »Wenn Mary etwas zustößt, dann ist es meine Schuld. Meine eigene gesetzwidrige Idiotie und Nachlässigkeit.«

Der General sah mich an. »Was nun, mein Junge?« Die Stimme war müde, deprimiert und paßte zu der trüben Leere, die jetzt anstelle des einstigen soldatischen Feuers in seinen Augen lag. »Sie wissen doch, daß sie Ihre Frau umbringen werden? Leute wie diese töten immer.«

»Wir verschwenden unsere Zeit hier«, sagte ich heiser. »Alles was ich brauche, sind noch zwei Minuten. Dann weiß ich, was los ist.«

Ich rannte wieder in den Keller zurück, griff nach dem Eimer Wasser und ließ das Wasser zur Hälfte an die gegenüberliegende Wand klatschen. Als Reinigungsaktion ein nutzloses Bemühen, ohne jede Wirkung an der Kohlenstaub- und Dreckpatina vieler Jahre. Und dann nahm ich den Eimer noch einmal und goß alles, was noch drin war über die Rückwand, an der sich die Kohlen, ehe ich hier ein paar Abtragarbeiten geleistet hatte, bis obenhin getürmt hatten. Der General und Hardanger sahen diesem Treiben noch immer verständnislos zu. Das Wasser schwappte gegen die Wand, rann in die Kohlen und ließ die Wand so einwandfrei und frisch und sauber zurück, wie sie vor wenigen Wochen erst errichtet worden war. Hardanger stierte erst die Wand und dann mich und dann wieder die Wand an.

»Oh verflucht!« sagte er nur. »Na, da muß ich mich ja wohl entschuldigen, Cavell. Deshalb also türmten sich die Kohlen hier so hoch – um alles schön zuzudecken, was in letzter Zeit hier gebaut worden ist, sieh mal an.«

Ich verlor keine Zeit mit Redereien. Zeit war ein Artikel, der uns vollkommen ausgegangen war. Statt dessen nahm ich den Hammer und schwang ihn gegen die oberen Baustoffplatten – der untere Teil war solide zementiert. Einmal nur holte ich aus. Mir war dabei, als hätte mir jemand ein Stilett zwischen die Rippen gestoßen. Sollte der Arzt recht gehabt haben, sollten meine Rippen vielleicht doch nicht mehr ganz so fest verankert sein, wie das von Natur aus vorgesehen war? Ohne Kommentar reichte ich Hardanger den Hammer und setzte mich schachmatt auf den umgekippten Eimer.

Hardanger holte mit Genuß aus. Trotz aller undurchdringlichen Gelassenheit, mit der er keine Miene verzog, war er durch und durch geladen. Und mit all der Kraft und grimmigen Entschlossenheit, deren er fähig war, ging er jetzt auf die Mauer los, als sei sie der Inbegriff aller Übel der Welt. Dem hielt keine Wand stand. Beim dritten Schlag gaben die Baustoffplatten krachend nach, und innerhalb von dreißig Sekunden hatte er ein etwa zwei Fuß breites Loch herausgehauen. Er hielt inne, sah mich an, und ich erhob mich wie der Hundertjährige, der zu sein ich augenblicklich das Gefühl hatte, und ließ die Taschenlampe aufleuchten. Gemeinsam spähten wir in das Loch.

Zwischen der eingezogenen und der eigentlichen Kellerwand lag ein Hohlraum von etwa zwei Fuß, und auf dem Boden lag bedeckt von Staub, Mörtel und Baustoffresten das, was einmal ein Mann gewesen sein mußte. Zerschlagen, verrenkt, entstellt, aber unbezweifelbar ein Mensch oder dessen traurige Überreste.

»Wissen Sie, wer das ist, Cavell?« verlangte Hardanger verdächtig ruhig zu erfahren.

»Ich kenne ihn. Easton Derry. Mein Vorgänger als Sicherheitschef in Mordon.«

»Easton Derry?« Der General war von der gleichen unnatürlich beherrschten Ruhe wie Hardanger. »Wie wollen Sie das sagen? Sein Gesicht ist nicht mehr zu erkennen.«

»Er ist es. An dem Ring, den er links trägt, ist ein blauer Bergkristall. Easton Derry trug einen solchen blauen Stein. Es ist Easton Derry.«

»Und was – was hat ihn so zugerichtet?« Der General starrte auf den halbnackten Körper. »Ein Autounfall? Ein – ein wildes Tier?« Eine endlose Minute starrte er stumm auf den Toten. Dann richtete er sich auf und sah mich an. Alter und Müdigkeit traten schärfer heraus denn je, aber die hellen Augen waren von einer eisigen Ruhe. »Ein Mensch hat ihn so zugerichtet. Er wurde zu Tode gefoltert.«

»Er wurde zu Tode gefoltert«, sagte ich.

»Und wissen Sie, wer es war?« erinnerte Hardanger mich an das, was ich gesagt hatte.

»Ich weiß, wer es getan hat.«

Hardanger holte ein Formblatt und einen Füller aus der Tasche und wartete. Ich sagte: »Lassen Sie nur, Hardanger, das werden Sie kaum brauchen. Nicht, wenn ich ihn zuerst in die Finger bekomme. Wenn nicht, dann schreiben Sie den Haftbefehl auf den Namen Dr. Giovanni Gregori aus. Er nennt sich Dr. Giovanni Gregori. Der wahre Dr. Gregori ist tot.«

11

Acht Minuten später stoppte der große Polizei-Jaguar hart vor Chessinghams Haus, und zum drittenmal innerhalb von vierundzwanzig Stunden stieg ich die ausgetretenen Stufen über dem Burggraben hoch und läutete. Der General war dicht hinter mir. Hardanger war im Funkwagen geblieben und gab an etwa ein Dutzend umliegender Grafschaften Gregoris Steckbrief und die Kennzeichen seines Wagens durch mit dem Befehl, ihn, wo er auch gesichtet würde, zu verfolgen – ohne ihn festzunehmen. Es ging um Mary. Wir hatten das Gefühl, daß er sie schonen würde, solange ihn nicht die Verzweiflung packte, und dieses letzte bißchen Hoffnung auf Leben waren wir ihr schuldig.

»Mr. Cavell!« Die Begrüßung, die Stella Chessingham mir angedeihen ließ, hatte keinerlei Ähnlichkeit mit der in grauer Morgenstunde des gleichen Tages. Die Augen glänzten wieder, und die Angst stand ihr nicht mehr ins Gesicht geschrieben. Sie war froh, mich zu sehen, und entschuldigte sich eifrig: »Sie haben es mir doch nicht übelgenommen, daß ich heute morgen – ach, Mr. Cavell, was meine Mutter mir erzählt hat, nachdem sie ihn abgeholt hatten, das stimmt doch wohl, ja?«

»Wort für Wort, Miss Chessingham.« Ich bemühte mich zu lächeln, aber bei meiner Verfassung und den Nachwehen des hastig heruntergeschrubbten Make-ups vor dem Aufbruch aus MacDonalds Villa war ich froh, daß ich den kläglichen Versuch, den ich unternahm, nicht sehen konnte. Was die respektiven Positionen betraf, so hatten sie sich inzwischen um zirka neunzig Grad verschoben. Jetzt saß mir die Angst im Nacken. »Es mußte sein, Miss Chessingham, so leid es mir selbst getan hat. Übrigens wird Ihr Bruder heute abend auch schon wieder entlassen. Haben Sie meine Frau heute nachmittag gesehen?«

»Ja, freilich – und wir waren ganz gerührt, daß sie kam. Wollen Sie und Ihr – Ihr Freund denn nicht hereinkommen und Mutter begrüßen. Sie würde sich bestimmt freuen.«

Ich schüttelte nur den Kopf. »Um welche Zeit ist meine Frau von Ihnen fortgegangen?«

»So gegen halb sechs dürfte es wohl gewesen sein. Es fing schon an, dunkel zu werden, und – es ist ihr doch nichts passiert?« Die letzten Worte flüsterte sie nur noch.

»Sie ist entführt worden und wird jetzt vom Mörder als Geisel festgehalten.«

»Um Gottes willen! Das kann doch wohl nicht wahr sein, Mr. Cavell?«

»Sagen Sie mir lieber, wie sie von hier wegkam?«

»Entführt? Ihre Frau entführt?« Sie starrte mich aus riesengroßen Augen an. »Aber warum sollte man denn –«

»Jetzt fragen Sie doch um Himmels willen nicht so viel, sondern beantworten Sie mir das, was ich wissen muß«, fuhr ich sie an. Meine Geduld war erschöpft.

»Mit einem Wagen«, flüsterte sie. »Ein Wagen kam an, um sie abzuholen. Der Kerl hat behauptet er käme in Ihrem Auftrag und Sie bräuchten Mrs. Cavell ganz dringend ...« Immer tonloser, immer langsamer wurde ihre Stimme, während ihr der Zusammenhang aufging.

»Und wie sah er aus? Was für einen Wagen hatte er?«

»Mittleren Alters«, sie stockte. »Dunkel war er, ja. Und einen blauen Wagen hatte er. Hinten saß auch noch einer. Aber was das für ein Wagen war, weiß ich nicht. Ein ausländischer jedenfalls – einer mit Linkssteuerung. Hat sie –«

»Gregorie und sein Fiat?« flüsterte der General mir zu. »Herrgott, wie kann er denn nur dahintergekommen sein, daß sie hier gewesen ist?«

»Sehr einfach. Indem er nach dem Telefonhörer gegriffen hat«, sagte ich verbittert. »Er wußte doch, wo wir wohnen, und brauchte nur nach ihr zu fragen. Und der dusselige Fettwanst hinter der Theke hat natürlich jede gewünschte Auskunft gegeben – wahrscheinlich auch, daß er sie selbst erst noch vor ein paar Stunden zu Chessingham gebracht hat. Na, und das lag ja auf Gregoris Weg, also stoppte er und versuchte sein Glück. Dabei hatte er alles zu gewinnen und nichts zu verlieren.«

Wir verabschiedeten uns nicht einmal. Wir rasten nur noch die Stufen hinunter, fingen Hardanger auf dem Weg vom Funkwagen zum Jaguar ab und schmissen ihn fast hinein. »Los, nach Alfringham«, sagte ich hastig. »Der Fiat, verdammt, also doch. Daß er das riskieren würde, hätte ich nicht –«

»Denkste –« kaute Hardanger durch die Zähne. »Gerade kam es durch. Stehengelassen hat er ihn, und zwar in irgendeiner Seitenstraße in Graylin, keine drei Meilen von hier und keine zwanzig Fuß weit weg vom dortigen Polizeirevier. Der Mann von Dienst vernahm die Meldung, sah auf, und siehe da – der Fiat – da steht er schon.«

»Leer, natürlich.«

»Was sonst. Glauben Sie, er läßt ihn stehen, wenn er keinen anderen hat? Alles ist bereits verständigt. Sämtliche Reviere und

Streifen sind schon auf der Suche nach geklauten Wagen. Und höchstwahrscheinlich wird er sowieso in diesem kleinen Kaff, in diesem Grayling weggekommen sein. Aber das werden wir gleich haben.«

Wir hatten es sehr bald, und zwar kamen wir selbst dahinter. Kaum, daß wir zwei Minuten später in Grayling einfuhren, wurden wir auch schon von einer wild wedelnden Aktentasche gestoppt. Was da auf der Landstraße herumsprang, schien ein wildgewordener Indianer. Wir hielten. Hardanger kurbelte die Scheibe herunter.

»Das ist doch wohl nicht zu fassen.« Der Aktentaschenbewaffnete überschlug sich fast vor Aufregung. »Wenigstens sind Sie jetzt da, na Gottseidank. Das Letzte – eine Unverschämtheit, wie sie noch nie dagewesen ist. Und das bei hellerlichtem Tag –«

»Was ist los?« fuhr Hardanger unvermittelt in die Kanonade.

»Weg – mein Wagen ist weg. Und das um diese Zeit, verdammt. Weg – hin – gestohlen. Und dabei hatte ich nur kurz hier im Haus zu tun –«

»Wie lange waren Sie weg?«

»Was? Wie lange? Ja, verflucht, was –«

»Antworten Sie!« schnauzte Hardanger.

»Vierzig Minuten etwa. Aber was –«

»Was war das für ein Wagen?«

»Ein Vanden Plas Princess 3-Liter.« Er jaulte fast vor Wut. »Neu – nagelneu. Türkis. Gerade drei Wochen alt –«

»Beruhigen Sie sich«, sagte Hardanger kurz. Unser Jaguar rollte schon wieder an. »Den kriegen wir schon wieder.« Damit drehte er dem Verdutzten vor der Nase das Fenster hoch und gab dem Sergeant die Meldung durch.

»Alfringham. Dann die Straße nach London. Und blasen Sie den Fiat ab. Ein türkisfarbener Vanden Plas Princess 3-Liter. An alle Stationen. Feststellen — verfolgen — aber unauffällig.

»Blaugrün«, korrigierte der General. »Menschenskind, sagen Sie blaugrün, und nicht türkis. Schließlich haben Sie ja hier ein paar biedere Landpolizisten und nicht deren Frauen vor sich. Türkis! Die müssen ja erst im Lexikon nachschlagen, was das sein soll.«

»Das ganze Theater hat mit MacDonald angefangen«, sagte ich. Der starke Wagen zischte über den nassen Asphalt, vorbei an den bei jeder Umdrehung der Räder enteilenden, in nachtschwarze Finsternis zurückfliegenden triefenden Bäumen. Es war leichter zu reden, als stumm, den eigenen Ängsten ausgeliefert, dazusitzen und langsam verrückt zu werden. Außerdem hatten sie sich alle beide, der General wie auch Hardanger, lange genug gedulden müssen. »Wir alle wissen genau, was MacDonald wollte, und wir wissen auch, daß es ihm dabei nicht nur um die kommunistischen Ideale ging. O nein, dafür stand er den Schönheiten und Annehmlichkeiten dieses Lebens viel zu aufgeschlossen gegenüber – der gute MacDonald. Obwohl es zweifellos feststeht, daß es wohl auch einmal eine Zeit gab, da er wirklich ein durch-und-durch-in-der-Wolle-gefärbter Idealist gewesen sein muß. Ich hatte durchaus nicht den Eindruck, daß Madame Halle zu der Sorte gehört, die sich etwas vormachen ließe – und ich wüßte nicht, wie seine Beziehungen zum Osten sich sonst angebahnt haben könnten. Im Lauf der Jahre jedenfalls muß er einen Haufen Geld gemacht haben. Bitte – Sie brauchen sich ja nur bei ihm in der Wohnung umzusehen. Nur schmiß er klugerweise nicht auffällig und plötzlich damit herum, sondern wußte es weise und durchaus im Rahmen des zu Rechtfertigenden auszugeben.«

»Und der Bentley Continental?« warf Hardanger ein. »Glauben Sie, daß er den für einen Pappenstiel bekommen hat?«

»Da hatte er sich mit einer wasserdichten Deckung gesichert. Aber zugegeben, langsam wurde er üppig und konnte wohl doch nicht mehr genug kriegen. Der muß in den letzten Monaten so viel abkassiert haben, daß ihm der Segen langsam Löcher in die Taschen brannte.«

»Mit Überstunden, um seine Genossen in Wien mit Informationen und Material zu beliefern?« fragte der General.

»Das nicht gerade. Aber er hat Gregori erpreßt.«

»Augenblick mal«, murmelte der General müde aus seiner Ecke, »da kann ich Ihnen jetzt geistig wirklich nicht mehr ganz folgen.«

»Kein Problem«, sagte ich. »Gregori – der Mann, den wir alle als Gregori kennen – hatte zweierlei: Einen wunderschönen Plan und ganz verdammtes Pech. Wie Sie sich alle noch erinnern werden, wurde aus Gregoris Ankunft hier in England nicht gerade ein Staatsgeheimnis gemacht. Ganz im Gegenteil, sie löste eine kleine internationale Krise aus. Die Italianos platzten fast vor Wut, daß einer ihrer Spitzenchemiker dem eigenen Land den Rücken kehren sollte, um für England tätig zu werden. Und irgend jemand – einer der nicht nur ein hergelaufener Schmalspurchemiker war, sondern schon einiges von der Sache verstand und dem berühmten Gregori sehr ähnlich sah, las von dieser Abberufung und sah in dieser Abreise die große Chance seines Lebens. Und er traf seine Vorkehrungen.«

»Dann wurde also der wahre Gregori ermordet?« fragte Hardanger.

»Das steht außer Frage. Der Gregori, der sich mit seiner gesamten Habe im Kofferraum und auf dem Rücksitz seines Fiats nach England aufmachte, war nicht der Gregori, der hier ankam. Dem Original-Gregori muß unterwegs ein recht tragischer Unfall zugestoßen sein, und sein hochstapelndes Double, das zweifellos der vorhandenen Ähnlichkeit wohlüberlegt noch ein wenig nachgeholfen hatte, kam komplett mit allem Zubehör – mit Anzügen und Paß und Fotos und allem Drum und Dran in England an. So weit – so gut.

Nun aber sein Pech. Abgesehen von seinen Veröffentlichungen und seinen Arbeiten war der Originalprofessor in England gänzlich unbekannt – als Person. In ganz England konnte es unter Umständen einen unter Millionen geben, der ihn kannte. Und ausgerechnet dieser eine mußte nun genau da arbeiten, wo auch er arbeitete – in seinem eigenen Laboratorium. MacDonald. Gregori wußte das nicht. Aber MacDonald wußte es – und er wußte auch, daß der angekommene Gregori lediglich ein Strohmann war. Sie dürfen nicht vergessen, daß MacDonald immerhin der hiesige maßgebliche Mann der Weltgesundheitsorganisation gewesen ist, und ich möchte wetten, daß Gregori in Italien die gleiche Position innehatte.«

»Womit das fehlende Foto im Album einwandfrei erklärt wäre«, setzte der General langsam hinzu.

»Jawohl. Zweifellos zeigte es die beiden – MacDonald und den richtigen Gregori – kollegial Arm in Arm. In Turin. Jedenfalls – vermutlich, nachdem er sich die Sache noch ein bis zwei Tage durch den Kopf hatte gehen lassen – eröffnete MacDonald dem nachgemachten Gregori, daß er ihm auf die Schliche gekommen sei. Was darauf folgte, läßt sich denken. Gregori wird wohl eine Pistole aus der Tasche gezogen und MacDonald erklärt haben, daß er dann leider nicht umhin könne, ihn zum Schweigen zu bringen. Und unser guter MacDonald, der ja auch nicht gerade auf den Kopf gefallen war, wird daraufhin seinerseits seiner Tasche ein Papierchen entnommen und versichert haben, daß auch er leider nicht umhingekonnt habe, seine Bank oder auch die Polizei zu beauftragen, im Falle seines Ablebens einen hinterlegten, versiegelten Umschlag zu öffnen. Einen Umschlag, der einige recht interessante Ausführungen zur Person eines gewissen Dr. Gregori enthielt. Worauf Gregori sein Schießeisen wohl wieder einsteckte und einen Handel abschloß – einen einseitigen Handel. Er mußte zahlen – monatlich – soundsoviel. Vergessen Sie nicht, daß MacDonald jetzt in der Lage war, ihn jederzeit wegen Raubmordes anzuzeigen.«

»Nee, das geht mir nicht ein«, unterbrach Hardanger trocken. »Wie stellen Sie sich das vor? Glauben Sie etwa, der General würde gleich zwei Leute auf einmal ins gleiche Projekt stecken – sagen wir, zum Beispiel in Warschau? Männer, die einander nicht nur fremd sind, sondern sich gegenseitig auch noch das Wasser abzugraben suchen. Nee, Cavell, nee, nee, da habe ich ja nun doch eine etwas bessere Meinung von der östlichen Intelligenz als Sie.«

»Ja, da muß ich Hardanger rechtgeben«, ließ sich auch der General vernehmen.

»Und ich auch«, beruhigte ich sie alle beide. »Alles, was ich bisher dazu sagte, war, daß MacDonald für die Sowjets gearbeitet hat, daß Gregori oder dieses ganze Affentheater um den Satanskäfer etwas mit dem Osten zu tun haben, das habe ich nie behauptet. Diesen Schluß haben Sie beide gezogen.«

Hardanger beugte sich vor und sah mich witternd an. »Dann – dann wären Sie also der Meinung, daß Gregori nach allem doch nur ein wildgewordener Verrückter ist?«

»Wenn Sie das noch immer glauben sollten, mein Bester, dann wird es allmählich Zeit, daß Sie mal länger Urlaub machen. O nein, Gregori wollte die Viren, und das mit gutem Grund, und ich lege meine Hand dafür ins Feuer, daß er MacDonald auch gesagt hat, warum. Dessen Mitarbeit mußte er sich ja versichern. Wenn er ihm nämlich zu verstehen gegeben hätte, daß er bloß mit den Botulinviren zu verschwinden gedächte, dann bezweifle ich, daß MacDonald in das Geschäft eingestiegen wäre. Bei einem Angebot von – na, sagen wir – zehntausend Pfund aber, wußte er genau, daß ein Kerl wie MacDonald sich sehr schnell eines Besseren besinnen würde.«

Wir waren jetzt fast in Alfringham. Aber der große Jaguar jagte auch mit beinah der doppelten zulässigen Geschwindigkeit durch den immer dünner werdenden Abendverkehr und schaffte sich mit der Sirene freie Fahrt, wo immer es belebter zuging. Der Fahrer war Hardangers größte Klasse – der beste seiner Londoner Mannschaft, und der wußte genau, was er aus sich und auch aus dem Wagen herausholen konnte, ohne uns alle samt und sonders unter die Erde zu befördern.

»Halten Sie!« unterbrach Hardanger mich. »Da, bei dem Verkehrsschutzmann.« Wir näherten uns sehr schnell der einzigen Alfringhamer Ampel, die offensichtlich noch nach der alten Väter Weise mit Handbetrieb bei dem, was man in Alfringham unter Hauptverkehrszeiten verstand, geschaltet wurde. Weiß und gummiglänzend im trüben Schein der verregneten Straßenbeleuchtung wirkte der Verkehrspolizist am Kontrollkasten, der an einem Laternenpfahl hing. Der Wagen hielt. Hardanger drehte die Scheibe herunter und winkte den Mann heran.

»Polizeichef Hardanger, London«, warf er hin. »Haben Sie

heute abend einen blaugrünen Vanden Plas Princess hier vorbeikommen sehen? Vor einer knappen Stunde etwa?«

»Den hab ich gesehen, Sir, ja tatsächlich. Der kam mit Tempo hier angerauscht und überfuhr das Rotlicht. Ich pfiff und brachte ihn zum Stehen, als er schon über die Gegenampel weg war. Und dann erkundigte ich mich natürlich, was er sich dabei gedacht habe, und darauf erklärte er, seine Hinterreifen hätten vorhin, bei dem Versuch zu bremsen, blockiert, und jetzt habe er natürlich Bedenken gehabt, noch mal so hart auf die Bremse zu steigen, weil seine Tochter hinten im Wagen läge und schliefe und durch den plötzlichen Ruck womöglich vorgeschleudert werden und was abbekommen könnte. Ich sah nach, und da lag sie wirklich und schlief. Und wie. Nicht einmal von unserem Gerede war sie wachgeworden. Neben ihr saß übrigens noch einer. Ein Mann. Was sollte ich tun – ich ließ es halt bei einer Verwarnung bewenden und schickte ihn weiter...« Er brach ab. Schon beim letzten Satz war er langsam und langsamer geworden.

»Großartig!« brüllte Hardanger, »was Sie nicht sagen! Mann, sind Sie denn so blind, daß Sie nicht einmal unterscheiden können, wenn jemand schläft und wenn jemand mit der Pistole in den Rippen gezwungen wird, so zu tun als ob. Geschlafen hat sie! Daß ich nicht lache. Sie Trottel, Sie verdammter. Und das will Polizist sein. Daß Sie das gewesen sind, dafür werde ich sorgen.«

»Jawohl, Sir.« Starr, ohne etwas zu sehen, blickte der versteinert stramm stehende Verkehrspolizist über das Verdeck des Jaguars, Abbild des klassischen Paradepostens, der noch mit den Händen an der Hosennaht zusammenbricht. »Es tut mir leid, Sir«.

»In welche Richtung hat er sich abgesetzt?« verlangte Hardanger.

»Richtung London, Sir«, sagte der zum Zinnsoldaten Erstarrte.

»Es dürfte vermutlich weit gefehlt sein, auch noch anzunehmen, daß Sie die Wagennummer notiert haben, nehme ich an«, meckerte Hardanger voll triefendem Sarkasmus.

»X-OW 973, Sir.«

»Was!«

»X-OW 973.«

»Nicht zu fassen. Na, dann betrachten Sie sich wieder als eingestellt«, grollte Hardanger. Er drehte das Fenster hoch, und schon waren wir wieder unterwegs, während der Sergeant leise ins Handmikrofon redete. Hardanger sah uns an. »Bißchen sehr haarig für das arme Schwein. Na ja, wenn er clever genug gewesen wäre zu merken, was los ist, dann würde er höchstwahrscheinlich jetzt bereits da oben auf einer Harfe klimpern statt hier unten auf den Ampelknöpfen. Tja, na denn, Cavell, entschuldigen Sie die Unterbrechung.«

»Macht nichts«, winkte ich ab. Ich war für jede Unterbrechung dankbar, für alles ungefähr, was mich von dem Gedanken an Mary mit des Mörders Pistole in den Rippen ablenkte. »MacDonald – ja, bei dem waren wir wohl gerade. Geldgierig – aber dabei doch ein ganz durchtriebenes Exemplar. Ganz verdammt durchtrieben – aber das mußte er ja wohl auch sein, sonst hätte er sich kaum bis heute so erfolgreich für die östliche Abwehr betätigen können. Er wußte ganz genau, daß der Botulindiebstahl – von seiner Absicht, auch noch den Satanskäfer mitgehen zu lassen, hat Gregori bestimmt nicht gesprochen – einigen Aktenstaub aufwirbeln würde und intensivste Durchleuchtungen der einzelnen Verdachtspersonen zur Folge haben mußte. Und er dürfte sogar vermutet haben, daß die eigene Spionagetätigkeit auch eine erneute Durchschnüfflungswelle für alle anderen auslösen würde. Daß jede Kleinigkeit seines Lebens in diesen Geheimakten registriert war, wußte er und war sich durchaus im klaren darüber, daß die eine oder andere Angabe – besonders das, was sich auf seine unmittelbare Nachkriegstätigkeit bezog – rigorosen Methoden nicht standhalten konnte. Die Geheimakten aber hütete Easton Derry, der Sicherheitschef. Und so erklärte er Gregori, daß er gar nicht daran dächte mitzumachen, solange er nicht Einblick in diese Akten genommen habe. MacDonald verspürte keinerlei Verlangen, das Opfer polizeilicher Nachforschungen zu werden.«

»Und deshalb also liegt Easton Derry — oder das, was noch von ihm übriggeblieben ist, nun in diesem Keller«, sagte der General ruhig.

»Eben deshalb. Und was jetzt kommt, sind zwar reine Vermutungen, aber Vermutungen, die sich mit aller Wahrscheinlichkeit mit der Wahrheit decken dürften. Abgesehen von den Personalakten, die MacDonald verlangte, wollte auch Gregori etwas – die Kombination von Labor I, die Panzertürkombination, die nur Derry und Dr. Baxter kannten. Und ich nehme an, daß man übereinkam, Derry, unter dem Vorwand, ihm dringend etwas mitteilen zu müssen, in MacDonalds Haus zu lotsen. Derry kam. Und als er durch die Tür trat, war er theoretisch bereits ein toter Mann. Für die praktische Durchführung sorgte Gregori, der ihn mit der Pistole in der Hand erwartete. Erst einmal nahmen sie ihm die Schlüssel ab, die Schlüssel zu den Safes, in denen Derry bei sich zu Hause die Geheimakten unter Verschluß hielt. Als Sicherheitschef von Mordon hatte er diese Schlüssel ständig bei sich zu tragen. Dann versuchten sie wohl die Einstellung der

Kombination aus ihm herauszuquetschen – zumindest Gregori. MacDonald dürfte meines Erachtens zwar hiervon gewußt und womöglich auch einiges gesehen haben, jedoch kaum direkt beteiligt gewesen sein. Und Gregori, auch wenn ich ihn nicht gerade für verrückt halte, ein Psychopath muß er auf jeden Fall gewesen sein – ein ganz blutrünstiger Sadist zumindest. Sehen Sie sich nur an, was er mit Derry gemacht hat, sehen Sie sich den Hinterkopf von Mrs. Turpin an, ganz zu schweigen von meinen eigenen Rippen und der Methode, MacDonald ins Jenseits zu befördern: ihm bei vollem Bewußtsein die Schlinge um den Hals zu legen.«

»Um sich mit den eigenen Waffen zu schlagen«, ließ sich Hardanger düster dazu vernehmen. »Er muß Derry so sinnlos gequält und gefoltert haben, daß er starb, noch ehe er den Mund aufmachen konnte. Aber was dieser Ersatz-Gregori für ein Vogel ist, dürfte ja wohl kaum schwierig sein herauszubekommen. Ein Subjekt solcher Methoden und dieses Steckbriefs muß in den diesbezüglichen Karteien bereits registriert sein. Fingerabdrücke und Beschreibung – und Sie werden sehen, Interpol in Paris hat ihn innerhalb von sechzig Minuten garantiert identifiziert.« Er lehnte sich vor und gab dem Sergeant neue Instruktionen.

»Ja«, bestätigte ich, »das dürfte wohl kaum auf Schwierigkeiten stoßen, ist aber im Moment nicht so wichtig. Nachdem er Derry nun aber umgebracht hatte, noch ehe er zum Reden gekommen war, mußte Gregori einen anderen Weg ins Labor ausfindig machen. Erst einmal durchsuchten sie natürlich Derrys Haus, und ich gehe jede Wette ein, daß sie auch seine Privatsachen durchwühlt haben. Dabei muß ihnen ein Foto in die Finger gefallen sein – ein Bild, das Derry als Trauzeugen einer Hochzeit zeigte. Meiner Hochzeit. Und auf diesem Foto ist selbstverständlich auch der General. Deshalb haben sie erst einmal mich und jetzt Mary kassiert. Sie wußten Bescheid. Nun ja – sie schlossen das Safe auf, entnahmen MacDonalds Akten die prekäre Seite und sahen sich bei dieser günstigen Gelegenheit auch gleich alle anderen Akten gut an. Und so gelangten sie dann zu der wertvollen Kenntnis von Hartnells finanziellem Dilemma und beschlossen, ihn unter Druck zu setzen, den Ausbruch aus Mordon mit dem bewußten Ablenkungsmanöver zu decken. Denn nachdem der Plan, die Einstellungsziffern aus Derry herauszubekommen, nun einmal mißlungen war, mußten sie sich ja etwas Neues ausdenken, um an die Viren zu gelangen.«

»Ausbruch?« wiederholte Hardanger kopfschüttelnd. »Einbruch wollten Sie wohl sagen.«

»Den Ausbruch – auch wenn Sie es nicht für möglich halten.«

Und während Hardanger im Halbdunkel lehnte und mich ansah, als hielte er mich für übergeschnappt, entwickelte ich abermals die Theorie, die ich bereits in grauer Morgendämmerung dem General plausibel gemacht hatte: Zwei Mann in Tragkörben eingeschmuggelt – einer als Verbrecher X verkleidet, der andere als Baxter; beide verlassen zur normalen Zeit, ordnungsgemäß ausgewiesen, das Haus, während der eigentliche X, den wir suchen, im Labor bleibt und erst nach vollbrachter Tat mit den Viren durch den Drahtzaun ausbricht.

»Interessant, sehr interessant«, sagte Hardanger fachlich zwar zutiefst beeindruckt, nicht jedoch ohne Ironie. »Und mir haben Sie weisgemacht, Easton Derry habe zu sehr auf eigene Faust operiert. Verdammt, ich habe so das Gefühl, als hätten Sie mich mit Wonne auf den Holzweg geführt, was?«

»Das war gar nicht nötig«, gab ich zurück. »Sie liefen von ganz allein. Parallel in meiner Richtung.« Ich suchte nach einer brauchbaren Erklärung dazu, fand aber keine. »Die Durchbruchsidee stammt schon einmal von Ihnen. Sie waren auch derjenige, dem zuerst auffiel, daß an MacDonalds Akten etwas faul sein mußte.«

Im Lautsprecher krachte es plötzlich. Der Eigentümer des Vanden Plas, ein Arzt auf Krankenbesuch, war aufs Polizeirevier gegangen, nachdem wir ihn hatten stehenlassen, und hatte seiner Meldung die interessante Tatsache hinzugefügt, daß sein Tank beinahe leer gewesen sei. Hardanger gab den beiden vorn Anweisung, die Augen nach der nächsten Tankstelle aufzuhalten und nahm das Thema dann wieder auf. »Also dann mal weiter im Text.« Meine letzten Ausführungen hatten ihn erst zur Hälfte besänftigt, und verdenken konnte ich es ihm nicht, daß er sauer war.

»Tja, was gibt es da noch viel zu sagen? Gregori stellte nicht nur fest, daß Hartnell bei Tuffnell, dem Zinsgeier, in der Kreide saß, sondern darüber hinaus auch noch, als Verwalter der Messegelder, den Messefonds angegriffen hatte. Fragen Sie mich nicht, wie er dahintergekommen sein kann. Und danach –«

»Das kann ich Ihnen genau sagen«, fiel Hardanger ein. »Leider, wie üblich, zu spät«, setzte er hinzu, und ich merkte, wie sehr ihm das stank. »MacDonald war Messepräsident und kam natürlich sofort, nachdem nun einmal festgestellt worden war, daß Hartnell finanziell in der Klemme saß, auf die glorreiche Idee, sich die Bücher anzusehen. Als Präsident stand ihm natürlich auch die Buchführung offen.«

»Da haben wir es, jawohl«, stimmte ich zu, nicht weniger erschüttert über die eigene Dummheit wie Hardanger. »Und dabei wußte ich auch noch, daß er Präsident war. Verdammt, ein

Hinweis, der einem doch geradezu ins Auge springt! Cavell, du wirst alt! Daraufhin hatte Gregori Hartnell natürlich vollkommen in der Hand und, bestens informiert durch seine Personalakte, stand für ihn fest, daß auch Hartnell als Verdachtsperson unter die Lupe genommen werden würde. So brachte er denn noch ein paar Knoten mehr in die Geschichte, indem er alles, was zum Ausbruch benutzt worden war, Hammer und Zange, bei Hartnell deponierte und ihm obendrein auch noch den Mordoner Lehm an seinen Roller schmierte. Wenn er es nicht selbst war, dann zumindest einer seiner Helfershelfer. Fauler Fisch Numero eins. Fauler Fisch Numero zwei – als mysteriöser Onkel George fungierend, ließ er schon Wochen vor dem Verbrechen laufend Zahlungen auf Chessinghams Konto eingehen. Bankkonten sind ja für gewöhnlich so mit das erste, wofür sich die Polizei im Zuge ihrer Ermittlungen zu interessieren pflegt, das wußte er sehr wohl.«

»Faule Fische und nichts als faule Fische«, stöhnte Hardanger verbittert, »immer wieder diese gottverfluchten faulen Fische. Warum?«

»Um Zeit zu gewinnen. Darauf komme ich gleich noch.«

Der General sah mich an. »Und die beiden Morde und der Virendiebstahl, wie steht's damit? Stimmt Ihre These?«

Ich schüttelte den Kopf. »Nicht ganz. Da habe ich einen Kunstfehler hineingebracht.«

Noch immer sah der General mich an. Schweigend und doch sehr beredt. »Meine Annahme ging dahin, daß einer der Wissenschaftler aus Labor I beide tötete, Dr. Baxter sowohl wie auch Clandon. Darauf wies alles unfehlbar hin. Ich irrte mich. Ich mußte mich irren. Wir haben überprüft und nochmal überprüft, und jeder einzelne Wissenschaftler und Techniker aus diesem Labor hatte ein hieb- und stichfestes Alibi für die Mordnacht. Hieb- und stichfest insofern, als es der Wahrheit entsprach. Die beiden Männer wurden eingeschleppt, schön – möglich, daß es auch drei waren, ich weiß es nicht. Was wir aber wissen, ist, daß Gregori eine beachtliche Organisation hinter sich hatte. Sagen wir also drei. Und nur *einer*, und zwar derjenige, der Baxters Rolle zu spielen hatte, verließ zur normalen Zeit das Haus. Die anderen blieben, bis auf unseren X, der blieb nicht. Bei Dienstschluß ging er gleichfalls und kam ordnungsgemäß zu Hause an, um sich selbst mit einem hübschen kleinen Alibi zu versorgen. X war, und das steht mit ziemlicher Sicherheit fest, Gregori – MacDonald war lediglich stiller Teilhaber bei dem Geschäft. Und Gregori mag eventuell sogar die Viren mitgenommen haben. Eine Annahme, die zutreffen kann, aber nicht zutreffen muß – wahrscheinlich nicht, weil das Risiko einer Stichprobe wohl doch zu groß gewesen sein dürfte. Wie dem auch sei, eine Botulinampulle und das Zyankalikonfekt ließ er zurück. Sie werden sich entsinnen, daß wir alle von der Erklärung, daß Clandon von einem ihm doch immerhin recht verdächtig vorkommenden nächtlichen Besucher bereitwillig Konfekt angenommen haben sollte, nicht sonderlich befriedigt waren.«

»Wozu Botulin? Warum das Konfekt? Beides erübrigte sich doch im Grunde?« gab der General zu bedenken.

»Nicht, wie Gregori die Sache sah. Er ordnete an, Baxter erst einmal mit einer Art Holzhammernarkose fertigzumachen und dann, ehe die Labortür ins Schloß fiel, noch die Ampulle zu zerschlagen. Einmal draußen, agierte einer der beiden als Ablenkungsfigur für Clandon, der den Korridor von seinem Haus aus beobachtet hatte und mit der Pistole in der Hand angestürzt kam. Während Clandon seinem Gegenüber nun die Pistole vorhielt, tauchte hinter seinem Rücken die Verstärkung auf, entriß ihm die Pistole und stopfte ihm dann, wahrscheinlich mit Assistenz des Kollegen, das Konfekt in den Mund. Gott allein mag wissen, was Clandon sich dabei gedacht haben mag. Er war tot, ehe er feststellen konnte, was es war.«

»Der Feind«, murmelte der General, »der erbarmungslose Feind.«

»Und all das sollte den Eindruck vermitteln, daß der Täter sowohl Baxter wie auch Clandon bekannt war. Das funktionierte ja auch. Der dritte faule Fisch – und einer, der uns in die völlig falsche Richtung lenkte. Zeit gewinnen, immer nur Zeit gewinnen. Gregori ist ein Genie der Verschleierungstaktik. Auch mich hat er mit diesem ersten Anruf, der abends um zehn in London erfolgte, ganz erfolgreich auf den Arm genommen. Er rief an. Fauler Fisch Numero Gottweißwieviel.«

»Gregori rief an?« Hardanger sah mich scharf an. »Er hatte ein Alibi für die Zeit, und Sie selbst haben sich dieses Alibis angenommen. An seinem Buch oder irgend etwas gesessen und getippt.«

»Cavell ist nicht zu schlagen, wenn es um verspätete Einsichten geht«, sagte ich sauer. »Das Maschinengeklappere kam zweifellos aus seinem Zimmer. Eine Bandaufnahme, die er anstellte, ehe er sich via Erdgeschoßfenster verdünnisierte. Als ich morgens, in aller Herrgottsfrühe hinkam, hing noch ein ganz eigenartiger Geruch im Raum, und im Kamin lag ein Häufchen weißer Asche. Die Überbleibsel eines Tonbands.«

»Hergott, ich frage mich nur, warum all diese faulen Fische –« fing Hardanger erneut an zu fluchen, als ihn die Stimme des Sergeants von vorn verstummen ließ.

»Eine Tankstelle, Sir.«

»Halten Sie«, kommandierte Hardanger. »Stellen Sie fest, was hier los gewesen ist.«

Wir fuhren in die Tankstelle ein. Der Fahrer drückte auf die Sirene. Ein Geheul um Tote zu erwecken, nur den Tankwart erweckte es nicht. Der Sergeant verlor keine Zeit. Innerhalb von fünf Sekunden, nachdem der Wagen eingefahren war und stand, war er in dem hellerleuchteten Büro, augenblicks wieder draußen und blitzartig hinter der Tankstelle verschwunden. Und das reichte mir. Ich schoß hinaus, und Hardanger war mir auf den Fersen.

Wir fanden den Tankwart in einer Garage hinter der Tankstelle. Sach- und fachgerecht gefesselt und geknebelt von einem, der sich über die Kosten des Tesafilms keinerlei Gedanken gemacht zu haben schien. Die gleiche kunstfertige Hand hatte wohl auch seinen Hinterkopf mit einem harten Gegenstand bearbeitet. Davon jedoch fing der Tankwart gerade an, sich wieder zu erholen, genauer gesagt, er war bereits wieder bei Bewußtsein, als wir bei ihm anlangten. Eine handfeste Ausgabe mittleren Jahrgangs. Das, was normalerweise eine gesunde, rote Gesichtsfarbe sein mußte, hatte sich jetzt, bei all den Anstrengungen, sich selbst zu befreien, zu einem dunklen Blaurot vertieft.

Wir schnitten die Klebstreifen um Fuß und Handgelenke durch und rissen ihm das Zeug nicht gerade überaus zart vom Gesicht, ehe wir ihn aufsetzten. Und dann ließ er erst einmal einige bildhafte Betrachtungen zu der gegebenen Situation vom Stapel, und das mußten wir ihm, bei aller Eile, zugestehen. Erst nach ein paar Sekunden schnitt Hardanger diese Kundgebung mit Kommandostimme ab.

»Jetzt reicht's. Das Schwein, das Sie hier fertiggemacht hat, ist ein Mörder auf der Flucht. Wir sind Polizeioffiziere. Jede Sekunde, die Sie herumsitzen und fluchen, steigert seine Chancen zu entkommen. Schildern Sie den Vorfall. Aber kurz und bündig, bitte.«

Der Tankwart wackelte mit dem Kopf. Man brauchte kein Arzt zu sein, um zu sehen, daß er noch völlig groggy war. Aber er riß sich zusammen: »Ein Kerl, dunkel, so zwischen dreißig und vierzig etwa, kam an und wollte tanken. Halb sieben war's. Er –«

»Halb sieben«, unterbrach ich. »Vor zwanzig Minuten erst? Wissen Sie das genau?«

»Bestimmt sogar«, bekam ich zur Antwort. »Der Sprit muß ihm so ungefähr zwei bis drei Meilen von hier ausgegangen sein, und er muß es ganz verflucht eilig gehabt haben, denn er war noch völlig außer Atem. Zehn Liter wollte er in einer Kanne mitnehmen, und als ich mich umdrehte, um mich nach einem brauchbaren Pott umzusehen, da hatte er mir auch schon was über den Schädel geknallt. Als ich dann wieder zu mir kam, lag ich in der Garage – so, wie Sie mich eben hier vorgefunden haben, aber ich ließ mir nichts anmerken und machte auf toten Hund. Noch ein Kerl war dabei, der so'n kleines Mädchen mit 'ner großen Pistole in Schach hielt – blond war sie. Und der andere, der Dreckskerl, der mich hier versorgt hatte, der war gerade dabei, den Wagen meines Alten rückwärts aus der Garage zu fahren. Und –«

»Kennummer – Farbe des Wagens?« fuhr Hardanger ungeduldig dazwischen. Beides wurde ihm genannt. »Sie bleiben jetzt hier, verstanden«, kommandierte Hardanger weiter. »Laufen Sie nicht herum. Sie haben ganz schön was abbekommen. Ich werde die Alfringhamer Polizei sofort per Funk verständigen. Der Wagen wird gleich hier sein.« Zehn Sekunden später hatten wir den verdutzten Tankwärter samt seinem dicken Kopf stehenlassen und lagen bereits wieder auf der Landstraße.

»Zwanzig Minuten«, sagte ich, mit halbem Ohr auf das, was der Sergeant eilig und leise ins Telefon redete, hörend. »Sie müssen ganz schön Zeit verloren haben. Einmal mußten sie den Karren ja von der Straße schieben, um uns hinters Licht zu führen, und dann hatten sie auch noch den weiten Weg zur Tankstelle zu machen. Zwanzig Minuten.«

»Die kaufen wir uns jetzt«, sagte Hardanger optimistisch. »Mindestens ein halbes Dutzend Streifenwagen sind hier innerhalb der nächsten dreißig Meilen unterwegs, und die kennen diese Strecke aus dem ff – wie sie überhaupt nur ortsansässige Polizisten kennen können. Und wenn sich davon einer mal an Gregori angehängt hat, schüttelt der ihn nie wieder ab.«

»Lassen Sie die Straßen sperren. Geben Sie durch, daß man den Wagen unter allen Umständen stoppen soll.«

»Sind Sie total verrückt geworden?« fuhr Hardanger mich an. »Sie haben wohl den Verstand verloren, Cavell? Wollen Sie Ihre Frau mit Gewalt umbringen? Sie wissen doch genau, wofür er sie benutzt, verdammt noch mal. Als Schild, mit dem er sich deckt. So, wie die Dinge jetzt liegen, ist sie noch immer sicher. Seitdem er MacDonalds Haus verlassen hat, ist ihm noch kein Polizeibeamter über den Weg gelaufen – abgesehen von dem Verkehrsschutzmann. Der muß doch jetzt so halb und halb glauben, wir hätten die Suche aufgegeben.«

»Straßensperren«, beharrte ich eigensinnig. »Setzen Sie jetzt Straßensperren ein. Wohin sollen die Wagen ihn denn verfolgen? Bis ins Herz von London etwa? Da, wo er seine verfluchte Ampulle knacken will? Einmal in London, verlieren sie ihn doch, sie müssen ihn ja verlieren. Verdammt, sehen Sie denn nicht ein, daß er jetzt unbedingt irgendwo festgehalten werden *muß?* Wenn wir den auf London loslassen –«

»Aber Sie waren ja selbst einverstanden, daß –«

»Ehe ich wußte, daß er tatsächlich nach London unterwegs ist.«

»General«, flehte Hardanger, »können Sie ihn nicht zur Vernunft bringen –«

»Sie ist mein einziges Kind, Hardanger, und man sollte einem alten Mann nicht zumuten, über Leben und Tod des einzigen Kindes zu entscheiden«, sagte der General tonlos. »Sie wissen so gut wie jeder andere, was Mary mir bedeutet.« Er schwieg. Dann sagte er so ruhig wie bisher: »Ich stimme mit Cavell überein. Bitte, tun Sie, was er vorschlägt.«

Hardanger würgte an dem Brocken, aber er beugte sich vor, um den Sergeant zu instruieren. Als auch das geschehen war, sagte der General still: »Wir können ja doch nur abwarten, vielleicht füllen Sie inzwischen die letzten Lücken dieses Puzzlespiels noch aus, mein Junge. Ich bin nicht mehr in der Verfassung, es selbst zu tun. Zum Beispiel die Frage, die auch der Polizeichef immer wieder aufwirft. Die faulen Fische, all diese verdammten faulen Fische. Warum?«

»Um Zeit zu gewinnen.« Ich war weiß Gott auch nicht in der Verfassung für Rätselspiele, aber mit dem bißchen klaren Verstand, das mir noch geblieben war, sah ich den tieferen Sinn dieser Bitte sehr wohl und ging darauf ein, dankbar für alles, was uns von dem vor uns herfahrenden Wagen ablenkte, von der Frau, die einem grausamen und unerbittlichen Sadisten ausgeliefert war, dankbar für alles, was unsere quälenden Ängste zu lindern imstande war und die unerträgliche Spannung, die uns geistig und körperlich fast zu zerbrechen drohte, ein wenig milderte. Tastend, den Zusammenhang mühsam suchend, nahm ich den Faden wieder aufnahm. »Unser spezieller Freund, der da vor uns fährt, mußte Zeit gewinnen. Je mehr falschen Fingerzeigen wir folgten, in je mehr Sackgassen wir stolperten – und deren gab es genug –, desto länger mußte es dauern, bis wir dahin gelangten, wo der Boden wirklich heiß wurde. Er überschätzte uns, und doch kamen wir schneller voran, als er es erwartet hatte – vergessen Sie nicht, daß es kaum vierzig Stunden her sind, daß dieses Verbrechen entdeckt worden ist. Aber er wußte genau, daß wir früher oder später an der Stelle bohren würden, die er fürchtete — bei Mac Donald. Und er wußte auch, daß er sich MacDonalds eines Tages, früher oder später, zu entledigen hatte. Je später, desto besser, denn innerhalb weniger Stunden nach MacDonalds Tod mußte auch der versiegelte Umschlag geöffnet werden, und dann – dessen war er sich klar – würden wir ihn wie ein Expreß überfahren. Was immer auch Gregoris Absichten waren – er zog es offensichtlich vor, sie durchzuführen, solange er noch als angesehenes Mitglied der Alfringhamer Gesellschaft galt und nicht als gesuchter Mörder auf der Flucht vor der britischen Polizei.«

»Tja, es ist nicht so einfach, die Regierung und die Nation zu bedrohen und zu erpressen, wenn einem der kalte Atem des Gesetzes bereits ins Genick weht«, stimmte der General ein. Seine Beherrschung, seine eiserne Ruhe waren fast übermenschlich. »Aber warum mußte MacDonald sterben?«

»Aus zweierlei Gründen. Erstens kannte er Gregoris endgültige Ziele, und das konnte seine, Gregoris, Pläne, falls MacDonald den Mund aufmachte, restlos ruinieren. Und zweitens, weil auch Mrs. Turpin eine Gefahr darstellte. MacDonald war ein verdammt zäher Bursche – es konnte sein, daß er dicht hielt, selbst, wenn ihn die Polizei dazwischen nahm, – schließlich, obzwar er sich bestimmt von allem, was mit Mord und Totschlag zu tun gehabt, distanziert hatte, daß er selbst tief genug im Schlamassel, Sie aber hätte ihn zum Reden gebracht, und wenn nicht, dann hätte sie aller Voraussicht nach wohl den Mund selbst aufgetan. Madame Halle gab mir in Paris zu verstehen, daß MacDonald ein ewiger Abenteurer der Liebe war, und wer nun einmal gern *à la carte* lebt, der läßt von dieser Gewohnheit ungern ab. Nicht vor achtzig jedenfalls. Mrs. Turpin war eine gutaussehende Frau, und ihre ganze Art, sich umgehend als MacDonalds Beschützerin aufzuwerfen, sagt alles. Sie liebte ihn. Ob er das erwiderte, kann ich nicht sagen, und es spielt auch keine Rolle. Wenn indessen etwas schiefgegangen wäre, dann wäre sie diejenige gewesen, die MacDonald gezwungen hätte, den Kronzeugen zu spielen und Gregori dem Henker auszuliefern. Seine Zeugenaussage wäre meines Erachtens von solcher Bedeutung – von einer solch entscheidenden Bedeutung – gewesen, daß entweder sie oder MacDonald oder auch alle beide davon überzeugt gewesen waren, daß MacDonald schlimmstenfalls mit einer leichten Strafe davonkommen müsse. Und wären erst einmal alle Hoffnungen auf Gregoris Geld endgültig dahin gewesen, dann glaube ich kaum, daß unser Freund MacDonald auch nur noch einen Moment gezögert hätte, den Kronzeugen zu spielen. War das, was er zu sagen hatte, wichtig genug, dann konnte er unter Umständen sogar mit einem Generalpardon rechnen. Wohingegen er sonst Gefahr lief, als Helfershelfer zum Mord aus persönlicher Gewinnsucht mit angeklagt zu werden. Ein Vergehen, das in diesem Land noch immer mit dem Gang zum Richtblock geahndet wird. Und hätte er wirklich gezögert, dann hätte Mrs. Turpin für ihn entschieden.

Meine Vermutung – es ist nur eine Vermutung, aber das wird sich in Mordon genau feststellen lassen, geht dahin, daß Mrs. Turpin MacDonald umgehend, nachdem ich das Haus verlassen hatte, angerufen haben muß und Gregori das Gespräch entweder gehört oder anderweitig erfahren haben dürfte, was inzwischen geschehen war. Wahrscheinlich begleitete er MacDonald heim, um zu sehen, wie die Aktien stünden – und das war schnell passiert. Der Verdacht fiel auf MacDonald, und dieser Umstand konnte für Gregori höchst fatal werden. Um das zu verhindern, war Gregori gezwungen, den Spieß umzudrehen.«

»Haut alles haargenau hin, was?« sagte Hardanger, ohne auch nur eine Miene zu verziehen. Er war noch weit entfernt davon, endgültig zu vergeben und vergessen.

»Jawohl. Das Netz ist zusammengezogen und geschlossen. Das einzige Malheur dabei ist nur, daß der Fisch entkommen ist und der Rest uns nichts nützt. Nur eins wissen wir jetzt genau: Das ganze Gefasel von Mordons Zerstörung können wir abschreiben. Wäre nämlich das sein Plan gewesen, dann hätte auch ein MacDonald mit allem Gerede weder etwas dafür noch dagegen tun können – das ganze Land weiß davon. Was immer es auch sei – es liegt auf einer breiteren und weitaus bedeutenderen Ebene; eine Angelegenheit, die vielleicht – bestimmt sogar – schiefgegangen wäre, wenn wir rechtzeitig Wind davon bekommen hätten.

»Zum Beispiel?« fragte Hardanger.

»Das sollen Sie mir sagen. Mein Bedarf an diesem Ratespiel ist für heute gedeckt.« Und er war gedeckt. Ich war nur noch willens den Mund aufzumachen, wenn es absolut sein mußte. Zurückgelehnt in die weichen warmen Polster, spürte ich nun doch allmählich die Reaktion. Der anästhesierende Effekt raschen Denkens und Handelns begann nachzulassen, und je mehr er nachließ, desto älter und verbrauchter fühlte ich mich. Und elender. Auch das noch. Ich dachte an den weitverbreiteten Glauben, daß der Mensch nie gleichzeitig mehrere, sondern immer nur einen Schmerz zu spüren imstande sei, und ich fragte mich, welcher völlig fehl informierte Vollidiot dies in die Welt gesetzt haben mochte. Was war es eigentlich, was mich am meisten peinigte? Mein Schädel, oder mein Fuß oder meine Rippen? Schließlich gab ich den Rippen um Haaresbreite vor meinem geschundenen Haupt den Vorrang. Wir rauschten mit neunzig Sachen über die kurvenfreie, nasse Strecke, aber der Mann am Steuer fuhr so weich und routiniert, daß ich trotz meiner Sorgen und Ängste um Mary gerade am Eindösen gewesen sein mußte, als der Lautsprecher vorn wieder zu krachen anfing.

Erst das Kennwort – dann kam die Meldung. »Grauer Humber der angegebenen Beschreibung – Nummer nicht festgestellt – ist soeben von der Strecke nach London in eine B-Straße abgebogen, um die Flemington-Kreuzung zu vermeiden – zweieinhalb Meilen östlich von Crutchley. Ich verfolge weiter.«

»Flemington-Kreuzung!« Der Stimme des Sergeants, ein Alfringhamer, war einige Aufregung zu entnehmen. »Das ist bestens, der ist auf einem Umweg, der ihn nirgends hinbringt als nach Flemington und nach drei weiteren Meilen genau wieder auf die Hauptstraße nach London zurück.«

»Und wie weit sind wir noch von diesem – na, wie hieß das Kaff doch noch – Crutchley entfernt?« wollte Hardanger wissen.

»Dicht dran, Sir. Vier Meilen.«

»Also neun bis zehn Meilen bis zur Kreuzung, bei der Gregori wieder auf die Hauptstraße kommen muß. Und diese Nebenstraße, auf der er jetzt ist – wie sieht die aus? Wie lange dürfte er brauchen?«

»So fünf bis sechs Meilen, Sir. Ziemlich verzinkt, lauter Kurven. Etwa zehn Minuten, wenn er was riskiert und auf dem Gas bleibt. Kurven und Biegungen noch und noch.«

»Glauben Sie, daß Sie es in zehn Minuten schaffen?« erkundigte Hardanger sich beim Fahrer.«

»Ich weiß nicht, Sir.« Er zögerte. »Ich kenne die Straße nicht.«

»Aber ich«, versicherte der Sergeant zuversichtlich. »Er schafft's.«

Und er schaffte es. Der Regen goß noch immer senkrecht herunter, die nassen Straßen waren rutschig, gerade Strecken eine Seltenheit, und ich glaube, wir alle fügten in dieser Nacht unserem bereits vorhandenen Quantum grauer Haare einige hinzu, aber er schaffte es. Schneller sogar noch als notwendig. Den ständig einlaufenden Meldungen des Streifenwagens, der sich an Gregori gehängt hatte, war einwandfrei zu entnehmen, daß der Mann am Steuer alles andere, nur nicht gerade ein versierter Autofahrer war.

Unser Wagen verlangsamte sein Tempo und hielt. Quer über die Straße nach Flemington geparkt, blockierten wir die gesamte Ausfahrt zur Hauptstraße. Alles stieg eilends aus, während der Sergeant die starken Suchlichter in die Richtung drehte, aus der Gregoris gestohlener Humber aufkreuzen mußte. Dann gingen wir im strömenden Regen hinter dem Jaguar in Deckung. Vorsichtshalber in zehn Fuß Abstand. Bei diesem elenden Sauwetter konnte schon eine beschlagene Windschutzscheibe oder auch ein defekter Scheibenwischer jedes heranrauschenden Fahrers Sicht so behindern, daß er unvermeidlich in den Jaguar brummen mußte. Besonders dann, wenn es sich um einen ausgesprochenen

Stümper handelte, wie den eingehenden Meldungen zu entnehmen war.

Ich sah mich erst mal gründlich in der Gegend um. Für einen Überfall so unwahrscheinlich geeignet, daß auch ein Dick Turpin nichts Besseres hätte ausfindig machen können. Genau die Spitze und eine Seite des rechten Winkels der T-Kreuzung standen dichtbewachsen mit Buchengehölz. Die dritte Seite des T, strahlend beleuchtet von den noch immer brennenden Scheinwerfern des Jaguars, war offenes Weideland, auf dem weit und breit nichts zu sehen war als ein baumumsäumter Bauernhof mit den dazugehörigen Scheunen und Stallungen. Das Wohnhaus lag etwa zweihundert Meter weit weg, die nächste Scheune kaum hundert. Aus einem der Fenster fiel matt ein regendurchtränkter, diffuser Lichtstrahl, soviel konnte ich ausmachen.

Genau neben der Straße nach Flemington lief ein tiefer Graben. Ich zog bereits in Erwägung, ob es nicht eventuell zweckmäßig wäre, sich dahin zu postieren, einen anständigen Steinbrocken zu nehmen und den durch die Fahrerscheibe zu schmettern, um so zumindest fünfzig Prozent aller Gefahrenmomente aus der Welt zu schaffen. Das Bedenkliche daran war leider, daß auch Mary bei diesem Unternehmen gleich mit aus der Welt geschafft werden konnte. Die Tatsache, daß sie, als sie durch Alfringham gekommen waren, nicht vorn, sondern hinten gesessen hatte war längst keine Garantie dafür, daß dem noch immer so war. Also beschloß ich, da zu bleiben, wo ich war.

Und dann schien er heranzukommen. Durch das Klatschen weißlicher Regengüsse auf dem Asphalt und das schwere Trommeln auf dem Wagendach vernahmen wir plötzlich das stetig näherkommende Geräusch eines Motors – unsinnig hochgetrieben und weit entfernt von jedem kunstgerechten Schalten. Sekunden später fiel bereits die erste Lichtgarbe auf die Fahrbahn, die gestauten Strahlenbündel flackerten gespenstisch durch die Buchenstämme und die fahlen Regengüsse. Und wir alle gingen samt und sonders hinter dem Jaguar in die Knie. Ich zog die Hanyatti heraus und entsicherte.

Und dann, ganz plötzlich, begleitet von dem grätigen Krächzen des Getriebes und dem Aufheulen des auf Touren kommenden Motors, kam der Wagen um die letzte Kurve und direkt auf uns zu. Noch etwa hundertfünfzig Meter weit weg von unserem Standort, konnten wir bereits die Geschwindigkeitsbeschleunigung ausmachen, nachdem er die Kurve genommen hatte: Dann ein abrupter Ausfall des Motorengeräusches, unmittelbar gefolgt von dem nicht zu mißdeutenden Aufjaulen blockierender Reifen auf nasser Straße.

Gedeckt durch den Jaguar, sah ich die Scheinwerferstrahlen

von einer Seite zur anderen schwingen, während der Fahrer sich verzweifelt bemühte, den Wagen unter Kontrolle zu bringen, und lauerte instinktiv auf das zu erwartende splitternde Krachen und den unvermeidlichen Stoß des in den quer auf der Straße liegenden Jaguar brummenden Wagens.

Aber das Krachen blieb aus, und der Stoß kam nicht. Absolut nicht seiner Fahrtechnik, lediglich einem sagenhaften Dusel zuzuschreiben, gelang es dem Fahrer gerade noch, den nach links abgerutschten Wagen kaum fünf Fuß vor dem Jaguar mitten auf der Straße zum Stehen zu bringen. Ich stand auf und ging, völlig geblendet von den starken Scheinwerfern des Humbers, mit fast zugekniffenen Augen auf die Seitenfront des Jaguars zu. Und so scharf ausgeleuchtet ich auch war, so bezweifle ich doch, daß die Insassen des Humbers mich zu sehen imstande waren. Das starke Suchlicht aus dem Dach des Jaguars knallte direkt in Gregoris Windschutzscheibe.

Ich bin weiß Gott keine *Anni Oakly with the gun*, aber auf eine Entfernung von zehn Fuß und bei einem Ziel in der Größe eines Suppentellers, schaffe ich es bei schlechtesten Bedingungen. Zwei schnelle Schüsse, und die Scheinwerfer des Humbers klirrten und starben. Gefolgt von den anderen, ging ich rund um den Jaguar herum, als auch schon ein zweiter Wagen – der Gregoris Wagen verfolgende Streifenwagen – hinter dem Humber zum Stehen kam. Und ich war kaum bis an die Nase des Jaguars gekommen, als rechts und links die Türen des Humbers weit aufflogen und zwei Männer eiligst hinausstolperten. Und für eine Sekunde – für nur eine einzige – hatte ich das Spiel noch einmal in der Hand. Alle beide hätte ich sie über den Haufen schießen können, wie sie da standen, und die Tatsache, daß dies hinterrücks hätte erfolgen müssen, hätte mein Gewissen kaum belastet. Statt dessen stand ich da wie ein Idiot und zögerte und bekam die Pistole nicht schnell genug hoch, und schon war sie dahin, diese eine Sekunde, und mit ihr meine allerletzte Chance. Denn schon war auch Mary mit einer Gewalt, die sie aufstöhnen ließ, aus dem Wagen gezerrt und mit einem brutalen Ruck vor Gregori gerissen worden, dessen Pistole jetzt direkt über ihre linke Schulter weg auf mich gerichtet war. Der zweite der Genossen war ein breitschultriges, vierschrötiges, hartgesottenes Subjekt südlicher Herkunft mit einer Pistole von der Güte eines abgesägten Kanonenrohrs in der haarigen Faust. In der linken, stellte ich fest. Und es war auch ein Linkshänder gewesen, der die Kombizange gehandhabt hatte, um den Zaun von Mordon zu durchschneiden. Das also mußte er sein, der Mörder beider, der Mörder von Baxter und Clandon. Denn, daß er dieses Gewerbes war, stand außer Frage für mich. Wenn man einmal genug von dieser Sorte gesehen hat, dann kennt man sie augenblicklich wieder. Selbst wenn sie noch so normal und völlig harmlos aussehen wie tausend andere auch. In den tiefsten Tiefen ihrer Augen glimmt der Funke leeren Wahnsinns. Nichts, das ihnen eigen wäre, vielmehr etwas, das ihnen nicht eigen ist. Und das hier war einer von dieser Sorte. Und Gregori? Noch einer? Es war der gleiche Gregori, den ich von jeher kannte, groß und dunkel und haarig und ein wenig spöttisch wie immer und doch wiederum ein völlig anderer. Er trug die Brille nicht mehr.

»Cavell.« Die Stimme war sanft und farblos; konversationell beinah. »Seit Wochen hatte ich die Möglichkeit, Sie einfach aus dem Weg zu räumen. Ich hätte sie wahrnehmen sollen. Nachlässigkeit! Dabei kenne ich Sie seit langem. Und man hat mich sogar gewarnt. Ich wollte nicht hören.«

»Der Genosse«, sagte ich nur. Meine eigene Pistole hing bleiern hinunter. Ich starrte in den Lauf in der haarigen linken Hand. Er zielte direkt in mein rechtes Auge. »Linkshänder. Der Mörder von Baxter und Clandon.«

»Stimmt auffallend.« Gregoris Griff um Mary festigte sich noch. Wie eine Puppe, die man durch den Dreck gezogen hatte, sah sie aus. Über ihrem rechten Auge schien sich eine Beule zu bilden. Ich tippte auf einen Ausbruchversuch, als ihnen der Sprit ausgegangen war und sie zur Tankstelle unterwegs gewesen waren. Aber sehr verängstigt schien sie mir nicht. Und falls sie es war, dann ließ sie es sich nicht anmerken. »Ich war wahrhaftig gewarnt. Henriques, mein – ah – mein Adjutant. Ja, er zeichnet verantwortlich für ein paar sauber durchgeführte kleine Unfälle, stimmt's, Henriques? Einschließlich dieses kleinen Mißgeschicks, das Ihnen selbst passiert ist, Cavell.«

Ich nickte. Das leuchtete mir ein. Henriques, der Vollstrecker. Ich sah in das harte, bittere Gesicht, in die leeren Augen und wußte, daß Gregori die Wahrheit sprach. Nicht, daß dies Gregori auch nur einen Deut unschuldiger gemacht hätte, nein, das nicht, verständlicher aber. Meister dieser Zunft – wie Gregori einer war – ließen stets die Finger von der physischen Seite ihres Gewerbes.

Gregori hatte einen raschen Blick nach den beiden Polizeioffizieren, die aus dem Streifenwagen gestiegen waren, geworfen und kommandierte Henriques mit einer schnellen Kopfbewegung in die Richtung. Der reagierte wortlos und schwang seine Kanone herum, dahin, wo die beiden sofort haltmachten. Ich hob die Pistole und ging einen Schritt auf Gregori zu.

»Lassen Sie das«, sagte Gregori ruhig und preßte dabei den Lauf seiner Pistole so hart in Marys Rippen, daß sie aufstöhnte. »Es soll mir nicht darauf ankommen, abzudrücken.« Noch einen

Schritt wagte ich mich vor. Wir standen uns jetzt auf vier Fuß gegenüber. »Sie werden ihr nichts tun. Und wenn, dann lege ich Sie um. Dafür sollten Sie mich kennen. Gott allein mag wissen, um welchen Einsatz Sie spielen, aber gemessen an der Planung und den Morden, die Sie investiert haben, muß es ein grandioses Projekt sein, wenn es all diesen Aufwand rechtfertigen soll. Was immer es auch ist, Sie haben es noch nicht erreicht, und Sie werden es nicht einfach wegwerfen, indem Sie meine Frau erschießen, nicht wahr, Gregori?«

»Pierre – hol mich weg von diesem Scheusal – egal, was auch geschieht«, stammelte Mary hilflos.

»Er wird dir nichts tun, Mary«, sagte ich ruhig. »Er wird es nicht wagen. Und er weiß es.«

»Sieh da, Cavell, der kleine Psychologe«, spöttelte Gregori, als stünde er in einem modernen Konversationsstück auf der Bühne. Und plötzlich, völlig unerwartet, lehnte er sich an den Wagen und schleuderte Mary mit aller Kraft zu mir hinüber. Ich stemmte mich so gut es ging gegen den Anprall, wich aber trotzdem taumelnd ein Stück zurück, und bis wir uns wieder gefangen hatten, hielt auch Gregori meiner hochgerissenen Pistole in der ausgestreckten Hand etwas entgegen: eine Glasampulle mit blau versiegeltem Kopf. In der anderen lag der Stahlbehälter, dem er sie entnommen hatte. Ich sah in Gregoris regungsloses Gesicht, ich sah auf die Ampulle, und dann fühlte ich plötzlich wie die Hanyatti in meiner Hand langsam feucht und klebrig wurde.

Ich sah mich um und sah sie alle an – den General und Hardanger, die beide mit gezogenen schweren Pistolen hinter mir standen –, die beiden Polizisten, und dann wandte ich den Kopf wieder nach vorn, dahin, wo die beiden von Henriques in Schach gehaltenen Polizeioffiziere standen. Und dann sagte ich langsam und klar und deutlich: »Keiner unternimmt mehr etwas. Diese Ampulle in Gregoris Hand enthält den Satanskäfer. Sie alle haben heute die Zeitung gelesen. Sie wissen, was geschieht, wenn dieses Glas zerbricht.«

Sie alle wußten es. Twisttanzende, vom Veitstanz befallene Wachsfiguren standen mir vor Augen. Wie lange konnte es dauern, bis alles Leben in Großbritannien erlosch, wenn diese höchstentwickelte Poliopest über uns kam? Was hatte Gregori gestern noch gesagt? Es fiel mir nicht ein. Darauf kam es wohl auch nicht mehr an.

»Sehr richtig«, sagte Gregori gelassen. »Das rote Siegel für den Botulinvirus, das blaue für den Satanskäfer. Cavells Spiel um das Leben seiner Frau war eben nicht ganz frei von Bluff. Ich würde Sie jedoch bitten, mir zu glauben, daß ich nicht bluffe.

Heute nacht noch hoffe ich das zu erreichen, worauf ich alles gesetzt habe, woran mein Herz hängt.« Schweigend sah er uns der Reihe nach mit seinen im Schein der Suchlichter leer glänzenden Augen an. »Wenn ich nicht unbehindert von hier fortkomme, wird es mir kaum gelingen, das, was ich mir in den Kopf gesetzt habe, zu erreichen, und dann verspüre ich durchaus nicht mehr den Wunsch, mein Leben noch zu verlängern. Und ich beschwöre Sie alle, wie Sie hier stehen, mir zu glauben, daß dies mein heiligster Ernst ist.«

Ich glaubte es ihm aufs Wort. Blanker Wahnsinn glänzte ihm aus den Augen. »Und Ihr Adjutant?« warf ich ein. »Henriques? Was hält der von Ihrer gleichmütigen Einstellung seinem Leben gegenüber?«

»Ich war es, der ihm das Leben dreimal gerettet hat. Einmal vor dem Ertrinken, zweimal vor dem elektrischen Stuhl. Über sein Leben verfüge ich, wie es mir beliebt. Das versteht er. Außerdem ist er taubstumm.«

»Sie sind wahnsinnig«, sagte ich heiser. »Gestern noch haben Sie uns erklärt, daß nichts und gar nichts die stetige Ausdehnung dieses Virus aufhalten könne, weder Feuer noch Eis, weder das Meer noch die Berge.«

»Und das dürfte im wesentlichen auch genau zutreffen. Aber wenn ich zu gehen habe, was kümmert es mich dann, ob mich der Rest der Menschheit begleitet.«

»Aber –« ich stockte. »Großer Gott, Gregori, kein normaler Mensch, nicht einmal das verbrecherischste Ungeheuer der gesamten Kriminalgeschichte, würde jemals auf den Gedanken verfallen, so etwas – um Himmels willen, Mann, das kann doch nicht Ihr Ernst sein!«

»Vielleicht bin ich nicht normal.«

Und das bezweifelte ich nicht. Nicht in diesem Augenblick. Angsterfüllt, fasziniert geradezu, beobachtete ich ihn – wie sorglos er mit dem Stückchen Glas umging – wie schnell er sich bückte und es auf den nassen Boden unter seine linke Schuhsohle schob. Der Absatz grub sich in den Matsch. Flüchtig ging es mir durch den Kopf, ob es nicht zu schaffen wäre, ihn mit ein paar anständigen Schlägen mit der Hanyatti nach rückwärts zu kippen und so seinen Fuß von der Ampulle zu bringen, doch so blitzartig diese Erleuchtung aufflammte, so schnell war sie erloschen. Ein Wahnsinniger konnte so leichtfertig mit dem Leben seiner Mitmenschen umgehen, mir stand diese Rechtfertigung nicht zu. Selbst wenn die Chancen, statt zum Retter zum Henker der Menschheit zu werden, eins zu einer Million stünden, das konnte ich nicht verantworten.

»Ich habe diese Ampullen im Labor getestet – leere, versteht sich –« fuhr Gregori beiläufig fort, »und ich habe dabei festgestellt, daß ein Gewicht von siebeneinhalb Pfund ausreicht, sie zu zersplittern. Vorsichtshalber habe ich mich für alle Fälle mit konzentriertem Zyankalitabletten für Henriques und mich eingedeckt. Wie wir durch Tierexperimente wissen, ist es weitaus qualvoller, am Satanskäfer einzugehen als an Botulin. Es dauert länger. Sie werden also jetzt schön einer nach dem anderen antreten und mir Ihre Schießeisen auf Armeslänge, wie sich das gehört, mit dem Kolben vornweg abliefern. Und Sie werden dabei außerordentlich vorsichtig sein, damit mich auch nichts aus dem Gleichgewicht bringt und ich nicht gezwungen bin, mein Gewicht auf den linken Fuß zu verlagern. Cavell, Sie fangen an.«

Ich drehte die Pistole um und überreichte sie ihm langsam und vorschriftsmäßig, und ich muß sagen, ich paßte höllisch auf, ihn ja nicht zum Wackeln zu bringen. Unsere komplette Niederlage, die Tatsache, daß es diesem Mörder, dem der Wahnsinn aus den Augen glänzte, doch noch gelingen sollte, alles Übel das er im Sinn hatte und um das er mit allen Mitteln verzweifelt kämpfte, doch noch zu vollbringen, war im Augenblick völlig unwichtig geworden. Wichtig allein war und blieb, daß ihn nichts aus dem Gleichgewicht brachte.

Einer nach dem anderen händigten wir unsere Pistolen aus. Als die letzte abgeliefert war, ließ er uns in einer Reihe antreten, während der Taubstumme uns im Vorbeigehen schnell und geübt nach weiteren Waffen durchsuchte. Er fand keine. Dann erst, und keine Sekunde früher, nahm Gregori vorsichtig seinen Fuß von der Ampulle, bückte sich und ließ sie wieder in die Stahlhülle gleiten.

»Ich glaube, wir kommen jetzt auch mit den konventionellen Waffen aus«, sagte er breit und behaglich. »Die Gefahr, daß einem ein kleines Versehen mit – sagen wir mit permanenter Wirkung – unterläuft, ist dabei weniger gegeben.« Damit griff er nach zwei Pistolen, die Henriques alle auf einen Haufen auf die Motorhaube des Humbers geworfen hatte, und überzeugte sich noch einmal, ob sie auch entsichert waren. Sie waren entsichert. Er nickte Henriques zu und redete schnell auf ihn ein. Ein gräßlicher Anblick – diese übertriebenen Lippenbewegungen, denen nicht ein Laut entkam. Die Methode des Lippenlesens ist mir nicht unbekannt, dem jedoch war nichts zu entnehmen. Wahrscheinlich war das, was er sprach, weder französisch noch italienisch, sondern eine völlig fremde Sprache. Henriques jedenfalls hatte verstanden, was ihm geheißen. Er nickte dazu und sah uns dann mit einem merkwürdig erwartungsvollen Blick an. Ein Blick, der mir gar nicht gefiel. Wie er mir insgesamt zutiefst mißfiel, dieser Henriques – ein übles, unerfreuliches Stück Mensch. Gregori wies mit einer seiner Pistolen nach einem der Männer aus dem Streifenwagen.

»Runter mit den Uniformen«, kommandierte er. »Los, los.«

Die beiden sahen sich an. »Nicht ums Verrecken«, stieß einer durch die Zähne.

»Das könnte Ihnen gleich blühen, Sie Idiot«, fuhr ich ihn an. »Merken Sie noch immer nicht, mit was für einer Kategorie wir es hier zu tun haben? Ziehen Sie die Klamotten aus, los.«

»Ich denke nicht daran. Nicht von denen und von niemandem lasse ich mich dazu zwingen«, meuterte er renitent.

»Das ist ein Befehl, verstanden!« brüllte Hardanger nervös. »Verdammt, wenn Sie erst mal ein Stück Blei zwischen den Augen haben, wird's ihm kein Problem mehr sein, Ihnen das Zeug vom Leib zu ziehen. Machen Sie keine Geschichten«, schloß er ruhig, dafür aber um so eindringlicher.

Verbissen und widerwillig kamen die beiden dem Kommando nach und zitterten sich dann im kalten Regen warm. Henriques sammelte die Uniformstücke auf und warf sie in den Jaguar.

»Und wer von euch bedient das UKW-Gerät in diesem Jaguar?« erkundigte sich Gregori als nächstes. Mir war, als hätte mir jemand einen Spieß durch den Leib gerannt und ihn ein paarmal umgedreht. Dabei hatte ich es bereits kommen sehen.

»Ich«, meldete sich der Sergeant.

»Gut. Dann geben Sie dem *Headquarter* jetzt durch, daß Sie uns haben und nach London weiterbefördern. Geben Sie weiter durch, daß sämtliche Streifen, die noch hier herumgeistern – außer den regulären – sofort zurückgezogen werden können.«

»Tun Sie, was er sagt«, redete Hardanger erledigt zu. »Und Sergeant, hören Sie zu, ich halte Sie für so intelligent, daß ich annehme, daß Sie keinen Blödsinn machen werden. Machen Sie genau das, was er verlangt.«

Der Sergeant tat genau das. Mit Gregoris Pistole im linken Ohr blieb ihm wahrhaftig keine andere Wahl. Als er zu Ende war, nickte Gregori befriedigt.

»Ausgezeichnet.« Er sah dabei zu, wie Henriques in den gestohlenen Humber kletterte. »Und dann werden wir hier gleich ganze Arbeit leisten und unseren Wagen und den Ihrer zwei schlotternden Kadetten ins Grüne fahren und die Verteiler demolieren. Vor Tagesanbruch findet sie dort kein Schwein. Und nachdem die Verfolgung eingestellt ist, dürften wir wohl, bestens ausgerüstet mit allem polizeilichen Zubehör, Wagen und Uniformen, unterwegs auf dieser Strecke kaum mehr auf Schwierigkeiten stoßen. Dann steigen wir um.« Er warf dem Jaguar einen bedauernden Blick zu. »Der dürfte leider ein sehr heißes Eisen werden, wenn Ihr *Headquarter* erst mal dahinterkommt, daß Sie abgängig sind. Bliebe nur noch ein Problem: Was machen wir mit Ihnen?«

Mit leerer Gleichgültigkeit starrte er uns unter dem triefenden Rand seines weichen Filzhutes an und wartete ab, bis Henriques die Wagen weggebracht hatte. »Habt ihr einen Handscheinwerfer in eurem Jaguar?« wollte er wissen. »Das dürfte ja wohl mit zur Standardausrüstung gehören, Sergeant?«

»Eine Batterielampe ist da«, gab der Sergeant Auskunft. »Holen Sie sie.« Ein Lächeln trat in Gregoris Augen und kroch dann langsam in seine Mundwinkel. Das Lächeln eines gefangenen Tieres tief unten in der Falle, mit dem er denjenigen, der ihm diese Falle gestellt hatte, jetzt stürzen und neben sich landen sieht. »Ich kann Sie nicht umlegen, obwohl ich durchaus nicht abgeneigt wäre und auch keinerlei Hemmungen hätte, wenn nicht gerade dieses Haus in der Nähe stünde. Und ich kann Ihnen allen leider auch nicht schlicht eins aufs Dach geben, weil ich bezweifle, daß Sie das so stillschweigend hinnehmen würden. Und auch fesseln kann ich Sie nicht, weil es nun einmal nicht zu meinen Gewohnheiten gehört, all das, was nötig ist, um acht Mann bewegungsunfähig und mundtot zu machen, ständig mit mir herumzuschleppen.

Ich möchte jedoch annehmen, daß eines dieser Farmgebäude da drüben allen Anforderungen eines temporären Gefängnisses vollkommen entsprechen wird. Stellen Sie mal die Scheinwerfer ab, Sergeant, und gehen Sie dann mit Ihrer Lampe vorneweg in Richtung Stallungen. Immer schön zwei und zwei, meine Herrschaften. Mrs. Cavell und ich übernehmen die Rückendeckung. Wobei ich Sie darauf aufmerksam machen möchte, daß meine Pistole in Mrs. Cavells Rücken steckt, und Sie werden sich ja wohl darüber klar sein, was geschieht, wenn hier auch nur einer den Versuch machen sollte, aus der Reihe zu tanzen.«

Mir war es klar. Uns allen.

Die Scheunen und Stallungen waren leer – menschenleer jedenfalls. Aus dem Kuhstall kam das fromm-friedliche Mahlen wiederkäuender Kühe, aber das Abendmelken war vorbei. Gregori ging am Kuhstall vorbei, er ging an der Molkerei vorbei, an einem ehemaligen Stall, der inzwischen zu einem Traktorenschuppen degradiert worden war, an dem großen ausgemauerten Schweinestall und an einem Rübenlager. An der Scheune sah er sich um und schien genau das entdeckt zu haben, was er brauchte. Und ich mußte zugeben, daß es für seine Zwecke genau das Geeignete war.

Ein langgestrecktes niedriges Steingebäude war es mit kopfhohen, schießschartenartigen Fenstern, bei deren Anblick man ganz unwillkürlich nach den wehrhaften Zinnen Ausschau hielt. Ein altertümliches Ding, das zwar ganz nach Privatkapelle aussah, in seiner wahren Funktion jedoch von solcherlei heiligen Zwecken gar nicht weiter entfernt sein konnte. Es war eine Apfelkelterei mit einer schweren, altertümlichen Eichenpresse, die am entgegengesetzten Ende stand. Lauter Obstregale liefen an der einen Längswand entlang; gegenüber standen verspundete Fässer und abgedeckte Kufen frischen Apfelweins. Tür wie auch die Presse waren aus solider alter Eiche, und wenn der Fallriegel an der Außenseite einmal eingerastet war, dann bedurfte es zumindest eines Rammbocks, um hier durchzubrechen.

Wir hatten keinen Rammbock. Wir hatten mehr: Verzweiflung, den Willen zum Leben und, insgesamt gesehen, doch eine ganz beträchtliche Portion Intelligenz. Aber auch Gregori konnte nicht so auf den Kopf gefallen sein, sich einzubilden, uns hier in alle Ewigkeit festsetzen zu können. Passanten mußten uns hören, die Bauern sogar, deren Wohnhaus kaum hundert Meter weit ablag, wenn wir erst einmal anfingen, hier um Hilfe zu schreien. Nein, so dumm konnte er nicht sein. Eine Erkenntnis von bleierner Schwere und herzerstarrender Endgültigkeit, die alles in mir auslöschte und mich wie gelähmt zurückließ, überkam mich. So dumm war ein Gregori nicht. Er wußte – genau wußte er es –, daß hier niemand versuchen würde, diese Tür zu durchbrechen, er wußte, daß hier niemand um Hilfe schreien würde, und was er vor allem wußte, war, daß keiner von uns diese Apfelkelterei jemals wieder verlassen würde, es sei denn auf einer zugedeckten Bahre. Zu Eiszapfen erstarrte Finger schienen auf meiner Wirbelsäule – die ganze Tastatur hinauf und hinunter – Rachmaninoff zu spielen.

»Alles nach hinten und dageblieben, während ich die Tür von außen dicht mache«, kommandierte Gregori. »Leider ist meine Zeit zu kurz bemessen, um wohlgesetzte Abschiedsreden zu halten. In genau zwölf Stunden aber, wenn ich den Staub dieses verfluchten Landes zum letztenmal von meinen Schuhsohlen geschüttelt haben werde, will ich Ihrer aller gedenken. *Good-bye.*«

Ich raffte mich auf. »Und keine großmütige Geste für den besiegten Feind?«

»Sie haben darum gebeten, Cavell. Also schön, dann will ich mir noch die Zeit für eine Kleinigkeit nehmen. Zeit für denjenigen, der mich so viel gekostet hat, für den Mann, dem es beinahe gelungen ist, alle meine Pläne und Hoffnungen zunichte zu machen.« Er trat auf mich zu, stieß mir eine seiner Pistolen in den Magen und zog mir die andere mit aller seiner Kraft rechts und links durchs Gesicht. Weißglühend schmerzhaft spürte ich, wie meine Haut in lauter feinen Linien riß und das Blut mir warm über mein eiskaltes Gesicht zu rinnen begann. Mary schrie auf – irgend etwas – ich verstand es nicht. Ich sah nur, daß Hardanger zugriff und sie mit Gewalt festhielt, bis ihr nutzloser Widerstand erlahmte. Gregori trat zurück. »*Das*, Cavell, ist der Abschiedsgruß für Bettler.«

Ich nickte. Ich hob nicht einmal die Hand zum Gesicht. Noch mehr verschönern, als es bereits war, konnte er es ohnehin nicht mehr. »Ich stelle Ihnen anheim, Mrs. Cavell mitzunehmen.«

»Pierre!« schluchzte Mary auf. »Was sagen Sie da!« Hardanger fluchte erbittert vor sich hin. Der General sah mich in dumpfem Nichtbegreifen an.

Gregori rührte sich nicht. Wir sahen uns an. Meine Augen fielen in die dunkle, ausdruckslose Leere, die ihnen entgegenglänzte. Dann schüttelte Gregori mit einer sonderbaren, kleinen Bewegung den Kopf. »Diesmal bin ich an der Reihe zu bitten, Cavell. Verzeihen Sie mir. Ich wußte nicht, daß *Sie* es wußten. Ich hoffe, daß, wenn ich einmal an der Reihe –« Er ließ den Rest ungesagt in der Luft hängen und sah sich nach Mary um. »Sie haben recht, es wäre ein Jammer. Eine schöne Frau – und so jung! Auch ich bin nicht bar jeden menschlichen Gefühls, Cavell – wenigstens dann nicht, wenn es um Frauen und Kinder geht. Übrigens sind auch die beiden Kinder, die ich leider gezwungen war, von der Alfringham Farm zu entführen, bereits wieder frei. Sie werden innerhalb weniger Stunden bei ihren Eltern sein. Nein, es wäre schade. Kommen Sie, Mrs. Cavell.«

Doch sie kam statt dessen zu mir und fuhr mir sanft übers Gesicht. »Was ist los, Pierre?« flüsterte sie. Liebe und Nichtbegreifenkönnen aber nicht die Spur eines Vorwurfs lagen in ihrer Stimme. »Was macht dich so fertig?«

»Leb wohl, Mary«, sagte ich. »Dr. Gregori wartet nicht gern. Wir sehen uns bald.« Sie kam nicht mehr dazu, das zu sagen, was sie sagen wollte. Gregori hatte sie beim Arm genommen und brachte sie bereits zur Tür, während der Taubstumme uns alle in Schach hielt und uns nicht aus den Augen ließ, bis die Tür sich schloß und der schwere Riegel einrastete. Wir standen da und starrten uns im weißlichen Licht der Lampe, die noch immer auf dem Boden brannte, an.

»Sie Schwein verfluchtes«, machte Hardanger seinem Herzen Luft. »Warum –.«

»Halten Sie die Schnauze, Hardanger!« Meine Stimme war leise, dringend, verzweifelt. »Schwingt euch, los. Paßt lieber auf die Gitter auf – die Fenster, verdammt. Los – los. Um Gottes willen *schnell!*«

In meiner Stimme muß etwas gelegen haben, das wohl auch

eine ägyptische Mumie auf die Beine gebracht hätte. Wortlos und eilig verteilten wir uns. »Der wird hier sofort etwas durchs Fenster schmeißen«, zischelte ich ihnen zu. »Eine Botulin-Ampulle. Jeden Augenblick muß sie kommen.« Ein paar Sekunden brauchte er, um den Verschluß vom Stahlbehälter abzuschrauben, das wußte ich. »Abfangen!« Ihr müßt es unbedingt auffangen. Wenn dieses Ding auf den Boden oder gegen die Wand knallt, sind wir alle hier geliefert.«

Und ich war noch nicht ganz zu Ende, als von draußen ein Geräusch kam, als der Schatten eines Armes über die Vergitterung fiel und irgend etwas wirbelnd in den Raum schoß. Irgend etwas im Schein der Lampe Glitzerndes und Funkelndes. Irgend etwas aus Glas mit rotem Siegelkopf. Eine Botulin-Ampulle.

Blitzartig, schnell, unerwartet kam das, und so genau zu Boden geschleudert, daß niemand von uns auch nur die geringste Chance hatte, zuzugreifen. Es wirbelte quer durch den Raum, schlug direkt gegen die Steinkante zwischen Boden und Wand und zersplitterte klirrend in tausend Teile.

12

Ich werde nie wissen, was es war. Ich werde wohl niemals wissen, warum ich – wie ich es heute im Rückblick auf die Geschehnisse sehe – so blitzartig reagierte. Der Bruchteil einer Sekunde, der zwischen dem Schlag, den man erwartet, und der Reflexbewegung, in der der eigene Arm zur Abwehr hochschnellt, verrinnt, genügte mir, um zu schalten. Automatisch, instinktiv, völlig gedankenlose – und doch muß etwas dahinter gestanden haben: Eine blitzartig sich zutiefst im Unterbewußtsein formende Überlegung, die nicht mehr die Zeit hat, als bewußter Gedankengang an die Oberfläche zu gelangen. Ich tat das einzige, was zu tun war, das einzige, was einen armseligen Funken Hoffnung auf Leben versprach.

Noch während die Phiole durch die Luft flog und ich auch nicht die geringste Möglichkeit sah, sie aufzuhalten, griffen meine Hände bereits nach dem Weinfaß auf dem Bock neben mir, und das Klirren der Scherben echote noch durch die entgeisterte Stille des kleinen Raums, als ich das Faß auch schon mit aller Kraft genau dahin schmetterte, wo das Glas aufgeschlagen war. Die Faßdauben krachten und splitterten, als wären sie aus dünnem Sperrholz, und zehn Liter Apfelwein überfluteten gurgelnd die Wand und den Boden.

»Apfelwein«, schrie ich. »Mehr Apfelwein. Los, gießt alles, was ihr findet, auf den Boden und an die Wand und verspritzt es in der Luft, da wo dieses Mistding aufgeschlagen ist. Aber seid ja vorsichtig und seht zu, daß ihr um Gottes willen keinen Tropfen abbekommt. Los, los!«

»Menschenskind, wozu soll das denn noch gut sein?« meuterte Hardanger, und auch sein sonst so blühend gesundes Gesicht war jetzt weiß und still und verständnislos, aber er war nichtsdestoweniger schon dabei, vorsichtig eine kleine Weinkufe auf den Boden zu gießen. »Und was soll das alles noch? Wozu?«

»Weil's hygroskopisch ist«, sagte ich sehr schnell. »Das Botulin ist hygroskopisch, verstehen Sie nicht? Es bindet sich jederzeit weitaus eher mit Feuchtigkeit als mit Luft und hat hundertmal mehr Affinität zu Wasserstoff als zu Stickstoff. Sie haben doch gehört, was der General heute abend noch sagte.«

»Aber das hier ist doch kein Wasser«, protestierte Hardanger renitent. »Apfelwein ist das.«

»Herrgott, erbarm dich«, ging ich hoch. »Freilich ist es Apfelwein, wir können uns nun einmal kein Wasser aus dem Boden stampfen. Was weiß ich, welche Wirkung und welche Affinität das Zeug hat. Und deshalb wäre endlich die Stunde gekommen, da Sie zum erstenmal in Ihrem Leben darum beten sollten, daß dieser Alkohol hier einen möglichst hohen Wassergehalt hat.« Ich griff schon nach dem nächsten handlicheren Faß, stöhnte auf, bei dem Versuch, es hochzubringen, und ließ es wieder fallen. Ein scharfer, stechender Schmerz in der linken Seite ließ mich die Luft anhalten. Und nicht nur der Schmerz allein. Hatte es mich erwischt? Lähmender Schreck durchzuckte mich für eine lange endlose Sekunde. Doch schon in der nächsten wurde ich mir darüber klar, daß es nicht der Virus war, sondern meine gebrochenen Rippen, deren kunstgerechte Bandage verrutscht sein mußte, als ich eben das Faß durch die Luft geschleudert hatte. Vage fragte ich mich, wohin das nun gegangen sein konnte – in die Pleura? In die Lunge? Wenn schon, dachte ich achselzuckend, was spielte das auch noch für eine Rolle jetzt?

Wieviel Zeit zu leben hatten wir denn schon noch. Wie lange noch – falls irgend etwas von diesem Dreckzeug hier die Luft verpestete? Wie lange noch — bis die ersten Krämpfe einsetzen mußten? Welche Frist hatte Gregori dem Hamster gegeben, als wir gestern vor dem Labor gestanden hatten? Fünfzehn Sekunden – jawohl, fünfzehn Sekunden waren es gewesen. Fünfzehn für den Satanskäfer und etwa die gleiche Frist für das Botulin. Fünfzehn Sekunden für einen Hamster, und für einen Menschen? Gott allein mochte das wissen. Dreißig wahrscheinlich – höchstets dreißig. Allerhöchstens. Ich bückte mich und hob die Lampe vom Boden. »Schluß«, rief ich, »aus – aufhören. Genug. Stellt euch auf die Fässer, wenn ihr hier noch lebend herauskommen wollt. Und seht zu, daß ihr ja keinen Tropfen von diesem Zeug abbekommt, achtet auf die Schuhe – oder ihr seid alle geliefert.« Ich schwang die Lampe herum, während sich alles nach oben absetzte, um der bernsteinfarbenen Flut, die sich eilig über dem Steinboden auszudehnen begann, zu entkommen. Und da, während ich ihnen die Lampe hochhielt, hörte ich den Jaguar draußen anspringen. Gregori setzte sich ab. In dem unfrommen Glauben, ein Leichenhaus zu hinterlassen, fuhr er mit Henriques und Mary los – seinem größenwahnsinnigen Traum entgegen.

Dreißig Sekunden waren um. Mindestens dreißig Sekunden waren jetzt um. Niemand zuckte auch nur mit der Wimper, geschweige denn verkrampfte sich. Noch einmal – und langsamer diesmal – ließ ich den Lichtstrahl über sie hinweggleiten; angefangen von den angsterstarrten Gesichtern, bis hinunter zu den

Füßen; einen nach dem anderen leuchtete ich ab, bis der Strahl stockte und an einem der Konstabler, dem sie die Uniform ausgezogen hatten, hängenblieb.

»Ziehen Sie Ihren rechten Schuh aus«, sagte ich scharf. »Er hat einen Spritzer abbekommen. Herrgott, doch nicht mit der Hand, Sie Vollidiot! Nehmen Sie halt den anderen Schuh dazu. Achtung, Hardanger, der linke Ärmel Ihrer Jacke ist naß.«

Hardanger stand sehr still, und er wagte nicht einmal, mich anzusehen, als ich sein Jackett oben am Kragen nahm und es ihm vorsichtig über die Arme und Hände zog, ehe es zu Boden glitt.

»Sind wir – sind wir denn jetzt sicher, Sir?« fragte der Sergeant nervös.

»Sicher? Mir wäre es lieber, dieser verfluchte Verhau hier wäre voller Kobras und Giftspinnen. Verdammt. Nein, sicher sind wir hier nicht. Davon kann gar keine Rede sein. Einer dieser Flecken hier an der Wand oder auf dem Boden braucht nur zu trocknen, und schon muß dieses Dreckzeug die Luft verpesten – auch die hat einen Feuchtigkeitsgehalt, das wissen Sie doch. Sobald auch nur ein Fleckchen verschwindet, sind wir innerhalb von einer Minute erledigt.«

»Also müssen wir hier heraus«, sagte der General ruhig. »Und zwar schnellstens; nicht wahr mein Junge, das wollten Sie doch wohl damit sagen?«

»Ja, Sir.« Ich peilte schnell die Lage. »Los, zwei Fässer an jede Seite der Tür. Und die nächsten gleich daneben, mit etwas Abstand. Und dann hinein mit der Apfelpresse. Ich passe – mit meinen Rippen stimmt was nicht. Und dann los – hau ruck – strengen Sie sich an. Denken Sie daran, daß dieses Ding hier dreihundert Pfund wiegen muß, und wenn es auch so leicht wie eine Briefmarke sein sollte. Hardanger, was ist – glauben Sie, daß ihr es zu viert schafft?«

»Das wollen wir doch mal sehen, ob wir dieses verdammte Ding hier nicht zu Kleinholz kriegen«, knurrte Hardanger. »Mit einer Hand und mit der anderen in der Hosentasche schaffe ich das, wenn's sein muß. Los – los, ein bißchen dalli, Kinder.«

Und beeilen taten sie sich. Fässer in die richtige Position zu verrollen, wenn man selber hoch oben auf dergleichen turnt, ist ein akrobatisches Kunststück, besonders dann, wenn die zu verrollenden Fässer auch noch voll sind, aber Verzweiflung und Angst vollbringen Taten und verleihen Kräfte, deren Ausmaß man später nie begreift. In kaum zwanzig Sekunden waren die Fässer da, wo sie hingehörten, und in weiteren zwanzig Sekunden standen Hardanger, der Sergeant und die beiden Konstabler, je zwei Mann zu beiden Seiten der schweren, wuchtigen Presse – und holten aus. Die Tür war solide alte Eiche, die Angeln nicht minder kompakt und der Zugriegel an der Außenseite weiß Gott nicht aus Blech, aber bei diesem ehernen Rammbock und dem übermenschlichen Schwung, zu dem vier Männer, deren Leben auf dem Spiel steht, auszuholen imstande sind, hätte sie aus leichtestem Sperrholz sein können. Sie splitterte, krachte aus den Angeln, und die im gleichen Moment losgelassene Apfelpresse donnerte ins Dunkel hinab. Und fünf Sekunden danach war ihr auch der Letzte gefolgt.

»Los«, drängte Hardanger, »das Bauernhaus drüben. Die könnten eventuell Telefon haben.«

»Moment«, stoppte ich genauso eilig ab. »Geht nicht. Können wir nicht machen. Was wissen wir denn, ob wir diese Pest nicht doch an uns herumschleppen. Womöglich bringen wir dort die ganze Familie um. Warten wir wenigstens noch solange, bis der Regen das, was an unseren Klamotten hängengeblieben sein könnte, weggespült hat.«

»Warten? Verdammt, als wenn wir es uns leisten könnten, hier herumzustehen und Maulaffen feil zu halten«, sagte Hardanger hitzig. »Wenn wir da drin nicht verreckt sind, dann werden wir das kaum hier draußen nachholen. General?«

Der General zögerte. »Ich weiß nicht – ja, vielleicht haben Sie recht. Wir haben wahrhaftig keine Zeit mehr –«

Entsetzt brach er ab und starrte auf den Konstabler, auf denjenigen, dessen Schuh vorhin naß geworden war. Aufstöhnend vor Qual, schreiend, ein Schrei, der in ein jagendes, gestoßenes, ringendes Keuchen absank, brach er zusammen: Zuckende Hände krampften sich in wilder, tierischer Angst um ein plötzlich versteiftes Genick, aus dem die Haare sich wie zitternde kleine Drähtchen hoben. Und dann taumelte er und sank schwer auf den schmierigen Boden. Still geworden. Nur die Nägel seiner erstarrten Finger krampften sich noch in den Hals, als wollten sie ihn aufreißen. Mit einem Entsetzenslaut machte sein Kamerad Anstalten, sich über ihn zu beugen, und stöhnte auf, als sich mein Arm wie eine Klammer um seinen Hals legte und ihn zurückriß.

»Nicht anrühren«, schrie ich heiser. »Fassen Sie ihn an — und Sie krepieren genauso elend. Der muß was aufgefangen haben, als er mit den Fingern an den Schuh und hinterher wohl an den Mund gekommen ist. Nichts kann ihn mehr retten. Zurück. Halten Sie Abstand von ihm.«

Zwanzig Sekunden brauchte er, um zu sterben – zwanzig Sekunden, die niemand vergißt, die jedem, der sie mit ansah, ein Alptraum bis zum letzten Atemzug bleiben müssen. Viele hatte ich sterben sehen. Dagegen jedoch – gegen diesen erschütternden, von unfaßlichen Krämpfen geschüttelten, sich windenden, um sich schlagenden und hoch in die Luft gepeitschten Todeskampf, waren auch die grauenhaftesten Qualen Schwerverwundeter ein friedliches Dahinscheiden. Zweimal schleuderte es diesen gequälten Körper in den letzten verzweifelten Sekunden so hoch, daß mit Leichtigkeit ein Tisch unter ihm Platz gehabt hätte, und dann, so plötzlich, wie es kam, war es vorbei. Zu Ende. Und nichts blieb zurück, als ein sonderbar kleines, formloses Bündel Kleider, das still mit dem Gesicht in dem schmierigen Schlamm lag. Mein Mund war völlig ausgedörrt, und ich verspürte den üblen Geschmack von Salz und Furcht. Ich weiß nicht mehr, wie lange wir da in diesem schweren kalten Regen standen und auf den Toten starrten. Lange, glaube ich. Und dann sahen wir einander an, und jeder wußte vom anderen, was er dachte, denn jeder spürte, daß auch die anderen nur noch fähig waren, eines zu denken: Wer ist der nächste? In dem fahl verwaschenen Licht der Lampe, die ich noch immer in der Hand hielt, starrten wir einander halb von Sinnen an, angespannt bis zum Zerreißen, regungslos erstarrt auf die ersten Todeszuckungen lauernd, halb nach innen gerichtet auf die eigenen, halb nach außen auf die der anderen. Und dann plötzlich fing ich an zu fluchen, wie ich noch nie geflucht hatte, und ich weiß nicht, was ich da verfluchte, mich selbst, die eigene Feigheit, Gregori oder die Viren. Ich weiß es nicht. Ich drehte mich um und ging schnell mit der Lampe zum Kuhstall. Ich ließ sie stehen. In der regenerfüllten Dunkelheit um den Toten geschart, sahen sie aus wie die versteinerten Trauernden eines uralten heidnischen mitternächtlichen Ritus.

Ich suchte einen Schlauch und fand ihn auch sofort. Den nahm ich mit. Draußen schloß ich ihn an einen Hofhydranten an und drehte den Hahn voll auf: Der Effekt, was Druck und Menge anbelangte, hätte jedem Stadthydranten zur Ehre gereicht. Und dann kletterte ich auf einen Heuwagen und sagte zum General: »Kommen Sie, Sir, Sie sind als erster dran.«

Er stellte sich direkt unter die hinuntergerichtete Düse und taumelte. Der starke Strahl aus einer Distanz von nur wenigen Zoll riß ihn fast um. Aber er hielt die volle halbe Minute, auf der ich unbedingt bestand, durch, und als er fertig war, triefte er und war so durchweicht und zitterte, als hätte er sich selbst nach einer langen Nacht aus dem Wasser gefischt. Noch durch das Zischen des Wasserstrahls konnte ich seine Zähne klappern hören: Aber ich wußte jetzt wenigstens genau, daß alles, was er an sich gehabt haben konnte, einwandfrei weggespült sein mußte. Nach der Reihe nahm ich sie mir vor, alle vier. Zum Schluß ließ Hardanger mich antreten. Die Kraft des Wasserstrahls war derart, daß man sich wie in einer Non-stop-Serie keineswegs leichtgewichtiger Schläge im Boxring vorkam, und das Wasser selbst war eiskalt: Aber ich brauchte nur an das eben miterlebte Sterben zu denken, und schon erschienen mir ein paar lächerliche Beulen und das Risiko einer eventuellen Lungenentzündung nicht mehr der Rede wert.

Als Hardanger mit mir fertig war, stellte er das Wasser ab und sagte ruhig: »Sie hatten verdammt recht, Cavell.«

»Es war meine Schuld«, sagte ich, und ich konnte auch nichts dafür, daß meine Stimme sich so dumpf und hohl anhörte, wie sie mir in die eigenen Ohren drang. »Warnen sollen hätte ich ihn wenigstens noch. Verdammt, konnte ich ihm nicht noch sagen, die Pfote aus dem Gesicht zu lassen?«

»Daran hätte er selbst denken sollen«, sagte Hardanger geradezu roh. »Er kannte die Gefahr sowohl wie Sie – schließlich hat jedes Käseblatt in diesem Land heute ausreichend darüber geschrieben. Gehen wir. Mal sehen, ob die da drin wenigstens Telefon haben. Obgleich das auch nicht mehr viel ändern dürfte. Gregori weiß genau, daß dieser Polizei-Jaguar ein viel zu heißes Eisen ist, um sich auch nur eine Sekunde länger als unbedingt notwendig damit zu belasten. Er hat auf der ganzen Linie gesiegt, verflucht sei seine schwarze Seele, und nichts wird ihn mehr aufhalten. Zwölf Stunden hat er gesagt, in zwölf Stunden ist der über alle Berge.«

»In zwölf Stunden ist Gregori ein toter Mann«, sagte ich.

»Was?« Ich spürte direkt, wie er mich anstarrte. »Was haben Sie da gesagt?«

»Daß er ein toter Mann sein wird, habe ich gesagt, und zwar noch ehe es wieder Tag wird.«

»Schon gut«, sagte Hardanger. Und ich wußte, was er dachte: Jetzt ist er übergeschnappt, aber tun wir um Gottes willen so, als merkten wir nichts, nur kein Theater daraus machen. Er nahm mich am Arm und lancierte mich zu dem erleuchteten Rechteck, in dem das Haus stand.

»Je schneller das alles vorbei ist, desto eher kommen wir alle wieder zur Ruhe – zum Essen – zum Schlafen.«

»Ja, wenn ich Gregori fertiggemacht habe, werde ich alle Viere von mir strecken und schlafen«, sagte ich. »Und ich mach ihn heute nacht noch fertig. Erst bringe ich Mary zurück. Dann mache ich ihn fertig.«

»Mary passiert nichts, Cavell«, sagte er. Mary in den Händen dieses Verrückten, das hat Cavell den Rest gegeben, das hat ihn um sein letztes bißchen Verstand gebracht, dachte er. »Er wird sie laufen lassen, was soll er ihr denn tun? Dazu hat er keinen Anlaß. Und Sie? Sie *mußten* das tun, was Sie getan haben. Sie dachten doch wohl, daß auch sie daran glauben mußte, wenn sie bei uns in der Kelterei bliebe. Stimmt's, Cavell?«

»Der Polizeichef hat recht, mein Junge, bestimmt.« Sie hatten mich in die Mitte genommen, der General und Hardanger, und des Generals Stimme war leise und beruhigend, weil man arme Irre nicht aufregen soll. »Ihr wird schon nichts passieren.«

»Vielleicht bin ich übergeschnappt – na, wenn schon«, sagte ich grob.

Hardanger blieb stehen. Der Griff, mit dem er mich am Arm hielt, wurde etwas fester, er sah mich an, als traute er dem Frieden nicht. Wer einen Dachschaden hat, der redet gewöhnlich nicht darüber; aus dem einfachen Grund, weil er selbst fest davon überzeugt ist, daß da oben alles stimmt. Auch das wußte er. »Da komme ich nicht ganz mit«, sagte er schließlich, vorsichtig geworden.

»Nein? Dann passen Sie gut auf«, sagte ich nur, und dann zum General: »Sie müssen dem Kabinett unbedingt beibringen, daß das Londoner Zentrum weiter evakuiert wird. Daß die Radio- und Fernsehnachrichten weiter durchgegeben werden. Schwierigkeiten, den Leuten plausibel zu machen, daß sie weg müssen, werden sich wohl kaum ergeben. Zudem ist nachts in dieser Gegend sowieso nicht allzuviel los. Ich weiß genau, was Gregori heute nacht vorhat. Ich weiß genau, was er zu erreichen hofft. Und ich weiß genau, daß er sich aus England abzusetzen gedenkt. – Und ich weiß auch genau wohin.«

»Und wieso wissen Sie das, mein Junge?« Des Generals Stimme war so leise, daß ich ihn durch das Trommeln des Regens kaum noch verstand.

»Weil er ein bißchen viel gequasselt hat, der gute Gregori. Irgendwann haben sie alle einmal ihre gesprächigen fünf Minuten. Gregori war zugeknöpfter als die meisten. Und selbst, als er bereits davon überzeugt war, daß unser bevorstehendes Ende nur noch eine Frage von Minuten war, sagte er nur sehr wenig. Aber auch das wenige war bereits zuviel. Und ich glaube, seit dem Moment, da wir MacDonalds Leiche fanden, habe ich es immer gewußt.«

»Na, dann müssen Sie mehr gehört haben als ich«, sagte Hardanger sauer.

»Alle habt ihr es gehört. Sie haben doch wohl vernommen, daß er sagte, er wolle nach London. Und wenn er London wirklich zu verseuchen gedächte, um Mordon damit zu zerstören, dann wäre er in Mordon geblieben, um zumindest festzustellen, was sich dort tut. Dann hätte er den kleinen Job in London einem seiner Handlanger überlassen. Aber er hat gar kein Interesse an Mordon. Er hatte es nie. In London hat er dringend etwas zu tun. Auch das ist wieder mal einer seiner berühmten faulen Fische. Nur der kommunistische Schachzug, der ergab sich rein zufällig

– damit hatte Gregori nichts zu schaffen. Soweit zum ersten Punkt. Zum zweiten: Die große Hoffnung seines Lebens soll sich *heute nacht* erfüllen. Auch davon sprach er. Und drittens sagte er, daß er Henriques zweimal vor dem elektrischen Stuhl bewahrt habe, und das zeigt deutlich, wess' Geistes Kind er ist – gewiß kein zugelassener Strafverteidiger der Anwaltskammer der Vereinigten Staaten. Ich will jede Wette eingehen, daß seine Personalakten nicht nur bei Interpol registriert sind, sondern ich bin auch noch überzeugt, daß er einer der ehemaligen Gangsterkönige Amerikas war, der dann nach Italien ins Exil ging. Es dürfte recht interessant und aufschlußreich sein, gelegentlich einmal nachzulesen, in welcher Richtung seiner Zunft er spezialisiert war. Denn die Leoparden der Unterwelt – auch deren stattlichste Exemplare, wechseln ihre Zeichnung nie. Und zum vierten beabsichtigt er, in zwölf Stunden außer Landes zu gehen. Und zum fünften – ist heute Samstag, Samstagnacht. Und jetzt setzen Sie sich alle diese netten Kleinigkeiten zusammen, und schauen Sie selbst, was dabei herauskommt.«

»Ich wäre dafür, Sie sagen es uns«, murrte Hardanger ungeduldig.

Also sagte ich es ihnen.

Der Regen fiel noch immer senkrecht und schwer – noch genauso schwer wie vor wenigen Stunden, als wir die ländliche Weinkelterei verlassen hatten. Eine Gegend, in der der strömende Regen und blitzschnelle Evakuierung des Gebiets die Seuchenviren um ihre sämtlichen Opfer – bis auf den einen unglücklichen Konstabler, der so grauenhaft vor unseren Augen gestorben war – gebracht hatte. Jetzt, morgens zwanzig nach drei, war er eisig geworden, dieser Regen; aber ich spürte das kaum. Alles, was ich noch fühlte, war meine Erschöpfung, die schmerzhaften Stiche meiner Rippen bei jedem Atemzug und die nagende Angst, daß ich trotz aller Zuversicht, die ich da vor dem General und Hardanger zur Schau gestellt hatte, hoffnungslos im Irrtum und Mary mir für immer und ewig verloren war. Und selbst, wenn ich recht haben sollte, war es genausogut möglich, daß sie mir verloren war.

Mit verzweifelter Anstrengung versuchte ich ganz bewußt, an etwas anderes zu denken.

Der mit einer hohen Mauer umgebene Hof, in dem ich schon seit drei Stunden stand, war so dunkel und verlassen wie das Herz von London. Die Räumung des Stadtzentrums hatte nach sechs, kurz nach Laden- und allgemeinem Dienstschluß der Banken und Büros, eingesetzt. Die vorübergehend Heimatlosen waren in bereitgestellten Sälen und Theatern und Schulen untergebracht worden. Und man hatte die Evakuierung in den Neun-Uhr-Nachrichten noch weiter zu beschleunigen gesucht, indem bekanntgegeben worden war, daß nach einer letzten, soeben eingegangenen Mitteilung der Termin für den Botulinangriff von vier Uhr auf halb zwei morgens vorverlegt worden sei.

Alles war ohne Hast, ohne Panik, ohne verzweifeltes Theater vor sich gegangen. Und wären nicht all die Kofferschleppenden im Straßenbild aufgefallen, so wäre man gar nicht auf die Idee gekommen, daß hier etwas nicht stimme. Die phlegmatischen Londoner, die in Hunderten von Nächten den Bombenangriffen des Kriegs ausgesetzt gewesen waren und ihre Stadt hatten brennen sehen, dachten gar nicht daran, sich auch nur aus der Ruhe bringen zu lassen – egal, um was es ging – und wer es war.

Zwischen halb zehn und zehn hatten über tausend Mann Militär das ganze Londoner Zentrum systematisch durchgekämmt, auf daß auch der letzte Mann, die letzte Frau, das letzte Kind in Sicherheit und niemand übersehen worden war. Um halb zwölf war ein abgedunkeltes Patrouillenboot geräuschlos am Nordufer der Themse angelaufen und hatte mich genau am Ufer bei der Hungerford Bridge abgesetzt. Ein bewaffneter mitternächtlicher Polizei- und Militäreinsatz hatte das ganze Gebiet, einschließlich der Themsebrücken gesperrt und abgeriegelt. Um ein Uhr hatte ein Stromausfall fast eine ganze Quadratmeile des Stadtgebiets in völlige Finsternis fallen lassen – eine Meile innerhalb des Sperriegels.

Zwanzig nach drei, genau fünfzig Minuten nach dem festgesetzten Zeitpunkt für die Seuchenattacke. Es wurde Zeit zu gehen. Ich rückte die geliehene Webley, die nicht ins Schulterhalfter paßte, zurecht, prüfte das Messer, das mir, mit der Scheide nach unten gerichtet, im linken Ärmel steckte, und machte mich in die Dunkelheit auf. Den neuen Hubschrauberlandeplatz hatte ich bisher nie abgebildet gesehen, geschweige denn, daß ich jemals draußen gewesen wäre. Aber ein Inspektor der Metropolitan Police hatte mich so enervierend gründlich und erschöpfend instruiert, daß ich jetzt auch blind dahin gefunden hätte. Und genau das war ich im Grunde genommen auch. Blind. Total blind. Die Finsternis in dieser verdunkelten, regenverweinten Stadt war von fast absoluter Vollkommenheit.

Man hatte mir erklärt, daß ich auf dreierlei Wegen zu diesem Landeplatz, der hundert Fuß über London, auf dem Dach des Bahnhofs liegt, kommen könne. Es gab zwar zwei Aufzüge, bei dem Stromausfall jedoch mußten sie außer Betrieb sein. Zwischen beiden lief eingeglast eine von unten bis oben völlig offene Wendeltreppe hinauf. Eine ideale Sprunganlage für Selbstmordkandidaten, falls ihrer unten ein Empfangskomitee harrte, und Gregori schien mir gewiß nicht der Mann, der seine Anmarschlinie unbewacht lassen würde, das war mir klar. Und dann gab es noch einen dritten Weg. Die Feuerleiter auf der anderen Seite des Bahnhofs. Und das war der einzige Weg für mich. Ich ging.

Eine schmale Kopfsteingasse führte zweihundert Meter an der Mauer entlang. Dann hörte sie auf, und ich tastete herum, stellte einen hohen Holzzaun fest, griff nach oben, zog mich hoch und rutschte leise auf der anderen Seite ab. Dann ging ich den Schienen nach. Die zuständigen Buchkompilatoren, die behaupten, daß der Clapham Verschiebebahnhof mehr parallel laufende Gleisanlagen habe als sämtliche Bahnhöfe Englands, würden sich wahrhaftig nicht zu solch blödsinnigen Feststellungen versteigen, wenn sie das einmal in einer tiefschwarzen, stockdunklen Oktobernacht, wenn einem der eisige Regen um die Ohren pfeift, selbst ausprobiert hätten. Ich glaube, es gab kein einziges Stück Eisen und Metall mehr in der endlosen Weite dieser Gleisanlagen, das ich in jener Nacht nicht gefunden hätte – und meistens mit Schienbeinen und Knöcheln. Gleise und Drähte und Signalanlagen und Verschiebeanlagen, Hydranten und Plattformen, wo sie hingehörten und nicht hingehörten – ich fand sie alle. Und um allem die Krone aufzusetzen, fing jetzt auch noch der verbrannte Kork, mit dem mein Gesicht und meine Hände total geschwärzt worden waren, an zu laufen, und verbrannter Kork schmeckt ganz genauso, wie man erwartet, daß verbrannter Kork schmeckt. Und es tut höllisch weh, wenn man ihn in die Augen bekommt. Die einzige Gefahr, um die ich mich nicht zu kümmern brauchte, waren die Stromschienen. Der Strom war abgestellt. Den gegenüberliegenden Zaun des Verschiebebahnhofs fand ich ohne alle Schwierigkeiten, indem ich in ihn hineinrannte. Und einmal drüben, drehte ich nach links ab und ging in Richtung Feuerleiter, die irgendwo in einem schmalen Mauervorhof liegen sollte. Ich fand ihn schließlich, ging hinein und preßte mich flach gegen die Mauer. Die Feuerleiter war da, jawohl; in der Dunkelheit kaum wahrnehmbar, schwang sie sich etwa zwanzig Fuß weiter gegen das leicht aufgehellte Dunkel des Himmels, starr, düster und zickzackförmig hoch, um oben gegen den schwärzlichen Hintergrund dunkler Gebäude zu verschwinden.

Drei Minuten blieb ich starr an die Wand gepreßt stehen und zeigte nicht mehr Leben als ein hölzerner Indianer ... Dann hörte ich es, noch durch das Trommeln des Regens gegen meine durchweichten Schultern und das Gurgeln des Wassers in den Abflußrinnen hörte ich es: das leichte Scharren eines Schuhes auf dem Pflaster, mit dem jemand sich aus einer unbequemen, eingeengten Stellung rührte. Dann blieb es still, aber mehr brauchte ich auch gar nicht zu hören. Einmal reichte vollauf ... Irgend jemand stand direkt unter der untersten Sprossenwand der Feuerleiter, und wenn er sich als unschuldiges Gemüt mit keinerlei anderen Absichten als denen, der eigenen Gesundheit zu dienen, herausstellen sollte, hätte mir das höchstens eine erschütternde Überraschung sein können – gelinde gesagt. Auch diese Kur würde ihm nicht mehr helfen; aber wenn er erst einmal kalt war, gab er sicher nicht mehr allzuviel darauf. Ihn hier zu finden, ließ mich, ob der Gefahr, die er darstellte, durchaus nicht in hoffnungslose Trübsal verfallen; alles, was ich empfand, war tiefste Befriedigung und ein Gefühl von Erleichterung, das sich nicht beschreiben läßt. Ich hatte alles auf eine Karte gesetzt, aber ich hatte gewonnen. Dr. Gregori funktionierte genauso, wie ich es dem General und Hardanger prophezeiht hatte.

Ich ließ das Messer aus der Scheide rutschen und fuhr mit dem Daumen über die Schneide. Es war spitz wie eine Lanze und scharf wie ein Skalpell. Ein kleines Messerchen nur, aber von dreieinhalb Zoll Stahl kann man im Endeffekt genauso tot sein wie vom längsten Stilett oder vom stärksten Schwert. Das heißt, falls man genau weiß, wohin man zu stechen hat. Und das wußte ich ziemlich genau. Wie und wohin. Und in jedem Fall leistete ich bei allem, was über eine Distanz von zehn Fuß hinausging, mit dem Messer die akkuratere Arbeit.

Sechzehn der zwanzig Schritte, die uns trennten, schaffte ich in zehn Sekunden, nicht geräuschvoller als der im Mondlicht dahintreibende Schatten einer Schneeflocke. Und jetzt sah ich ihn fast genau. Direkt unter der ersten Plattform der Feuerleiter stand er, um soweit wie möglich vor dem Regen Deckung zu nehmen. Mit dem Rücken zur Wand. Sein Kopf hing hinunter, als sei er mit dem Kinn auf der Brust im Stehen halb eingedöst. Ein einziger Blick hätte genügt, und schon hätte er mich gehabt.

Aber daß er endlos so schön blind bleiben würde, war kaum zu erwarten. Ich drehte das Messer, bis die Scheide nach oben stand, und dann zögerte ich plötzlich. Selbst jetzt, da Marys Leben in der Waagschale lag, stand ich da und zögerte. Wer immer auch da unten stehen mochte, verdient hatte er sich seinen frühen Tod redlich, daran zweifelte ich kaum. Einen ahnungslosen Halbschlafenden jedoch mit dem Messer zu überfallen – verdammt, das ging mir quer, ob er es nun verdient hatte oder nicht. Nein, verdammt, so etwas war wahrhaftig kein Krieg in Ehren. Ich ließ leise die Webley aus dem Halfter rutschen, schlich mit vorsichtig und leise und auf Zehenspitzen, wie die Maus an die schlafende Katze, an ihn heran, suchte mir unter dem

Hutrand genau die richtige Stelle und holte aus. Und vermutlich, weil mich die eigene Zimperlichkeit, ihn mit dem Messer fertigzumachen, irgendwie wurmte, fiel das, was ich ihm verpaßte, ziemlich hart aus – verdammt hart. Es klang wie eine Axt, die sich tief in einen Stamm gräbt. Ich fing ihn ab und ließ ihn sanft zu Boden gleiten. Der wachte nicht auf – nicht ehe der Morgen graute, wenn er überhaupt noch erwachte. Aber das war mir jetzt nicht so wichtig. Ich startete die Feuerleiter hoch.

Langsam, ohne jede Hast, ohne jede Eile, Eile konnte das Ende bedeuten. Den Blick nach oben gerichtet, nahm ich eine Stufe nach der anderen, immer nur eine. Ich war zu nah am Ziel, um durch einen übereilten Schritt alles zunichte zu machen. Nach dem sechsten oder siebenten Sprossenabsatz wurde ich sogar noch langsamer, und das nicht etwa, weil mich mein Bein oder diese sehr komischen Atembeschwerden peinigten, was sie zweifellos sowieso taten, sondern weil ich plötzlich direkt über mir in der Wand, wo kein Licht zu sein hatte, einen diffusen Lichtschein wahrnahm. Nirgends hatte Licht zu sein, denn alles Licht im Herzen Londons war erloschen. Falls schwarze Gesichter für Geister zulässig sind – meins mußte zwar jetzt schon reichlich gestreift wirken –, dann kletterte ich die nächste Sprossenwand wie ein Geist hoch. Und als ich mich dem Lichtschein näherte, konnte ich feststellen, daß er nicht aus einem Fenster, sondern aus einer schmiedeeisernen Tür in der Wand fiel. Vorsichtig brachte ich meinen Kopf hoch genug, um zu sehen, was dort los war.

Die Tür lag etwa in gleicher Höhe mit den massiven Eisenträgern, die das Dach des Bahnhofs stützten. Mindestens ein Dutzend Lampen – schwächliche vereinsamte Lichtquellen, die eigentlich nur dazu dienten, den allgemeinen düsteren Trübsinn, der über der gesamten riesigen höhlenartigen Halle lag, noch zu betonen, verbreiteten ein bißchen Helligkeit. Und dann plötzlich wurde mir klar, warum sie brannten. Kein Bahnhof kann ganz ohne Licht operieren. Das, was ich da unten sah, mußte die batteriegespeiste Notbeleuchtung für Stromausfall sein. Eine völlig prosaische Erklärung, aber genau die richtige.

Ich studierte einen Moment die geometrischen Formen der rußgeschwärzten Stahlträger, die sich drüben am anderen Ende des Bahnhofs in der undurchdringlichen Finsternis verloren, und drückte dann versuchsweise leicht gegen die Tür. Sie gab nach. Aber dieses Ding quietschte auch noch wie ein Galgen im Nachtwind — wie ein Galgen mit einem im Nachtwind baumelnden Toten. Keine erbauliche Vorstellung. Ich versuchte, an etwas anderes zu denken als ausgerechnet an Leichen. Genug war genug.

Die Tür stand jetzt weit genug auf, um mich ins Innere sehen zu lassen. Eine Stahlplattform mit senkrechten Leitern stellte ich fest. Eine führte direkt nach oben in den langen Quergang unter dem riesigen Oberlicht, die andere tief nach unten bis etwa zur höchsten Lampe: Die erstere vermutlich für die Fensterputzer gedacht, die letztere für die Elektriker. Eine Entdekkung, die mir enorm viel einbrachte. Ich raffte mich auf, um weiterzuklettern. Das, was mich tatsächlich interessierte, lag mindestens noch sechs Sprossenabsätze höher.

Der Arm, der sich um meinen Hals schloß und mir Luft und Leben abzuquetschen drohte, gehörte einem Gorilla – einem Gorilla in Hemd und Jackett – aber einem Gorilla. In den ersten zwei versteinerten Schrecksekunden war mir, als müsse mein Genick brechen, und ehe ich überhaupt fähig wurde zu reagieren, glitt auch schon etwas Hartes, Metallisches über mein rechtes Handgelenk und fiel noch, ehe ich zufassen konnte; die Webley. Sie schlug noch gegen die Kante der Plattform und trudelte dann in Nacht und Finsternis.

Den Aufschlag hörte ich nie, wie sollte ich? Ich war viel zu beschäftigt damit, um mein Leben zu kämpfen. Mit der Linken – die Rechte war momentan bewegungsunfähig und ziemlich nutzlos – griff ich hoch, erwischte ihn am Handgelenk und versuchte, den Arm wegzuzerren. Aber ich hätte ebenso versuchen können, einen vier Zoll starken Ast von einer Eiche abzureißen. Übermenschliche Kräfte schnürten mir das Leben ab. Und das nicht gerade langsam.

Irgend etwas, genau über den Nieren, bohrte sich schmerzhaft in meinen Rücken. Und was das hieß, wußte ich sehr wohl. Trotzdem gab ich den Widerstand nicht auf. Länger als wenige Sekunden war dieser Druck einfach nicht mehr zu ertragen. Mein Genick mußte brechen. Mit aller Gewalt stieß ich mit dem rechten Fuß die Tür auf und riß uns beide taumelnd auf die äußere Plattform. Noch immer in seinem Würgegriff, spürte ich, wie seine Füße abrutschten, als er gegen das hüfthohe Geländer schlug und wir alle beide den Halt zu verlieren drohten. Und dann plötzlich gab er mich frei und griff verzweifelt nach dem Gitter, um sich selbst zu retten.

Keuchend und um Atem ringend, taumelte ich zurück und fiel schwer gegen die Eisenleiter, die nach unten führte. Genau da, wo meine Rippen gebrochen waren, schlug ich auf. Mir wurde schwarz vor den Augen. Die Welt verdunkelte sich und versank in einem Nebel voll Schmerz. Wenn ich jetzt nachgegeben hätte, wenn ich mich auch nur einen Augenblick in meinen völligen Erschöpfungszustand hätte fallen lassen, wäre es aus gewesen. Ich hätte die Besinnung verloren. Das jedoch war ein Luxus, den ich mir nicht leisten konnte, nicht bei diesem Subjekt. Jetzt wußte ich, mit wem ich es zu tun hatte. Hätte er mich unschädlich machen wollen, hätte er mir nur sein Schießeisen über den Schädel zu ziehen brauchen. Hätte er mich umbringen wollen, dann wäre ich eben sehr gut abzuknallen gewesen, und falls er keinen Schalldämpfer hatte und ihm darum zu tun war, Geräusche zu vermeiden, so hätte auch ein eiserner Hieb aufs Dach und ein guter Schwung übers Gitter – sechzig Fuß hoch über dem Kopfsteinpflaster – seinen Zwecken vollauf genügt. Aber nein, so schlicht und so simpel und so schmerzlos tat er das auch wieder nicht. Wenn schon sterben, dann sollten wir auch alle beide etwas davon haben: Ich die Todesqualen spüren, er den Anblick genießen. Ein Vieh, ein übler Sadist, dem der Blutrausch in den Augen geschrieben stand. Gregoris rechte Hand, Henriques. Der Taubstumme mit den leeren Augen.

Halb liegend und halb stehend an die Leiter gelehnt, drehte ich mich um, als er wieder auf mich zukam. Gebückt, die Pistole in der Hand. Doch die gedachte er erst mal nicht zu gebrauchen. O nein, nicht, solange er das Heft in der Hand hatte. Mit einer Kugel ging das Sterben viel zu schnell. – Es sei denn, man plazierte sie richtig. Und plötzlich wurde mir klar, daß es genau das war, was er jetzt im Sinn hatte.

Ich spürte, wie das kalte Eisen über meinen Körper glitt, wie er suchte, um mich so zu erwischen, daß mein Hinübergehen recht ausdauernd und unerquicklich wurde. Ich stemmte mich mit den Armen gegen die Sprossen. Ja, wenn mein rechter Fuß dort gelandet wäre, wo er hätte landen sollen, dann hätte mir dieser Henriques keinen weiteren Kummer mehr gemacht. Aber meine Sicht war verschwommen, und meine gesamte Koordination geradezu armselig. Mein Fuß streifte seinen rechten Schenkel, krachte gegen den Arm und schlug ihm die Pistole aus der Hand. Scheppernd rutschte sie über die Plattform, die Stufen hinunter immer weiter abwärts und blieb auf dem unteren Treppenabsatz liegen. Wie eine Katze riß es ihn herum, um zu retten, was noch zu retten war, und ich war kaum weniger langsam. Kaum daß er über der ersten Stufe hing und sich nach der Pistole verrenkte, machte auch ich einen Satz, traf ihn mit beiden Füßen und schickte ihn der Pistole nach. Mit einem tierischen, unartikulierten Laut krachte er die Stufen hinunter und landete auf der Plattform. Aber er landete auf den Beinen. Er stand. Und er hatte die Pistole.

Ich überlegte nicht lange. Jeder Versuch, die letzten Sprossenabsätze zu nehmen und auf den Landeplatz zu gelangen, war sinnlos. Nur um Sekunden konnte es sich handeln – und er hätte mich gehabt, wie er mich brauchte. Und selbst, wenn ich darauf gebaut hätte, daß der Wunder dieses Tages noch kein

Ende sei und ich wirklich angekommen wäre, hätte ich damit rechnen müssen, daß das nicht gerade in aller Heimlichkeit und Stille vor sich gehen und Gregori, bereit, mich in Empfang zu nehmen, dastehen würde. Und das hieß, daß ich beiden Pistolen unbewaffnet ausgeliefert wäre, das bedeutete für Mary das Ende. Doch auch der Versuch, ihm nachzurennen oder ihn einfach da zu erwarten, wo ich war, mußte glatter Selbstmord sein. Alles was ich besaß, war ein Messer, und das stak fest am linken Arm, und meine rechte Hand war noch immer völlig taub, unfähig, das Messer überhaupt herauszuziehen, geschweige denn, es zu benutzen. Und selbst wenn wir einander waffenlos gegenübergestanden hätten, selbst wenn ich in bester Form gewesen wäre, selbst dann bezweifle ich, daß ich mich mit den abgründigen, tierischen Kräften dieses taubstummen Unmenschen hätte messen können. Davon aber, von meiner besten Form war ich weit entfernt. Ich ging durch die Eisentür wie ein Kaninchen, das ein Frettchen aus seinem Bau auf die Sprünge gebracht hat.

Verzweifelt sah ich mich auf der winzigen Plattform um. Wohin? Nach oben zum Laufsteg der Fensterputzer oder nach unten zu den Elektrikern? Weder – noch. Es bedurfte keiner halben Sekunde, bis ich das erfaßt hatte. Nicht so, wie ich ausgestattet war – nur mit einer fast lahmen rechten Hand und der stillen Hoffnung, daß ich mit viel Glück und Gottes Hilfe die obere oder untere Plattform schaffte, noch ehe Henriques durch diese Tür kam, um sich meiner nach eigenem Ermessen anzunehmen. Sechs Fuß von der Plattform entfernt, lag einer der riesigen Träger, die über die gesamte Dachbreite liefen. Und da, in diesem Augenblick, schaltete ich jeden Gedanken ab, weil ich mir wohl ganz unbewußt darüber klar war, daß jede Erwägung, und ginge sie noch so blitzartig vor sich, mich von diesem Unternehmen abhalten mußte. Pistole hin – Pistole her, ich hätte es vorgezogen, alles weitere mit Henriques auf dieser Plattform auszutragen. Aber ich schaltete ab. Ich bückte mich unter die hüfthohe Kette, die um die Plattform lief, und sprang über eine Tiefe von 60 Fuß auf den Träger. Mein gesunder Fuß landete halbwegs sicher, der angeknackte faßte zu kurz und rutschte an der gefährlichen dicken Rußpatina, die eine Generation Lokomotiven hier abgesetzt hatte, ab. Während mein Kinn gegen die Metallkante krachte und mir die Sterne vor den Augen flimmerten, griff ich mit der Linken nach dem Träger. Zwei oder drei entsetzliche Sekunden baumelte ich hoch in der Luft, während der riesige leere Bahnhof mir vor den Augen verschwamm. Dann hatte ich mich hochgezogen und war sicher. Für den Moment. Schlotternd kam ich auf die Beine. Ich kroch nicht über den

Träger. Ich balancierte nicht vorsichtig mit ausgestreckten Armen hinüber. Ich zog den Kopf ein und rannte. Der Träger war höchstens acht bis neun Zoll breit, mit einer gefährlichen Schicht Ruß bedeckt, und es wäre mein sicheres Ende gewesen, wenn ich an eine der glatten, abgerundeten Nietköpfe gekommen wäre, die beiderseitig den Kanten entlang liefen. Aber ich rannte. Sekunden nur brauchte ich, um die siebzig Fuß bis zu dem starken, vertikalen Mittelträger zu schaffen, der hoch oben in Nacht und Finsternis verschwand. Den bekam ich endlich zu fassen, schob mich herum und starrte in die Richtung, aus der ich gekommen war.

Henriques stand auf der Plattform an der Eisentür, den Arm voll ausgestreckt, die Pistole genau auf mich gerichtet. Aber noch während ich das wahrnahm, ließ er sie sinken. Er hatte mich zwar gesehen, aber zu spät, um noch zu zielen, ehe ich hinter dem Pfeiler in Deckung gegangen war.

Er sah sich um und schien sich nicht schlüssig werden zu können.

Ich blieb, wo ich war, und klammerte mich an den Pfeiler, während ich spürte, wie die taube Lähmung meiner rechten Hand langsam nachließ. Und während Henriques da stand und offensichtlich zu einem Entschluß zu kommen suchte, verfluchte ich mich und meine eigene Dummheit. Nicht ein einziges Mal hatte ich mich an der Sprossenwand umgesehen. Nicht einmal während des ganzen Aufstiegs war mir dieser glanzvolle Einfall gekommen. Der Taubstumme mußte bei einem Kontrollgang durch die Posten den Bewußtlosen an der Feuerleiter entdeckt und daraus seine unvermeidlichen Schlüsse gezogen haben.

Henriques hatte sich durchgerungen. Der Sprung von der Plattform zum Träger schien ihm gar nicht zu gefallen, und verdenken konnte ich es ihm nicht. Er rannte die Eisenleiter hoch, die zum Laufsteg der Fensterputzer führte, lief weiter, bis er genau über mir war, schob sich dann durch die Geländerquerstange und ließ sich so weit hinunter, bis seine Füße kaum ein paar Zoll über dem Träger waren. Dann ließ er sich fallen, hielt sich an der Wand fest, bis er auf den Beinen stand, drehte sich vorsichtig um und kam mit ausgestreckten Armen, wie ein Seiltänzer, auf mich zu. Ich wartete nicht auf ihn. Auch ich machte kehrt und startete. Ich ging nicht weit, brauchte nicht weit zu gehen. Der Träger, auf dem ich war, lief zur anderen Seite der Halle, und damit war es schon aus. Er verschwand in dem schmierigen Mauerwerk. Und hier gab es nichts, keine Plattform, keinen Laufsteg – weder über mir noch unter mir – nichts. Nur den Träger, der in der Mauer endete. Und unten in einer Tiefe von sechzig Fuß den trüben Schein der Gleise und der hydraulischen Puffer. Nichts gab es hier: Nur mich, den Träger und die schwarze Wand. Das Ende des Wegs, aus dem es kein Entrinnen mehr gab. Ich drehte mich um und machte mich auf das gefaßt, was auf mich zukam. Auf den Tod.

Henriques hatte den vertikalen Mittelträger erreicht, sich herumgeschoben und kam immer näher. Als er auf fünfzig Fuß herangekommen war, hielt er inne, und selbst in dem trüben Licht noch sah ich seine weißen Zähne schimmern. Er lächelte. Er hatte die Situation erfaßt, er sah, daß ich ihm auf Gnade und Ungnade ausgeliefert war. Eine Sternstunde im Leben dieses Irren brach an.

Wieder bewegte er sich auf mich zu. Langsam verringerte sich die Distanz zwischen uns. Zwanzig Fuß vor mir machte er halt, ging mit den Händen hinunter und setzte sich, nicht ohne die Beine fest um den Träger zu schließen. Was er da anhatte, war weiches italienisches Woll-Leinen. Der Ruß tat seinem Anzug bestimmt nicht gut. Das schien Henriques nicht im mindesten zu kümmern. Er hob die Pistole mit beiden Händen und zielte. In die Mitte – in den Bauch.

Nichts konnte ich machen. Die Hände gegen die Wand gepreßt, machte ich den nutzlosen Versuch, mich innerlich zusammenzureißen und gegen die dröhnende Wucht des Schlages zu wappnen. Ich starrte auf seine Hände, und mir war, als würden seine Finger weiß und blutleer. Und da zuckte ich unwillkürlich zusammen und schloß die Augen. Nur für eine Sekunde oder vielleicht waren es auch zwei, ich weiß es nicht. Als ich sie wieder öffnete, hatte er die Pistole sinken lassen und grinste mich an. Diesem ausgeklügelten Sadismus und dieser raffinierten Grausamkeit war alles, was ich bisher erlebt hatte, nicht gleichgekommen. Aber das hätte ich wissen müssen. Ich hätte es kommen sehen müssen. Dieser tierische Unmensch, der ein Zyankalikonfekt in Clandons Mund gestopft, der MacDonald mit Genuß bei Bewußtsein stranguliert, der Mrs. Turpins Hinterkopf eingeschlagen, der Easton Derry zu Tode gefoltert und *last not least* meine Rippen gebrochen hatte – so ein Untier dachte gar nicht daran, sich um das exquisite Vergnügen zu bringen, mich Zoll für Zoll sterben zu sehen, auch wenn ich ihm für diesmal statt der körperlichen nur die seelischen Qualen zu bieten hatte.

Ich sah sie förmlich vor mir, diese leeren Augen, in denen die Gier nach Blut und Qual stand, ich sah ihn förmlich vor mir, diesen grinsenden Mund, geifernd wie ein Wolfsmaul. Er war die Katze, und ich war die Maus, und er beabsichtigte, sich mit mir zu belustigen, bis er diesem makabren Spiel auch die letzte Unze Vergnügen abgewonnen hatte. Um mich dann mit einem bedauernden Achselzucken abzuknallen, obwohl ihm der Clou des Ganzen noch bevorstand: mich fallen und in der Tiefe zerschmettern zu sehen.

Ich hatte Angst. Ich bin kein Held. Aber wer ist schon noch ein Held, wenn er dem Tod ins Gesicht starren muß. Und diese Angst hatte mich fast körperlich gelähmt – körperlich und geistig. Jetzt aber wich diese äußere Versteinerung, und eine plötzliche Flut von Ärger, daß mein Leben und Marys Schicksal von der Laune dieser entmenschten Kreatur abhängig sein sollte, überschwemmte mich. Das Messer fiel mir ein.

Langsam schob ich die Hände hinter dem Rücken zusammen, bis sie sich berührten. Die Finger meiner Rechten – sie tat noch weh, war aber wieder bewegungsfähig — griffen in den linken Ärmel und schlossen sich um den Messerschaft. Henriques hob die Pistole wieder und zielte. Diesmal mit teuflischem Grinsen auf meinen Kopf. Ich ließ mich nicht stören, ich zog und zerrte, bis ich das Messer aus der Scheide hatte. Um mich endgültig zum Kadaver zu machen, dazu war es noch zu früh. Das wußte ich jetzt. Des unschuldigen Vergnügens an diesem harmlosen Spiel war es noch lange nicht genug – ehe der gelangweilt den Abzug drücken würde, um mir den letzten pfeifenden Abschiedsgruß zu senden. Wieder ließ er die Pistole sinken, rutschte ein wenig herum, um die Füße unter dem Träger noch fester zu schließen, und fuhr dann mit der Linken in die Tasche. Was zum Vorschein kam, waren Zigaretten und Streichhölzer. Er lächelte ein irres Lächeln. Dies war der Gipfel, die Krönung verfeinerter Folter. Der Mörder gibt sich frech einer genußvollen Erholungspause hin, während das zitternde Opfer auf seinen letzten Moment, der zwar noch nicht feststeht, auf jeden Fall aber gewiß ist, wartet: Und das alles hatte er sich ausgedacht, er allein.

Er steckte sich eine Zigarette in den Mund und beugte sich über das Streichholz, um sie anzuzünden. Die Pistole lag noch immer in seiner rechten Hand. Das Streichholz flammte auf und ließ ihn für eine halbe Sekunde erblinden.

Stahl flackerte und blitzte durch die schwache Lichtwelle, und Henriques hustete. Das Messer steckte ihm bis zum Heft im Hals. Er zuckte, als sei eine starke Stromwelle durch den Träger gelaufen und kippte dann hintenüber. Die Pistole fiel ihm aus der Hand und trudelte in einer langen sanften Schleife in die Tiefe. Eine Ewigkeit schien es zu dauern. Ich konnte mich nicht losreißen von dieser fallenden Pistole. Ich sah sie nicht landen – nur die Funken sah ich, da wo Stahl auf Stahl aufgeschlagen war. Ich blickte auf Henriques zurück. Er hatte sich wieder aufgerichtet und starrte mich, leicht vorgebeugt, an. Perplex. Seine Rechte fuhr hoch und zog das Messer heraus, und kaum einen Augenblick darauf war auch sein Hemd schon durchtränkt von dem strömenden Blut. Sein Gesicht verzerrte sich zu einem Fletschen, einem Fletschen, das der herannahende Verfall bereits gezeichnet zu haben schien. Seine Rechte kam hoch – über die Schulter. Die Schneide glänzte nicht mehr im Lampenschein. Noch einmal lehnte er sich zurück, um dem Stoß alle Kraft zu verleihen, und dann erschlaffte das dunkle, böse Gesicht, das Messer entglitt der sterbenden Hand und schlug scheppernd in der Tiefe auf. Seine Augen schlossen sich, er sank seitlich ab und baumelte schließlich nur noch an den überkreuzten Beinen unter dem Träger. Wie lange er so hing, wußte ich später nicht mehr zu sagen. Lange, schien es mir, sehr lange. Bis sich dann in einer seltsam langsamen Bewegung seine Knöchel voneinander lösten und er ins Dunkel fiel. Ich sah ihn nicht fallen, ich konnte ihn nicht fallen sehen. Erst als ich schließlich doch einen Blick hinunterwarf, sah ich ihn. Tief unten hing sein zerschmetterter Körper schlaff über der glänzenden Ramme eines gigantischen hydraulischen Puffers. Um seinetwillen, wo immer er jetzt auch sein mochte, hoffte ich, daß die Schatten seiner Opfer ihn nicht erwarteten. Vage wurde mir plötzlich bewußt, daß meine Wangenmuskeln spannten. Ich hatte zu dem Toten hinunter gelächelt. Weniger nach Lächeln war mir nie zumute gewesen.

Krank und schwindlig und unsicher wie ein Greis, den die Altersschwäche zittern läßt, kroch ich über den Träger zurück – auf allen Vieren. Und diesmal war es ein endloser Weg; es dauerte lange, bis ich ihn zurückgelegt hatte, und ich weiß noch heute nicht, wie ich die sechs Fuß vom Träger zur Plattform schaffte, obwohl es diesmal einfacher war. Die Kette war da, nach der ich greifen konnte. Ich schwankte durch die schmiedeeiserne Tür zu der Feuerleiter und sackte, mehr als ich sank, auf der Plattform zusammen. Und nie war mir die Londoner Nachtluft so weich und süß gewesen. Wie lange ich dort lag, weiß ich nicht. Ich weiß nicht einmal, ob ich wach oder bewußtlos war. Aber es kann nicht lange gewesen sein, denn als ich nach der Uhr sah, war es erst zehn Minuten vor vier.

Ich raffte mich auf und stieg müde die Feuerleiter wieder hinunter. Unten angekommen, nahm ich mir gar nicht die Mühe, mich nach meiner Webley umzusehen. Wer mochte wissen, wo sie lag und wie lange es dauern konnte, bis ich sie fand. Zudem lag die Wahrscheinlichkeit sehr nahe, daß der Mechanismus durch den Fall und den Aufschlag nicht mehr intakt war. Ich wäre verdammt überrascht gewesen, wenn der Posten, dessen ich mich hier entledigt hatte, keine Pistole bei sich gehabt hätte. Ich war nicht überrascht. Nicht einmal, um welche Art von Automatic es sich bei dem Ding handelte, sah ich mir an.

Abzug und Sicherung waren da, wo sie hingehörten, mehr brauchte ich nicht. Und noch einmal startete ich die Feuerleiter hoch.

Die letzten beiden Sprossenabsätze bis zum Dach kroch ich nur noch auf Knien und Händen. Und das nicht um der Stille und Verschwiegenheit willen. Ich schaffte es nicht mehr anders. Ich war fertig. An die Wand des Passagierwarteraums gelehnt, verschnaufte ich einen Moment, dann ging ich langsam über das Pflaster zur Halle hinüber.

Ein schwacher Lichtschein fiel matt durch die offenen Tore – von unten unsichtbar, denn die Hallentore öffneten sich zur Mitte des Landeplatzes. Und es kam auch nicht direkt aus der Halle, dieses Licht, es kam von etwas, das sich inseitig befand: Aus dem großen vierundzwanzigsitzigen Voland Helikopter, der jetzt auf den neuen Landesrouten eingesetzt wurde.

Die Kanzel war es, aus der der Lichtschein fiel. Kopf und Schulter des Piloten zeichneten sich deutlich ab. Ohne Mütze, in einer grauen Uniformjacke saß er links in der Kanzel. Rechts von ihm Gregori.

Ich schlich um den Hangar, kam an das Seitentor und schob es langsam in seinen geölten Laufbahnen zurück. Es gab kein Geräusch. Kaum zwanzig Fuß weit weg, lag die erste Stufe der fahrbaren Gangway, die zur geöffneten Passagiertür in der Mitte des Helikopters führte. Ich zog die Pistole entsichert aus der Manteltasche. Nur wer imstande ist, das Gras wachsen zu hören, hätte mich vielleicht auch diese Treppe hinaufschleichen hören können.

Auch die Passagierkabine war erleuchtet – dürftig erleuchtet – eine einzige Lampe brannte gleich neben der Tür. Vorsichtig steckte ich den Kopf durch die Tür – und da, keine drei Fuß weit weg, saß sie auch schon. Mary. Sie war mit den Händen an die Armlehnen des ersten, rückwärts ausgerichteten Sitzes gefesselt. Die Beule über ihrem Auge war jetzt so groß wie ein Ei — wie ein Entenei. Ihr Gesicht war zerkratzt, zerschunden, totenblaß, aber sie war hellwach und starrte mir direkt ins Gesicht. Und sie erkannte mich sofort. Dabei muß ich mit meinem rußgeschwärzten, verbeulten Gesicht wie ein Marsmensch ausgesehen haben, und noch dazu wie einer, der sich gerade aus seiner zu Bruch gegangenen fliegenden Untertasse davongemacht hatte. Aber Mary erkannte mich. Mit weit aufgerissenen Augen und geöffneten Lippen starrte sie mir entgegen. In der uralten Gebärde des Schweigegebietens legte ich sofort den Finger auf den Mund. Zu spät. Hundert Jahre zu spät. Und war das nicht zu verstehen? Sie hatte in hoffnungsloser Verzweiflung dagesessen. Ihr Leben war bar jeden Sinnes, bar jeden Hoffens. Und jetzt kam ihr Mann, von dem sie mit Sicherheit wußte, daß er tot sein mußte, wie durch ein Wunder aus dem Land der Toten zurück. Ihre Welt würde wieder auferstehen! Nein, sie wäre kein warm empfindender Mensch gewesen, wenn sie in diesem Augenblick nicht ganz instinktiv reagiert hätte.

»Pierre!« Schreck, Hoffnung, Glück – alles lag in ihrer Stimme. »O Pierre!«

Ich sah sie nicht an. Meine Augen sahen nur noch eines: Die Tür zur Kanzel. Und dorthin zielte auch meine Pistole. Irgend etwas Dumpfes schlug auf. Dann erschien Dr. Gregori, in einer Hand die Pistole, die andere hoch erhoben, um sich abzustützen, während er durch den niedrigen Gang spähte. Nur die Augen kniff er zusammen, sonst war sein Gesicht ruhig und kalt. Komischerweise hing auch sein Arm mit der Pistole herunter. Ich hob die meine ein wenig an, bis sie auf seine Stirn zielte, und krümmte die Finger am Abzug. »Ihr Weg ist zu Ende, Scarlatti«, sagte ich, »und auch mein Warten auf Sie hat sein Ende gefunden. Kein Mensch wird heute nacht noch hier erscheinen. Nur ich, Scarlatti. Nur ich.«

13

»Cavell!« Gregori hatte nicht realisiert, wen er vor sich hatte, bis ich den Mund aufmachte. Sein dunkles Gesicht wurde kalkweiß. Er starrte mich an wie einer, der einen Geist gesehen hat, und für ihn war ich das auch.

»Cavell! Unmöglich.«

»Das ist nur ein frommer Wunsch, Scarlatti. In die Kabine mit Ihnen, und lassen Sie Ihre Kanone unten.«

»Scarlatti?« Er schien das, was ich gesagt hatte, gar nicht gehört zu haben. Der erste Schreck hatte ihn aus der Fassung gebracht, der zweite ließ ihn erstarren. »Woher wissen Sie das?« flüsterte er.

»Seit fünf Stunden kennen wir Ihre Story durch Interpol und F.B.I. Und daß das eine Story ist, das kann man wohl sagen. Enzo Scarlatti. Dereinst ein renomierter Mann der Chemieforschung, der dann zum Superboß des amerikanischen Verbrechens des gesamten Mittelwestens avancierte. Erpressung, Raub, Mord, Rauschgift, Automaten – die ganze Litanei. Der König im Spiel. Und keiner konnte Ihnen was am Zeug flicken. Und doch schnappten sie Sie zum Schluß, nicht wahr, Scarlatti? Das Übliche – Einkommensteuerhinterziehung. Sie wurden deportiert.« Ich ging zwei Schritte auf ihn zu. Ich wollte Mary nicht in der Feuerlinie haben, wenn hier der Krieg losging. »Ab, in die Kabine, Scarlatti.«

Noch immer starrte er mich an, aber sein Gesichtsausdruck wechselte unmerklich. Seine Elastizität, seine geistige Widerstandskraft waren bewundernswert. »Darüber müssen wir reden«, sagte er langsam.

»Später. Drinnen. Los jetzt. Oder ich knalle Sie da, wo Sie stehen, über den Haufen.«

»Das werden Sie nicht. Sie würden es zwar gern, aber noch ist es nicht soweit. Ich weiß, wann ich dem Tod ins Gesicht sehe, Cavell. Und ich sehe ihm jetzt ins Gesicht. Sie möchten gern, daß ich hereinkomme und Platz nehme, und dann erst wollen Sie mich fertigmachen. Aber nicht bevor ich in dem Stuhl da sitze, werden Sie mich killen.«

Ich machte noch einen Schritt auf ihn zu, und jetzt wurde seine linke Hand sichtbar. »Das ist es doch, wovor Sie Angst haben, Cavell, nicht wahr? Sie fürchten, ich könnte eins von diesen kleinen, niedlichen Dingern in der Hand oder bei mir haben und im Fallen womöglich zerbrechen. Ist es nicht so, Cavell?«

So war es. Ich starrte auf die Ampulle in seiner Hand, auf die kleine Glasphiole mit dem versiegelten blauen Plastikkopf. Sein Gesicht spannte sich. »Ich hielte es für besser, wenn *Sie* die Kanone jetzt mal herunternehmen würden, Cavell.«

»Diesmal nicht. Denn so lange sie auf Ihre Stirn gerichtet ist, werden Sie gar nichts tun. In dem Moment, da ich sie herunterbringe, verpassen Sie mir doch eins. Und ich weiß jetzt, was ich vorher nicht wußte. Sie werden von dieser Ampulle keinen Gebrauch machen. Ich hielt Sie für verrückt, Scarlatti, jetzt aber ist mir vollkommen klar, daß Sie uns mit dieser Drohung nur zwingen wollten, das zu tun, was Sie wollten. Aber jetzt weiß ich Bescheid über Sie und kenne Ihren Steckbrief. Sie mögen verrückt sein, aber Sie sind dabei so schlau und gerissen wie ein Fuchs. Sie sind geistig so normal wie ich. Sie denken ja gar nicht daran, von diesem Ding Gebrauch zu machen. Dafür schätzen Sie Ihr eigenes Leben viel zu sehr, Ihr Leben und den Erfolg Ihrer Pläne.«

»Irrtum, Cavell. Ich werde davon Gebrauch machen. Und ich schätze mein Leben, jawohl.« Er warf einen raschen Blick über die Schulter und drehte sich schnell wieder um. »Acht Monate ist es jetzt her, daß ich nach Mordon kam. Und dieses Gift hier hätte ich herausbringen können, wann immer ich wollte. Aber ich wartete. Warum? Ich wartete so lange, bis Baxter und MacDonald einen abgeschwächten Stamm des Satanskäfers entwikkelt hatten, eine Kultur, die zwar noch immer tödlicher als das Botulismustoxin ist, aber nur noch eine Lebensdauer von vierundzwanzig Stunden besitzt. Und ich wartete und wartete, bis sie endlich auch die richtige Kombination von Hitze, Phenol, Formalin und Ultra Violett für das Gegengift zu diesem abgeschwächten Stamm hatten.« Er hielt die Phiole hoch. »Hier in diesem Glas, der Satanskäfer mit geringerer Virulenz – hier in meinem Blut, die inaktivierenden Mikroorganismen, die wir dagegen entwickelt haben. Verstanden, Cavell? Das Zyankali war Bluff. Ich brauche kein Zyankali. Und jetzt werden Sie auch verstehen, warum Baxter sterben mußte – er kannte den neuen Virus und das neue Vakzin.«

Ich verstand.

»Und Sie werden auch begreifen, daß ich durchaus keine Bedenken habe, es zu gebrauchen. Ich werde –«

Er brach ab. Sein Gesicht wurde hart und kalt. »Was war das?« Ich hatte es auch gehört. Zwei kurze Serien harten Knatterns – wie eine Maschinenpistole, nur fünfmal so schnell.

»Das wissen Sie nicht? Die neue Merlin Mark 2, Scarlatti. Der neue Schnellfeuerkarabiner der Natostreitkräfte.« Ich sah ihn abwägend an. »Haben Sie denn nicht gehört, was ich Ihnen eben sagte! Kein Mensch wird heute nacht noch hier erscheinen. Nur ich.«

»Was sagen Sie da?« flüsterte er. Seine Knöchel traten weiß heraus, als seine Hand sich unwillkürlich um die Glasphiole krampfte. »Wovon reden Sie da?«

»Von all Ihren Freunden, die ihre Heimat lange nicht mehr wiedersehen werden. Von diesem finstersten Abschaum — auch wenn es die Spitzen der Unterwelt sind –, der in den letzten Wochen so mysteriös aus allen Schlupfwinkeln der Welt – aus London und Amerika und Frankreich und Italien – verschwunden ist. Ich rede von all den großen Spezialisten der autogenen Schweißung, von den Fachleuten der Nitroglyzerine, von den Herrschaften, die so gut mit allen Kombinationsschlössern umzugehen verstehen, und was es dergleichen mehr gibt. Von den Besten der Welt, wenn es gilt, Safes und Tresore zu knacken und zu sprengen. Vor Wochen hatten wir bereits von Interpol erfahren, daß alle diese Leute plötzlich verschwunden sind. Aber wir wußten nicht, daß sie einen Treffpunkt hatten und sich samt und sonders hier in London versammelt haben.«

Die dunklen, glitzernden Augen trafen sich jetzt mit den meinen. Sein Atem kam pfeifend. Er sah aus wie ein reißender Wolf.

»Der F.B.I. hält Sie für das Gehirn des Ganzen, er hält Sie für den größten Organisator, mit dem er es seit dem Krieg jemals zu tun gehabt hat. Ein Kompliment, Scarlatti, ein beachtliches sogar, und verdient. Sie haben uns alle ganz schön an der Nase herumgeführt. Ihr unnachgiebiges Verlangen, Mordon zu zerstören, die Botulindemonstration in Ostengland, die Vorspiegelung völliger Ahnungslosigkeit, daß drei der gestohlenen Ampullen nicht das Botulin, sondern die Satanskäferviren enthalten – jawohl, Scarlatti, Sie hatten uns alle davon überzeugt, daß wir es mit einem Irren zu tun haben. Und wir waren sicher, daß die Drohung, ins Herz von London zu schlagen, um Mordon zu Fall zu bringen, das Hirngespinst eines Verrückten sein mußte. Dann hielten wir das Ganze für einen kommunistischen Anschlag, der es darauf abgelegt hatte, unsere letzte, aber stärkste Verteidigungslinie zu vernichten. Erst vor wenigen Stunden mußten wir erkennen, daß die Drohung, London mitten ins Herz zu treffen, nur einem Zweck – und nur diesem einen einzigen – diente, dieses Zentrum zu räumen, und zwar so gründlich, daß auch nicht eine einzige Seele mehr darin verblieb.

Denn dieser kleine Bereich von London ist die Hochburg der Finanzen. Der Welt größte Banken liegen im Herzen von London. Banken, in denen sich die gängigen Währungen von fünfzig Nationen stapeln, Banken, die millionenschwer sind, Banken, die über Depositen zu verfügen haben, deren Juwelenbestand allein ausreichen dürfte, um notfalls ein ganzes Dutzend Millionäre loszukaufen. Und das wäre eine lohnende Beute gewesen, nicht wahr, Scarlatti? Seit gestern abend lauert Ihre wohlausgerüstete Mannschaft in leeren Gebäuden und ganz harmlos aussehenden Lastwagen auf den großen Moment. Alles, was sie noch zu tun hatte, war abzuwarten, bis der letzte Mann verschwunden war, um sich dann bei Dunkelheit in aller Gemütsruhe in die Banken zu begeben. Nichts konnte mehr schiefgehen. Alle diese Banken besitzen ein zweifaches Sicherheitssystem – Wächter und automatische Alarmanlagen, die die Signale aller zuständigen Polizeireviere auslösen. Aber die Wachleute hatten ja zu verschwinden, wenn sie nicht elend an den Viren krepieren wollten, und diese Absicht hatten sie nicht. Und was die Einbruchsicherungsanlagen anbelangt, so besaßen Sie genügend hochqualifizierte Fachkräfte, denen solche Schaltanlagen gar kein Geheimnis sind. Man baut die Schalter ab, pustet die Sicherungen aus, löst die überlasteten Spulen aus oder schneidet die Kabel, die das gesamte Viertel mit Strom versorgen, einfach durch. Und darum liegt das Zentrum von London jetzt in völliger Finsternis. Darum schrillt auf keinem Polizeirevier eine Alarmglocke. Können Sie mir folgen, Scarlatti?«

Er konnte mir folgen. Sein Gesicht war haßentstellt.

»Alles andere war gar kein Problem mehr«, nahm ich meine Rede wieder auf. »Ich nehme an, Sie haben sich Ihres Piloten rechtzeitig versichert und den armen Teufel schon im Laufe des Tages kassiert. Man bringt die Beute ein, verlädt alles ordnungsgemäß in den Hubschrauber und rauscht eilends nach dem Kontinent ab: Nur so, auf diesem Weg war es zu machen, denn das gesamte Gebiet war abgesperrt, und es gab nur noch diese eine Möglichkeit, die Ernte abzufahren. Und das wußten Sie. Ihre tapferen Mannen waren angewiesen, genau da zu bleiben, wo sie waren, um sich dann, wenn die Bevölkerung nach allen ausgestandenen Ängsten wohlbehalten zurückkehrt, klammheimlich unters Volk zu mischen und zu verschwinden. Nicht vor drei Uhr nachmittags allerdings, weil dies der früheste Termin zur allgemeinen Rückkehr sein dürfte. Aber bis dahin konnte auch niemand darauf kommen, was sich inzwischen in den Banken getan hatte. Und da wir heute Sonntag haben, ist sogar anzunehmen, daß aller Wahrscheinlichkeit nach bis Montag früh alles still und ruhig bleibt und niemand auf die Idee verfallen wird, daß die Banken leer und ausgeraubt sind. Eine Zeit, zu der Sie dann längst um die halbe Welt geflogen und in

Sicherheit sind. Nicht aber jetzt, Scarlatti. Es ist, wie ich bereits sagte: Ihr Weg ist zu Ende.«

»Und jetzt – und jetzt ist wirklich alles vorbei?« flüsterte Mary hinter mir.

»Es ist alles vorbei. Schon um zehn Uhr abends, lange, ehe die Truppen das gesamte Gebiet durchgekämmt hatten, waren sämtliche strategischen Punkte der City mit insgesamt zweihundert Detektiven besetzt – in den Banken selbst – vor den Banken – überall. Versteckt natürlich. Und sie hatten Befehl, ihre Stellungen von 3.45 Uhr morgens nicht zu verlassen. Jetzt ist es vier. Es ist alles vorüber. Jeder einzelne dieser Männer war mit einer allerneuesten Merlin-Maschinenpistole aus Heeresbeständen ausgerüstet und hatte Anweisung, alles niederzumachen, was ihm vor die Flinte kam, wenn einer auch nur mit der Wimper zuckte. Und das, was wir da eben noch vor wenigen Minuten vernommen haben – das hat sich ganz so angehört, als hätte da doch einer mit der Wimper gezuckt.«

»Sie lügen.« Scarlattis Gesicht war eine haßerfüllte Grimasse, und seine Lippen zuckten und bewegten sich, auch wenn ihnen kein Ton entkam. »Das«, keuchte er heiser, »das haben Sie doch alles nur aus der Luft gegriffen.«

»Das dürfen Sie doch wohl verdammt besser wissen, Scarlatti. Alles, was ich weiß, ist leider viel zu wahr, als daß nicht auch noch die Schlußpointe hinhauen sollte.«

Er sah mich an. Mord stand in diesen Augen. »Schließen Sie die Kabinentür«, sagte er leise voll verbissener Wut. »Schließen Sie die Tür, habe ich gesagt, oder, bei Gott, ich bringe euch alle um.« Die Ampulle hoch erhoben, kam er zwei Schritte weiter in den Gang.

Ich beobachtete ihn einen Moment und nickte dann. Er hatte nichts mehr zu verlieren, und ich hatte nicht die geringste Lust, Marys Leben und meines mit dazu – ganz zu schweigen von dem des Piloten – jetzt aufs Spiel zu setzen. Ich ließ ihn nicht aus den Augen und hielt ihn eisern mit der Pistole weiter in Schach, aber ich ging zurück und schloß die Tür.

Die Linke noch immer unverrückbar erhoben, kam er weitere zwei Schritte näher. »So, Cavell, und jetzt abliefern, her mit der Pistole.«

»Nicht meine Pistole, Scarlatti.« Ich schüttelte den Kopf und fragte mich, ob er nicht nach allem doch am Ende wahnsinnig sei – oder aber vielleicht auch nur ein glänzender Schauspieler. »Nicht meine Pistole, Scarlatti. Und das wissen Sie ja wohl auch genau. Dann nämlich bringen Sie uns alle hier kaltlächelnd um und verschwinden. Aber so lange ich sie in der Hand halte, können Sie sich nicht rühren. Zerschmettern Sie Ihre Phiole, meinetwegen, aber noch ehe der Virus mich bekommt, hat sie meine Kugel. Nein, nein, nicht meine Pistole.«

Wieder – die Augen leer glänzend und weitaufgerissen – kam er näher, die Linke hoch und drohend erhoben. Verdammt, sollte ich mich doch geirrt haben. War er doch verrückt? »Ihre Pistole, Cavell«, kreischte er, »her damit.«

Wieder schüttelte ich nur den Kopf, und alles, was er daraufhin von sich gab, war ein wilder, kreischender Laut, während er die Linke hinunterriß – nicht mit der gegen mich gerichteten Innenfläche etwa, wie ich es erwartet hatte, sondern mit dem Handrücken. Dunkelheit flutete in die Kabine, als seine geballte Faust in die einzige brennende Birne krachte, eine Finsternis, die umgehend von dem orangenen Aufzucken zweier Stichflammen illuminiert wurde, als ich zweimal hintereinander abdrückte; ein Aufblitzen, gefolgt von widerhallendem ohrenbetäubendem Donner und dann plötzliche Dunkelheit und tiefe Stille, und aus der Stille Marys gequältes Stöhnen und Scarlattis Stimme: »Meine Pistole sitzt genau im Genick Ihrer Frau, Cavell. Sie stirbt.«

Also war er doch nicht verrückt.

Ich ließ die Pistole zu Boden fallen. Laut scheppernd schlug sie auf. »Gewonnen, Scarlatti«, sagte ich.

»Machen Sie das Licht in der Passagierkabine an«, befahl er. »Gleich links an der Tür ist der Schalter.«

Ich tastete, fand ihn schließlich und knipste ihn an. Ein Dutzend Birnen flammten auf und überfluteten die Kabine mit Helligkeit. Scarlatti zog sich aus Marys Nachbarsitz, in den er sich in dem Augenblick, da das Licht verlöscht war, geworfen hatte, nahm die Pistole aus Marys Genick und richtete sie auf mich. Ich nahm die Arme hoch und starrte auf seine linke Hand. Sie war ganz, die Phiole. Er hatte alles auf eine Karte gesetzt, auf die einzige, die ihm noch geblieben war. Und dann sah ich noch etwas: Die Stelle, an der sein Ärmel zerfetzt war, war der linke Ärmel. Das hätte leicht ins Auge gehen können, verdammt – ihm und uns allen. Wenn ich ihn erwischt hätte, dann wäre auch die Ampulle jetzt hin gewesen. Und wenn schon, dachte ich achselzukkend, ob früher oder später, zu Bruch gehen würde sie sowieso.

»Marsch, zurück«, kommandierte Scarlatti jetzt ruhig geworden. Beherrscht und konversationsmäßig klang seine Stimme wieder. Er hatte seinen Oscar für diese Nacht gewonnen und die Schauspielerei daraufhin eingepackt. »Zurück mit Ihnen bis an die Kabinenwand.«

Ich ging zurück. Er kam vor, hob meine Pistole auf, ließ die Phiole in die Tasche gleiten und dirigierte mich mit allen beiden Kanonen weiter: »In die Kanzel, los.«

Ich tat, wie mir geheißen. Als ich an Marys Sitz vorbeikam, sah sie auf und lächelte mir durch die blonde Mähne, die ihr ins Gesicht hing, zu. Auch wenn ihre grünen Augen voller Wasser standen. Ich lächelte zurück. Als gute Schauspieler waren wir nun einmal nicht zu schlagen. Nicht einmal von Scarlatti.

Der Pilot lag über den Kontrollinstrumenten. Darum also das dumpfe Echo zu Marys erstauntem Aufschrei, als sie mich hatte kommen sehen. Jetzt wurde mir auch dieses merkwürdige Geräusch klar. Den Piloten hatte er vor der Inspektion ja noch versorgen müssen, um nicht auch noch von seiner Seite auf Schwierigkeiten zu stoßen. Er war groß, dunkelhaarig, und die eine Gesichtshälfte, die ich von ihm zu sehen bekam, war wind- und wettergebräunt. Etwas Blut sickerte auf seinem Hinterkopf durch das dunkle Haar.

»In den Kopilotensitz, los«, kommandierte Scarlatti weiter. »Und wecken Sie den Mann.«

»Wecken? Wie denn, verdammt noch mal?« In Schach gehalten von den zwei starrenden Pistolenmündungen ließ ich mich in den Sitz gleiten. »Das arme Schwein haben Sie ja hier verarztet.«

»Nicht gefährlich«, sagte er. »Na los, bißchen dalli.«

Ich tat, was sich tun ließ. Mir blieb schließlich keine Wahl. Also schüttelte ich den Piloten, schlug ihn leicht ins Gesicht, redete auf ihn ein – umsonst. Scarlattis Handschrift schien kräftiger ausgefallen als vorgesehen. Und Zeit für Finessen hatte er unter den gegebenen Umständen ja auch kaum mehr gehabt, das mußte auch ich verbittert zugeben. Scarlatti wurde ungeduldig und nervös. Wie eine Katze auf der Lauer starrte er durch die Kanzelverglasung auf die Hallentüren. Nach allem, was er wußte, mußte da draußen in der Dunkelheit ein ganzes Regiment Bewaffneter seiner harren. Denn er konnte ja schließlich nicht ahnen, daß ich den General und Hardanger bekniet hatte, mich in aller Heimlichkeit und Stille losziehen zu lassen. Nicht nur, um die einzig verbliebene Chance, Marys Leben nicht aufs Spiel zu setzen, wahrzunehmen, sondern auch um tunlichst zu vermeiden, daß Scarlatti in einem Augenblick unkontrollierbarer Panik doch noch nach dem letzten Mittel griff – nach dem Satanskäfer. Was ich da geleistet hatte, war schon großartig.

Nach fünf Minuten rührte sich der Pilot und kam zu sich. Und ich hatte mich nicht geirrt. Wach war er genau der Kerl, für den ich ihn schlafend gehalten hatte. Bereit, es sofort mit Gott und der Welt aufzunehmen, schlug er die Augen auf. Und alles, was mir zu tun übrig blieb, war, ihn davon abzuhalten, bis ihn dann ein kühles metallenes Streicheln im Genick einwandfrei wissen ließ, daß er damit bei Scarlatti an den falschen geraten war. Das riß ihn herum. Er erkannte, wen er vor sich hatte, und bekundete dieses Wiedererkennen mit einigen Redewendungen, die keinen Zweifel darüber ließen, daß er einwandfrei aus Irland war. Was er zu sagen hatte, war zwar ganz interessant, aber im Grunde nebensächlich und nicht druckreif. Er brach ab, als Scarlatti ihm den Lauf seiner Pistole ins Gesicht stieß. Eine schlechte Angewohnheit von Scarlatti, das muß einmal gesagt sein, aber es schien mir zweifellos ein bißchen verspätet, ihn jetzt noch davon zu kurieren.

»Bringen Sie die Kiste hoch«, kommandierte Scarlatti. »Sofort.«

»Was soll er? Starten?« protestierte ich. »Der ist nicht fähig zu laufen, geschweige denn zu fliegen.«

Scarlatti indessen verlieh seiner Aufforderung mit der Pistole den entsprechenden Nachdruck. »Haben Sie mich verstanden? Also dann los.«

»Das geht nicht«, bockte der Pilot mürrisch und wütend zugleich. »Er muß rausgezogen werden. Ich kann die Motoren hier nicht starten – von wegen der Auspuffdämpfe und der Feuerschutzbestimmungen.«

»Packen Sie mit Ihren Feuerschutzbestimmungen ein. Der Vogel kann mit eigener Kraft rollen, oder glauben Sie, daß ich mir das nicht angesehen hätte, also los, los.«

Dem Piloten blieb keine Wahl, und er wußte es. Er ließ den Motor anspringen, und ich zuckte nicht nur innerlich, sondern auch äußerlich zusammen bei dem hallenden Dröhnen, dessen Echo uns von den engen Wänden des Metallkäfigs in die Ohren schlug. Dem Piloten mußte das genausowenig behagen wie mir: Entweder das war es, oder aber sein Gefühl, daß weitere Verzögerungen hier leicht ins Auge oder auch ins Genick gehen konnten. Welche Gründe er auch haben mochte, er verlor keine Zeit. Umgehend ließ er die zwei gigantischen Rotoren anspringen, schaltete die Steuerung, um den Drehflügeln den richtigen Steigungswinkel zu geben, und machte die Bremsen los. Der Hubschrauber begann zu rollen.

Dreißig Sekunden später hatten wir abgehoben und waren in der Luft. Scarlatti, nicht mehr ganz so nervös, griff nach dem Gepäcknetz über sich und reichte mir eine viereckige Metallbüchse, und dann langte er gleich noch einmal hinauf, und diesmal holte er ein ganz gewöhnliches engmaschiges Einkaufsnetz herunter.

»Machen Sie die Büchse auf und legen Sie den Inhalt in dieses Netz«, sagte er kurz angebunden. »Und ich würde Ihnen raten, recht vorsichtig damit umzugehen. Sie werden gleich sehen warum.«

Ich sah warum, und ich war sehr vorsichtig. Ich öffnete das

Blechding, und – da lagen sie, gut in Holzwolle verpackt – fünf verchromte Stahlbehälter. Nach seinen Anweisungen öffnete ich einen nach dem anderen und legte mit unendlicher Sorgfalt und Vorsicht die fünf Ampullen ins Netz. Wie gesagt, fünf Stück im ganzen: Zwei blaue Siegel – zwei Phiolen Satanskäferviren, drei rote Siegel – drei Phiolen Botunlinviren. Dann griff Scarlatti noch einmal in die Tasche und überreichte mir noch eine von der blauen Sorte. Das waren zusammen sechs. Auch die legte ich mit geradezu zimperlicher Umsicht hinein, zog das Netz zusammen und überreichte es Scarlatti. Es war kalt in der Kanzel, aber ich schwitzte wie in einem Dampfbad, und es kostete mich alle Energie, meine Hände einigermaßen ruhig zu halten. Ich fing einen Blick des Piloten nach dem Netz auf, und ich könnte wirklich nicht behaupten, daß ich den Eindruck gehabt hätte, er fühle sich wohler als ich. Er wußte, was hier los war.

»Ausgezeichnet.« Scarlatti nahm mir die Tasche ab, langte in die Passagierkabine zurück und legte sie auf den nächsten Sitz. »Und nun werden Sie gewiß in der Lage sein, unsere Freunde davon zu überzeugen, daß ich nicht nur willens, sondern auch bereit bin, meine Drohung wahrzumachen.«

»Worüber reden Sie da eigentlich?«

»Das werden Sie gleich sehen. Sie werden sich über UKW gleich einmal mit Ihrem Schwiegervater in Verbindung setzen und ihm etwas ausrichten. Und Sie«, wandte er sich an den Piloten, »Sie werden die Freundlichkeit haben, schön über diesem Landeplatz zu kreisen. Wir werden nämlich sehr bald wieder zurück sein.«

»Mit diesem verfluchten Apparat kann ich gar nicht umgehen«, sagte ich.

»Dann denken Sie ein wenig nach«, sagte er freundlich. Er schien seiner Sache ganz verdammt sicher, und das gefiel mir gar nicht. »Es wird Ihnen schon wieder einfallen. Das wäre ja gelacht, wer sein Leben im Dienst des Vaterlandes beim Geheimdienst verbracht hat, wird wohl auch noch fähig sein, mit einem Sender fertigzuwerden, das sollte man doch meinen. Und falls es wirklich gar nicht klappen sollte, dann könnte ich ja auch unter Umständen noch ein bißchen zu Ihrer Gattin in die Passagierkabine gehen. Was glauben Sie, wie gut Ihr Gedächtnis funktionieren wird, wenn Sie sie schreien hören, Cavell?«

Ich ging hoch. »Also dann bitte – was wollen Sie von mir?«

»Gehen Sie auf Polizeiwelle. Wie das vor sich zu gehen hat, weiß ich zwar nicht, aber Sie müssen es wissen. Und dann geben Sie bitte durch, daß ich mich leider gezwungen sehe, meine Virenvorräte über London abzuwerfen, falls man sich nicht bereit erklären sollte, meine sämtlichen Leute umgehend – samt dem Geld, das sie bei sich haben – freizulassen. Ich habe zwar keine

Ahnung, wo die Ampullen landen werden, aber das interessiert mich auch weiter nicht. Ferner geben Sie durch, daß ich bei dem geringsten Versuch, uns zu verfolgen oder irgendwie in unsere Absatzbewegungen einzugreifen, rücksichtslos von den Viren Gebrauch machen werde, gleichgültig welche Konsequenzen sich daraus auch ergeben mögen. Sehen Sie vielleicht irgendwo einen Haken, Cavell?«

Ich schwieg erst einmal. Ich starrte durch die eiligen Scheibenwischer in den Regen und die Dunkelheit. Schließlich sagte ich: »Nein, ich sehe keinen Haken.«

»Ich bin ein Verzweifelter, Cavell«, fuhr er in aller Ruhe, aber auch in aller Eindringlichkeit fort. »Damals, als man mich aus den Staaten abschob, hielt man mich für erledigt. Für eine gewesene Größe. Spott, Schande und Gelächter begleiteten meinen Abgang. Und so habe ich mich denn entschlossen – und das bin ich noch immer – ihnen zu zeigen, wer Scarlatti ist und ihnen den größten Coup aller Zeiten zu liefern. Als Sie uns heute abend mit Ihrem Polizeiwagen aufhielten, sagte ich manches, was nicht ganz stimmte. Eines aber stimmt: Ich werde dieses Ziel erreichen, was immer es auch kosten mag, oder mit daran zugrunde gehen. Und jetzt mache ich Ihnen nichts vor, Cavell. Nichts wird mich aufhalten, nichts auf dieser Welt wird mich in diesem letzten entscheidenden Moment daran hindern. Das hätten sie nicht tun sollen – einen Enzo Scarlatti lacht niemand aus. Und das, Cavell, ist mein heiligster Ernst. Glauben Sie mir?«

»Ich glaube Ihnen.«

»Und ich werde nicht zögern, das durchzuführen, was ich angekündigt habe. Sie müssen sie davon überzeugen.«

»Mich haben Sie überzeugt, Scarlatti. Ob sich die anderen überzeugen lassen, kann ich Ihnen nicht versprechen. Ich werde es versuchen.«

»Und es wäre gut, wenn es Ihnen gelingen würde«, sagte er gleichmütig.

Es gelang mir. Nach einigem Drehen und Schalten kam ich auf Polizeiwellenlänge. Die telefonische Weiterleitung ging glatt, und dann hörte ich Hardanger.

»Cavell hier«, sagte ich. »Ich befinde mich derzeitig in einem Hubschrauber und zwar mit —«

»Hubschrauber?« Er fluchte. »Als wenn ich die verfluchte Kiste nicht bis hierher hören würde. Direkt über uns. Und was in Gottes Namen?«

»Hören Sie zu, Hardanger. Ich sitzt hier mit Mary und einem Piloten, einem Leutnant –« Ich warf ihm einen Blick zu.

»Buckley«, sagte er heiser.

»Leutnant Buckley. Scarlatti hat uns alle in der Hand. Ich soll dem General und Ihnen etwas ausrichten.«

»Ist die Schweinerei fertig, na also, Cavell, ich hab's ja gesagt«, brüllte Hardanger. »Habe ich Sie vielleicht nicht genug gewarnt—«

»Mensch, Hardanger, halten Sie die Schnauze«, sagte ich müde. »Hören Sie gefälligst zu.« Und dann gab ich durch, was man mir aufgetragen hatte, und nach einer Paúse hörte ich den General in den Kopfhörern. Ohne Vorwürfe, ohne Gefasel, kurz und bündig.

»Glauben Sie, daß er blufft?«

»Ausgeschlossen«, gab ich zurück. »Der läßt eher halb London verrecken, als daß er aufgibt. Das ist sein tödlichster Ernst. Und was sind schon alle Banknoten und Millionen gegen das Leben einer Million Menschen?«

Die Stimme des Generals wurde beinah sanft. »Sie haben doch nicht etwa Angst, Cavell?«

»Ich habe Angst, Sir. Und nicht nur um mich selbst.«

»Ich verstehe. Ich rufe in ein paar Minuten zurück.«

Ich nahm die Kopfhörer ab. »In ein paar Minuten«, sagte ich. »Er entscheidet nicht allein.«

»Verständlich.« Scarlatti lehnte nachlässig mit einer Schulter an der Tür, nur die zwei Kanonen wankten und wichen nicht. Nicht der Schatten eines Zweifels über, das, was hier herauskommen würde, schien ihn zu belasten. «Tja, Cavell – ich habe sämtliche Karten in der Hand.«

Und das war nicht übertrieben. Er hielt sie alle in der Hand, die Karten. Und keiner konnte ihm das Spiel abnehmen. Aber zutiefst in meinem Innern rührte sich das erste Fünkchen Hoffnung, daß er sich eventuell doch mit dem letzten Stich verrechnet haben könnte. Eine verzweifelte, winzige Chance, nicht größer als eins zu einer Million. Aber wer am Ende ist, der ist willens, auch darauf zu setzen. Auf ein Spiel voll unberechenbarer Umstände, abhängig von tausend Imponderabilien: von Scarlattis Geistesverfassung, seiner zunehmenden Sicherheit und nachlassenden Vorsicht, die sich vielleicht – vielleicht – seiner bemächtigte, wenn er erst einmal überzeugt war, der Held des Tages zu sein; von Leutnant Buckleys Scharfsinn, seiner Intelligenz und seinem Mitmachen; und von meinem eigenen Reaktionsvermögen. Und das war aller ›wenn und aber‹ größtes. So, wie ich mich fühlte, hätte der gute Scarlatti auch mit einem Schwachsinnigen kaum mehr Schwierigkeiten zu erwarten gehabt.

In den Kopfhörern krachte es. Ich zog sie über und hörte auch schon den General. Ohne Vorrede. »Wir sind einverstanden. Sagen Sie es Scarlatti.«

»Ja, Sir. Mir ist das alles entsetzlich, Sir.«

»Sie haben getan, was Sie konnten. Da kann man nichts machen, Cavell. Nicht die Schuldigen zu strafen, sondern die Unschuldigen vor dem Übel zu bewahren, darauf allein kommt es jetzt an.«

Einer der Kopfhörer wurde mir vom Ohr gerissen, und das nicht gerade zart. »Na und – und?« meuterte Scarlatti ungeduldig.

»Er ist einverstanden«. sagte ich resigniert.

»Gut. Etwas anderes habe ich auch gar nicht erwartet. Und jetzt stellen Sie bitte noch fest, wie lange es dauern kann, bis meine Leute samt dem Geld auf freiem Fuß sind und die Polizei verschwunden ist.«

Ich fragte nach und gab die Antwort durch. »Eine halbe Stunde.«

»Sehr schön. Stellen Sie das Ding wieder ab. Wir kreisen weiter und werden dann runtergehen.« Und als er sich jetzt an die Tür lehnte, erschien zum erstenmal ein Lächeln auf seinem Gesicht. »Na, das war eine kleine Verzögerung in der Durchführung meines Vorhabens, mein lieber Cavell, aber das soll das Endresultat in keiner Weise beeinträchtigen. Und ich kann Ihnen gar nicht sagen, wie ich auf die amerikanischen Schlagzeilen von morgen warte, die mich vor zwei Jahren, als man mich abgeschoben hat, als lächerliche Null und gewesene Größe abgetan haben. Wie die an diesem Brocken würgen werden, darauf bin ich wahrhaftig gespannt.«

Ich fluchte nur noch müde vor mich hin, und er lächelte wieder. Und je mehr er lächelte, desto besser für mich. So hoffte ich. Ich hing in miserabelster Verfassung in meinem Sitz und murrte nur noch lustlos: »Hätten Sie vielleicht was dagegen, wenn ich rauche?«

»Aber bitte, bitte. « Er steckte eine der Pistolen ein und gab mir Zigaretten und Streichhölzer. »Mit Vergnügen, Cavell.«

»Ich pflege keine hochexplosiven Zigarren mit mir herumzuschleppen«, murrte ich nur.

»Das hatte ich auch nicht angenommen.« Er lächelte wieder, und er schien bester Laune. »Wissen Sie, Cavell, das hier geschafft zu haben, das tut mir schon ganz verdammt gut. Aber mit einem Gegner, wie Sie es waren, fertig geworden zu sein, das tut mir fast genauso gut. Was Sie mir da geliefert haben, das ist mir noch nie passiert – und so, wie Sie mich um Haaresbreite fertiggemacht haben, hat mich noch keiner fertiggemacht.«

»Außer den cleveren Finanzbeamten von der Einkommensteuer«, sagte ich sauer. »Mensch, Scarlatti, scheren Sie sich doch zum Teufel.«

Er lachte. Ich zog nachhaltig an meiner Zigarette, und da, in diesem Moment schien sich der Helikopter zu heben und über eine Warmluftwelle wegzugehen. Und das war nur ein Zeichen. Nervös und ängstlich drehte ich mich um und sagte: »Menschenskind, können Sie sich denn nicht endlich hinsetzen oder irgendwo festhalten. Ich sehe Sie schon auf diesen ganzen gottverdammten Virensegen krachen, wenn diese Kiste hier in ein Luftloch fällt.«

»Nur keine Sorge, mein Bester«, sagte er geruhsam und lehnte sich sehr leger wieder an die Tür. »Fallböen bei diesem Wetter gibt es nicht.«

Aber ich hörte ihn kaum und sah ihn bestimmt nicht. Ich sah Buckley an, und da merkte ich, daß auch er mich ansah. Ohne auch nur den Kopf zu bewegen, schielte er aus den Augenwinkeln zu mir hin, so daß Scarlatti hinter ihm auch gar nichts davon sehen konnte. Ein Augenlid klappte halb hinunter – und da wußte ich, daß der große Ire umgehend geschaltet hatte. Nachlässig, wie absichtslos ließ er seine Hand von den Kontrollgeräten hinunterfallen, fuhr sich langsam über den Schenkel, bis seine Finger horizontal über der Kniescheibe standen. Und plötzlich klappten sie in scharfem Winkel nach unten ab.

Ich nickte langsam und ganz unmerklich zweimal hintereinander und starrte dabei angestrengt durch die Windschutzscheibe, um die Bewegung jeder Bedeutung zu enteignen. Dem Mißtrauischten hätte sie nichts gesagt, und Scarlatti war seiner Sache bereits viel zu sicher, um dort nach Pannen Ausschau zu halten, wo keine zu vermuten standen. Er wäre nicht der erste, der sich des guten Glaubens, das Spiel schon in der Tasche zu haben, ein wenig zu sorglos zurücklehnte, um zu guter Letzt beim Schlußpfiff auf der Seite der Verlierer zu landen. Ich schielte wieder zu Buckley und sah, wie seine Lippen das Wort ›jetzt‹ formten. Und da nickte ich zum drittenmal und holte tief Luft.

Aus den Augenwinkeln überzog ich, wie Scarlatti seine Stellung geringfügig veränderte, als Buckley den Hubschrauber eine Spur höher zog. Seine Beine aber waren noch immer übergeschlagen. Und da plötzlich, schaltete Buckley die Rotoren auf volle Kraft voraus, ging in eine steile Kurve, und Scarlatti, völlig aus dem Gleichgewicht, schoß nach vorn und schlug fast auf mich drauf.

Ich hatte mich gedreht und halb erhoben, als er auf mich zukam. Mein Rundschlag landete eine Spur zu hoch und erwischte ihn unterm Brustbein. Die Pistole flog in hohem Bogen krachend gegen die Kanzelverglasung.

Scarlatti raste. Er kämpfte nicht – er raste. Seine Knie, seine Füße, seine Zähne, seine Fäuste, sein Kopf und seine Ellbogen, alles war in Aktion, um mich – ohne das, was ich ihm verpaßte überhaupt nur wahrzunehmen – in den Sitz zurück zu zwingen. Brüllend, grunzend, gleich einem verwundeten Tier, pflasterte er mit aller Kraft und Wendigkeit, deren er fähig war, auf mich ein. So daß ich, obgleich zwanzig Jahre jünger und zumindest zwanzig Pfund schwerer, ihn nirgends zu fassen bekam. Das Blut fing an in meinen Ohren zu rauschen, mein Brustkorb schien nahe daran auseinanderzubersten, und dann, Sekunden ehe mir die Sinne zu schwinden drohten, brach dieses irrsinnige Trommelfeuer plötzlich ab, und er war weg.

Benommen, blutend, halb verrückt vor Schmerzen, riß ich mich hoch und startete ihm nach. Der Hubschrauber war noch immer am Absacken, und Scarlatti, gegen die Gewalt der Schwerkraft ringend, versuchte krampfhaft im Mittelgang an den Sitzen einen Halt zu gewinnen. Mit einer Hand nur, die andere umklammerte das Netz mit den Ampullen. Verrückt hatte er eben gespielt – und vielleicht nicht nur das, vielleicht war es sogar gewesen – ein Winkel seines Gehirns jedoch schien noch in Tätigkeit: Er wußte, daß er uns mit dem Satanskäfer hier oben wenigstens nicht mehr direkt unter Druck zu setzen vermochte, denn Sekunden, nachdem er die Viren auf uns losgelassen hatte, mußte auch dieser Helikopter mit einem toten Piloten im Führersitz unweigerlich in die Straßen Londons krachen mit einem einzigen Überlebenden an Bord – mit ihm: Einem hoffnungslos verkauften und verratenen Scarlatti.

Noch ehe ich den halben Gang geschafft hatte, war er bereits an der Tür, erwischte den Griff und versuchte sie – vergeblich gegen den Druck der fallenden Maschine – aufzuziehen. Die Füße gegen Marys Nachbarsitz gestemmt, zerrte er, blaurot angelaufen vor Anstrengung, mit aller Kraft, die er aufbringen konnte. Langsam, unaufhaltsam begann sie aufzugleiten. Und ich war noch immer nicht bei ihm, sechs Fuß trennten uns noch. Da kam plötzlich und ruckartig die Maschine aus ihrer Schräglage ins Gleichgewicht, als Buckley auf Horizontalflug ging, die Tür flog auf, Scarlatti taumelte und fiel. Und keine Sekunde später hatte ich ihn auch schon.

Nicht Scarlatti war es, um den ich so besorgt war. Das, was er in der Hand hielt, war es, was mich auf die Beine brachte. Das Netz. Ich entriß es ihm. Knackend brach einer seiner Finger, der sich in den Maschen verfangen hatte. Aber da war er auch schon wieder auf den Beinen, und ich kämpfte um mein Leben – und ich kämpfte darum mit einer Hand.

Er war jetzt stumm. Sein Gesicht war das eines Irren. Er war dabei, mich umzubringen. Am Hals hatte er mich erwischt, und gegen die Gewalt, mit der er mich zurückstieß, kam ich nicht auf. Nur den linken Fuß stieß ich nach hinten, um wenigstens an der Kabinenseite noch etwas Halt zu gewinnen und Scarlatti abzuschütteln. Und Mary schrie. Mein Fuß hing im Leeren, ich fand keinen Widerstand. Nichts war hinter mir. Leere. Die offene Tür. Und alles, was mir zu tun übrig blieb, war die Arme weit auseinanderzureißen und den Oberkörper zu versteifen. Die Knöchel krachten gegen die Metallkanten des Türrahmens, die obere Kante schnitt sich wie eine Guillotine in mein Genick. Alles verschwamm in rotem, glühendem Nebel und lichtete sich wieder. Mary, kalkweiß geworden, starrte mich aus ihrem Sitz gegenüber der Tür mit riesigen, entsetzensweiten grünen Augen an. Und Scarlatti hatte mich noch immer am Hals. Sein Gesicht war direkt über mir.

»Ich habe Sie gewarnt, Cavell«, keuchte er heiser, »ich habe Sie gewarnt. Morgen wird eine Million verreckt sein, Cavell. Eine Million Menschen – und nicht ich, *Sie* haben sie umgebracht.« Er stöhnte, seine Finger krallten sich tiefer in meinen Hals, er hatte mich in den Klauen, er war dabei, mich in die Nachtschwarze Tiefe zu stoßen.

Nichts konnte ich tun, nichts. Nicht einmal meine Hände hatte ich frei, um ihn abzuwehren; ein einziger Versuch nur, das, woran ich mich klammerte loszulassen, und ich wäre weg gewesen, verschwunden in Nacht und Finsternis. Hinter mir das Dunkel, vor mir Scarlattis Gesicht. Das Gesicht eines Irren. Und jetzt, in diesem Augenblick – was immer er vorher gewesen sein mochte, verrückt oder normal – jetzt war er wahnsinnig. Meine weitaufgerissenen, steifen Arme, mit denen ich mich an die Türpfosten stemmte, beugten sich nach innen, meine Schultern, die sich an den harten Metallkanten scheuerten, brannten wie Feuer, und Scarlatti stieß mich weiter und weiter zurück. Ich spürte den eisigen Windzug, und ich spürte, wie der Regen mit der Kraft heulenden Sturmes gegen meine Schultern trommelte. Auch das war eine Art zu sterben. Ich versuchte die rechte Hand zu öffnen, um wenigstens den Satanskäfer nicht mitzunehmen, wenn ich fiel, aber nicht einmal das konnte ich. Meine Finger hingen in dem Netz und waren gegen die Kanten gepreßt.

Und das war der Augenblick, da Mary zu sich kam und ihr versteinertes Entsetzen durchbrach. Sie war an die Lehnen ihres Sitzes gefesselt, aber ihre Füße waren frei. Und plötzlich krümmte sie sich und versetzte Scarlatti mit beiden Beinen und aller Gewalt, die sie aufzubringen imstande war, einen Tritt. Sie trug italienische Schuhe, und zum erstenmal in meinem Leben sandte ich für diese spitzen Monstrositäten ein Dankgebet zum Himmel. Scarlatti schrie vor Schmerz auf, als sie ihn genau unterm rechten Knie erwischte, sein Bein sackte ab, und für einen Augenblick – einen einzigen einmaligen Augenblick, der mir geschenkt war – lockerte sich sein Griff um meinen Hals. Mit aller verzweifelten Kraft und all meinem Gewicht stieß ich mich vor und ließ mein linkes Bein hochschnellen. Scarlatti taumelte zurück. Ich war weg von der Tür, ich stieß die fletschend und fauchend gekrümmte Figur beiseite und rannte in den Mittelgang.

Ich rannte nicht weit. Buckley, die Pistole in der Hand, kam durch die Tür. Vage ging es mir durch den Kopf, was ihn in Gottes Namen so lange aufgehalten haben konnte. Einen Hubschrauber auf automatische Steuerung zu setzen und sich eine Pistole zu greifen, mußte eine Sache von Sekunden sein. Und das war es auch gewesen. Sie waren mir nur wie eine Ewigkeit vorgekommen, das war's.

Er sah mich kommen und warf mir die Pistole zu. Ich fing sie auf – auch jetzt sehr bedacht auf das, was ich noch immer in der Hand hielt, auf das Netz mit den Viren. Dann schwang ich mich herum. Aber Scarlatti kam mir nicht mehr nach.

Still, vor Schmerz noch immer in sich zusammengekrochen, stand er an der Tür. Er sah mich an, aber der irre Glanz in seinen Augen war verschwunden. Langsam richtete er sich auf. »Lassen Sie nur, Cavell«, sagte er, »bemühen Sie sich nicht. Drücken Sie nicht ab.«

»Ich werde nicht abdrücken.«

»Das Ende eines Traums«, sagte er im Konversationston. Er stand dicht an der offenen Tür. Wind und Regen schlugen auf ihn ein, doch er schien es nicht einmal zu merken. »Aber vielleicht mußte es so sein, vielleicht müssen alle Träume, die ich und meinesgleichen träumen, so enden.« Er schwieg. Und dann blickte er mich fast ein wenig spöttisch an. »Sie werden doch nicht etwa im Ernst geglaubt haben, mich jemals im Old Bailey zu sehen?«

»Nein«, sagte ich, »das nicht.«

»Können Sie sich einen Mann wie mich auf der Anklagebank vorstellen, wenn es um den Kopf geht?«

»Nein«, sagte ich, »das kann ich mir nicht gut vorstellen.«

Dazu nickte er befriedigt, ging einen Schritt auf die Tür zu, hielt inne und drehte sich um. »Aber was die *New York Times* dazu zu sagen gehabt hätte, das hätte ich schon sehr gern gelesen.« Seine Stimme war beinah traurig. Dann drehte er sich um und trat in die Dunkelheit.

Ich befreite Mary und brachte das Blut in ihre Hände zurück, während Buckley wieder nach vorn ging, um die Polizei zu verständigen, die Überfallwagen wieder abzublasen. Mary und ich folgten ihm, während er langsam auf den Landeplatz hinunterging. Ich griff zum Sprechfunkgerät.

»Und sie ist heil und sicher?« sagte der General.

»Ja, Sir. Sie ist heil und sicher.«

»Und Scarlatti ist erledigt?«

»Auch das, Sir, Scarlatti ist erledigt. Er ist gerade ausgestiegen.«

Hardangers Stimme, rauh und heiser wie immer, krachte im Kopfhörer. »Freiwillig oder mit Gewalt?«

»Freiwillig.« Ich hing ein. Ich wußte, sie würden mir niemals glauben.